本书得到国家社科基金重点项目（11AZW002）、湖南省社科基金重点委托项目（12WTB14）、中央高校基本科研业务费（2012—2014）的支持。

网络文学评论100

Network literature

欧阳友权◎编著

中央编译出版社
Central Compilation & Translation Press

图书在版编目（CIP）数据

网络文学评论 100 / 欧阳友权编著. —北京：中央编译出版社，2014.6
ISBN 978-7-5117-2008-5

Ⅰ.①网… Ⅱ.①欧… Ⅲ.①中国文学—当代文学—文学评论—文集 Ⅳ.①I206.7-53

中国版本图书馆 CIP 数据核字（2013）第 318062 号

网络文学评论 100

出 版 人：刘明清
出版统筹：董　巍
责任编辑：张树相
责任印制：尹　珺
出版发行：中央编译出版社
地　　址：北京市西城区车公庄大街乙 5 号鸿儒大厦 B 座（100044）
电　　话：（010）52612345（总编室）　　（010）52612363（编辑室）
　　　　　（010）52612316（发行部）　　（010）52612315（网络销售）
　　　　　（010）52612346（馆配部）　　（010）66509618（读者服务部）
传　　真：（010）66515838
经　　销：全国新华书店
印　　刷：三河市天润建兴印务有限公司
开　　本：710 毫米×1000 毫米　1/16
字　　数：395 千字
印　　张：22.75
版　　次：2014 年 6 月第 1 版第 1 次印刷
定　　价：62.00 元

网　　址：www.cctphome.com　　邮　　箱：cctp@cctphome.com
新浪微博：@中央编译出版社　　微　　信：中央编译出版社（ID：cctphome）

本社常年法律顾问：北京市吴栾赵阎律师事务所律师　闫军　梁勤
凡有印装质量问题，本社负责调换。电话：010—66509618

总 序

哪里才是网络文学研究的"阿里阿德涅彩线"?

欧阳友权

网络文学超乎想象的快速崛起,覆盖的是网络文化空间,改变的却是整个文坛格局和中国文学生态。凭着"技术丛林"和"山野草根"两把大刀开路,短短十几年间,网络文学终于以"另类"的面孔和"海量"的作品确证了自己的文学在场性和文化新锐性。

时至今日,随着网络对文学市场份额的强力扩张,以及人们对这一文学关注度和认知力的提升,特别是与传统主流文学互动交流的增多,网络文学在赢得技术权力话语的同时,自身发展中的困惑和矛盾也日渐凸显。譬如:

——网络文学生产一直存在的"高产"与"低质""速成"与"速朽""大跃进"与"泡沫化""人气堆"与"快餐性"之间的矛盾,它们渊源何在又如何化解?

——网络文学是技术与艺术的"合谋",但技术的"霸权性"与艺术的"边缘化"带来的文学"父根"与"母体"的"审祖式"追问,该怎样摆脱其间张力关系的失衡与失依,进而有效根治这一文学因"技术依赖症"而剑走偏锋的病灶?

——时下大型文学网站的"全版权"经营、产业链商业模式、以读者为中心的市场导向,让文化资本的利润增值成为支撑文学发展的引擎,但市场化、产业化对艺术审美的遮蔽,加剧了网络文学的去文学性和非审美化,如此语境,文学生产该如何处理好网络市场与文学审美的悖论?

——网络文学对文学惯例和创作体制的"格式化"僭越,悄然置换了传统文学的逻辑原点,造成了传媒载体对文学传统的断裂与失范,这时候,网络文学的逻各斯命意何在？它还要不要重新律成自己的价值和意义模式以调适传统与创新的矛盾？

——还有，网络文学所依凭的后现代主义文化逻辑和消费社会的大众文化语境，导致文学诗性品质的娱乐化脱冕，但新媒体图文语像的艺术祛魅和数字化技术灵境中的诗性复魅所由形成的解构与建构并生的辩证过程，能否为网络文学提供电子诗意的返魅路径？

应该说，近年来我国网络文学理论批评界一直在思考并试图回答上述问题，只不过思考的角度不同，切入的研究路径各异，对解读网络文学的理论有效性也颇为不同——

有的把传统文论学理简单套用到网络文学身上，用中外经典的文艺理论概念、范畴和理论模式，实施"六经注我"或"我注六经"式的疏瀹与反思，急于构建网络文学的理论体系，让这只本该黄昏时高飞的"密涅瓦的猫头鹰"① 在黎明时便折翅起飞，结果不仅对实际的网络文学现象体认有"隔"，也于这一新兴文学的理论开启无补，导致网络文学研究的"聚焦失准"与凌空蹈虚。

另一种是技术分析模式。这类研究者的眼中只有"网络"没有"文学"，或只有"技术文学"没有"人文文学"。他们没有把这一文学看作是人类文学审美的一个历史节点，或文学发展的一个特定阶段、一种特定类型，而是将其仅仅视为传媒载体中的一项内容，或技术之树结下的文化果实，认为技术传媒和信息工具才是它与传统文学的本质区别，于是用技术的眼光和工具理性来分析网络文学现象。由于缺失人文审美的致思维度和价值立场，其对网络文学的理论言说往往会变成技术分析的文化读本，或新名词术语的"集束式轰炸"，结果是文学人看不懂，技术人不屑于看，于实际的理论批评建设意义甚微。

当然，还有先入为主的"断言式"和即兴点评的"感悟式"评说。前者多出现在不懂网络或者很少上网阅读的"银发学人"中，他们常常会武断地以为，文学创作如春蚕吐丝，非呕心沥血不可为，而网络乃玩家"灌水"之

---

① "密涅瓦的猫头鹰在黄昏起飞"是黑格尔的一句名言。密涅瓦是罗马神话中的智慧女神，栖落在她身边的猫头鹰是思想和理性的象征。这只猫头鹰在黄昏起飞就可以看见整个白天所发生的一切，可以追寻其他鸟儿在白天自由翱翔的足迹。黑格尔用这一比喻意在说明，哲学是一种反思活动，是一种沉思的理性，而"反思"是"对认识的认识"，"对思想的思想"，是思想以自身为对象反过来而思之。如果把"认识"和"思想"比喻为鸟儿在旭日东升或艳阳当空的蓝天中翱翔，"反思"当然就只能是在薄暮降临时悄然起飞。

地，如马路边的一块木板，谁都可以上去信手涂鸦，不会有什么好东西；或者简单地认为网络无非就是一种传播的载体和工具，就像龟甲竹简、布帛纸张也曾是承载作品的工具一样，它不会改变文学的性质，因而断定，根本就没有什么"网络文学"，不值得为之置喙饶舌。后者常出自网友之口和传媒评论，这类话语能够有感而发，目击意达，直指本性，三言两语，即兴评点，有时也能搔到痒处，戳到痛处，或机智俏皮，或犀利泼辣，倒也开心解颐，生津止渴。只不过有时难免蜻蜓点水，浅尝辄止，或文不对理，持而无据，甚或脱口而出，不切肯綮，姑妄说之，不负责任。

于是，网络文学的"理论江湖"可谓群伦并起，理路纷呈，涉足者不啻走入迷宫，莫辨路向。作为一种学术研究、理论建设，总有其持论的起点和逻辑的支点，相对于传统的文论"大厦"，网络文学研究才刚刚起步，而与云蒸霞蔚的网络文学创作相比，其理论批评更是远远落伍不辨后尘。那么，今日的网络文学研究该以哪里为肇端、怎样寻求突破，或者说，哪里才是走出网络文学研究迷宫的那条"阿里阿德涅彩线"[①]呢？

窃以为，"从上网开始，从阅读出发"，也许可以作为打开网络文学迷宫的一把锁钥，从这里或许可以破解诸多难题，找到那条引导我们走出迷宫的"彩线"。

其实道理并不复杂，正如研究任何问题一样，我们研究网络文学的出发点和立足点都必须以实践为基，从对象出发，进而全面了解和认识对象，找出问题症结，发现蕴含的规律，提出解决问题的可能之道，或构建切中实际的观念范式，而不能先入为主，生搬硬套，东向而望，不见西墙，或如刘勰所说："会己则嗟讽，异我则沮弃，各执一隅之解，欲拟万端之变。"[②] 面对异军突起的网络文学，我们当然需要有亚里士多德、康德和黑格尔赋予的理论底气，也摆不脱孔子、刘勰和王国维的丰厚积淀，中外历史上所有的文论资源均应该吸纳传承，因为它们许多都依然有效。不过，我们能做的第一步，却应该并只能从对象的实际出发，以研究的本体为据，于网络文学研究者而言便是点击网站，阅读作品，下足新批评派所倡导的"close reading"（经细读）工夫，了解和把握网络文学的生产方式、作品形态、传播载体和接受方式，以及功能结构与意义蕴含等。特别是对时下的类型化写作与阅读市场细分的相互催生，文学网站经营的全版权商业模式构建，网络写手的创

[①] "阿里阿德涅彩线"来源自古希腊神话，常用来比喻走出迷宫的方法和路径，解决复杂问题的线索。

[②] 刘勰：《文心雕龙·知音》。

作方式与生存状态,文学读者群欣赏趣味选择和消费市场的竞争格局,文化资本的新媒体寻租、产业运作和盈利手段,以及数字技术带来的文学与影视、游戏、动漫、视频影像等多媒体兼容的微妙关联,还有三网融合、自媒体和信息增值方式对网络文学的生产与消费的影响等等,更是文学"扩容"、版图"越界"带给我们的新课题,尤其需要网络学人切入现场,明察深思,做一个网络文学的"局内人"。这样才有可能赢得对它有效言说的话语权,才不至于使自己的理论批评成为隔岸观火、隔靴搔痒或隔空取物之论。可见,"从上网开始,从阅读出发"虽说简单,却很重要,实为我们了解网络文学、研究网络文学绕不过去的一道"铁门槛"。

正是基于这样的学术动机,我们中南大学网络文学研究团队在陆续出版了《网络文学教授论丛》(2004)、《文艺学前沿丛书》(2005)、《网络文学新视野丛书》(2008) 和《新媒体文学丛书》(2011) 等 4 套丛书之后,又策划了这套《网络文学 100 丛书》。本丛书共有 7 部,它们分别是欧阳友权的《网络文学评论 100》、曾繁亭的《网络文学名篇 100》、欧阳文风的《网络文学大事件 100》、禹建湘的《网络文学关键词 100》、聂茂的《名作家博客 100》、聂庆璞的《网络写手 100》和纪海龙的《网络文学网站 100》。这些选题看似简单、平实而波普可辨,实则是研究网络文学的入门之功和基元之论。这套丛书是我所主持的国家社科基金重点项目"网络文学文献数据库建设"的阶段性成果,也是我和我的团队负责组建成立湖南省网络文学研究会 (2012) 和全国网络文学研究会 (2013) 后,首次奉献给学界的一套集体成果。我们试图通过对这些网络文学前沿和基础问题的梳理与评辨,实现"广撷资源,夯实基础,明辨学理"的学术构想。丛书的作者都是我们网络文学研究基地的学术骨干,大家携手同心做一件有意义的事情,可谓"累,并快乐着"。作为丛书主编,我对他们的学识水平和敬业与协作精神均报以深深的感佩!

新生的网络文学还是"小荷初露",对它的理论研究也才千里始足,任重而道远。从 2004 年出版第一套理论丛书至今,我们中南大学文学院网络文学研究团队在这一领域筚路蓝缕、荷戟远征已逾十年。无论"十年一觉扬州梦",抑或"江湖夜雨十年灯",过去的都将留给历史,笔下的都在书写今天,而过去和今天都将托付于未来。就让这套丛书为我们的十年耕耘献上一份小礼并画上一个稍感宽慰的句号吧。

2013 年 10 月 12 日于中南大学文学院

目 录

导语：网络文学批评的三个悖论 ……………………… 欧阳友权 / 1

一、基础学理 …………………………………………………………… / 5

   1. 网络文学本体论纲 ……………………………… 欧阳友权 / 5
   2. 网络文学：挑战传统与更新观念 ……………… 欧阳友权 / 13
   3. 游荡网络的文学 ………………………………… 南　帆 / 19
   4. 网络时代文学：什么是不能少的？ …………… 王一川 / 23
   5. 网络文学的本体追问与意义体认 ……………… 欧阳友权 / 26
   6. 网络文学的学理形态建设 ……………………… 欧阳友权 / 31
   7. 网络文学刍议 …………………………………… 杨新敏 / 36

二、盘点现场 …………………………………………………………… / 39

   8. 互联网上的文学风景
      ——我国网络文学现状调查与走势分析 ……… 欧阳友权 / 39
   9. 新媒体与当代文学现场 ………………………… 欧阳友权 / 45
  10. 当下网络文学的十个关键词 …………………… 欧阳友权 / 49
  11. 网络华文文学刍议 ……………………………… 黄鸣奋 / 55
  12. 网事如烟——北美华文网络文学 20 年 ……… 蒙星宇 / 60
  13. ┃年网络文学：集体经验与民间智慧 ………… 马　季 / 66
  14. 十年论剑：新世纪网络文学现状与问题 ……… 王　颖 / 69
  15. 伴网络文学走过十年 …………………………… 舒晋瑜 / 76
  16. 十年，网络文学改变了什么？ ………………… 艾庄子 / 81

17. 原创文学网站十年回眸：当文学梦想照进商业现实 …… 李　森 / 84
18. 新媒体文学：现状、问题与动向 …………………… 欧阳友权 / 88
19. 江湖夜雨十年灯——2008年网络文学扫描 ……… 王　颖 / 92
20. 网络文学生态调查：十年疯狂生长，且待大浪淘沙 …… 任晓宁 / 96

三、价值评说 ……………………………………………… / 100

21. 网络文学是个好现象 ………………………………… 莫　言 / 100
22. 女娲、维纳斯，抑或魔鬼终结者 …………………… 黄鸣奋 / 101
23. 网络文学的人文底色与价值承担 …………………… 欧阳友权 / 105
24. 网络文学杂感 ………………………………………… 张抗抗 / 106
25. 论网络文学的精神取向 ……………………………… 欧阳友权 / 108
26. 网络——文学发展的肥沃土壤 ……………………… 朱威廉 / 112
27. 文学生产的麦当劳化和网络化 ……………… 宋　晖　赖大仁 / 113
28. 网络文学价值论省思 ………………………………… 阎　真 / 117
29. 网络文学的社会学价值 ……………………………… 白　寅 / 120
30. 网络文学：新文明的号角还是新瓶装旧酒？ … 赵晨钰　江舒远 / 123
31. 网络时代经典写作的命运 …………………………… 敬文东 / 127

四、批评建构 ……………………………………………… / 131

32. 网络批评的价值与局限 ……………………… 欧阳友权　吴英文 / 131
33. 网络文学对文学批评理论的挑战 …………… 刘俐俐　李玉平 / 135
34. 空间转向：建构网络文学批评新范式 ……………… 禹建湘 / 138
35. 网络文学亟待确立批评"指标体系" ………………… 王国平 / 142
36. 批评的狂欢——网络批评广场辨析 ………………… 谭德晶 / 145
37. 在线性对网络批评形式的影响 ……………………… 谭德晶 / 148
38. 数字媒介与文学批评的边界 ………………………… 陈国雄 / 152
39. 网络文学：如何定位与研究 ………………………… 邵燕君等 / 155
40. 加强网络文学的"在线批评" ………………………… 吴　艳 / 160
41. 网络文学需要什么样的专业批评？ ………………… 怡　梦 / 161
42. 网络文学批评标准刍议 ……………………………… 康　桥 / 164

五、特征把握 ……………………………………………… / 167

43. "超文本"的兴起与网络时代的文学 ………………… 陈定家 / 167

44. 网络文学的特色………………………………………许苗苗 / 173
45. 网络文学的新媒体艺术特征…………………………金振邦 / 177
46. 用网络打造文学诗意…………………………………欧阳友权 / 180
47. 网络文学之"自由"属性辩识…………………………曾繁亭 / 184
48. 新世纪文学焦虑的纾解与网络媒介的力量……………杨　雨 / 188
49. 网络诗歌功能论…………………………………………杨　雨 / 192
50. 网络文学语言的四个特性………………………………李星辉 / 196
51. 数字传媒时代的汉语诗歌………………………………白　寅 / 199
52. 网络诗歌抒情语言的特色………………………………李星辉 / 201
53. 网络的崛起与文学的溃散………………………………席云舒 / 204
54. 网络文学的七种武器……………………………………咆　哮 / 206

六、写手剖析……………………………………………… / 209

55. 签约写手：暧昧的身形与尴尬的身份…………………曾繁亭 / 209
56. 网络70后：中国类型文学探索者………………………马　季 / 212
57. 网络文学的作者（写手）类型分析……………………许苗苗 / 215
58. 论网络文学的创作群体…………………………………周志雄 / 218
59. 网络传奇：蔡智恒小说论………………………………杨新敏 / 223
60. 安妮宝贝与宁财神——网络文学的阴阳两极…………陆山花 / 226
61. 网络写手生存状况调查
　　——因为竞争激烈付出大量劳动也很难熬出头………张宁宁 / 230

七、作品解读……………………………………………… / 235

62. 话语方式转变中的网络写作
　　——兼评网络小说十年十部佳作………………………马　季 / 235
63. "遗忘"：叙事话语和价值态度
　　——评慕容雪村的网络小说《成都，今夜请将我遗忘》…姜　飞 / 241
64. 英雄的悲剧、戏仿的经典
　　——网络小说《悟空传》的深度解读…………………林华瑜 / 243

八、文体类说……………………………………………… / 248

65. 网络类型小说：机缘与困局……………………………欧阳友权 / 248
66. 网络超长篇：商业化催生的注水写作…………………聂庆璞 / 252

67. 博客文学的结构体式与创生形态………… 欧阳友权 罗鹏程 / 255
68. 博客的兴起与文学创作方式的转型………… 欧阳文风 / 259
69. 名人博客的精神特质及其影响………………………… 聂　茂 / 262
70. 博客文学现象批判…………………………………… 张清民 / 267
71. 微博客：网络传播的"软文学"………… 欧阳友权 吴英文 / 270
72. 微博文学的定义、发展、类型及特征………………… 李　存 / 273
73. 手机短信的文学身份与文体审美…………………… 欧阳友权 / 276
74. 手机文学现象：午后茶点与后文学景观……………… 于文秀 / 281
75. 手机文学：现代技术与文学表意的合谋……………… 禹建湘 / 284
76. 手机短信文学的特征与价值………………………… 钟虎妹 / 286
77. 短信文学的勃兴与文艺学之应对…………………… 欧阳文风 / 287
78. 短信文学的文化意义………………………………… 马相武 / 290
79. 试论网络超文本文学的阅读理解…………………… 王　祺 / 291
80. 网上聊天：一种特殊的写作现象…………………… 刘自匪 / 294

九、局限质疑 ……………………………………………… / 297

81. 网络文学：技术乎？艺术乎？……………………… 欧阳友权 / 297
82. 数字化的哲学局限与美学悖论……………………… 欧阳友权 / 299
83. 中国文学已经进入装神弄鬼时代？
    ——由"玄幻小说"引发的一点联想……………… 陶东风 / 302
84. 网络文学，离茅盾文学奖有多远？………………… 欧阳友权 / 304
85. 网络时代文学身份的危机…………………………… 陈定家 / 306
86. 影视"恋上"网络文学，这桩"姻缘"靠谱吗？…… 王国平 / 308
87. 坚决遏制对网络文学作品的侵权…………………… 张抗抗 / 310

十、产业辨识 ……………………………………………… / 314

88. 产业背景下的文学网站景观………………………… 禹建湘 / 314
89. 网络文学之商业机制辨识…………………………… 曾繁亭 / 318
90. 网络文学产业化的新趋势及其后果………………… 白　寅 / 320
91. 网络文学的付费阅读现象…………………………… 傅其林 / 322
92. 网络文学发展的赢利模式及增长空间
    ——以盛大文学为例………………………………… 闫伟华 / 327

十一、发展动势 ································· / 331

93. 网络文学行进中的四大动势 ············ 欧阳友权 / 331
94. 网络文学：前行路上的三道坎 ············ 欧阳友权 / 333
95. 网络文学：从草根庶出到主流认可 ········ 欧阳友权 / 335
96. 数字媒介与中国文学的转型 ············ 欧阳友权 / 336
97. 新媒体与中国文艺学的转向 ············ 欧阳友权 / 339
98. 网络文学：未来文学的主流形态 ············ 聂庆璞 / 340
99. 网络巨头大搞泛娱乐战略，文学何为？ ······ 鲁大智 / 342
100. 网络文学：中国当代文学第二次起航 ········ 马　季 / 345

后　记 ····································· / 349

导语：网络文学批评的三个悖论

欧阳友权

批评是理论的先导，也是建构学理的资源。网络文学批评建设才刚刚起步，便宿命般面临一个个悖论式追问。正视和辨析这些悖论，无疑是获得建设性批评立场的起点。

追问一：平民化开放空间的评价标准何在？

网络文学批评面对的平民化开放空间，赋予批评者以身份的自由、言论的自由和发表的自由，从此让批评摆脱了过去那种"千人一面、千部一腔"的状况，有了选择"说什么"和"怎么说"的话语权，赋予批评以鲜明的个性特征。但是，这个平民化的开放平台又给评价标准的选择、甄别和价值评估增加了难度。正如笔者曾分析过的：网络不仅给平民及其文学活动创造了机会，也给文字垃圾和非文学的宣泄提供了场地。面对空前高涨的网络写作、作品发布量，必然会出现大量假冒伪劣的文字垃圾、恣意灌水的上网表演以及价值判断的主观迷失等问题，从而导致精力、时间、网络资源、注意力的无端浪费。这种情况在传统文学中也有所体现，但在网络文学中更加突出。问题还在于：平民化的网络平台不认同权威，那么谁又有资格来作文学的遴选、导向和为之作价值评判？

在"数字化生存"已经成为生存方式的今天，网络为我们的文学行为带来了两种明显改变：一是阅读方式由"读书"转向"读屏"，读者可以根据兴趣选择同时打开多个文本，或借助超文本链接交叉进入文本，不像书面的线性阅读那样亦步亦趋地依据语言符号去实施再造性想象。这使得读者在衡量网络文学的价值时很少再有意义的探究和隐喻的发掘，有的只是对屏幕文本超媒体感觉的全方位敞开；二是审美价值取向从"社会认同"转向"个人自娱"。传统的评价尺度倾向于社会认同而淡化个人差异，网络文学批评的价值尺度则更重视个体的自娱自足。这样，个人的兴趣和当下的感受将成为选择和评价网络作品的基本尺度。

与上述两种变化相对应，网络文学批评观念也有了显著变化：一是批评者身份的改变，传统批评家的角色在网络中被消除，创作者、批评者和读者这三者之间的界限出现了交互式转换融合；二是批评目的发生了变化，由"载道经国、社会代言"变为"自娱娱人、趁网游心"。前者意味着视文学为"高山仰止"的状况成为过去，文学批评的权力由少数人向更多人转移，批评介入的难度降低，受众面扩大，文学边缘族群可能获得更多的接受和评价机会；后者则可能使文学批评摆脱功利主义的重负，回归到袒露心性、悦情快意的自由言说，把文学批评拉向平易和通俗，进而使得真正属于民众和底层的声音被传递出来。但其带来的意料之外的结果则是：网络批评的艺术祛魅，将导致经典交权，中心消解，评价标准悬置，认同尺度模糊，个人趣味至上等。于是，平面化的表达、无深度的言说、零散化的复制，造成的是批评深度的缺失，批评学理的消解，把原本属于意义赋予的文学批评变成了个性展现的话语游戏，批评的价值欲求也由"意义疏瀹、启迪心智"的价值行为，转而为"跟帖打诨、赚取点击率"的娱乐消遣。在话语平权和张扬个性中如何建构起富含普适价值的评价标准，是网络文学批评要解决的课题。

追问二：共享式乐园里还要不要主体承担？

无远弗届的"赛博空间"是一个神奇美妙的共享式乐园，网民在这里分享文学资源，同时分享身份自由带来的视听奇观和精神盛宴。文学批评得以从传统批评标准的"镣铐"中解脱出来，可以天马行空任意驰骋，尽情享受"眩晕"的感觉。然而，批评者在获得身份和言说自由权的同时，也卸落了自身应有的承担感。

造成批评承担虚位的原因多样，其中主体身份的匿名性是其首要原因。身份隐匿使批评者摆脱了现实纷繁社会关系的束缚，赢得更大的批评自由度，又可以轻松卸去文学功利因素给予他们的负载，保持批评的独立品格。然而，匿名批评面对的是一个众声喧哗的网络世界，由于批评者身份的虚拟和游移不定，使得许多网络批评在"无我"与"真我"的双重游戏中逃避了自身所应该承担的艺术使命，回避了应有的社会责任——他的批评话语无须为人民代言、为社会立心,也无须对审美承担予以艺术进取的承诺,更不要作文学传统的赓续和艺术规范的遵循,只需要快意而悦心、自娱以娱人地一吐为快。结果,主体责任、艺术承担、社会效果、审美意义等价值期待都失去了自律的前提。随着身份虚拟带来的主体性缺位,文学的价值依据和审美承担就成了被遗忘的理念和被摈弃的教条。于是,回避沉重和苦难,削平深度、平面化、零散化、娱乐化等后现代观念在网络文学批评中得到淋漓尽致的表达,经典祛魅、讥嘲崇高、亵渎神圣,乃至消极颓废、玩世不恭等,均有了合法滋长的空间。

追问三:谁来为自由言说的"粗口秀"埋单?

大众狂欢的网络空间建构了一个消解崇高、颠覆神性、贱视权威的"渎圣"世界,存活于此的网络文学批评已不再是严肃的价值评判行为,而更多地是一种轻松随意的表达游戏。我们看到,许多网络批评充斥着怪诞、嘲弄、调侃、耍贫嘴、假正经,以及各种民俗民间文化的"粗口秀"叙事,用"另类"的批评姿态打破旧有的批评模式,祛除文学批评传统的原有光环,颠覆典雅的批评范式和尊贵的价值理念,让文学批评从精英走向大众,从圣坛回归民间,形成快意亲和的"新民间批评"新格局。然而,充斥网评的"粗口秀"表达究竟是新锐的利器还是流俗的口水?

"粗口秀"(vulgarity show)是一种运用凡俗话语模式传情达意的语言策略,它原是一种民间智慧,现在则被广泛用于网络批评。讥嘲崇高、拼接凡俗和渎圣思维形成的脱冕式俗众狂欢,以及由谐谑炫技和短句陈示所演绎的平庸崇拜,是网络批评"粗口秀"叙事的常见表征。如将大众耳熟能详的成语典故、名言警句、影视歌词等,通过戏仿、拼接等方式,翻新为时尚调侃的噱头,将其纳入新的语境,以制造一种喜剧性的反讽效果等。在网络上有人将广为传唱的《游击队之歌》的歌词戏仿为:"我们都是大美女,每一次点击消灭一颗痴心;我们都是狐狸精,哪管它网恋真不真……",面对这样的戏谑和讥嘲之作,很少看到网络批评者的价值秉持和正面剖析。网络是一个反中心化、非集权性的自由空间,它蔑视等级观念,拒斥精英情怀和盛气凌人,无论是思想大师还是普通百姓,在此都是平起平坐的网民,网络批评只能以平民姿态、平常心态看平庸事态,以撒播感觉来表征"我俗我怕谁"的草根心结。基于这种心态,网络批评不是要打造批评经典,而是通过相互交流以排遣情绪。炫耀谐谑的技巧,展示幽默的智性,巧置诙谐的语言,编织搞笑的噱头,常常能为批评表意招徕更多的看点,然而,这样的"粗口秀"话语能否撑起文学批评的天空,达成对网络作品的意义解读和网络写作的健康引导,是大可怀疑的。这不仅因为表达的粗糙、粗俗和粗口会干扰理性思考和观念沉淀,还可能为膨胀个性、道德失范洞开方便之门,导致网络文学批评整体水平低下,失去批评应有的意义和深度,因为言说的自由最终是要靠意义的有效表达才能获得价值支撑的。

有了追问就有了思考和谈论的话题,于是,也就有了日渐多样的有关网络文学批评的学术讨论。

一、基础学理

1. 网络文学本体论纲

欧阳友权

伴随着现代数字化技术而迅速崛起的网络文学能否在人类艺术审美的表意链中,以自己的迹化形式镶嵌出文学史的一个历史节点,以媒介转型在文学场域中实现"范式转换"是 21 世纪文学格局中一个期待合法性体认的文学母题,对此需要给予本体论上的学理阐释。

本体论(Ontology)是关于存在的理论,所要探讨的是事物(自然界、社会和人)的本原和本性的存在方式、生成运演及其本质意义的终极存在问题。运用本体论哲学方法探究网络文学,就是回到事物本身,聚焦这种文学"如何存在"又"为何存在"的提问方式,选择从"存在方式"进入"存在本质"的思维路径,从现象学探索其存在方式,从价值论探索其存在本质。即由现象本体探询其价值本体,解答网络文学的存在形态和意义生成问题,以图完成网络之于这种文学的艺术哲学命名,探讨构建一种网络文学学理范式的可能性。

合法性的"在场"追问

网络文学历史性地出场,首先需要在理论逻辑上解决"存在者"是否存在和如何存在,然后才有可能解决其"存在"的意义和价值问题。尽管网络文学利用传统文学走向式微、互联网快速普及的契机而得到了迅猛发展,但它在对传统文学实施全面"格式化"的同时，也使自己置身于一个期待认可的共时性平面上，导致自身知识谱系和意义模式的"合法性悬置"。

首先是"命名焦虑"。

互联网上的汉语文学诞生于 1991 年，这一年全球第一家中文电子周刊《华夏文摘》在北美创刊，此后，世界各国相继出现了中文网站。① 1994 年中国大陆以域名"·cn"正式加入网际互联网。从那时到今天，中文网络文学走过了 10 年时光，但它自身至今仍处于"命名焦虑"期。无论在理论批评界还是在网络写手眼中，对于什么是网络文学，究竟有没有网络文学，怎样才算网络文学等，都存在诸多争议。

一件事物的命名是一个约定俗成的历史甄淘和疏瀹过程，任何强制企图或焦虑心态都于事无补。事实上，在互联网风起云涌的今天，已经浮出历史地表的网络文学的"在场确证"正在舒缓这种"命名焦虑"。笔者对此的界定是：网络文学是一种用电脑创作、在互联网上传播、供网络用户浏览或参与的新型文学样式。它有三种常见形态：一是传统纸介印刷文本电子化后上网传播的作品，这是广义的网络文学，它与传统文学的区别仅仅体现在传播媒介的不同；二是用电脑创作、在网上首发的原创性文字作品，这类作品与传统文学不仅有载体的区别，还有网民原创、网络首发的不同；第三类是利用电脑多媒体技术和 internet 交互作用创作的超文本、多媒体作品（如联手小说、多媒体剧本等），以及借助特定电脑软件自动生成的"机器之作"，这类作品离开了网络就不能生存，因而，这是狭义的网络文学，也是真正意义上的网络文学。

其次是"父根"与"母体"诘问。

命名能为一个漂浮的能指设定一种概念归宿以约定所指，但网络文学能指与所指的背后仍然存在着发生学上的本体论悬置问题，即需要面对"父根"与"母体"的"审祖"式追问。较早便在互联网打拼名气的写手李寻欢提出："网络文学的父亲是网络，母亲是文学。"网友 Sieg 反对将网络文学本原看成"父根"（网络），而主张"母根"（文学）才是它真正的根。他采用归谬法反驳说："楚辞是楚人在竹简上发表的供楚人阅读的作品"，可千年后

---

① 1991 年 4 月 5 日，全球第一家中文电子周刊《华夏文摘》在美国诞生，互联网上第一篇中文网络文学作品是张郎郎的杂文《不愿做儿皇帝》，发表于 1991 年 4 月 16 日《华夏文摘》第 3 期，第一篇中文网络小说是小小说《鼠类文明》（作者佚名），发表于 1991 年 11 月 1 日《华夏文摘》第 31 期。

唐宋时期的人阅读写在纸上的楚辞时，它还算不算文学呢？今天我们在电脑上读楚辞它是不是也算文学呢？① 网络超文本研究专家黄鸣奋先生认为：作为一个范畴的"网络文学"本身包含着两项基本要素，即"网络"与"文学"。"网络是当代高科技的代表，文学则是人文精神的体现。科技与人文在'网络文学'旗帜之下的统一，带来了许多值得深入研究的现象。"如作者多是学理工或掌握上网技能的；网络写作要使用自然语言和计算语言双重工具；网上的文学活动既是文学意义上的写作与阅读，又是科技意义上的程序应用；网民不仅从作品中体验到文学趣味，而且感受到科技意蕴；评价网文既要有审美标准又要有科技标准等等。因而，"不论我们将网络与文学的哪一方当成父根（同时将另一方当成母根），网络文学都不是简单地继承父母的基因，而是熔铸双方的影响，创造自身的特色"②。

网络文学是搭乘计算机网络技术的隆隆快车悄然登场的，"第四媒体"的技术之"根"已经深植于它的血脉中；网上写作只要是文学书写便摆不脱人文预设对这种文学潜质的基本厘定，文学基因已成为它"挣不断的红丝线"。因而，"网络"与"文学"联姻应该是"父根"与"母体"耦合后孕育的一种新的文学形态。它拥有文学基因，又依托技术载体，但绝不是两者的简单相加，而是涅槃中的生命化合。海德格尔说："技术是一种去蔽之术。""在技术中，决定性的东西并不是制作或操纵，或工具的使用，而是去蔽（revealing）。技术正是在去蔽的意义上而不是在制造的意义上是一种'产生'。"③ 在网络文学中，技术"去蔽"的不是工具理性的媒介操作，而是审美临照中被技术所遮蔽的审美澄明，是"父根"对"母体"的依恋或"母体"对"父根"的召唤。它们不应该是形而上学的二元对立或逻各斯中心的"执本驭末"，而是"双性同体"的神妙化工构筑出来的文学审美的艺术本然世界。

最后是廓清文学"出场"与文学性"在场"的关系。

如果说世界华语网络文学诞生于海外学子的家国之思，中国本土的网络文学则生成于众声喧哗的BBS（电子公告板）——是一批较早稔熟网络技术

---

① 李寻欢：《我的网络文学观》；Sieg：《反螺旋立场》，均载《网络报·大众版》2000年2月21日。

② 黄鸣奋：《超文本诗学》，厦门大学出版社2001年版，第317—318页。

③ ［德］海德格尔：《人，诗意地栖居》，郜元宝译，广西师范大学出版社2000年版，第102页。

的年轻学子用指头打造出一个数字载体的文学乾坤。由于网络契合了文学的自由本性，网民的游戏心态又切中文学的娱乐因子，因而文学走进网络或网络介入文学，自然就有了本体论的逻辑依据。

2002年以来，网络文学不像前两年那么火爆，但文学网站仍保持强劲的增长势头。网上的文学也出现两点明显变化：一是文学站点个人主页和收藏的网络写手的个人专辑大幅上升；二是网络原创作品发布量呈缩水之势，但作品质量却有所提升，TOP排行榜的点击率明显增长，这反映了广大文学网民净化网路、回归文学审美本性的要求。

网络文学的历史性"出场"并不一定就意味着"文学性"的在场；相反，它倒可能构成对文学性新的遮蔽。因为一种新型文学的审美价值确证并不取决于它的载体，而取决于它能否走进人类审美的殿堂，以"文学性"建立其自己的人文价值体系，而这种内质的涵养是需要有丰足的创作实践来疏瀹和铸就的。事实上，自诞生之日起，网络文学就面临科技与人文的宿命式追问：在它所凭附的高科技大树上，结出的究竟是人文审美的丰硕果实，还是会使人类的艺术传统和精神赓续在技术的狂飙突进中花果飘零？在炙手可热的科学势力的边缘，走进网络的文学是否仍秉承古老的传统与价值朝着人类审美精神的圣地驰骋，还是在科学技术的场域中让文学本体的精神取向经历一次技术理性的"格式化"？因而，文学在互联网中"出场"后，可否在大众文化读图转向、道与言都出现话语转型的背景中，用诗意的寓言铸就网络诗学的新境界，乃至据此重新书写文学的"文学性"，探询重建精神价值深度的可能性，而不是让文学本该有的艺术承担和价值叙事为世俗的感性愉悦和消费文化的平面化所遮蔽，使本该在艺术中得到敞亮的生命意义被工具智慧所取代，避免文学应有的审美意义在网络媒体的技术围城中无从置喙，抑或变成欲望生产而价值退场的游戏碎片……这一切都警示我们必须关注网络文学的"文学性"问题，解决好文学"出场"而"文学性"缺席的矛盾。网络文学有精神对现实的在场，但这里有没有"真理"（文学性）对文学的完全在场与敞亮呢？或者说有没有技术的"去蔽"造成的文学性"遮蔽"呢？对此，我们还需要有本体论上的逻辑清理。

本体表征的双重结构

对于网络语境中的文学而言，其本体存在首先表征为互联网上显性在场的文学，即这种文学的存在方式及其范式，然后是其隐性存在的存在本质与价值,即作为文学的"文学性"的意义存在。前者的存在可能会对后者形成存在的"遮蔽",因为恰如海德格尔所说,本体论永远处在"诗、言、思"的途中,诗不是"在"本身,而是在的缺席,同时也是在的"召唤"。网络文学的文学性就是在由"言"而"思"、由"思"而"诗"的追寻途中所实现的可言说与不可言说之间的生成转换,以及显性存在与隐性价值之间的内在审视。因为真理从来不是现存的和一般对象的聚集,而是存在的敞开,是所视的澄明,是作为透射描绘出的敞开的发生。网络文学的隐性存在或本体存在的隐性结构,就是对它的显性存在或它的本体存在的显性结构的"去蔽中的敞亮""存在的澄明",是文学的价值在展示自己时所依存的现象学本体论的先行结构,它使我们得以从技术化的"隐藏之物"进入文学性的"澄明之境"。

先谈网络文学本体表征的显性结构。

网络文学本体的显性存在是一种结构性存在,但它又不同于笛卡尔所谓的"广延物体"的固定性,即一个主客二元分立中可以确证的外部他者。因为电子语言僭越了传统语言分析的边界,置换了对象"在场"与"缺席"的设定方式,用"信息 DNA"的吐纳和"比特"的传播方式替代了"原子"的物理属性①,使得自身的本体存在"既无处不在又处处不在,既永远存在又从未存在,既是物质又是非物质"②,因而,网络文学本体的显性存在既是物质的(电脑、连接终端的电线、调制解调器、键盘、鼠标、手写板、电子压感笔等硬件设备),又是非物质的,如由"比特"(bit 音译,指计算机二进制数的位)、文本标识语(HTML,hypertext markup language)、万维网(WWW,world wide web)、赛博空间(cyberspace)、多媒体(multimedia)、超文本(hypertext)、超链接设计(hyperlink)、虚拟真实(virtual reality)等组成的 Internet 媒介传播系统;既是潜在的(平时看不见摸不着),又是显在的(接通网络后尺幅之屏风光无限);既是客观的广延性存在(可以在任何一个联网节点实施能动操作乃至下载赋型),又必须依靠主体的技术操作才会有存在的出场,否则网络文学既没有存在形态更无从有存在价值,其本体存在将恍兮惚兮虚无缥缈。所以马克·波斯特称电脑写作是"临界书写",他说:"与笔、打字机、印刷机比较起来,电脑让书写的痕迹失去

---

① [美]尼葛洛庞帝:《数字化生存》,胡泳、范海燕译,海南出版社 1997 年版,第 3 页。

② Mark Poster: *The Mode of Information*, Polity Press in association with Basil Blackwell, 1990, P. 111, P. 102, P. 85, P. 111.

物质性。"①

由此可见,网络文学本体的显性结构是一种"软载体"结构,它与传统文学的"硬载体"(如"文房四宝"的线性书写、纸质印刷品的体积重量)存在方式是大相径庭的。这一结构大抵包含几个相互依存的逻辑层面:

第一层面:媒介赋型,数字化载体的技术螺旋。网络文学的第一存在是数字化技术媒介,即以技术为载体,由"网络"存在走进"文学"存在。由现代电子数码技术引发的"第四媒体"转型,使文学从传播革命的技术螺旋中打造出电子化生态空间,从而生成互联网上的文学美学与技术审美的诗学。

第二层面:比特叙事,链接文本的语言向度。网络文学的第一语言是"比特"语言,基于电子化机器语言的编码与解码构成文学语言叙事。网络写作的双重语言叙事造成了日常写作经验的中断和叙事规则的改写,但比特化交互链接的技术手段却为网络电子文本创造了多媒体、超文本叙事的自由空间。

第三层面:欲望修辞,间性主体的孤独狂欢。网络写作的基本动机通常是个我的欲望表达,电子牧场的孤独狂欢、间性主体的身体修辞、市井社群的"粗口秀"(vulgarity show)策略,解除了生存世界的"面具焦虑",创造了自由、平等、真实、感性的"大话"模式和躯体化的"欲望修辞学"。

第四层面:在线漫游,赛博空间的虚拟真实。网络的文学的"接口"在于只有"在线"才能"在场",只有"在场"才能在虚拟的网络世界里"冲浪"或"漫游"。赛博空间(cyberspace)的"虚拟真实"成为在线书写的艺术资源,拟像的符号代码所组成的艺术踪迹,以"能指的星群"重铸网络书写的技术美学,而共时场域的交互与分延则约束着网络文学的艺术边界。

第五层面:存在形态,电子文本的艺术临照。万维网的"电子幽灵"覆盖"地球村"后,以其触点延伸方式实现了咫尺天涯的无纸传播,把"空中的文字"拉近到眉睫之前,让尺幅之屏敞亮信息承载,用远距触摸构成传输隐喻,这一"文化快捷键"的无穷点化让人们充分体验到了目击快感。于是,网络文学以在线资源的全景敞视,铸就了电子乌托邦的艺术临照,以数字化技术强化了文学对现代电子传媒的依赖,既"改造"了昔日的文学形式,又"改变"了文学的存在方式,从而形成了迥异于纸介印刷作品的电子

---

① Mark Poster: *The Mode of Information*, Polity Press in association with Basil Blackwell, 1990, P. 111, P. 102, P. 85, P. 111.

一、基础学理

化文字文本、文学超文本和多媒体文本,创造了新的文学范式,使得电子镜像中的文学存在日渐呈现出"文学的艺术化→艺术的仿像化→仿像的生活化"的层级蜕变。

在这里,媒介赋型是载体,比特语言是文本叙事的工具,间性主体的欲望修辞是网络写作的人本前提,在线性的虚拟真实构成赛博空间的书写内容,而电子化作品的存在范式则完成了从纸介书写向数字化文本的艺术转换。这些要素间的有机融合与脉理渗透,就构成网络文学显性的结构存在,亦便是它的本体论存在方式。

再谈网络文学本体表征的隐性结构。

网络文学本体的隐性存在所要廓清的是网络文学的本体价值,或曰从价值论上探索其存在本质。价值是由人的需要产生的理性预设,它要探讨的不是"它是什么",而是"它应该是什么"或"它可能是什么",这便是价值论的提问方式。网络文学在现时代满足和开发了人们的什么需要,就是其价值所在。另外,本体价值是对存在方式的"去蔽",是从显性之中发掘隐蔽之物,进而发现遮蔽中的敞开之物——网络文学的真理性存在。网络文学本体首先是一种感性存在,然后以感性形态表征所包蕴的意义,通过合法性在场去追踪价值的踪迹。网络能否担当起沉重的文学意义之思,取决于它能否以本体存在体现本体价值,将存在方式导入领悟真理之途,使形态表象转换为一种哲思和诗意的寓言,探寻在网络文学语境中重建精神价值深度的可能性。

网络文学的隐性存在就是其"效果历史"的价值存在,也是我们要考察的"领悟生命的方式"。可以说,在网络化语境中,文学的隐性存在是显性存在的去蔽,是现象学"回到事物本身"的本真阐明,对它的揭示就是网络文学进一步展示自身并随之揭示自身本体价值结构的澄明过程。这一隐性的价值结构由这样一些不同层面所构成:

(1)体制重建——原点解构的谱系转换。网络文学是人类继口头说唱文学、书写印刷文学之后第三种文学形态,是技术螺旋对文学"元典"的疏离和消解,是媒介的"格式化"对文学惯例的悄然置换。但这一文学在消解传统文学惯例的同时,也在知识谱系和文学体制两个层面上重建新的文学"原点",以自己的方式回答"文学是什么""文学写什么""文学怎么写""文学干什么"等这样一些文学"逻各斯"本题。

(2)民间立场——在线民主的母语回归。自由、兼容、民主、共享的网络空间用"在线民主"的现代神话构筑文学的民间立场,用"人人都能当作家"的抚慰性幻想激励大众的艺术热情,让文学在消解中心话语和权级模式中,实现文学话语权向民间母语回归,展演消费社会大众文化"脱口秀"的符号权力。

(3) 电子诗意——文学性的祛魅与返魅。文学的网络栖居更换了人们对文本诗性的认知与体验方式,用"图文并陈"模式重塑"祛魅"(Disenchantment)的文学审美观;而网络文学在对传统的文学性予以技术祛魅的同时,也在实施电子诗意性对传统文学性的置换,打造网络世界新的艺术灵境。

(4) 文化表征——后现代语境的"图—底"关系。网络文学的后现代底色使它与后现代主义文化精神之间形成了"述愿"(Constative)与"述行"(Performertive)的双重逻辑,构成了文学与社会文化语境在理论逻辑上的内在关联,这种关联所表征的文化镜像,不仅预设了网络文学的文化隐喻,也构成其特有的艺术言说。在此要讨论的问题是:网络文学是怎样表征后现代文化语境的,这种语境隐喻了怎样的文学解构逻辑。

(5) 人文蕴含——艺术原道的意义承载。数字化的精神现象学,使得人文理性成为网络文学对抗技术霸权的有效武器,用"意义"承载"精神"是网络艺术生产"原道"的图腾。互联网对人文精神的解构与建构,是网络文学反常而合道的永恒命题,但技术主义和工具理性仍然是网络写作的"软肋"。只有实现高技术与高人文的协调与统一,网络文学才能获得更多的千秋情怀和终极道义,拥有人文精神的底气和骨力,这种文学才可能真正走进一个历史的节点,赢得文学史的尊重。这是网络文学人文原道中最基本的本体论价值。

最后,网络文学的本体论思辨还要从这种文学"如何存在""为何存在"的路径进入其"何以存在"的论题,以图从理论逻辑的"正题"与"反题"走向"合题"——将网络文学的本体论分析从"形态"与"价值"层面,延伸至艺术可能性层面,从观念预设上思考其本体的审美建构与艺术导向,如坚守文学的本体论承诺、注重新民间文学的审美提升和实现电子文本的艺术创新等问题,以完成网络之于这种文学的观念重铸,达成网络文学的学理命意。

在网络介入文学之时,历史的辩证法也同时启动。对于恒定的企慕使我们走近网络,关注这种文学的存在方式和存在本质,追寻文学显性的形态构成和隐性的本体价值。实际上任何一种阐释的有效性仍然只是对某种"真理"和"规律"的文化命名和自我目的性选择,对网络文学的本体论阐释自然也不能例外。

原载《文学评论》2004年第6期,此处有删节

2. 网络文学：挑战传统与更新观念

欧阳友权

就在文学日渐走向边缘化的同时，一种新的文学样式——网络文学却一步步向文学中心挪移。不过自网络文学诞生之日起，臧否之声即不绝入耳：有人认为它是文坛崛起的新星，有人说它是文学的克星，也有人说它是文学末路的救星。不过重要的不在于给网络文学下怎样的结论，而在于深入地去了解、研究它，正确地引导和扶持它。

本体辨识：网络文学的特征

网络文学是一种用电脑创作、在互联网上传播、供网络用户浏览或参与的新型文学样式。它是伴随着现代高科技、特别是计算机网络技术的发展而兴起的。从对象本体上认识网络文学，可以感受到它迥异于传统文学的几个显著特征。

一是作家身份的网民化。传统的文学作品是由社会分工和角色定位明确的"作家"来完成的。而网络文学则不同，它的作者一般都不是传统意义上的专业作家，而是钟情于网上漫游的"三 W"（无身份、无性别、无年龄）网民；网上作品甚至没有确定的作者，它们可以是出自某个匿名或化名的"网虫"之手，也可能是由许多彼此并不相识的网上冲浪者共同完成的。所以有评论者说：网络写作"就像马路边的一块黑板，谁都可以在上面涂鸦"。这种创作动机的超功利性、创作心态的自由性和创作身分的平民性，使网络文学有可能真正成为大众的、世俗的、袒露个我的艺术样式，同时也消解了昔日作家头顶上神圣的光环，象牙塔中的"社会雅士"心态也被无名者的键盘所击碎。这应当是自由表达的进步，是文学话语权、书写权让更多人分享的表现。

二是创作方式的交互化。网络义学创作有两个生成环节：首先是离不开以机换笔、人机对话，实现人与电脑的交互合作。还有，由于网上作品不需要印刷、装订等成型处理（除非是下载成为"硬载体"），一个作品可以由原创者与网民共同完成，不同的网民可以参与同一作品的创作，也可以对不同的作品说三道四，甚或按照自己的意图修改作品，从而实现网民之间的交互化。这和传统文学创作由作家苦心孤诣地"爬格子"是大相径庭的。在这里，人机交互是艺术与科技的融合，而网民之间的交互是心灵与心灵的沟通。前者是创作手段的脱胎换骨，后者则体现了"网络一族"的以网会心。

三是文本载体的数字化。美国麻省理工学院媒体实验室创办人尼葛洛庞帝教授曾预言：现代社会正形成一个以"比特"为思考基础的新格局，比特作为"信息 DNA"，正迅速取代原子而成为人类社会的基本要素。数字科技将改变我们的学习方式、工作方式、娱乐方式——一句话，我们的生活方式。网络文学正是以数字科技为依托而得以形成和发展的，它的文本载体就是数字化符号。这种符号经过机读处理转化成可供辨识的文字、图像、声音等。并且，随着计算机科学的迅猛发展，负载网络作品的人—机界面，已经从"键盘—屏幕"体制发展到超文本的"视窗"体制。这就不仅给单一的文字作品增设了多媒体的视听美感效果，还能借助图形界面或标识语言，将丰富的文本系统资源以层次或网络方式包装起来，造成"文本中的文本"或"文本间的文本"，这些都是传统的书面印刷文本不可能做到的。

四是流通方式的网络化。传统的文学作品是以书籍、杂志、报纸等物态化的硬载体形式流通的。它们在制作上耗时、耗材，运输时负重而行，储存时挤占空间，购买时又需要花费价格不菲的消费成本。而网络文学的流通是通过"比特"这种软载体在网络中实现的。网络中的软载体信息体积小，容量大，耗材少，传输快，辐射广阔，准确性高，易于检索、复原和复制，节约时间和空间，还能降低文化消费开支。马克思、恩格斯在《共产党宣言》中预言："由于开拓了世界市场，使一切国家的生产和消费都成为世界性的了。……物质的生产是如此，精神的生产也是如此。各民族的精神产品成了公共的财产，民族的片面性和局限性日益成为不可能，于是由许多种民族的和地方的文学成了一种世界的文学。"① 在电脑网络把世界"一网打尽"的时代，这种预言已经变成了现实。

五是欣赏方式机读化。传统的文学欣赏是一种个人化的书面阅读，其好处是作品携带方便，欣赏自由，打开书本浏览，合上书本睡觉，只要有光线相伴，无需借助其他设备，这些都是传统阅读的优势。但网络文学欣赏的机读方式却有自己的特点。首先是电子出版物提供了欣赏对象的优势，如字号

---

① 《马克思恩格斯选集》（第1卷），人民出版社1972年版，第225页。

一、基础学理

可调、图文并茂、易于检索、信息适时更新等。先进的机读软件还可以选择语种、自动翻译、由电脑朗读、用耳机助听，甚至用电子笔在页边作注等，这些都是书面文学欣赏所望尘莫及的。其次，机读还具有量化欣赏的优势。建立在计算机存储检索技术上的定量化欣赏，已经被广泛运用于视媒、听媒和语言艺术等诸多电子艺术欣赏领域。如果将数据库、知识库和推理机结合起来构成相应的专家系统，电脑机读还能把定量分析与定性分析有机统一起来，达到文学欣赏的科学性。

文学变异：网络时代的挑战

1. 文学存在方式的变异

首先是媒介方式的变异。从远古时"劳者歌其事、饥者歌其食"的说唱文学到文明之初的龟甲简牍文学，再到文明时代装帧出版的纸面印刷文学，无不以语言（口头的或书面的）为文学作品的存在方式，因而，文学被称作"语言艺术"。然而，这个文论史上久成定论的观念，却受到网络文学的严峻挑战。网络文学使用的是计算机语言，是"bit"（数位）和"byte"（字节）转换和解码；网络作品又不仅仅是文字语言，它还有多媒体的声音语言和图像语言。不仅如此，借助一些新的硬、软件，网上文学的媒介还能发展到人的嗅觉、味觉、触觉，达成真正的审美通感，让人在电脑上体验到心跳、体温、晕眩、过敏等微妙的心理变化。这时候，单纯的语言文字媒介显然难以涵盖文学作品的存在方式了。以互联网为标志的第四媒体，以其巨大的信息负载量和无远弗届的传播功能，成为网络文学媒介变异的催生婆。

其二是文本形式的变异。如前所述，以前的文学作品是以书本、杂志、报纸等硬载体文本形式出现的，它们陈列在书架上，摆放在案桌前，构成一种物质化的存在。而网络文学则以电子符号的软载体形式存在于电脑中，传输在互联网上。不借助计算机网络设备，它们看不见，摸不着；而一旦人机交互进入网络世界，它们则五光十色、风光无限。过去人们常用"汗牛充栋"来形容藏书之多，用"学富五车"来比喻读书之广，而现代网络作品和电子出版物则不是以文本载体的数量和体积所能衡量的。网上世界信息如烟，作品更新众花迷眼，而几张小小的电子光盘即可囊括一个图书馆的资料信息。

其三是文学类型的变异。网络文学的崛起使传统的文学艺术类型划分悄然发生着变化：在这里，纪实文学与虚构文学、文学与非文学的界限，抑或文学类型中诗歌、小说、散文、剧本的"四分法"界限，都已变得模糊。只要能在互联网上过把文学瘾，艺术修养良莠不齐的网络作者宁愿率性而为，哪还有耐心顾及文学该是什么样？另外，网络文学还有向综合艺术发展的趋势：由于多媒体技术对于创作者充分表达和接收者全方位观赏的诱惑，越来越多的网络作品开始从单一的文字表达向光色声像的多媒体综合表达靠拢，甚或把网络小说做成电脑游戏。如网络小说《火星之恋》，作者在叙述一个爱情故事时，不断插入音乐、图片和音像媒介，如美国航天器从太空发回的火星表面照片、宇航员登上月球的音像资料等，并伴有梦幻般的音乐，这究竟是文学的死亡还是文学的新生？

2. 文学创作模式的变异

在创作手段方面，网络作者以机换笔，让苦役般的"码字儿"变成轻松的键盘输入，也可以运用万通笔或无线压感笔作手写输入，或是在交互式语音平台上进行语音输入。有的操作软件还能够实现随机创新、人机共同思维。在语言操作上，电脑写作使用的是以二进制数（即一连串的"0"和"1"）为代码指令的机器语言和将字母缩写成符号指令的汇编语言，还有通过编译程序与计算机相连的高级语言，这就为电脑程序创作提供了机遇。有电脑程序的辅助，让一个文学新手创作一部情节曲折的小说或一出惊心动魄的戏剧，并不是什么难事，因为人们已经在事先设计的创作程序中，把自己的艺术想象力和文字表现力交给了电脑。

在构思方式上，传统的文学构思完全是个人化的艺术思维，即使是集体创作，其集思广益的范围也是十分有限的。而网络创作则不然，它可以由首创作者设定某一文学题材框架或文体类型，让互联网上的众多网民共同就这个题目发表意见，进行群体性艺术构思，然后集中大家的艺术智慧进行创作。在创作过程中还可以随时通过网络信息校正原来的艺术构思，修改自己的创作思路。这时候，网络作者关心的重点已不再是创作结果，而是在创作过程中感受到的"天涯若比邻"的乐趣和"海内存知己"的理解。

在叙述方式上，传统的文学叙述是跳着"语言的镣铐舞"来实现"我手写我心"。语言作为表达的工具和思想的现实，在传情达意上具有能指与所指、外化与隐喻等多方面的指涉功能，但又有其先天的局限性。例如，语言叙述只能通过时间的线性叙述达成空间的连点陈示，无论叙述技巧如何高超，它也只能在语言链的铁壁合围中左冲右突，走不出延时罗列和点线分述的圈子，所以古人才有"恒患意不称物，文不逮意"（陆机）的喟叹。网络文学创作则不然，它可以把语言叙述与声音表达、图片展示、音像画面融为一体，在传统的线性叙述中搭设一个多媒体并进的信息平台，在平面陈列的基础上开凿一个立体的窗口，甚至让文学作品的叙述方式成为一个差不多可以用无限多的方式组合、排列和显现信息的超媒体系统,让网络文学的消费者根据自己的喜好对感觉通道加以选择。这恐怕是连乔伊斯、福克纳等意识流叙述大师们也望尘莫及的。

3. 文学价值理念的变异

第一,在价值取向上由艺术真实向虚拟现实变迁。现实主义文学的客观真实、浪漫主义文学的情感真实和现代主义文学的主观真实在网络时代都趋于消解,因为网络文学只注重文本自身所营造的虚拟世界,以及对这个世界的真实表达。网民所畅游的网络世界是自足自律的,它与外部世界可以没有直接关联,创作者注重的是当下的现场感受,而不是与现实世界的对比拼接,所以传统的"艺术真实"观已被眼前的虚拟现实给抛到了脑后。虚拟现实(Virtural Reality)是人与计算机生成的虚拟环境进行的交互作用的技术手段。电脑的时空本身就是虚拟的,操作者再借助一些虚拟软件(如虚拟存储器等),就可以为自己营造神奇的电子世界,人们尽可以投身其中撷取自己所需的信息,邂逅从未谋面的朋友,发现事物之间意料不到的关联。

第二,在价值尺度上由社会认同向个人会心转换。评价文学作品的价值水准历来存在着社会尺度的一致性和不同个体评价差异性的矛盾,最理想的价值判断当然是这二者的统一。传统的文学评价尺度更多地倾向于社会认同而淡化个人差异,而网络文学的价值尺度则更重视个体的自娱自足——网络作品犹如"电子面条",主要用于互联网交流而让网虫们解馋,既不希冀编辑或出版商认可,也无需社会权力话语的首肯。原创者只要自我感觉良好,认为它能畅神达意、开心解颐,玩的就是心跳,管别人什么事!同样,网络作品的消费者对给定的艺术形象完全是跟着感觉走,稍不如意就将从一个网址漫游到另一个网址,不像阅读书面文学那样亦步亦趋地依据语言符号的间接转换去实施再造性想象。他们衡量网络文学的价值很少再有意义的探究和隐喻的延宕,有的只是对多媒体或超媒体感觉的全方位敞开。这时,个人的兴趣和当下的感受将是选择和评价网络作品的基本尺度。

观念构建:重塑网络的文学观

网络文学的挑战,说到底,是对传统文学观的挑战。"文变染乎世情,兴废系乎时序"(刘勰),当网络文学猝不及防地走进我们的生活,并在文坛竖起自己界碑的时候,文学界最需要做的是高扬通变意识,重塑网络的文学观。

首先是要树立信息时代的文学生态观。一种文学的健康发展犹如自然界的万物滋长，也有一个生存基础、生态条件问题。电脑艺术、网络文学的诞生和发展，是与知识经济时代以电子信息技术为核心的高科技环境相适应的，或者说，是这种时代环境的必然产物。进入电脑时代后，人类所生活的环境逐步向便捷化、智能化转变。当数字化生存改变我们的社会面貌和个人生存方式的时候，我们还会对网络文学、电脑艺术的崛起而莫名惊诧或熟视无睹吗？

其次是要构建网络时代的"大文学"观和"准文学"观，为网络文学新苗酿造一个开放、宽容的社会审美文化氛围。计算机及其互联网的发展，在以高科技手段为网络文学拓展出一片生存空间的同时，也把传统意义上的文学范式挤到了历史的后排，并且把"什么是文学""怎样才算文学"的问题推到了二难选择的十字路口：从横向上说，我们一方面要保持民族文学的固有特色，走出一条中国化的文学发展道路；另一方面又要在改革开放的时代大潮中广撷博采外民族文学的营养质素，在全球化的大趋势下让中国文学步入世界优秀文学之林，这是一个自律与他律的悖论。从纵向上说，我们需要把目光投向历史，以继承和弘扬优秀的文学遗产，让璀璨的民族文学宝藏在知识经济时代大放荣光；同时又要把目光投向未来，着眼发展，开拓创新，使文学能与新时代的年轮接轨，奏出21世纪新生活的音响，这又是一个传统与未来的悖论。这两个悖论组成的坐标已经被网络文学推到了观念变革的前沿，而以计算机、网络化、多媒体化及信息高速公路为标志的信息技术在带动文学变革的同时，也为解答这两个悖论提供了无以选择的观念选择——网络时代的大文学观和准文学观。

此外，网络时代的文学还需要倡导平民的文学观，涤除文学的贵族气。人类在蒙昧时代的说唱文学以口耳相传，造就了原始初民"杭育"派诗歌的大众文学；在文字书写和印刷传播的硬载体时代，文学消除了口头文学言过即逝、流传不远的弊端，而形成了语存字贵、文以经世的古典文学观，同时也滋生出文学的贵族气——诗人、剧作家、小说家不仅成为社会分工的特定职业，而且常以社会代言人的角色出现，变成一种身分和地位的象征，从而使一些文学作者滋生出一种神圣的优越感和贵族心态。信息时代的网络文学则不同，作家的桂冠正在被无名氏的网民所分享。这就带来两个显著的变化：一是创作者的社会角色发生了改变——艺术角色与非艺术角色、文学创作者与文学欣赏者之间的界限出现了交互式转换，二是创作目的发生了变化——由载道经国、社会代言变为自娱或娱人。前者意味着视创作为"高山仰止"的状况成为过去，文学艺术创作的权力由少数人向更多人转移，社会弱势集团就可能获得更多的表达和接受的权力与机会；后者则可能使文学摆脱功利主义的重负，回归到袒露心性、悦情快意的自由本质，把文学拉向平民和通俗，进而使得真正属于民众和底层的声音被传达出来。所以，涤除文艺的贵族气，培育平民的文学观和艺术观，应该是网络时代必然选择。

原载《湘潭大学学报》2001年第6期，此处有删节

3. 游荡网络的文学

南 帆

无论人们对于"网络文学"还会产生多少争议，"网络文学"这个概念终于站稳了脚跟。尽管"网络文学"的完善定义有待于理论的进一步修补，但是，文学进驻网络空间并且成为一个活跃的臣民，这已经是不争的事实。现今已经没有多少人否认网络文学的存在。许多人的目光开始越过这个事实向后延伸：网络为文学制造了哪些强有力的冲击？换言之，因为网络文学的出现，传统文学正在或者即将发生哪些深刻的变化？

蔡智恒、安妮宝贝、李寻欢、宁财神、邢育森这些网络作家的名字渐为人知，网易公司与文学网站"榕树下"的文学评奖均已落下帷幕。检阅过"榕树下"网站的得奖作品之后，资深作家陈村慷慨地赠言网络文学："前途无量。"他在"网络之星"丛书的序言之中说："有人一口判定网上的文学作品都是垃圾，那是精神错乱，我们应该怜悯他。有人说网上作品才是文学，那是理想，我们要努力。"显而易见，陈村所青睐的是"网络的原创文学"，即仅仅在网络空间写作和发表的作品。① 由于文学爱好者的录入或者网站招徕用户的点击，网络空间存有大量业已出版的世界文学经典或者风靡一时的流行之作。对于这一部分文学而言，网络仅仅是一种征集读者的新型传播媒介。栖息于网络空间的文学不过是纸张文学的电子复制。这一部分文学并没有因为网络而改头换面，甚至提出新的美学设想。相形之下，"网络的原创文学"可能包含了某种前所未有的文学类型。在这一批文学那里，网络不再

---

① 陈村：《网络两则》，《作家》2000年5期。

是计算机屏幕对于书籍纸张的替代；网络的特征介入文学生产——从遣词造句到发行传播——的全过程。

很少人有胆量预言，网络文学的兴盛丝毫无损于传统文学的既定规范；但是，人们可以从某些不无委婉的表述之中发现传统文学的抵抗。不少传统文学的作家重复申明：文学的本质从未改变，评价文学的尺度始终如一，他们对于网络文学与传统文学一视同仁。文学的特性将因此——随着作品的发表方式、传播方式和作家成分结构的改变——而发生变化甚或损害吗？吴俊对于这种问题的回答是肯定的："作品的文学性取决于它自身的叙述和表现，同其物化的载体（媒介）形式——不管是纸质书刊还是电脑网络——并无必然联系。"① 然而，这种观点并没有得到网络作家的首肯。他们看来，"始终如一"的尺度毋宁说证明了传统文学吞并网络文学的姿态。人们可以从一个具体的事件之中发现网络作家的理论异议——他们不信任网络文学评奖聘请的评委："从网络调查中看出，不少'网虫'对由王蒙、刘心武、张抗抗等几位知名作家主持评委会感到'滑稽'和'不能理解'。因为他们几乎是清一色因写书成名的传统文学作家，对网络知道多少值得怀疑。张抗抗曾经提到她的一次有趣经历。她被聘为'网易中国网络文学奖'的评委之后，打算遭遇一批洪水猛兽式的作品。然而，她的阅读并没有带来太多的惊讶。她说，自己在进入此次阅读之前，曾作了充分的心理准备，打算去迎候并接受网上任何稀奇古怪的另类文学样式。读完最后一篇稿时，似乎是有些小小的失望——准备了网上写作的恣意妄为，多数文本却是谨慎和规范的；准备了网上写作的网络文化特质，事实却是大海和江河淹没了渔网；准备了网上写作的极端个人化情感世界，许多文本仍然倾注着对于现实生活的关注和社会关怀；准备了网络世界特定的现代或后现代话语体系，而扑入视线的叙述语言却是古典与现代、虚拟与实在杂糅混合、兼收并蓄的。被初评挑选出来的30篇作品，纠正了我在此之前对于网络文学或是网络写作特质的某些预设，它比我想象的要显得温和与理性。即便是一些'离经叛道'的实验性文本，同纯文学刊物上已经发表的许多'前卫'作品相比，并没有质的区别。若是打印成纸稿，'网上'的和'网下'的，恐怕一时难以辨认。我不知道那些'异质'的和'另类'的网络成品，就是现在这个样子，还是被初评筛掉删去，成了'漏网之鱼'？因此我们是不是可以认为，任何评奖过程真正较量的不是作品，而是评奖的标准。"张抗抗对于网络文学可能产生哪些冲击表

---

① 吴俊：《网络文学：技术和商业的双驾马车》，《上海文学》2000年5月。

一、基础学理

示茫然:"网络文学会改变文学的载体和传播方式,会改变读者阅读的习惯,会改变作者的视野、心态、思维方式和表现方式,但它究竟在多大程度上,能改变文学本身?比如说,情感、想象、良知、语言等文学要素。"①

网络文学的写作仅仅是敲打键盘;网络文学的发表仅仅是按动鼠标把自己的作品送上电子公告牌;网络文学的阅读仅仅是开启一台带有调制解调器的计算机。这个文化交流的回环如此简明——这个交流回环背后的全部细节已经由电子技术解决。在这个意义上,网络学似乎再度证明了网络的理念:自由与平等。所有的人都可以尽情地写作、发表和阅读。这个交流回环的内部不再存在以任何名义——例如,编辑、印刷成本、权威批评家、有关权力部门,等等——制造的障碍。总而言之,网络空间的权威殒落了。这彻底地改变了网络空间的文学社会学。没有出版机构的编辑守门,不会遭遇难堪而又伤心的持续退稿,资金问题已经无足轻重,怀才不遇的郁闷荡然无存,所有为印刷作品设置的禁区对于网络技术无效。只要自己愿意,一个人可以即刻将所有作品送达公众视域。这样,许多遭受权威以及既定文学体制压抑和遮蔽的声音得到了出其不意的释放:网络空间嘈杂喧哗,见仁见智。

网络的发明骤然增添了文学两端的张力。一方面,文学赢得了前所未有的传播范围与传播速度;另一方面,文学撤销了作品发表之前的一切审查机制。文化公共空间最大限度地向私人话语敞开。从某种意义上说,网络文学似乎返回了文学的原始状态:人人都可以无拘无束地利用文学形式抒情言志,或者叙述种种白日梦。这个意义上,网络或许是惊世骇俗之作的温床,或许是陈词滥调的衍生之地。陈村机智地将这种文学写作比喻为"卡拉OK"式的演唱。②如同"卡拉OK"一样,网络文学的繁盛包含了电子技术制造的文化民主。但是,"卡拉OK"仅仅回响在演唱包厢之内,网络文学却可以在顷刻之间传遍全世界。如果说,既定的文学体制仅仅相对于纸张的文学,那么,网络文学重新开始了体制之外的写作。尽管某些网络文学仍然渴望文学体制的认可——某些网络作家不惮于沿袭文学评奖的形式或者回归印刷出版的队列,但是,这更像是抢夺体制之内的读者,而不是认同体制的权威。体制之外的写作意味着废除经典体系派生的种种规则,所有的人都从零开始。网络技术已经给出这样的许诺:从零开始的写作照样可以向全世界发表。然而,只要没有被狂欢式的发表所迷惑,所有的人都必须严肃地考虑一

---

① 张抗抗:《网络文学杂感》,2000年3月1日《中华读书报》3版。
② 陈村:《网络两则》,《作家》2000年5期。

个问题：抛弃所有的文学体制，这是一个彻底的解放，还是一个空前的倒退？

不可否认，呼啸而来的网络文学撕开了日益庞大的文学体制——迹象表明，官僚作风与市侩习气已经成为文学体制封锁文学的桎梏。"在心为志，发言为诗。情动于中而形于言，言之不足故嗟叹之，嗟叹之不足故永歌之，永歌之不足，不知手之舞之，足之蹈之也。"——这种不加雕饰的文学冲动正在遭受文学体制的严格盘查。文学在日益精致之中逐渐丧失了率真的品质。这时，网络文学重新缩短了抒情言志与作品发表之间的距离。

许多网络作家都体验到了相似的快意：颠覆文学的等级制度。既有的文学体制保护了金字塔式的结构；金字塔的顶端是由一批文化精英主持。他们制造文学时尚，鉴定文学趣味，修订文学传统，控制大部分重要的刊物版面。这一切无疑得到了文学编辑、批评家与学院教授们的默认。对于只有文学冲动而不是训练有素的作者说来，突破文学体制的防线而自由发表作品是一个遥远的梦想。然而，网络的出现似乎一夜之间改变了沿续已久的文学社会学。契诃夫的名言仿佛在网络空间得到了实现——大狗与小狗都有权利发出自己的声音。网络制造的文化民主赢得了一片掌声；这时，还有多少人意识到，挑战文学体制必将深刻地撼动文学体制赖以形成的社会关系？上述的挑战业已逾越了文学的疆域而进入经济以及法律范畴。

人们首先察觉到，必须重新界定网络空间的作家身份。或者说，网络空间的作家身份失去了意义。如果说，传统文学体制之下的作家仍然是文化英雄的象征，那么，网络空间的写作者已经不再承担文化英雄的责任。作家的身份、地位、荣誉、文化资本、权力——包括象征性权力——无法在网络空间提供的生态环境之中延续。众多的声音可以一拥而上，坦然地踞守自己的一方空间。张辛欣感叹地说："人的感觉，人的虚构与幻想，已经到了随意在虚拟空间里发表，并且无限繁殖天下的时代，无论如何，剥夺着旧定义的'作家'生存，人人可成作家，并当即发表，贴在读者栏还是正栏，真有什么区别？"① 这时，网络空间的自由书写成为即时性消费，没有多少人像推敲经典那样精益求精。他们的作品如同杂草一样自由蔓延，也如同杂草一样为人遗忘。许多网站都附有类似的声明：作者文责自负，网站仅仅提供发表的空间而不负法律责任。这无异于放弃了出版机构对于作家身份的鉴定。作家身份的丧失、文学体制的撤除是与精英或者经典那种载入史册的渴求背道

---

① 张辛欣：《怎么在网络时代活一个自己》，《南方周末》，2000年3月31日。

而驰。作家身份的消失与文学永恒性的消失是二位一体的。

另一方面,出版机构还承担了保护作家作品版权的义务。用巴特的话说,"作家"身份是近现代诞生的,"作家"身份是个人主义的产物,尊重个人包含尊重个人产权的一部分——作品版权。人们必须有偿地消费文学作品,这是现代社会遵循的基本观念。作品的版权维护了作家的经济利益。然而,网络空间不仅越过了出版机构,同时中止了版权观念。互联网的最大意义即是资源共享,甚至软件也必须视为无偿分享的天下公器——盗版的概念已经被挡在网络空间之外。文学没有理由抱残守缺,因为稿费而拒绝用户的自由点击。割断作家身份背后的经济脐带,这是网络空间对于传统作家的严重威胁。王蒙、张承志、刘震云、张洁、张抗抗、毕淑敏控告北京在线侵犯版权,这意味着冲突的升级。

许多人想象,文学体制的改变必定会降低文学的高度。泥沙俱下,鱼龙混杂,数量并不会制造文学的辉煌。然而,陈村为网络空间的文学生态进行了辩护:"文学的全部的意义并不仅仅在于它有高峰。许许多多的人在文学中积极参与并有所获得,难道不是又一层十分伟大的意义吗?"[1] 换言之,这是以文学领袖的名额换取更为广泛的文学同盟。的确,文学降低了高度,但是,文学却进入了更多人的生活——这就是网络空间文学社会学的真谛。

原载《福建论坛》2000年第4期,此处有删节

4. 网络时代文学:什么是不能少的?

王一川

今天,随着"网络"技术和"国际互联网"技术的发明和应用,一场新的传播革命或信息技术革命似乎已经和正在以磅礴之势席卷全球,当然包括中国。这场"网络革命"是否会像印刷术和机械媒介一样给文学带来又一场"革命"呢?是否会如不少媒体所热望的那样,给在影视及其他力量冲击下无奈地"失去轰动效应"的不景气且不争气的文学,带来新的奇迹或机遇呢?近年来使用频率越来越高的新术语"网络文学"或"网络时代文学",

---

[1] 陈村:《网络两则》,《作家》2000年5期。

就逼迫我不得不考虑这一问题。但由于这提问来得太快太陡，我对这陌生领域又过于无知，所以尽管费一番工夫思量，却总感到山重水复，在新奇中难免一分忧虑。

我暂且把自己的初步思虑集中到一个问题上：何谓"网络时代文学"？

也就是说，"网络时代文学"这一术语究竟指什么？

我的看法是，它的基本含义应当是指网络技术或信息技术普遍地和大量地运用时代的文学，这一点似乎没有多大问题。但这样的界说还显得过于宽泛和含混，还需要分析它所牵涉的一些具体情况。我主张在认可这一基本含义的基础上，进而具体地区分出它所包含的几层不同意思：一是网络文学；二是超级文本文学；三是超级媒体文学；四是网络盛行时代的文学。而正是由这些不同层次，可以见出"网络时代文学"的具体含义及其引发的一些新问题。

网络文学（或称网上文学）当是指以"国际互联网"（Internet）为媒介进行的人与人之间的双向（two—way）文学传播活动。与我们现成的"文学"对比，它的不同是显著的：

（1）以网络媒介代替纸质书本而实现作者与读者之间双向性沟通，即不再是大众媒介那种"单向"（one—way）沟通，不再由作者对读者施以单方面的"灌输"，而是让读者与作者地位平等地行使反馈、反驳、批评或创作的权力，从而形成双向沟通；

（2）这种双向沟通具有超乎寻常的及时性和大量性，即由于是网上写作—传播—接受—写作—传播—接受，以致循环无穷，所以作者与读者之间的双向沟通速度可以异常地快捷而方便，而相互之间生产和传递的信息也就异常地数量众多；

（3）这种网络沟通由于发生在人与人之间的日常网络交流中，同其日常生活本身并无多大区别，因而具有明显的个人性和日常性，与现成文学写作的社会性和精神性有所不同。

由此当然能见出网络文学的最显赫的优势：

一是新的双向沟通方式有助于打破作者对读者的霸权统治，为读者带来阅读和写作的自由度；二是这种双向沟通导致更多文学本文的及时地或大量地生产，使文学产品迅速丰富；三是这种文学活动的日常性标志着文学有可能从精神高空解放出来，成为人们日常生活过程的一部分；四是通过把网络文本转化为纸质文本，可以为整个文学活动提供新的发展途径。

但是，我想对这四点"优势"都不能过分乐观。这种日常双向沟通往往

一、基础学理

难以避免成批生产空洞的情话、无聊的语言游戏或流行文化的拙劣仿制品，形成新的网络废品或语言垃圾。如一篇"网络文学"写道："看海人来拜年了。我就要去新加坡了，我希望我不在的日子里你能快快乐乐的……即使我们已经断了消息，我也会想起我们今日的这些约定。"（《北京晚报》2000年3月12日第22版）这些看来个人化的"文学"表述，难道不过是常见的流行歌词的翻版？我在那些"网络文学"中读到的，往往正是这类缺乏独创性的日常无病呻吟。不妨想想，靠这样的网络文学怎么可能导致文学的新发展？

网络时代文学的第二层含义应是超级文本文学。与网络文学主要显示文学沟通媒介的新颖性不同，超级文本文学则是突出文学文本资源的丰富性，"超级文本"（Hypertext）原指在计算机视窗体制基础上发展起来的相互连接的数据系统。而应用到文学中，所谓超级文本文学则指如下一种特殊情形：一个文学文本的创作总是来源于对其他文本资源的阅读。网络正是一个巨大的多重或超级文本系统，它向作者和读者源源不断地供给文学资源。这个超级文本的一个基本特点，正是链式结构。你在键盘上敲击一个词语，这超级文本链条可能会向你显示几个或几十个相近或类似词语供你选择，使你的联想与想象能力大大拓展；你在写作或编辑一个文本时，它可能会共时地向你显示呈链状或树状分布的一大群不同文本，导致众多文本在一个文本中的聚集。于是，你写作的哪怕只有一个文本，它本身就可能具有或包含着更大的"超级文本"，从而具有一种超级文本特点，丰富读者的阅读。但是，超级文本文学所具有的所谓文本资源丰富性，文本多义性和阅读开放性如果仅仅出于网上随机选择、提取或组合，或者字典辞书式的资料堆积，而不是来自独特的精神创造，那它就极可能是苍白无力的文本拼贴，由此也就不大可能产生出真正伟大的文学了。

网络时代文学的最后一层，也即最宽泛含义，或许应是网络盛行时代的文学。当各种名目的"网络"在社会的经济、商业和娱乐等方面乃至日常生活中都愈益普及、或者显示出强劲的普及趋势时，人们当然有理由说已进入或即将进入网络盛行的时代，简称网络时代。而在如此网络时代，上述网络文学、超级文本文学和超级媒体文学在日常生活中可能会得到更为经常的使用。它们也许不会真的就成为文学生活的主宰或主导样式，但却极可能显示为文学生活的一种令人趋之若鹜的新时尚或新趋向，使人产生一种网络及网络文学已经盛行的感觉或幻觉。我想这一天是可能到来的，它已经在向我们逼近了。这种时代的文学不妨尝试称为网络盛行时代的文学。就这一层含义而言，网络对于文学的意义可能并不像前几层那样直接体现在文本的写作或构成上（如从网络的超级文本中提取文本资源），而是更多地显示在对网络时代的作者和读者的社会生活的影响方面，通过对这些生存于网络时代的人们的社会生活的影响而间接地影响到他们的文学，即他们的文学写作和阅读的趣味及理想等。如何看待网络的这种间接影响对文学的意义？这应当引起注意。

这几层是无法将网络时代文学的全部含义包罗无遗的，但似已涉及其主要方面。很明显，网络时代文学有可能给文学带来新的有着革命性意义的变化，如前面说的打破作者霸权、寻求读者自由、从精神性到日常性、文本资源丰富性和阅读开放性等。这是谁也看得到的。但问题是，这些所谓革命性变化主要牵涉的是文学的媒体技术层面，而不是其内在意义层面。不能否认，这些媒体技术变化也会以种种不同方式渗透进意义层面中，划出这样那样的痕迹。不过，我始终坚信，有一点在文学领域似乎是真正致命的：

不同时代的文学或许各有其媒体技术方面的差异，但这些差异无法代替一种可能会以不同面貌显现的深刻的同一，就是体验、想象力和才华，及由此而生的独创。不是那种无病呻吟、时尚的模仿，而是对自己所身处于其中的时代的深切的生存体验，应是文学的生命之所在。仅有体验还不够，文学需要以非凡的想象力去自由地翱翔于大地的高空，俯瞰缺失和提示升腾境界。个人的才华（亦称天才）同样不能少，它使作者得以找到表达独特体验和想象力的语言形象和其他形象。而正是这些有助于形成文学的与众不同的独创性，这似乎正是真正的文学的标志。"网络时代文学"确实正成为必须面对的真正问题。但重要的与其说是赞美它多了什么，不如说是考量它少了什么，即什么是它所不能少的。

原载《大家》2000年第3期，此处有删节

5. 网络文学的本体追问与意义体认

欧阳友权

文学与网络的"联姻"不仅创造了崭新的"读屏"模式，打造了文学的一幅"另类"面孔，而且还期冀扮演"启蒙"和"觉醒"的双重角色，使文

一、基础学理

学观念审理和价值重建成为数字化时代的文化命名,让新旧交替的"文学洗牌"获得一种重建的自信。

网络文学现身文坛的第一个意义在于用民主平权的技术支持解放了文学话语权,体现了高技术时代的文学向民间审美意识回流的趋势。计算机网络所具有的自由、兼容、平权、共享的特性,先验地预设了艺术民主机制,技术化"在线民主"的神话强化了网络写作的民间立场,激发了社会公众的文学梦想和艺术热情,让文学在消解中心话语和权级分工模式中,实现话语权向民间回归。互联网是一个拥有巨大包容性的文化空间,它将所有网民都技术地设定为平民姿态,这使得文学边缘族群的审美意识有了自由表达的契机。向社会公众重新开启的文学话语权,让民间话语以狂欢化"广场撒播"方式共享网络对话平台,重铸第四媒体时代的"新民间文学",以平民化的文学景观,刷新了数字化生存下的文学社会学。网络是一个反中心化、非集权性的虚拟世界,它鄙视权威,消除等级,拒斥英雄情怀和盛气凌人,无论是达官贵人还是黎民百姓,在这里都是平起平坐的网民,因而网络写作常常以平民姿态、平常心态写平凡事态,用大众化、生活化、凡俗化的心态和语言,展示普通人最本色的生活感受,显示出平凡的亲切感。于是,崇拜平庸而不崇尚尊贵,直逼心旌而不掩饰欲望,虚与委蛇和矫揉造作让位于率性率真,鲜活水灵冲淡纯美过滤和理性沉思,便成为网络写作最常见的认同模式。

互联网的出现迅速改变了精英书写的陈制旧规。"Internet 就是所有平等者之母。"[①] 网络传播重构的公共空间"可以成为市民中间观念的一个自由交流和基础讨论的领地,信息网络真正构成一种'电子场'"[②]。数字化"赛博空间"(Cyberspace) 的这种平等、兼容与共享性,向民间大众特别是文学圈外人群开启话语权,重新确立了民间本位的写作立场。这样,就将昔日高高在上的文学女神请下神坛,让"文学面前人人平等"的理念构筑"民间身份"和"平权意识",使文学得以回归民间母语,描写民间生存本相,表达民间审美意识。众网民携手把一种新民间写作推上网络平台,使民间本位的个我表达成为网络写作的基本立场,这是文学观念的一大进步,也是文

---

① Prisant, Barden, *What Does the Internet Mean for Art*, Art Business News V. 27 no9 Sept. 2000.

② [德]沃尔夫冈·韦尔施:《重构美学》,陆扬、张岩冰译,上海译文出版社 2002 年版,第 277 页。

学生产力的一次大解放。

网络文学的第二个意义在于表征艺术自由精神。文学本来就是自由精神的产儿，它源于人类对自由理想的渴望，满足人类对自由世界的幻想，又以"诗意的栖居"为人类的精神打造自由的乌托邦。互联网的出现为文学装备了自由的引擎，解放了过去艺术活动中的某些不自由，为文学更充分地享受自由、更自由地表征自由精神插上了自由的翅膀。可以说，网络之接纳文学或曰文学之走进网络，就在于它们存在一个兼容而共享的逻辑支点：自由。"自由"已经成为文学与网络的最佳结合部，是艺术与数字科技的黏合剂，网络的自由性为人类赢得科技的必然与人文的自由提供了又一个新奇别致的理想家园。

网络文学之表征自由精神是在突破传统的文学成规的过程中实现的。譬如：

（1）网络写作的非功利性形成了创作动机的自由。网民上网写作多是基于一种游戏心态、宣泄诉求和交流欲望，不求获得文学名份、版税收入和社会地位，这样写起来可以无拘无束、任意挥洒，以"无我"心态表达"真我"情怀。作家张抗抗曾形容这种状态说："无论大鱼小鱼，在网络世界里自由漫步，发问与应答、痛苦与欢乐，都是悄然无声。岸上的人听不见他们的发言，他们的话是说给自己和朋友们听的。那些声音发自孤寂的内心深处，在浩淼的空间寻找遥远的回声。网络写作者的初衷也许仅仅只是为了诉说，他（她）们只忠实于个人的认知，鄙视名誉欲求和利益企图——这是最重要和最宝贵的。"①

（2）网络写作的匿名性特点提供了虚拟身份的自由，消解了文学的承担感。互联网拆除了创作者身份等级的藩篱，只要愿意，任何人都可以上网写作和让写作上网，因为"在网上没有人知道你是一条狗"，大狗小狗都可以在这里"汪汪"叫上一通。

（3）网络传播技术为网民提供了发布作品的自由，用"无纸传播"实现文学的无障碍传播，解决了作品"发表难"问题。互联网的节点融通性消除了创作成果的"出场"焦虑，拆卸了发表作品时资质认证的门槛，使来自民间的文学弱势人群有了发布作品的平等的权力。数字技术以比特代替原子，以网页替代书页，用"软载体"消弭作品的重量和体积，又以蛛网覆盖和触

---

① 引自"人民书城"网《众作家畅谈网络文学》，http://www.booker.com.cn，2005年5月5日查询。

一、基础学理

角延伸的方式把文学的海洋拉到每一个读者的眉睫之间，使人在尺幅之屏阅尽文学春色，充分满足万千读者对文学"在场"的期待，使昔日的"踏破铁鞋无觅处"变为"得来全不费工夫"。

（4）网络的交互性特征还为文学网民创造了交往的自由。在网络上，作者与读者的交往、读者与读者的交往变得平等而迅捷、自由而透明，一个作品上网，立即可以得到来自读者的反馈，不仅有点击率的记录、排行榜的公示，还有直言不讳、不留情面的真话或"酷评"。这个用指头打造的美妙乾坤、用鼠标"拉"来的神奇世界，能将万千曼妙尽收眼底，让悠悠永恒在一刹里收藏，文学"隐含的读者"直接走进了网民的"接受屏幕"，作品的"召唤结构"迅即印证着网民的"期待视野"，作者、读者、批评家的彼此沟通和身份互换共聚在这个众声喧哗的自由平台。

网络文学第三个方面的意义是多方面突破惯例，对文学体制的历史演进提供新的可能与新的选择。由于数字化媒介变迁，网络文学开始对传统的文学体制实施了技术置换，让正统的文学范式遭遇拆解，用不一样的技术工艺和艺术手段对文学实施"在线手术"。这就要求我们调整对文学的认知方式，重新审理已有的文学惯例和观念。这主要体现在四个方面：

一是文学媒介由语言符号向数字符号转变。文学一直被视为"语言的艺术"，然而这个亘古定论的文学观念在网络写作中发生了改变。"以机换笔"后，网络写作不再使用千百年来的"文房四宝"做点横撇捺的文字书写，而是操作键盘鼠标由计算机完成"比特"的压缩处理与解码转换，让一笔一画的"爬格子码字儿"变成轻松的数字符码输入。有的创作软件还可以实现计算机自动写作、随机创新和人机思维，把作者的艺术想像力和语言表现力一道交付给电脑来完成。不仅如此，以二进制代码0和1为载体的比特可以转换为文字符号，还可以是视频和音频形象，于是网络作品可以由文字符号组成，还可以是声音、图片、图像、动画与文字的多媒体有机融合，这时候的文学减少了对语言单媒介的依赖，不仅突破了"语言艺术"的阈限，也实现了本体存在的"脱胎换骨"。

二是作品形态由"硬载体"向"软载体"转变。传统的书写印刷文学是以书本、杂志、报纸等硬载体形式出现的，是一种具有体积和重量的物质性存在；而网络文学则以电子化的软载体形式存在于电脑中，传输在互联网上。网上作品用"比特"代替了"原子"，用"信息"替代了"物质"，用"空中的文字"替代了"手中的书本"，这就"颠覆了笛卡尔式的主体对世界的期待观念,即世界由广延物体组成,它们是与精神完全不同的存在"①。

三是文学类型的分化与文学边界的模糊。在网络写作中,纪实与虚构、文学创作与生活实录、文学与非文学的界限被逐步抹平,如老榕(王峻涛)的《大连金州没有眼泪!》红遍各大文学网站,可它并不能算是文学写作。传统文学类型中诗歌、小说、散文、剧本的"四分法",或者中国古代的文类"二分法"(韵文与散文),抑或西方传统文类的"三分法"(叙事类、抒情类和戏剧类)都已变得模糊或淡化。由于内容纪实性和网民参与性的增加,一些新的网络文体如"聊天体""接龙体""对帖体""链接体""拼贴体""分延体""扮演体"等不断涌现出来,经受文坛的甄淘并期待约定俗成的认可。

四是文学传播方式的根本改变。如欣赏路径实现了由"推"向"拉"的转换。过去的文学传播与接受之间是施动(推)与受动的关系,接受者欣赏什么取决于一次单线"施-受"过程。网络文学传播与接受是能动(拉)性互动关系,网民只需拖动鼠标便可以实现"所想即所见、所见即所得",主动权完全掌握在网民自己的手中。尼葛洛庞帝说:"数字化会改变大众传播媒介的本质,'推'(pushing)送比特给人们的过程将一变而为允许大家(或他们的电脑)'拉'(pulling)出想要的比特的过程。"② 文学网民的"拉"动性选择,客观上消解了作品施动者的中心地位,也改变了文学传播方式。网络文学从"物质、时间、空间"三位一体上打破了传统文学传播的藩篱,实现了文学传播方式的根本革命。

原载《文艺理论研究》2007 年第 1 期,此处有删节

---

① Michael Heim, *Electric Language: A philosophical Study of Word Processing*, New Haven: Yale University Press, 1987. p. 191.

② [美] N. 尼葛洛庞帝:《数字化生存》,胡泳、范海燕译,海南出版社 1997 年版,第 103 页。

6. 网络文学的学理形态建设

欧阳友权

必要与可能

网络文学是一种用电脑创作、在互联网上传播、供网络用户浏览或参与的文学。这一伴随现代数字化技术而迅速崛起的崭新文学形态能否在人类艺术审美的表意链中，以自己的迹化形式镶嵌出文学史的一个历史节点，以媒介转型实现"范式转换"，不仅要有丰厚的创作实绩确证自身的地位，而且需要有自己的学科形态来表征其理论逻辑和价值律成，以便在理性觉识与理论建构的双重意义上，实现对这一新兴文学历史性"出场"的合法性体认。

时至今日，以学术自觉建构网络文学的学理形态不仅十分必要，而且也是可能的。随着网络文化大踏步地走进人们的文化消费，数字化的生存从遥远的期待日渐成为审美化的日常生活，传统的纸介印刷文学阵地在"边缘化"的处境中走向萎缩，而网络文学的影响力却逐步扩大。尽管时下的网络文学从总体上还显得粗糙、肤浅和良莠不齐，尚不足以引起人们对它的普遍信任和历史尊重，但起于都市民间的网络文学正试图用网页挤占书页，用"读屏"替代"读书"，将纸与笔付与光与电，却是当今文学分化和文化改组大格局中不难预测的发展趋势。这时候，"有不有网络文学"已经不再成为问题，"什么是网络文学""怎样认识网络文学"则走进学术前台。当社会对这一迅猛发展的文学投以疑惑、审视和期待的目光的时候，理论界就有责任对它的知识谱系、学科范畴、逻辑原点和学理结构等做出理论解答，有责任引导和规范网络文学的健康发展。这样的解答不仅可以为建构文艺学当代形态提供丰厚的理论资源，更在于为建设网络文学的理论形态探究学科范式。

学理结构

学理结构是网络文学学科范式的逻辑框架，它应该包括认识论结构和本体论结构两个相互影响的逻辑层面，前者将构成网络文学理论形态的纵向结构，后者则形成其横向结构。

《网络文学论纲》①在廓清和建构网络文学基础理论方面做了一次初步尝试。从学术方法论上看，笔者尝试从认识论的纵向结构上来厘定网络文学的学理形态的。即从主客认知的二元逻辑出发，以纵向时空的视角解析网络文学的逻辑层面，分别阐释网络文学的生态条件、文化依归、人文精神、学理品格、生长样态、主体视界、创作嬗变、接受范式、功能形式和发展前景等问题，通过对这些基础理论问题的形上分析，为纷纭复杂的网络文学探寻一个认识论的阐释框架。但这个认识论的理论框架仍然是基于传统文论模式的思维预设，尚存在着研究对象的不周延性和阐释目标的非针对性等问题。如对网络文学的媒介载体把握、文本分析、叙事手段、价值模式等问题，还需要更多的理论思维的聚焦。因而，建构网络文学的基础理论离不开横向的本体论逻辑追问。

《网络文学本体论》②正好弥补了这一理论空缺。本体论（Ontology）是关于存在的理论，所探讨的是事物（自然界、社会和人）的本原和本性的存在方式、生成运演及其本质意义的终极存在问题。这部论著运用本体论哲学思维探究网络文学时，借鉴"回到事物本身"的现象学方法和"存在先于本质"的本体论追问模式，聚焦网络文学"如何存在"又"为何存在"的提问方式，选择从"存在方式"进入"存在本质"的思维路径，从现象学探索其存在方式，从价值论探索其存在本质，即由现象本体探寻其价值本体，解答网络文学的存在形态和意义生成问题。该书把它们分别称为网络文学本体的"显性存在"和"隐性存在"。最后再反思其"何以存在"的问题，以图从理论逻辑的"正题"与"反题"走向"合题"——将网络文学的本体论分析从"形态"与"价值"层面，延伸至艺术可能性层面，思考其本体的审美建构与艺术导向，完成网络之于这种文学的艺术哲学命名，以求探讨构建一种网络文学学理范式的可能性。

本体论的学理结构首先揭示的是网络文学的存在方式，旨在找到其本体存在的显性结构。这一结构大抵包括这样几个相互依存的逻辑层面：（1）媒介赋型；（2）比特叙事；（3）欲望修辞；（4）在线漫游；（5）存在形态等。在这里，媒介赋型是载体，比特语言是文本叙事的工具，间性主体的欲望修辞是网络写作的人本前提，在线性的虚拟真实构成赛博空间的书写内容，而

---

① 欧阳友权等著：《网络文学论纲》，人民文学出版社2003年出版。
② 欧阳友权著：《网络文学本体论》，中国文联出版社2004年出版。该著为作者的博士学位论文。

一、基础学理

电子化作品的存在范式则完成了从纸笔书写向数字化文本的艺术转换。这些要素间的有机融合与脉理渗透，就构成网络文学最基本的存在方式。网络文学本体论的隐性结构是指它的价值模式，所揭橥的是意义生成问题。网络文学由"文学"存在进入"文学性"的存在，需要从价值论上探索其存在本质。为此，把握网络文学的隐性存在需经由现象学走进阐释学和历史哲学，反思重建精神价值深度的必要与可能。这一隐性的价值结构大抵包括：(1) 文学体制转换；(2) 民间话语寻根；(3) 文学性嬗变；(4) 文化逻辑依凭；(5) 人文性的意义酿造等问题。

显性结构与隐性结构所形成的从存在方式到存在本质的有序递进、彼此交融，以及这种本体论学理形态与前此描述的认识论学理形态之间的相互映衬又相互补充，这两种理论逻辑一横一纵所构筑的思维构架，庶几可以成为建构网络文学理论的基本学理模式。

知识谱系

网络文学是依托于计算机及其网络技术而形成的，因而较之于传统文论来说，网络文学理论蕴含了更多的技术含量，其知识谱系通常要以计算机操作和数字化技术概念为生成源头。一般而言，基于网络技术的知识谱系涉及的常见概念有：赛博空间、虚拟真实、多媒体、超文本、链接设计、文本间性、互动书写、代码仿真、非线性、交互性、比特、万维网、搜索引擎、IP地址、TCP协议……以及覆盖几乎所有学科、所有领域、所有行业的各类网站和网页名称等。隶属计算机操作的知识谱系的术语就更多了，如登录、注册、在线、确认、回复、发送、复制、粘贴、上载、下载、点击、刷新、跟贴、删除、更新、升级……随着计算机技术的升级和电脑硬件和软件的不断更新换代，这些知识谱系的概念还会不断涌现出来。

数字化技术的知识谱系要转换为文艺学的概念范畴，需要避免两种倾向：一是工具理性的技术覆盖；二是人文守成的技术排斥。前者把计算机网络的技术知识性术语直接当作文学理论概念使用，用技术化符号内涵替代文艺理论的人文学理逻辑，结果便是技术覆盖遮蔽了学理分析，直至用工具理性取代价值理性，造成人文学理的悬置。如有的电脑艺术类著作满篇都是电子化专业术语和技术符号，把理论阐释变成了技术概念大换班，却把本该聚焦的理论问题轻轻放过了。后者则由于一些人文学者对计算机网络的陌生化和距离感而坚执理论守成心态，不顾互联网文艺存在方式的改变和意义承载的价值转型，仍然套用传统的概念术语来表征新的艺术现实，而排斥一切技术概念。这样的文论学术探讨，要么是隔靴搔痒，要么则与科学的理论建构南辕北辙。就知识谱系而言，《超文本诗学》①一书对网络"超文本"范畴的深入解析，也许可以算作数字化语境中文艺学建设的一个可资借鉴的理论个案。

逻辑原点

文学的逻辑原点决定着一种文学之所以称之为文学的内在基质，它是人的生命原力和人类文明元典预设的文学逻各斯的依存形态。这个逻辑原点的内容大抵包括：

1. "文学是什么"——虚拟世界的自由女神

自由是一切艺术的人文原点和终极母题，也是文学本体的精神之根。对文学自由精神的迎合和践履，是文学得以走进网络的无意识宿命和网络写作的生命动力。从内在基质上看，网络对文学体制的重建首先需从自由开始构建自己的精神原点，这是虚拟世界的网络文学本体能够融入文学本性的正确的价值选择。网络文学最核心的精神本性就在于它的自由性，网络的自由性为人类的艺术审美的自由精神提供了又一个新奇别致的理想家园。

2. "文学写什么"——数字化生存的本真叙事

网络写作与纸笔书写在"写什么"方面有两点显著区别：一是写作内容不同，二是写作心态相异。从文学内容上说，网络文学所写者多为数字化时代的新生活，不过网络写作内容的特殊性在于它长于表现网络世界的虚拟化生存。从写作心态上说，网络写作常见的是"玩文学"心态，如张抗抗所说的，文学网民的心态是"自由写作，自由地倾诉，心灵的空间无限大"。这样的自由心态对于"文学写什么"的意义在于：它褪去了作者的"作家"面孔，又打破了网民个人角色的社会镜像化掣肘，促使网络文学走向本真叙事和个我心性的真实表达，让网络作品所述之物贴近真实，贴近数字化生存的感性现实，贴近鲜活的生命感悟和人性底色的纵情舒展。精神的"在场"与身体的"缺席"可以让每一个匿名作者以最"无我"的方式袒露最"真我"的生命样态，这将反过来影响网络文学"写什么"和"写的什么"。

3. "文学怎么写"——电子代码的形上学

网络写作是电子代码书写，纸笔操作的"码字儿"苦役全部交给了机器

---

① 参见黄鸣奋：《超文本诗学》，厦门大学出版社2001年版。

指令,艺术被一种"机械性"自动书写和无限复制所征服,艺术生产序列遭遇操作仿真的替代性重组,数码化成了网络文学的形而上原则。计算机代码之于"文学怎么写"将产生两个方面的功能性影响:其一,在形而上层面上,电子符号对自然呈现的干预形成欲望写作对日常经验的中断,使得"物、意、文"之间失去了人类经验世界的对应关系。亨利·列菲弗尔(Henri Lefebvre)把这种状况称作"指涉的衰落"(the decline of the referentials)①,这使得传统的语境表征模式被转化为普遍化、标准化、纯数字化模式。其二,在形而下层面上,键盘的电子代码书写创造的是一个"铅字无凭、手稿遗失"的时代。这个时代颠覆了铅字权威,"输入"代替"书写"的直接结果,却是用"词思维"代替了"字思维",写作时不仅没有了执笔"戳"字时的手感和线性舒展的字形,也没有了笔意,没有了书法,甚至没有了文化,没有了"文章千古事"的道义约束和"手稿时代"严肃、执著的创作心态,以及因纸张变黄发脆而产生的历史感。

4. "文学干什么"——虚拟世界的"波普"情结

传统的文学是精英艺术,追求"文以载道""有补于世",乃至"畅神比德""立言立心"而成"不朽";强调文学要涵养人的精神家园,给人以情感的亲切抚慰与心灵皈依的启迪,丰满人性,净化人的灵魂;文学要体现终极关怀,用艺术灵犀展开对精神彼岸自由王国的向往、叩问与追寻,通过求真向善的理想化诉求来获得信仰之光;文学还要有现实关注,使自身成为社会文明的火炬,以便用优秀的作品鼓舞人心等等。这些文学精神原点在网络时代就像海滩上的图案一样,正被席卷而来的大众狂欢化网络写作潮头冲刷得模糊难辨乃至荡然无存,并且被"后现代"学者视为"宏大叙事"(利奥塔)或"元叙事"(鲍德里亚)、"表征危机"(哈桑),而予以"范式转换"。网络文学不是要救世济民而是表现自我,不企求终极关怀而注重抒发性情,不求崇高和宏大,只求兴之所至时痛快淋漓。于是,认同模式由社会性尺度转向自娱而娱人,价值取向由艺术真实向虚拟现实变迁,就成为网络"波普"化写作要建构的基本文学观念。

当网络使文学产生知识谱系和机制范式的双重转换,当文学在网络里消解了惯例、走出了原有体制的围城,并试图重建自己的文学原点的时候,技术的"格式化"和文学理念的重新"洗牌"只是转轨期的文学投给历史的一

---

① Henri Lefebvre, *Everyday Life in the Modern World*, New York: Harper and Row, 1971. p. 120.

个动荡的背影，只有对"文学是什么""文学写什么""文学怎么写""文学干什么"等"元命题"做出有效解答，才会有对网络文学的学理建设的原创性贡献。

原载《文艺理论与批评》2004年第4期

7. 网络文学刍议

杨新敏

  网络文学如今已经浮出海面，并显现出一种强劲势头。与之形成鲜明对照的是，对它的理论阐释却一直处于缺席状态。尤其是在中国大陆，学者们不知是缺乏对它的了解，还是不屑与之为伍，总之乏人光顾。我们所能看到的有关网络文学的理论探讨是网络文学的网上同仁评价。只是在网易网络文学评奖过程中，才有几个记者凑了一下热闹。

  网络文学与别的文学的不同，正在于其定语"网络"二字上。网络文学即与网络有关的文学。我想，它起码有这样两类：一是印刷类文学的网络化；二是网络原创文学。下面分述之。

  网络原创文学，这类文学作品直接在网络上创作和发表。网络所有的与印刷媒介不同的创作和发表环境以及阅读环境，决定了它与传统的文学创作有着很大的不同。

  首先，网络创作手段既简便（对于熟练掌握了电脑写作的人来说是这样）又多样化，使创作速度空前提高，单位时间产量激增，创作效果丰富多样，文学审美表现符号既多媒体化，又充分简化，即便是文字符号也表现出网络所特有的简化形式。网上的时间每分每秒都是金钱，因而人们在网上交流时，为了缩短时间，常常发明一些简化表达式，很快这些简化表达式便成了一种网上公用语言。比如英语交流中的"you're"，在网上变成了"u'r"，而"别跟我玩儿那一套"一句话，居然被一个键盘符号的组合所形成":?"（侧过头来看）的象形图画表达出来，还有如大笑";)"、嘟嘴":("等等，不一而足，既省时，又有趣，极富创造性。表现的简易性反过来又使网络创作非常随意，可长可短，自由挥洒，不事修饰，粗放草率。就大多数网络原创作品来说，我们可以用一个词来概括，叫"心情故事"。它主要不是供发表的,而是供发泄的,是写着玩儿的。这样的作品,具有强烈的主观表现和自我实现色彩。

其次,网络发表简单直接。作品随时创作,随时轻轻点击鼠标就可完成发表,绕开了印刷类媒体中的编辑部的角色,绕开了守门人(gatekeeper),跑到了体制外围。这样,作家没有必要去投合刊物和编辑的趣味,也没有必要去投合大众的趣味,他只需要按照自己的喜好去创作发表,作品只需在网上一贴,就可以招来同好。毕竟,世界之大,同好者还是可以找得到的。这就使创作者可以完全自由地受着本真的"我"的驱使,去自由地表达(或者叫倾诉更合适)。他的想象和幻想可以尽情驰骋,他可以进行真情诉告,他还可以使着性子挥洒才气。因此,网络作家的创作与其说是为了别的什么目的,不如说是为了"过把瘾"。他是为了表达而表达。

网络原创文学又可分为三类。一是虽然发在了网络上,但只要质量过关,以印刷方式发表仍然可以的作品;二是虽然可以通过印刷方式发表,却因带有另类色彩而不被印刷媒介所接纳的作品;三是依靠电脑和网络技术写就,离开网络就无法生存的作品。

先说第一类。这类作品的作者往往是习作者或尚未打开局面,未被社会认可的人。他们的创作是业余性质的。如果没有电脑和网络,也许他们将终身不与文学发生关系。正是因为有了电脑,他们得以用电脑进行写作;有了网络,他们得以在一个虚拟化的交流环境中涂鸦。为了网络的交流而涂鸦,使他们的创作充满了激情,而涂鸦过程的延续,又不断地磨练着他们的文章,最终有一天,他们也许一不小心玩儿大了,声名鹊起,发现自己原来还有那么多的文学细胞。这时候,他们开始认真起来,对自己的羽翼小心地加以呵护,对自己的名声也特别在意了。此时,他们便在江湖上频频现身,希冀自己的作品能够被印刷媒体所确认。

再说第二类。正如我们前文所言,网络文学多产自 BBS 和 MUD,这里的作家是隐身的,他的倾诉又是无所顾虑的。现实社会中,或者因为自身的原因,或者因为社会的规范,他只能担当某类社会角色,但在网络中,他则可以通过扮演使自己成为他想要成为的任何角色;现实社会中,或者因为思想意识较为超前,因而与社会主流意识有所抵牾,或者因为审美趣味较为特别,只有少数人会喜欢,不受大众欢迎,或者是在文学形式上带有实验色彩,成败尚在两可,难以在全社会获得普遍认同,这些作家的作品只有到电脑网络这样的小众化媒体上来寻求知音。

第三类作品应该说是最典型的网络文学作品,因为它与网络技术所提供的可能紧紧相连。没有网络，也就永远不会有这类作品，而这类作品又只能在网上生存，一旦离开网络，作品也就跟着消失。如果网络文学概念可有广义与狭义之分，那么，这一类应该算是最为狭义的网络文学作品。

首先，多媒体、多门类的综合。在这类作品中，文字只是其中的一种表达符号，此外还有各种声音、各种画面、各种色彩。它除了使文学表达更加生动有趣外，还依靠媒体间性、门类间性来传情达意。各种媒体和各种符号之间构成蒙太奇效果，新的意义从它们的边缘生成。多媒体的使用，毕竟使网络作品更为人所喜欢。这就如同样一杯葡萄酒，放在纸杯和放在水晶杯里哪一个更能引人畅饮，结果是不言而喻的。

其次，超文本化。它有两个意思。一是指读者的阅读有着某种自主权。二是指读者还有批评和再创作的自由权。

读者的阅读有着某种自由权。在超文本作品中，作者在情节发展的每一个转折点都为读者提供了多种阅读选择，读者的选择不同，事件的发展过程就不同，结局也因而五花八门，或者说根本就没有结局，你什么时候读累了，什么时候停止阅读。甚至可以说，在对同一篇作品的阅读过程中，因读者的阅读选择不同，使一篇作品衍生为多篇作品，如今超文本与多媒体相结合，使网络小说的叙述日新月异，出现的新可能令人目不暇接。

第二层意见：读者不仅有阅读的自主权，而且还有批评和再创作的自主权。读者随时阅读，可以随时进行点评，大量的回应文字，使网络作家甚至在这种对话中激发灵感，作品越到后来便越见精彩，而不像我们一般所见到的印刷类作品一样，续作总是不如原作，甚至可能狗尾续貂。

与其为印刷世界的游戏规则费尽心思，不如在网络技术与文学的结合可能性上多动动脑筋。如今在中国大陆，依靠网络技术支撑而形成的文学新形式还很少看到。多媒体技术的运用已经有人在实验，超文本文学实验却难觅踪影。这可能跟我们的电脑与网络发展技术水平有关，也与网络技术和文学的分离有关。如果我们稍加留神便会发现，如今在网络上，有相当多的作家是有着理工尤其是计算机知识背景的。邢育森的职业是网络技术，李寻欢、残剑等人则在搞网络站维护。大批职业作家都不懂网络技术，因而只能以传统的方式写作。这种网络技术水平与写作水平的分离，使网络文学中依靠技术支撑所形成的新形式发展很慢。未来的有实力的网络文学家恐怕将是那些兼跨两个行当的人。

原载《文学评论》2000年第5期，此处有删节

二、盘点现场

8. 互联网上的文学风景
—— 我国网络文学现状调查与走势分析

欧阳友权

国际互联网是 1994 年进入中国大陆的，1995 年我们即有了文学网站，从此开始了我国网络文学的发展历程。时至今日，网络文学的现状如何？它究竟发展到了什么规模和水平？有哪些经验教训值得总结？带着这些问题，笔者对我国近 300 个文学网站、网上作品及网民阅读状况做了一次网上调查。这次调查是在联网的 PC 主机上完成的，数据截止日期是 2001 年 8 月 30 日。

文学网站知多少

据中国互联网络信息中心（CNNIC）公布的《中国互联网络发展状况统计报告》显示，截止 2001 年 6 月 30 日，我国的中文网络域名数为 128362 个，WWW 站点数约 242739 个，上网计算机约 1002 万台，网民已达 2650 万人。笔者通过网站搜索软件得知，全球有中文文学网站 3720 个，中国大陆有以"文学"命名的综合性文学网站约 300 个，以"网络文学"命名的文学网站 241 个，发表网络原创文学作品的文学网站 268 个，小说网站 486 个，诗歌网站 249 个，散文网站 358 个，发布剧本的 75 个，发布杂文的 31 个，发布影视作品的 529 个。其他各类非文学网站中设有文学平台或栏目的网站共有 3000 多个。通过检索 165 篇有关论及网络文学的网上评论文章和各大文学网站的"友情链接"得知,在众多文学网站中,影响较大、发表网络原创作品最多的当数"榕树下"全球中文原创作品网(http://www.rongshu.com),截止 2001 年 8 月 30 日,该网站共发表文章 619343 篇,而且正以日发表作品 1500 篇左右的速度剧增。其他如"黄金书屋""橄榄树""新语丝""今日作家网""网络文学在线""汉语文学""白鹿书院""大唐中文网络文学""中文网络文学""新生代文学网""中国文学网""中国原创文学站""文学精品屋""新生代文学网""文学世界""文学城""文学频道""中文网络文学""博库""亦凡""花招""网络文学城堡"等 20 余家文学网站办得较有特色,在网民中拥有较高的知名度和美誉度。另外,特别值得一提的是,号称"四大门户网站"的搜狐、雅虎、新浪和网易等大型综合性网站都开辟了"文学"视窗,登录大量的文学名著和网络原创作品,提供了丰富的文学信息,它们在文学平台设置、栏目链接、文学容量和信息更新等方面,都为许多专门的文学网站所不及。

网络文学"网"了些什么

1. 电子化了的传统印刷品文学

把传统的文学作品电子化后送进网络,安放在"文学收藏室"供人浏览,是许多文学网站和综合网站的常见做法。从古代经史子集到唐诗、宋词、元曲和明清小说,从"五四"新文学时期的鲁迅、郭沫若等文学名家的作品到当代知名作家的作品,乃至 2000 年诺贝尔文学奖得主高行健的作品,网上都应有尽有,网站间还不时将这些作品相互转帖。外国文学作品在网上有按时代和国别收藏的,有按文体归类的,也有按作家姓氏字母排序的,多数文学网站均有收揽。

以"搜狐"网站的文学视窗为例,它在"作家/作品"栏目中就做了这样的分类:

  古代作家作品(350) 现当代作家作品(4783)
  港台作家作品(829) 海外华人作品(89)
  外国作家作品(140) 诺贝尔文学奖获奖作家(126)
  女作家文库(1293)

随即还列出了如鲁迅、老舍、巴金、钱钟书、贾平凹、三毛、卡夫卡、海明威、大江健三郎等中外 78 位著名作家的个人专集,并介绍了查阅中外文学名著的33个专门网站。

再如文学网站"百万书库"对上网的传统印刷品文学作了这样的栏目索引：

> 武侠小说、言情小说、现代文学、科幻小说、古典文学、外国文学、纪实文学、侦探小说等。然后以"快速导航"链接推出：
>
> 武侠小说：金庸系列；古龙系列；黄易系列；梁羽生系列；以及温瑞安、云中岳、卧龙生、司马紫烟、风云系列等。
>
> 言情小说：琼瑶系列；席娟—亦舒—董妮—凌淑芬—于晴—梁凤仪—岑凯伦—更多＞＞＞＞
>
> 现代文学：路遥文集—李敖文集—贾平凹—高阳—更多＞＞＞＞
>
> 科幻小说：倪匡系列—黄易—田中方树—阿西莫夫—更多＞＞＞＞
>
> 古典小说：红楼梦—三国演义—水浒传—西游记—更多＞＞＞＞

这些网站把文学名著搬上网络，其意义有二：就网站方面来说，有了文学名著坐阵可以提升网站的艺术品位，吸引更多网民点击，增加访问量；就文学本身而言，名著上网有利于加快文学经典的广泛流传，扩大文学影响力，满足读者的审美需要，并且可以减轻图书馆的借阅压力，当然也相应减少了图书市场的名著销售量。

2. 网络原创文学

最能体现网络文学本质特征的应该是网络原创文学——由网民在电脑上完成创作、送进网络首发的文学作品。我国已有网络原创文学网站268个，发表的网络原创作品难以数计。以专载网络原创作品的"榕树下"为例，它从1997年建站到2001年8月底，已登载原创作品近62万篇（部），达8亿多字，这个数字是任何一家传统的文学报刊和文艺出版社在同期内所难以企及的。笔者对该站相关栏目显示的1998年1月以来小说、诗歌、散文篇目分别作了如下统计：共有作品190913篇，其中有小说56993篇，占作品总数的29.85％；诗歌37313篇，占19.54％；散文96607篇，占50.6％。

从作品体裁上看，网络原创文学除了传统的诗歌、小说、散文和剧本体裁外，带有纪实性的心情告白、网恋故事、琐屑人生、旅游笔记、校园写真一类的作品占了很大比例。笔者对搜狐网站的"搜狐原创文学"视窗中的22,778篇作品的数据作了如下统计：

作品类别	发表篇数	所占比例	作品类别	发表篇数	所占比例
网上燃情	5226	22.9%	诗词韵文	4836	21.23%
心情告白	4095	17.97%	文学评论	180	0.79%
琐屑人生	1036	4.54%	菁菁校园	897	3.93%
武侠天地	380	1.66%	旅游笔记	195	0.85%
失恋况味	663	2.91%	留学生活	78	0.34%
小说杂文	2240	9.83%	科幻世界	234	1.02%
散文随笔	2262	9.93%	其他类别	456	2%

这里对文学体裁和题材的划分从逻辑上看存在着交叉现象，但大致反映了目前网络原创文学的基本状况。

笔者还调查了榕树下、橄榄树、黄金书屋、新语丝、汉语文学、网络文学在线、网络文学城堡、白鹿书院、大唐中文、中国原创文学等10个文学专门网站作品的题材状况，结果表明，情爱题材、搞笑题材和武侠题材占据了原创作品的前三位。其中，以网恋故事为题材的作品竟占43%，其次是搞笑题材，约占17%，而武侠题材的作品约占15%。以小说为例，如2001年5月15日黄金书屋网站的"原创文学"平台上，有长篇小说86部，其中爱情题材作品53部，占61.6%；中篇小说356部，其中爱情题材的239部，占67%；短篇小说1,714篇，其中写爱情的就有1118篇，占65%。

3. 网上文学信息

人们通常用"海量"来形容网上信息之丰富，网上的文学信息亦是如此。这些信息不仅来源于文学网站，也来自其他网站的文化、文学、娱乐栏目和新闻板块。除可供阅读和下载的作品信息和通常所见的文学新闻信息外，网上的有效文学信息突出表现为栏目链接类信息、文学知识类信息和文学研究类信息三种。

（1）文学链接类信息。文学网站主页的链接类信息一方面体现了该网站的办站主旨、网站容量、美学追求和技术水平，另一方面则为网民是否漫游该网站、浏览哪些内容以及如何浏览提供直观链接路径。这些链接栏目通常采用加亮、换色、闪烁、飞字、下划线、改变字体字形、设置抢眼图案或巧妙排列等方式来吸引网民眼球和鼠标，为他们创造信息最大化便利。在这方面，黄金书屋、白鹿书院、汉语文学、大唐中文、亦凡，以及搜狐、雅虎、新浪等网站都做得颇有特色。

（2）文学知识类信息。网上的文学知识类信息可以胜过任何一部文学百科全书。无论是文学常识还是文坛轶闻,也不管是作家作品背景知识还是作品影响和评价资料,网上都可查询到。仅以 http://abcwww.top263.net 网为网友提供的文学描写类知识为例,其一级目录就有景物、场面、人物、闲情 4 部 24 种,每一种下面又设有许多子目。如人物部的表情类有:爱慕、喜悦、欢笑、羞报、抑郁、痛苦、哭泣、尴尬、慌乱、愤怒、得意、谄媚、贪婪、阴险、变幻、弥留、其他等 17 个子目,各子目里都有中外经典作品的大量相关实例。其资料之丰富、查找之便捷,堪与任何一部文学描写词典相媲美。

(3) 文学研究类信息。网上的文学研究类信息主要指作品评论和理论批评资料。由于网络文学具有传统印刷文学所没有的实时、互动、自由、读者中心等特点,任何一个读者可以对任何一个作品及时发表意见,网站也为读者设立了评论窗口,一个作品的访问率和评论量常常被视为该作品影响力的客观标志。那些七嘴八舌、直言不讳的评论文字坦诚而率真,是文学研究的宝贵资料,网络为文学研究者提供的各类信息更是丰富而便捷。

网民最爱看什么

截止 2001 年 6 月底,我国上网用户人数 2650 万。有人预测,到 2001 年底,我国的网民数有望达到 3500 万以上。在这个庞大的人群中,如果按 10% 的比例估算文学网民,就有 350 万人。这些网民在网上最爱看什么呢?他们的欣赏趋向可以从网站公布的作品点击率(或访问量、阅读次数)和排行榜中得到佐证。

例如,从前文所列"榕树下"网站原创作品的阅读次数看,排在前三位的是散文中的"开心一刻",小说中的"聊斋夜话"和"爱情故事",它们平均每篇的阅读次数分别为 2235 次、789 次、756 次。这说明娱乐、幽默、爱情和传奇故事是网民最爱阅读的作品。一度高居各大网站排行榜首的《大话西游》《悟空传》(该长篇小说在新浪网连载时下载超过 50 万人次)、《北京故事》《逃往中关村》《数字化精灵》等,足以说明网民对这类作品的偏爱。

尽管爱情题材的作品是网民阅读的首选,但网民并非只读故事而忽视作品的艺术水准。娱乐性、可读性和思想性、艺术性的统一,仍然是网民对网络文学的认同标准。

网络文学向何处去

网络文学要从婴儿成长为巨人还有很长的一段路要走。在这个过程中它还需尽快克服自身的缺憾,迈向成熟和健康。

一是防止恣意灌水,提高作品质量。由于网络这个自由的赛伯空间犹如马路边的一块心情留言板,谁都可以在上面信手涂鸦,它给网络写手提供了发表作品的圆梦阵地,也给恣意灌水的文字垃圾提供了抛洒的乐园。随心所欲的杜撰,漫不经心的表达,即兴式的发挥,情绪化的宣泄,装腔作势的做作,抖机灵儿的调侃,无病呻吟的抒情,乃至粗鄙的谩骂,肉麻的吹捧,词不达意、文不对题的言说,不负责任的讥讽,乃至错别字、生造字、符号代码字等在网络作品中可谓比比皆是。写手们多是感怀而遣笔,心仪而诉求,自娱以娱人,文笔随性,纵横无忌,结果是宣泄多于艺术,粗俗多于精致。可以说,目前的网络原创文学大约有三分之一属于文学,三分之一属于准文学,还有三分之一属于非文学。

二是充分利用网络的媒体优势,增强作品的原创性。网络文学的特色和优势在于作品原创,尤其是利用多媒体和 WEB 交互作用创作作品。把文字与视频、音频结合起来制作超媒体、超文本链接式作品,是网络文学有别于传统文学的根本标志,也是最贴近网络本性的创作革命,应该成为网络文学的发展方向。可由于习惯和技术使然,目前这类作品还不多见。

三是突出个性,办出特色网站。文学网站同网络作品一样正以几何指数猛增,可有个性、有特色的网站不多。栏目的大同小异、作品的相互转贴、非文学的无端炒作,使一些网站成了人来人往、搬货卸货的文字码头,热闹倒是热闹,就唯独没有属于网站自己的东西。由于艺术眼光和技术水平的原因,有许多文学网站用搜集整理代替了原创,用拷贝抄录代替创意,用自由上传代替编辑遴选。没有自己的宗旨和创意,必然缺乏自身的特色和个性,这样的网站只能像一滴雨水落进茫茫海洋之中。

时至今日,网络文学已显露两大变化:一是一批网络写手浮出水面"网而优则名";二是网络文学对传统文学的"归顺与招安"。一些网络写手(多是理工科出身)原本是在网上撒撒欢,没曾想却无心插柳柳成荫,因网上创作而一夜成名。痞子蔡的成功撩拨得无数网民与网络文学"亲密接触",李寻欢、宁财神、安妮宝贝、邢育森、今何在、黑可可……的作品不仅被许多网站做成个人专集收藏,而且被出版社争相出版,可谓名利双收。成名后的写手不时从幕后走到前台,成为传媒炒作和评论的热点,更为"网而优则名"添油加火。这种现象可能导致网络文学的功利化转向,也有可能催生更多网民的文学热情,诱发新一轮的网络文学热潮。

网络文学究竟能走多远?应该说网络文学的前景取决于网民的参与程度

和水平,也取决于文学网站活出个样儿来。可时下的一些文学网站,特别是那些学生社团办的校园文学网站和文学发烧友办的个人网站,多是靠列入各类搜索引擎和转贴他人作品撑得门面,它们中有的是自得其乐的活着,有的是不死不活的活着,有的是一盘散沙的活着,有的甚至靠美女图片加网恋故事而低三下四的活着。懂文学的不懂网站建设,懂网站建设的人不一定懂文学,再加上资金和技术的限制,难免使网站与文学同网异梦。如何实现文学性与商业性的接轨、技术与艺术的统一,是众多文学网站需要认真解决的难题。

原载《三峡大学学报》2001 年第 6 期,此处有删节

9. 新媒体与当代文学现场

欧阳友权

台湾网络写手痞子蔡曾把网络文学比作村野玩童"光着脚的奔跑",虽然姿态不太优雅,却让人感受到其通身的生机与活力。事实正是这样,汉语网络文学出身于业余草根,成长于技术丛林,经历十几年的"奔跑",如今已经"跑"出了一片草长莺飞的勃勃绿野,迅速占据了传统文学千年帝国的半壁江山,让本来有些落寞的当代文坛平添了许多生气,也为人们增加了许多新的话题。

风生水起,重构文学版图

网络对我国文学发展的意义首先在于它以"宏媒体"的巨大容载量,重构了当代文学版图。互联网诞生于 1969 年,我国加入国际互联网公约是在 1994 年,而汉语网络文学进入人们的公共视域是在 1997 年前后。这样算来,网络媒体迄今走过了 42 年,其触角延伸联通中国内地不过 17 年,网络文学大范围现身我国文坛也只有 14 年时间。这些简单的数字对于媒介传播史和文学发展史来说,不过是弹指一挥间,但互联网所引发的文学变迁和文明巨变,已经产生了难以估量的历史性影响。就网络创作来看,传统的书写印刷文学一统天下的局面被打破,网络文学以众多的写手、庞大的作品数量

和覆盖广泛的读者市场迅速成为一支不可小觑的文学新军。据不完全统计，全世界范围内的中文文学网站有超过4000家，而国内的汉语原创文学网站也已超过500家。一个大型文学网站一天收录的各类原创作品可达数百乃至数千篇。据盛大文学总裁吴文辉介绍，目前最大的中文网络原创文学网站"起点中文网"每天有超过3亿的PV流量、1000万的用户访问量和3400万字以上的作品更新，有一大批高产写手不断上传20多种风格类型各异的作品，积累有超过25万部的原创文学作品，总量超过120亿字。另一大型文学网站"晋江原创网"的简介上写着："网站拥有注册作者26万名，超过30万部线上作品，平均每2分钟有一篇新文章发表，每10秒有一个新章节更新，每2秒有一个新评论产生"，其增长势头真比过山车还要快。另一网站"幻剑书盟"宣称，他们拥有注册会员200万人，驻站原创写手1万多名，收藏原创之作2万多部，有400部原创小说的周点击率在万次以上，日访问量始终保持在2000万左右。一个网站的原创之作即可如此"海量"，如果所有的文学网站、门户网站的文学频道、文学社区，再加上一些个人文学主页和博客中属于文学的那部分作品累积起来，恐怕只有巨型计算机才算得出网络文学作品的总量了。难怪有文章惊呼："网络文学，多么惊人的产量！"（《中华读书报》2009年6月24日的文章标题）这样庞大的作品数量、写手群落和读者群体，对当代文坛乃至整个社会文化的影响可能已超出文学本身的意义，应该放到"国家文化发展"和"一代人的成长"这样的大命题下来看待其更深远的价值和意义。

就当代文学现场来看，网络写作的新媒体传播与市场化崛起打破了传统文学的原有平衡，改变了整个当代汉语文学的总体格局，实现了对文学版图的颠覆性重构——原本属于传统文学独步天下的时代迅速出现分化改组，整合出"三分天下"的当代文学新格局：一是以出版营销为依托的图书市场文学，二是以文学期刊为主阵地的传统文学，第三块便是以互联网络为平台的网络文学或新媒体文学。其中，图书市场文学要遴选畅销书资源以创造最大化利润，而网络作品的人气则是出版业不得不关注的资源，近年来有三分之一的文学畅销书是来自于网络；期刊文学代表着久远的历史文脉和强势的文学传统，它们以精英写作为中坚而秉持一份千秋情怀，然而这些年在市场"无形的手"面前显得力不从心，纯文学期刊的发行量锐减成了读者市场萎缩的"软肋"，许多期刊开始从网络文学中寻找"眼球资源"。数字化媒体的出现冲击了传统文学却激活了文学市场，当传统文学呈疲惫之态时，网络文学却风生水起，呈"风景独好"之势——它以自由的生产流程、庞大的作品

二、盘点现场

库容、迅速的市场覆盖和不断增加的阅读受众，一面与传统的精英书写分庭抗礼，一面与出版商贾暗送秋波，其强劲的生产体制、传播机制和文化延伸力，使它在当今文学的整体格局中，获得了"三分天下有其一"的份额，并且还在以加速度的方式让这个"蛋糕"越做越大。

挑战惯例，改变议程设置

从文学表意体制看，网络媒体在"文学与生活"关系的基础上，增设了"文学与虚拟生活"的关系，文学可以表征这种网络虚拟生活如《第一次亲密接触》，这样就让原有的人与现实之间的审美关系中平添出一个"虚拟现实"的增长极；文学创作的主体身份要素从"作家"转型为"写手"后，也从"灵魂工程师"变成了"技术操盘手"，身份认同观念从膜拜"加冕"变为草根"脱冕"，"人人都能当作家"的激情与梦想在这里变成了现实神话；文学属性的要素关系也超越了传统的再现论、表现论、形式论等诸种观念原点的限定，转换成为技术化的随心所欲、机器书写或"程序创作"，数字技术的升级换代和稔熟的操作手段常常会约束作品的艺术资质，"技术至要"此时成了网络媒介艺术性质的主要关系要素。

从媒介要素看，网络写作从语言文字向数字化符号转变，让文学文本由"硬载体"走向"软载体"的存在方式。网络文学使用的媒介是"比特"（bit）符号，它由"0"和"1"两个数字构成，因而被称为数字符号或数字技术。比特符号打造的是虚拟的"软载体"文本，而不是像传统的文学作品那样，要以书本、杂志、报纸等"硬载体"形式出现，不再是一种具有体积和重量的物质性存在，而只以符号信息流存在于电脑中，传输在互联网上。这种软载体文本没有了物质的当量性，不借助计算机网络设备，它们看不见，摸不着；而一旦人机交互进入网络世界，它们则五光十色、风光无限。这一方面消解了"文学是语言艺术"的学理原点预设，颠覆了自笛卡尔以来的主体对客体的期待观念，另一方面也使得文学对于语言媒介的依赖性减少，加剧了语言媒介的边缘化，压缩了文字书写和阅读的生存空间。

还有，在文学的价值要素上，网络创作用界面操作解构书写语言的诗性，使文学作品的"文学性"问题成为技术"祛魅"的对象，导致传统审美方式及其价值基点开始淡出文学的思维视界。我们看到，网络上"过剩的文学"与"稀缺的文学性"形成鲜明的反差，那种"通过书页文字解读和经验还原以获得丰富想象的间接性形象"的语言文本，已经让位于界面流转的电子快餐，文字的诗性、修辞的审美、句式的巧置、蕴藉的意境等文学应有的诗性魅力被技术"祛魅"或"解魅"了，那种源于文字蕴藉性、想象性和彼岸性的艺术效果就这样给"电子幽灵"吞噬了，"文学性"——这个文学审美的内蕴支点和文艺学建构的核心命题也失去了持论的现实基础。

兼容互补，创生文学前景

网络文学是当代文学现场最具活力的一个组成部分，也是最需要我们给予关注和培育的一片"文学绿地"。如今，当网络文学已经成为文学大家族的一员，并且迅速从山野草根走向文学前沿时，其所需要的首先是宽容和认同，然后还需要关爱与扶持，促使其创新与发展。

传统文学与网络文学之间应该平等交流，相互借鉴，取长补短，在互补与竞争中实现融合与共生。网络文学尤其应该加强与传统文学的联姻，从而提高自己的艺术品质；传统文学的作家、读者和评论家也应该放低姿态，对新生的网络文学切近现场，高看一眼，甚或施以介入、批评与研究的援手。网络写作和传统写作都是文学创作，网络文学和传统文学都是中国文学，两者都在当代文学现场共同生长，共同发展，不存在孰高孰低、孰优孰劣；如果要区分两者的高低优劣，也只能就具体作品的质量品质和艺术效果作出区分而不是其他。

对网络文学，我们一方面要鼓励，另一方面要培育，两个方面都不可缺少。这里有两点特别需要加以强调：

一是要增强创作的担当感。评论家白烨先生就曾提出，网络写手们如果能够增强写作中的责任感、增强经典性，会有更好的发展。网络写作要成为主流，就应该有这个领域主流的精神；写作的大家，应该有大家的担当。匿名主体的自由写作与网络创作的承担虚位同时并存，使得网络写手一身轻松却又过于轻松，以至于让许多人放弃了文学应该有的艺术承担、人文承担和社会承担，出现作品意义构建上的价值缺席和承担虚位。

二是处理好市场化、技术化与文学审美品格之间的关系。文学网站是由文化产业资本掌控的，网络文学的发展过程本身就是一个艺术与商业资本接轨与磨合的过程，没有幕后的金融资本和传媒市场的成功运营，网站无法生存，网络文学也将无从依傍。艺术与技术并生，网络与市场并存，这是网络文学绕不过去的现实背景。正因为这样，网络文学发展中"艺术"与"市场"的抗争、"技术"与"人文"的博弈从来就没有停止过。网络作品中的许多积弊如"速度写作"的高产神话,无限膨胀的"注水小说",随心所欲的"口水叙事","点击率崇拜"的哗众取宠之作,粗制滥造的"准文学"或非文学等等,大抵都与文学市场营销、有偿写作、付费阅读、网站商业经营、希求出版典藏、程序霸权与技术至上等文化资本的利润追求有着或隐或显的关联。在这里,人类千百年来积淀的文学传统和审美经验应该在网络写作中薪火相传,因为数字技术对文学艺术的全方位覆盖不应该成为技术对人文的颠覆,而应该是文艺变革的新机遇,因为当代文学的网络在线涅槃,最终要靠人文审美和艺术创新的价值含量来表征深邃的社会意义、人生感悟和深层的文化积淀,只有这样才能成就新媒体文学的诗性命名。

原载《文艺报》2009 年 10 月 15 日,此处有删节

10. 当下网络文学的十个关键词

欧阳友权

网络文学正大步走进公众视野,文学界对网络文学关注度明显提高,媒体对它的报道也日渐增多。下面这些关键词庶几可以昭示时下我国网络文学的基本状貌。

作品海量

虚拟空间自由写作的低门槛与商业模式的利益催生,让网络文学继续呈"井喷"式增长态势。有统计表明,在 5 亿多网民中,有超过 2000 万人上网写作,约 200 万人成为网站注册写手,通过网络写作获得经济收入的已达 10 万人,职业或半职业写作人群超过 3 万人,文学网站及移动平台每天的文学阅读超过 10 亿人次,在线作品日更新超过 2 亿字节,一个大型网站原创作品的日更新量可达数千万甚至上亿汉字。我国有经常更新的文学网站达数百家,加上门户网站文学频道、文学社区、个人文学主页,还有超过 3 亿手机网民的"段子写作"和 3 亿多用户的微博群体等等,如果把所有网络文学作品累积起来,其总量将是一个天文数字,堪称世界文学史上的一大奇观。网络写作的这种"文学大跃进",形成了网络作品的海量剧增和聚众阅

读的"人气堆"现象,尽管在文学品质上还不足以与传统文学相媲美,但它却以恒河沙数般的作品存量确认了自身的文学在场性,实实在在表征了"网络文学"的历史性存在,并且以不同的文学姿态改写了中国当代文坛的发展格局,创造了巨大的文化关注,重构了影响一代人成长的文学语境。

类型写作

近几年是网络类型小说丰收期。类型化写作和欣赏已成网络文学主流,各大文学网站存储作品最多、最受关注的大都是类型小说。除了女性、武侠、玄幻等专门的类型化网站外,一些综合型文学网站也在主页上设置种种类型小说栏目吸引眼球。常见的文学类型如:玄幻/奇幻、武侠/仙侠、科幻/灵异、修真/穿越、历史/架空、权谋/宫斗、盗墓/悬疑、惊悚/恐怖、侦探/探险、都市/言情、游戏/竞技、青春/校园、职场/官场、军事/太空、女性/美男、同人/耽美……2013年1月,《羊城晚报》联手各界专家学者评选的"2012年度网络小说榜",上榜作品如《将夜》《罪恶之城》《妖孽保镖》《对手》《仙魔变》《神印王座》等都是年度极具人气的类型小说。类型写作的网络兴盛是新媒体市场选择的产物,它很好地适应了网络分众、小众的点击期待,吸引读者付费阅读。但这类作品的情节、故事、人物、想象、节奏和叙事方式等往往带有模式化痕迹。有些小说创作的"类型化想象"缺少深厚的文化底蕴和坚实的生活积累,用于想象的素材阈于有限的生活阅历、知识视野,有的甚至就来自某些网络游戏,久而久之很容易陷于"枯竭焦虑",摆不脱自我重复的窠臼或难以为继的尴尬,导致一些类型化作品红极一时却速成速朽。由于类型写作模式化跟风和同质化严重,导致许多作品自我重复,猎奇猎艳,隔断了文学与现实生活的依存性关联。

影视改编

网络小说激活了这两年的影视市场。自网络小说《山楂树之恋》和《杜拉拉升职记》搬上荧屏大获成功后,网络文学的影视改编就成为一大热点。完美世界在2011年末推出的电影《失恋33天》,以不到1000万元的制作成本,拿下高达3.5亿元的票房。《裸婚时代》《步步惊心》《后宫甄嬛传》等改编自网络小说的热播电视剧,收视率一浪高过一浪。安七炫主演的《帝锦》、吴奇隆主演的《刑名师爷》、梁朝伟主演的《大魔术师》、陈凯歌拍摄的《搜索》、陈思成和小宋佳主演的《小儿难养》等网络小说改编的影视作品也表现不俗。李少红执导的电视剧《花开半夏》、赵宝刚导演的《婚姻保卫战》也都缘自同名网络文学。据报道，2012年前三季度仅盛大文学旗下7家文学网站就有75部小说售出影视版权。从网络上寻找电影、电视剧的故事资源，不仅有助于缓解影视剧本荒，拉动荧屏文化消费，同时也让文学网站经营者和网络写手从这里看到了商机，找到了让作品快速接近最大受众的"终南捷径"。网络文学与影视产业"联姻"，首先是源于网络小说平民化、青春化、趣味化的故事品质，它们与影视作品的大众化选择是一致的，改编后容易找到影视观众卖点；另一原因也是剧本资源市场供需配置的需要。影视创作的基础是故事和剧本，网络小说海量的原创作品存储，为影视剧本创作提供了最大的资源库和最丰沛的故事群。

互动交流

近年来，主流文学开始以更加积极主动的姿态，为网络文学递上示好的"橄榄枝"，网络写手与传统作家的互动交流，打破了昔日这两大阵营相互观望、不相往来的格局。继2011年8月首次举办传统作家与网络作家"结对交友"活动之后，2012年2月中国作协组织了第二届两个作家阵营的"结对交友"活动，来自盛大文学、新浪读书等网站的15位网络作家与15位国内知名作家、评论家结成"对子"。中国作协每年以项目方式重点扶持网络文学创作……网络文学与传统文学的沟通交流、相互借鉴对整个文学的发展繁荣十分重要。网络文学作为新生的文学，应该向传统文学吸取文学经验，提高自己的艺术品质；传统作家和评论家也应该放低姿态，对新生的网络文学切近现场，高看一眼，甚或施以援手，帮扶一把。在品评文学时，我们不应该有"媒体歧视"，也不得享有"媒介霸权"。当然作为拥有技术传媒优势的网络文学，更需要充分吸纳和借鉴传统艺术经验，借用技术化的网络之壳承载人文审美的文学之魂，用新媒体的表意方式回应这个社会的历史变化。

全版权

文学网站"全版权"营销产业链日渐完善，为网络文学添加了市场活力。网站的"全版权"是采用不同媒介的多种版权方式全方位运营，即把网络作品转让给电视、电影、广播、手机、纸媒、网游、动漫等不同传媒领域，通过文字、声音、影像、表演、视频等各种表现手段，对作品进行全方位、多路径、长链条的版权经营，在满足受众市场细分需求的同时，让网站、作者和作品经营者一并获得商业利益。这样的作品营销是文学网站长期摸索出来的行之有效的商业模式，那些热门网络作品不仅可以在线阅读，还可以下载出版实体书，改编成电影、电视剧或网络游戏、动漫作品等，在原创出版、影视改编、有声制作、无线阅读等领域全面开花。这些跨界合作环节的累计价值远远超出网民的付费阅读或单一版权的营销价值，它可以全方位经营作品、扶持作者，打造的是文化资本长效增值的产业链，形成网络文学产业的"长尾效应"。网络小说《诛仙》《星辰变》《明朝那些事儿》等，都以成功的全版权营销让它们的作者进入网络写手富豪榜行列。但这一商业模式过分倚重作家与市场的关系，强调的是文学与商业资本的接轨。资本掌控文学媒介载体、传播渠道，也操控着文学内容，资本市场这只"看不见的手"成了网络写作的幕后操盘手。问题在于，网络文学如何在"市场化"与"艺术化""效益追求"与"文学追求"之间找到一个适当的平衡点，解决好"艺术正向"与"市场焦虑"的矛盾，还需要认真对待。

反盗版

反盗版成为网络文学的行业焦点。随着网络产业进程的不断推进，网络作品的版权保护问题日显重要和紧迫。以网络公共平台为承载体的网络文学，特别容易被他人随需随取地"共享"，正所谓"网站十年经营，盗版一招致命"。近年来网络文学盗版已经形成一条完整的灰色链条，严重干扰了网络文学的行业秩序、产业规模和创意价值效应，也加大了内容监管的难度。一家盗版小说网站设置链接，几乎是零成本，只需通过盗版原发网站的小说获取流量，便可轻松牟利。对于防不胜防又屡打不绝的网络侵权盗版顽疾，2012年的反网络盗版活动有了新的举措，并开始形成一定声势，盛大创新院自主研发的一套"文学指纹"系统投入使用。不过从网络版权保护情况看，侵权盗版现象有所遏制却并未阻止，更没有清除。究其原因在于，网络盗版成本很低却查处很难。由于网络版权立法、行业管理缺失等原因，使得网络文学防盗版的成本远远高于盗版成本。从根本上说，要想根治网络盗版侵权行为，首先需要建立健全网络著作权法，还需要有行业自律，创造诚信的网络环境，并且需要有相应技术措施，为网络文学版权安全建立有效的保障体系。

去草根化

网络写作的"去草根化"现象近年来有加剧的趋势，众多网络写手开始褪去"草根"角色,从幕后走进了公众视野,成为大神级作家,甚或文化名人。这主要源于两种因素:一是利益催生,二是环境培育。在商业利益和"点击率情结"的驱使下,一些网络作者开始放弃"无功利"写作动机,企望忝列"作家"行列,得到主流认可、媒体聚焦和网友好评,在获得关注度的同时赢得更高的知名度。更为重要的是,有了作品的较高点击率、收藏量和关注度后,可以抬高身价与大型文学网站签约,得到更为优厚的稿酬和更多版权转让的机会,以商业链的"长尾效应"获取丰厚的经济回报,成为文化资本利润最大化的受益者。既然经济利益的内在动力远比无功利的自由写作来得实惠,"创作自由"便成为一种渐行渐远的文学梦想。环境的干预对于网络写手的"去草根化"也很重要。近年来,传统文学阵营开始深度关注网络写手的成长,如鲁迅文学院举办网络作家培训班,盛大文学也通过"新人主题写作季"等方式,对新人写手进行网络培训、编辑访谈、一对一辅导等。这些措施有助于网络作家的成长,也助推了网络文学创作队伍的"去草根化"。

网络批评

时下的网络文学批评远不如网络作品创作那样繁荣兴盛,但2012年仍然出现一些新的动向和成果。5月,盛大旗下的云中书城投入百万元创建"白金书评人"群体,试图改变文学批评界对网络文学"集体失语"的状态,搭建中国网络文学的评价体系。6月28日,中国作协举办了首届网络文学作品研讨会,《网络文学评论》《创作与评论》等理论批评刊物发表了网络文学批评笔谈,集中探讨了当前网络文学存在的局限和"短板"问题。教育部首次评选设置了《网络文学创作与欣赏》的国家级精品视频公开课,让公众通过网络点击观看。湖南成立网络文学研究会并举办网络文学批评专题研讨会,把网络文学评论问题推向前沿。不过从总体上看,当前的网络文学批评依然薄弱乏力,尚未建立起自己的评价体系,在线批评缺乏引导,学院派的批评难以摆脱与网络文学的隔膜之感。

排行榜

这两年,各种类型的网络文学排行榜经常占据网络主页头条,彰显出网络文学风生水起、热点频仍的发展状貌。梳理起来,引人关注的排行榜主要有三类:一是一些原创文学网站主页的作品分类排行榜,常见的如月票PK

榜、热评作品榜、会员点击榜、书友推荐榜、书友收藏榜、总字数榜、签约作者新书榜、公众作者新书榜、新人作者新书榜、强力推荐作品榜、潜力推荐榜、网友评价指数排行榜、VIP更新榜、连载小说点击榜、红粉点击榜、女生PK榜、版权推荐榜、每周新用户关注榜、评价票周榜、论坛24小时热帖榜、品书试读榜、长篇点击榜、短篇精华榜等等，不一而足。这些分类排行榜是网络文学类型化的产物，能方便读者选择性阅读，适应读者的市场细分。第二类是经过评审遴选的网络作品排行榜，如2012年网络十大小说排行榜、2012年网络文学销售排行榜、2012年中国十大独立文学网站排行榜、2012年网络小说排行榜、2012年17K小说网的人气小说排行榜、世纪文学网的网络小说50强排行榜、hao123小说网的小说排行榜，以及2011年末评选的网络文学"新世纪十年十大经典作品"，云中书城、新浪微博策划评选的"十年网络文学、100部最难忘的网络小说"，等等。第三类是网络作家榜，如2012网络作家排行榜、2012年网络十大红人排行榜、2012网络作家收入排行榜、新世纪十年十大经典作家，还有稍早些的《人民文学》杂志社与盛大文学举办了"未来大家top20"评选，网络作家唐家三少入选等。2012年11月发布的中国作家富豪榜，著名网络作家唐家三少、我吃西红柿、天蚕土豆，分别以3300万、2100万、1800万的版税收入，荣登"网络作家富豪榜"前三甲。这份榜单是根据这些网络作家从2007年至2012年的文学写作和由此产生的纸质图书版税及影视改编、网游研发等相关授权的总收入统计出来的。唐家三少本人曾表示，这一数据和自己的总收入"差不多"。

网络语文

随着网络用语的不断丰富，网络写作的语言运用更趋个性化、时尚化和日常生活化。我们看到，无论写玄幻、写穿越，抑或写历史、写官场，网络作品的语言都不拘一格，充满活力，网络语文已成为我们这个时代语言创新的先锋。如今的网络新词"学的没有变的快"。一是所谓的"火星文"，如："286"（低智商）、"BT"（变态）等。另一类是带有后现代和青年亚文化特点的"潮语言"表达，如"QQ上多了，什么企鹅没见过"；"人生最大杯具：美人迟暮，英雄谢顶"等等，它们很好地体现了网络族群特别是青少年网民追逐时尚，张扬个性的特点，满足了他们特立独行、标新立异等特殊的情感需要。还有一类网络语文是不时涌现出来的网络流行语，它们往往负载着特定的社会舆情内涵和时代印记，蕴含着共时性的社情民意。如2007年我们重新认识了"华南虎"的新表征，2008年我们重新感受了"俯卧撑""打酱油"的寓意，2009年则有了"躲猫猫"和"偷菜"的新解读。随之，网络流行语越来越多，也越来越具影响力，"羡慕嫉妒恨""给力""神马都是浮云""我爸是李刚"等语文流行，有的已进入主流媒体。网络语文不寂寞，其所形成的语言应用的普适性"习得机制"，无论是在文学还是在语言学的意义上，都将凝聚为一个时代的文化符号，并表征这个时代的网络文化。

原载《求是学刊》2013年第3期，此处有删节

11. 网络华文文学刍议

黄鸣奋

目前电子超文本网络中流行的华人文学作品，并非以国家划界，而是呈现出全球交互、跨界参照、动态并存的特点。因此，本文所考察的重点是作为整体的网络华文文学。

全球交互：网络华文文学的兴起

在全球范围内，网络文学的作者、读者及相关网络商的活动，从一开始就随网络的互联而拓展。随着Internet的建立，网上信息的跨国流动成为家常便饭，世界各国的华人因此得以共享网络文学资源。这种共享的便利程度，是传统的印刷媒体所无法比拟的。在这一意义上，我们说网络华文文学的兴起与全球化的历史进程息息相关。在网络华文文学发展史上，北美留学生扮演了拓荒者的角色，筚路蓝缕，功不可没。1991年，王笑飞创办了海外中文诗歌通讯网（chpoeirr 1@ listserv. acsu. buffalo. edu），该网实际上是一个邮件订阅系统，以张贴古典诗词为主。次年，美国印第安那大学的魏亚桂请该校的系统管理员在USENET上开设了alt. Chinese. text，简称ACT。这是Internet上第一个采用中文张贴的新闻组。1993年10月，方舟子（生物学博士）开始在海外中文诗歌通讯网上张贴其诗集《最后的预言》，并出入于ACT。他有感ACT中的鱼龙混杂，与古平等人于1994年2月创

办了第一份网络中文纯文学刊物《新语丝》（http://www.xys.oig），以邮递目录的形式刊发诗歌和网络文学。该刊是第一份不隶属于任何机构、以远离时事政治为特色、自始至终百分之百刊登创作稿件的中文电子刊物，风格清新。1996年10月，它建立了万维网主页。海外汉语网络文学刊物陆陆续续出了不少。除《新语丝》外，影响较大的还有诗刊《橄榄树》（http://www.wenxue.com），它是诗阳、鲁鸣等人1995年3月成立的。由世界各地中国学生学者联谊会主办的电子杂志有美国的《华夏文摘》《威斯康星大学通讯》《布法罗人》《未名》，加拿大的《联谊通讯》《红河谷》《窗口》《枫华园》，德国的《真言》，英国的《利兹通讯》，瑞典的《北极光》《隆德华人》，丹麦的《美人鱼》，荷兰的《郁金香》和日本的《东北风》等。这些刊物都在不同程度上成为网络文学的温床。第一篇中文网络小说《奋斗与平等》（少君著）就是1991年4月在《华夏文摘》上发表的。1996年1月，原先活跃于中文诗歌通讯网的几位女性作者创办了网络女性文学刊物《花招》，著名作者有鸣鸿等。这个刊物也很活跃。时至今日，海外华人网站与汉语电子刊物的主体，已经从留学生扩展到当地出生的华裔青少年，乃至于各行各业的华人企业与社团。文学创作队伍也相应有所扩大。中国大陆网络建设起步比发达国家要晚。与此相应，大陆网络文学的诞生与发展，是和海外（特别是北美）汉语网络文学的影响分不开的。

网络文学是以网络作为平台而发展起来的。它的繁荣离不开网络商的支持。近年来，网络商与文学界的互动日益频繁，文学站点亦有不少向商业化方向发展。例如，在海外，《花招》成了公司，兼顾服饰、饮食、保健、理财、美容、旅游；在国内，喻汉文将"黄金书屋"（www.goldbook.com，曾被评为中国大陆最具影响力的十大个人主页之一）卖给了门户网站多米来。在文学网站成长过程中，文心与商机既有统一的一面，又有对立的一面。如何处理二者的关系，关系到网络华文文学的命运。1996年底，《新语丝》面临着被商业公司"亚美网络"吞并的危险。这种外部威胁导致了内部分裂：《新语丝》的创办人方舟子毅然决然地在纽约正式将它注册成非赢利机构，另一些人却因此退出《新语丝》，去为亚美网络办《国风》。[①] 自那时以来，方舟子坚持自己的办刊宗旨，有效地避免了商业网站"烧钱"的通病。目前，该网站有两个镜像站点（国际版 www.xys.oig，国内版 www.xys2.oig），其点击数合计约40万，在海外中文网站里名列前茅。由于访问量大，带来的

---

① 海田：《与"网侠"方舟子谈文论"网"》，《中华读书报》2000年11月8日。

广告收入完全可维持运行费用。上述历史经验可资借鉴。

跨界参照：网络华文文学的特色

如果我们不是一般地谈论"网络文学"，而是着眼于"网络华文文学"的话，可以从所使用的语言、所认同的传统、所形成的观念三方面把握其特色。

1. 跨语言参照：工具与目标

促使《华夏文摘》《郁金香》等杂志的编委及其作者群在谋生之余孜孜不倦地耕耘于电子文学领域的动力，与其说是身居异邦的怀旧心理，还不如说是难以消释的文化情结，即对华文或汉语的认同。对于这些人来说，外语用得再熟练也毕竟是"外"语，只有汉语才是母语，它不仅构筑了他们的文化家园，而且决定了他们的文化存在。这种存在导致网上华文文学初露头角，其影响逐步扩大到整个汉语文化圈。作为华文文学写作手段的汉语，在网络化过程中经历了巨大的转变，成为有别于传统口语和书面语的电子语。这种电子语也许是口语化的书面语（像在众多文学网站上经常可以见到的那样），也许是书面化的口头语（主要见于字符界面的聊天室），也可能是比较纯粹的书面语（最常用于将印刷媒体上的文学作品搬上网），或者是货真价实的口头语（利用音频流技术进行实时传递）。与此相应，我们可以区分出网上的书面文学、口头文学以及介于二者之间的口语化书面文学、书面化口语文学。

现阶段的网络华文文学在语言运用上深受英语的影响，这种影响看来与以下三个原因有关：构成网络环境的软、硬件有不少采用英语界面；其二，平时浏览的网页包含了许多英语信息；其三，用于输入汉字的键盘是以英语为基准设计的。世界上包括汉语在内的各种民族语言要想更多保持自身特色的话，看来只有在 ISO 10646 标准通行之后才能实现。

2. 跨义法参照：怀旧与思新

在 1996 年 7 月多伦多"电脑网络与中国文化"会议上，方舟子将网络文学称为"流放文学"，认为其特点是"怀旧"和"描写文化冲突"。就海外留学生的作品而言，上述看法是有道理的。这些作者在一定意义上可以说是"边缘人"，他们游移于母国文化和父国文化之间，对二者都有所认同，但也都难以完全认同。他们目睹父国之长而叹母国之短，有感父国之短而思母国之长。这构成了网络华文文学的早期特色。在《新语丝》发刊辞中，方舟子写道:"我们相信,这张网伸到汉字的发源地,让亲人们听到我们的心声的日子不会太远。"果然,没几年功夫,互联网便连到了中国,《新语丝》也成了第一份回归祖国的中文网络刊物。中国本土所兴起的网络文学,与其说是"怀旧"还不如说是"思新",浸淫着对"另类生存"的追求与渴望。网络促进了跨文化接触的频繁化。这一点对于网络华文文学所表现的思想倾向相当重要。

3. 跨行业参照:父根与母根

对于网络文学的定义,国内已经有所探讨。李寻欢认为网络文学不是"写网络的文学",也不等同于"网络上的文学",准确定义应该是"网人在网络上发表的供网人阅读的文学"。网络文学的父亲是网络,母亲是文学,其真正意义就是使文学重回民间。① 网友 Sieg 反对李寻欢将网络文学的基点看成网络的"父根意识",主张"母根意识"(即文学意识)。他运用归谬法来反驳李寻欢的定义,举出的例子是:当年"楚辞是楚人在竹简上发表的供楚人阅读的作品",而 1000 年以后,唐宋时期的人读写在纸上的楚辞时,它还算不算文学呢?至如今,我们在电脑上读楚辞,它是不是也算文学呢?②

笔者认为:作为一个范畴的"网络文学"本身包含着两项基本要素,即"网络"与"文学"。在一定意义上可以说:网络是当代高科技的代表,文学则是人文精神的体现。科技与人文在"网络文学"旗帜之下的统一,带来了许多值得深入研究的现象:其一,就作者而言,网络文学的始作俑者多数是学理工科的海外留学生,原因不是别的,只是由于他们有使用网络的便利。其二,网络文学以双重语言为工具,此即自然语言和计算语言。自然语言呈现于人机界面,计算语言则用于程序开发。其三,网络文学活动既是文学意义上的写作与阅读,又是科技意义上的程序应用。对于纯文字型的作品来说,所应用的也许不过是与字处理、文件上传与下载有关的程序;对于多媒体型的作品来说,所应用的软件便多种多样。其四,网络文学读者不仅从作品中体验到文学趣味,而且感受到科技意蕴。其五,网络文学内容的评价,受审美标准和科技标准的双重影响。技术含量高低,早晚将成为评价作品的尺度之一。其六,网络文学环境由文学氛围与系统平台共同构成。跨平台调用网络文学作品,其效果必然有所变化。不论我们将网络与文学的哪一方当

---

① 李寻欢:《我的网络文学观》,《网络报(大众版)》2000 年 2 月 21 日。
② Sieg:《反螺旋立场》,《网络报(大众版)》2000 年 2 月 21 日。

成父根（同时将另一方当成母根），网络文学都不是简单地继承父母的基因，而是熔铸双方的影响、创造自身的特色。

动态并存：网络华文文学的处境

现阶段网络华文文学的处境，是在精英与大众、网内与网外、中国与世界等关系中显现出来的。

网络文学的倡导者肯定它对于大众文化的价值。反过来，网络文学的非议者则对此加以质疑。其实，网络应用普及的真正意义，在于对"精英"与"大众"的传统划分的挑战。与此相应，网络文学兴起的真正价值，也在于对"高雅文化"与"通俗文化"的传统划分的挑战。如果上述两种划分至今多少还有点意义的话，那么，由于划分而形成的矛盾两极事实上已经处于不断的变动中。如果说洛克菲勒这样的巨子在20世纪初独领风骚的话，那么，20世纪末已是数码精英或网络精英崭露头角之际。正如20世纪末不会用电脑的人被称为"新文盲"那样，网络技术的门外汉到21世纪初看来很难称得上"精英"。

"网络就是新生活。"当以此为题的论著大量上市时，我们蓦然发现自己已经处于两个世界的夹缝中：一个是现实世界，另一个是电子世界。电子世界在一定意义上是媒体世界的新发展，不过，就沉浸性、交互性等特点而言，电子世界是书写技术、印刷技术所能创造的媒体世界难以望其项背的。网络所带来的新变化是：媒体开始自信有能力为人类营造一个完整的、虚拟的生活空间，在其中可以进行从采购、就诊、求学到总统大选、国力较量、信息战等多种活动。当然，这些任务有些还要回到现实世界来完成，因此，电子世界始终是与现实世界动态共存的，人们不得不经常在二者之间进行切换，一会儿上网，一会儿下网。如何处理二者的关系，直接影响到"数字化生存"，也关系到网络文学的兴衰。不论称作"网友""网民"，或者名之为"网虫""网族'，上网者队伍的扩大及其网上生活体验的丰富化，已是不争的事实。与此相适应，虚拟空间中的恩仇和悲欢成为华文文学的新题材。当现实世界中性别、国籍、职业、级别等方面的差异都随着匿名上网而渐趋消失时，话语本身的权力的重要性空前突出。不能指望根据每天上网个把小时那点体验便写出什么不朽之作。真正常青的生活之树，仍是在现实世界中。尽管如此，若用发展的眼光看问题，那么必须承认：与网络相联系的新生活的含义将随着科技进步而变得越来越丰富。

世界范围内的华文文学虽然拥有悠久的历史,但我们只是在网络时代才深切地感受到它是一个整体。作为媒体的国际互联网消解了关山迢远所带来的交流障碍,使作者与作者、读者与读者、作者与读者之间的跨文化互动达到了近于实时的水平,并顽强地抵御着政治权力对于上述互动的干预。毫无疑问,国别性的华文文学创作与研究在过去曾经取得了颇为可观的成就。尽管如此,网络媒体正抹去打在华文文学上的国别烙印,以致我们将不满足于谈论"世界华文文学",而是津津乐道"华文文学世界"。世界华文文学研究是以国别研究为基础的,而华文文学世界研究则必须超越国别的概念。这种超越只能在赛伯空间中实现。如果说由国家来定位的领土、领海、领空在现实世界中界限分明的话,那么,赛伯空间的疆界远没有那么清晰。域名或许仍是界定网站所属国家的标志,但改换域名无疑比现实生活中改换国别要容易得多。

从"世界华文文学"到"华文文学世界"的发展进程,与全球化的大趋势是一致的。一元化与多元化的矛盾,不仅存在于华文文学内部,而且存在于华文文学与其他语种的文学之间。面对着 Internet 上英语文学、文化的强势或者霸权,华文文学在新世纪能否"屹立于世界民族之林",成为我们必须正视的问题。网上华文文学是否必须走职业化老路以培养自己的"正规军",是否必须仰仗联合国通用网络语言开发计划来维护自己的安身立命之基,如何摆脱"儿女情长,风云气短"的现状进入新境界,如何与传统华文文学相互激发、彼此促进,都值得进一步探讨。网络华文文学的前景取决于以下几方面的关系:一是网络文学和传统文学的关系;二是大陆汉语网络文学和其他国家与地区的汉语网络文学之间的关系;三是全球范围内汉语和其他语种的网络文学之间的关系。当然,它不可避免地要受网络技术及其社会应用的影响。

原载《华侨华人历史研究》2002 年第 1 期,此处有删节

12. 网事如烟——北美华文网络文学 20 年

蒙星宇

北美是全球华文网络文学的发源地,至今仍是海外华文网络文学创作最

二、盘点现场

活跃的区域，孕育、培养并推出了大批优秀华文文学作家和作品，如少君的《人生自白》、图雅的《养鸡记》、闫真的《白雪红尘》、陈燕妮的《遭遇美国》、赋格的《寻欢》、王伯庆的《相识何必曾相逢》、秋尘的《时差》、施雨的《美国情人》等，举不胜举。由于文本发掘、作家沟通等各种原因，关于北美华文网络文学的系统研究尚未较好地展开。本文在发掘北美华文文学网站大量文本的基础上，结合北美华文网络文学作家的口述资料，展开对北美网络文学20年历程的梳理归纳研究。本文所研究的北美华文网络文学，是对北美留学生和新移民在北美区域建立的网站上的华文文学创作、传播、阅读的研究。以下结合各阶段时代特点、网络技术、文学文本、口述历史，论述北美华文网络文学从20世纪80年代诞生至今20年来的变迁和各阶段性文学特点。

"借船出海"：在英文网络系统中发泄苦闷（80年代末—1992）

20世纪80年代末到1992年期间，电脑DOS系统和网络运行环境尚不支持华文，华文作者绝大多数是理工科留学生，文学主题集中为发泄初到异国的苦闷。这个阶段，电脑和网络系统只支持英文，无法实现华文输入、传输和显示，北美华文网络文学创作、传播和阅读只能借全英文的UNIX网络系统实现，1988年，美国RICE大学计算机专业的中国留学生严永欣开发出了第一个普及使用的汉字处理软件"下里巴人"，这个小软件以输入快捷、免费传播的优势，淘汰了当时IBM公司和王安电脑公司投入数百万美金研发的汉字处理软件，在北美中国留学生中迅速流行普及，攻克了DOS系统里不能进行汉字书写和阅读的问题。1989年，中国留学生魏亚桂、黎广祥、李枫峰等人开发出了HZ汉码，解决了汉字在互联网上的传输问题。依靠这两个软件，第一代华文网络文学作者们实现了在全英文的电脑和网络系统中的华文文学创作、传播和阅读，但是过程需要很高的电脑使用技能和网络专业知识，颇费周折。首先，需要用华文软件先在电脑的DOS系统中（WINDOWS的前身）写出来，然后用Uudecode对文章进行编码，再以SMTP（电子邮件前身）方式把这个文件传输给各个接收者的地址；收到文件的人，首先用Uudecode解码，再下载到自己的电脑里才能阅读，早期甚至不能直接阅读，很多乱码，要打印出来才能看见华文文章。因此，最早期的北美华文网络文学是在个人电脑里通过华文软件创作和阅读，借英文网络系统传输得以实现的。

发泄苦闷是这一阶段创作中最集中的主题。第一代北美华文网络文学作者都是国家公派的中国社会的精英,当时中国社会与美国社会相比,各方面存在着巨大差异,他们怀着理想主义的梦想来到这个政治、经济体制截然不同,语言几乎不通,文化迥异的发达资本主义国家里,经历了短暂的震惊和兴奋后,都承受着各方面的落差带来的压力:一是身份落差带来的苦闷——从中国精英到美国穷学生、洗碗工、招待员、送报工、仓库工、送外卖等体力劳动工人的身份落差。二是经济落差带来的苦闷——国家公派留学生一个月50到100美金生活费,和美国人一个月2000到3000美金的平均生活费相比的经济压力。三是情感婚姻破裂的苦闷——距离的隔阂,生理和心理抚慰的缺失,上演了一幕幕曾经海誓山盟如今劳燕分飞的悲剧。发表门槛低、阅读免费的网络,很快在留学生中流行起来,成为他们发泄异国苦闷的最好的平台,80年代中后期到1992年期间,最集中、最引起共鸣的文学主题集中在发泄苦闷。1991年4月,第一个华文网络文学园地《华夏文摘》在美国诞生,它每周一期,在网络上以 Listeerv 的形式向全球留学生发送。当时海外华文网络平台独此一家,五洲四海的华人、留学生都聚集在此,作者繁多,创作繁盛,盛况空前,"一天的点击量就有几万人",当时比较活跃的作家有丁键、少君、严永欣、阿羊、黄谷扬、方舟、朱若鹏等,比较有影响的作品有《奋斗与平等》《乡音》《祖国啊,我亲爱的祖国》等。被称为"网络爷爷"的美华作家少君,1986年赴美后,经历了从行走中南海的青年学者变成了中餐馆端盘子的小侍者,从指点江山的青年理论家变成美国二流大学留学生的痛苦历程。他创作《大厨》描写了国内高材生小吴怀着美好梦想远赴重洋,向读者讲述了一个令人黯然神伤的辛酸的美国梦,这把心酸泪是当时第一批中国留学生共同的心路历程。

"造船环游":在汉化视窗系统中回望故国(1992—1996)

1992年到1996年期间,万维网络的建立和汉化视窗系统的普及,北美华人和中国留学生创建的北美华文文学网站如雨后春笋般涌现,文学创作主题集中在关注中国,进入了北美华文网络文学的第二阶段。1992年,微软公司推出的 Windows 视窗系统实现了华文的直接输入与阅读,迅速流传普及,华文网络文学创作的技术门槛大大降低,大批华文网站涌现。1992年6月,第一个华文新闻组 ACT 诞生,第一批纯文学网站创建:1993年4月《窗口》,1993年6月《枫华园》,1994年1月《未名》,1994年2月《新语丝》，1995年3月《橄榄树》，1996年1月《花招》，1996年11月《涩桔子的世界》……这个时期，几乎所有有中国留学生的高校或研究机构、大多数有华人的社区都创建了华文网站，大量华文网络文学作者、作品涌现，优秀的作家有图雅、少君、方舟子、散宜生、莲波、阿待、王辉云、瓶儿、顾晓阳、啸尘等。当时的盛况，如美籍华人学者苏炜所说："弹指之间，今天的'留学生'文学早已从'前现代'跳入'后现代'，完全成为'网络'语境下的产物。"① 汉化网络视窗系统的出现和普及，华文写作者不再需要非常专业的电脑软件和互联网技能了，北美华文文学作者群从很有限的理工科留学生扩展到留美的中国技术、知识、文化精英。他们中有技术精英、知识精英和文化精英，部分在国内就从事专业的文学创作或者和文学有关的工作。所以，这一时期，北美华文网络文学创作队伍从数量上大大扩展，而且在作品数量、作品质量等方面相比第一阶段有了大跨度的发展。

这个阶段，关注中国社会现实、回忆故国旧事是最集中的两大创作主题。

第一，关注中国社会现实的创作

这个时期涌现出一大批密切关注中国社会现实的作品，总体来说现实价值高于审美价值，文笔直白，内容引人入胜、问题发人深思。代表作品有《处女塔》《遥远的汽笛》《故国回望》、人生自白系列等。其中少君的《康哥》《板儿爷》《记者》《嫖客》《棚儿爷》《模特儿》《歌厅老板》《保姆》《导演》等作品以自然主义的笔调刻画了中国社会转型过程中种种"拍案惊奇"现象，在海外华社引起了巨大的反响。这个时期的很多作品，都是记录中国社会转型期的各种现象，表现各种人在金钱面前扭曲的心灵和麻木痛苦的灵魂，或以春秋笔法或激情洋溢地针砭中国时弊。

第二，回忆故国旧事的创作

回忆故国旧事，把理想寄予已经过去的纯真岁月也是这个时期的较为集中的创作主题，莲波的《藕园忆茶》《歌台留思》《红裙记》《老淳》《小南瓜》《永无阳光》，图雅的《养鸡记》《小野太郎的月光》《头人的龙门阵》《马蜂的故事》等作品都是很有趣的代表作。或轻松或幽默地回忆故国家园、宅院田头的桃源生活，如图雅的《养鸡记》，幽默的笔调细细道来小时候在家乡大院里，和三妞、麻敲子等童年朋友合作，与高老太太比赛养鸡的趣事。

---

① 苏炜：《美利坚的天空下》序言，中国社会出版社1999年版。

"四海欢腾":在全球化华文网络语境中多元创作(1997年至今)

随着万维网(www)在全球普及,中国越来越多的家庭接入互联网,1997年底美籍华裔朱威廉回中国创办了第一个中文原创网站"榕树下",带动我国大陆网络文学的迅猛发展。于是,从1997年开始,华文网络文学实现了从北美到中国的延伸,真正实现了网络无国界,全球一个村的零距离。这个阶段,由于中国的文学网站巨大的聚焦力和数量众多的网络读者,北美华文网络创作开始流向中国的文学网站,北美华文网络文学网站数量仍然巨大,但规模不大,如点点繁星布满辽阔的天空。前两个阶段人气很旺的北美华文文学网站如《未名》《布法罗人》《红河谷》等陆续停刊,《新语丝》《橄榄树》等还继续定期发稿,同时也涌现出一大批新的、规模较小的文学网站,如1997年12月创建的《一角》、1998年1月创建的《晓风》、1998年3月创建的《音像评论》、1998年6月创建的《华人之声》、1999年1月创建的《汉林书讯》、1999年6月创建的《六朝评论》、1999年9月创建的《青青草》、1999年12月创建的《北美行》、2004年创建的《纵横大地》、2003年创建的《文心社》、2005年创建的《北美女人》、2006年创建的《火凤凰》等。其中最为著名的、规模最大的是1999年初创建2003年初结束的《银河网》,是当时全球华人网络写作最集中、最活跃和最高质量的平台,曾推出了海外160位著名网络作家的专栏,并与中国青年出版社合作出版了"银河网络丛书"。

这个阶段,北美华文文学作者更为广泛,比较稳定的作者有两个群体:一是前两个时期一直坚持下来的部分作者。早期留学生绝大部分是理工科学生,很多不具备文学专业背景和爱好,经过近十年打拼,生活比较安逸了,最初到美国的苦闷和焦虑已经淡化,越来越少人提笔发泄,但是小部分作者持续创作,因为有文学爱好,而且已经树立网络作家声望,如少君、王伯庆、方舟子等。二是女性作者群。新移民中涌现出一批优秀的女作者,因为早期到美国的中国留学生至此已经立业、安家,很多女性作为家庭妇女或职业女性,处于较为安逸的生活环境中,她们细腻地观察美国生活的点点滴滴,创作出一系列反映美国华人生活的闲适类作品。

网络的延伸、读者的增多、作者的扩展、多层面的生活经历,使这个阶段的文学主题变得多元化,最主要有反思留学移民生活、幽默闲适的小品、旅游行走文学、反映中西文化冲突和融合四类主题。

二、盘点现场

第一，反思留学移民生活的创作。经历前两个阶段的磨砺，北美留学生、新移民开始了较为安定舒适的生活，他们开始反思自己的美国梦。从这个阶段开始，最集中的创作主题就是对留学移民生活深层的反思，闫真的《白雪红尘》、陈燕妮的《遭遇美国》、程宝林的《美国戏台》、雷辛的《美国梦里》、李舫舫的《我俩的1993》、顾晓阳的《洛杉矶蜂鸟》、阿城的《秋天》、薛海翔的《早安，美利坚》、刘荒田的《纽约的魅力》都是优秀的代表作品。如闫真的《白雪红尘》，描写了主人公"我"大陆青年讲师高力伟，为了和在加拿大留学的妻子林思文团聚，来到加拿大，依靠妻子的帮助得到历史系研究生奖学金，但觉得读历史系难以就业遂停止学业，到处打零工赚钱补贴家用，其中遇到经济、语言、感情、婚姻、心理、生理、前途等各方面生命不可承受之折磨，主动选择离开北美的故事。文中还穿插描述了其他"洋插队"的痛苦内心和窘迫处境，以冷漠的笔触、滚烫的血泪写出了一幅对美国梦的反思檄文。《白雪红尘》一出世就立即在北美留学生、新移民中引起了强烈的共鸣，其影响力和认可程度远远高于当时在中国大陆走红的、渲染"美国淘金梦"的作品。

第二，幽默闲适的小品文。拥有了稳定工作、安定生活的北美华文网络作者，喜欢聚焦生活点滴，写忙乱人生，写闲情逸致，写对月伤心，写油盐酱醋等题材，风格幽默闲适，创作数量蔚为壮观，是这一阶段最为集中的另一个文学主题。代表作家作品有：斯绛的《戏缘》、奕秦的《雨晴》、沈方的《冬天》、施雨的《美国儿子中国娘》《爱酷的孩子》《辛苦学中文》《苦儿学琴记》《与孩子谈钱》《知足常乐》《锡婚纪念》、王伯庆的《相识何必曾相逢》《英雄无奈是多情》《留待人间说丈夫》《我家有个小鬼子》等，都是以生活化的笔调，描写美国华人中产阶级恬淡而温婉的生活，语言富含机巧与幽默，表现出经历了人生磨砺之后的睿智、风趣和乐观。

第三，旅游行走文学。随着中国留学生身份的转变，事业家庭的稳定，他们有越来越多的机会和越来越大的能力自由行走美国、行走世界，北美华文网络平台涌现出一批旅游文学作品，如赋格的《寻欢》《库玛里的烟雨楼台》《香格里拉的地平线》《偷渡伊比利亚》《夜航车》；少君的《凤凰城闲话》《阅读成都》《约会周庄》《走近澳门》《维也纳交响曲》《台北记事》《上海印象》，陈瑞琳的《走天涯》，以及林达的《带一本书去巴黎》《一路走来一路读》等。各家文字风格各异，有的偏重历史文化的探寻，有的偏重异域美景的描绘，有的注重个人情感的抒发。如少君的《阅读成都》，一篇文章5万字，纵横捭阖，挥洒自如的全方位地介绍了成都的历史、地理、风俗、著名景点、地方名食物、个人感怀，后又被成都时代出版社配照片出版，探索出一条城市文化的创作新路子。

第四，反映中西文化冲突和融合的创作。随着中国的飞速发展，中美之间生活差距越来越小，中美之间的交流和交往越来越便捷、频繁，北美华文网络文学经过了对中国社会现实的批判、对自身的反思，进入到了一个更深入的审美层次，越来越多反映中西文化冲突和融合的创作出现，如秋尘的《时差》（长篇）、《盲点》（长篇）、《春风来又走》，木愉的《孤帆》，水影的《漂泊的心》，风在吹的《等一个晴天》，水影的《花落谁家》，白广的《距离》，陈谦的《爱在无爱的硅谷》，李树明的《寂寞的彼岸》，笑言的《没有影子的行走》，杨明的《天涯不归路》，施雨的《纽约情人》等。其中施雨的《纽约情人》采用一章在中国、一章在美国的写法，同时讲述了女主人公发生在美国和中国的两个爱情故事。李彦的《嫁得西风》以清新犀利文笔描写了一群在加拿大的中国女性生活奋斗的故事，体现了中西不同文化背景、思想观念对女性个人成长过程中的重塑、冲突和融通。

原载《华文文学》2009年第3期，此处有删节

13. 十年网络文学：集体经验与民间智慧

马 季

网络文学在当代文学中的地位，虽然至今仍未有明确的界定，但有一个基本事实不容置疑，由于它的生产方式具有全民参与的特征，在短短十年时间里，无论是按字数还是按篇数计算，网络原创文学作品已经远远超过当代文学六十年在纸质媒体发表作品的总和。自2000年以来，网络小说的出版量（总印数每年大约以25％的速度递增，全国大部分书城、书店都设置网络小说的专柜。但读者年龄却呈下降趋势，目前网络小说出版物的主要受众人群是十五到二十五岁之间的青少年。除了书籍之外，网络原创小说还衍生出诸如电视、电影、电子游戏和动漫等其他样式的文化产品。以上现象说明，网络写作爆发出的能量是惊人的，而文化全球化，以及中国社会、经济、文化所发生的深刻变化，是网络文学产生和迅猛发展的时代背景。

由中国作家出版集团和中文在线主办、《长篇小说选刊》及"17K文学

二、盘点现场

网"承办的"网络文学十年盘点"集中了《人民文学》《中国作家》《长篇小说选刊》《十月》《中国校园文学》《作家》《中篇小说选刊》《南方文坛》《中华文学选刊》《北京文学》《青年文学》《大家》《山花》《西湖》等二十余家文学名刊的资深编辑参与审读和评点。活动自2008年10月28日启动，2009年4月末结束，时间长达半年。在此期间，各家期刊的文学编辑以传统文学的审美标准，对网民经海选推荐上来的100部长篇小说进行认真审阅，最后阶段评委补充提名12部作品进入盘点名单，也就是说，评委们总共对112部网络长篇小说进行了审读，并撰写了评论文章。可以说，这次盘点是对网络文学十年发展的一次整体性检阅，搭建了文学期刊与网络作家及网络阅读者相互交流的信息平台。这次盘点将产生专家评定和网民推举的网络文学十年佳作各10部，奖励方式以精神鼓励为主，评审组将推荐优秀作者加入中国作家协会，并为其申请到鲁迅文学院深造的机会，主办方长篇小说选刊杂志社已与人民出版社取得共识，盘点结束后将出版一套网络优秀作品集成，向国庆六十周年献礼。消息一公布，立即得到广大网友的高度认同，他们普遍认为，这是对网络作家成长最有价值的鼓励方式。

在网络文学盘点现场我们可以看到如下场面：

一、网络文学从作家群体到写作方式的更替非常迅猛。其速度差不多三年一个小周期，五年一个大周期，能在网络流行五年的作家和作品，即被冠以"大神"或"神作"称谓。海选过程中最让人意想不到的事情，莫过于痞子蔡等数位网络文学早期代表人物遭到冷遇，网友们甚至否认他们网络作家的身份，认为他们的写作已经"脱离"网络。网络文学更替如此之快的一个重要原因是代际缩短引发的写作方式的变化，早期网络写作与传统写作虽然存在观念差异，思维方式与审美习惯仍然趋同。但随着社会生活发生巨大变化，新一代网络写手基本脱离了传统思维模式，写作方式也相应产生较大变化。

二、网络文学在发展中逐渐形成"集体写作"的话语特征。深刻的社会变革和思想变革大潮下涌动的社会生活信息流瞬息万变，使传统文学遭遇了前所未有的表达困境，个人经验性书写面临尴尬，网络写作改变了以往"你写我读"的精英化书写方式，形成了读写之间认知交流、思想交流、情感交流、生活方式、话语方式以及人生经验交流的平民化书写方式。网络文学的平民化互动模式产生巨大能量，所表现出的集体力量远远超出了个体力量。

三、网络文学内容与形式的流变异常迅猛。由于网络具有低门槛、包容性和开放性等特征，加之读写关系的交互作用，网络平台因此成为新的文学样式发生、发展的策源地。我们可以看到，网络写作通过不断尝试，读写磨合，海量更新，迅速淘汰，产生了一些有别于传统文学的新的表现形式和手段。以类型小说为主干的网络作品目前大致可分为：玄幻奇幻类、架空历史类、穿越类、武侠仙侠类、都市言情类、灵异惊悚类、军事类、游戏类、竞技类和科幻类。它们还可以进一步细分，比如仅玄幻奇幻类一项就可分为东方玄幻、转世重生、魔法校园、王朝争霸、异术超能、远古神话、骇客时空、异世大陆、吸血家族等，其内容与形式各具特色。

　　四、对话有利于传统文学与网络文学的共生。盘点活动对网络作品的评点主要包含三个方面：作品的文学性，与传统文学作品的差异性及其自身特点，以及作品存在的主要问题。作为职业阅读者，文学期刊编辑必然有自己的审美判断，他们的评点文章与打分，面对的不仅仅是网络作者本人，网友特别是该作品的热捧者才是真正的对话参与者，这就形成了文学工作者与读者之间、读者与读者之间的多向交流，作者自然受益最深。这既符合网络文化充分显示民主的特点，也符合传统文学与网络文学共生的新格局。

　　盘点的结果还显示出，到目前为止，网络文学的发展大致可分为三个阶段。这三个阶段出现的写作人群和作品产生的方式各有其特点。

　　第一个阶段写作者与网络的平行、交叉。网络文学刚形成的时候，仅仅是一种写作阵地的转移，吸引了众多文学青年加入。这一批写作者大部分是从传统文学现场走过来的，在传统媒体上发表过一些作品，只是进入网络前还没有影响力。他们经过比较严格的写作训练，基本功比较扎实，对传统文学有独立的认识和思考。因此，在网上颇受读者欢迎。与传统文学相比较，他们的作品主要特点是价值观念发生了变化，以都市青年生活为主要表现对象，具有鲜明的时代精神。总体来说，他们的作品仍然可以纳入传统文学理论的框架进行研究和批评。如安妮宝贝、宁财神、李寻欢、邢育森、慕容雪村、江南、今何在、燕垒生、王小山等，他们凭借实力在网上声誉鹊起，然后纷纷透过屏幕，在传统文学领域占有一席之地，进入知名作家行列。

　　第二个阶段写作者在网络中成长。这批写作者的代表人物是萧鼎、当年明月、天下霸唱、酒徒、血红、唐家三少、随波逐流、知秋、玄雨，包括台湾的王文华（《蛋白质女孩》的作者）等。网络是他们成长的地方，虽然他们也看到外面的世界，但网络似乎更适合他们生存。他们的作品通过网络进入了图书市场，但在文学界的影响微乎其微，远不及第一阶段的网络作家，有一点可以证明，他们的作品在文学期刊几乎是空白。这批写作者作品的特点是表现形式的多样化，对文学经典的消解。传统的文学理论已经无法准确

二、盘点现场

解释他们的作品，因此造成了对话的困难。目前他们仍然是网络上最有活力和影响力的写作者。

第三个阶段写作者与网络共生。这批写作者的主体是"80后"特别是80年代中后期出生的一代人。这批人最大的特点就是和网络共生，网络就是他们的家，很自然的。他们的特点是在生活观念上发生了重大变化，世界观、人生观与上一代人出现了明显的断裂。由于他们和网络是同步成长的，是共生的，因此在他们心目中，网络就是主流媒体，他们很少关注传统媒体，也很少关心文学的社会价值。他们很可能不知道中国有哪些文学期刊，不关心，也不想知道。从根本上说，文学不仅要表现民族精神和时代精神的高度，而且要与世界其他文明进行横向联系，这一批网络写作者这方面的特点和优势得到了发挥。但要写出真正有价值的作品，光靠自由精神是不够的。青春小说和新近流行的小白文，反映出他们目前的写作状况。在整体上，他们的人生态度更趋开放，但文学修养有待提高。

总的来说，网络文学十年发展犹如一场旋风，凸显了集体经验和民间智慧，对当代中国文学的撞击是令人欣喜的，在未来的岁月里，它将有可能重组中国文学的格局，使中国文学产生新的造血功能，并创造出新的文学空间。有人担心网络文学与传统文学的差异性会影响文学的健康发展，而我认为，差异性其实是好事情，如果两者类似的话，也就失去交流和互补的意义。当然，就目前情况而言，网络文学还处在"实验期"，还远不够成熟。但从战略高度看，作为传播方式的革命，网络把中国进一步推向了世界的舞台，无论是政治还是经济文化的变革，都决定了中国面临的是一个更广阔的世界，只有在这个大舞台上，才能诞生真正伟大的中国文学。因此，当代中国文学的新路极有可能出现在网络文学与传统文学的互补与融合之后。

原载《南方文坛》2009年第3期，此处有删节

14. 十年论剑：新世纪网络文学现状与问题

王 颖

从上世纪90年代至今，中国的网络文学起落沉浮，走过了十余年的风雨历程。中国网络文学的源头，来自一些海外留学生在当时新兴的互联网上

69

发表的描写留学生活和思乡之情的文章。有人将这些文字组织起来，成为最早的电子杂志、纯文学站点和文学论坛。这种有组织的发表形式和集体交流模式使得最初散落在各处的网络文学作品聚沙成丘，也促使更多人在网络上抒发自己的生活感受，投身于这种创作活动中。1994年，出现了第一份汉语网络文学刊物《新语丝》；1995年，出现了第一份网络中文诗刊《橄榄树》；1996年，出现了第一份汉语网络女性文学刊物《花招》。海外华文网络文学为国内网络文学的诞生和发展，起了很好的先导作用，而因为作者和读者多是理工科技术精英为主的留学生，也使得早期的网络文学带有浓厚的精英气质，站在了一个较高的艺术平台上。随着1994年我国正式向公众开放互联网和网络技术的飞速发展，网络迅速在广大民众间普及。互联网打破了时空的藩篱，掀起了一场全新的信息革命，极大地刺激了个体写作力的增长。网民数量的与日递增，亦使得网络文学有了巨大的群众基础，忽如一夜春风来，千树万树梨花开。人们突然发现，网络时代，人人都可以成为艺术家。1997年，朱威廉创办了个人网站"榕树下"，一度成为国内最大的华语原创文学基地，并连续举办了三届网络文学大赛，成功地将网络文学推向高潮。1998年，痞子蔡在网上发表了小说《第一次亲密接触》，风靡一时，成为一个标志性事件，意味着网络文学正式登场，从此进入大众视野。宁财神、安妮宝贝、李寻欢等一波波网络写手凭借网络声名鹊起，而新的网络写手又如雨后春笋般涌现出来。网络文学始终热闹纷繁。如今，大型原创文学网站"起点中文网"的日最高点击量已突破1个亿，互联网上全部中国网络文学作品的总字数已超过30亿，而且这个数字每天都在迅速增长。首先，阅读网络文学已成为许多人日常休闲生活的一部分，为数众多的网民每日如痴如狂、翘首期盼着他们追读的网络文学的更新。在2008年举行的第五次国民阅读调查显示，互联网阅读率为36.5%，图书阅读率为34.7%，网络阅读首次超过了图书阅读。① 其次，互联网阅读改变着大众的阅读习惯，给传统出版带来极大冲击和震撼，据报道，将来的图书出版或许会采取电子与纸媒同步发行的形态。而近年来网络小说的出版量，也以每年25%的速度递增，在各大书城里，网络文学作品总是摆放在最显眼的位置，受读者关注最多。

---

① 路艳霞：《第五次国民阅读调查：网络阅读首次超过图书阅读》，《北京日报》2008年4月21日。

二、盘点现场

在潮流中不断涌动的网络文学

正如同任何新事物的诞生都不是一帆风顺的,网络文学从它诞生的那一刻起,就争议不断。诸如什么是网络文学、到底有没有网络文学、怎么才算网络文学,其说不一。1999 年"网络文学"这个词开始集中出现在媒体报道中,然而关于网络文学的概念,至今仍没有一个完整意义上的清晰范本,它的边界是模糊的。广义的网络文学包含了一切出现在互联网上的文学作品,狭义的网络文学则如网易公司在 2000 年作的一项社会调查,结果显示,网民心目中的网络文学具有以下四种特征:(一)通过网络进行传播;(二)文字具有网络特征;(三)基于网络思维;(四)首发在网络上。概括起来,即网络文学是采用网络思维的形式,语言上具有网络特征,依赖网络进行传播的网上原创文学。网络文学一边面临着对它的种种质疑,一边却彰显了它新时代、新技术的特点,飞速而务实地发展着。面对正在成长中的网络文学,或许先别急着将它限定在既有思维框架内,换一种思路,开放性地看待这一新生事物的发生发展过程,更有建设性。

1998 年痞子蔡发表了《第一次亲密接触》后,本土汉语网络文学开始热闹登场。《第一次亲密接触》已表现出网络文学典型的言情化、青春化、娱乐化特征。随着《第一次亲密接触》的广受瞩目,一时间,时尚都市、青春感性、凄美动人的爱情小说纷纷涌现。2000 年三联书店专门策划出版了一本由宁财神、安妮宝贝、李寻欢等知名网络写手作品组成的网络爱情小说合集《进进出出在网与络、情与爱之间》。蔡智恒之后,出现了邢育森、宁财神、李寻欢、俞白眉、安妮宝贝等第一波网络写手群。这些多是最初网络文学评奖的获奖者,在之后的大奖赛中又迅速成为评委。2000 年,今何在的"戏拟"小说《悟空传》,带动了第二波网络作品的创作热潮,此后一批"戏说""水煮"系列作品问世。2002 年慕容雪村的《成都,今夜请将我遗忘》赢得了百万点击率,掀起了又一轮网络文学冲击波。《深圳,今夜激情澎湃》之类的跟风作品也甚嚣尘上。王小山、沙子、心有些乱、南深、黑可可、雷立刚、江南、何员外等人,都是这段时期的重要作者。最早一批网络写手多为 70 年代生人,他们受传统文学的影响颇深,讲究文字,重视对生活、人性的思考和挖掘。之后,80 后作者开始活跃,他们或如郭敬明的青春、忧郁、感伤,或如春树的凌厉、边缘、残酷,行文带有"学生腔",却也散发着年轻人特有的气息。

2003年，是网络文学走向转型的一年，市场力量的不断进入，使得文学与资本的关系日渐紧密，要求网络文学不断功利化、产业化。文学网站作为网络文学的主要载体，它的壮大，客观上推动和促进了网络文学的快速发展，然而作为一个企业，它同时又要遵循市场规则，背负着沉重的盈利压力。与此同时，资本市场看上了网络文学巨大的掘金潜力，纷纷抢滩争夺这块宝地。"起点"最早在原创文学网站中引入市场化概念，推行 VIP 收费制度，作者和"起点"变成了赤裸裸的雇佣关系，"起点"和读者则变成生产者和消费者的关系。2004年，著名游戏公司"盛大"收购"起点"，使文学网站的商业化又向前推进一步。在这种形势下，网络文学的商品属性被充分挖掘，以求得利润的最大化。在网上受到读者追捧的作品，迅速出版成纸质图书，还可以改编成有声读物、动漫、电影、网络游戏和签订海外版权等。而网络文学也变得像娱乐圈一般，开始造星运动。与网站签约的明星作者，成为光凭网络写作就能日进斗金的"大神"，拥有大量粉丝。这些"大神"一旦出了新作品，就像明星一般受到粉丝的强力追捧。

然而，在强大的物质利益的诱惑下，还是有一批又一批新写手加入到网络文学的大潮中来，网络文学也出现了一波又一波的潮流性作品，每一波潮流都煽动起一批类型化写作。网络文学发展初期，小说创作的类型意识还不明显，直到新世纪以来，网络创作才真正进入了类型小说时期，如风靡一时的奇幻武侠类作品《诛仙》，历史幻想类作品《新宋》，历史权谋类作品《一代军师》，盗墓冒险类作品《鬼吹灯》等。如今大多数网络写手在写作前，都已自觉意识到在从事哪个类型的创作，这是消费时代对写作的又一重大影响。文学网站也敏感地意识到这种类型化写作的潮流，将自身营建成文学产品的"超市"，无论读者喜好武侠、言情、耽美、同人、推理、恐怖、盗墓、修真、黑道、异能等哪一种小说，都能在相应板块方便地找到。文学网站这种商业目的导向，使网络文学从过去充满个性化的业余、自发写作，逐渐转向墨守成规的商业化、职业化写作，束缚了它的生命力、创造力和想象力。类型化写作如何突围，已是当下网络文学继续发展的关键。

评奖活动对网络文学发展的影响

最早的网络文学评奖可追溯到1999年"榕树下"举办的首届网络文学大奖赛，它掀起了网络文学评奖的浪潮。多年来，网络文学的评奖、论坛等活动的举办一直不曾间断。"榕树下"作为当时的网络文学大本营，吸引了

二、盘点现场

众多网络文学爱好者舞文弄墨、互相唱和。从 1997 年建站到 2006 年底，它登载的原创作品近 350 万部，这种发布量是传统文学报刊和出版社在同期内无法企及的。而从 1999 年到 2001 年，它连续三年举办了三届网络文学大赛，使网络文学达到了创作高峰。首届网络文学大奖赛邀请了王安忆、王朔、陈村、余华等著名传统作家担当评委，在取得开门红之后，第二届网络文学大奖赛获得了轰动效应，"榕树下"也达到了它的巅峰期。2001 年底，第三届网络文学大赛因 2 万元的高额奖金吸引了 30 多万件投稿，其中还吸引了一些传统作家的加入。

这三届大赛（见表 1）发掘出许多颇具实力的作者，如今何在、心乱、雷立刚、田耳等，他们的作品直至今天仍被人津津乐道。三届评奖里，第一届参赛作品仅 7000 多篇，第二届参赛作品就达到 75173 篇，第三届参赛作品共有 158237 篇。① 获奖作品的数量也随之递增。小说奖项的划分不断细化，从最初的最佳小说，到最佳小说＋最佳小说大奖＋最佳人气小说奖，再到最佳长、中、短篇小说奖。评奖作品的内容也更丰富，出现了历史类小说、科幻类小说、现实生活类小说等。

表 1　三届网络文学大奖赛获奖作品

首届网络文学大奖赛获奖作品	最佳小说：尚爱兰《性感时代的小饭馆》，老谷（赖大安）《我爱上坐怀不乱中的女子》，成刚（秦歌）《秦朝女子》，分子（张虎生）《春天很好》，水晶珠链（陈幻）《丹青》，Nikko（王少雄）《英雄时代》。
第二届网络文学大奖赛获奖作品	最佳小说大奖：flyifmax《灰锡时代》。最佳小说奖：宁肯《岩画》，零之《毕业一年间》，飞花《烟火不堪剪》，人面桃花《迟到的戒指》，飞雅雷《漂亮的鼻子》，燕垒生《瘟疫》，快乐魔鬼《猫城故事》，刘源《梯子》，今何在《悟空传》，心乱《秋风十二夜》。最佳人气小说奖：今何在《悟空传》。
第三届网络文学大奖赛获奖作品	最佳长篇小说：潘能军《乱醉如泥》，雷立刚《秦盈》。最佳中篇小说：书宏《招娣》，田耳《姓田的树们》，蔡骏《飞翔》，刘源《隔壁房东的杀人声音》，王齐军《老黄历》，季哑《尘埃之上》。最佳短篇小说：卢江良《在街上奔走喊冤》，杨川《老疙瘩》，青月僧《丑陋》，悠晴《网络女写手李清照的网恋》，lstzxf《丫丫》，airp《山头对歌》，刀丛中的小诗《花焚》，白丁香《春秋时期的爱情疯子》，安昌河《大嘴、三刀、四眼神枪以及五娘》，马知遥《爸爸的黄羊》。

---

① 张贵勇：《走向多维的"原创"——从网络获奖小说看网络文学的审美价值取向》，http://www.cmr.com.cn/literaturestudy/timespace/2/ztyj02.htm，2009－02－04。

评奖在慢慢的摸索中不断调整，走向成熟。与传统的文学评奖如茅盾文学奖、鲁迅文学奖等相比，网络文学评奖波及的范围、参与的作品、在群众间产生的影响，均大大增加。2000年7月。TOM文学网和"榕树下"举办了一场主题为"网络写手要不要成为传统作家"的网络文学讨论会，邀请了张胜友、雷抒雁、心有些乱、李寻欢等传统、网络文学界知名人士畅谈，网络文学在这种形势下轰轰烈烈地发展着。2003年，国内最大的中文门户网站新浪网举办了"新浪·万卷杯"中国文学原创大赛，从此，新浪成为"榕树下"之后网络文学大赛的另一面旗帜。2008年6月6日，第五届新浪原创文学大赛落下帷幕，相对于前四届，这届大赛的参赛作品达到新高，签约的影视作品也突破了历史纪录。本届大赛特设了影视特别奖（获奖作品《青盲之越狱》《青花瓷》《军婚》），影视评委更多地介入到整个评选环节的中间，文学和影视进一步联姻。最终获奖的优秀奖作品为《野外生存》《落日海滩》《青春无忌》《第七突击队》，铜奖军事历史类获奖作品是《军婚》、悬疑类获奖作品是《江湖特工》、都市情感类的获奖作品是《三十情事》，银奖为《女人突围》《冒险王之禁区》《倾城乱》，金奖为《青盲之越狱》《野外生存》《青花瓷》。从奖项类别的设置可以看出，类型化写作仍是网络文学创作的主流。

与此同时，"起点""17k文学网"等大大小小的文学网站也举办了各种形式的文学评奖活动。值得一提的是，2006年10月举办的第二届腾讯网"作家杯"原创文学大赛，不再邀请传统文学里的名作家、评论家担任评委，主办方认为评论家多为科班出身，经常参与茅盾文学奖等纯文学奖项的评选，他们继承了正统的文艺理论，评选中往往会按正统的学术标准，从内容、体例、语言等方面来衡量当下的网络文学作品，但网络文学中有许多新生事物，并不符合传统的语言规范，无法用传统的学术标准评判。这次的评委团由各大出版社的资深出版人组成，显然是注重评奖带来的市场效应。

网络文学批评研究的逐步深入

随着网络文学不断庞大的创作队伍和创作数量，理论界逐渐关注起这一新生力量。20世纪90年代末，中南大学文学院率先成立了国内第一家网络文化研究所，组建了专业学术团队。进入新世纪，理论界对网络文学的研究进一步深入，在网络文学的本体论、网络文学的价值和局限、网络文学的现状和未来等焦点问题上展开讨论。2003年，《中华读书报》发起了一场关于网络文学的论争。欧阳友权的《网络文学：技术乎？艺术乎？》认为，网络的技术特性使网络文学容易出现"只见网络没有文学"的现象，导致文学的"非艺术化"和"非审美性"。①张晖的《网络文学不是游戏文学》则持反驳意见，认为"文学不仅仅是科班出身之人的文学"，网络文学也是文学，网络文学的"我手写我口"正是它的生命力所在。②何志钧的《网络文学：无法忽略的"物质基因"》认为，网络文学不可避免地打有后现代消费文化的深刻烙印，网络文学的写手和受众的组成多为白领、小资，网络文学贩卖的正是这些人的小资趣味、休闲情调。③朱朝晖的《游戏冲动与文学的技术依赖》则认为，从事网络文学写作的人，多数抱着审美理想，为圆"文学梦"而来，但确实也有个别为宣泄情绪进行"游戏"的，不能一概而论，应作具体分析。④

2004年，中南大学、《文学评论》《文艺理论研究》联合举办了"网络文学与数字文化"全国学术研讨会，近百名专家、学者、作家围绕着网络文学的诸多问题进行了广泛的交流和探讨。同年，中南大学文学院网络文化研究基地出版了"网络文学教授论丛"，作为学界第一套专题研究网络文学基础学理的丛书，标志着网络文学从印象式批评走向了学科建设、学理研究。2007年末，该研究基地再度推出了"网络文学新视野丛书"，作为其研究成果的又一次集中展示。2008年，欧阳友权还出版了《网络文学的学理形态》，主编了我国第一部网络文学原创教材《网络文学概论》，从基础学理上系统地阐述了网络文学的学科性质，表明网络文学成为一门新的学科的现实性和可能性。《文艺报》于2008年5月8日以整版篇幅推出由北大等高校著名教授撰写的《网络文学概论》《网络文学的学理形态》等8部论著的系列评论，在全国又一次掀起了"网络文学研究热"。另外，2006年全国首家地区性网络文学委员会成立，由武汉市作家协会和武汉工业学院工商学院网络文学研究所组成，《芳草》杂志社网络文学创作基地执行。2007年，中国作家协会、中国国际经济科技法律人才学会联合主办了"首届中国网络文学发展研讨峰会"。同年，中国社科院文学所、中国文学网开展了"全国文学网站年度调查报告"的调研与撰写工作，对全国文学类网站的数量、网站内

---

① 欧阳友权：《网络文学：技术乎？艺术乎？》，《中华读书报》2003年2月19日。
② 张晖：《网络文学不是游戏文学》，《中华读书报》2003年4月23日。
③ 何志钧：《网络文学：无法忽略的"物质基因"》，《中华读书报》2003年5月21日。
④ 朱朝晖：《游戏冲动与文学的技术依赖》，《中华读书报》2003年5月21日。

容、发布机制、作者队伍、读者群体、社会影响、与传统出版之关系等都作出了比较精确的统计、分析和研究，以期从宏观和微观两方面探讨对当今文化产品生产与消费影响越来越大的文学网站的发展和运作情况。2008年，中国社科院文学所、中国文学网等主办了"2008年网络文学发展高峰论坛"。同年，中国作家协会指导、中国作家出版集团和中文在线主办了"网络文学十年盘点暨首届网文（2008）年度点评"活动。这是自中国网络文学诞生以来最大规模的一次评选，也是传统文学与网络文学最大规模的一次对话。这些都表明了官方文化机构和权威学术机构，正不断加大对网络文学批评研究的投入。网络文学研究业已成为新世纪文学理论研究和文学批评重点关注的对象。

总的说来，年轻的网络文学仍处于摸着石头过河的探索时期，它不完美，有诸多缺陷，但这些缺陷同时也是它的活力与生机所在。随着对网络文学各方面认识的不断深入，我们总能掌握住它的发展规律，引导其健康成长。

原载《天津师范大学学报》2009年第6期，此处有删节

15. 伴网络文学走过十年

舒晋瑜

与网络文学的结缘，人人皆有不同。有的是因为兴趣，有的是因为好奇，有的仅仅因为一点点虚荣心。

从"李寻欢"到路金波

对于1997年的深度网虫李寻欢而言，走上文学创作的道路，可能就是有一点希望赢得网友尊重的不服输。那时候的他，骂足球，发牢骚，攒酸文，混论坛，聊QQ，张扬而快乐。作为第一批网络从业人员，李寻欢上网条件自然很好，但也不能满足他的网瘾。他们的口号是"相约八点半"，每天上网到夜里一点多，上网费一月一千多元，用去月收入的一半。刚开始，李寻欢在IRC里聊天，不久就转战BBS，当他把文字写成三段以上，发现那就是文章。所以他说，最早的网络写手，之所以后来成为所谓的"网络作

二、盘点现场

家",完全是偶然的。至少1998年前没有想到有朝一日自己在网上涂下的文字会变成铅字。

《迷失在网络中的爱情》在1998年的出版,使李寻欢成为"网络文学"的先锋之一,并深深体会到网络文学带来的甜头:"我的书能卖10万本,有一段时间几乎天天上报纸。还有一次,我住在北京,在一家小饭馆里吃饭,旁边有人说:这不是昨天上报纸的那人吗?我享受到小明星的待遇。所有的网络文学评委会都有我,还编了几套网络文学的丛书,成为'网络文学'新概念的代表人物。"

1999年至2000年初,正是中国网络热潮风起云涌的时候,李寻欢投身于网络文学,开阔了视野,并结识了一大批网友,而早期的网友,直到现在也是生活中的好朋友。没有网络,他不可能走上文学道路。这一点毋庸置疑。很快,当时最知名的网络文学网站榕树下邀请李寻欢担任网络原创文学大赛的评委,紧接着他正式加入榕树下,最初担任内容总监,之后担任战略发展总监、上海榕树下计算机有限公司副总经理。

在榕树下,李寻欢开始从文学青年向文化经理人转型。从2000年开始之后的3年时间,他其实不写东西,变成了一个社会活动家。2002年,贝塔斯曼接手榕树下,创始人朱威廉离开。李寻欢带着小徐"挥一挥手不带走一片帖子"的潇洒,以老柳"执手相看键盘竟无语凝咽"的深情,用他惯常的做作虚伪故弄玄虚撒泼打诨嬉笑怒骂,出版《粉墨谢场》和大家说再见。但这不是他对网络生活的放弃,而是对"李寻欢"的放弃。这是他深思熟虑的结果。"我几乎从不上网,在公司也只是发发邮件,看看新闻,对网络聊天深恶痛绝,对论坛什么的不感兴趣。我对网络的态度已经非常平淡,非常中性,这些都是和早期著名网虫或网络写手李寻欢的形象不符的,所以我选择了放弃这个笔名。"

李寻欢恢复了原名:路金波。他离开了榕树下,摇身一变成为出版人。从2003年到2005年,路金波把这段时间称之为"学习期"。因为最开始他连什么是印张、开本都不懂,出过一些亏本书。他的学习是全方位的。

然而很快,路金波在文艺出版界声名鹊起。他成为聚星中文网总经理,先后签下韩寒、安妮宝贝等畅销书作者,并以付给作者"天价"版税震动业界,被称为出版业的"捣乱分子"。几年时间内,他先后出版慕容雪村的《成都,今夜请将我遗忘》、蔡智恒的《洛神红茶》、安妮宝贝的《告别薇安》和《莲花》、今何在的《若星汉天空》、孙睿的《草样年华II》、郭妮的《麻雀要革命》《天使街23号》和《恶魔的法则》、韩寒的《一座城池》、王朔的

《我的千岁寒》等。

继将榕树下更名为"贝榕"后,路金波与辽宁出版集团合作的新公司"万榕书业图书发展有限责任公司"成立。新公司成立的第一把火便是推出"打开自己、海阔天空"——"万榕"七喜名家澳洲行活动——由韩寒、安妮宝贝、张悦然、安意如、蔡骏、沧月等12位知名作家组成的明星作家团,从7月15日开始,历时七天,一起完成由七喜品牌赞助的绿色漂流行程。行程结束后,12位作家每人都会以坚强为主题,结构经典童话,给经历地震灾难的小朋友写一篇温暖人心的童话故事,并集结成书。他说自己经历了学徒期、发展期之后,正逐渐成为成熟的出版商。"我希望打造国内领跑的出版机构,再有三年五年能打造一个中国最好的文艺出版社。"

吴文辉与"起点网"

在网络文学的舞台上,用"你方唱罢我登场"来形容李寻欢的"粉墨谢场"与吴文辉的"登台亮相"再确切不过。他们走的路线完全不同,路金波由网络文学创作起家在传统出版业中大显身手,吴文辉则是白手起家,搭建起中国最大的网络文学平台。2008年7月中旬,"万榕书业图书发展有限责任公司"成立之前的4天,盛大文学有限公司在北京正式成立,起点中文网创始人吴文辉出任盛大文学总裁。短短6年时间,起点网注册用户达到2500万,流量达到2.3亿,作家数量有18万名,作品量有22万,每天大概有3000万字的新增内容,每天有近1万篇新的作品更新。网络小说原创作家中80%~90%聚集在起点平台上。在百度上搜索出的小说关键词中,排名前50位的,大多数是起点上的小说。

吴文辉北京大学计算机系毕业之后,在方正集团从事软件技术工作,从小喜欢看各种类型小说的吴文辉业余时间几乎都挂在网上。但他发现常去的几家文学网站不能满足自己的需要,内容量少、质量不高,作家创作不稳定,作家和读者交流不顺畅,互联网原创行业中也存在很多问题,完全有更大的空间可以做得更好。

起点网的雏型就这么形成了。吴文辉、林庭峰几个同道者一拍即合,组建了一个松散的文学网站的同盟协会,时间是2002年,吴文辉称之为"史前阶段"或"蒙昧阶段",网站没有盈利,大家完全凭着兴趣和爱好在做。次年初,有人从网上主动找到吴文辉,表示愿意出一台服务器做网站。网站初步得以稳定。

二、盘点现场

好景不长，不到4个月时间，那人突然消失，服务器也随之消失，网站不复存在，资料和内容全部丢失。

这件事令吴文辉、林庭峰们重新审视网站的存在方式。再这样居无定所，网络永远无法成长壮大。他们决定凑钱购买服务器维护网站，同时制定详细计划，希望努力做出一些事情。服务器买回来之后，需要重新收集所有数据，把两千本书、两三千万字的内容一点点上传更新，几个人连续奋战了一个星期。每天都会有新增内容上传，由于最初的网站内容开发进度慢，吴文辉和另一个伙伴有半年时间晚上没有出过门，就待在家里等其他朋友把内容收集好后再上传内容。他说，那时不觉得辛苦。看到网站不断成长，看到不断有作家涌现，是件有趣的事情。

2003年10月，起点网全面实行付费阅读。"实施阅读付费，其实冒着很大的风险。同行业都是免费阅读，如果用户不接受，读者不买账，作者不买账，可能就此失败，起点网有可能彻底消失。没想到第一个月收入5000元，这部分收入他们用来支付稿费，最好的作者拿到了一千元。"吴文辉说，事实证明阅读收费的商业模式是正确的。起点网由此进入高速发展阶段，同时用户和阅读进入迅速膨胀，流量从100万上升到800万，远远超出了同行业。

所有沉迷于起点网的写手与网友，大概并不了解起点网背后的运行模式，付费阅读带来行业内巨大变化，而成为行业内领袖的6个起点网负责人分别住在5个城市。最初的起点网支付稿费的模式不是月结，只要作者提出要求，就需随时汇款。由于自己居住的县城无法办理电汇，林庭峰曾经在一个月内11次跑到广州给作者汇款。

以原创作家的平台，然后进行内容宣传、包装，再对小说内容进行多平台开发、销售，实现多维版权增值，这大概是吴文辉比较得意的前瞻之举。2004年，当其他站点还在纷纷效仿起点网以作品为尊时，起点网已经看到了网络文学站点先天所具有的巨大漏洞和弱点。吴文辉说："首先是我们缺乏进一步发展所必须的资金；其次，网络盗版的冲击比想象中的严重，我们需要有足够的背后资源进行反击和应对；第三，互联网竞争激烈，虽然起点网起步比较好，但是同样面临着挑战。我们需要有着正规管理经验和经营经验的外力，对我们所从事的这个事业进行完善和调整。"

2004年10月，被盛大以1600万人民币全资收购，进入高速发展阶段。这一时期他们制造了茗丁图书神话，最让人津津乐道的案例是《鬼吹灯》。这本原创热门网络小说，在网络上吸引了千万点击率，作为实体书出版之后，登上去年中国畅销书排行榜。除了这项成绩之外，这本书的开发链条涉及网上付费、图书出版、漫画、声讯、海外版权、电影和网络游戏。利用《鬼吹灯》作为剧本的电影正在筹备中，电影阵容强大，杜琪峰监制，徐克导演。吴文辉表示，会将《鬼吹灯》拍成《印第安纳琼斯》《魔戒》一样的系列大片，预计2009年推出。

2006年，起点网在流量即将突破一个亿时，盛大网络董事长兼首席执行官陈天桥计划筹备新闻发布会，吴文辉仍然惴惴不安。

和起点网一起成长的过程，是吴文辉见证网络文学成长的过程。一路走来，吴文辉可谓如履薄冰。付费阅读不被接受怎么办？起点网流量在发布会之前不能达到一个亿怎么办？

所幸的是，起点网的成长永远超过他的预期目标。在发布会之前的半个月，起点网日点击量突破了一个亿。这时，起点面临需要跨越的阶段。作家团队虽然经历了空前的壮大，但是依然与用户的需求有差距；作品良莠不齐，优秀作家和优秀作品的孵化需求，开始成为起点进一步发展的瓶颈；面对不断奋起直追的竞争对手，形式单一的分成模式也已经不能承担黏合优秀作家的重任。

针对这些问题，起点在2007年年初就策划了国内电子出版行业最大规模的作家培养与激励计划。

2007年3月9日，起点中文网推出了"千万亿行动"，以培养更多的作者，其中便包括"网络作者文学创作高级研修班"。他们与上海社科院合作，聘请著名教授和作家授课，并展开各种采风、研究和专项讨论会等活动。起点把最优秀、最受读者拥戴的作者分批地送入这个班深造，提升作者的人文素养和写作水准，起点负责他们全额或部分奖学金。

吴文辉更像一个旗手，引领、规划这支浩荡的网络文学大军前行，胸怀大志并从容淡定。与最早创办起点网时相比，他觉得现在的自己找到了真正"躺在书海里"的感觉。他非常清楚，所有的优秀的作者、优秀的作品，都是从起点这么一个草根的web2.0平台涌现的。正是因为这个平台得到了成万上亿的网民的参与，才真正凸显出起点的生命力和吸引力，也才真正让人感受到原创文学的魅力。吴文辉说，"千万亿计划"其实跟起点之前的许多工作一样，都是朝着更好地扶持原创作者、创造更好的原创文学内容的目标努力。但由于1亿增资的基础，所以此次计划铺设的面更广、力度更大、历时更长。他希望能够成功地完成这个计划，这将对起点，甚至整个文学界来说，又是一个未来的新"起点"。

原载《中华读书报》2008年7月23日

二、盘点现场

16. 十年，网络文学改变了什么？

艾庄子

2008年7月4日，盛大文学有限公司宣布成立；2008年，网络文学十周年。

十年，网络文学发生了什么？《第一次亲密接触》《悟空传》《成都，今夜请将我遗忘》《诛仙》《梦回大清》《杜拉拉升职记》《浮沉》……这是问题的最终答案吗？不是。十年，网络文学改变了什么？距离。互联网对我们最大的改变，在于让"距离"消失——于是，在互联网上，我们的阅读·表达·分享一体化：阅读者即创作者，创作者即传播者，传播者即自媒体。网络文学就是在这种独特的方式中发展和演变的。互联网正在改变我们对自我和世界认知的思维模式，改变着我们的生活方式、感受事件和理解世界的方式。网络文学阅读潮流的演变，其实就是中国人在时间、空间、人际关系与自我的变化中变化的轨迹。

零距离：阅读·表达·分享"一体化"

或许《第一次亲密接触》开启网络文学大门时，那个书名已经象征了互联网给我们带来的最直接的改变：亲密接触，零距离，距离消失。由此，我们迎来了阅读·表达·分享"一体化"的时代。传统意义上作者—编者—阅读者的距离逐渐消失。于是，网络文学十年征程，就是一种"距离"的演变史：

第一阶段，李寻欢、宁财神、安妮宝贝……《告别薇安》《迷失在网络与现实之间的爱情》《死亡日记》……它们的旗帜是痞子蔡的《第一次亲密接触》，它扛起了消灭"距离"的旗帜。但是，其内核和精神的代表却是安妮宝贝。我和你、她和他、网络和生活之间距离的消失，不过是一种确认自我并寻找自我与世界和解的可能性的努力，一如安妮宝贝多年后表示："早期的作品，比如《告别薇安》《八月未央》《彼岸花》，都是由内心的孩童所写。它们所要展示的，是一个女童的激烈极端，与自我和外界的无法和解。

但是从《蔷薇岛屿》开始,这个女童的困惑,已经获得一种试图与自我和解的洁净。"互联网的"零距离"仍然只是一种象征,事实上,"距离"仍然存在并主宰着一切。所以,这一批网络文学作者后来都不约而同地"告别"互联网,回到生活:痞子蔡重新回归蔡智恒,安妮宝贝进入文坛,两人都成为常态的畅销书作者;宁财神做了编剧,李寻欢做了书商……

第二阶段,步非烟、江南、明晓溪、何员外……《小兵传奇》《昆仑》《诛仙》《九州》系列、《成都,今夜请将我遗忘》《悟空传》……新武侠、新奇幻、新玄幻、新军事、新言情,等等,一切"新"的要摧毁旧的,就像步非烟的新武侠要革掉传统武侠的命。这跟当时互联网要革掉传统的命的"时代精神"同节奏、共进退:新媒体要革掉纸媒的命,电子杂志要取代传统杂志的未来、e-book要消灭传统图书——事实上,谁也革不了谁的命,能够革掉的只有彼此之间的距离。

第三阶段,当年明月、金子、安意如、十年砍柴……《鬼吹灯》《圈子套圈》《致我们终将逝去的青春》……全民皆博、全网皆文青、公民写作、自媒体,互联网终于完成了阅读·表达·分享的面对面,形成"碎"阅读、"Ge"表达、"秀"分享的重要特征。与此同时,网络内容正在向深度发展,网络内容正在优质化。比如,2008年最重要的图书产品均源自于网络,《窃明》《浮沉》《庆余年》《那一曲军校恋歌》《如果这是宋史》……

当互联网使得阅读·表达·分享间的"距离"消失时,因为距离而得以存在并获取"距离利益"的出版商-作者-读者的传统出版模式正在被瓦解。

时间流:穿越文中的过去、现在和未来

2006—2008年的穿越文学热,可以说充分体现了网络文学阅读·表达·分享一体化的"距离"演变。

第一代的原创穿越文始于2002年左右,伴随着这些穿越文走过的阅读者在2005年左右创造出第二代的穿越作品,并且引发了始于《梦回大清》的系列穿越作品;这些"穿越2.0"的阅读者在此过程中也开始提起笔来,于是2007年下半年开始,逐渐出现了"穿越3.0"的系列作品,如《一年天下》。它们的特点是,因为阅读前面那些穿越作品才产生创作冲动,并且创造出来的作品在客观上有"升级换代"的功效,如文学品质、对故事的驾驭能力都有显著提升。在这个过程中,早期的创作者也逐渐沦为当前的阅读

者，或者部分作者重新从阅读者变身为新创作者。

此外，因为互联网时代的文学创作模式的影响，穿越文学还显著体现了"阅读者即创造者"的即时影响，即作品正在创作过程中，阅读者通过提供素材、建议建言，影响着创作的走向，使得作品为阅读者与创作者共同完成，甚至，创作者变身为传声筒或记录者，使得其成为一个个"我"们协同创作的作品——就像维基百科一样。真正的创作者不是作品的署名者，而是由"我"们组成的阅读者。

空间感：平行世界中，一切历史均可以重来

伴随着时间观念改变的，是互联网正在重塑我们的空间感。

《小兵传奇》《搜神记》《诛仙》等奇幻玄幻文学的潮流，《新宋》《明》《庆余年》等架空历史的小说潮流，正在推动着一种新的宇宙观、世界观与历史观：我即宇宙，在平行世界中，一切历史可以重来。

互联网让"距离"消失——似乎真的让人与宇宙直接面对面，甚至融为一体。在这种情况下，人很容易将自身无限扩大，在幻想中与宇宙同为一体，就像奇幻文学将自我的边界扩大到无限的宇宙中一样。这是最表层的观念改变，更关键的是，世界因此有可能是平行的。

平行世界有三种假设：1. 线性宇宙：时间是单向的，回到过去就可以改变现在。2. 平行宇宙：回到过去可以改变现在，但是相应会产生出另一个未来或多个未来，而每个未来会平行发展，即：主人公所在的世界与被他改变的世界同时发展。3. 莫比斯环式宇宙：主人公回到过去是为了改变未来，结果发现他所做的事都是命中注定（包括他回到过去这件事）。他可以改变进程，却无法改变结果，于是他一次一次地回到过去，反复在宿命中挣扎。

在没有互联网之前，这一直似乎都是"科幻"；但在互联网诞生之后，这种平行世界理论得到了大量网络写作者的青睐。2002－2007年，玄幻、奇幻文学在互联网上的兴起与大热，不能不说与这种新的"世界观"的流行有关。《小兵传奇》《搜神记》《诛仙》《九州羽传说》《九州缥缈录》……都取得了巨大的成功。甚至，2007年7月1日，韩寒的《光荣日（第一季）》，也被冠以"韩寒首部魔幻现实主义作品"的名号出版。

与此同时，穿越时间改变历史的《新宋》《明》《窃明》《庆余年》……都在诉说着：历史是有多种可能性的，一切均可以重来。

原载《中华读书报》2008年7月23日

17. 原创文学网站十年回眸：当文学梦想照进商业现实

李 淼

如果从1999年榕树下网站开始公司化运作算起，原创文学网站开办至今刚好10年。10年间，围绕网络文学到底是不是文学的争论贯穿始终，但没有争议的是，网络文学一开始就以高人气吸引了大量网民。有人气就有市场，有人气就有生意。但网络文学行业发展到今天的"枝繁叶茂"，并不是每个企业都尝到了甜头。

从榕树下到起点中文网，原创文学网站，离文学梦越来越远，却越来越接近生意经。

"榕树"枯萎：理想主义的终结

文学与网络最早的相遇，是由网民对文学的兴趣造就的。那时，网络写手在网上码字没有功利心，按第一代网络文学写手李寻欢的说法，"当时没有人把网络写作当成一个事儿，都觉得是业余时间玩的东西"。同时，文学网站的建立也多是喜欢读书、爱好文学的网民个人行为，与生财无关。

1997年圣诞节，美籍华人朱威廉编制了一个名为"榕树下"的个人网页，在上面书写自己的心情文字，并发布其他写手的文学作品。随着来稿的不断增多，这个倡导"生活·感受·随想"的个人网站逐步成了一个发表平台，最初的一批知名网络作家如宁财神、李寻欢、安妮宝贝，甚至包括后来成为"80后"偶像作家的郭敬明悉数聚集于此。在没有博客的10年前，榕树下几乎成了华语世界文学爱好者在网络上的俱乐部。2000年，首届网络原创文学大赛的成功举办、陆幼青《死亡日记》的连载更使榕树下进入全盛时期。

不过，榕树下的火爆并没有为创始人朱威廉赚到钱。1999年7月，朱威廉个人投资，邀请安妮宝贝、宁财神、邢育森、李寻欢等担任编辑，成立上海榕树下计算机有限公司，正式运作榕树下网站。发展到顶峰的时候，榕树下上海总部有100多名员工，北京、重庆、广州各有数十人。但和互联网第一次高潮时所有公司面临的问题一样，榕树下的投入在不断增加，但是营收却未见提高。

"榕树下我投资了几千万元人民币，我们当时在北京、上海、广州的办公环境全是一流的，光是一届文学大赛就要投入几百万元人民币。"朱威廉表示。据了解，当时榕树下的主要收入包括图书出版、电台广告、网络广告三大块，朱威廉曾自曝其图书出版年收入达1600万元。而据媒体调查显示，其售书相关收入并不多，电台广告每月在40万元左右，网络广告的广告位及广告客户少得可怜。即便其公布的数字不含水分，榕树下销售毛利也不过数百万元，还不足以维持网站的运营，"甚至不够为榕树下的150位员工发放工资福利"。

朱威廉终因资金问题于2002年将榕树下转手卖给贝塔斯曼，而后其境况每况愈下，2006年榕树下再度被转手至欢乐传媒。这时候，榕树下已经失去了原有的影响力。在李寻欢看来，榕树下"死在没有转型，没有找到可以持续赢利的经营模式"，而"榕树"的倒下也宣告了以其为代表的原创文学网站非商业化时代的终结。

起点收费：自造血的生存尝试

2000年网络经济泡沫的破灭，给很多免费的网络空间带来了生存危机。也是从那时开始，文学网站的站长们开始深刻意识到赢利的重要性，商业意识开始萌芽。

2001年前后，龙的天空网一度占据了原创文学网站头把交椅，其作者摸索出的"奇幻"之路，被认为比当时的其他任何题材都更符合网络文学特征。在商业模式的探索上，龙的天空网选择了实体出版，2002年一举购下大量优质网络原创作品的版权进行出版运作。在网络广告萧条的当时，实体出版成为翠微、天鹰、幻剑书盟等诸多网站不约而同的目标。但连载时的高关注度并未换来最终的订单，原创文学网站希望通过实体出版获利的打算均以失败而告终。

真正找到行之有效的商业模式的是起点中文网。与榕树下注重打造发表平台的定位不同，起点中文网注重成为阅读与创作的平台。因为注重阅读，其对稿件作了更为专业的选择，以网友喜欢的武侠、玄幻、青春、言情类为主，内容上的细分与经营，使得起点很快培育起一个强大的阅读市场，更为重要的是其以向作者付稿酬、向读者收阅读费的运营模式解决了诸多网站难以逾越的生计问题。"如果'起点'不进行收费阅读，它的命运和榕树下是一样的。"当时的起点中文网总经理吴文辉表示。

在收费阅读方面，起点中文网并非第一个试水者。1999年年末至2000年年初，博库网就曾与王朔、陈村等作家签约，大量收购作品电子版权，倡导收费下载与收费阅读。2002年2月，读写网成为第一个实行网上收费阅读、并通过短信代收费获得大量收入的原创文学网站。最终，前者因与当时免费的网络环境格格不入及落后的支付形式——通过邮局汇款收费而式微，而后者对作者稿费压得太低，使得网站始终没能对作者产生太大的吸引力。

与之相比，上述两点在起点中文网却得到了很好的解决。起点在最初的一个月对会员免费，并且确立了2分/千字的收费制度，这个"无奈之举"发展到后来某种程度上成了行业标准，不仅新的网站以此为参照制定价格，早期的同类网站也被迫调整了自己的收费标准。起点所开拓的点卡充值、声讯充值、在线付款等通道，也使得会员的消费更为便捷。刚开始，起点只有23部收费作品，但由于在稿费支付上颇有信誉，其对作者的吸引力大增，这成为其后来居上的重要原因。到2004年4月，起点VIP作品总数已增加到100部，无论数量还是质量都远超其他网站。

在成为写作明星制造厂、写作富翁流水线的同时，起点也获得了惊人的流量，一举成为当时玄幻文学的第一大站。起点中文网付费阅读商业模式的成功，宣告原创文学网站进入到商业运营时代，其后的很多网站均是效仿起点中文网的模式才得以站稳脚跟。

资本青睐：文学成互联网行业热点

依靠付费阅读，原创文学网站具备了自己造血的能力。然而，在吴文辉看来，网络文学站点还具有先天的漏洞和弱点。"首先是我们缺乏进一步发展所必须的资金；其次，网络盗版的冲击比想象中更严重，我们需要有足够的实力进行反击和应对；第三，互联网行业竞争激烈，我们需要有正规管理经验和经营经验的外力，对网站进行完善和调整。"

起点中文网真正登上网络文学的霸主之位，是在找到强大的资本靠山之后。2004年10月，起点中文网被盛大网络收购。随后，盛大利用其庞大的营销渠道，吸引了众多喜欢看书并有付费能力的读者成为其VIP会员，读者群的扩大也使得大量作者涌入，迅速建立了完善的以创作、培养、销售为一体的电子在线出版机制。

起点中文网的成功带动了更多资本介入网络文学领域。TOM在线以

二、盘点现场

2000万元收购"幻剑书盟"80%股权、昔日霸主榕树下被欢乐传媒收购、大众书局收购逐浪网、中文在线投资17K网……中国主要原创文学网站，基本上全部进入到商业资本的势力范围。

2008年7月，盛大再次出击，收购并整合起点中文网、红袖添香和晋江三大原创文学网站，成立盛大文学有限公司。此时的盛大文学仍把付费阅读看成最重要的模式，却把未来押在了版权运营上。盛大文学CEO侯小强表示："对于我们来讲，目前的定位已经不是一个单纯的文学网站，未来的方向是通过版权的管理和运营，带动盛大文学向影视动漫、周边产品等领域进行衍生和扩张，通过版权运作发展出一个巨无霸式的产业。"而此前，盛大文学在版权运营方面已经有过颇为成功的尝试。畅销小说《鬼吹灯》的掘金链包括了实体出版、海外版权、电影和网络游戏改编权、漫画等等。据悉，截至目前，起点中文网从《鬼吹灯》上获得的收入已达800余万元。

门户网站读书频道：原创网站的强劲对手

原创文学网站经过10年的磨砺，已经走过了最原始的创业期。伴随收费阅读、版权销售、无线下载、合作出版和网络广告等赢利模式的日渐清晰，其背后蕴藏的巨大商业价值也初现端倪。不过，以盛大文学为代表的"原创系"要在整个网络文学市场上分割更大的版图，仍面临诸多挑战，而其最大的对手就是门户网站的读书频道。

2008年度中国文学网站市场份额统计报告显示，在中国文学网站的市场格局中，盛大文学所属3家网站共占据了30.81%的市场份额，而新浪、腾讯、搜狐三大门户网站的读书频道占据了30.01%的份额。

2002年，新浪网首开风气之先，开办了读书频道，并在很短的时间内突破了日均百万的点击率，在其网站的点击排行中位居前列。此后，搜狐、腾讯、网易等各大门户网站纷纷效仿，竞相推出各自的读书频道。门户网站的读书频道主要以新书推介为主，同时提供书业动态，吸引流量是其生存的根本，这与原创网站在定位上有着本质的不同。两者在用户上也各有侧重，前者受众的覆盖面更广、更宽泛，而原创文学网站的用户则更小众和细化，比如起点、逐浪以男性读者为主，而红袖、晋江更受女性读者青睐。

而如今，双方在业务上已经开始互相渗透。一方面，原创文学网站不断与传统出版接触，购买纸书的电子版权进行收费阅读；另一方面，门户网站的读书频道也开始培养自己的原创力量。一个从图书连载发展到网络原创，另一个由网络原创逐步向实体图书迈进。业内人士表示，随着竞争的加剧，双方有可能因为业务的挤占而发生"交火"，最终导致文学网站版图的重新分割。

原载《中国新闻出版报》2009年4月9日

18. 新媒体文学：现状、问题与动向

欧阳友权

走进新媒体文学现场

新媒体是以数字信息技术为基础，以互动传播为特点的具有创新形态的媒体。包括网络、手机、数字电影、数字电视、移动电视、数字广播、数字杂志、数字报纸、桌面视窗、触摸媒体等。新媒体文学就是指借助数字化技术传媒如网络、手机等创作和传播的文学。新媒体是当今发展最快的媒体，仅就网络媒体看，我国1997年10月第一次统计时只有29.9万台联网电脑，上网用户62万，但到了2012年6月底，网民数已达5.38亿，互联网普及率达39.9%，15年增长800多万倍。我国的手机用户超过9亿户，手机上网升至3.88亿人[①]，增长速度惊人。新媒体的不断更新换代，连业内人士都感叹：要了解新媒体，就像"欲以弓箭追火箭"。

数字化传媒的迅速普及和数量庞大的文学网民，让时下新媒体文学的阅读群体、写手阵营和原创作品数量，均以令人惊叹的巨大增幅涌向文坛，以"大跃进"式的高产谱写了文学的"海量神话"，创造了巨大的文化关注，形成了文学史上从未有过的文学奇观。

据有关部门统计，我国5.13亿网民中，有文学网民2.27亿，其中约有2000万人上网写作，经文学网站注册的写手高达200万人。通过新媒体写作获得经济收入的约有10万人，职业半职业写手超过3万人，18－40岁的作者占75%，在读学生约占10%。《斗破苍穹》《吞噬星空》《二号首长》

---

① 数据参见中国互联网络信息中心（CNNIC）2012年7月19日发布的《第30次中国互联网络发展状况统计报告》，http://www.cnnic.net.cn，2012年7月22日查询。

《武动乾坤》等热门作品的点击量均以数千万计。在百度"十大梦想新职业"调查中,"网络作家"仅落后于"婚礼策划师"而成为年轻人梦想实现的第二大热门职业。

我国有经常更新的文学网站超过500家,加上门户网站的文学频道、文学社区、个人文学主页,还有超过3亿手机网民的"段子写作"和3亿多人的微博群体,如果把新媒体中所有属于文学的作品累积起来,其总量将是一个天文数字。如此浩瀚的作品产量,这么庞大的读者群体和写手阵容,对文学生产方式的改变,对文坛面貌的整饬,对整个社会文化变迁的巨大影响,其意义已经超出文学本身。其所改变的不仅是文学载体和存在方式,还有文学的生产机制、认知方式以及功能范式、价值取向等诸多文学规制和理念。

凭着"技术丛林"和"山野草根"的两把利剑,网络文学、手机段子、博客写作、移动互联传播等,已经在千年帝国的文学版图上开辟出了一片生机勃勃的文学绿野,虽然这种"文学大跃进"在品质和价值层面还难以与传统文学相媲美,但它实实在在表征了"新媒体文学"的巨大存在,并且以恒河沙数般的作品存量,确认了自身的文学在场性和文化新锐性,打造出这个时代磅礴的文学态势和一代人成长的文化语境。

"揭短"新媒体文学

"海量"与"质量"的落差,"速成"与"速朽"并存,是新媒体文学最易受到人们诟病的一大"短板"。新媒体写作带给文学的更多的是数量的急剧膨胀,而不是文学品质的改善和提升。"星星多月亮少","沙子多珍珠少","灌水"者众而"文学性"短缺已成为人们对这类文学评价不高的根本原因,有人将网上写作称之为"乱贴大字报""马路边木板上的信手涂鸦"等决不是空穴来风。在网上"玩文学",容易流于戏谑、粗疏和随意,把文学对人文审美的关注变成随心所欲心境下的"平庸崇拜"。自由生产的文学机制有助于"民间文学力"的充分释放,但免不了要批量生产出"网际文化快餐"和"心情留言板",以至于出现"经典不敌偶像,传统不敌时尚","韩寒排名在韩愈之前,郭沫若排在郭敬明之后"的情况。

自由写作中承担感的缺失,是新媒体文学行为另一个需要自律和警醒的问题。匿名主体的自由写作,使创作者一身轻松却又过于轻松,以至于让许多人放弃了文学应该有的艺术承担、人文承担和社会承担,出现作品意义构建上的价值缺席和承担虚位。文艺的精神品格和价值立场、人类的道德律令和心智原则，都让位于个体欲望的表达，在线写作的修辞美学让位于意义剥蚀的感觉狂欢，导致许多创作者淡化了尊重历史、代言立心和艺术独创、张扬审美的文学责任。

类型化写作膨胀，隔断了文学与现实生活的依存性关联，使新媒体文学面临生活"断奶"的潜在危机。写作类型化是近年来网络文学的主流，玄幻、奇幻、武侠、仙侠、科幻、灵异、修真、穿越、历史、架空、盗墓、悬疑、都市、言情、游戏、竞技、青春、校园、职场、耽美……类型化写作适于分众、小众的点击期待，吸引付费阅读，但这类作品的情节、故事、人物、想象、节奏和叙事方式等大都是模式化的。天马行空，面壁虚构，迎合阅读市场，确实能赢得排行榜、赚取点击量，但刻意相似的写作模式，生编硬造的故事情节，动辄上百万甚至数百万字的篇幅，除了创造商业资本最大化利润外，其实是无关乎文学和艺术的。那些白金级、骨灰级写手，每天要有上万字的更新量，不仅很难保证作品质量，长此以往还会掏空精神，伤害身体，成为"骨灰"的牺牲品。这样的写作与我们的民族和文化，与我们生活的这块土地是隔膜的，对现实的生活和社会矛盾是回避的，与读者实现内心交流的东西很少。因而，新媒体写作需要对网络志存高远，对文学心怀敬畏，真正建立起文学承传、创造、担当和超越意识，能够更多地与我们的人民、我们的时代、我们的这块土地接近起来，打深井，接地气，提升自己艺术创造的高度，挖掘作品思想内涵的深度，描绘时代的精神影像和图谱，赋予文学更强健的精神品质，提供给读者更多具有人性温暖和心灵滋养的东西。

"艺术正向"与"市场焦虑"的困惑，是新媒体文学在产业化运作过程中碰到的发展悖论。新媒体文学的发展过程就是一个艺术与商业资本磨合与接轨的过程，是文化资本携带"文学行囊"追寻文化产业资本保值增值的过程。文化资本掌控文学媒介载体、传播渠道，也操控着文学内容，没有幕后的文化资本市场这只"看不见的手"，网站就玩不下去。有人说，世界上每3分钟诞生一个网站，每5分钟会有一个网站自然消亡，其"消亡"背后的深层原因大都是丧失市场和资本的支持所致。新媒体文学如何在"市场化"与"艺术化""效益追求"与"文学追求"之间找到一个适当的平衡点，解决好"艺术正向"与"市场焦虑"的矛盾，是一个需要认真对待的问题

新媒体文学的发展趋向

其一，传统文学与新媒体文学打破相互观望的格局，出现交流认同的可

喜局面。近年来，传统主流文学开始以积极主动的姿态，为新媒体文学递上示好的"橄榄枝"。"网络文学十年盘点"、网络写手被吸纳为作家协会会员、网络小说《大江东去》入选全国"五个一工程奖"、网上举办"全国30省（区）作协主席小说擂台赛"、创办网络文学节和原创网络文学年度盛典活动、创办《网络文学评论》刊物等，让两种文学多了些"握手"的机缘。

中国作协积极介入新媒体文学的研究和引导，采取了许多有效措施：一是组织传统作家与网络作家"结对交友"活动，已经举办两届（2011年8月5日的见面会结成了18对，2012年2月16日第二批结成了15对）；二是明确把中国作家网、新浪读书频道、盛大文学、中文在线、搜狐读书频道列为网络文学重点园地；三是加强对网络作家、编辑的培养，在鲁迅文学院举办网络作家和网站编辑培训班；四是在重点扶持项目中把网络文学创作列入扶持范围，给予经费支持；五是在鲁奖、茅奖评选中向网络文学敞开大门等。

还有如网络作家唐家三少、当年明月当选中国作家协会全委会委员；《文艺报》与盛大文学合作开辟网络文学评论专栏，推进网络文学评论；起点网与18位知名作家签约（包括海岩、周梅森、虹影、严歌苓等）；中国作协和国家新闻出版总署在网络版权维护、数字化阅读、网络作品版权输出等方面采取积极维护、有效管理、鼓励发展的态度，为新媒体文学产业发展保驾护航等。

融合传统文学、贴近主流文化，让新媒体写作与传统写作双向交流，融合互补，抱团取暖，这对整个文学的发展繁荣都是十分重要的。

其二，新媒体文学的产业化初露端倪，商业模式日渐成型。新媒体及其文学本身就是市场化的产物，这种文学所具有精神内容与传媒经济的双重属性，让经营者培植出了这样一条文化产业链：签约写手→储存原创作品→付费阅读→二度加工转让→下载出版→影视改编→制作电子书→开发移动阅读产品→网游改编→动漫改编→转让海外版权"等，通过全媒体营销建立起一个融合在线阅读、移动阅读、实体图书、动漫、影视等多形态文化产品、立体化版权输出的链条。成功实现产业链经营如《诛仙》《星辰变》《鬼吹灯》《明朝那些事儿》等。2011年，这个产业链上的最大卖点是转让影视版权，这在一定程度上激活了收视收看市场，产生了"网上火"与"影视热"的市场双赢和资源共享。

其三，竞争加剧，争抢资源，写手"去草根化"趋势。网络文学的市场竞争越来越激烈，大型网站以集团化寡头方式垄断市场资源，原创网站的争抢资源和分化重组，让新媒体文学开始步入战国争雄、寡头垄断时代。

"草根性"本是新媒体文学最具活力的要素，当无功利变成了有偿写作，宅男宅女变为签约作家，边缘文字成为荧屏新宠，真正的草根越来越难以出头，发表平台和渠道资源都成了"大神"寡头的天下，文学的各个环节均被资本玩家、商业推手以及各种隐性利益集团所把持，草根群体为了生存，只好期待加盟或"招安"，向"大神"靠拢。新媒体文学需要自由竞争，也需要整饬市场，规范利益链条，优化传媒环境。"草根性"丧失不仅会改变新媒体文学的本色和品相，还会让广大网友失去参与热情，改变网络文化生态，特别引人关注和忧虑。

总的来看，新媒体文学已经成为我国文学大家族的一员，并且是当代文学中最具活力的部分，其所需要的是宽容、关爱、扶持和引导。网络写作和传统写作都是创作，网络文学和传统文学都是文学，在媒介载体的意义上两者不存在孰高孰低、谁优谁劣，新媒体最需要的是提高自己的艺术品质，处理好市场化、技术化与文学审美品格之间的关系，借用技术化的传媒之壳承载人文审美的文学之魂；而传统文学则应该放低姿态，面对新媒体文学时，不妨切入现场，高看一眼，或者施以援手，帮扶一把。两种文学之间只有实现平等交流，相互借鉴，在互补与竞争中实现融合与共生，才会有利于整个文学的繁荣发展。

原载《湘潭大学学报》2012年第6期，此处有删节

19. 江湖夜雨十年灯

——2008年网络文学扫描

王 颖

2008年对所有中国民众来说，是难以忘怀的一年，对中国网络文学来说，亦是一个重要年份。1998年，痞子蔡在网上发表了风靡一时的小说《第一次亲密接触》成为一个标志性的事件，意味着网络文学正式进入大众视野。从1998年至2008年，中国网络文学起落沉浮，走过了整整10年的风雨历程。2008年，无论是《人民日报》《新京报》等传统媒体还是新浪、搜狐、17K等网络媒体都纷纷做起了中国网络文学10年盘点工作。10年

来，一批批网络写手凭借网络声名鹊起，网络阅读也慢慢走向了主流。在2008年举行的第五次国民阅读调查显示，互联网阅读率为36.5%，图书阅读率为34.7%，网络阅读首次超过了图书阅读。从2008年网络文学的一系列成果看，网络文学正不断与传统文学结合，走进现实，走进主流。

文学评奖、文学论坛等网络文学活动举办如火如荼

2008年6月6日，第5届新浪原创文学大赛落下帷幕，至此新浪原创文学大赛已经成功举办了4届。相对于前4届，这届大赛的参赛作品最多，达到5900多部；签约的影视文学作品也突破了历史纪录，此届大赛特设了影视特别奖（获奖作品《青盲之越狱》《青花瓷》《军婚》），影视评委更多地介入到整个评奖环节中，文学和影视进一步联姻。此届大赛最终获奖的优秀奖作品为《野外生存》《落日海滩》《青春无忌》《第七突击队》；铜奖军事历史类获奖作品是《军婚》、悬疑类获奖作品是《江湖特工》、都市情感类获奖作品是《三十情事》；银奖为《女人突围》《冒险王之禁区》《倾城乱》；金奖为《青盲之越狱》《野外生存》《青花瓷》。从奖项类别的设立上来看，类型化创作仍是网络文学创作的主流。此届比赛获奖作者普遍年轻，但作品在文字和情节上相较之前评选出的作品却更成熟。

2008年7月21日，由一起写网站主办，近百家文学网站、知名文化公司及出版社参与联办的"2008一起写首届网络文学大赛"启动。此次活动不仅有对2007年度网络作家、原创作品、文学网站和出版策划人的展示和评选；更组织了知名作家、编剧、评论家和知名写手、文学教授，召开文学论坛和专题研讨会，探讨当前网络文学的问题及发展方向；并邀请重点文艺出版社、图书发行商、影视投资商，对当选作家、获奖作品进行宣传和市场推广，就网络文学作品的版权及影视改编权、漫画改编权等的合作和深度开发，进行了交流和合作。

2008年3月20日，由中国社科院文学所、中国文学网等共同主办的"2008年网络文学发展高峰论坛暨2007年国情调研项目《全国文学网站年度调查报告》合作网站遴选及签约活动"在京举行。自2007年末起，社科院文学所中国文学网开展了"全国文学网站年度调查报告"的调研与撰写工作，对全国文学类网站的数量、网站内容、发布机制、作者队伍、读者群体、社会影响、与传统出版之关系等都做出了比较精确的统计、分析和研究，以期从宏观和微观两方面探讨对当今文化产品生产与消费影响越来越大

的文学网站的发展和运作情况。

2008年10月28日，由中国作家协会指导、中国作家出版集团和中文在线主办的"网络文学十年盘点暨首届网文（2008）年度点评"活动启动。这是中国网络文学诞生以来最大规模的一次评选活动，也是迄今为止传统文学与网络文学最大规模的一次对话。

与此同时，由"中国国际版权博览会"组委会倡导并联合国内知名原创文学网站举办的"2008原创网络文学评选"活动也举行了颁奖，活动最终遴选出《我们的师政委》《北京情事》《知北游》《史上第一混乱》《人事经理》《家园》《食霸天下》等10部作品，并评选出了10年来引领促进网络文学发展、为繁荣网络文学事业作出贡献的"十大杰出人物"。此外，组委会还评选出了"2008原创文学网站优秀奖"，红袖添香、搜狐读书、腾讯读书、晋江原创、逐浪文学、四月天、潇湘书院等国内知名原创网站都榜上有名，新浪、17K、起点中文网分别获得了"2008原创网络文学传媒奖""2008原创网络文学维权奖"和"2008年度文学网站"等奖项。

不断走进现实的网络文学和不断走进网络的传统文学

2008年，网络文学不断走进现实，线下出版态势红火。由网友推荐入选2008年网络10大经典之作的历史穿越小说《窃明》、商战小说《浮沉》等原创网络文学不到一个月就成功"落地"，连续在图书市场热销。与此相对的是传统作家出书量少，在销售上也失去了阵地。随着原创网络文学的声势渐隆，网络文学频频与传统出版、影视传媒对接。由搜狐网主办的2008年原创文学大赛开赛仅一个多月时间就收到参赛作品700余部，其中已正式签约和确定签约意向的达12部，出版签约率创下新高。反响好的作品被开发出各种形态的商业价值，网络文学作品陆续走出网络，以纸质图书、电影、电视剧、网络游戏、广告、动漫产品等形式融入社会，诸如改编成网游的《诛仙》、flash动漫版的《明朝那些事儿》、即将被拍成电影的《鬼吹灯》和《盗墓笔记》等。

与网络文学不断进入现实相应的是，网络也不断向传统文学抛出了绣球。2008年9月，起点中文网举办了"全国30省（区）作协主席小说擂台赛"，包括蒋子龙、秦文君、阿成、刘庆邦、叶文玲等在内的30位省级作协负责人在网络上摆开长篇小说"擂台"。起点网举办的这场史无前例的网上"对决"，让原本泾渭分明的传统作家和网络文学进一步结合起来，亦体现了主流文化对网络文学的回应。与此同时，实体畅销书作者也纷纷触网，严歌苓、郭敬明等18位知名作家与起点网签约，将其作品拿到网络上首发。此外，第7届茅盾文学奖的入围作品也授权起点网络传播。

理论批评界对网络文学批评与研究的不断深入

  2007年以《数字化语境中的文艺学》获得鲁迅文学奖的欧阳友权，多年来致力于网络文学的研究，2008年北京大学出版社出版了他的《网络文学概论》，这部书被称作我国第一部网络文学原创教材，该书对网络文学进行了系统而扎实的理论研究，从基础学理上系统地阐述了网络文学的学科性质，表明网络文学成为一门新学科的现实性和可能性。该书属中南大学文学院网络文学研究基地在2007年末推出的8部网络文学系列论著之一，其余为《网络文学的学理形态》《网络诗歌论》《网络小说论》《网络文学语言论》《网络传播与文化》《网络恶搞文化》《博客文学论》。这是该基地继2004年出版"网络文学教授论丛"之后对网络文学研究成果的又一次集中展示。

  2008年，长期关注中国网络文学发展的马季也由中国工人出版社出版了《读屏时代的写作——网络文学十年史》。该书的特点是现场感十足，作者从网络文学初见端倪时就开始了网络文学的史料记录工作，视野广阔、材料详实，与欧阳友权对网络文学理论系统的建设不同，《读屏时代的写作——网络文学十年史》更具个人观点。

  2008年文学批评界出现了新一轮"网络文学研究热"，但总的说来，对网络文学的批评研究仍然滞后，鲜花与杂草并存的网络文学作为一个正在不断发展中的新的文学形态，对我们既有的文学批评理论是一项巨大的挑战，网络文学亟需理论界早日建立起符合网络文学自身特性的审美标准和批评标准，以引导网络文学创作的健康发展。

原载《文艺报》2009年4月28日，此处有删节

20. 网络文学生态调查：十年疯狂生长，且待大浪淘沙

任晓宁

10年间，庞大的创作与阅读群体使得网络文学自成"江湖"，写手、网络编辑、平台、版权经纪人、出版商、读者形成了一条完整的生态链。然而10年高速增长的背后，对每一个环节而言都意味着高强度的支出。曾几何时，熬夜码字、疯狂更新成了网络写手创作生活的真实写照，YY（意淫，不切实际地胡思乱想）、注水、"泥沙俱下"成了网络文学作品的代名词。

直白、鲜活、生猛、想象，这些网络文学曾经的最可贵之处，在与数量、速度的对决中正呈现淡化的迹象。对初生的网络文学来说，前者曾是立足之本，而对于现今的网络文学来说，后者已是生存之方——网络文学想要收入，就不得不拼数量和速度。"每天更新万字以上"，"对于描写类文字几乎从来不用思考，精力和思维主要在情节架构和人物设定上"，"一个人能有多少才华储备，才经得起这样近乎透支的挥霍？"——这是网络作家"天下归元"对写手职业的困惑，也值得网络文学生态链上的每一个环节深思。

网络文学也正成为纠结的矛盾体：它拥有最勤奋的从业者，最庞大的用户群。然而，这个产业链上的每一环都心存疑虑和怨言。

作者在抱怨，身为网络写手，之前被鄙视难登大雅之堂；逐渐受到认可后，又发现百万元、千万元收入是凤毛麟角，大多数人写小说的钱还不够支付电费、网费，根本是"白辛苦一场"。

读者在抱怨，网络文学作品质量越来越差，好不容易发现一篇好小说，付费阅读之后要忍受作者的大量注水，"太浪费读者感情"。

网络文学平台在抱怨，辛辛苦苦耕耘10多年终于等来了产业大繁荣，在与作者分成、支付高昂的运营费用之后一算，赚的钱远没有花出去的多。

出版商也在抱怨，从上亿本网络小说中精挑细选了一本出版，还没来得及收回成本，网上的全本盗版内容就已经满天飞，即便红得发紫也难敌猖狂盗版。

但抱怨没有阻止这些人对网络文学的痴迷：无数写手蜂拥而至，哪怕不能获得一分钱；无数读者闻风而来，一边痛骂作者注水一边定期充值消费；

二、盘点现场

无数平台商先后涌入，不计投入也要往这个"人气堆"里扎一回……网络文学究竟魅力何在？

读与写，只求痛快

"读网络文学追求的就是一种酣畅淋漓的痛快感。"学生时代与经典名著为伴的刘苏现在只看网络小说，她告诉《中国新闻出版报》记者，在忙碌工作的闲暇之余享受这种直白的痛快已成了她的爱好。

网络小说的阅读与写作方式与传统小说截然不同。国内最大的网络文学原创平台盛大文学也尝试过邀请知名的传统作家开专栏连载小说，但读者反应平平。与传统文学讲究字词运用，注重景物及心理描写不同，网络小说的内容简单直白，少受拘束，作者可以信笔发挥，将读者带入到理想化的世界，情节曲折离奇、突破想象极限，人们所向往的在现实中无法实现的理想化境界都可以在网络文学中找到对应。

网络小说的流行趋势也鲜明地印证了读者对网络文学的需求。从最初流行的奇幻、魔幻、修仙，到玄幻、穿越、重生、灵异，网络小说所流行的题材正是人们在现实中可望而不可及的；而这种渴望恰恰通过网络阅读得到了满足。于是，层出不穷的读者涌进网络小说的世界，欲罢不能。而对于网络写手而言，网络文学为草根作者提供了前所未有的机会，任由人天马行空地想象、酣畅淋漓地创作，让人青春蓬勃、热血沸腾，写得好还可以一夜成名、坐拥粉丝爱戴、身价百万。"网络文学通过海选的模式调动所有人参与进来，从而变成一场文化的狂欢。"华文天下总编辑杨文轩曾如是评价。

优与劣，机制成掣肘

网络文学发展成为一个"巨无霸"，产业化是重要前提。今天的读者早已对付费阅读，网络文学与出版、影视、游戏联姻见怪不怪；而10年前，如何获利却是很多网站"到死"也没想明白的问题。

直到起点中文网推出了千字两分、三分钱的收费制度，向作者付稿酬、向读者收阅读费的运营模式，才解决了诸多网站难以逾越的生计问题，网络文学具备了自己造血的能力。在内容上的细分与经营，也使得起点很快培育起一个强大的阅读市场。

网络文学的商业逻辑实际上很简单，写手想获得收入唯一的办法就是"码字"，得到读者认可，获得"订阅""打赏"，再跟网站分钱。"这是一个几乎没有任何门槛的行业。"纵横中文网副主编苏小苏指出,这种机制的好处在于,对任何人没有限制,只要你能写、能吸引住读者眼球就能赚到钱;但硬币的另一面是,直接与金钱挂钩带来的写作功利性。

据记者调查,由于收入与字数直接相关,高强度的更新成为写手们的常态:为了提高效率、进而提高收入,写手们"组团写作""熬夜码字",甚至于"累的时候闭着眼睛打字"。

"令人感到郁闷的是,平台在增多,作者在增加,但好的作品却没有因此而增长。这与网络文学的既定制度有关。"一位不愿透露姓名的网络写手向记者表示。网络文学作品中固然涌现了不少精品,但更多充斥在网络文学平台上的还是没营养、没滋味的快餐式作品。

"在这样高强度的更新下,有多少人能够保持不变的创作激情和新鲜思路?作者们需要补充知识,但每日用尽所有时间写作,提升自我的空间又在哪里?""天下归元"如是感慨。

此外,网络文学写手绝大多数无法获得任何收入。据记者了解,一个作者想要获得收入,"签约是一个最大的门槛"。签约意味着作者得到网络文学平台的认可并可以从平台收入中获得分成,这些人堪称万里挑一。而且,签约仅仅是一个开始。苏小苏告诉记者,签约之后还需要被编辑推荐,形成固定读者群。如果说签约是温饱,那么要从温饱到小康再到富足,每一步都布满荆棘,压力之大可想而知。"或许这个说法有些不恰当,但是,在目前的更新高压之下,大多数网络写手心理上会有一些受不了。"一位有网络文学行业多年从业经历的编辑说。

生与死,盗版致命

没有任何一种形式比网络文学更容易被盗版。这种自诞生之日起便生存在网络上的文字,几乎可以在更新的几秒钟内便迅速被他人"窃取"。原创文学网站苦心经营近10年仍徘徊于营收的生死线上正是因为这个原因。"盗版链接给盛大文学带来的直接损失一年超过10亿元。"盛大文学首席执行官侯小强曾统计,2011年,盛大文学前十大热门作品每天被搜索量近130万次,但是搜索结果中充斥着大量的侵权盗版链接;在小说搜索结果中,正版链接的数量仅为1%。

文学网站在打击盗版的力度上不小,但收效寥寥。更令文学网站郁闷的是,盗版其作品的网站在收入上却"捡了大便宜"。侯小强前不久发布微博

二、盘点现场

表示，一家盗版小说网站通过盗版盛大旗下网站的小说获取流量，进而牟利，其有效流量已经超过起点中文网。"防盗版的成本要远高于盗版的成本。"红袖添香运营副主编范晓霞告诉《中国新闻出版报》记者。据介绍，红袖添香一直探索如何防盗版，比如将文字版改为图片版，或是修改页面颜色，增加防盗版的字符等，但"盗版是道高一尺魔高一丈"。就算能在网站上采取一切技术措施，那些"乐于奉献"的网民"手打"的激情也是无法防范的。

而文学网站在现有环境下打击盗版的能力也颇为有限。"有些盗版网站查 IP 能找到的就可以起诉，但有些查不到的就没法起诉了。而且，总的来说，网上盗版是动态的，取证很难。盗版对网络文学这个行业来说，绝对是一大毒瘤。"苏小苏说。

原载《中国新闻出版报》2012 年 7 月 12 日

三、价值评说

21. 网络文学是个好现象

莫 言

如今,网络写手辈出,网络文学作品层出不穷。在我看来,这是一个好现象。网络对人类社会的改变是普遍的,影响了社会的每一个角落,文学也不能例外。网络的出现改变了中国文学创作的格局,文学的门槛降低了,走向文学的道路变得更加宽阔和多样。

当年我们走上文学道路的时候,唯一的途径就是向刊物投稿。如今,网络提供了一个无限宽阔、自由出入的文坛,使得每个写作的人都得到锻炼机会。

我看了一些网上的写作,包括博客,每个人其实都是一个作家,一个潜在的作家。我们过去认为"全民写作"是神话,可是现在,"全民写作"逐渐变成现实。有这么大的一个写作群体,上世纪80年代那种所有人的目光集中在少数几个作家身上的情况必然会发生改变,文学的神圣性也因为网络消解了。

有人问:在网络文学铺天盖地的情况下,传统作家会转变吗?每个人有每个人的考虑,至于我本人,没有考虑做网络文学,而会坚持传统写作。因为我个人觉得,到目前为止,采取传统方式阅读的读者还有一个大数量,而在网络上阅读的人也不是我潜在的读者。

现在作家群体也是多元化、多层次,一个梯次一个梯次的。作家的多层次是由他们的生活决定的,读者也分成了无数个圈子,每一个梯次的作家都有自己的读者群。任何一个作家都不要幻想自己能够"通吃"。

《人民日报》2008年12月1日

22. 女娲、维纳斯，抑或魔鬼终结者

黄鸣奋

时逢世纪之交，在信息电器领域展开竞争的美国微软公司和我国凯思软件集团分别将自己的计划命名为"维纳斯"和"女娲"。抛开命名者的初衷，这两项计划的实施表明电脑技术正通过家用电器日甚一日地渗入我们的生活，人类的"数字化生存"似乎因此将神话般美妙。与此同时，我们注意到美利莎、CIH等病毒肆虐所造成的灾难，聆听着理论家们所发出的在高科技时代拯救人文精神的呼吁，想起以往恰培克在剧作《洛桑万能机器人》中所作出的关于人类命运的警告（1920），又感到人类似乎即将大祸临头。电脑对人类来说究竟是天使还是魔鬼？电脑文艺对于传统文艺来说是福星还是克星？电脑文艺学对传统文艺学来说是生力军还是终结者？便是本文所要探讨的问题。

一

是"天使"抑或"魔鬼"？——有关电脑相对于人类价值的思考由来已久。至迟从英国学者阿希贝发表《大脑的设计》一文（1948）开始，学术界就展开了电脑和以之为中枢的智能化机器是否可能排斥人类的争论。文艺界对这一问题的关注甚至可以追溯到电脑诞生之争。例如，比利哀·德·利拉丹的小说《未来的夏娃》（1879）就对机器人作了美妙的描绘。利拉丹还没有关于电脑的概念，他的乐观主义精神看来也未为大多数科幻作家所继承，恰培克的悲观主义态度就反映了这一点。电脑问世以后，许多人以其不可限量的发展前景感到惊诧，不少文艺作品进而表达了人们由此而来的疑虑。

必须承认：上述疑虑和批判是事出有因的，而且它们对于信息科技的发展方向起了一定的调节作用，使之在制定自身的目标时不能不计入道德、法律等因素，不能不考虑公众的心理承受能力。事实上，和理论家一样，文艺家在科技进步面前并不是无所作为的。在历史上，文艺家的想象是一种宝贵的资源，科技工作者完全可以从中汲取灵感：文艺家的价值判断是一种有力

的导向，可以影响公众的心理定势，帮助他们对科技进步所可能带来的社会变迁做好准备。我们应当正面引导公众去迎接信息社会的到来，激发他们发展信息科技以造福人类的热情。事实上，信息科技并非万恶之源，而是人类实现自由而自觉的全面发展的重要条件。它为人们提供了前所未有的种种生存选择，让人类拥有在家上班、分享全球信息资源、按需点播等新的可能性。它为人类提供了反思自身存在的新机遇，使人类得以用计算机模拟等方式深入研究人的思维、记忆、智力发展乃至于情感体验等奥秘。它还为人类提供了远较过去时代为高的劳动生产率，使人类拥有更多闲暇时间从事有利于发挥自身潜能的活动，在新的基础上推动国民经济改造、使信息产业成为发展的龙头……凡此种种，不一而足。在评价信息科技的价值时，我们必须将信息科技在一定条件下的具体应用与信息科技本身加以区分。在关于高科技与人文精神之矛盾的讨论中，二者经常被混淆了。这是将种种丑恶现象都溯源于科技、妨碍人们正确认识其意义的原因。

　　如果我们认定美和文艺都和人的本质相联系的话，那么，应当看到：在改造客观世界的同时改造自己的主观世界，正是人的本质的体现。不断发明新的工具、推出新的媒体、按照一定的理想改造客观世界，这体现了人的本质；审时度势、不断改变自己的生产方式和生活方式，这也体现了人的本质。相对于未来的智能电脑或机器人而言，人确实有点像"女娲"。神话当中的女娲究竟会如何看待自己所造出来的人，我们自然不得而知。不过，中国人对于这位女神的敬仰和崇拜，则是至今犹存的。未来的机器人是否会超越人类，若超越的话是否会善待人类（就像我们今日景仰女娲那样），这目前仅仅是科幻作品的题材，而非一个亟待解决的现实问题。就人和电脑、机器人的关系而言，在现阶段毕竟是人类占主导地位。信息科技史确实存在两种不同的研究方向：一是以电脑增强人的功能；二是以电脑来取代人（人造活人）。迄今为止，是前一种方向占上风。之所以如此，明显是由于以人为本位的社会价值观起作用的缘故。从长远看，人对电脑的态度既左右了电脑和机器人的研制方向，又在相当程度上决定了未来的智能化电脑和机器人对人的态度（如果它们果真形成"态度"的话）。

　　目前，电脑不仅已经走出了科幻小说的想象，而且已经走出科学家的实验室，在包括文艺在内的各个社会领域获得了广泛应用。任何一种传统文艺的生产效率都由于采用了电脑这一工具而大大提高，作家和画家欣然换笔、音乐家用上MIDI、数字化特技在影视中的标领风骚、图像处理技术在摄影中取代暗房技术等都说明了这一点。电脑文艺正是在这一背景下繁荣起来

三、价值评说

的。……

电脑文艺学的发展,是对传统文艺学的颠覆,还是促进了传统文艺学的更新?

笔者认为:从研究对象来说,电脑文艺只是人类文艺的组成部分之一。因此,以电脑文艺为研究重点的电脑文艺学只是文艺学的一个分支。在一定意义上,信息科技和传统文艺学是孕育了电脑文艺学的双亲。电脑文艺学如果真的有所建树的话,传统文艺学只会因此增辉,它应当将电脑文艺学当成自己的生命在新的历史条件下的延续,为电脑文艺学的每一进展感到高兴。不过,如果我们注意到辩证的发展总是包含了对于传统的某种否定的话,那么,我们必须承认:电脑文艺学本身是对传统文艺学的一种挑战。

电脑文艺学具有和传统文艺学不同的理论前提:传统文艺学认为文艺是"人写""写人""人读"的。电脑文艺学虽然承认上述命题在一定历史时期是成立的,却不认为它们天经地义,而主张随着时代的进步将视野逐渐扩大到电脑化的人类、智能动物和机器人的创造性活动。在现阶段,已提上研究日程的课题至少有:电脑被作为创作工具加以运用之后,人类的思维方式、作为特殊社会角色的创作者和鉴赏者的艺术活动受到什么影响?如何评价由随机程序自动产生的或由艺术机器人完成的"作品"?如何评价描写机器人心理的作品(如阿西莫夫的小说《我,机器人》等)?如何从生态伦理学的角度反思人与其他生物的关系,反观历史上那些以动植物为题材的作品?如何认识人的审美心理、探索灵感与感悟等奥秘并向人工智能科学输送相关研究成果?如何利用人工智能技术来进行艺术作品的甄别、艺术专家系统的开发?……

电脑文艺学将目光更多地投向现实和未来。换言之,它更多地关注那些正在社会生活中崭露头角、而且前程远大的新事物。传统文艺学通常给经典作品以青睐,援引它们作为自己立论的根据。电脑文艺学虽然尊重经典的历史地位,但也注意到不少经典如今对于现代读者已经显得相当隔膜的现实。传统文艺学敬重大师,认定他们作为大师的前提说明了其观点具有不可移易的价值。电脑文艺学虽然承认大师对文艺发展所作出的贡献,但却认为是诸多无名小辈试图超越大师的努力推动了文艺的进步。传统文艺学以经典作品的创作经验和文艺大师的金口玉言作为中心,据此树立自己的理论规范,而电脑文艺学则主张将目光更多地投向边缘,开拓理论发展的新天地。理论的使命不仅是解释过去,而且包括预见未来。过去和未来统一于现实(当下的存在)。立足现实的条件,借鉴过去的经验,在思考未来的发展目标的同时,探究实现上述目标的道路，这就是电脑文艺学给自己设定的任务。

就现实基础而言，电脑文艺学是以信息社会为安身立命之地的。信息社会有别于传统社会，但又是传统社会合乎逻辑的发展。作为信息社会三大主题的全球化、可持续性发展和知识经济，要么在传统社会中已露端倪，要么是基于对传统社会所暴露出来的弊端的否定，要么是对于传统社会的狭隘眼界的超越。信息社会人们的生存方式不见得会和传统社会一样，文艺领域也必然发生巨大的变化。艺术家将不再是雇佣劳动者，信息化的艺术将成为全世界人民的共同财富。艺术生产虽仍需要一定的资金和设备，但由于科技的进步，这些资金和设备在生产要素中的地位将大为下降，而人的创意、在生产过程中所应用的知识的地位则将大大上升。智能型艺术软件的开发将改变艺术活动的传统方式，使人机交互大为便利。由于信息网络日益发达，艺术产品的按需生产和分配将成为可能（目前所谓"按需点播""按需收视"只是其前导）。艺术产品模式化将和物质生产标准化一样成为过去，代之而起的将是柔性化生产。作为生活环境的电子空间将给艺术家带来许多新的体验，从而大大丰富艺术作品的内容。处在这样的时代，电子文艺学顺理成章地应该关注新问题、开拓新思路。它本身将随着社会变迁、科技进步而实现自我更新。

科技界某些人对于信息科技的前景曾有过诸多对人类不祥的预言，文艺界也曾出现过不少将智能电脑和机器人妖魔化的作品。当电脑文艺出现之后，又有人为文艺（说到底是传统文艺）的命运忧心忡忡，怀着深深的感伤渲染科技进步所导致的人文精神的失落。这种世纪末的情调和欧洲文艺复兴以来人们对于科学的向往和追求正好形成尖锐的对照。对于科技的社会作用所进行的反思确实是必要的，但是，如果因此将作为当代科技之成果的电脑、电脑文艺当成"魔鬼终结者"，那在理论上是大谬不然，在实践中则于事无补。毕竟，电脑、电脑文艺都是人的智慧的结晶，人都藉此显示了自己的力量，我们完全有理由为人能够造出如此之"尤物"而充满自豪。不论是作为当代科技之代表的计算机，或者是作为信息科技与文艺联姻之成果的电脑文艺，都是人文精神在新的历史条件下的显现。它们绝不该成为（事实上也不是）人文精神的对立物。一切对实现人与自然的和谐发展负有使命感的有识之士，完全有可能利用信息科技实现自己的抱负，没有必要陷于莫名惆怅与感伤以致失却良机，这就是我们研究电脑文艺学所得出的结论。

原载《文学评论》2000年第5期，此处有删节

23. 网络文学的人文底色与价值承担

欧阳友权

网络文学的意义承担在于它是否拥有一种坚挺的精神，无以回避的人文底色将是它的逻各斯原点。尽管较之于传统文学，网络文学添加了技术含量和游戏色彩，技术装置更大限度地制约了文学的"出场"，文学存在被交付给了电子技术的硬件和软件。然而，媒介和载体变了，文学的创作手段和传播方式变了，甚至文本的构成形态和作品的功能模式也变了，但文学作为一种审美现象的价值命意没有变，文学作为人类把握世界的艺术方式没有变，文学寄寓人文精神、承载人道情怀、表征人性希冀的价值本体没有变也不会变。人类把文学送进网络，不是要在此演绎工具理性，而是在一个新的场域里寻求"诗意地栖居"方式，运用技术手段来建构价值理性，实现如哈桑所说的"让我们的精神沙漠多增添一点生命的绿意"[①]。

网络之于文学的人文价值主要体现为：

其一，开启艺术民主。网络的平等性、兼容性、自由性和虚拟性使它保持平民姿态，向社会公众特别是艺术弱势群体开启文学的民主权力，把一个开放而自由的媒体平台展现在人们眼前：英特网蛛网重叠而收缩世界，触角延伸以扩散信息，打破了权力话语对媒体的控制，改变了过去的"点—面"传播体制，任何人进入网络空间，都可获得操持信息的主动权。这就构筑了艺术民主的新机制，创造了互联网上全新的文学社会学。

其二，表征生命自由。文学源于人类对自由理想的渴望，自由则是互联网的精神表征。因而，"自由"是文学与网络灵犀融通的桥梁，是艺术与电子媒介结缘的精神纽带。网络文学最核心的人文本性就在于它的自由性。网络解放了以往艺术自由中的某些不自由，为文学舒展这种自由性提供了理想的精神空间。表征自由是审美承担的一种方式，这在网络文学中有三种表现：一是感觉的开放性；二是体验的沉浸感；三是对艺术界面的穿越。

其三，调适精神生态。信息高速公路的建立，改变了人们的交流方式。

---

① Ihab Hassam, *The Postmodern Turn: Essays in Postmodern Theory and Culture*, 1987, p. 182.

人与人之间的直接接触变成了人与机器的交流，人们足不出户，仅仅靠电话线、电视机、电脑、因特网就能保持与现实社会的联系。如看病不用去医院、上学不用去学校、上班不用去公司，一旦整个社会变成了虚拟的社会，成了威廉·米切尔所说的"比特之城"，人就将会产生孤独感，人与人之间也会产生隔膜感。网络上的文学艺术活动将有益于调适人的精神生态，在一定程度上消解高技术时代的人文隐忧。在人类走向高技术时代的同时，高技术和人类也应该走向一个新的人文时代，一个人可以借助高技术增加幸福总量和快乐指数的时代，一个人的正向价值可以得到更多实现的时代。

其四，重塑人文信仰。网络文学的文化逻辑源于后现代的信仰危机，而网络文化颠覆传统信仰的过程又是一种在体认中质疑、在解构中重构的过程。因为信仰的危机是基于信仰的裂变与转型，信仰的失依将带来信仰的追寻和确认。互联网上不断涌动的"后殖民主义""女权主义""原教旨主义""文化保守主义""技术意识形态"的争论，正是网络时代信仰危机和信仰重塑的表现，不过支撑这些争论的逻辑支点，仍然是人文信仰的永恒脉动，在它们的背后映衬出的仍将是色泽饱和的人文底色。

在网络文学日渐成长壮大的今天，辨识和倡导这一文学应该有的人文精神价值，旨在从价值理性上给这种新的文学形态添加底气和骨力，使这种文学获得更多的千秋情怀和终极道义；并且，只有让网络文学拥有人文精神的底气和骨力、撑起这样的情怀和道义，这种文学才可能真正走进一个历史的节点，赢得文学史的尊重。这是网络文学人文原道中最基本的本体论价值。

原载《求是学刊》2005年第1期，此处有删节

24. 网络文学杂感

张抗抗

"网易中国网络文学奖"评选入围的30篇作品，是以纸质打印稿的形式送到终评委手中的，然后择出其中最优秀的和比较优秀的。在整个纸介质的审读过程中，我曾不断为自己设置虚拟的网络世界，眼前是瞬息间可穿透无限空间的陌生文本；当它们重新回复成手中的白纸黑字，又有似曾相识的亲切。那种若即若离的碰撞与转换，使得阅读充满了新鲜的快感。

三、价值评说

当初之所以同意担任"网易中国网络文学奖"评委，其中一个重要的原因，是出于了解"网络文学"的愿望。在新千年的世纪之交，疾速膨胀的网络已带有某种"创世纪"的意味，它将会怎样地改变我们的生活，还有文学？——在当下以及未来。凡有上进心和好奇心的人都不会对此置若罔闻。

反复地比较、犹豫和抉择之后，在表格上签下最后一个意见，脑子里一次次出现的问号是："传统文学"和"网络文学"（或者叫"网络写作"？）之间，究竟是否存在着绝对的分界？如今是文化评判标准多元化或者说混乱化，再干脆说根本可以没有标准。

在这里，"自我"——我的艺术良心、我的审美价值、我的文学尺度，就成为评委的"我"与网络写作之间唯一的通道和"链接"。这种"自我"的评判标准，与网络的"个人化"写作，应当具有某种本质的暗合与默契。

有趣的是，在进入评奖阅读之前，曾作了充分的心理准备，打算去迎候并接受网上任何稀奇古怪的另类文学样式。读完最后一篇稿时，似乎是有些小小的失望——准备了网上写作的恣意妄为，多数文本却是谨慎和规范的；准备了网上写作的网络文化特质，事实却是大海和江河淹没了渔网；准备了网上写作的极端个人化情感世界，许多文本仍然倾注着对于现实生活的关注和社会关怀；准备了网络世界特定的现代或后现代话语体系，而扑入视线的叙述语言却是古典与现代，虚拟与实在杂糅混合、兼收并蓄的。被初评挑选出来的30篇作品，纠正了我在此之前对于网络文学或是网络写作特质的某些预设，它们比我想象的要显得温和与理性。即便是一些"离经叛道"的实验性文本，同纯文学刊物上已发表的许多"前卫"作品相比，并没有"质"的区别。若是打印成纸稿，"网上"的和"网下"的，恐怕一时难以辨认。我不知道那些"异质"的和"另类"的网络成品，就是现在这个样子，还是被初评筛掉删去，成了"漏网之鱼"？因此，我们是不是可以认为，任何评奖过程中真正较量的不是作品，而是评奖的标准。

网络文学会改变文学的载体和传播方式，会改变读者阅读的习惯，会改变作者的视野、心态、思维方式和表现方式，但它究竟在多大程度上，能改变文学本身？比如说：情感、想象、良知、语言等文学要素。

这是一个正在激变中的"转基因"时代，刚刚起步的网络写作，亦处于从稚拙到成熟的过渡阶段，因而尚留有许多当前网民的"注意力"无暇顾及的空白，令人略感遗憾——在那些直接表现网民生活的作品中，网上的红丝线为我们织出了一张张温馨甜蜜的"情网"，但网络生存的丰富性决不会仅限于那些网上更真实同时也许更虚假的爱情，如果网民之间的精神交流仅仅只适用于爱情，网络的世界就太狭小了。上网为人排遣孤独同时也能够使人更加孤独；网络给人一个虚拟的广阔天地却同时也会使人与实在的生活隔绝；网络给予人们高科技带来的便捷与享受，却同时疏离了绿地和自然；网络使人成为世界上知道信息最多却同时又是思考最少的人——当我们被笼罩于那面覆盖全球的巨网之下，狂热迷乱之中，还有没有透气的网眼让我们呼吸？猜想未来的网络文学，定会有清醒的"虫"们，对高科技时代所带来的负面影响，用数码作出形象化的阐释。

一次评奖不会把优秀的作品和作者"一网打尽"。那些被筛漏的鱼苗，会在各个网点网站上长成大鱼，留待下一次捕捞。

无论大鱼小鱼，在网络世界里自由漫步，发问与应答、痛苦与欢乐，都是悄然无声。岸上的人听不见它们的发言，它们的话是说给自己和朋友们听的。那些声音发自孤寂的内心深处，在浩淼的空间寻找遥远的回声。网络写作者的初衷也许仅仅只是为了诉说，他（她）们只忠实于个人的认知，鄙视名誉欲求和利益企图——这是最重要和最宝贵的。假如倒退 20 年，在我写作之初，必定也会"自投罗网"。

若是网络在运行中生产出铺天盖地的泡沫，那么网络文学，是把泛滥的浑浊的泡沫，提炼成清澈的饮用水和富碘的食盐。

原载《中华读书报》2000 年 3 月 1 日

25. 论网络文学的精神取向

欧阳友权

网络文学的历史认证取决于它能否走进人类审美的殿堂，建立自己的人文价值体系，而这种内质的涵养是需要在数字化时代技术霸权的铁壁合围中疏瀹和铸就的。因为自诞生之日起，网络文学就面临科技与人文的宿命式追问：在它所依附的高科技大树上，结出的究竟是人文审美的丰硕果实，还是会使人类的艺术传统和精神赓续在技术的狂飙突进中花果飘零？在炙手可热的科学势力的边缘，走进网络的文学是否仍带着古老的传统与价值朝着人类审美精神的圣地驰骋，还是在科学技术的场域中让文学本体的精神取向经历一次技术理性的"格式化"？

网络文学对人类审美精神的解构

网络文学是以"另类"的姿态登上互联网快车的,它在一开始便向本质主义文学范式亮起了叛逆的锋刀。如网络空间开启的"后纸张"时代撇开了传统的"文房四宝",以敲打键盘代替"爬格子""码字儿",实现了以机换笔的工具革命;网络文学的发表仅仅是按动鼠标即可把自己的作品送上电子公告牌,使其在蛛网覆盖的网络中实现无远弗届的传递与沟通,这是对传统话语权所实施的文学资质认证的蔑视与挑战;网络文学的阅读只需打开一台带有调制解调器的联网计算机,至于读屏背后的文字解码和链接交换等全部细节已经由电子技术解决,由此形成了文学流通和消费方式的根本改变……如此看来,较之过去的文学,技术装置更大限度地制约了网络文学的"出场",文学的存在方式被交付给了电子技术的硬件和软件。福楼拜曾预言的"艺术愈来愈科学化,科学愈来愈艺术化:两者在山麓分手,有朝一日会在山顶重逢"似乎在网络时代已经变成了现实。

不过我们千万不要过早乐观。艺术走近科学并非总是艺术的福音,因为艺术所不可或缺的某些精神品格常常是科学难以给予的。网络文学对于人类审美精神的解构便是这一艺术病灶的显著征兆。它主要表现在三个方面:

首先是匿名写作对主体承担的卸落。

网络写作是匿名的,作者处于一种"三W"状态,即无身份、无性别、无年龄。所有网民在同一个平台上自由嬉戏,相互交流却又各自独立,这使得网络写作可以摆脱物欲功利的诱惑,实现艺术创作的心灵自由;又可以褪去文学以外的因素强加给文学的负载,保持文学的独立品格。这有利于打破"知识分子写作"众人皆醉我独醒般的自傲,避免孤高自赏、咸咸玩味的"文学白领"心态。然而,匿名写作的网络世界是一个众声喧哗的非主体世界,却又是一个以庸常抗拒崇高、用世俗阻隔主流、以宣泄替代承担的世界。网络写手们"我手写我心""我写故我在",大家都是芸芸众生、凡夫俗子,大家一道卑微和庸常,没有等级的区别和权威的尊荣,网络就像马路边的一块小木板,谁都可以走上去信手涂鸦。因为"在网上没有人知道你是一条狗"。于是,随着作者虚拟和主体性缺位,写作的责任和良知、作家的使命感和作品的意义链也就无根无依或无足轻重,文学的价值依凭和审美承担成了被遗忘的理念、被抛弃的信念或不合时宜的观念。

其二，网络作品对传统价值观的颠覆。

网络文学从昔日的文化精英手中夺回了公共空间，却没有从精英作家的笔下接过文学价值观和作品意义度的倚重；不仅没有承续传统，还常常对传统的价值观念进行了无情的解构和彻底的颠覆。网络文学是从聊天室起家的，"灌水区"里的众声喧哗图的就是个言说自由和消愁解闷。入网者多是怀着好奇、休闲、交友、打发无聊、派遣孤独等游戏性的心情发言的，这种"亚健康"精神状态摆脱了名缰利锁的社会束缚，撕开了虚与委蛇、道貌岸然的生存面具，回避了主流意识形态的控制。上网者只需按虚拟社区的游戏规则扮演好自己的网络形象，而无须承担其他责任。以这样一种心理定势进入网络文学创作，便是以类似巴赫金的"狂欢化"方式规避正统观念，鄙视主流文化，清除本质主义，直至嘲讽或颠覆传统的价值观念和道德准则，而采用非正统的、前卫的、后现代的价值观看待世界、社会、生命和生活。在众多网络原创作品中，无论是搞笑的顺口溜、小品文，还是网恋故事、神怪武侠，抑或反映现实生活的作品，常常透露出一股调侃、嘲讽和"一点正经没有"的另类和叛逆味。

其三，读屏模式对诗性体验的拆解。

网络文学提供给人们的是屏显电子文本，而不是纸介印刷的作品，用希利斯·米勒的话来说，这叫"技术的发展超出我们所能控制的部分"。以"读屏"替代"读书"，"阅读"变成"观看"，"想象"变成"直观"，比特化的"信息DNA"代替原子运动，是计算机网络带来的文学媒介革命，也是后现代社会"视觉消费"对文学诗性体验的拆解。

蕴藉深厚的语言意象往往迷离恍惚，超出语表，寄于言外，其味外之味、韵外之致常常空灵深婉、超以象外，要靠读者在"收视反听""绝虑凝神"中澄怀味象、心得意会，达成"神遇而迹化""目击而道存"。网上阅读追求的是畅神和逸趣、自适而快心，往往是网恋故事读情节，神怪作品看稀奇，幽默文章找乐子，大都省略了诗性体验、审美品味和艺术感悟等重要环节，任由文字和影像从眼前飘过，却不容许作悠悠品味和舒展艺术想象的翅膀，更谈不上追求克莱夫·贝尔所说的"有意味的形式"和康定斯基所倡导的"艺术里的精神"。

网络文学对人类审美精神的建构

1. 话语权对自由精神的敞亮

网络文学对自由的意义，就在于它给予了每一个人以平等的符号权力。

在传统文学所依附的旧的话语体制中,功名、版税的焦虑和作家的身份表征与责任感,几乎构成了文学创作的全部目的,真正意义上的自由精神往往是缺席的、无以依凭和践履的。在网络中,文学传播载体的日益廉价和便捷所诱发的文化民主,把文学的主导权交给了民众手中,给予文学以"回归民间"的契机,昔日发不出文学声音的文化弱势人群开始浮出文学地平线,"人人都能当作家"已不再是一个遥不可及的梦想;另一方面,网络在给与人们以文学话语权自由的同时,也给了人们以精神的自由,心灵的自由,张扬个性的自由,舒展自我的自由,实现和丰富人性的自由。网络使文学失去的是束缚,而使人类得到的却是文学与精神的双重自由。文学主体在这片自由而喧闹的"赛伯空间"里,可以尽情遥寄生命的希望,挥洒个性的能量,调动生命质素的全部起动和自由迸发,让人之性灵在澄明之境中全面敞开和尽情舒展,使"生"之烦恼与"活"之局限在这种自由精神的辉光中得到消解或提升。这样,网络文学给予我们的,不仅是自由对文学的精神敞亮,更有"天地与我并生,万物与我齐一"的人类本体的自由无限性。

2. 情感流对生命力的挥放

网络文学大多是宣泄的、激情张扬的,较少见到含蓄蕴藉、内敛深隐的作品。较之传统的文学作品,网络文学的情感色彩至少有两点特异性:

其一,网络文学中的情感是一种不加掩饰的本色情感。网络写手一般都是非职业作者,网上创作是匿名的,作者身份往往难以确定也无须确定,他(她)只需以虚拟的网络形象替代现实生活中的真实身份,便可以在网络上纵情地发出自由之声。网虫登录入网,个个生动鲜活,无拘无束,输送的文字常常是质朴率真,嬉笑怒骂,敢爱敢恨,毫不掩饰。无论是自己创作还是评论他人文章,皆直言不讳,敢于强烈的表现自我。

其二,网络文学的情感是虚拟世界的真情实感。艺术的世界都是虚拟的,而网络却有着更加"真实"的虚拟性,因为它可以把虚拟的所有内容直观地呈现于人的眼前,又可以在与网友一对一或一对多的交流中,让虚拟的空间浓缩人生的时间,如诗人所形容的"把宇宙留在手上,让永恒在一刹里收藏",充分感受这份虚拟真实的真实性。网络上不加掩饰的本色情感和真情实感,对于"发乎情,止乎礼仪"的传统"孔颜人格"是一种反叛,却又与含蓄温婉、深文隐蔚、余味曲包的传统审美标准大相径庭。网络文学情感模式的人文意义,主要在于它是对人的生命力的一种肯定和释放,是对人的个性活力、生命欲求的善待和高扬,因而具有积极的人文精神意义。

3. 交互性对心灵期待的沟通

网络媒体的最大优势之一便是其网民之间的交互性。网络技术的蛛网覆盖和触角延伸，使人类社会奇迹般地实现了从意识空间到物理空间的真实延续，以"咫尺天涯"的万维网络连接，让人们超越现实世界的种种局限，实现人与人之间跨地域、跨国界、跨种族、跨文化的沟通，进行自由、平等的互动交流。这一"第四媒体"的巨大影响力，将改变人类以往的交往方式，形成完全不同的社会关系架构，使社会的信息传播和人类的心灵沟通有了更加经济和最为便捷的渠道。

网络及其文学对于人类精神的营造，以及人类之于网络文学的人文精神浸润，无不是现代社会重建人类生存价值本体论的艺术文化方式。网络文学对于精神审美的解构和建构，体现的正是人文价值理性在知识经济时代的裂变和新生，也是人类在一个新的文学殿堂实施精神重铸所撒播的"逻各斯的一粒种子"。

原载《文艺研究》2002 年第 5 期，本文有删节

26. 网络——文学发展的肥沃土壤

朱威廉

全球 INTERNET 浪潮来势汹汹，电子商务（E－Commerce）正在逐渐改变传统商业模式，以高效、准确、方便的形式为人类创造更优越的生活品质。

有远见的人都不难看到，网络对人类的推动将不仅仅局限于电子商务。以网络为载体的电子文化（E－Culture）正在异军突起，尤其在中国这块热土上，文学网站如雨后春笋般地茁壮成长，其势头已远远超过了欧美发达国家。网络文学在诠释电子文化的同时，更为 INTERNET 构起了一道美丽的风景线。

什么是网络文学？这个概念一直在持续争议。我觉得网络文学就是新时代的大众文学，INTERNET 的无限延伸创造了肥沃的土壤，大众化的自由创作空间使天地更为广阔。没有了印刷、纸张的繁琐，跳过了出版社、书商的层层限制，无数人执起了笔，一篇源自于平凡人手下的文章可以瞬间走进

千家万户。

文学网站的生命力在于其广大的创作群体以及读者群。中国网民的年轻化使得网络文学暂时显得稚嫩,然而,也就是这种稚嫩使文学充满了生机与希望。如果一个人的文章在十七八岁时就得以崭露头角,那么试想再过10年、20年后他将会有如何的成就?文学网站的出现将加快作家的新陈代谢,打破传统的文学格局,如果一个作家不能坚持创新与发表,那么他很快就会被别人赶超,被读者遗忘。

文学网站是与文化产业紧密相连的,譬如将网络上优秀的作者加以包装后推出,将优秀的文学作品印刷成书籍发行,与报纸、杂志、电台、电视台、电影制片厂等传统媒体形成紧密联系以及互动,网站在创造自身价值的同时也为作者带来了利益,因为有着丰富的资源并且利益共享,其商业价值是无法估量的。

文学网站在不远的将来会打破国界和文化的隔阂,在线编辑可以将任何作品翻译成多种文字发表,一篇来自中国陕西农民的投稿可以在几分钟后被一名远在美国爱荷华州的农民阅读,而来自西班牙的一篇文章可以让哥伦比亚的文学青年产生共鸣。文学网站所推动的不仅仅是文学,在生活与感受的自由创作氛围下,它将使不同人种、不同国土的人们增进理解,为世界文化的发展作出积极贡献。

原载《人民日报》(海外版)2000年10月21日

27. 文学生产的麦当劳化和网络化

宋 晖 赖大仁

随着电脑网络的发展,网络文学创作日益兴旺。人人都可上网写作,发表作品,网络,使文学创作前所未有地走近了大众,写作,成为一种日常行为,不再是什么大业盛事了。文学生产的网络化与麦当劳化作为当代文学生产中引人注目的两个趋势,对文学产生了深远的影响。

麦当劳:市场经济下的文学生产模式

所谓文学生产的麦当劳化是指在当代工业社会,出于最迅速最有效地生产出符合大众文化市场需求的文学消费品的需要,将文学生产从选题到发行分割成诸个环节,实行工业流水线式的作业。在这个过程中,作者成为生产文化快餐的工人,读者成为流水线终端的消费者,作品与其说是创作的产物,不如说是出版商、作者与市场合谋的产物,评价文学生产的标准不再是作品的内涵与深度,而是与麦当劳快餐如出一辙的效率与市场原则——即如何在最短时间以最少的资源获取最大利润,如何以标准化的适销对路的产品占领文化市场。

文学生产的麦当劳化从20世纪80年代便已开始了,然而只是在90年代,这一趋势才日益明显,并发展成一项规模巨大,组织严密的文化产业。市场高利润的回报诱使大批作家投向商业化写作的怀抱,经济因素在文学生产中发挥着越来越巨大的作用,直接影响着作者的选材、结构语言……文学生产本来是一种符号再生产,理应遵循与物质生产不同的指导原则,然而现在却蜕变为受市场控制的商品生产,市场价值观成了文学生产的指导原则。1989年1月,魏人、刘毅然、莫言、刘恒等12位作家成立了中国第一家民间作家组织"海马影视创作中心",在其"海马宣言"中称:"保证质量,讲究信誉,是我们这个文化团体所遵循的信条。"文学生产采用了与商品生产同样的质量与信誉为价值尺度,文学生产不再具备创作过程中必然的不可控、不可预测等特性,作品质量与效果可以明确评估和预料,文学创作实际上已变为操作。在这一操作过程中,读者由于代表着市场而备受重视,作者放弃了传统文学教化观念,以商品意识取代了启蒙意识,自觉地迎合读者的口味。王朔便一再申明,文人无非是用笔写字,编出些故事取悦老百姓的行当。作者失去了对文学的崇高感,沦为文学生产线上的码字工人。

如果说作者在麦当劳化的生产模式中已沦为技术工人,那么,出版商的介入则大大加深了这一程度。正是出版商的介入,才使文学生产从手工作坊的操作转为一条现代化的生产流水线。出版社对作品从选题到定作者到宣传发行各个环节进行了有系统的策划,他们不遗余力地运用各种手段,制造市场热点,将作家与作品"隆重地"推向市场。

现代传媒的复制性为文艺产品大规模生产提供了技术上的可能。它独有的设置议题功能更是在炒作热点、包装作家、推介作品等方面发挥着巨大作用。正是大众传媒才使阅读变为一种时尚,将大众进一步裹挟进其传播与操纵的大众文化中。它强大的辐射性使大众文化广为传播,个人意识日益趋同,以而弱化了个人独特的艺术感受,造就了一批满足于麦当劳化标准产品的具有相同口味的标准读者。于是,我们就看到了这样一幅景象:"人们在白天按时抵达各种型号的流水线,完成预定的工作量;返回窝后,人们可以心安理得地享用另一种流水线上生产出来的文化产品。"① 文学生产,在这里彻底走向了麦当劳化。

网络写作,文学新的增长点

网络写作的首要特征便是它的普泛性。这是由网络的开放性决定的。人人只要会打字,都可以上网发表作品。在麦当劳化的文学生产中,尽管文学已不被当作经国大业,尽管王朔们声称写作只是个码字活儿,然而这个活儿毕竟不是人人可以做的,也毕竟给他们带来了巨大的名和利。尽管赵忠祥刘晓庆们凭着名人光环,大出畅销书,然而这毕竟只限于明星们,普通百姓被隔绝在文学生产光圈之外。只有在网上,每个人才可以实现我手写我心,充分享有写作的自由。作者可以不再考虑发表,因为发表是如此的容易;可以不再顾虑编辑的挑剔和删改。像"潜在写作"一样,作者摆脱了出版发表的掣肘,表现出极大的自由度。作为一种个人化写作,作品一般只是单纯表达自己的感悟与思考,有鲜明的非主流性质。同时,作品也往往只停留于个人日常生活,有意无意避免历史文化道德传统的规范,只是一种对生活把握的感性实在,缺乏一种人文精神的追求。

网络写作另一个特点是无功利性,作者在网上发表作品一般没有稿酬,这限制了文学创作的深入,由于它不能为作者生活提供保障,作者也不可能为网络作品投入太多,许多作者不愿把好作品交给网络,这使网络文学作品停留在一种粗糙的原生态层面上。但也正是这种无功利性使网络写作摆脱了流水作业的操作性、刻板性,创作常常是即兴性的,作者以一种自娱娱人的心态参与创作,兴之所至便思如泉涌,行于其所不得不行,止于其所不得不止。《榕树下》网站创始人 Will 说:"现在的网络文学追求的就是一种写出来就爽了,就舒服了的感觉,是一种非常自由的状态。"② 这种状态恰恰是现代文化工业所缺乏的,也恰恰是文学创作所要求的。

网络写作的第三个特点是其匿名性。网民在网上可以方便地隐藏起自己的身份,用化名发表作品。这种"匿名心态"大大减少了作品的社会约束,作者可以大胆打破创作上种种清规戒律,自由地进行各种文学试验,这,无

---

① 南帆:《膨胀的"泡沫文学"》,《文艺理论研究》1996 年第 3 期。
② 《热效应:出书与评奖》,《文学报》总 1120 期。

疑有利于文学的发展。

网络写作在许多方面体现了人类文学创作的本质,满足了人们的言说欲与交流欲,同时,又具有巨大的局限性。匿名的心态带来的少约束性,往往使网络平添许多文化垃圾,包括一些不健康的文字,有的作者过于沉湎于个人化写作,强调自我,缺乏大器。创作的游戏心态及非职业化态度,既解放了文学,又往往使创作忽视了艰苦劳动,导致作品难以获得经典作品所具有的深度和广度。网上阅读的跳跃性、随时可连接性,使阅读失去了纸媒所具备的连贯性,更类似于在多媒体文本间作蒙太奇式的剪接。这种荧屏阅读方式不利于深入思考,更导致了创作话题选择偏于轻松随意,句子口语化,重感觉轻思考。

总之,网络写作崩解了传统文学创作方式,给文学加入了一些新质。尽管它有着不容忽略的粗疏性,但它毕竟给广大网虫们提供了一片创作空间。网虫们在这片天地中可以尽兴追求一种自由的无功利的写作,而这,正是文学最珍视的精神。正是在这个意义上,网络写作也许是文学新希望的闪光。

前瞻

文学生产的麦当劳化与网络化作为当代文学生产中引人注目的两个倾向,对文学的现状与未来产生了深远的影响。这两种倾向实际上可以被看作文学生产大众化运动中的一个组成部分。麦当劳化适应了当代大众文化市场的需要,尽管存在着商业化、泡沫化、平面化、模式化等不尽人意之处,但毕竟为大众提供了喜闻乐见的精神食粮,客观上不排斥寓教于乐等教化功能,在中国当代精神文明建设中发挥着它自己的作用。网络化则进一步给大众提供了一个创作园地,使人们有可能摆脱编辑等把关人的干预,尽兴地进行创作,使过去的"潜在写作"走上了前台,满足了人所固有的表达欲与创作欲,并使过去要藏之于名山的文学可以传之于网络,进入读者的视野,拓宽了文学的空间。

毋须讳言,目前我国麦当劳化与网络化的文学生产中还存在许多不足之处,存在着以较低层次取悦大众的成分,存在着单纯追求情绪自我发泄的倾向。我相信,随着时间的变迁,社会的发展,全民文化水平的提高,各种文化现象的互相交融、融合,网络作者与文化快餐生产者的创作水平也必将上一个台阶,生产出更高质量更合大众文化需要的产品。

原载《文艺评论》2000 年第 5 期,此处有删节

三、价值评说

28. 网络文学价值论省思

阎 真

　　一种新的技术的出现，其意义可能只是技术性的，而不具有哲学和文化的内涵；也可能是价值论的，将带来观念改变以至革命。蒸汽机的发明是工业革命的起点，它带来了人类生活和观念的巨大变化，这是新技术的价值论意义的典范。而后来的联合收割机则只具有提高工作效率的意义，没有哲学文化层面的价值论意义。这样一种意义的辨析对网络文学来说至关重要，这关系到网络给文学带来的到底是什么，是只有一种新的传播媒介的意义呢，还是具有改变文学观念和思维方式的意义？这是一个关系到网络文学的定位的根本性问题。

　　网络文学相对传统文学而言，我觉得有其价值论意义，即自成体系的文化意义。电脑写作的出现不能看成一个文学事件，而网络文学的出现则可以看成一个文学事件。电脑写作和传统写作的区别，是一种技术性的区别，而网络文学和传统文学的区别，则是一种价值论的区别。我们正是在这种区别的基础上，建立起自身关于网络文学的概念和其特有的文化哲学观念的。我们的观点旗帜鲜明，网络文学不仅是一种技术性存在，也是一种价值论存在。网络文学起源于技术的进步，但这种技术进步向价值领域的渗透、传导，形成了网络文学独特的文学观念和价值体系。网络文学不但应被作为一个技术性事实予以审视，更应被作为一个文化哲学的事实予以审视。

　　对于网络文学的文化性思考，另外一个由技术领域向价值领域渗透的事实，就是读屏与读书的区别，这一区别具有非常重要的意义。网络文学首先意味着文学作品的载体发生了变化，读者由读书转向了读屏。站在读者的角度来看，这只是一种技术性的转折。也正因为如此，读屏作为一个新的阅读方式，其价值意义和文化意义常常被人忽略。但在我们的视野中，这两种阅读方式的差异还是相当大的，这种差异决定了网络文学特定的趣味，并由这种趣味所决定，形成了网络文学特定的创作状态。这样一种双向互动，决定了网络文学的某些文化特质。这种文化特质，是网络文学的技术性前提向价值论意义转化时所产生的。我们对读屏和读书这两种阅读方式进行深入思考，就会发现，读屏和读书的感觉性差异相当明显。

网络文学如果有什么致命的弱点，那就是思想深度的欠缺，缺乏沉甸甸的分量。即使有些批评家想为网络作家做出强烈的价值辩护，这种辩护也会因为缺乏坚实的思想基础和作品支撑而显得贫弱。但是，直观性浮泛性又恰恰是网络文学的特点，甚至是其内在规定性。这种内在规定性是由读屏这样一种阅读方式决定的，阅读方式的浮躁性决定了网络作品的浮躁性，在这种互动之中，那种纯正而典雅的审美心态很难建立起来。一旦网络文学与传统文学一样也沉思起来，将思想深度作为自身的优先选择，读者就会离它而去。这是网络作家所面临的一种价值悖论。

网络文学成为文坛的独特风景不是由电脑写作的方式决定的，因为传统文学也越来越多地在电脑上敲出，而是由传播方式决定的，传播的特点决定了其创作和阅读的特定状态。正是这种特定状态，形成了网络文学的文化特质，又由于这种文化特质打造了网络文学的写作模式，而与传统文学有了某种质的区别。网络文学的文化特质既是其内在的规定性，又是其价值论意义所在。这种特质主要表现为自由性、大众性和游戏性三个方面。

先谈网络文学的自由性。网络文学与其他文学媒介最大的不同，就在于它是未经编辑或不需要编辑的，没有一个特有既定标准的评判者给你的作品的思想和艺术是否合乎标准签发通行证。不少文学青年由于艺术的执著，写了多年还一事无成，内心的沮丧可想而知。他需要别人的理解，需要成就感，而这一切，由于迈不过发表的门槛，都成了泡影。现在好了，发表的门槛在网络之中不复存在。一个作者写出的任何作品，不论是精致或是粗糙，都能够自由地在网上发表。有没有人看，有多少人看，那是网民的事，至少发表的空间是打开了。更重要的是写作上获得自由。如果一个作者向文学刊物投稿，首先要考虑编辑会用怎样的眼光看我的稿件，而我又要怎样写作才能迎合编辑的思想倾向和审美趣味。这样，作者的个性就在相当大的程度上受到了束缚。而在网络上，因为没有了发表的签证官，一个作者可以完全放松自己的思维神经，想怎么写就怎么写，甚至文不对题胡说八道都行，个人感情的真实状态，在这里可以得到最充分的表现。可是，如果我们将这种自由性当作完全正面的因素，那也是不恰当的。价值的悖论无处不在。网络写作和发表的自由性，又有其消极的一面。这种消极的因素对网络文学的文学性，即对网络文学作为一种文学意义上的存在，构成了极大的威胁。当作者将发表作品的话语权从刊物编辑那里夺走，而任命自己为最终评判者，作品的质量就失去了最起码的保障。

再谈网络文学的大众性。网络文学的大众性特征是其自由性特征的延展。网络文学没有传统文学的那种精英意识，是一个人人都可自由参与的文

三、价值评说

学狂欢节。在网上没有权威,反权威性正是网络文化的特点,也是网络文学的特点。没有任何人可以规定我该怎么写,写了以后又该在哪里发表。这正是网络文学的大众性文化特质的表现。自由写作,自由发表,没有权威,没有裁判者。网络文学作品发表的无限性,是网络文学大众性的技术前提。一本文学刊物,其容量是有限的,这种有限性迫使它将最好的东西发表出来,而将稍次的稿件无情淘汰。这一选择的过程,使作品的发表多少具有了精英意识和贵族意识。发表是一种资源,当这种资源在网络中像空气一样是无限的时候,就失去了稀有性,失去了资源的价值。

最后看网络文学的游戏性。网络文学具有明显的后现代文化特征,基本表现就是其游戏性。后现代主义既是一种文化思潮,又是一种文学思潮,其核心概念,就是解构。解构是一种思维方式,又是一种价值观。作为思维方式,它从哲学根基上对任何形而上的意义持一种否定的态度;作为价值观,它是一种彻底的虚无主义。后现代哲学不将文学看作一种使命,而看作一种游戏。在这种价值观念之中,文本的后面没有意义,也没有真理。在表象后面没有本质,在时间后面没有终极,因而没有焦虑,没有抗议,没有责任感和使命感,没有改变什么的冲动。这是一种没有悲剧感的悲剧,没有绝望感的绝望。这样一种彻底的解构哲学,表现在文学上,就是在价值上放弃承担的使命,放弃改变世界的冲动。这种放弃,表现了文学中能指和所指的分裂。在这里,文本就是本质,就是绝对存在,在其后面没有深度模式、没有精神结构,没有一种形而上价值的表达。一切形而上的价值,如本质、真理、终极,都只是一些空洞的能指,而与之相对应的所指,即本质,真理和终极意义等等,实际上并不存在。这样一种彻底的虚无主义,解构了人类精神存在的哲学本质,取消了人们文学观念中关于深度模式、思想意义等最根性的价值取向,把文学的意义建立在游戏性的基础之上。用这样一种观点去审视网络文学,我们看到,这一文学景观在最大程度上实践着后现代主义的文化理论,是相当典型的后现代文学的表征。网络文学没有使命感,而有强烈的自娱性倾向,它不想承担什么,也不认为有什么值得承担。在文学观念的层面上,网络文学的游戏化倾向有两点值得讨论。首先,这种游戏化倾向有没有作为文学主流的潜质,或者,文学的基本标准和内在规范会在电子时代发生断裂性的变异?其次,游戏化是不是网络文学的本质,或者说,它会不会在发展过程中转移自身的价值取向?对这两个问题的回答,都关系到网络文学的发展前景。

原载《文艺争鸣》2005年第4期,此处有删节

29. 网络文学的社会学价值

白 寅

精神迷狂与越轨消弭——网络文学创作的社会学价值

网络文学是给人们提供精神迷狂的最佳场所,它甚至不需要"李白斗酒诗百篇"的物质负担(酒还是不便宜的)和行为责任(喝醉了是需要别人来打扫卫生的)。揣上一块钱,你就可以找个网吧,在某个 BBS 上灌上一大桶水,而且不会对任何人的现实利益带来妨碍。如果说,你在现实社会中为了逃避现实社会的紧张而进行的精神狂欢多少会引起新的现实利益的冲突的话;那么,你就上网,通过网络文学的创作(当然你也可以不创作,而纯粹骂人,这就不是我们讨论的范围了)追回你那曼歌妙舞的原始情结。

网络上精神迷狂的达到是通过网络角色的转换和补偿机制来完成的。现实社会的角色是现实利益的规定性产物,人只能打破这种规定性,才能解放自己的精神。但是目前人们还做不到这一点,至少对于平庸的芸芸众生而言,打破这种规定性就意味着自己生存状况的瓦解。因此人们只能在现实社会中服从这种规定性,保持理性精神的清醒状态。于是人类虚拟了一个提供迷狂的空间,抛弃现实角色的规定性,由这个自己最大的自由转换着自己的角色,完成着自己的角色梦想。你"白天可以是发丝不乱的公司职员,跟其他职员一样的面孔与表情;而到了 BBS,我可能是红妆慵懒的江南采莲罗裙女子,也可能是溪头卧剥莲蓬的烂漫顽童……"欧阳友权在其《网络文学论纲》中艺术性地把这种双重生存状态总结为"复调"式的生活。[①] 网络心理学家把这种状况称为"身份丧失"。这种身份的丧失给予了你获得新的"身份"的权利和机会,现实中得不到满足的愿望在这里得到了补偿,这个地方就是网络文学的"社区"。

这种精神迷狂是通过对现实时间的吞噬来完成的,简单地说,就是把现

---

① 欧阳友权:《网络文学论纲》,人民文学出版社 2003 年版,第 196 页。

实的时间消解在网络世界的沉醉之中。现实世界的利益冲突必然引发人们的越轨心理，如果越轨心理得不到合理的宣泄，就会导致各种越轨行为。而对网络的"沉醉"，舒缓了产生越轨心理的紧张，也消解了进行越轨行为的时间；从而消弭了越轨本身。

文化舒适与社会融合——网络文学接受的社会学价值

当然，如果仅仅把网络文学看成精神狂欢的载体，就会把网络文学当成变态的发泄渠道和失意人群的喧嚣场所，好像网络文学并非是社会主流文化。事实上，也的确有人这么看。所谓"另类写作"，"边缘化状态"多少把这种状况描写得有些讽刺意味。

但是，我们不能忽略这样一个事实，不管怎样看待网络文学的创作人群（对这个人群的结构分析有统计学上的困难），但网络文学的接受人群远远大于创作人群，而且涵盖了各个社会阶层。网络小说《第一次亲密接触》风靡全国，"网络文学"这个范畴也纳入了文学研究的视野。网络文学不但引起了普通网民的关注，而且也是文学专业研究者的话题。可以说，任何人，只要你上网，总会自觉不自觉地接受着"网络文学"。

根据中国互联网络信息中心（CNNIC）发布的《中国互联网络发展状况统计报告》（截至2003年12月31号），中国网民共有7950万，其中男性60.4%，女性39.6%；未婚的占到56.8%；35岁以下的网民所占的比例是82.2%；18岁以下为18.8%，18—24岁为34.1%，25—30岁为17.2%，31—35岁为12.1%。其中，网民受教育的程度如下：高中以下13.5%，高中（中专）19.3%，大专27.4%，本科27.1%，硕士2.2%，博士0.5%。网民的职业上，学生和专业技术人员占了前两位，分别是29.2%和13.7%。收入上，2000元以下的人群占了77.6%。

上述成员的结构说明，网民结构既不是精英结构，也不是"边缘化"的特殊的失意人群，而是我国社会成员的主体：35岁以下的，高中一本科学历为主的主流人群。唯一有些遗憾的是女性的比例还偏小，但这个遗憾我们在下面可以看到，是会很快被弥补的。因此，至少从接受者的角度说，网络文学绝对没有被边缘化，而是趋向主流化——即大众文学化。

意志劝服与权力流动——网络文学批评的社会学价值

首先，网络文学没有严格的审查制度和发表资质的认可制度，因此，任何人都可以在网络上找到发表自己批评意见的地方。其次，由于网络的匿名性，批评者和接受者摆脱了人际困扰和权威压力，意见发表更加自由，劝服效果更加平等化和理性化。第三，网络的互动性使批评者和接受者随时转换角色，使劝服的权力产生了相互间的流动。这些特点使网络文学的批评行为具有了新的社会学价值。

我们知道，所谓劝服实际上是一种社会权力的行使。传统批评家的批评话语，是权力话语的表现。他们将社会上拥有强大话语权的哲学观念、文化意识甚至是个人意志，通过批评话语强行灌输给批评的接受者。对于大众而言，在这种权力语境之下是没有选择权的：你要么接受，要么逃避。这无疑强化了社会意识冲突的紧张关系。

但是，网络文学的大众传播性质改变了这种不对称的语境。大众传播的突出特性是给予公众以选择性接受的权力。社会学家的研究认为，大众传播行为中，大众对劝服的接受选择更容易偏向自己固有的文化结构和个性[①]，从而瓦解了精英权威的意志力。同时，网络文学的互动性消解了权力的集中性，使话语权更加分散和流动。

我们知道，精英权力是随着信息和权力手段的集中而形成的，处于超越普通人、普通环境的地位。精英权力属于累进式占有，原本拥有的愈多，愈容易得到更多，而且这些价值往往会换算成另一种价值继续累加，比如在传统媒介中，知名作家就比新生的作者更容易获得发表机会。这样，精英们通过其话语特权和选择特权，将整个社会文化塑造成体现其意志和欲望的模式。这种模式加深了社会的不公和紧张，使话语权具有威胁性和强制性。

但是，网络文学对精英权力的消解使得权力成为分散的、不确定的、形式多变的、无主体性的和生产性的，这就是所谓后现代性"权力解放"。这种解放是依靠权力的流动和再分配来完成的。它把选择权交给大众，使权力话语具有更大的多元性和自主性，使社会文化更多的体现为包容中分散元素间的平等对话，在很大程度上缓解了经济利益冲突造成的文化的"不可认同性"。

个性自由与人际互动——网络文学技术的社会学价值

网络文学依赖的是网络技术，而网络技术带给我们生活的最大不同在于它开辟了一个新的人类社区——虚拟社区。

---

① ［日］竹内郁朗：《大众传播社会学》，张国良译，复旦大学出版社1989年版，第96页。

三、价值评说

首先,与现实社区中必须亲身与其他人来往互动的情况不同,虚拟社区中人与人之间的沟通其实只是计算机与计算机之间的联机,而较少有道德束缚或社会规范的束缚,因此也是比较原始的和质朴的甚至是粗鲁的。可以说,计算机网络上的人际关系,完全突破了传统意义上的物质、文化和心理的障碍,能够凭借参与者的个人意志自由地与人发生联系和互动。

其次,虚拟社区并不隔离现实的社区,而是影响着现实的社区,产生新的人际互动和社区互动。这种互动维持在三个层面上:1. 现实情绪可以发泄在网络世界里,对网络世界的其他人员产生影响;2. 网络世界的情绪可以带回到现实世界中,并对现实世界中的人产生影响;3. 现实世界中的关系可以移动到网络上进行互动(如同学录),反之,网络世界中的人际关系也可以回到现实世界中进行互动(如网友会面)。

就网络文学而言,第一个特点主要体现在创作的自由精神带来的个性舒张。大工业社会带给人类的人性异化在网络世界里回归原始。《大话西游》的"无厘头",《上海宝贝》里感官欲望的直白,其实就是人类企图回归原始的冲动。这个冲动在网络文学中得到了满足。

上述网络社区的第二个特点主要体现在网络文学的多样的表现形式中。除了上面所讨论的创作互动和批评互动之外,网络文学还以其新的表现形态和传播方式履行着现实社会的功能。比如,文学活动的知音赏鉴使得一些创作者和批评者建立了深厚情意,他们把这种情意还原到现实生活中来,成为现实生活中的朋友甚至情侣。再比如,网络文学的传统手段传播,如《第一次亲密接触》的出版,使网络情缘中更加质朴和纯粹的情感再一次洗涤了现实生活中人们久被污染的心灵。

原载《求是学刊》2005 年第 1 期,此处有删节

30. 网络文学:新文明的号角还是新瓶装旧酒?

赵晨钰　江舒远

网络文学:敢问路在何方?

随着网络这种新的传播媒体逐渐成为人们生活的一种必要元素,以其为

土壤的网络文学也初步呈现出一派兴旺发达的景象。这种以自由开放、随心所欲为特征的文学创作,就像马路边的一块黑板,谁都可以在上面涂鸦。然而正是这种彻底糟蹋文学神圣性的胡闹式的文学新兴品种,其发展前景如何,各方人士看法不一。总体说来,基本可以分为三类:没戏、不好说和前途无量。

面对众多粗糙的网络文学作品,不少人已对其宣判了死刑。中国人民大学中文系的方兢副教授认为:作者群的素质决定了作品的生命力。真正的作家实际上是一种职业,经常性地创作的人,他不仅需要有生活积累,还需要高层次的文化、思想素养,同时也不能排除一定的写作技巧。而目前的网民在文学素质上有所欠缺,这就决定了现在的网络文学"充其量是通俗文学,是快餐型文化的一部分,不能久存"。自称还没有上过网的作家莫言则指出,网络文学推崇的肆无忌惮地言所欲言的创作方式,固然是其吸引人的地方,但由此造成的大量文字垃圾的堆积,足以完全毁掉读者的胃口。

记者在采访中发现,持此类观点的人大多从未与网络打过交道。而与他们相比,与网络和网络文学有过接触的文学界人士,对网络创作的态度就宽容许多,对网络文学的发展前景就乐观得多。作家李洁非说:"我国上网人数现在每半年就翻一番",那么假以时日,网络作为与现实社会相并的虚拟社会,将成为国民生活的基本内容。届时,网络文学成为精神生活之必需不是没有可能。而今就将尚处于幼年时期的网络文学一棍子打死是不可取的。但他同时指出,网络文学本身并没有独立意义,仅仅是附着于网络而已,若讲意义则应是"网络会带来什么文化"。因此,所谓网络文学的兴起是"吹响新文明的号角"根本谈不上。至于对网络文学的命运的预测,他干脆取个折衷,认为是"不好说"。

另一些较早把作品搬上网或投身于网络创作的作家则对网络文学的未来充满信心。作家徐坤指出,虽然网络文学在现阶段还根本不能够独立存在,比起传统文学来没有任何优越性可言,但随着网络时代的到来,网络书写,是别无选择。著名文学评论家白烨认为,网络文学是一种新兴事物,现阶段是向成熟过渡的时期。他相信随着网络写家的进一步成熟和游戏规则的日趋完善,网络文学会有一个明亮的前景。作家中网龄最大,新近又开始在《榕树下》"练摊"的陈村更是用"前途无量"四个字来描述网络文学的前景。他相信随着网络的普及,网虫构成会发生变化,从此决定了网络文学的创作题材会更加丰富,创作目的也会由单纯追求阅读快感向追求作品思想性、艺术性的高度转化。他说,将来网络文学和传统文学的关系,可能正与如今报纸与杂志的关系相类似,竞争和融合成为必然趋势。

网络文学的中坚力量——网络写家们更是坚信"明天会更好"。几个写家在接受记者采访时都不约而同地把网络文学比作昔日的"地下诗歌"和"地下摇滚"。元老级写家之一的邢育森认为,目前传统文坛是在衰落之中,逐步远离人们的日常生活。而网络则恰恰相反,正渗透到社会生活的各个角落。他说,有兴趣的人可以做个调查,找一本传统意义上出版的小说(别找王朔等太有名的),看看究竟有多少人一字不落地将其看完过;再找一部网络上的优秀小说,看看有多少人一字不落地把它读完。如果不是很夸张的话,现在传统的文学创作的地位正在被网络文学所逐步替代,如同电视剧之对电影。

然而一些读者却对此表示了不同的意见。一位读者说:"不是端杯茶陷在沙发里舒舒服服地看书,而是直直地坐在电脑前读小说,这是我坚决不能接受的。"从这层意义上看来,网络文学虽然在传播速度、广度上优于传统文学,却在读者的阅读习惯上遭遇了暗礁。

网络文学,用什么做计量的天平

当对网络文学的发展前景众说不一时,如何评价网络文学的创作,用什么样的标准来衡量它,也因近期网易举办评选"网络文学奖"一事而显得如火如荼。众人主张的标准大体分为三类:

其一:不论是传统文学还是网络文学,评价标准都一致。

陈村说:"文学不能区分网络文学和传统文学,就像我们不能区分报纸文学和杂志文学一样。网上、网下只是传播媒体改变了,但标准应该一样,不能改变。如果有什么不同,可能在于网络文学的某些特殊形式及用语,在评价时要添一些注语。"

莫言也说:"看待网上文章和纸上文章的标准应该是一样的。网上文学的发展已经拦不住,虽然现在因为缺少编辑把关,作者言所欲言,风格、内容上肆无忌惮,以致粗糙,毁掉读者胃口,但这种乱写大字报的现象,应逐步淘汰。"

中国人民大学中文系几位同学也表示赞同陈村、莫言等人的观点:"文学的传播媒体,从古至今,变了好几次,可是文学的本质从未改变,只要本质不变,标准当然也不变,所以网上文学也应该用同一标准看,而这种看待方式也有助于提高网上文学的水平。"

就笔者的采访感受看，持这一类高标准的主张者，态度虽然严肃，甚而苛刻，但在其严要求、高标准之后，亦隐含着对网络文学的殷切期待。

其二：就网络文学的目前状态，评价标准可有所调整，略微降低。

相对于第一种观点的高标准、严要求，第二类观点的持有者显得极宽容。

在近日网易的中国网络文学奖中任评委的谢冕说："传统文学重艺术性，审美感受是首要的，其内容有意义、有深度，给人启发，有一定深刻性。而通俗文学接近人，被人很快接受，语言方面平易近人、平常，与严肃文学不同。从这些方面讲，网络文学与通俗文学有相通之处，因而在评价网络文学时虽然也用平时所熟悉的标准，但也会与网上形式相联系，考虑高雅与通俗之间的差别。"

联合了中国青年报、中国互联网信息中心等几大媒体，邀请了王蒙、刘心武、谢冕等人任评委，近期大规模举办中国网络文学奖评选的网易公司，其负责人在谈到网络文学评价标准及本届文学奖的评选问题时也坦言，鉴于目前网络文学创作现状，评奖标准会重新讨论，至于新标准相对于传统文学的标准具体变动在何处，负责人称尚在讨论中，不便公布。

不过不管第二类观点持有者将其标准放在哪一档，根本上还是在原有传统文学标准的基础上做删减。相比较，第三类观点就有质的不同。

其三：重新建立新的衡量标准。

徐坤指出："（网上书写）遣词造句上毫不讲究，也无任何文学性可言，但是由于这个群体人数越来越多，年龄越来越小，所以对将来的现代汉语的书写也会产生极大的冲击，就连惯常的思维习性也要遭到改变。冗长晦涩的句子要遭淘汰，为适应眼睛的快速浏览和扫瞄，句子变得短促而简捷，词汇量小，用词简单。大量的网上符号出现，因为网上的每一分钟都是以金钱来计算的。"

白烨则说："网络文学是一种存在，是网民自己的文字，是通过新创作传播方式出现的，但还在发展中，要结合具体情况另立新的标准。"

上述三种观点，目前很难说谁占上风，更像是三足鼎立。不同的标准，实际上也代表了对网络文学本身的不同看法。

由网络文学的评价标准产生的另一问题是：目前的网络文学到底需不需要文学批评？

白烨说："当前的网络文学需要文学批评，而且非常迫切。"

网虫水牛也表示欢迎文学批评，欢迎网络文学的评奖活动："既然二者可以互存，而搞些奖项以作鼓励，那搞个网络文学奖又有什么可被指责的呢？"

然而更多的网虫明显表示出对正统文学批评的不屑。网虫吴过说："初创阶段的网络文学需要更多有心人做实际工作，换句话说，桃子还没有熟，现在更需要的是浇水培土。"小浪之底说："我们就是受够了戴上镣铐跳舞的滋味才上网码字的，你网易又给我找了个绷着脸的评论家，到底你傻还是我傻呀！"

陈村也发表了看法："文学首先是读者的需要，而不是批评家的需要。网络文学现在已存在，不能以批评家的个人喜好为转移。"

然而，不管网虫们如何反抗文学批评，它现在确实已悄然开始；同样，不管文学批评人士如何评价网络文学，它毕竟已是存在。如一位网友所言："到底我们生活或即将生活在数字化时代，数字化的一切挡都挡不住。"

原载《中华读书报》1999年12月2日

31. 网络时代经典写作的命运

敬文东

向着虚无出发

完整的世界就是虚构的世界，完整的生活就是虚构的生活，因为除了上帝（我衷心祝愿他能够存在），任何人都不可能生活在它们中间：它们只能出现在纸面上。文学（当然也包括其他艺术）永远站在虚构一边。从这个意义上看，不存在一种叫作现实主义的鬼画符。这种看起来可以被轻易撕掉的世界与生活——希特勒、秦始皇和中国的红卫兵最能理解这中间的要诀，其实具有庞大的危险性，因为它会从两个方面把写作者，那个试图走出虚构身份的"强力诗人"带上被毁灭的道路。一方面，虚构的人身上已经有了太多别人创造出的完整世界、完整生活，他得和它们进行殊死搏斗，一如布鲁姆说过的那样（马格利特对"水"发出的疑问，就是这种搏斗的一个小例证）；另一方面，虚构的世界始终是一个虚无的世界，它的无边无际，它的不知从何开始不知到何处结束，始终在以它的恐怖神情惊吓那个试图扔掉虚构身份的人。每当战争结束，我们往往会看到，只会有一个残缺不全、浑身硝烟的胜利者。在这里，曾经臭名昭著的非此即彼陡然又回光返照式地变作了香饽饽。

事情总是这样：所有旨在挣脱虚构身份的写作，在开始的时候总是无中生有的，它从第一个字开始，通过和词语商量，已经把写作者置入了广大虚空之中，置入了漫长的虚无航程之中。一般说来，写作者往往并不知道自己的最终宿营地在哪里。即使他预先设定了航船的抛锚地、写作的天然目标、它要求制造出完整世界的内在律令，依然会很不像话地将这个不想被虚构的危险分子，带向一片片充满着暗礁的未知领域。他预定的抛锚地经常被证明是错误的。要完成对整体世界的构筑，迷路、触礁、充当没有"星期五"的鲁滨逊甚至是道渴而死为邓林的夸父，就是可以想见的命运。从这个意义上我们可以说，写作就是哥伦布航海，他以为他到达了印度，可后人很快就会向他喊：喂，哥们，那是美洲，你见到的都是些说鸟语的棕色人种，而不是释迦牟尼和菩提树的国土！

快乐地认命吧

希望以上理解和论述，能够说明网络文学兴起之前文学写作（我们不妨将之唤作经典写作）的一般特征，尽管它看上去有那么一点危言耸听，对于网络文学却不见得有效。实际上，互联网的出现，正在逐渐蚕食上述特征，并且以最终废除上述特征为暗中指归。"暮年一晤非常易，应作生离死别看。"（《陈寅恪赠吴雨生》）这差不多正是对经典写作在网络时代命运底蕴的较好描述了。作家永远都是孤独的，他是有了"星期五"之前的鲁滨逊，是只身一人逐日的夸父；他在从事一项孤独的事业———如海明威所说。但是，William Henry Davies 笔下那只孑然一身的蝴蝶，却早已给这些鲁滨逊和夸父们做出来榜样。

发过了感慨以后，让我们再来看看眼前的情况。互联网的出现，为文学写作提供了一个与经典写作绝然不同的开放式写作空间，它以令人不可思议的方式消除了时间与空间的界限。在虚拟的信息平台上，它至少从理论的维度，允许无穷多的写作者同时参与同一件作品的写作。每一个写作者都可以有限度地改变、规定、矫正作品的未来走向。因此，假如这就是网络文学的真正涵义，那么，网络文学写作就不存在一个固定起点，也不存在一个固定终点。这实际上已经宣布了经典写作构造整体世界与整体生活的努力的全面破产。虚构是即时即地的,它修改了经典写作者之间互相被虚构的那种方式:前者的作用是致命的,因为在网络文学写作中,只有预先接受了被虚构的命运,你才能参与其中,这是网络文学写作的基本前提之一;而在经典写作中,写作者对来自于同行的虚构力量始终持一种反击的态势,因为他们在进行着独立的、不依赖于旁人的个人写作。

网络文学写作,一方面宣告了经典写作中挣脱被虚构命运的努力的破产、失效,同时也宣告了,网络文学写作者甘心于被虚构的命运,诚服于被虚构的命运。从这个意义上我们可以被允许说,他们直接把自己心目中的那一个哈姆雷特写了出来。几乎不需要什么中介,他们的哈姆雷特就可以径直现身。因为网络文学写作从理论上已经取消了写作者和欣赏者的界限:一个人在同一时刻既是写作的人,也是欣赏写作的人,不仅是自己的欣赏者,也同时是他人的写作者;正是这种环环相扣的写作运动提供的摩擦力,才使得网络文学写作空间的巨大开放性能够化为现实。从理论上讲,经典写作那种有头有尾的整一体系(正是在此整一体系中,整体世界才会诞生)已经不复存在了。我们不能把无始无终的巨大开放性看作是整体世界。因此,网络时代的书写者,对于自己被虚构的命运无动于衷。他们乐于迈动庸众的脚步,不承认还有拔地而起、互不相连、旨在使历史断裂而不是连续的山峰的存在。于是他们认为,从这里出现的,才是真正快乐的"文本",它无头无尾,几乎怎么都行。于是,接下来的口号也就顺理成章了:让我们快乐地认命吧!

行为艺术

就是在这个意义上,经典写作那种可供反复阅读、欣赏的情况在网络写作中将不复存在。一千个哈姆雷特中的九百九十九个已经死去了,只剩下一个还在此时此地嬉皮笑脸,做抓耳挠腮的快乐状。一位网吧间的万事通先生宣布,网络文学已经使对经典写作欣赏中所包含的"多次性"全面破产了,它已经非常民主地打破了经典写作对读者的霸权主义,因为在网络时代,至少在理论上已经破除了读者和作者的界限。网络文学写作的一次性,和经典文学写作的一次性有着不同的所指:前者指向一次性的写作和阅读(既然已经消除了写作者和欣赏者之间的界限),而且写作和阅读往往是重合的,它只意味着在同时进行的写作与欣赏中对写作与欣赏的消费;后者则只意味着一次性地对整体世界、整体生活的创造。马格利特的水在经典写作中只能是一次性的写作(否则就是模仿或抄袭了),但它可以被无数次地阅读——九百九十九个哈姆雷特和另一个哈姆雷特同时并在。

就这样,网络文学遵循着行为艺术的内在律令。行为艺术在此不仅意味着它是即兴的、一次性的,而且意味着,它可以把虚构的瞬时世界快速地拉进实存的世界与生活。这个世界也可以被看作是一个短暂的整体世界,它和"见性成悟,直指本心"式的刹那永恒有些形似;而消费了这一刹那,整体世界也就土崩瓦解了。这毋宁是在说,虚构就在我们身边,就在我们眼前,只要我们愿意,随时都能将它唤出,并与我们的实存世界相焊接,它由此制造出了一个中间地带:一边是实存世界,一边是虚构的另一个刹那世界,站在交接点上享受着狂欢快感的妙人儿,就叫作网络写作者。经典写作也能让我们看见这一结果,但它们还是有所区别:网络文学写作的虚构只存在于瞬间,而后者的虚构不仅是长存的,而且它创造出的整体世界,和实存的世界永远没有焊接点——也许在实存世界之上,也许在实存世界之下,但就是不和实存世界交界。

赶紧结束

经典文学写作在网络时代的命运就这样定下来了:当整整一代人愿意在写作中甘于他们继续被虚构的命运,经典文学写作的黄昏就已经来到。但这是永远不会走向夜晚的黄昏。甲骨文对"暮"的形象"解释"在这里是有效的:所谓"暮"就是用"人"手从"草丛"抱"日"而出。经典文学写作也有一只手会从草丛中抱出落日,这只手来源于我们心灵的深处:对"全"的渴望。正是仰仗这一点,经典文学永远会把黄昏留住,把从早上到黄昏之间的这一长段时间送给了网络文学。

在《论土地与静息》中,伟大的加斯东·巴什拉说,经典写作中的诗歌"不是游戏,而是产生于自然的一种力量,它使人对事物的梦想变得清晰,使我们明白什么是真正的比喻,这类比喻不但从实践角度讲是真实的,而且从梦的冲动角度讲也是真实的"。这个比喻就是来自于另一个世界的报道,它是关于人类对永恒的、不灭的梦想的比喻。只是这个比喻的创造者和欣赏者,将会变得越来越少,以至于总有一天几乎会达到不存在的地步。但这些少量的人,传承着来自于人类灵魂深处的灯火。他们的举动多少显得有些不合适宜:正如不能因为发明了飞机,人们就放弃了散步,恰恰相反,正因为有了飞机,散步反而显得奢侈起来一样。

原载《小说评论》2001年第3期,此处有删节

四、批评建构

32. 网络批评的价值与局限

欧阳友权　吴英文

网络文学批评改写了批评的机制与格局,让文学批评从传统的精英姿态转向民间立场,实现了批评话语权的平等与共享,但它那即兴、趣味、恶搞等颠覆式批评方式,也在一定程度上消解了批评的学理性,弱化了批评的深邃性,甚至引发批评的"舆论暴力"和价值偏误,其所带来的"网评现象"值得认真思考。

网络文学批评的价值

1. 言者立场:以真话对抗虚假

网络批评是最具主体性的文学批评,其魅力之处在于消除了言说者的社会面具和人际焦虑,能够以独立的身份和自由的立场表达"真我"心态,从而以真话对抗虚假,规避传统文学批评难以避免的人情批评、面子批评。在网上,批评者可以隐匿自己的身份,抛开社会角色定位的约束,"隐身"在广袤无边的网络世界里冲浪,获得一种现实中无法实现的自主性和自由感。此时的批评没有了编辑审查的约束,稿酬版税的焦虑和批评之外功名利益的考量,在无约束、无压力、无功利的"三无"状态下激发起敢说真话的勇气,获得"我口表我心"的畅快。当然,对于文学批评本身而言,话语的真伪并没有一个严格的是非评判标准,言说者的立场也只与他个人的批评视角和批评态度相关,话语的真假,也许仅能从批评者的内心感觉来考量。但毋庸置疑的是,较之于传统批评,网络文学批评由于祛除了各种外在因素的影响,能更加贴近主体内心的真情实感,这是对"面具批评"的一种有效矫治。

2. 话语表达:用犀利替代陈腐

网络"赛博空间"是一个平等、兼容、自由、开放的虚拟民间场所,其话语表达讲究"惟陈言之务去",清新而犀利,注重生活化、口语化,用词简短朴素,表意一语中的,或口无遮拦,不加掩饰,或寓庄于谐,灵巧犀利,相对于传统的文学批评,多了一些灵动和随意,少了一些老套与陈腐,能给批评带来一股清新之风。"在场式"批评消解了绵密的思维过程,往往直奔主题,直陈要害,乃至直指软肋,一般不会温文尔雅,顾及情面,更不会故弄玄虚,玩弄文字游戏。与传统文学批评相比,网络批评少了些臃肿的修辞、艰涩的阐释和抽象的玄思,也不大注意措辞的精当和表意的委婉,传统文学批评中常见的引经据典、旁征博引的"掉书袋"习惯和矫揉造作文风,在这里没有市场。网络批评让批评本身无所避讳,不绕弯子,钦佩者可五体投地,反对时则不留情面,甚或尖酸刻薄。以往批评中的"小圈子"唱和、谄媚式话语,还有貌似公正评品实则空话套话的老套陋习,此时则变成了坦诚相告、问药投医、明眼指暇。这些,都将有助于健康的文学批评之风的形成。

3. 批评方式:互动语境的间性对话

蛛网覆盖的网络文学批评终止了传统批评认同过去的时间美学,开辟出在线空间的互动式批评,批评过程呈现出明显的动态间性。一方面,由传统批评家充当的"批评中介"被消除了,批评从被动接受到亲身参与,作者和读者之间得以直接对话,距离拉近了,交流更为频繁,更为普遍;另一方面,一个"潜在的批评者"出现了,也就是说,作者的写作需要时刻考虑到网友的存在,以便根据他们的审美需求调整创作;读者的批评也要考虑到"他者"的存在,并不断通过交流更新观念和看法,使自己的欣赏、批评可以成为互动过程的一个有效构成部分。

在网络文学批评中,网民"第一时间"读到作品,充当了文学作品的直接"把关人",他所得到的审美感受也是未受他者干扰的"第一性"的自我体悟,由此也能更真实地体察到写手的审美诉求,这在传统批评全景式批评中是难以实现的。这种交互语境的间性批评方式,很好地弥合了作者和读者之间的审美距离,真正实现了接受美学家们提出的"从受众出发,从接受出发"的文学旨趣。

网络文学批评的局限

首先是即兴式点评可能弱化思考的深邃性。常见的网络文学批评,主要是直观感知和灵机参悟的即兴点评,这是一种感悟式的批评方式。网友把自己的阅读感受用简短的话语即兴发表在留言板中,类似于传统的神韵批评,是他内心欣然自得的涌现,表达上有如"智慧体操",轻巧而灵动。不过,这种"碎片化"的写作方式和"平面化"的表达欲求,与思想严整、逻辑缜密的理论批评相比,显然缺少了思考的深度和广度。

正因为是即兴的,又是即时的,网络批评往往不作细致的思忖,只求一时宣泄的快感,传达的是自得其乐的阅读意趣,有的评点只是借助批评对象来吸引眼球的"灌水帖""标题党"。这类评点有的还未来得及把作品内容看个究竟,就急忙下帖占位,"抢沙发"(第一个跟帖者)、"争板凳"(第二个跟帖者),为的是引起他人注意,获得一种参与的满足。由于习惯于即兴式的评点,网友们大都厌倦抽象的理论和逻辑论证,偶尔有此类帖子出现,也会被视为假装深沉而遭群起攻之,讥之为另类。这样的批评立场,以及由之形成的短、平、快抒写特征,自然谈不上对作品思想和艺术手法等作深入的探究,结果便是批评的平面化、随意化,从而弱化思考的深邃性,传统批评中的"灵魂探险"在此演绎成了蜻蜓点水式的即兴快意。

其次,网络表达的趣味式言说消解了批评的学理性。网络文学批评区别于传统批评的一个鲜明特征是其趣味性,它把严肃的批评行为变得生动活泼,把庄重思辨变成灵活出击,往往能够从某个新颖的角度发常人意想不到之论,使人在轻松诙谐、忍俊不禁中获得快意和情趣。但另一方面,网络批评的这一特点又在一定程度上削减了批评的话语深度,绕开了文学研究历史性和社会性的理论担当,因为轻飘飘的趣味表达可能让批评的学理和深刻无从置根。

趣味式批评的兴起拒绝了庄重思辨、逻辑严密的理论说教,使文学批评降低了难度,也降低了准入门槛,容易唤起大众的参与热情,对革新文学批评的言语方式和思维方式是有积极意义的。但同时却又因为太过追求批评的趣味性,使批评的视野变得狭窄,批评的内涵变得肤浅,而批评一旦出现理论的缺失,就会如法国批评家阿贝尔·蒂博代所说的"难以为文学历史提供自己应有的贡献和成果",结果便是"一代人的努力或者一种繁荣的网络文学事实就因为理论提炼和总结的缺乏而逐渐被人遗忘。从这个角度上说,趣味是可以争辩的,理论的趣味尤其需要辨明,因为它担负的不仅是自己的理论前景而且是文学的前景"。①

再者还有恶搞式批评的"舆论暴力"和价值偏误。恶搞式批评通过颠倒、逆向、贬低、嘲弄、戏仿、拼粘等手法,以一些已被大众公认的文化经典、知名人物和事件等为对象,对它们进行意义上的解构、重组、抽换,创造出与原始文本迥然不同的新文本。为了尽可能博得大众的笑声,恶搞制造者们绞尽脑汁,加入了许多幽默搞笑的元素,甚至不惜以违反常理的荒谬言行为噱头。这些形式独特的作品每每出现,都会受到网民们的疯狂热捧。如拼接影视作品《一个馒头引发的血案》,解构红色经典《闪闪的红星之潘冬子参赛记》,戏仿重大事件《春运帝国》,颠覆英雄人物《1962:雷锋 VS 玛丽莲·梦露——螺丝钉的花样年华》,篡改唱词《吉祥三宝之小偷版》等。此外,恶搞百科、56贴吧等一些恶搞网站也纷纷出现,汇聚了大量的恶搞资源,为恶搞声援助威。在声势浩大的文化狂欢浪潮中,文学恶搞也显示出强大的语言批评优势,《大话西游》《大话红楼》《水煮三国》、白话《出师表》《多收了三五斗之 CCIE 版》《Q 版语文》系列等经典著作名篇的网络搞笑版纷纷出炉,诸如《福尔摩斯的帐篷》《一个光棍的呐喊》等另类原创恶搞文章也不甘示弱,还有许多词句幽默搞笑、意思机智犀利的话语片段一时间如漫天飞雪,纷纷散满网络的广袤天地,与其他类型的艺术行为恶搞共同形成了规模盛大的网络批评现象。

作为一种时尚化的文化批评方式,恶搞式批评的立足点是"渎圣思维""脱冕叙事"和"平庸崇拜"。它以颠覆神圣、讥嘲崇高来实现后现代性的反中心论、反权威性、反整一性和反传统。恶搞挑战的是传统的批评标准和言说方式,形式多样,内容离奇,有的是为了颠覆经典,消解文化上的等级权威;有的想借恶搞经典名著来展现自己的才智,引起他人注意,获得某种自我满足;有的则是为了缓解长期以来对经典文化的审美疲劳,改用审丑来刺激和调节大众的审美神经;有的则纯粹为了排遣无聊,宣泄情感,以"无厘头"的轻松方式表达对某些现实现象的认同或不满。这种批评因其言说方式和思想表达符合大众化草根性口味,往往能引起网民的共鸣甚至蜂拥,形成"一呼千百应"的舆论局面。睿智适度的恶搞,可以活跃批评氛围,激发网民的创造思维和参与意识,有的还能起到对现实不良现象的批判、反讽和舆论监督的作用。从这个角度说,恶搞类似于日常生活中的"恶作剧",可以

---

① [法] 阿贝尔·蒂博代:《六说文学批评》,赵坚译,三联书店 2002 年版,第 4 页。

一笑了之。但如果超越了一定的"度",超越了道德底线和社会良知,就会把恶搞变成"恶俗",甚或"恶劣"行为,形成"舆论暴力"和价值失当,出现目空一切,行无忌惮,为图一时之快,拿别人隐私开涮,损害他者权益等不良现象。这样,就将把原本属于另类艺术行为的恶搞批评弄成了赤裸裸的"舆论暴力"。这种现象是应该加以遏止和正确引导的。

原载《探索与争鸣》2010 年第 11 期,此处有删节

33. 网络文学对文学批评理论的挑战

刘俐俐　李玉平

批评原则应该取决于网络文学的功能

网络文学可以区分为两种。其一网络仅仅是载体,所载的是此前用传统方式书写的文学,并且是已经历久而成为经典文学。现在,人们看到了网络具有的巨大的传播力量,从而将这些经典文学输入网络,使之在网络这个巨大而迅速的载体上被更多的读者阅读。这种情形是传播意义上的。其二是在网络上书写、发表、被阅读和产生互动效应,由此而具有仅仅属于网络文学特点的文学样式。这种网络文学正是我们所关注的,因为这种情形是以前传统文学所没有的,网络不再是计算机屏幕对于书籍纸张的替代,网络介入了文学生产,从遣词造句到发行传播的全过程,所引发的问题也最为突出。

第一,从网络文学的书写对象来说,不在意描写广阔的社会生活和纵深的民族性的历史性命运,也不执意思考很深入的问题。

第二,网络文学的功能发生了变化。以往传统的文学不仅是为了抒发个人的一己情怀,作家还常常有为国家和民族言说的欲望,所以,一般是借助描写广阔的社会生活和历史,曲折地传达自己的感受。而现在的网络文学直接就是为了个人,主要功能是泄导人们心理淤积,使人们获得心理平衡。

第三,从文学形态来看,网络文学个人化特性凸显,相应地就是个人倾诉的文学形态。

网络文学的批评原则和标准是应该有别于传统纸媒的文学批评原则和标

准的。关于这个问题,是有所争议的。一些传统文学的作家认为,网络文学的本质与传统文学并没有什么区别,评价文学的尺度始终如一。余华说:"对于文学来说,无论是网上传播还是平面传播,只是传播的方式不同,而不是文学本质的不同。"① 吴俊说:"作品的文学性取决于它自身的叙述和表现,同其他物化的载体(媒体)形式——不管是纸质书刊还是电脑网络——并无必然联系。"② 但是,网络作家却不认同这样的看法,在他们看来,如果用"始终如一"的尺度,那毋宁说明传统文学吞并了网络文学。意见的不一致,恰恰说明这是个值得讨论的问题。

网络文学批评原则相关的几个问题

1. 虚拟空间与物理空间的关系及民族文化认同问题。从我们前面的考察可见,无论是海外华文文学,还是国内诸如榕树下这样的文学网站,确实存在文化认同和吸收后现代文化因素的事实。那么,在评价网络文学中抒发的情绪和感受的时候,我们自然会思考网络文学在全球化过程中与民族文化认同、与现代性的关系问题。

2. 网络文学与传统文学的关系与批评原则确定的问题。正如物理空间中存在的民族国家与网络的虚拟空间相关一样,网络文学与传统文学的关系也是一个值得思考的问题。因为网络文学与传统文学具有血肉相连的关系是一个事实。

(1) 从网络作为传播媒介来看,网络所载重要内容之一,是此前用传统方式书写的文学,并且已经历久而成为经典文学。这表明人们看到了网络具有的巨大的传播力量,从而将这些经典文学输入网络,使之在网络这个巨大而迅速的载体上被更多的读者阅读。

(2) 既然在同一种媒体中,网络原创文学就势必会在传统经典文学那里吸取资源。在网上进行文学书写的网民,必须具备初步的文学修养,其所写的东西才能够让其他网络文学阅读者体验到文学趣味。任何一位网络文学写作者都不是白纸一张,而是在已经有了一定的文学阅读经历之后参与到网络原创文学中来的。

3. 网络文学的批评标准与传统文学批评标准的同构问题。网络文学与

---

① 余华:《网络和文学》,《作家》2000 年第 5 期。
② 吴俊:《网络文学:技术和商业的双驾马车》,《上海文学》2000 年第 5 期。

四、批评建构

传统文学具有密不可分的关联,还有一个理论上的支持。韦勒克和沃伦在《文学理论》一书提出了"文学作品的存在方式"的问题。他们先后排除了所谓的诗是一种"人工制品"(artefact),具有像一件雕刻或一幅画一样的性质;文学作品的本质存在于讲述者或者诗歌读者发出的声音序列中;诗是作者的经验等等,最后他们得出结论:文学作品是一个由几个层面构成的体系,每一个层面隐含了它自己所属的组合。当这样确定文学作品存在方式和本质的时候,那么,某部文学作品即便被烧毁,版被毁掉,只要还有人能够背诵下来,它就是依然存在着的。在现象学家茵伽登的文论中也有这个思想。

如果我们将这个思想运用到网络文学中,只要网络文学具有韦勒克和沃伦所说的那几个层次,那么,文学的几个层次是在网络中存在,还是在纸质的书中存在,都是一样的具有文学性质,并不因为是在网络中而改变文学的性质。显然,这样推理出来的观念,就为承认网络文学也是文学奠定了基础。那么,承认了其文学的本质,文学批评的标准如何立?即对于网络文学我们拿什么样的标准去批评?是否应该制定一套仅仅适用于网络文学的批评标准?这是我们文学理论所必须解决的问题。

4. 超文本网络文学对既有文学理论和传统批评原则的挑战问题。在我们看来,真正给既有文学理论和传统批评原则带来一场哥白尼式重大革命的是超文本网络文学。尽管在中文网络文学世界里,超文本网络文学还属于凤毛麟角的稀有品种——大陆的超文本网络文学还处在草创阶段,台湾也只有为数不多的几个超文本文学网站,但是,研究网络文学,如果忽略了代表网络文学发展方向的超文本网络文学无疑是不全面的。

网络文学作为比特与缪斯碰撞的产物,给传统文学带来了一场深刻的变革。科技与人文的交互渗透,形成了新的文学生长点。虽然目前网络文学尚未产生经典化的结果,并且是粗糙的。但是正如法国文学批评家蒂博代所说:文学不能归结为若干部杰作。"如果不是有成千上万很快就将湮没无闻的作家维持着一种文学生活的话,那就根本不会有文学,也就是说,不会有大作家。"[①] 韦勒克和沃伦在《文学理论》中也表达过对于三流、四流作家的作品的价值的肯定。在他们看来,各个层次的文学共同构成一个时代文学的总体面貌。而且他们对十学院派反对研究现存作家提出了批评。他们说:"如果过去许多二流的、甚至十流的作家值得我们研究,那末与我们同时代的一

---

① 蒂博代:《六说文学批评》,三联书店2002年版,第8—9页。

流或二流的作家自然也值得研究。"网络文学,作为现时代的文学,是对这个时代情绪和情感方式的记录,对其研究具有重要的文学史意义和资料价值。同时,也对新型科学技术与文学的交融以及文学自身的发展具有前瞻性。

原载《兰州大学学报》2004年第9期,此处有删节

34. 空间转向:建构网络文学批评新范式

禹建湘

一

虽然网络文学是当今最活跃的文学活动,但出于研究视域的僵滞,批评界一直对网络文学的存在要么视而不见,要么是不屑于深入研究。主流批评界的缺席,使网络文学自发的"批评"还大多停留在"自说自话"阶段,网络文学批评的随意性、在线性、娱乐性、炒作性等削弱了批评的力度、深度和学理度,从而无力为网络文学创作提供理论上的有力支持,使得网络文学一直处于批评滞后和话语失落的状态之中,这就需要真正的"别裁伪体"的文学批评来对网络文学进行反观和促进。

尽管近年来一些主流批评家开始介入到网络文学,但大多以传统的文学批评方法来"套用"网络文学。在传统文学状态下,批评家手拿专业知识和批评武器进行着精英批评,但这种批评方式在网络文学面前却走向了一种尴尬境地。虽然,网络文学具有传统文学的基本特性,但毕竟有着自己特有的范式,网络文学更体现了后工业时代的特性,其文本的通俗性、游戏性、娱乐性、随意性是与精英姿态相对抗的。在网络文学的点击率、排行榜、版主推荐的语境中,精英批评针对传统文学的批评方法和话语方式,反而使批评家与大众产生强烈的距离感,到头来只能是不得要领。这样一来,网络自身形成的批评的不成熟性与传统批评的不适用性,导致网络文学的研究处于前后失据之中。

据"第六次全国国民阅读调查",中国成年人使用在线阅读、手机阅读等各类数字媒介阅读率为24.5%,其中更有约2.8%的人只阅读数字媒介而

四、批评建构

不读纸质书。颇具影响力的"起点中文网""原文小说网"等网站的日访问量相加超过了6000多万次。① 从发展趋势来看，网络文学已经成为一个重要组成部分，在文学的发展中起关键的推动性作用。文学批评家朱大可说过，"文学正在寻找新的寄主"。新的寄主已然形成，由此，文学批评必须有转向新的阵地，不能在文学的新寄主面前缺席和失语。

令人欣喜的，主流批评界正在着手做这些事情。如2009年6月，《文艺报》和盛大文学有限公司在北京共同主办"网络文学中的幻想王国——起点四作家作品研讨会"，以起点中文网的"跳舞""我吃西红柿""唐家三少"和"血红"四驾马车的作品为例，分析网络文学走红的社会语境和文化变迁，揭示网络文学的价值与贡献，探讨网络写作的优劣，提出网络文学发展的新思考，这是主流批评深层介入网络文学的示范。在主流批评界频频开展与网络文学相关活动的同时，一些媒体也开辟专栏研讨网络文学的发展与现状、走向与前景，一些文学批评家、网络文学研究者纷纷撰文进行研讨，体现了主流批评界与网络文学本身对批评的有意介入和接受。

二

当前，网络文学批评常见于各类文学网站，如起点中文网、晋江原创网、红袖添香，等等，还有部分文学BBS、社区性网站、个人博客空间也有文学版块，提供文学批评栏目。网络文学批评的方式现在主要体现为四种方式，一是跟帖，二是点击率，三是专家榜单，四是个人博客。

一是跟帖。文学网站以及BBS上的批评多以"跟帖"，又叫"回帖"的形式出现，跟帖是网络文学批评最为常见，也是最为重要的一种方式。一般读者就是通过跟帖表达自己对作品的喜好，与作者进行互动，有的还进行"再创造"。网络作者在看了跟帖后，可直接回复，或表示感谢，或反驳其观点，这使得网络文学批评有了一个"自由的言论市场"。

跟帖按照字数的多少，可分为"短评"和"长评"。"短评"是跟帖中最常见的一种，通常是读者发表自己对网络文学作品的简短的阅读感受，是一种直观的、第一时间的实时性体悟。这些批评一般不对作品本身的内容和价值作过多的评价，往往强调读者主观的、直观的感受，内容感不强，有的甚

---

① 作者不详，《巨额收入的网络文学挑战的主流发展》，腾讯网 http://games.qq.com/a/20100319/000345.htm, 查询时间2010年4月6日。

至毫无批评内涵。诸如："顶""沙发""好好看哦""快更新啊"之类。"长评"在跟帖中不多见,但却是评价一部网络文学作品的重要指针之一,只有那些关注度较高的、广受好评或是广受争议的网络文学作品才能获得读者更多的长评。长评相比于简短回复则更注重对文学作品内容与质量的评价,有的长评本身具有很高的学术价值,对网络文学的发展具有指导意义。正因为这样,越来越多的文学网站将长评的多少列为文学作品的评判指标,直接影响到它在整个网站作品中的排名。当然,这也导致了一些网络作家以赠送礼品、赠送 VIP 阅读机会等手段来获得长评,一些批评者为"礼物"而写,使得长评蒙上了一层功利性的色彩。

二是点击率。点击率与跟帖一样,是判断网络文学受欢迎程度的一个重要标准,可以借此来衡量一部网络文学的优劣。但一些网站为了追求点击率,采用媚俗的作品来吸引读者,导致作品格调的趋下,所以,点击率虽然对网络文学的优劣有一定的参考价值,但不能单纯依靠点击率来衡量作品,或取代理性的批评。

三是专家榜单。一些大型的文学网站,为了更好地推荐作品,以专家榜单的方式引导读者的阅读。借助于具有文学鉴赏能力的专家的推荐,大量优秀的网络文学作品脱颖而出,使读者在浩瀚的网络世界中,方便地找到高质量的文学作品,这对网络文学的传播和消费起到了积极的推动作用。但是同时要注意到,一些网站出于盈利目的,为提高知名度而推出虚假的专家榜单,或一些专家出于某些利益而胡乱推荐,这些缺乏监管的专家榜单,可能误导读者,并对网络文学的发展带来方向性的负面效果。

四是个人博客。个人博客也是网络文学批评的一种重要途径,依托于博客平等的话语权,越来越多的读者选择通过博客发表文学观点,而博客对当下的网络文学作品更关注一些,其网络文学批评身份愈发凸显。博客的互动性虽然不及文学网站、BBS 和社区网站,但由于博客的更新率较快,能通过搜索引擎很快阅读到相关的网络文学作品,以及最近对该作品的相关评价,博客批评越来越成为读者阅读作品的重要指南。

三

从网络文学批评模式来看,当前网络文学批评具有两大特征:一是批评主体的泛化;二是批评话语的通俗化。

其一,批评主体的泛化。由于网络传播的公共性和虚拟性等特点,任何

四、批评建构

人只要具备一定的知识素养和网络技术,都可以利用网络平台进行自我体验的表达和情感的宣泄,网络文学的创作和网络文学批评变成了真正的"众声喧哗",直接导致了网络文学批评主体的泛化。

网络文学批评主体的泛化,建构了一个平民化的言说空间和平台,使更多的人获得了话语的权力,一般的读者都可成为文学批评的主体,拓展了文学批评空间。这种主体的泛化,使得网络文学批评呈现出无中心、无权威、无标准的新症候,大多批评主体缺乏专业的理论知识,也不屑于学院式的八股论述,批评者依据自身的喜好和立场,摒弃严谨的逻辑和完美的形式,更多地倚仗对网络文学作品或文学现象的感悟,随心所欲地表达自己的观点。由此,批评主体的泛化适应了诸多草根阶层的批评者,壮大了文学批评的队伍,并为文学批评带来了新的景象。

其二,批评话语的通俗化。正因为草根批评在网络中的大量涌现,网络文学批评的话语方式也随之发生了重大改变,向通俗化的方向行进。网络文学批评为了吸引读者,自发和自觉地放弃了学院式的居高临下的批评姿态,自然地融入到大众文化生活中。这种批评较少引经据典,打破批评文本内封闭式的自成一体格式,而是根据大众的习惯来选择和确定自己的话题。很多批评者就是利用网络文学这一中介,来进行情感的宣泄,在草根批评者看来,网络批评的本质与网络写作的本质是一样的,是一种真情实感的宣泄,这种批评姿态,体现了网络文学批评的自由心态、自我表达、自在方式的草根性质。网络文学批评尽量避免长篇大论,取而代之的是短小精悍的随笔性批评,同时,尽量避免使用晦涩的专业理论和名词,尽量采用大众化的口吻谈论大众喜爱的文学作品和现象,这种通俗化的批评话语,为僵滞的文学批评注入了新的言说方式。

不可否认,网络文学批评呈现出"另类"的特性,其抒发感想式、趣味恶搞式、整体否定式等批评风格削弱了批评的科学性和公信力。如抒发感想式的批评以读者直观感受,用一种即兴点评的形式,不深究作品的具体内容,带有较强的主观性。趣味恶搞式的网络文学批评则通过夸张、无厘头式的语言,颠覆传统经典,体现了后现代主义的反中心、反权威和反传统的反智主义。而整体否定式的批评则对时下网络文学进行一味的抨击,在激进的立场中丧失文学的辩护,批评内容由此缺乏理性、缺乏深度。为此,网络文学批评必须建构新的范式,形成自己的批评原则和方法。

原载《探索与争鸣》2010年第11期,此处有删节

35. 网络文学亟待确立批评"指标体系"

王国平

"套用网络文学界的说法,这个研讨会也可以叫作网络文学的'京都论剑'。"6月28日下午,在中国作协举行的网络文学作品研讨会上,中国作协党组成员、书记处书记陈崎嵘在致辞时如是说。

中国作协十楼会议室,这里每年都要举行不少传统文学作品研讨会,评论家们拿着"显微镜"对作品进行各自的解剖。这次网络文学作品在这个地方唱"主角",是1949年7月13日中国作协成立以来的头一回。

菜刀姓李(李晓敏)的《遍地狼烟》、天下归元(卢菁)的《扶摇皇后》、酒徒(蒙虎)的《隋乱》、阿越(罗煜)的《新宋》和杨鲞莹的《凝暮颜》等五部作品,接受了与会10位专家的检阅。

陈崎嵘坦承,对于传统文学的研讨已经是轻车熟路,早就形成了属于自己的审美评判方面的"指标体系"。但横空出世才十多年的网络文学却是另一番面貌。在陈崎嵘看来,若重视文学,必须重视网络文学;若关心文学的未来,必须关注网络文学的发展。同时,没有规矩,不成方圆;没有跑道,无法起飞。这就意味着属于网络文学批评自己的"指标体系"亟待逐步确立。

一斤大米酿二十斤酒?

6月26日,中国社科院文学所发布的2012年《文学蓝皮书》显示,目前在网络平台上坚持写作并靠稿费存身的写作者有3万多人。这与专业作家和半专业作家的数量总和不相上下。庞大的写作队伍构成一个"江湖",拥有属于自己的"门道",但有的却是"歪门邪道"。

天下归元(卢菁)提到,网络文学写作最具特色的一点是井喷式写作,"长达四个多月的时间里,我几乎每天都更新万字以上"。这样的写作,结果是很多时候难免出现文字累赘、情节拖沓、收放不自如的问题。用中南大学文学院教授欧阳友权的话说,这样的作品是"市场催生的注水长篇"。

杨鲞莹觉得网络文学写作的一个重要特点是断裂式、铺砖一样的行进。

这造成的结果是可能某个细处前后对不上榫,"比如某个人物的背景介绍在前面是一个样,在后面文字再一次出现时,连籍贯经历都不对了"。菜刀姓李(李晓敏)也表达了自己的忧虑:从稿费收入和读者的阅读需求出发,一味地追求速度和产量,这样的创作方式不值得提倡。"打个比方说,你一斤大米想酿出二十斤酒来,那酒就算还能喝但不会是好酒,因为它是兑了水的,不纯。"

天下归元(卢菁)说,爆发式更新,也未必没有好处,因为逼迫式写作会促使思维运转加快,读者会给予相当的支持和回报,从而形成良性循环。阿越(罗煜)自认为是在凭着直觉写作,欠缺写作的基本功,即便不时停下脚步反省,但为了维护作品的结构和节奏,只能将错就错。

孤独的写作期待春天

"一种茫然的感觉,无法形容,这个时刻,正是需要倾听的时候。外界的看法,尤其是来自专业人士的批评,应该是我最需要的。"阿越(罗煜)对这次研讨会寄予厚望。

中文在线互联网总监刘英是酒徒(蒙虎)创作《隋乱》时的网络编辑。他发现网站的需求跟作者的需求是不统一的,网站要求作家用熟悉的技法进行创作,但是作者希望有创作上的扬弃与突破。这之间的博弈使得网络写手承受了不小的压力,所以他们大多内心孤独,缺少在共同场合面对面交流创作经验的机会。

"社会认可度不足",天下归元(卢菁)说,相对于传统作家而言,网络写手要面临这样的新困扰,另外还包括同步盗版、隐性侵权、分成平台不透明、付出与收入不成比例等。

所以,对于这样的研讨会,与会的网络写手十分珍惜。尽管当前正是夏季,但在菜刀姓李(李晓敏)看来,召开这次研讨会意味着网络文学也有春天,"而且春天就要到来了"。

与会专家从各自的角度对网络写手的创作进行了点评,有鼓励,也有叮咛。北京大学中文系副教授邵燕君在肯定阿越(罗煜)创作带来温暖与光明的同时,希望他不要过度拘泥于求证具体的历史细节,因为这样的行为束缚了创作的手脚。她同时希望网络写手正确看待网络环境下作者与读者之间的关系,"很严酷,但有效"。

专家们不断地向年轻的网络写手传授着文学创作的基本规则。中国网络文学联盟网总编辑吴长青说,文学是面对众人的,不是自己独自欣赏的,自我创作和社会现实需要有效对接。中国作家网副主编马季说:"人物性格的发展与变化要有一定的合理性,要有足够的铺垫。"深圳市作家协会副主席兼秘书长于爱成说:"人物塑造不能简单化,像机器人一样,这使读者容易成为旁观者,缺乏撼动人心的力量。"

网络文学写的是"不可能有"

面对这几位网络写手,中国社科院文学所研究员陈福民质问自己是否有资格来点评。

"网络写作蓬勃兴起,又泛滥无边,批评有效跟进了吗?"陈福民自问。有观点认为:研究网络文学要"追文",即同步跟踪网络写手的创作进展。陈福民承认没有这样的经历。

同为中国社科院文学所研究员的白烨希望把这样的研讨会看成是对话与交流,"相互交流,在交流当中对话,你们谈你们的,我们谈我们的,你们看我们的有没有道理?我们听听你们的有没有道理?然后相互改变、相互启迪"。

有着"追文"经历的鲁迅文学院副研究员王祥试图为网络文学的创作规律把脉。在他看来,历史学追求和呈现的是"有",即历史真相到底如何;而传统的历史小说创作在不违背历史走向与历史真相的前提下,可以虚构,这意味着它呈现的是"可能有";但大部分网络小说写的则是"不可能有"。

这样的总结是"雾里看花",还是"靶标精准"?可以肯定的是,正如陈崎嵘所说,经过十几年的发展,网络文学在创作理念、创作手法、语言表述、传播手段、阅读方式等方面,已经显示出了与传统文学不同的特点。

"从某种程度来看,网络文学是'另一种'文学。我们研讨网络文学作品,应当在坚持文学本质的前提下,注重研究网络文学的特点,寻找和发现网络文学与传统文学的不同点,经过较长时间的创作实践和理论研讨,逐步地形成符合网络文学创作和传播实际的、具有网络文学特点的审美评价体系。"陈崎嵘表示。时代在呼唤真正的网络文学评论家走到前台。

原载《光明日报》2012 年 7 月 3 日

36. 批评的狂欢——网络批评广场辨析

谭德晶

自从巴赫金的狂欢诗学理论被引入我国以后,"狂欢"一语就时常出现在我们眼前:"狂欢文化""狂欢诗学""狂欢广场""狂欢节""意识形态狂欢"等等。论者用它去透视种种过去被忽视的民间文化现象,例如民间节日、民间娱乐;甚至民间的嬉戏打闹、酒席间的觥筹交错,也都被引入狂欢文化的范畴加以了研究。自从网络文学随互联网的勃兴而兴盛以来,网络的"狂欢文学"现象也开始有人涉及。但是,在这种种对狂欢现象的研究中,一种前所未有、空前巨大的狂欢现象,却还无人问津。这种空前的狂欢现象就是笔者名之为的"网络批评的狂欢"。

超级的批评"广场"

网络批评的这种"狂欢"是怎样产生和实现的呢?在直接进入网络批评狂欢现象之前,我们也必须引入巴赫金有关狂欢的理论。

根据巴赫金的理论,狂欢的第一个要素是它的广场特性。这一广场特性源于欧洲中世纪的节日狂欢。在中世纪的欧洲,由于人们平时生活在教会严酷的清规戒律之下,因此,每到一个重大的节日,这些平时生活乏味备受压抑的人们,就会自发地汇聚到广场。在那里,万头攒动,人声鼎沸,有各种"小丑"、杂耍、不断加冕脱冕的"开心的国王",以及各种民间的游艺活动和荒诞滑稽的表演,更有围着这一切喊叫、哄笑,尽情发泄狂欢的人们。所有这一切,使欧洲中世纪的节日广场,成了一个狂欢的海洋。后来,巴赫金又用欧洲中世纪狂欢节的这一广场特性,来分析一些更加普泛化的狂欢化活动。例如街头、道路的游艺活动,酒吧、澡堂等特殊的"边缘性"娱乐场所。总之,或大或小的"广场特性",是狂欢表现的首要因素之一。

那么,在笔者所称之为批评的狂欢的网络现象之中,是否亦具有着狂欢所必具的"广场特性"呢?回答是肯定的。因为究其本质来说,网络的"比特广场"与实际的"狂欢广场",具有着某种"异质同构"的性质。

狂欢广场之成为狂欢广场,首先在于它的万人齐聚的超大空间及人们狂欢活动的共时特性。而网络的"比特"广场，不仅具备而且是超大规模的拥有这两个条件。

从其最宽泛的意义来说，互联网就是一个无比庞大的超级广场。在这个超级广场上，"共时"地齐聚着不是数以万计而是数以亿计的人们。人们在这一可称为"比特广场"的"空间"中，通过比特这一不可见其形的隐秘的东西可以相互感知、相互交流，感受到无数个广场因子（作为网络的个体）的存在及他们的众声"喧哗"。这种宽泛意义的"因特广场"是批评的狂欢广场存在的基础。

就其狭义而言，在互联网上，人们可以在某一个或某些（就其可以及时链接的范围而言）网站，围绕某一类范围宽泛的主题齐聚在某一个"社区"（例如新浪社区、网易社区、腾讯社区）、某一种在线（例如中青在线）、某一个"室"（例如文化聊天室"批评茶座"等）中，而自由地相互讨论、批评、喧哗和喊叫，就像人们在一个真正的狂欢广场上一样。张兴军先生说："在现实世界中，你不得不加入俱乐部或是参加聚会来同那些和你怀有同样热情的人相见。但是现在仅凭调制解调器和计算机就能达到这个目的。网络可以提供工作地和家庭以外的'第三场所'……在网上，没有了国界，没有了语言差异，不同的肤色，共同的网络！"①

我们说网络批评是一个狂欢的广场，不仅在于它的万众齐聚的共时特性，还在于网络批评提供了与真正的广场一样的自由与平等条件。

广场的这种边缘性及隐身特性与网络文学及批评活动中的隐身具有某种相似性。说它相似，是说在网络文学及其批评活动中，"比特广场"中的各个因子亦处于一种类似狂欢广场的边缘状态，"超我"与"自我"在此时开始隐退，"本我"则开始呈现与裸露。但网络中的隐身具有比广场中的隐身更彻底的性质，这就是人们常说的："在网络中人们不知道你是一条狗"。从网络与广场隐身的这种比较，使我们更清楚了为什么网络文学及其批评活动具有如此的喧嚣和狂躁，亦具有如此的自由创造与耳目一新。当然，广场与网络自由与平等的获得，也依赖于正统文化对狂欢广场的一种"法不责众"式的宽容，一种对人的本性在某种特定时刻的承认。

批评狂欢的表现形式

探讨网络狂欢的实际表现形式，我们可以从宏观和具体的表现两方面来

---

① 张兴军：《沟通无极限》，山东文艺出版社2001年版，第5页。

四、批评建构

观察。从宏观上来说，一个广场的整个狂欢海洋：它的熙熙攘攘、摩肩接踵、如鼎如沸的人群，以及夹杂在里面的千差万别的表演（一句话，巨大的数量和无数的运动），就构成了狂欢广场一种总体性的表现形式。网络批评这样的狂欢形式，构成它的亦是巨大的数量及其千奇百怪的运动：无数的文章、无数的批评、无数的反批评、无数的反批评的反批评……无数的哄笑、嘲骂、滑稽、粗鄙、反讽……这一切的一切，就构成了网络批评总体的狂欢表现形式。与狂欢广场的总的狂欢形式一样，这巨大的数量及其运动自身就有着巨大的狂欢能量，而其他各种新奇、怪诞的表演形式，也只有在这一总的狂欢形式中才能得到说明。

网络批评中可称为狂欢的表现形式是如此之多：它们有幽默、滑稽、反讽、亲昵、俯就、戏拟、"加冕与脱冕"，有粗俗、猥亵、语言的"下身化"，有各种各样的夸张、偏激、狂妄的表白等等，其具体形式可以说难以尽举。下面，我们试着将这各种纷杂的形式按其性质分为三大类，来看看网络批评狂欢的具体表现。

第一种大的类型可以名之为"笑谑"，这是网络狂欢也是广场狂欢最主要的表现形式。因为在狂欢中，几乎一切都是为了笑，一切都是在笑声中发泄、一切都是在笑声中表现。笑成了人们戏弄权威、蔑视正统、解除束缚、释放压力的最好手段。举凡以上所列的如幽默、滑稽、反讽、亲昵、俯就、粗俗、猥亵、语言的"下身化"（当然，粗俗、猥亵、语言的"下身化"将另列为一类，但它们同样具有笑的功用）等，哪一样不是为了创造出笑、释放出笑呢？正是笑的这种双重力量（它一方面具有强大的文化意义，另一方面亦具有心理释放和生理放松的意义），使它成了广场狂欢亦是网络狂欢的最主要的表现手段。

网络批评狂欢的第二大形式可称为语言的"下身化"。举凡上面说到的"粗俗""粗鄙""猥亵"等方式都可以被包括在"下身化"这一类型之中。"下身化"在狂欢中具有着多重意义：首先，下身化是一种"肉身"的"放纵"。在现实生活中，我们总是一面根据现实原则以"自我"的面目出现在社会面前，一面又受到道德律令的内在化，即"超我"的监视。因此，在绝大部分情况下，我们的肉身总是处于被放逐的状态，在一个狂欢的广场上，在一种狂欢的氛围中，肆无忌惮地放纵（尽管也只是形式上的）我们被压抑的肉身，就成为了某种必然的事情。粗俗、猥亵、下身化的语言本身也是一种极具笑谑意味的表现形式，它的制造笑谑的功用，也是不能忽视的。在广场狂欢、尤其是在批评的狂欢中，这些下身化的语言往往是以隐喻的形式出现的，它的笑谑功能一方面是由于它的艺术暗示的巧妙，一方面是在这种艺术的掩护下，听众与作者对正统文化的心照不宣的同谋。

狂欢文化对文学及其批评还具有另一层意义，这就是在狂欢文化中所焕发出来的艺术形式和语言的巨大活力，不啻是在文学及其批评的源头发现了一片野性的亚马逊热带雨林。这一点，我们可以在巴赫金对陀斯妥耶夫斯基、果戈里和拉伯雷的研究中清楚地见出，也可以在网络文学和网络批评当中清楚地见出。就是我们在上面所举出的寥寥几个例子，不是也散发着一种野性的创造力的气息吗？当然，毫无疑问，网络文学及批评是不能单以"狂欢"二字概括的，它有着很多种类型，很多种意义。借一个网民的话来说：网络的林子大了，什么样的鸟儿都有。但毫无疑问，狂欢，是互联网这片"原始森林"中，一群最大、最野的"火烈鸟"。

原载《文艺理论与批评》2003 年第 3 期，此处有删节

37. 在线性对网络批评形式的影响

谭德晶

网络批评的一般形式

由网络的在线特性所影响、制约的网络批评的形式特征又可以分为两个方面：一是最一般的形式特征（即它是最普遍的，几乎成了一种文体化的特点）；二是网络批评写作上的一些特殊的艺术技巧因素。我们先看它的最一般的形式特性。

最一般的形式特性主要是两点：一是它特定的长度；一是其"生活化"的形式。长度的问题看起来简单，但实际上它与网络的"在线"性最紧密地联系着。长度问题分两种：一是"灌水"批评的长度；一为"板砖"的长度。"灌水"批评的长度大多在 100 字左右，偶尔稍长的，也不会超过 300 字。这样的批评和一般纸质媒介上正统的批评文章比，简直就算不了文章。但是在网络批评中，这样的灌水批评却是最为常见的。虽然它对作家作品难有较为深刻、全面的分析，批评者也很难由此获得声名，但从点击或被阅读

的次数看,以及从它产生的网络的"社会效应"看,"灌水"却具有着重要的意义。

点击率和阅读次数问题似乎很容易解答,因为它短小,读者自然乐于阅读。但实际上,"灌水"批评的短小和高点击率还与另外两个问题联系着:一是网络在线的即时交互性,一是网络批评的"数量战略"。

有过网络发帖经历的人都知道,一个帖子贴出去,心中最大的渴望就是马上有人作出反应。楚狂接舆在《关于论坛的传播学分析》一文里说:"很多网友都有这样的感觉,自己的帖子在坛子里贴出来以后,就急切地盼着别人跟,一旦发现后面有人附和,那种兴奋的心情,简直无法言说;而假如没有引起任何注意的话,则感觉有些沮丧。"① 这说明了什么呢?这说明,在网络中,作者心中最大也是首要的愿望就是能获得与人即时交流的机会,至于是不是能得到批评家的权威的肯定、深入的解剖分析,反而成了不十分重要的事情。因此,在网络文学和相关的论坛中,首要的事情就不是深刻和成熟,而是立即有人作出反应。"灌水",正是在这样的需要和条件下产生出来的。

"灌水"的出现和重要性除了与即时反应和即时交互密切关联外,还与网络在线的"数量战略"有关系。所谓"数量战略"就是说,最重要的也许并不是批评的"质量",而是批评的数量。数量不仅对作者有重要的意义,对网络论坛及论坛的斑竹,亦是有重要意义的。这就像一个商场一样,它最需要的是"人气"。而"灌水"的短小以及它的即时交互的性质最容易创造出旺盛的"人气"来。所以,社区园地或论坛上每有新作出来,"斑竹"们就迫切希望有人来"灌水",如果没有人或者"灌水"的人太少,"斑竹"就会亲自出马来"灌"。从以上几点我们可以看出,"灌水"虽然短小得"不成样子",但它的作用却是不可小视的。

网络批评的一般形式特点除了有限的长度以外,其次就是要生活化。上面说过,这亦是由网络写作和阅读的"在线"特性所决定的。生活化首先是语言,即语言要尽可能地口语化,口语化意味着轻松自然和亲切。生活化的第二点表现就是"非理论化",当然,准确点说是"非过于理论化"。这也是与在线阅读的性质相一致的。生活化的第三个表现就是"非过于逻辑化"。综合以上三点说,生活化就是口语化的语言、对话式的论述以及自由松散的结构。

---

① 刘学红:《网上江湖》,湖南人民出版社2002年版,第219页。

网络批评的特殊技法

取一个新颖独特的网名是在网络的大海上提高自己的被识别率的一般方法，网络文学、网络论坛，甚至各种聊天室都用得着，网络批评当然也不例外。这里面包含的道理很容易懂，我们用不着述说。要新颖独特除了在网名上做文章以外，文章的标题也是可以作作秀的。按说，标题是没有多少文章可以再做的，因为自从有了新闻报道以后，在标题上做的文章已够多的了。但由于网友人数众多，加之又没有什么顾忌和限制，因此，在标题的新颖独特方面往往十分巧妙甚至惊世骇俗。

说完了标题，就该说正文了。要吸引读者，正文才是要紧的地方。因为网名也好、标题也好，都还只是酒店外飘的一面酒旗，要真正让读者在你的酒店里安坐用餐，还得你的酒好菜香才行。在网络阅读的条件下，怎样才留得住读者，让他不立马又去"冲浪"，这委实是一门天大的学问，这有关作者的才气、素质、学识、风度与幽默的天性以及对网络特性的认识等等，要将它细细分辨清实在很难。不过，网络高手邢育森倒是给我们提供了两条理论：一是"节奏明快"，二是"兴奋点密度高"。① 虽然作为理论仍嫌笼统，但我们还是可以就此入手悟出些门道。

"节奏明快"实际上是与网络批评短小的要求相一致的，即都要求给读者一种轻松舒适的阅读感觉。怎样才能做到"节奏明快"呢？这也表现在很多方面，但比较容易把握也很重要的应该是：一、段落要相对短小，给人一种散文诗式的节奏跳动的感觉，而不能黑压压的一大片。二、剪裁得体有致，给人一种律诗般的起承转合的得体和节奏感。一般说来，这要求文章的开头简洁，结尾收束自然，中间呢？即使是短小的段落，也不能像非洲的鼓点一样，敲起来就没完没了，而应该一、二、三、四……见好就收。三、却是有关逻辑的。前面不是说过不能过于逻辑性吗？那是自然，那是针对纸媒体上的专家批评的"堂堂正正"的逻辑而言的。但也不能完全没有逻辑，东拉西扯，让人完全摸不着头脑。而应当保持一种自然的、清晰的批评小品般的逻辑。四、是语言的省净自然。滞重繁琐的、过于修饰的、或结结巴巴的语言，自然是不能做到节奏明快的。

至于邢育森说的兴奋点及其密度的问题，就更是一个难以说清而又非常

---

① 参见张英：《网上寻欢》，时代文艺出版社2002年版，第71页。

四、批评建构

重要的问题。兴奋和刺激的追求,本来在任何形式的阅读中都存在,但它从来没有像在网络写作和阅读中那样,显得如此重要过。怎样才能在网络批评的写作中不断地创造出兴奋点呢?除去内容、情感方面的因素外,单从形式因素来说,以下一些方面恐怕是网络批评的写作中最能创造出兴奋点的。

一是幽默搞笑。常言道,幽默是天才的标志。这句话用在日常工作学习生活中,或许有些夸大,但把它用在网络写作中,说幽默是网络写作天才的标志,恐怕是再恰当不过的。我们看网络批评的高手,几乎没有一个不是十分擅长幽默搞笑的。例如著名的冷面狗屎、木乃二、亩产万斤、李寻欢、魔鬼教官、邢育森、sbygd 等等,都是这样的幽默搞笑高手。幽默搞笑在网络写作中之所以如此重要,是因为它最能创造出网络阅读的兴奋点。另外,它也与网络主要读者群的特点相关。

第二是巧喻。比喻在文学作品中是非常重要的,但在正统的理论、批评文章中,从来就没有人重视比喻的运用。但在网络批评中,这种情形出现了根本的变化。由于网络批评追求阅读的兴奋点,本是文学中的重要因素的比喻在批评中也得到了大量的运用。更值得注意的是,网络批评中的比喻往往还不是一般的比喻,因为要使人兴奋,批评者们往往在比喻上求新求奇。

第三是"粗俗"的艺术。粗俗而能沾上艺术的边,似乎有些匪夷所思。但实际上,粗俗在民间滑稽中,一直占着重要的地位,只不过在以往它难登正统批评的大堂罢了。是网络、网络批评不断创造兴奋点的需要,使它获得了大显身手的舞台。

毫无疑问,网络批评制造兴奋点的办法还多得很。例如:有诗的批评形式,有类似民间说唱的形式、寓言的形式、叫骂的形式、类似格言警句的形式、武侠式的、典雅的半文半白的形式等等。但使用得最普遍、最具有网络特色的,应该还是上面三大类型。当然,网络批评为了适应在线阅读的需要,它必然还会发展出各种新的"奇技淫巧"以创造阅读的兴奋点。从这个意义上说,我们以上的概括(包括它的一般特性和技法)只是一种"过去时"的。因为网络批评和网络文学一样,正处于方兴未艾的发展之中。

原载《中南大学学报》2003 年第 5 期,此处有删节

38. 数字媒介与文学批评的边界

陈国雄

在数字媒介时代,文学批评要突破既有的思想格局和理论樊篱,将自身内置于数字媒介文化的潮流,深入迅速变换着的精神境遇中,关注鲜活的数字媒介创作。文学批评确立新边界的致思理路应着眼于基础学理的建构,而不能过度执著于个案的技术分析,而基础学理的有效建构有赖于其本身的批评立场,简单的评判性立场无助于文学批评边界的确定,只有建设性的学术立场才能最大限度地促成基础学理的建构与边界的确定。

这种致思理路决定了文学批评的边界位移表现其对于网络批评的认可,从而在合理的维度内,促使其实现自由性的突显,保持坚定的民间立场。网络批评是数字媒介普及的产物,与传统的文学批评相较,网络批评着力于将网络文学打造成一个自由的公共文学空间,从而实现自身自由性的突显。

以网络文学为代表的数字媒介文学最核心的精神本性在于它的自由性,"'自由'是文学与网络的最佳结合部,是艺术与信息科技的黏合剂,网络文学最核心的精神本性就在于它的自由性,网络的自由性为人类艺术审美的自由精神提供了又一个新奇别致的理想家园"。[①] 自由的实现需要一个充分拓展的公共空间,对自由性的追求构成了网络文学空间公共性的内质需求。自由意味着从自然控制、他人奴役和自我束缚中的解放,而不是相反。因此,网络批评自由性的突显并不仅仅是使大众得到批评的自由和快乐,交流与对话应该成为文学批评的必然存在方式。网络批评也同样如此,它应坚持《赛博空间独立宣言》所表现出来的自由性:"我们的身份没有肉体,因此,不像你们,我们不能通过物理的强迫获得秩序。我们相信,我们的治理将在伦理学、启蒙的自我利益和大众利益之中孕育成形。"[②] 网络批评的自由性应该关注人的价值与尊严,强调人的理性的力量,着力于打造充溢人文精神的价值空间。因此,网络批评作为一个自由交流与对话的系统,在某种程度上体现了巴赫金"对话"理论中体现的人文立场和思辨方法,从而使文学批评

---

① 欧阳友权等:《网络文学论纲》,人民文学出版社 2003 年版,第 147 页。
② 约翰·佩里·巴洛:《赛博空间独立宣言》,高亮华译,《科技日报》1998 年 4 月 18 日。

四、批评建构

在边界位移中内蕴生机与活力。

另一方面，网络的平等性、兼容性、自由性和虚拟性使它有效地解构了文化的阶级等级和权力话语对文学批评的垄断，为网络批评的民间立场建构提供了巨大的支持和保障，使网络批评在网络这个"狂欢广场"上呈现"百花齐放"的局面。网络的自由舒展使得文学话语权回归民间，网络文学关注芸芸众生真实的存在状态，经由民间立场满足了大众表现的欲望，从而实现心灵的对话。在网络批评的导引下，网络文学空间呈现出作为人文的、人性的、人道的公共空间的内在潜质，它能给予网络公民以生命自由的存在空间，呈现出对于个体与群体生存多维度的关注。

但网络文学的自由性与民间立场在某种程度上导致了其在价值取向上的偏离：价值的非意识形态化与艺术的非承担性。①网络文学的人文底色与价值承担、人文精神的有效建构，这一切都有待于文学批评在边界拓展中实现批评标准调整的有效性。因此，文学批评应防止批评主体的迷失与批评功能的弱化，从而建立起正确的伦理取向与审美取向。这种借助与寻求在数字媒介时代中取决于数字媒介与文学批评的合理谋划，并最终由文学批评指引其合理的伦理取向。

这种合理的导引表现在网络批评对于文艺普世主义伦理话语的有效建构。文艺普世主义伦理话语存在的意义与价值就在于该价值形式对绝对个体主义泛滥的理论匡正功能上。网络文学对于个体主义的突显在于促使它对于"自我实现"与个体生命意识的强调，这不仅强化了个体性单一的精神主体性的偏移，而且进一步将之异化为极度的"内向化""心灵化"和"深层自我实现"，并随之将它极度"外向化""对象化"，从而制造了一个全面的关于人的个体性的神话，使人与文学的个体性的内涵失去了历史和现实的客观依据。个体主义所表现出的个性意识的强化与在单一的精神主体方向的偏移带来的个体性畸变和新的迷失，促使我们进一步思考在现代性的语境中如何实现伦理诉求。从目前的网络文学阅读现状与文学接受对象来看，文学批评应该侧重于告诉人们不能做什么，而不是那种高要求的应该做什么，但这并不意味着当下的文艺不应该对人们作出道德自律的承诺。正是在这种背景下，文学批评应更好地精心培育普世伦理，从而为修正个体伦理作出相应的努力。

---

① 关于网络文学在价值取向上偏离的具体论述，参阅欧阳友权的《数字媒介与新世纪中国文学转型》（《中国社会科学》，2007年第1期）。

这种普世主义的伦理取向在很大程度上取决于文学批评的正确引导。将人置于社会关系中，普世主义的伦理取向便作为一种道德理想主义的终极追求而出现在文学批评中。在数字媒介时代中，文学批评标举这种略带精英色彩的人文理念是为了规范任意张扬个体主义可能出现的人文精神的缺失，从而引导网络批评对于人文价值理性在新时代产生的裂变与新生进行正确而有效的应对。在正确的伦理取向基础上，文学批评应该导引文学追求一种正确的审美取向。由于网络文学的导引，催生了数字媒介文艺的强劲崛起，而文学批评必须在网络批评的导引下彰显数字媒介文学的文化内涵与审美价值。

文学批评在数字媒介时代中还应该发挥文化审美的功能。让文学批评走向文化审美层面，这并不意味着对文学自身特性的忽视和抹杀；相反，它是使文学批评向文学自身回归的一种表现，从而能从一个更高的理论维度来对文学提供的特殊经验、特殊情感进行审美的审视与阐释。只有在人类审美情感价值的内质相通性的基础上进行进一步的沟通与融汇，人类的特殊经验、情感在文化沟通的共同主题下才会呈现出自身应有的审美价值。在文化审美层面，文学批评从探讨文学与人类精神活动、人的主体创造活动之间的必然关联出发，就容易获得对产生于不同文化圈内的人类特殊经验、特殊情感的领悟和沟通，进而能够真正地认识和把握到文学所蕴聚的深刻、稳定和恒久的文化审美价值。从而使文学真正成为大众共同享有的可持续、可再生的审美资源。

在数字媒介时代中，文学批评的文化审美维度，能使文学批评获得广阔的文化审美视野，即把文学现象提升到文化审美领域中来认识、观照和把握，从中获得对蕴聚在文学结构之中的那些深刻、稳定、恒久的审美价值的领会、理解与把握。需要强调的是：文学批评的审美导引功能和伦理取向功能是一体两面的，文学批评不能只追求对大众的审美导引，而忽视文学批评对社会价值和责任感的执求与建构。概言之，在文学批评边界拓展的背景下，建立起文学批评内在的审美尺度和伦理尺度，构筑一种数字媒介与文学批评的双向互动的双赢局面是文学批评的未来期盼。

原载《中州学刊》2010年第3期，此处有删节

四、批评建构

39. 网络文学：如何定位与研究

邵燕君等

受访嘉宾：
邵燕君（北京大学中文系副教授）
王祥（鲁迅文学院副研究员）
庄庸（中国青年出版社副编审）
陈村（上海市作家协会副主席）
人民日报编辑：胡妍妍

以大众文学为归属新的生产机制是关键

胡妍妍：中国网络文学十余年历史，伴随着读者群日益壮大的是来自文学界、评论界以及社会媒体的关注与热议。热闹之后，冷静下来，我们会发现，最根本的关于网络文学的角色定位问题，尚有待澄清。换句话说，我们应该放在哪一个坐标系来考察网络文学？

王 祥：中国网络文学自诞生之初，似乎显示出无穷的可能性。人们赋予了它太多的期望，希冀它承担不可能承担的功能。把网络文学与"传统文学"相互比照，就暗含了希望"传统"的对面，是一个孕育先锋、创新、自由的新天地。而那原本是"先锋文学"的使命。"网络文学"，如果强调的是其传媒的互联网属性，那么它对应的命名应该是印刷出版文学；如果指的是在互联网上特别是小说原创网站上，以付费阅读版权经营为主要产业方式组织生产的网络小说，那么它的属性是大众文学，它对应的是严肃文学或"纯文学"。

说网络文学的主流是大众文学，是基于事实的判断。迄今为止，能够产业化，因而能够不断再生产的网络小说，主要形态是类型化小说，玄幻、武侠、都市言情、历史军事等等。它们是以大众阅读兴趣为依归，反映大众价值观，以"读者选择"为运营模式而存在的。它们用小说的艺术形式为广大读者提供心理补偿、情感满足和娱乐消遣的功能。定位网络小说的坐标系，应该是东西方神话、传奇，中国明清小说，现代武侠小说，西方玄幻、魔幻小说，市场化类型化电影等等艺术形式，它是以传统的故事情节写作手法为

155

主的类型化小说新军,是在继承了前述这些艺术传统的基础上,才得以迅速成长起来的。

庄　庸:更有效地理解网络文学,应该包括三部分:一是类型小说;二是虚构的原创文学(诗歌、散文以及传统意义上的中短篇小说)和非虚构的历史文化类作品;三是以段子(如微博体)、"帖子"(如直播体、跟帖)和博文、微博为主的"新语体"。后者虽然不在人们惯常理解的文学范畴,但它们已经成为现在网络文学创作实践的新载体、新形式和新元素,因为它们对阅读、表达、分享一体化的新机制的活力表现得最明显,这种机制解放了文学的"生产力"——对于文学作品而言:言语即生产力。

理解这种机制,是理解网络文学的关键。豆瓣网上的《小说,或是指南》印成纸质书《失恋33天》之后,其实并没有收到预期的效果。如果不是拍成电影,或许它真的不会成为畅销书。现在大多数网络热帖出成图书后都遭冷遇。与此相似的另一个逆方向的事情是:我们把一部小说写完之后,把它分章节贴在网上,以为这就是"网络化"了,结果同样遭到冷遇。为什么呢?同样是没有弄明白,这种文本并不是在新生产机制中诞生的。

以类型小说为主导格局确立与超越的可能

胡妍妍:现在一提及"网络文学",我们首先想到的就是网络上连载的动辄数百万字的类型小说,它在网络文学生态中主导地位的确立,是否也是生产和传播机制决定的?如何看待长篇类型小说的"独大"?

王　祥:长篇类型小说的优势地位的形成,与现在盛行的网络小说的盈利模式有关,读者付费跟随阅读,作者不断更新,形成了一种当下性、现场感的阅读体验,读者能够及时介入作品的产生过程,这种参与感、现场感对读者有很强的吸附力。这就使得长篇连载小说的"生产",成为能够带来较好"现金流"的营业模式,对于作者的写作,也会有一定的刺激作用。比较而言,这种盈利模式,很难运用在诗歌、散文、中短篇小说的"生产"中,但是,今后一定会出现适合短篇幅文学作品的网络"生产"模式,因为人们仍然会有这方面的阅读需要。

目前的盈利模式在刺激了作者的写作愿望、读者的阅读需求,形成了独特的超长篇幅的文学景观(长不一定不好)的同时,也因为某些作品不恰当的长和虚胖,而受到人们的指责。其实"长"的背后,也反映了作者与网站的生存困难:作品完成了,生产流程终止了,"现金流"也几乎停止了,因

四、批评建构

为越是有名的作品,网络盗版就越多,读者去不花钱的地方看书了。无奈只得拉长作品进程,吸引一些忠实读者的付费阅读。所以,与其指责作者与网站,不如呼吁加强立法与执法保护版权。

邵燕君:虽然在资本的大力运作下,目前中国的网络文学成为以类型小说为主导的大众通俗文学基地,但也不是铁板一块。受众细分的市场机制和互联网的技术支持,使得各类带有亚文化色彩的小众文学一直拥有生存空间。豆瓣网 2011 年底推出的"豆瓣阅读"版块,绕过了文学期刊和出版社,以鲜明的"纯文学"立场发表诸多中短篇小说,并在半年内完成了从免费阅读到付费阅读的模式运行,或许将是网络"纯文学"的一种道路探索。

胡妍妍:对网络文学价值的评估很大程度上是和对它的功能认识联系在一起的。当前对网络文学普遍的质疑集中在两点:一是阅读过程中的快感能否转化成精神上的提振功能,二是它不够"文学",出文学精品难。

邵燕君:网络文学当前的主体是类型文学。类型化是本分,不是原罪。类型化其实有一个好处,它保证你的作品及格。你如果遵守了这个类型的成规,你不一定写得好,但是你写不坏,你总能够有通道,让读者进来。在这个意义上,我觉得对类型不应该避讳。每一个类型都在积累一些非常好的专门经验。如果是大师的作品、雅俗共赏的作品,一定在底部充分具备了类型文学的特征,他是类型文学当中的高手,他还可能不是一个类型。网络文学的抱负应该是先做好类型文学,超越性的类型文学只能出现在出口而不是入口,不是拒绝进去的,而是进去又出来的。

陈　村:全民写作跟文学的关系并不紧密,如同群众性歌唱与声乐艺术并不等同,这是一种个人生活方式。高端作品标志一个时代的艺术尖峰,自娱自乐的文艺活动提升生活品质,这是不一样的。既然文学作品的产生、流通发生了极大的变化,对它的消费也在突变。现在说不好到底什么形式会长存。但从趋势看,印刷将如毛笔般奢侈,有从作者直接到读者的倾向,通过各种平台的购买和订阅,跳过编辑环节和中介。网络消解了"上柜"的概念,作品诞生后有望永远在线,等待读者。其间最为头痛的是越来越泛滥的侵权。此病不除,职业写作和守法网站均无生存空间。

王　祥:对网络文学价值的评估,应该建立在把握事实的基础上,以公允的立场,认知它已经做到什么,可以期待什么,以及不应该苛求什么。人类的基本愿望催生了网络小说门类,财富、权利、爱情、超能、长生、成仙成神、实现个人意志与民族阶层愿望、践行公平正义,现实生活中越是不可能实现的愿望,就越是需要在艺术作品中得到心理补偿,而阅读过程就是读者情感代入、心理补偿的过程。读者跟随作品主人公，去克服困难，不断取得人生成功，经历情感高潮，作者与读者以作品主人公为纽带，结成了情感共同体。这是网络小说功能定位的关键因素。在读者主权的网络世界，满足人的愿望的作品比较容易直接呈现、群聚，作者与读者彼此迅速发现，相互激励，市场定位鲜明，因此也刺激带动了手机阅读与类型化文学图书的出版市场。当然这不是小说的全部，网络小说也应该承载人类文明的基本内涵，经得住小说艺术标准的考量，事实上，已经出现很多的优秀网络小说，既受到读者追捧，也取得了不俗的艺术成就。

先进入后研究期待相匹配的批评方法

胡妍妍：与其他国家的网络文学发展状况相比，中国网络文学热的背后有哪些特殊的原因？

邵燕君：无论从发展规模还是从影响力而言，中国网络文学的势头都远非欧美日韩等网络同样发达的国家可比，这和新中国成立以后建立起来的文艺生产体制有必然关系。一方面，市场化在文艺生产领域始终不够充分，畅销书机制远不如欧美成熟，动漫产业更不似日韩般发达，使得大众文化消费者一直没有稳定的供货源和顺手的消费渠道，转而成为英美日韩剧的海外粉丝（大量活跃于网络的志愿"字幕翻译组"的应运而生便是一例）。网络文学的出现终于使中国的通俗文化消费者有了一个本土基地，且由于费用低门槛低，大量草根作者有了用武之地，读者也可能参与互动。另外，文化政策管理的相对宽松，也使各种"出位"的内容可以在这里存身，尤其对本身就属于"网络一代"又在价值观上倾向"非主流"的"80后""90后"群体具有吸引力。另一方面，我们必须看到，中国大众文化生产机制的欠发达，或者说，今日在消费文化层面暴露出的空缺，是主流文学整合能力失效的表征。当下的主流文学，无论是作家队伍还是读者队伍都出现老龄化倾向，可持续性发展的新陈代谢能力存在危机。

胡妍妍：网络文学需要怎样的批评和研究？它的困难和突破在哪里？

陈　村：面对海量的文字，充分阅读或浏览均不可能，文学批评应该有适合它的方法，需要大量有职业诚信的眼光不同的"文学人"来组合、推荐作品，读者自由认定跟谁。任何人为的设计都会破产，突破是自然产生的。跟之前的艺术样式一样的是，所有的批评，最后都是时间的批评。只有它是最公正的。

四、批评建构

庄　庸：网络文学的写作场中其实充满着"草根评论",许多评论极其到位和专业。但是,由于是大众评审,被湮没于海量信息之中,被碎片化、微文本化和个体化,而不大容易被网络外的公众得知。说到底,还是缺乏一种"体系""框架"和"模式"来把这些碎片、微文本和个体批评,整合成一种"网络文学批评的范式"。而且,我们缺少与网络文学一起成长起来的新生代同辈评论家,互联网是平的,网络文学创作的一个重要特点,就是逐渐抹平以前的地域特征、文化趣味特征等,而开始呈现出代际创作的重要表征。

邵燕君：目前的网络文学研究存在着几种有问题的倾向。一种是盲目西化,照搬西方的"超文本"理论,偏于抽象化和观念化,与中国的实际情况不搭界。另一种是精英本位,以一种本质化的"文学性"来要求网络文学,结论必然是缺乏艺术性和精神深度。从文化研究的角度,尤其在理论资源的援引和立场上,也存在着几种类似的问题倾向。一种是对后现代理论的简单套用,一种是对法兰克福学派大众文化批判立场的惯性继承。还有一种是过于简单地肯定文学的娱乐性和逃避现实的特征,某种意义上是大众文化批评的颠倒。所谓提问的问题和提问的方式影响着答案,这样的研究基本是外在于网络文学的,不可能挖掘出其潜力。

研究网络文学,首先要理解网络文学,进入网络文学。目前最大的困难是,受过文学批评训练的研究者不了解网络文学,而了解网络文学的"精英粉丝"和正在出现的"职业书评人"(如盛大文学近日重金招聘的"白金书评人")缺乏系统的理论训练,在学术体系内也没有话语权。至于突破,我特别同意韩国学者崔宰溶倡导的学者以"学者粉丝"的身份进行"介入性分析"。理论研究者要以"外地人"的谦虚态度,向网络文学的"土著们"学习,倾听他们几乎是本能地使用着的"土著理论"。然后,将它们加工(或翻译)成严密的学术语言和学术理论。最后,将这个辩证的学术理论还给网络文学。

原载《人民日报》2012 年 7 月 7 日

40. 加强网络文学的"在线批评"

吴 艳

　　网络文学是在新型媒体互联网上发表的文学作品，与传统纸质文学比较，历史短，发表作品门槛低，写作者水平参差不齐，量确实极大，影响也不小，我们的文学批评不能将网络文学排斥在外，从某种意义上可以说，文学批评有效性与否，针对网络文学的批评是很好的检验和证明。

　　广义网络文学批评应该指一切针对网络文学现象、网络文学文本的批评，除了传统文学批评的视角及其理论方法，还包括多元文化视角下用新媒体及其传播形式所进行的文学批评，网络文学的"在线批评"就是其中的一类。我们提倡的网络文学"在线批评"，不仅要"在线"，及时，还必须具备专业水平。它一方面是针对网络文学（作品原创、在线）文本及其相关现象的批评；一方面要求"在线"书写和发表。加强和提高文学批评有效性也包括对网络文学批评有效性的重视和提高，因而网络文学的"在线批评"应该成为其中的应有之义。

　　网络文学批评现状可以说是热闹与沉寂并存。对网络文学批评的论文不少，也可见以网络文学为研究对象的相关专著。《关于"网络文学"研究论文情况一览》（见中国专业学术期刊网）收录 2003－2009 年的论文共 553 篇，其中在权威、核心期刊上发表的有 79 篇，占总量的 14％；针对网络文学文本的批评有 24 篇，只占总量的 4％。欧阳友权主编的"网络文学教授论丛"（中国文联出版社，2004 年）共 5 本，是国内第一套专题研究网络文学的学术丛书，有《网络文学本体论》（欧阳友权）、《网络文学批评论》（谭德晶）、《网络叙事学》（聂庆璞）、《网络文学禅意论》（杨林）、《网络文学的民间视野》（蓝爱国、何学威）。谭德晶的《网络文学批评的主体批评论》从多维视野下研究网络文学批评：媒体的、多元文化的；批评主体的；批评美学特征的和批评文本的。其中也谈到"在线性"对批评形式的影响等问题。

　　由对网络文学批评论文和专著的抽样分析，可以作出初步结论：目前的网络文学批评，理论层面、一般性成果方面比较热闹；文本批评、高层次成果方面则比较沉寂。如果以"在线"为检索对象，发现普通跟帖多，即兴、感性的只言片语批评多，以"在线"方式对原创在线作品的专业性批评，即艺术感、理论感、历史感结合的文学批评则少之又少。也就是说，网络文学批评里热闹的一方是一般性的论文，是只言片语的跟帖，有深度的文本批评、高质量的批评成果方面是不热闹的，甚至是沉寂的。

我们提倡运用"在线"方式，对网络文学进行及时有效和专业的批评。通过及时的网络文学文本批评，可以普及文学创作常识，让广大网络写手对基本文学创作规范有所知晓、有所认同，提高广大网络写手文学创作与创新意识，分辨读者市场需要与坚守艺术要求的不同，使网络文学创作既是网络的，也要是文学的。文学作品包括网络文学作品，不管是内容元素还是形式元素，作者一旦选择，就一定要遵循艺术发展的内在逻辑，在此基础上才可能进行艺术的创作与创新。

网络文学的在线批评更多的还是对网络文学文本的批评。文本批评是对评家艺术感悟力、文学史眼光和理论穿透力的极大考验，因为好的文学批评可以成为"文学文本与文学接受者之间的中介、桥梁和纽带，他的职责是传递美感，保持和强化美感，增加接受者审美快感的强度和深度"（王先霈）。美感可以凭借文学批评而分享和传递；文学批评说到底总不能撇开审美与美感的传递。

网络文学的"在线批评"可以是即兴的，但不能止于即兴的只言片语，而是对感性的条理化和理性化。虽不是动则千言万语的篇章，却也要求尽量阐释充分。网络文学的"在线批评"尽管难度大，参与者不多，却是文学批评有效性不可或缺的组成部分。因为通过网络文学的"在线批评"可以普及文学创作常识，"传递美感，保持和强化美感，增加接受者审美快感的强度和深度"，在网络文学文本批评研究中还可以发现、提升中国经验，为文学批评理论的创新提供范本。

原载《文艺报》2012年4月11日，此处有删节

41. 网络文学需要什么样的专业批评？

怡　梦

"我写过一个情节，毒贩用牙齿把手榴弹的拉环咬开，我的读者中有个是军队的干事，他说他找手榴弹来试了，根本咬不开。他告诉我，手榴弹的

拉环事先没经过处理,是不可能直接拉开的。"今年刚刚加入中国作协的都市题材网络作家骁骑校,在谈到读者对他创作的评论时讲了这件趣事。他说:"直接有效的读者互动是自己前进的动力。网络写手一天要更新几千字,不可能每个细节都反复揣酌,读者中有来自各个行业的专家,他们会指出bug(漏洞),不但能使作品趋于完美,还能令作者增长知识。"

同批加入中国作协的网络作家流潋紫也有同感:"在网络上一边写作一边发表,非常重要的特点就是广大读者在作品形成中的参与性。读者和编辑根据自身的理解和知识储备,会帮助作者指出作品中可能出现的常识性错误或逻辑性不足,这些及时有效的批评和建议都对作品的最终完善产生了很大的帮助,《甄嬛传》就深受其益。"

参与了2013年中国作协发展会员相关流程的文学评论家白烨介绍说,今年刚刚加入中国作协的16位网络作家都是各个类型领域里的佼佼者,代表了不同题材与类型作品在当下写作的较高水准。比如写作后宫小说的流潋紫、桐华,写作古代情爱小说的天下归元,写作当代爱情小说的苏小懒,写作玄幻小说的辰东,写作军事小说的菜刀姓李等,都是各自写作领域里文学性较好、又广有影响力的作者。"他们的文学价值各不相同,但整体来看有一个共性,那就是在通俗文学与严肃文学的链接与沟通上,都作出了各自的努力与贡献。"

随着越来越多网络文学作家作品进入主流视野,网络文学和传统文学的边界逐渐打破,势必在两种创作之间形成对话。白烨认为,网络文学与传统文学的分野,对照着通俗文学与严肃文学的区别。而好的网络文学,一般都在向传统文学的品位靠近,或者说具有传统文学的某些元素。但是,一部分网络文学的价值尚未被充分发掘。骁骑校表示,他在创作中很注重提升作品的艺术性,但读者最关心的是情节发展、人物命运,在修辞手法、叙事技巧上,即使发现问题也不会介意,他的作品《国士无双》去年曾得到一位专业评论者的点评,"这类点评和普通读者的书评大不一样,对我的优缺点有很清晰的认识"。骁骑校说。

白烨指出,网络文学的发展,离不开网络文学批评的辅佐,但与繁荣的网络文学创作现状相比,网络文学批评还没有形成足够的力量,对网络文学创作与生产的实际影响还十分有限。中南大学文学院教授、湖南省网络文学研究基地专家欧阳友权也表示,网络文学的社会关注度越来越高,但对其有深度、有科学分析水平的评论较少,尤其缺少贴近现场、贴近实际、贴近写手和网站、贴近作品本身的评论,很多点击率很高的作品,有效评论不多或

四、批评建构

评论声音明显单调。不可否认的是，网络作家作品的存在方式与传统文学有很大的不同，中国作协网络文学负责人马季指出，"80后""90后"作家的成长主要是通过网络而非纸媒，这直接导致作家产生机制发生变化，青年作家首先进入的是类型写作，而传统文学重视的修辞手法、叙事技巧对他们来说并不重要，批评者介入网络文学的方式与传统文学应该有所不同，"要进行田野调查，要与网络作家成为朋友"。

流潋紫从自身体会的角度也提出："网络文学的作者基本上不会订阅传统意义上的专业文学评论期刊，不少评论者和研究者也不太会将其研究成果发表在网络上，这客观导致了双方的隔空对话和信息不畅，无法形成有效的互动。"网络文学已经成为当代通俗文学的重要组成部分，互联网也已经成为信息传播的主要平台，她认为："如果更多的专业评论者、研究者主动进入网络平台，通过博客、微博等渠道和作者形成对话，相信一定能对创作产生积极影响。"

成熟的网络文学市场将形成精细的分众化阅读结构，商业性诉求和艺术性诉求都将在其中找到自身的位置，由于这一领域发展迅速，文化资本的支配作用较为强势，网络文学作家的创作取向也在不断变化，价值判断标准尚在形成过程中。网站运营者关心的是如何令作品获得更多点击，写手则更关注读者的反应，网络文学批评与研究尚处于边缘化阶段，但作协和各高校网络文学研究机构等专业力量，正在为网络文学和传统文学更好的交流沟通作出努力。白烨表示，随着网络文学的长足发展，作协不断加大对网络文学的关注力度，包括在重要的文学评奖中吸纳网络文学作品，重点扶持作品工程中适当关照网络文学作品，以及组织网络作家与传统作家结对交友，举办网络文学与类型文学作品的研讨座谈等等。可以说，作协系统的这种关注与扶持，给网络文学的发展提供了更多的可能性，虽然从宏观层面来看，这与海量网络文学的生产与流通还显得有些杯水车薪，但这种介入和互动，无疑是朝着有利于网络文学的成长方向不断发展的。

对于写作者而言，"加入作协更多是方便我们找到一批志同道合的爱好写作的朋友，增强沟通和交流。这么多爱好文学的朋友经常聚在一起，或许会产生一些智慧碰撞的火花，这些火花对各自的创作会有促进和影响"。流潋紫说。

原载《中国艺术报》2013年7月15日，此处有删节

42. 网络文学批评标准刍议

康 桥

网络文学的发展需要文学批评的介入，然而批评界缺少与网络文学对话的经验，缺乏适配的批评标准。

文学的批评标准，应该与批评对象的文学承诺、创作实践、读者期待相匹配，网络文学最常见的作者承诺与读者期待，是为读者提供快感体验。网络文学的主要成就在于涌现了一大批优秀的"玄幻小说"与"穿越历史小说"。在纵横驰骋的幻想中，实现主人公的愿望，营造快感体验，是其显著的作品构成特征。即便是"都市小说""官场小说"，似乎与现实有关，但其中的"现实"生活场景，也只是演绎快感体验的情景而已，按照"真实性"标准去反映现实生活，并非网络文学的强项。

快感与美感体验，是人类生命活动的基本需求，也是网络文学生存发展的立足点。从达尔文进化论，到当代的自组织理论，对人类生命体的研究成果表明，人的生命系统与自然系统、社会系统一样，是在物质、能量与信息输入的刺激下，不断走向有序的自组织结构。当人们做的事对生命体有益，包括在展望、幻想中，实现了有益于生存、发展、繁衍的结果，生命体的神经兴奋性物质就会协同工作，向全身传递出快感，这就是生命体的快感奖赏机制。人的意识活动在快感经验的推动下，寻找和发现更多对人有利的事物，寻求更高的秩序与意义，超越生理束缚、具体功利、现实条件，而获得更大自由、更强主体性的情感势态，就是美感体验。它诱导人类积极从事有益于人类群体生存、发展、繁衍的创造活动，得到更为丰富、新鲜的愉悦感，这就是生命体的美感诱导策略。

比如爱情，能够显著提升人类快感水平，给人以多层次快感与美感体验。如果没有爱情、亲情在每一个环节给人以快乐，人们也就没有动力去承担繁衍后代的繁重责任，人们视爱情为艺术创造的重要源泉，享受爱情，歌颂爱情，也是生命体对快感奖赏机制与美感诱导策略自发的强化。

具有丰富的快感与美感体验的生命体，更积极、更有主体精神和创造性，一切有益的认知与创造活动，都会得到生命体自身的奖赏，形成良性循环。快感与美感是创造人类文明的发动机，缺少快感与美感体验的生命体，

四、批评建构

会陷入焦虑、紧张、恐惧、痛苦之中,而快乐激励就是解除这些负面情绪的良药,观赏可以提供快乐体验的文艺作品,疏解内心的纠结,导向积极情绪,是越来越常见的心理治疗方法。

长期以来,人们过于强调文学的严肃性和思想深度,而忽视乃至蔑视文学的快感与美感体验的功能,把"经营"快感的大众文学归入"通俗"文学,认为这类文字只能提供"消遣",排斥在殿堂之外,贬抑为"下里巴人"。但是,大众的天然需求总归会显示出自己的力量,网络文学自发的爆发性增长就是如此。人们需要在文艺作品中寻求、汲取快感与美感体验,是因为日常生活平庸重复,高潮体验缺失,特别渴望实现在现实生活中难以达成的欲求,天然需要在文艺作品中得到抚慰,得到心理补偿。

在幻想中代入、融合故事主人公的能力,是人类身心中潜藏着的本能,是作者创作与读者阅读体验的心理基础。当读者遇到文艺作品中的主人公,因为彼此拥有同样的愿望与动机、情感与伦理倾向,读者移情代入主人公,跟随"逼真"的故事情节,随着主人公的愿望"得逞",读者把主人公的情感体验,特别是混合着快感与审美冲动的高峰体验,融合为自身体验,带来震撼感、透亮感、痛快感。此时,作者、主人公、读者,就构成了三位一体的愿望,即情感共同体与命运共同体。因为拥有相通的体验而心神相连,这是文学作品能被读者接受、追捧、痴迷的心理机制。

所以,快感与美感标准,应该是网络文学批评的基础性标准。能否为读者提供强烈、鲜明的快感与美感体验,读者是否愿意代入主人公,是网络文学作品成败的关键,也是最为重要的接受反应效果评价。它使作品发挥其各种文学功能成为可能。借鉴心理学与生命学科等领域的研究方法,对作品提供快感美感体验的状态与功能、对读者接受反映的审美活动进行研究,是贴近创作实际的评论工作。

在网络文学中,人类的各种快感与美感的态势都得到了呼应,受到热烈追捧并能够流传后世的"神级"经典作品,必然是提供了强烈快感与美感体验,创造了独特的快感模式的作品。

长生、拥有超能、成神成仙是人类与生俱来的强烈欲望,东方、西方玄幻小说都是根基于此。主人公经过努力修炼,在战斗中不断升级,成就神仙事业,影响人类社会,创造自己的世界,就是欲念得逞的主要快感模式。因为单纯,所以愿望得逞的快感更为强烈。网络玄幻(奇幻)小说作品,如《盘龙》《神墓》《间客》《恶魔法则》等,在想象力、故事情节的雄奇瑰丽,其快感体验对人类心灵的吸附力等方面,具有不凡的魅惑力。

强调快感与美感对于网络文学批评的意义，并不因此就淡化思想性、艺术性的要求。不能认为网络文学就不需要思想深度。网络文学通常不会专注于思想性表达，而是在人物愿望、动机、行为的后面，在作品建构快感奖赏模式的过程中，渗透着作者的内心尺度和世界观，脱离作品的快感模式进行思想性分析，可能顿失其鲜活品相。在网络文学实践中，读者对主人公愿望得逞的快感奖赏机制，产生了上瘾即心理依赖的情形，主人公的伦理、情感倾向，在不知不觉中影响到了读者。读者接受与依赖一种快感模式，通常也就接受了其中蕴含的价值观，会自发地捍卫其合理性，这比严肃的居高临下式的"教育"，要内在一些，也要有效、持久一些。

玄幻小说《盘龙》《神墓》的主人公，依靠自身努力，获得成功，获得友谊与荣誉，其自立自强的励志精神很有感染力；《间客》的主人公在社会罗网中，捍卫自由精神独立人格的不懈拼搏，与知识人群的心理朝向吻合。有些作品因为创造了独特的世界、神奇的故事情节而独树一帜，但是因为渲染淫邪倾向、丛林法则价值观等，使其蒙受污点，理应受到指责。价值观评判始终是文学批评的重要尺度，负载着我们对人类文明的承诺，网络文学自不例外。

网络文学具有类型化面貌，但是追捧者众多的作品，通常都具有人物、故事情节、艺术样式等方面的独创性。独创性是其艺术性的重要体现，也应该是重要的批评标准。网络文学的故事情节是围绕主人公实现愿望的行动主线来展开的，愿望的类型、愿望达成的路径与情境决定着小说的类型。小说的类型化是对人类愿望分门别类的体贴安置，为读者提供阅读心理场、快感与美感体验的情景模式。但是"类型化"并非创作目的，满足人类愿望、滋养人类想象力与创造性才是创作目的，不应该以"类型化"认知遮蔽批评的眼光。人类天然喜欢新鲜事物，通过快感奖赏机制和美感诱导策略，推动创造活动，而其结果又开启了更多的愿望与需求。从发掘尚未被表达的人类愿望，到实现愿望的时空、社会条件与人物关系的设定，人物性格的创造，快感模式的营造，作品构成的每一个环节，都有其独创性空间，而作者的主体性、创作个性，就是在独创性的文学行进中实现的。独特的人物与优美的故事，能够影响不同时代、地区的人们，特别是青少年的成长，对文化发展具有重要意义。

网络文学的创造性与影响力，理应获得更多的激励与赞赏，网络文学的批评工作应该发挥积极作用，成为推动网络文学发展的重要因素

原载《光明日报》2013 年 9 月 3 日

五、特征把握

43. "超文本"的兴起与网络时代的文学

陈定家

超文本（Hypertext）是网络最为流行的电子文档之一，文档中的文字包含有可以自由跳跃到其他字段或者文档的链接，读者可以从当前阅读位置直接切换到超链接所指向的任何其他位置。这些"链接"点，通常使用超文本标记语言（HTML，Hyper Text Mark up Language）书写。作为一个计算机常用术语，超文本其实就是一些不受页面限制的"超级"文件，在超文本文件中的某些单词、符号或短语起着"热链接"（Hotlink）的作用，这些通往其他页面的热链接，构成了超越既定文本的超级文本网络。

超文本最大的优越性在于，它把文本潜在的开放性、阅读单元离散性等特点和盘托出，使文本潜在的"互文性"彰明昭显，一望便知。它与罗兰·巴特、德里达等孜孜以求的"理想文本"具有许多相似的品格。德里达的著名"延异论"即源于以上形形色色的差异（Difference）。德里达将"差异"改写一个字母，发明了"延异"（Différance）一词，其基本含义是"产生差异的差异"，它一方面表示文字"在场"与"缺席"两种状况之间的不同，另一方面还表示这种"不同"中所隐含的某种延缓和耽搁。德里达的"延异"，在时间和空间方面既没有起源性界限和固定性标准，也没有确定不移的目的和发展方向，更没有在现时表现中所必须采取的独一无二的内容和形式。……这实际上是将结构理解成为无限开放的"意指链"，而超文本则使这种意指链从观念转化为物理存在，从而创造了新的文本空间。德里达从传统文本中提炼出的"延异"说,竟然将网络超文本"无限开放"的魅力和局限展露无遗。这不能不说是一个理论的奇迹。

由此可见,通过传统文本研究超文本可以说是顺理成章的事情。事实上,传统文本与超文本之间并不存在天然鸿沟。例如,法国学者乌里奇·布洛赫(U. Broich)曾把传统文本的互文性指涉方式概括为六个方面,它们竟无一不适用于超文本的情形:(1)作者的死亡:一部作品不再是某一作者的原创,而是交互写作的文本混合,因此传统意义上的作者不复存在;(2)读者的解放:互文性会使读者在文本中读入或读出自己的意义,从众声喧哗中选择一些声音而抛弃另一些声音,同时加入自己的声音;(3)模仿的终结和自我指涉的开始:文学不再是给自然提供的镜子,而是给其他文本和自己的文本提供的镜子;(4)寄生的文学:一个文本可能是对其他文本的改写或拼贴,以致消除了原创与剽窃之间的界限;(5)碎片与混合:文本不再是封闭、同质、统一的,它是开放、异质、破碎和多声部的,犹如马赛克的拼贴;(6)"套盒"效应等:在一部虚构作品中无限制地嵌入现实的不同层面,或使用暗示制造无限回归的悖论。不难看出,这六个方面无一不适用于超文本的情形。"网络文学的比特叙事文本就是这样一种'漂浮的能指'方式,它是一篇篇被不断书写并可能被重新改写的意义螺旋体,其指涉的无限累加使它呈现为一个无穷庞大的堆积物,一种网状的扩张性文化结构。"[1] 毋庸讳言,今天,即便是"超文本与网络时代的文学研究",也正在变成这样的"螺旋体"和"堆积物",更遑论海涵地负的超文本了。值得注意的是,超文本概念本身也如同纷繁多变的"螺旋体"和"堆积物":"当谈到'超文本是文本'时,超文本被作为文本的一种类型;当谈到'超文本不是文本'时,超文本被作为一种特殊手段,区别于一般意义上的文本而存在;当谈到'一切文本都是超文本'时,超文本被作为文本共有的属性;当谈到'超文本是一切文本'时,超文本被作为文本的存在环境。显而易见,'超文本'有多种含义。"[2] 而超文本的多义性也显然与"漂浮能指""随物赋形"的善变性关系密切。

在传统文本中,铭、刻、刊、印等生产方式使经典成为具有稳定特性的"不朽之物",古埃及人把王对神的忠诚刻在金字塔上,希伯来人把上帝与摩西的立约刻在石板上,古罗马人把共和国的法律铭刻在铜表上,中国古代的

---

[1] 欧阳友权:《网络文学本体论》,www.chki.net。
[2] 黄鸣奋:《超文本诗学》,厦门大学出版社2002年版,第261页。

五、特征把握

某些统治者把求神问卜的结果烙印在甲骨上……它们代表中心的权威和永恒的渴望。直到今天，人与人之间的信任、信赖与信誉仍常常离不开"合同为文"或"立字为据"。相比之下，超文本没有固定的结构，没有稳定的形态，没有不变的规则，没有可靠的界限，因此，超文本失去传统经典文本那种明确的中心地位和稳定的权威性，但是，作为人类进化史上自"钻木取火"以来最伟大发明的互联网，也给超文本带来了传统文本永远难以望其项背的艺术魅力和技术优越性。

首先，互联网吐纳天地、熔铸古今的博大胸怀，使超文本具有超乎想象的包容性。照兰道的说法，整个互联网原本就是一个硕大无朋的超文本，它最大的特点就是，能无与伦比地凸显出文本潜藏的"互文性"，使文本之间相互依存、彼此对释、意义共生的潜能得到最充分的呈现或迸发。超文本另一个非同寻常的力量在于，它能轻而易举地将传统文本千年帝国的万方疆土，悉数纳入比特王国的版图。因此，在"具备万物、横绝太空"超文本面前，任何辉煌灿烂的传统文本都将为之黯然失色。

我们知道，每一部经典文学作品，都是一个既自足又开放的世界。例如，曹雪芹的《红楼梦》原本是一部没有结尾的残稿，自这部"天缺一角"的奇书问世以来，它一直吸引着骚人墨客的"补天之作"，据一粟编著的《红楼梦书录》所列，颇有脸面的续作就有30部之多。它的残缺破损之处，反倒为雪片翻飞的续作留下了翩翩起舞的"互文性"空间。谁料这种"结构性缺憾"，反倒成全了"残书"的"互文性无憾"！对此，王蒙有过这样的感叹："请问，有哪一位小说家哪一部小说有这样的幸运，有这样的成为永久的与普遍的话题的可能？此时无声胜有声，此书无结束胜有结束。不让《红楼梦》有一个符合标准的结尾乃是最好的结尾，不让完成就是最好的完成。"① 这种动情的赞叹固然不乏精彩与精辟，但王蒙把《红楼梦》说成是空前绝后的"经拉又经揣，经洗又经晒"的文本就未免有些绝对了。说到底，《红楼梦》也不过只是网络超文本的基本细胞而已。对成功的名著，海明威曾有过著名的"冰山之喻"。如果说80回"红楼"是飘浮于海面的冰山，那么它沉浸在水中的主体部分，理应是一个相对开放的"互文性"世界。离开了这个比文本本身丰富得多、精彩得多的"互文性"世界，再美的"红楼"，也不过是极尽雕梁画栋之绚烂的一堆土木砖石而已。即便是《红楼》一样壮丽的冰山，与网络超文本的浩渺汪洋相较，也只能显出一滴水珠

---

① 王蒙：《双飞翼》，三联书店2006年版，第163页。

般的微渺。

"大而无外"的网络空间这种"不知轻重"的品格赋予了超文本无限的延展性,超文本也因此具有无中心、无构造、无主次的灵活多变的特点,显然,这是传统文本向往已久却永难企及的理想境界。按照罗兰·巴尔特的说法,传统文本也并非一个封闭的孤城,那些被阅读的文本,貌似一个自成一体的小世界,实际上那只是为对话提供一个相对静止的场景而已。巴尔特在《S/Z》中所设想的理想的文本,就是个网络交错、相互作用的一种无中心、无主次、无边缘的开放空间。文本根本就不是对应于所指的规范化图式,就其潜在的无穷表意功能而言,"理想的文本"是一片"闪烁不定的能指的群星",它由许多平行或未必平行的互动因素组成。它不像线性文本那样有所指的结构,有固定的开头和明显的结尾,即便作者提笔时情思泉涌,搁笔时意犹未尽,但被钉死于封面与封底之间的纸本至少在形式上是一个相对独立的小世界,全须全尾,有始有终。

传统文本的情况是,有一千个读者就有一千个"哈姆雷特",超文本的情况要复杂得多:同一个读者也可以读出一千个"哈姆雷特"来。在超文本语境中,古今中外所有的"经学家""道学家""革命家""才子"和"流言家"的知识背景都浑然混合一体,没有孔孟老庄之别,也没有儒道骚禅之分,希腊罗马并驾齐驱,金人玉佛促膝而谈……一切学科界限,一切门户之见,在超文本世界里都已形同虚设。面对网络世界的浩瀚无垠,让人联想到黄兴《太平洋舟中》的慨叹:"茫茫天地阔,何处着吾身?"超文本像一个既没有此岸也没有彼岸的大海,承载着无数的舟船,虽然没有故土,却处处都是家园,无尽的连接、无尽的交错、无尽的跳转、无尽的历险……网上冲浪者,就像那汪洋中的一条船,但他永远不用担心迷失方向。因为,网络备有包举宇内、吞吐八荒的引擎,它总能让人在文本的汪洋中随时准确地找到航道。

其次,超文本使文学得以解放经典的禁锢,冲破语言的牢笼。它不仅为创作、传播与接受提供了全新的媒介,它还让艺术家看到了表情达意走向无限自由的新希望。众所周知,妥善处理思维的多向性与语言的单线性之间的矛盾,一直是白纸黑字的"书面写作"必须跨越的铁门槛。刘勰曾经感叹"意翻空而易奇,言征实而难巧",陀斯妥耶夫斯基也曾深深地体验过"语言的痛苦和悲哀"。而超文本写作则正是一种将"翻空易奇"的千头万绪"网络"为一个整体的制作过程。"文不逮意"似乎不再是作家的心头之患。从这一点看,今天的作家是幸运的,他们找到了"超文本"这一解决传统作家

五、特征把握

"言意困惑"的有力武器。

世界万物之间原本就是一种非线性关系,所谓线性关系不过是非线性关系中的特例而已。现实世界中并不存在纯粹的线性关系,这就如同现实生活中根本就不存在像理论一样纯粹化的直线一样。由于超文本使用的是一种非线性的多项链接,"写读者"① 可以随心所欲地在相互连接的节点之间轻快跳转,形形色色的文本在聚合轴上任意驰骋。守着方寸荧屏里这个无限开放的超文本世界,便足以"观古今于须臾,抚四海于一瞬"。

从文学创作的角度看,作者的思绪路径往往是复杂、闪烁、诡变、不可意料的,关于这一点,《红楼梦》或《管锥编》都是生动的例证。从超文本的起源看,人脑本质上就是超文本最初的母本,它是既呈现多姿多彩又符合规律规则的奇妙混合体。可以说,互联网和超文本既是人脑的产物,同时也是人脑的摹本。它们的大多数奥秘都早已在观念和实践的层面悄然地成形于传统文本的潜能中。因此,我们在讨论传统文本时,超文本的许多特征就已经不言而喻。

更为重要的是,在网络语境中,作为超文本组成部分的每一作品都将"从符号载体上体现文本与文本之间的关系,或者某一文本通过存储、记忆、复制、修订、续写等方式,向其他文本产生扩散性影响。电子文本叙事预设了一种对话模式,这里面既有乔纳森·卡勒所说的逻辑预设、文学预设、修辞预设和语用预设,又有传统写作所没有的虚拟真实、赛伯空间、交往互动和多媒体表达"②。不仅文学经典平添了多重身份并获得了千变万化的本领,一般作品也可能在无休止的变形改造过程中成为优秀艺术品。

超文本的网络链接,让作者和读者可以在无穷尽的阅读可能性之中肆意游荡。"写读者"如同乘坐洲际旅行的空中客车,它可以忽略时间的存在恣意逍遥地穿越天南海北。在网络的登陆处,最初的文本或许会如机场的跑道一样清晰,但随着游览眼界的不断扩大,一条条道路渐渐变得模糊起来,作为网上逍遥客,我们究竟"从何而来,向何处去"有时也变得不再十分明确,开始的目的地在缤纷多彩的旅途中已变得无足轻重了,那些曾经魂牵梦萦的城市因尽收眼底而顿时丧失了神秘的魅力。事事变得如此轻而易举,样

---

① 在超文本系统中,读者成为集阅读与写作于一身的"作者—读者"。为此,罗森伯格杜撰了一个新单词"写读者"(wreader)来描述这种超文本阅读过程中"读写界限消弭一空"的新角色。显然,这个新单词是将作者(writer)与读者(reader)两词斩头去尾后拼合而成的。

② 欧阳友权:《网络文学本体论》,www.chki.net。

171

样得来全不费功夫。

所有神话般的惊人变化,都源于这样一个秘密——"超文本"背后隐藏着一个比特化的"文献宇宙"(Docuverse)①。正是凭着这个"思接千载,视通万里"的"Docuverse",超文本才能施展魔法把"写读者"带到一种理想的艺术境界:"刹那见终古,微尘显大千"。

第三,超文本不仅穿越了图像与文字的屏障,弥合了写作与阅读的鸿沟,而且还在文学、艺术和文化的诸种要素之间建立了一种交响乐式的话语狂欢和文本互动机制,它将千百年来众生与万物之间既有的和可能的呼应关系,以及所有相关的动人景象都一一浓缩到赛伯空间中,将文学家梦想的审美精神家园变成更为具体可感的数字化声像,变成比真实世界更为清晰逼真的"虚拟现实"。对文学而言,这是一场触及存在本质的革命,那种认为超文本写作不过是"换笔"的说法纯属肤浅的皮相之论,套用麦克卢汉的说法,数字化对文学的影响"不是发生在意见和观念的层面上,而是要坚定不移、不可抗拒地改变人的感觉比率和感知模式"②。从这个意义上说,超文本是文学存在本质的易位。作家首先得把数字符号转化为语言文字,其次,文本形态也由硬载体(书刊等)转向了软载体(网),在电脑中,数字书写和贮存都已泯灭了物质的当量性。

这种转变说明,真正的"超文本文学"只能存活在网络上。如迈克尔·乔伊斯的《下午》、麦马特的《奢华》等就是如此。此外,真正的超文本应该永远处于开放状态,著名的"泥巴游戏"(MUD)其实就是一部永远开放、永未完成、多角互动性的集体创作的小说。多媒体是网络文学可以利用的又一重要资源,它使我们不仅沉浸在纯文字的想象之中,还让我们直接感觉到与之相关的真实声音、人物的容貌身姿以及他生存的环境等,甚至我们还可以与人物一起生活,真正体验人物的内在情感和心理过程。因此,真正的网络文学在叙事方法上与传统文学存在巨大差异。如网络小说《火星之恋》在讲故事的过程中,不断有音乐、图片、视频相伴。在这里,体裁、主题、主角、线索、视角、开端、结局、边界这些传统文学的概念已统统失效。读者只须把鼠标轻轻一点,文本、图像、音乐、视频等数字化军团便呼啸而来,偶有感想,还可以率尔操觚,放开手脚风雅一把,互动一把。

---

① "Docuverse"是尼尔森自创的新词,由"document"(文献)和"universe"(宇宙)截头去尾而成。

② [加]麦克卢汉:《理解媒介》,何道宽译,商务印书馆 2000 年版,第 46 页。

五、特征把握

网络不仅是文字的理想载体,而且还是声音与画面的极佳载体。在网络上,我们常常可以读到"会说话""会跳舞"的文学名著。虽然,就目前的情况看,网络上配有音乐和图像的文学作品,在形式上与电视文学作品(如电视散文)没有多大差别,但网上众多相关评论和无数的相关链接,却隐藏着电视所无法比拟的精彩世界。在其他很多方面,网络文学和网络艺术的灵活性和综合性是传统文学甚至传统影视艺术所无法比拟的。还有一点尤其值得我们高度重视,那就是网络技术在影视艺术领域得到了出神入化的运用,并取得了一系列辉煌的成就,这为网络时代文学的生存和发展提供了极为可贵的借鉴。

超文本与超媒体的结合,极大地促进了文学图形化与声像化的步伐。影像作为一种更加感性的符号,它的日臻完美将对书籍——书写文化的保存形式——造成巨大压力,也使文字阅读过程中包含的理性思考遭到剥夺。尼葛洛庞帝也曾经指出:"互动式多媒体留下的想象空间极为有限,像一部好莱坞电影一样,多媒体的表现方式太过具体,因此越来越难找到想象力挥洒的空间。相反地,文字能够激发意象和隐喻,使读者能够从想象和经验中衍生出丰富的意义。阅读小说的时候,是你赋予它声音、颜色和动感。我相信要真正感受和领会'数字化'对你生活的意义,也同样需要个人经验的延伸"①。其实,超文本不仅是我们"个人经验的延伸",作为新兴媒介,它本质上也可以说是"人的延伸"。

原载《中国社会科学》2007 年第 3 期,此处有删节

44. 网络文学的特色

许苗苗

网络文学与传统文学既有区别,又有不可分割的联系。虽然性质相同,但在形式、内容、规范等方面,又有所不同。本文拟以网络文学为主体,以传统文学相对照,探讨网络文学的特色及评价的标准。

---

① [美]尼葛洛庞蒂:《数字化生存》,谢泳译,海南出版社 1997 年版,第 17 页。

网络文学的形态特色

网络文学作品的标题十分讲究，力求对读者有吸引力。在网络世界里，所有发表的文章地位平等。其所占位置的不同，只因发表的时间有先后，即使是名写家，在网上的位置，也不会像传统媒介中因编辑的态度不同而受到特别礼遇。名人效应和从众效应，在这里虽也有一定作用，但并不十分灵验。因此，标题的好坏直接决定点击次数与读者的多少。像《没有人知道你是一条狗》《蚊子的遗书》《猫的前身是小姐》《30 岁的女人有 32 个抽屉》等，既令人莫名其妙，又能挑起读者好奇心的标题，便受到青睐。对网络文学作品题目的作用，最有体会的网络写家要数云中君了。他以一篇《做爱，还是不做》在网络上成名。然而，当你点开这部作品时，首先映入眼帘的是一篇作者说明。

其次，网络文学的语言有自己的特色。网络文学词语主要有三个来源。

第一个来源是科技用语。一些专门软件的功能，代表了某种特定行为，如"QQ"是中文网上寻呼软件（OICQ）的简称，在网民口语里，"我 Q 你"表示找人，"我们去吧"表示聊天。"OICQ"本身又是英文中"OH, I SEEK YOU"的缩写。

第二个来源是聊天室用语。聊天室需要参与者在短时间内输入大量文字，既要表达强烈感情，又要速度快。由于汉语中同音词多，打字时会自动出现许多联想词语，于是就出现了"斑竹"代表讨论区的"版主"；"大虾"代表技术很高的"大侠"；"竹叶"代表"主页"等。虽然是同音的别字，但在大家都能了解其意思的网络上，这样的别字还另有韵味。

第三个来源是将英文简化或用其他解释，使其产生歧义。例如"OIC"表示"oh, I see"，"VIP 贵宾（very important person）"解释成"very interesting pig, 很有趣的猪"等。

就这样，网络上出现了一大批新词、代号、数字、图形语言和固定讲话套路。代号有葛格（哥哥）、MM 和美眉（妹妹）、JJ（姐姐）、DD（弟弟）；数字有 7456（气死我了）、886（拜拜了）、494（就是就是）；图形有 :)笑脸，:-X 嘴巴被贴了封条（守口如瓶）、:p（吐舌头）、^O^（欢呼）；固定套路有套用"大话西游"和"第一次的亲密接触"的对白等。

这些词有点像行话，新手很难运用自如，它们代表了一种特殊属性，有识别网民身份的功能。网络词语体现了网虫们独特的视角和情趣，网络语言成了一种具有时代特征的生动语言，它影响着我们的生活用语，不了解它就等于错失一种生活状态。目前，已有《网络时尚词典》等专门的网络词语手册出版，各网站中也不时出现谈论网络文学语言的文章。这充分反映了网络词语对当代社会的影响。

传统文学的叙述语言或重客观描摹，强调对客观现实的真实再现或重心理分析，具有强烈的理性色彩。网络文学的叙述语言却是主观倾诉性的，拉拉杂杂，想哪儿说哪儿，甚至来不及细想就从指端流出来，完全是潜意识的显现。由于原本就不是为了发表，所以不作态也不修饰，语言不免啰嗦。加之没有编辑把关，强烈的诉说欲与表现欲使"啰嗦与贫嘴"状态很普遍。在网络上，即使是严肃的评论文章中也时有出现，那些倾诉日常感情的作品就更不用提了，难怪人们把在网络上写作称为"灌水"。

网络文学的美学特色和价值观

传统文学较注重文学作品的宣传教育功能，常采用客观描写的手法再现真实社会。传统文学对反映社会的重视，对"载道"的自觉，对所谓"人人心中有，人人笔下无"境界的追求，使其作者有意无意地以代言人自居，以社会允许的、众人认可的方式说话。而这种对作家写作姿态的强调，无疑使传统写作具有了某种表演性。而网络文学则更注重自我愉悦，它不试图阐释某个哲学理念，也不在意别人的看法，它注重的是纯粹的个人心态展示，甚至是潜意识的宣泄。

传统文学写作姿态的表演性，传统文学作品强调的概括性、典型性、深度模式等创作规范，必然使文学与生活产生距离，也使文学负载了许多原本不属于它的东西，走向异化，变得沉重不堪。而网络文学是自娱性的宣泄，它无视现成规范，只从最原始的生活中汲取养料，简洁、明快、单纯，具有生活的亲和性。网络的无为书写、直抒胸臆，可以说是文学的复归。传统文学的创作是经过作者思想过滤的，往往反复修改方能定型，而网络作品则是网民情绪化的即兴发挥。它是直觉的，有时甚至是条件反射式的。

在传统文学中，常常用第三人称叙述，能读到上帝般全知全能的叙述者的影子，即使有时采用特定的"我"的视角限制了全知，也能感到叙述者在操纵整个故事。而网络文学中却只有"我"，没有他人，叙述者特定的身份使故事有了不确定性，容易引起读者的参与。

基于作者身份、作品发表环节等不同，网络文学的价值标准也与传统文学不同。在网上点击率高的文章，常常显得很另类。由于写作者的隐蔽性，网络提供了一片真正自由的天地，那个荧光闪烁的屏幕仿佛人类社会的后台，使写作者得以卸去在人生舞台上不得不戴的假面。

网络文学的后现代特征很明显，既反崇高又求纯粹，既反大众化又求通俗明了，有些浮光掠影，缺少历史感和深度。网络写家既不想做代言人，也没有什么责任感与使命感。宁财神就曾说："在网上，那些新奇、悬念、煽情或搞笑的作品更有读者缘，而感情含蓄、态度温和，需要反复咀嚼、寻味其精神内涵的作品却不甚受欢迎。如被捧为网络文学言情经典的《第一次亲密接触》，年貌相当的少男少女由通信而不再孤单。当爱情的种子刚刚开始萌芽时，却得知美丽的少女身患绝症，从此人鬼殊途，空留遗恨。这样的浪漫爱情故事早已经有了无数的版本。在传统文学中，已是老调。而这次的网络版之所以能够轰动，就是因为"通信"成了"发 MAIL"，女主人公的轻颦浅笑成了"：)"，加上痞子蔡那可笑又调侃的 PLAN，表示出当代青年的心态：既向往美好又怀疑自己；既渴望精神的提升又畏惧崇高的真实性。"

网络文学的结构特色

大部分网络文学作品结构随意，口语化写作使它们更像故事而不像文章。宁财神和俞白眉虽然一个长于小说，一个精于评论，但结构上都有平铺直叙的毛病，其他许多网络写手也或多或少疏于结构的构建。

将结构发挥到淋漓尽致的当数超文本作品。许多作品中都提供纯文字的超文本链接，阅读时点击链接就可以看到相关材料。超文本链接拓宽了文学的范围，使它从二维平面走向了三维立体，更新颖的链接超越了纯文字领域。作者设置了特定的方式，使文学向动态延伸。主持"涩柿子的世界"文学站的台湾女作家曹志涟创作的《想象书 1999》，采用网络动画 FLASH 技术，将作品主体链接设计成类似时钟的画面。当时钟的指针指向超文本的链接点时，文字就会变亮。它超出了以往超文本文学单纯的文字链接方式，进一步在空间上实现了网络技术与文学内容的结合。

原载《广播电视大学学报》2002 年第 2 期，此处有删节

45. 网络文学的新媒体艺术特征

金振邦

什么是网络文学？目前已发表的文章中虽然不乏睿智卓识，但存在着从网络新媒体视野审视的盲区。以往人们对网络文学的认识，常常囿于传统媒体视野的维面。有人认为网络文学的特点是：自由灵动、生动幽默、短小精悍和谈天说地边缘化。① 情节要跟"网络"有关，要有男女角色，要产生爱情，最后的结局又通常是虚幻。② 它是平民文学、涂鸦文学、个人文学、速度文学、年轻文学和共享文学。③ 有人从文字操作方式上认为，网络文学强调短句、互动、戏仿、拼贴、RPG（角色扮演）、超文本、乱弹。④ "网络文学的作者需是网人""网络文学的作者说网语""网上文学得有一个吸引人的标题"。⑤ 以上除了超文本、互动和网语外，是网络文学基本的艺术特征吗？

比特新媒体决定了网络文学的全新艺术特征，它主要表现为以下几个方面。

超文本的全息辐射。超文本是网络文学的主要表现手法，并影响、制约着其诸多的艺术特征。而真正的网络文学就应该指超文本文学。非超文本化的充其量只不过是网络化的文学而已。超文本是含有热单词、热短语或热图形的文本，是一种互联程度很高的文字叙述。信息空间完全不受传统书籍二维物理空间的限制，要表达一种情感、观念，或描写某种情景，可通过一组多维指针来进一步延伸或补充。超文本建立了一种可以用无限多的方式组合、排列和显现信息的系统。它是一系列可随读者行动而延伸或缩减的收放自如的信息。各种观念都可以被打开，从多种不同的层面予以详尽分析。这就要求作者具有更大的艺术想象力，考虑读者的多元化欣赏需求。"超文本不仅描述或提及其他文本，而且重构了读者的阅读空间，将其带入更广阔的

---

① 篝狸：《织文成网》，http://www.qingyun.com/column/website/cycul.htm。
② 徐坤：《也说网络文学》，http://pub.goldnets.com。
③ 假道：《戏说网络文学》，book@peopledaily.com.cn。
④ 《网络文学的七种武器》，《北京日报》2001年6月21日。
⑤ 翟华：《网络文学的眼睛、鼻子、嘴》，《中国青年报》2000年4月17日。

领域。"① 文学文本的形态将由二维的平面转化为三维立体或四维动态,人物和故事的发展模式也呈现出多向路的复杂趋势。这将大大扩容文学文本的艺术想象空间和历史文化内涵,从而使网络文学作品具有超越传统文学文本的巨大艺术魅力。1990 年 Michael jovcel 创作的《下午,一个故事》就是一部艺术上成功的超文本小说。超文本虽能增强发散性想象思维,有助于开拓思路,摆脱思维定势的束缚,但有时会削弱读者定向性的深度思考。

文本结构的开放性。超文本消解了传统文本结构的边界,使其呈开放态势。传统文学作品的结构是封闭的,它们自我完足、彼此无关。而网络文学文本中的超文本冲破了个别作品的局限,使众多文本互联为一个大文本系统。它是一种具有流动性的开放性结构,它处于多个维面的交叉点上,向多重时空辐射和伸展,具有无限大的结构空白和读者参与创造的浩瀚空间。它有着众多的交互式开放节点,可以伸向其他任何地方的相关文本。它的解读还允许自由选择的节点放大,从而使作品的结构呈现为个性化的变化格局。读者可以激活某一构想的引申部分,也可以完全不予理睬。网络文学的这种开放性结构,使作品呈现出千姿百态的多样性和丰富性,从而使真正的个性化鉴赏成为可能。

故事叙述的非线性。这也是采用超文本的结果。传统文学作品的情节叙述本质上是线性的,其显著特点是情节叙述的顺序性。它不仅指作品情节的发展有着明确的先后次序,而且还包括某些时空颠倒的情节,甚至没有时空顺序的意识流片段。不管属于上述哪种情况,这类作品印刷在报刊或书籍上之后,其情节叙述的顺序是固化的、线性的。人们在阅读作品时只能按照固定的顺序一页页读下去。而网络文学尤其是超文本作品的情节叙述,是一种非线性的、待组合形态。它采用网状结构组织块状信息,没有固定顺序,就像是一个全息的、多维的、重叠的多重时空。读者可根据自己的文化背景、审美情趣、知识结构、功利目的,对情节进行独特的、非线性的重新组合。读者能随意地从电子文本的一点跳到另一点,从而打破了线性叙事的神圣规律。因为人类思维的大脑本身就是一种网络结构,其信息的存储无法用时空坐标去进行定位,它存在着多种路径,不同的联想导致不同的艺术欣赏结果。

解读方式的多路向。超文本提供读者多重路径的选择,催生了新型的多

---

① [美]保罗·利文森:《软边缘:信息革命的历史与未来》,熊澄宇等译,清华大学出版社 2002 年版,第 138 页。

五、特征把握

路向阅读行为，同时给传统读者和作者的身份定义带来冲击。它提供了文本结构流动的多种方向的可能，每一种方向都带有独特的个性化色彩。每一个读者由于个体差异，在解读超文本时都会选择不同路线和顺序，从而形成独特的结构方式。他们的阅读常常是快速、跳跃、大剪接式的，基本方式是横向联系而不是纵向积累。以前的书本作者曾经尝试过给读者某种个性化的解读。如法国扑克牌小说《隐形人和三个女人》就是一些散装的纸片，读者解读前先将整本书像洗牌一样打乱，这样就会出现一个新的版本。但是在进行书本超文本个性化解读探索时，明显受到了纸张媒体物理性质的限制。然而，在课堂上讲授网络文学超文本作品时，我们会发现"今天你读了哪篇课文"这个似乎一般的问题，会变得复杂起来。实际上每个人读的内容都是不同的，因为他们或者没有穷尽所有解读路径，或者按不同顺序来解读那些单元。面对着这些多元化的情节和线索，读者不仅会有不同的切入和答案，而且还不得不设想新的问题。网络文学的解读方式，也是构成其作品特征的重要因素。

形象呈现的立体化。超文本也是多媒体呈现的重要手段。传统文学塑造形象主要依靠单媒体文字，读者通过文字符号去进行艺术的想象和再创造。而网络文学是采用包含文字在内的多媒体手段进行形象塑造，它意味着人们可以同时使用多种感觉通道，而且可以根据读者的需要自由选择路径。多媒体以电脑技术为基础，实现了不同媒体间新的艺术综合。多媒体隐含了互动的功能。网络文学应以文字媒体为主，同时包括声音和图像媒体。它们之间可以进行完善的信息交互、转换和融合。作品中充满了图像、并置的事物、口语跳跃和断层。如台湾苏绍连的《扭曲的脸庞》，除了四周诗句之外，画面上的一个脸庞可以随着你按不同的数字键而动态变换各种表情。杜斯·戈尔的 flash 诗歌《象天堂》，一个绿色"象"字的舞蹈引出诗歌文本。动态文字或影像能很好地将文学与绘画、音乐、影像等混合在一起，它具有极大的艺术潜力，这是纸质文学所不能完成的。

语言风格的数码化。电脑网络创造了全新的文化，也决定着网络文学新的语言特征。1. 简洁化，这是网络文学语言发展的一个趋势。2. 数字化。电子语言将逐渐取代传统纸质的手写语言，人类欣赏文学的经验和途径正在发生重要变化。3. 符号化。指某些符号开始入侵汉字系统，成为一种新的网络语言形态。它主要有三种形式：一是数字符号；二是脸谱造型；三是缩略语。4. 图像化。5. 节点化。6. 新奇化。

审美取向的互动性。这也是超文本带来的结果。传统文学作品的欣赏，常常是单向度的。读者对作者无法进行沟通和施加影响,也不能改变原创作品的形态。而网络文学的欣赏却是双向度的,它能在不同程度上实现美学欣赏的交互性,使作者和读者相互沟通。作者可以在网上对自己作品进行解说,回答读者提问,并提供作品的文化背景和创作动机。读者可以直接参与作品的创作,改变作品的主题思想、情节结构、人物命运和事件结局。比如一些互动小说《发条情色》《活着,爱着》,就属于这种类型。可见,新媒体作品必须用一种新的美学取向来进行解读和欣赏。

网络文学的研究应该说还是刚刚开始,随着网络的延伸和普及,它将给传统的主流文学带来危机,并逐渐消解网络文学与传统文学的界线,最终成为网络时代文学形态的主体。这是不以任何人的意志为转移的发展趋势。

原载《中文自学指导》2004年第3期,此处有删节

46. 用网络打造文学诗意

欧阳友权

网络文学也有诗意,也需要文学性。人类赋予文学的诗学命意不会因网络媒体的出现而发生改变;网络所能改变的不过是文学诗意的形态构成和打造诗意的方式,而不是文学的诗性特质和创作者的诗意襟抱。我们看到,网络文学在对传统的文学诗性予以技术祛魅的过程中,也在实施电子诗意性对传统文学诗意的转换,打造赛博空间(cyberspace)新的诗意。数字化技术的创作方式可以引发文学的裂变,但技术和媒介对文学的介入不会导致文学性的终结。因为网络在给予文学诗性以技术遮蔽的同时,就已经预设了网络文学"返魅"(rechantment)的路径,蕴藏着电子诗性的开发潜能,并可能在新的语境中拓展出新的文学审美空间。

重铸科学诗意化境界

现代技术的日渐艺术化趋势正挑战人类的想象力,一步步把人类带到科学与诗相统一的新境界。这是惬意的人类生存境界,也是一种艺术性的科学诗意化境界。互联网上的文学艺术活动正是借助了科学技术的诗性特质创造

五、特征把握

"电子诗意",重铸新的诗意化境界的。

被称作"数字革命传教士"的尼葛洛庞帝(Negroponte)曾亲切地把"Media"(媒介)解释成"My dear"。这一拆解意在说明,以网络媒介为标志的电子数码技术对人类有着强烈的亲和力和其独特的魅力。美国麻省理工学院建筑与设计系主任威廉·米切尔(W. J. Mitchell)在他的《比特之城》一书中描述过"艺术化的技术"给人类带来的"技术审美化"的生存境界[1],这种"数字化的媒介环境"就是科学诗意化、技术审美化的生活新境界。由技术的艺术化所能提供的所谓"理想的生活"是否就是一种"人性化的生活"另当别论,但它在数字化时代为技术化生存重铸的新的境界是富含诗意的想象力的,是科学与诗意相统一的"技术的艺术化"境界。网络文学创作将依托这种艺术化的技术工具打造技术性的艺术文本,获得文学审美的创生空间,创造数字化的诗意境界。由于网络文本用软载体的比特替代了广延性原子硬载体,较之于传统的文字传播,具有容量大、体积小、耗材少、传输快,辐射广阔,准确度高,易于检索、还原和复制,节省时间和空间等优势;并且,电子化的文学文本还具有字号可调、选择语种、自动翻译、自动阅读、信息实时更新、资源无限共享,以及文学话语权回归大众等便利条件,因而网络写作更便于按照创作者的表意旨趣自由地实现诗意创造,做到"观古今于眉睫之前,挫诗情于光标之处",让技术的神奇魅力酿造出艺术的诗意胜境。再如,网络多媒体文本吸纳图、文、声、影等审美要素于一身,形成了对人的感觉器官的全方位开放,便于欣赏者立体化地感受信息对象的艺术魅力。这类作品根据情节和情感表达的需要,常常在文字文本的背景上通过Flash画面的流动或增设旁白来实现虚拟真实叙事,还可以用歌声、音乐、音响等听觉效果来酿造故事氛围,实现视频、音频综合效果对欣赏感官的立体冲击。

科学与诗,本是人生的两极境界,现代高科技以其穿越时空、启迪想象的新发明和新创造,让凝聚了人类智慧心血的技术产品,以物质寄寓精神,用创造吐纳情怀,靠技艺生产美感,使得科学与诗、精密的数学与抽象的哲学、毫厘不爽的设计与激情勃发的臆想,激活出现代生活的盈盈诗意,引导

---

[1] [美]威廉·J. 米切尔:《比特之城——空间、场所、信息高速公路》,范海燕、胡咏译,三联书店1999年版,第4页。全书分为"拉线""电子会场""电子公民""重组的建筑""软城市""比特业""获得好的比特"等7章,这里的描述就是全书的主要内容。该书的网络查询地址是:http://www-mitpress.edu/City-of-Bits。

并印证着现代人的生存幻想，让高品位的生活质量和高享受的诗意关爱一道走进人们的生活空间。如现代可视化技术将计算机技术、胶片处理、视屏影像的数字化等，扩大到三维音响和虚拟实体的仿真技术领域，将看不见、摸不着的超宏观或超微观世界，甚至一些非感性的科学法则等，都实现其可视化处理。中国古代诗论家所推崇的那种"羚羊挂角，无迹可求"，"惚兮恍兮，其中有象；恍兮惚兮，其中有物"的诗意境界，在这里被营造得切切诱人。"万维网"（www）链接技术形成的"咫尺天涯""想哪是哪"，以及人工智能、神经网络、生物芯片这一代代电子计算机对于人的自我潜能的智限超拔；还有数字化存储带来的"资源海量"和"瞬间永恒"等，都已跨越了个人生存时空的藩篱，把生命的有限提升为生命创造的无限，把生存需求的满足升华为满足后的心灵享受，在改变世界图景的同时，又让人类乘坐睿智的"科学方舟"去畅游审美化的自由洞天。

当然，毋庸讳言，在技术理性意识形态化、技术物品大地化的文化语境中，"网络为王"的数字霸权，有时会干扰现代人的精神宁静，打乱竹篱茅舍下的从容意态，抑或挑去笼罩于某些事物上的诗意面纱。因为技术思维求真务实的科学理性，在揭穿迷信、打破神话、终止愚昧的同时，也可能熄灭留存于人们心中的那盏诗意幻想的油灯。譬如，阿波罗号登月成功终结了嫦娥舒袖、玉兔捣药的广寒宫神话；试管婴儿的降生给生命孕育的神秘和血缘人伦的神圣打上了问号；可视电话、光纤通讯、电子邮件、手机短信等确实方便快捷，却又消除了昔日那种"高高山上一树槐，手把槐花盼郎来""望尽天际盼鱼雁，一朝终至喜欲狂"的脸红耳热的幸福感。还有高速公路上的以车代步和蓝天白云间的睥睨八荒，让人体验到了激越和雄浑，但同时又排除了细雨骑驴、竹杖芒鞋、屐齿苍台的舒徐和随意。不过，以计算机网络为标志的信息科技所蕴涵的新的诗意及其所创造的新的审美方式，较之于它所淹没的那些古典情韵的小桥流水、昏鸦老树来，又算得什么呢？只要我们保留一份对生活的热爱，只要我们对快速变幻的物质文明抱有静观的心态并投以审美的眼神，科技的声光电屏依然能辉映出人文精神的绿地，信息文明的管道网线传递的仍将是诗意的美和畅神的心灵享受。

网络叙事对文学诗意形态的置换

在英特网上，原有的文学形态依然故在（电子化的存在），但在一些网络原创文学中，依托数字化媒体的叙事方式却衍生或嵌入了新的审美形态，

五、特征把握

从而以置换文学本体样态的方式实现网络作品诗意形态的置换。

一类是体裁文类的新变置换了文学的诗意形态。在网络文学中，体裁分类的观念正在淡化，各种文体的界限变得模糊且不重要，文学与艺术的界限，乃至文学与非文学、亚文学、准文学的分野似乎都可以被忽略。随着计算机硬件和软件的不断更新，随着人们对电脑网络技术操作的日趋熟练，网络上单纯的文字作品会逐步减少，代之而起的将是多媒体表达和超文本链接。从这个角度看，网络文学最终可能会走向网络综合艺术，走向大众审美文化，单纯的文字表达在网络艺术文本中只具有脚本、提纲和解说词的意义。同时，由于内容纪实性的普遍化和网民参与意识的不断增强，诸如"聊天体""接龙体""对帖体""链接体""拼贴体""分延体""扮演体"等种种新的文学艺术体裁样式将会不断涌现出来，并得到更多人的认同，慢慢成为一种约定俗成的惯例，因而，当原有的文学诗意所依存的文体样态被改变后，对网络文学的诗意性也需要进行新的诠释。

第二类是文本构型的改变置换着文学的诗意形态。这主要表现为：（1）超文本形态。（2）多媒体形态。（3）链接修辞形态。按照布尔布勒斯（N. C. Burbules）的解释①，网络上的链接修辞有："隐喻"（Metaphor）、"转喻"（Metonymy）、"提喻"（Synecdoche）、"同一"（Identity）、"反平衡"（Antistasis）、"词语误用"（Catachresis），以及"顺序与因果"等等。其功能是以语义关系和事理逻辑为基础，将内容节点予以有目标的链接，以便更好地将文本内容网络结构化，扩大欣赏时的审美张力，并以解构的方式作非中心化的诗性建构。（4）递归叙事形态。美国的玛丽－劳勒·莱恩（Marie－Laure Ryan）用"递归－堆栈－推进－弹出"模式解释计算机写作的递归现象。（5）窗口设定形态。电脑窗口是互联网的节点，又是一个移动的所指。按文本构型需要，网络文本窗口（windows）分为移动窗口与静态窗口、并列窗口与交替窗口、嵌入式窗口与凸显式窗口等多种形式。②

第三类是网络文学的后审美范式置换文学的诗意形态。这在诗意表征方式上表现为：第一，符号"仿像"（simmulacrum）审美，即运用数字技术

---

① Burbules, Nicholas C. Rhetorics of the Web. *Hyperreading and Critical Literacy*, http://www.ed.uiuc.edu/facstaff/burbules/ncb/papers/rhetorics.html. Published in *page to Screen*: *Taking Literacy Into the Electronic Era*. Ed. Ilana Snyder. New South Wales: Allen and Unwin.

② ［美］玛丽－劳勒·莱恩：《电脑时代的叙事学：计算机、隐喻和叙事》，戴卫·赫尔曼：《新叙事学》，马海良译，北京大学出版社 2002 年版，第 69 页。

"虚拟真实"以拼合实在,把一切实在之物拆解为断片式代码,再用数字化技术将这些代码组合成表面真实的虚拟物像,然后将其作为实在的代码来替代物像的真实,使组合拼贴而成的审美符号替代艺术审美本身,如虚拟偶像、虚拟乐队、网络 flash、网络游戏艺术等即属此类。第二,在线活性审美。严格来说,网络文学只"活"在网上,网络文学的空间留存性和无可终止性,决定了它是一种依赖网络的"活性"的艺术存在。传统文学依时间而延伸,网络文学只与空间共舞;传统的作品是"死"的,已经出版便不可更改的,网络文学是"活"的,可以随时更改和参与续写的。第三,快乐游戏审美。快乐的写作产生写作的快乐,快乐的互动形成参与的快乐,一句话,在一个自由的世界里快乐地嬉戏,乃至用无厘头的"反堂皇"手段,实施特殊的精神呵痒,在快乐的游戏中让垃圾与精品齐飞,低俗共高雅一色,这便是网络版的后审美主义诗意图景。

总之,体裁文类、文本构型的改变和后审美范式的置换,是网络在解构文学旧制时开辟的文学性返魅路径,同时也是文学在网络虚拟空间中试图重构的电子诗性。网络对文学诗性的技术祛魅与艺术返魅就是在这个过程中逐步实现的。

原载《文学评论》2006 年第 1 期,此处有删节

47. 网络文学之"自由"属性辩识

曾繁亭

尽管寄身于网络,但毕竟"网络文学"的底蕴是"文学"而非"网络"。"网络"仅是"文学"借助的技术工具;而本质上属于"人学"、源自"心灵"的文学,自身却永远有着其与外在技术条件无关、不可移易的内在人文旨趣与艺术旨归。就此而言,"数字化"网络技术所赋予的网上"写作自由",与由"心灵自由"或"精神自由"所决定的"自由写作"显然不能同日而语。前者是由外在的技术条件决定的"写作行为"的外在自由,而后者则是决定"写作产物"艺术品质的内在心灵自由;前者虽然也以微妙的方式影响到文本的构成,但毕竟只是通过一种便捷或方便为写作主体的"自由写作"提供出一种更大的可能性,而这种可能性要在文学文本中转化为实实在

在的现实性,从根本上来说却要取决于写作主体的内在自由本质。换言之,即使外在技术所赋予的自由非常有限——譬如说,在刀耕火种的古代,文字只能经由刻刀刻写到竹片上——如果写作主体拥有强大的自由心灵,人类同样可以拥有伟大的文学大师和文学经典;而在技术条件与古代已有天壤之别的网络时代,人们依然不可以随便拿一个著名的网络写手去与屈原或索福克勒斯相提并论。

"文学乃自由的象征。"这个命题中的"自由"即是上面提到的创作主体内在的"心灵自由"或"精神自由"。具体来说,"文学乃自由的象征",这不仅是因为创造了文学的人之本质是自由,人永远渴望无限的自由,而且也是因为人之现实存在永远匮乏自由,即卢梭所谓"人是生而自由的,但却无往不在枷锁之中"。正是在这双重意义上,作为自由之象征的文学才得到了"人学"的高标;也正是在现实与理想、有限与无限、匮乏与渴望之间永恒冲突激荡的巨大张力中,人类才诞出了其致力于艺术创造并以之为自己生活方式的内在冲动。无论如何,真正有效的文学表达,无不是在真切生命体验基础上对生存况味和自由愿望的表征。即伟大作家为了让心灵和精神的自由得到充分的表达,就不得不与外部永远存在的不自由进行抗争。正是在这种抗争中,得到锤炼的作家之自由心灵闪烁出了奇异的光芒;而正是这种奇异的光芒,在文本中直接熔铸为文学的自由魂魄。所以,伟大的文学作品永远是在内在自由与外在不自由的紧张关系中磨砺锻造出来的。

外在自由的过度充盈或外部自由绝对匮乏的生命情景,对文学创作来说都是不可思议的。相较之下,自由的过度充盈比起自由的过度匮乏,有时候对文学创作的戕害更要可怕。由是,才有列夫·托尔斯泰的论断——世界上从来就不存在大腹便便志得意满的艺术家,哥德才会称"当我被灾祸胁迫时诗的火焰才炽炽燃烧,优美的诗文如同雨后的彩虹只在阴暗的地方出现;"才有屈原在今人难以想象之简陋粗糙的技术条件下写出千古绝唱《离骚》,而陀思妥耶夫斯基等西方大师在监禁、流放等外在自由几乎丧失殆尽的生存情境中却能写出令人惊心动魄的不朽名著。显然,从根本上说,文学创造的灵感与质量取决于灵魂的质地——确切说是灵魂对自由匮乏的感知以及对自由的渴念。历史不断证明——心若在,梦就在;思想/精神自由永远是真正的表达/创作自由之最有效的前提。无论严酷的坏境如何扼杀人外在的生存自由和表达自由,通过心灵的自由律法而确保的内在创作自由却始终都是无法阉割的强大存在。同样的道理,人们永远无法想象——一头在肮脏的泥水里快乐打滚的猪或一只在低洼山坳里随遇而安的猴子,可以成为一个伟大的文学家。

因此，可以断言——网络写手凭借数字化网络技术发展所获得自由虽然可喜可贺，但这份自由对他们所从事的真正的文学工作来说却并不具有决定性的意义；同时，产业化网络技术及其衍生出来的商业逻辑对其自由的剥夺本身，也并非是制约其作品之艺术水准的关键因素。不管是技术所赋予的自由还是商业所剥夺的自由，这都是其作为网络写作者自身不能决定取舍的时代情景和生命际遇；对包含这些情景、际遇在内的整个生命与生活究竟有着怎样的切身感受与精神回应，这才是直接影响其创作状态以及艺术质量的根本所在。说到家，艺术关乎心灵：起决定作用的永远只是人的自由心灵，也只有人自由的心灵才是文学唯一、永恒的源泉。

质言之，数字化网络技术所赋予的自由，的确为人类的文学生活提供了巨大的方便，从而为人类文学生存的可能性以及文学形态的多元性提供了更大的想象空间，但作为文学源泉的人类生存情境、人性悖论、情感困惑、精神困境……却并没有因此而有根本的改观。数字化网络技术提供出来的只是写作和传播的便利，而不可能是心灵深处具有高贵人文内涵的那种"精神自由"和"创作自由"。就此而言，面对网络文学这一全新的文学景观，人们有理由兴奋，但没理由亢奋——数千年人类文学的长河鸣咽着绵绵而来，其沉雄沉深沉重的涌流里，响彻着的始终都是反叛者满透着血色的呐喊和殉道者闪烁着泪光的悲鸣。

如果缺乏真正的自由精神的主体，技术赋予的自由最终可以有技术衍生出来的商业机制以及更高效的专制控制予以剥夺；如果缺乏真正的平等精神的主体，技术赋予的平等最终亦会由技术自行消弭。与任何自由一样，数字化网络技术赋予网络写手的"写作自由"也是一把双刃剑——外部自由对于文学写作既是便利，也是陷阱。所谓"便利"，是指它为作家之自由"主体性"的实现提供了更大的可能，所谓"陷阱"，即它同时也暗含了滥用这种便利的危险。当很多网络写手将技术所赋予的"写作自由"演变成为随心所欲、为所欲为、漫不经心的文字游戏或欲望放纵之时，他们的"写作自由"只是对其自身具有某种释放或发泄的价值；如此"写作自由"的产物，因其根本上缺乏一种凝聚着人类文明精华的自由精神的烛照，缺少一种社会—文化的责任担当，而与构成文学魂魄的那种高贵的"自由精神"无涉。

作为西方人本主义的核心概念，自由从根本上来说是指构成人格基本标志的人之精神魂魄的自由，具体来说即超越了现实政治专权、金钱束缚的思想自由、表达自由、情感自由……自由精神与真理的精神、爱的精神血脉相

五、特征把握

连,共同构成了人类的普世价值。以此来审视网络写手尤其是签约写手的精神状态和写作状态,不难发现:尽管他们享有着现代网络传媒技术所赋予的文字发表的自由(相对于传统的编辑审查),但他们却很少秉有那种构成传统经典作家身份标记的精神自由。他们中的绝大多数普遍地漠视现实,回避苦难,摒弃理想,也就说不上会去展现带有原罪但又无辜的个体在历史展开的残酷逻辑中苦苦挣扎的悲戚身形、悲惨声息和悲壮命运。事实上,在失重的自由挥洒中,他们唯一关注的只是点击量及其所带来的金钱;在点击量和金钱的外在压力下,写手本来由技术所赋予的自由又在此种技术逻辑衍生出来的传播机制中归于丧失,即传播技术所带来的表达自由又被此种传播技术逻辑所展开的商业机制进行了剥夺。更致命的是,此种技术逻辑自然衍生出来的商业机制,非但剥夺了写手真正的思想自由和表达自由,而且同时也麻痹了他们作为特定现实和文化语境中的个体精神。由是,他们被商业目的所规定的定向想象力越发达,他们的想象也就越是丧失真正的文学想象应有的那种高贵的人文灵韵,越是在远离生命大地的虚无高空做徒劳的飞翔。在很大程度上,这种模式化的飞翔实际上正在借助新媒体所提供的复制技术,迅速演变成为一种对飞翔动作的空洞疲沓的"类型化"模拟。

在任何社会-文化语境中,"自由"都不是放任的"由自";"自由"既是"权利",也是"责任"。就网络文学写作而言,"数字化"网络技术在很大程度上突破了权力意识形态既往那种野蛮的文化垄断,将"写作自由"的权利还给了民众,但任何"权利"的背面都镌刻着"责任"二字。与"写作自由"这份"权利"共生的"责任"就是"自由写作"。真正的"自由写作",作为真正"自由"的写作,永远是真正的"自由主体"在写作;也只有这样的"自由主体",才配消受"写作自由"这份"权利",同时有能力负起"自由写作"这份责任。遍览网络众写手——在从天而降的技术所赋予的"写作自由"中纵情狂欢的时候,他们是否同时拥有了相应的理念、能力和素质来承担起"自由写作"的责任?显然,享受"权利"是很惬意、很舒服的,而承担"责任"则不但需要"责任感"的自觉体认,更需要完善的人文素质与健全的行动能力。毕竟,技术只是提供可能,人文素养才真正决定网络文学的未来;"可能"只是打开了一个逃离藩篱的缺口,是否能沿着这个技术革命打开的缺口冲破牢笼,这依然取决于写手们的勇气、能力,还有方向感。

"数字化"网络技术所释放出来的权威解体众声喧哗的语境,本来可以催发更多真正合乎文学本意的"自由精神"的书写,但本土网络写作的现状却令人忧虑。与网络空间中稳步推进的商业化浪潮相比，网络文学的"自由"观念迄今仍大多停留在较为原始的放任无序状态；在网络文学产业化持续推进的大趋势下，心灵和精神自由的缺席越发成为主流网络文学写作中刺目的文化现象。稍具理性当不难发现：本土网络写作的兴盛，从根本上来说不过是很多年轻而又无处寄放的青春在虚拟空间盲目而又狂乱的精神漫游，这其间，有对文化－生活时尚的追随，更有对现代技术的依赖，但唯独缺少了真正的作为人之人格基本表征的"自由精神"。面对着官权扼杀自由、"拜金"瓦解自由、技术消弭自由的复杂现实，如何通过在虚拟世界的"自由"操练而引发人们在现实世界对真正的"个人自由"的发现与追求，如何将技术催发的"写作自由"转变为合乎文学—"人学"之"自由"本意的"自由写作"，乃是摆在所有网络写手以及相关研究者面前的一个亟待解决的严峻课题。

原载《文学评论》2012 年第 1 期，此处有删节

48. 新世纪文学焦虑的纾解与网络媒介的力量

杨　雨

如果说机器媒介真的加深了文学的焦虑和危机，那么，在世纪之交进入中国的网络媒介又会对文学产生怎样的影响？新世纪的文学焦虑会因此而愈演愈烈？还是会因此而得到纾解？要回答这个问题，首先就要解决产生文学焦虑的内在根源究竟是什么？然后再分析媒介力量是通过怎样的路径对文学焦虑发生作用的？最后，我们才能在学理上辨析网络媒介能否消解或纾缓产生文学焦虑的原因。

文学焦虑产生的根源是文学身份与文学角色期待的冲突

心理学认为，焦虑来源于"角色紧张"，也就是说，当一个人感觉到自己不能成功地扮演自己的角色或者感到自己的扮演与社会对其角色的期待有较大距离时，就会导致精神的焦虑。这提示我们引入文学身份和文学角色这两个概念，来分析文学焦虑产生的解构性因素：

五、特征把握

1. 所谓文学身份，是指文学在整个人类社会文化系统中所处的位置。一定的文学身份代表着它在社会文化系统中被赋予的地位，并由此代表着它应当履行的社会文化职能。

2. 所谓文学角色，是指人们对文学在社会文化系统中应当履行的职能和行为的期待。

按照上述的定义，我们可以得出这样一个基本的理论假定：文学身份和其角色期待的吻合程度与其焦虑程度成反比。事实上，文学的身份是通过其职能履行来体现的，而正如我们上面所说，职能履行的量度等同于话语权的大小，那么，上述的假定也可以表述为：文学话语权的大小和其角色期待的吻合程度与其焦虑程度成反比。我们可以通过对文学史的简单回顾，来验证一下这个假设。

文学话语权的大小，是通过两个维度来测量的。第一个维度是文学话语的接受广度，也就是说，一个时期的文学拥有越多的读者和关注者，它的话语权就越大，反之亦然。第二个维度是文学话语左右其他领域话语的强度，也就是说，一个时期文学话语对社会文化系统中其他领域的影响越大，它的话语权就越大。反之亦然。下面，我们就通过这两个维度，来考察一下历史上文学的话语权与其角色期待之间的关系。

在口头传唱时代，文学话语的接受几乎是"全民"。由于没有文字，文化的传承主要依赖便于记忆的韵文传唱来进行，这是人人都能听懂的语言，不会将某些接受群体排除在外。同时，这个时代文学实际上不是独立的，它是所有文化产品的承载者，它的话语也就几乎等同于全部的文化话语，而实际上，当时人们也是这么看待文学的，也期望着文学能够很好地履行文化传承的功能，因为别无选择。很显然，这个时期的文学话语权最大，人们对它的期望值也最大，这个时期的文学没有焦虑。

在书面文学出现后，文学依然拥有话语强权，它被寄予"观风俗，知得失，自考正"的角色期待，而统治者则通过文治教化系统的构建，通过选官制度尤其是科举制度的推行，也赋予了文学以重要的文化身份。尽管在这个时代，文学已不再呈现为全民传唱的统一图式，精英文学的话语传播范围也相对缩小；但是，精英却通过自身强大的政治地位垄断了主流文学（书面文学）的话语权，同时也使主流文学的话语具有强大的政治权利。因此，尽管这个时代主流文学（书面文学）的读者面相对缩小，但它对社会政治系统和文化建构的话语控制力即更加突出。文学身份与其角色期待之间仍然相对吻合，文学的焦虑和失落感并不明显。

但是，也不能说这个时代完全没有焦虑。从两汉时期"类比俳优"的伤怀，到初唐"文章道弊五百年"的感叹，再到宋人"作文害道"的怀疑，直到清代对文学"真种子"失落的迷茫，文学焦虑的胚胎已然隐隐孕育。是什么力量孕育了这种胚胎呢？通过与口头传唱时代对比，我们自然会发现，这个焦虑孕育的时代，正是文学传播媒介发生重大变革的时代。那么，是媒介的变革埋下了文学焦虑的隐忧吗？媒介又是通过怎样的路径对文学施加作用的？

文学传播媒介的变革使文学身份产生裂变

角色的紧张是在20世纪真正开始的。当文学被赋予"唤起民众""启迪民智"的重大责任时，实际上也超出了被"唤起"的民众对文学传统的角色期待。为了不断调适自己以适应新的角色期待，文学就对自己开始了革命：先是彻底改变了自己的语言系统，然后是改变自己的叙事风格，最后又开始改造自己的文化范式。当把自己改得面目全非之后，又突然发现，被"唤起"的民众并没有承认文学努力扮演的新角色，所有伟大的政治责任和哲学使命无非是精英们的虚拟，而民众期待着文学的娱情荡志！于是，文学的精神崩溃了，它又企图以解构的方式来安慰自己，一切的崇高、一切的责任、一切的严肃，都统统卸下，不承认自己在社会文化系统中具有强大的话语。文学解构了自己的身份，它的力量、功能，顿时变得模糊不清起来。

也正在这个时候，机器媒介开始出现了。本已开始融合的文学话语系统又开始分裂：一套是口语化了的书面话语系统，一套是更加感官化的机器话语系统：幻灯、电影、广播、电视。这种新的感官化话语系统似乎在向原始的读图时代回归：它更加倾向满足个人肉体快感的"充欲"的功能角色。民众发现了新文学：这种新文学通过机器的大量复制和感官满足是那样符合民众对文学的传统期待，他们很快不再指望再现媒介的文学做什么，而把满腔的热情和期望都奉献给了机器媒介的文学。于是，纸媒文学的话语接受范围大大缩小，越来越与其对自身的身份认定不相称——它还沉浸在昔日左右文化浪潮的辉煌之中呢。在电媒文学日益受到追捧的同时，纸媒文学感受到了自己的失落，终于，它的话语权仅仅局限于象牙塔里极少数的"文学家"中间，对广大民众而言，它确实被边缘化了。

随着传统的纸质文学而形成的文学身份正在因人们对文学角色期望的多元化而不断分裂，而由传统精英文学时代形成的强大的文学话语权，也正在被机器不断地分类给不同分众人群。社会似乎不再有一个主导的文学观，各种文学的不断碰撞与冲突，就构成了20世纪文学的主基调。这个基调会随着20世纪的逝去而淡化吗？或者说，在新世纪里，被撕裂了的文学身份会重新得到建构，走向认同吗？其实，上各世纪末诞生的，在新世纪里注定要迅猛发展的网络文学，正在悄悄地改变着这一切。

网络媒介的功效在于使分裂的文学身份重归融合

网络媒介与机器媒介相比，有三点根本的不同，而这不同恰恰对未来文学身份的重新建构和认同有着决定性的意义。

首先，网络媒介弥补了机器媒介符号流逝性的不足，从而弥补了书面话语系统与机器话语系统的裂隙。相对于纸媒而言，机器媒介的最大优点在于其感官冲击力，同时，它的最大缺陷就是其传播符号的流逝性：电台里播放的一首歌和电视里的一组镜头，瞬间即逝，很难以凝固的方式出现在人们面前，供受众反复咀嚼。因此，机器媒介只能以最通俗化的方式来完成符号编码，通过感官的强烈刺激来弥补符号流逝的损失。然而，网络媒介却弥补了这种不足，但同时又保留着机器媒介的优点。通过强大的服务器支持和文字处理软件，网络媒介照样可以像纸媒那样将符号信息凝固在任意的时间长度中，保留了纸媒的优点。同时，多媒体的效应又能同样荷载听觉和视觉的传播功能，保留了机器媒介的优点。这样，通过多媒体技术，网络媒介将纸质媒介和机器媒介的各种功能完美地糅合起来，从而为消解书面话语系统与机器话语系统的分裂提供了基本技术保障。

其次，网络媒介以"点对点"的传播方式弥补了机器媒介"点对面"的传播方式的不足，从而弥补了由于"点对面"传播而形成的"传－受"关系的模糊性，使文学身份在微观上更容易与其角色期待相吻合。无论纸媒与机器传媒——也就是人们所常说的"大众传媒"，都是采用"点－面"的传播模式。这种模式固然有比较高的传播效率，但却模糊了"传－受"关系。首先，文学作品的产生一定要符合适配性原则，也就是说，任何作者在写作的时候，都有他特定的或假想的倾诉对象，是针对这个人或者借描述某件事情来抒发自己的情感而进行的。创作主体这种对接受话语对象的分析和定位，使他们在创作中自然而然地确定了基本的话语内容、风格和形式。其次，文学作品的接受也必须符合协同性原则。一件文学作品可能并不是写给某位读者的，但读者在阅读的时候必须帮助作者完成作品意义的诠释和理解，使话语传播得以有效。

网络媒介的"传-受"互动功能弥补了机器媒介单向传播的不足,从而弥补了由于单向传播导致的"身份-角色"差异的凝固化,使文学身份与文学角色期待能相互调适,主动吻合。传统的机器媒介是一种单向传播,也就是说,传播主体不能及时得到受众的反馈,因而无法了解对方对自己的角色期待,因此就形成一种"身份-角色"差异,也就是说,传话人所具有的身份或其扮演行为与受众对它的期待有一定的距离,而这种距离一时间又无法消除,文学身份与文学的角色期待之间不能及时调适,从而将这种"身份-角色"差异凝固化,以致形成角色紧张。而网络媒介正好以其良好的互动性弥补了这个缺陷,使传话人能及时了解受话人对自己的角色期待,从而迅速弥补"身份-角色"差异,从而消除"角色紧张"。

综上所述,在新世纪里,网络文学的参与使文学身份得到了重新建构:它不是建构成为单一化的文学身份,而是建构出一种能随时调适自己以满足各种角色期待的多元化身份系统。这个系统对外界的响应和反馈功能保障了"身份-角色"的相互认同,从而消解了文学的焦虑。

原载《文艺争鸣》2006年第4期,此处有删节

49. 网络诗歌功能论

杨 雨

两千多年来,中国的诗歌传统一直继承和发挥着"言志""抒情"之基本功能。网络诗歌的本质仍然是诗,尽管它有了不同的"主义",不同的流派,不同的表现形式,不同的传播载体,可它仍然还是特定的时代背景下特定创作个体或群体的个性和共性的集合。它既可以是"缘情而绮靡"的情绪宣泄,也可以是"歌其食""歌其事"的日常再现,更可以是"系乎时序""染乎世情"的"言志""观志"之工具,其"志"其"情"仍然是可以兴、可以观、可以群、可以怨的,是可以感发人心,可以折射风俗世相,可以借以寻觅知音,可以指摘上政、考见得失的。即使诗人未必有主动承担时代精神的自觉,但是他一旦通过诗来发声,他的诗就成了这个时代声音集束里面的一支。诗,绝对是个人的,可它又从来都不仅仅是个人的,更何况,是在

网络这样一个自由开放的社会舞台上。网络,是社会的缩影,也是社会的延伸,诗歌,也是。

口语狂潮——强化话语平权

网络时代体现的诗歌话语平权,以 1999 年开始的盘峰论争为标志。所谓盘峰论争,即中国社会科学院文学研究所等单位联合举办的"世纪之交:中国诗歌创作态势与理论建设研讨会",在这次会议上,"知识分子写作"与"平民写作"真正短兵相接。一方面,"知识分子"对"用市井口语描写平民生活产生了深深的厌倦",并针锋相对地"提出了'诗歌精神'和'知识分子写作'等概念,并以自己的作品承认了形式的重要性"(西川《答鲍夏兰、卤索四问》)。而另一方面,平民写作的支持者们探索口语化写作,力图排斥知识、主义的阐释,拒绝深度,拒绝崇高,拒绝唯美,要求回归到生活的原生态,表现出诗意的日常性美学特征。

1. 通俗摹世

网络诗歌对话语平权功能的体现首先就在于使用通俗易懂的平民化语言,用平民正在使用的"口语"来描摹世态百相,反映平民生活、平民意识的真实存在,让诗歌从贵族的沙龙或知识分子的文本彻底地融入市井,"旧时王谢堂前燕,飞入寻常百姓家"。平民的一举一动,一言一笑,一颦一怒,就这样成为了诗歌临摹的主题,让平民的存在纳入了诗歌的历史视野。网络的话语平权一方面使所有的人都具备了成为诗人的可能,一方面也使所有的诗人或可能成为诗人的人在平等的话语权面前打造了属于自己的、率真的平民世界。网络将这种平民化的通俗以更坚决的姿态推向了空前的广度。

2. 诙谐玩世

网络诗歌作为网络民间文学的重要构成,最常见的便是以辛辣诙谐的口吻解构宏大的历史题材、或者讽刺事态人情,或者颠覆官方树立的正统形象。诗人在网络上尽情地自由呼吸,嬉笑怒骂皆文章,"让充满欢笑的怪诞、嘲弄、调侃、滑稽、耍贫嘴、假正经,以及各种民俗民间文化来颠覆尊贵和高雅,把传统的文学经典范式和文学价值理念弄得'兜底翻'"[1]。网络诗歌的诙谐体现的正是诗人的"玩世"和玩"诗"心态。

在网络诗歌中,频频被"诙谐"戏弄和讥嘲的对象不仅仅是崇高的爱

---

[1] 欧阳友权:《网络文学论纲》,人民文学出版社 2003 版,第 179 页。

情、崇高的理想、崇高的"阶层"和崇高的历史人物,诗人还常常在诙谐地自嘲中为庸常的平民生活再涂上一层喑哑的灰色。

3. 愤怒讽世

从孔子的"兴、观、群、怨"开始,两千多年来,诗歌从来没有远离过政治,从来没有远离过诗人所生存的现实,从来没有过"只谈风月、莫论国是"的时候。即使在高举平民旗帜的网络化写作时代,国计民生也仍然是与平民写手们息息相关的事情,他们的脉搏终究是与时代、与社会一起跳动的,他们在网络上狂欢娱乐的同时,也在网络上"愤怒","不平则鸣"依然是诗人诗情迸发的火山口。网络开启的平等性、自由性、兼容性和虚拟性使它自始至终保持着最低程度的平民姿态,向社会公众特别是那些在权威媒介上"集体失语"的弱势群体开启了诗歌创作的民主权力。网络打破了权力话语对媒体的控制,构筑了艺术民主的新机制,网络的匿名性使得诗人的"愤怒"不必再考虑可能要承担的后果,而得到一个尽情宣泄的舞台。几乎所有地球上发生的大事,都能以最快速度在网络诗坛中看到回应,并且以最快速度集结成一个圈子,为一个共同的话题而凝聚成一股力量。

私语呢喃——释放情绪隐秘

网络时代的当代新诗,在经历了"颂歌""战歌"的庙堂之音后,也出现了回归个人,回归私语的审美倾向。网络是大众的、公开的,同时也是个人的、私密的。网络写作的匿名性和"三无"身份,让写作主体抛弃了世俗功名的羁绊和顾虑,撕下现实生活中种种虚伪的面具,任意宣泄内心深处最为隐秘的情绪与欲望,以旁若无人的态度,在感世伤怀的个性抒情中展现生命中最本真的状态。被现实的种种束缚压抑的个性在网络中如入无人之境,最大限度地释放着生命的一切欲求,"花间一壶酒,对酌无相亲。举杯邀明月,对影成三人"。我,诗歌,网络,构成了三位一体的整个"世界"。在大众消费时代被遗弃的"自我"在网络中又被寻觅回来,安顿了迷惑而孤独的灵魂,成为平衡和谐社会的一根杠杆。

1. "把黑夜打开"——聆听心灵的寂静

如果说,红尘万里的现实生活属于白天,那么尘埃落定后的网络私语属于黑夜,在空无一人的黑夜里,灵魂挣脱了躯壳的绑缚,在月光下浅斟低唱。

从今天起做一个安静的人/做一条安静的船/在潍河滩 一个无人的

五、特征把握

渡口/简单地横下来

　　因为安静　因为水和风的声音那么微弱/我感觉滩河滩上所有的事物/和我脚下的土地一样/它们仿佛和我的心是通着的（韩宗宝：《安静》）①

"安静的人"仿佛"一条安静的船"，在这个喧嚣的世界上，安静地听着水，听着风，听着自己的心——因为在一个安静的人的心中，外面的世界再如何喧哗也"与我无关"了，"所有的事物/和我脚下的土地一样"，和心是相连相通的，是静默着直指内心的。诗人只有在诗意的"思"中才能透过安静聆听到生命（人和自然）的细微悸动，自然与人只有在浮华落尽后的淡定里才能碰触到天人合一的和谐。这首《安静》就是典型的代表，这样的诗恬淡，不拘泥于形式，重在抒发性灵。看似普通，实则蕴味无穷。

　　2. "把月亮打开"——感悟季节的忧伤

在诗人的笔下，季节从来都不仅仅是季节，自然也从来都不仅仅是自然，所有关于季节的意象，如"悬铃木落花"，如"秋天的风"，如"一车车的黄花"，如"远处的山"（杜涯：《秋天》）②，流淌的都是一种共同的叹息：永恒的自然与流逝的时光与爱情。在灵心善感的诗人眼里，秋天比任何时候都更能让人感受到季节的更替是如何迅速、无声地带走有限的时光、有限的生命和有限的容颜，逼近有限的衰老而达到人生的终点。人类的生命意识于是在秋天更容易投射到山川草木等自然外物上，又在万物衰变的景象中反射回人心，"悬铃木落花"的飘零会让人倏然意识到"渥然丹者为槁木，黟然黑者为星星"，生命之光的流逝自有其不得不然的规律，与季节的迁移并无直接的因果关系，只不过是触发人心的外物而已。

不要责怪季节的无情，不要感叹岁月的流逝，即使生命的尽头是可预见的荒凉，"我"依然在孤独的且行且吟中铭刻下记忆，直到下辈子的轮回，在同样的季节飘零里，去赴一个永世的约定。

　　3. "把身体打开"——抚平生命的渴望

对爱情的渴求是诗歌永恒的母题，而网络诗歌中对爱情的渴求往往是通过身体欲望来摹写的，"身体"的频频出场使"欲言又止"的爱情不再是一个"神秘领域"。在一定意义上说，"身体"的发现在很大程度上是对人类精神异化的本能反叛。精神被蒙蔽得太久了，需要用身体来"打开"。网络的

---

① 《韩宗宝的BLOG》，http://blog.sina.com.cn/u/3d81a084010009b9。

② 《新化人社区》网站，http://www.xh668.com/bbs/thread－4252－1－1.html。

虚拟性,让人恍惚以为那是私人家庭里的卧室,在私语化的空间里,最放肆舞蹈的无疑是驱逐了灵魂、释放了欲望的"身体","欲望取代灵魂,灵魂在肉体中沉睡,已然成了今日艺术所关注的救赎与解放的问题"[1]。欲望在"身体"的感觉里狂欢——"自我"成为一座"空城",灵魂缺席,肉体在场,网络中载歌载舞的性欲狂欢往往并非是爱情的再神圣化,亦非爱情的去神圣化,它展示的只是"身体"在爱情缺席后的自我虚无化。没有灵魂的身体,即使在欲望的城中横冲直撞,也引不起丝毫的激情与快感。于是身体在"放荡"的外壳下自我驱逐到了"早已失去形状和知觉"的"空城"。当诗歌期待着在欲望中走向高潮的时候,灵魂却倾吐出悲剧的强音。

原载《理论与创作》2008年第3期,此处有删节

50. 网络文学语言的四个特性

李星辉

网络文学语言是网络文学作品中的语言,是一种崭新的文学语言类型,具有与传统文学语言不同的特点。

艺术与技术合而为一的网络文学语言

就如同传统文学离不开书写工具和付梓印刷术一样,网络文学也离不开网络,网络技术已深深植根于网络文学的血脉之中。"网络"与"文学"的结合造就了网络文学艺术与技术审美化地交融为一体。网络创作必须依靠计算机技术和网络技术,网络文学作品的欣赏也必须掌握计算机技术和网络技术。传统文学是语言文字的艺术,网络文学是"E媒"的艺术,传统文学以纸制文本为载体,网络文学以技术(电子数码)和机器(联网电脑)为载体,这就使网络文学语言同样带上了技术的色彩,传统文学语言就是由书面语和口语构成的语言符号本身,而网络文学语言显然除了语言符号本身之外,还包括图像和声音,网络文学作品中的超文本链接和多媒体制作的作品

---

[1] 王岳川:《二十世纪西方哲性诗学》,北京大学出版社1999年版,第556页。

五、特征把握

就是最好的例证。

比如来自台湾的《若玫文集》,作品内容全都是古色古香的全图片诗文,而且配合着缠绵温柔的背景音乐,是诗、画、音乐的统合展示。多媒体技术给了网络文学语言更丰富的表现手段,一篇文学作品可以同时出现文字版、动画版、漫画版,景物描写就能够附上一幅优美的风景画,声音描写就能够同时让读者听到逼真的声音,抒发情感时就能够配着格调相同的音乐,让人感同身受,如临其境。正是网络文学语言具备多媒体的表征优势,融图像、声音、文字等媒介之所长于一身,各种媒介和符号一起构成蒙太奇效果,才淋漓尽致地实现了文学审美的立体表达,才能在数字化媒介本体上产生信息时代的文学美学。

作者和读者交互沟通的网络文学语言

网络文学语言的交互可以是作者与读者之间的交互。网民读者阅读作品后,在任何时间都可以马上成为作者,参与评说网络文学作品的成败优劣时就变成了作者,甚至还能"指挥"作者怎么写,对特定作品提出要求,最后成为网上写作的合作者,共同完成文学作品的创作。一部网络文学作品的诞生过程就可以是作者和读者不断交换身份的过程,一部网络文学作品就可以由原创帖和回帖组成,形成"交互小说"。例如,BBS留言跟帖小说《风中玫瑰》就是在女主人公的苦恋诉说与众多网民的应答、评说、同情、嘲讽和建议中完成的,玫瑰小姐的诉说14万字,网友跟帖达11万字。互联网上风靡一时的小说《成都,今夜请将我遗忘》的创作过程,就是典型的作者与读者的交互创作。一个名叫慕容雪村的写手不断地把新写好的小说片段贴在网上,众多网友立即发表批评和建议,甚至亲自改写。由于读者参与创作,仅小说的结尾,就出现了多种版本。

网络文学语言的交互也可以是作者之间的交互。众多的网络写手共同构思、联手创作接龙作品,这就有了所谓"接龙小说""合作小说"。例如中篇小说《网上跑过斑点狗》就是由网络写手邱华栋、李冯、李大卫联合创作的接龙小说。"榕树下"网站的网友接龙小说《城市的绿地》,"亿接龙"网站开设的《青青校园,我唱我歌》《情爱悠悠,共渡爱河》等接龙作品栏目,"文学咖啡屋"网站开展了"多结局小说网络竞写""花脸道"网站的"花脸道双媒互动小说接龙""中文网络文学"网站的故事接龙"谱写你自己的故事·千年之恋"等。

大众化与世俗化构成主调的网络文学语言

文学最初是属于民间的,"吭呦吭呦"的劳动号子就是劳动者最早的诗歌,这时候的文学是机会均等、创作自由的。后来随着社会的发展和文学的成熟,文学也开始走向贵族化,成为了文人的专利品,民间的众声喧哗变成了象牙塔里的个人吟咏、文人间的应和酬答、甚至传经布道的政治工具。网络改变了这样的局面,网络是一个自由、平等、开放、兼容、共享的无限空间,所有的网民都可以自由进入、表达情感、发挥想象、相互交流,数字化"赛博空间"将文学话语权重新交给了民众,文学开始回归民间。

网络文学的回归民间导致了文学语言从传统文学语言的字斟句酌,走向网络文学语言的大众化、世俗化、生活化、平庸化。网络文学写手们,无论在现实生活他们是达官显贵,还是黎民百姓,进入到网络后他们便丢失了自己的身份,抛开了自己的等级,成了平起平坐的网民。网络给了他们自由自主的文学话语权,给了他们精神的自由,心灵的自由,他们就用大众化、世俗化的文学语言,来展示普通人最原始、最本色的生活感受,张扬个性,舒展自我。他们就用生活化、平庸化的文学语言,来直陈心中真实的欲望,倾诉个人的境遇,诠释对生命的感悟。网络写手们摒弃尊崇权威,选择崇拜平庸;摒弃矫揉造作,选择率真纯朴;摒弃理性沉思,选择情感宣泄;摒弃高尚伟大,选择戏谑诙谐。任何人都可以发表文学作品,任何人都可以用自己能够想到的词语去表达真实的思想情感。惊世骇俗的大作也好,陈词滥调的凡文也罢,这些于网络写手们来说都无关紧要,他们图的就是这份文学创作时的自由、平等,图的就是这份语言表达中的平凡、世俗,图的就是这份个性张扬中的尊重、认同。

口语化和速食化作为特色的网络文学语言

由于有了网络媒体的技术平台,出于网络表达的自由和随意,为着网民交流的快捷和简便,网络文学语言作出了自己的语言选择,采用一种与网络文学和网络媒体相适应的语言方式:口语化和速食化。与传统文学语言追求书面语的诗性不同,网络文学语言往往运用日常口语,较短的句式,习惯用语甚或简易代码,不过分讲究文句的修饰,不太考虑表达方法,不太注重铺垫和描述,语句构成简单,叙述节奏快速,情节却曲折动人,且贴近网络生活本身,因而使网络文学削平了神圣性而增加了日常性,削减了高雅性而增强了通俗性。文学和非文学的界限开始变得模糊,文学语言与日常语言的界限开始变得模糊,网络文学语言成了口语词汇占很大比重,速食化特色非常浓厚的语言形式。

网络写手年纪较轻,自我意识很强,又喜欢求新求异,他们常常会在作品中插入一些浅显易懂,又富有创意的全新的速食化的表达形式。比如谐音字:偶(我)、果酱(过奖)、大刀(打倒)、3Q3Q(thank you)、9494(就是就是);缩略语:WBD(王八蛋)、TMD(他妈的)、SB(傻B)、Back(马上就回来)、faint(晕了)、sigh(唉……)、bf(男朋友)、gf(女朋友);纯符号:(:—?? 心都碎了、:(心情不好、^0^笑脸、:0 尖叫等等。这些新奇的表达形式多数是网络文学语言速食化造成的,而这种速食化一方面是因为中文输入法重字率太高,影响输入的速度,而且容易出错,有时出错后就将错就错,反而因为新颖奇特得到了网民们的承认。另一方面是因为被互联网的高时效性逼出来的,网上交流惜时如金,争分夺秒,网络文学作品的网上连载也有时间限制。网络文学语言伴随着网络技术的发展而发展,网络文学在聊天与交流中产生,从最初的BBS、论坛等地方发端,就注定了它的口语化的语言特色。网络给我们带来思想和言论的自由,网络文学的自由、开放带来了网络文学语言的嬗变。

原载《求索》2010年第6期,此处有删节

51. 数字传媒时代的汉语诗歌

白　寅

多媒体表现手段下的汉字"祛魅"与诗歌意象重构

几千年来,汉语诗歌的魅力根植于汉字的魅力。但是,数字媒介的多媒体表现手段用繁复奢华的视听读图淹没了汉字的表意审美,它破坏了人们在虚静状态下对汉字表意组合的深度品味,而召唤出"充欲化"的即时性视听感官冲击,唐宋以来确立的以追求"言外之意""韵外之致"的诗歌美学受到严峻挑战。传统诗歌以纯文字组成的意象单元被动画视频和手机彩铃插入

了大量的非文字视听符号,数字媒介通过集文字、声音、图像、图片、动画、录像、数码摄影、影视剪辑等于一体的信息处理技术来创作诗歌文本,从根本上改变了人们仅通过纯文字来接受的诗歌线性解读模式。它们跟纯文本诗歌最根本的区别在于,纯文本是用文字来构筑诗意的基本单位——意象,即建立在文字具象之上的意境,用文字状物之情态,用文字拟物之声貌,来构筑一个文字基础之上的心灵世界,扩展读者直觉与知觉的双重联想空间。可以这样说,纯文本诗歌是用文字来虚化意象,超文本却试图用读图的方式来解构这种意象,用超越文字的数字化技术手段,如音频、视频等使本来建立在想象空间上的意境具象化,降低由纯文字诱发的联想维度。例如,多媒体诗歌,尽可以将"灼灼桃花"之鲜丽、"依依杨柳"之缠绵、"杲杲出日"之灿烂、"瀌瀌雨雪"之绵密用视频来呈现,甚至可以表现得比文字描述的更为丰富多彩。但另一方面,直观的意象呈示也必然在某种程度上限制读者想象能力的发挥,束缚读者参与文本意义生成的主观能动性。因为,通过视频表现的"灼灼"抑或"依依",仅仅是视频制作者理解的"灼灼"或"依依";而纯文字的"灼灼""依依"却通过读者个体经验的丰富性营构着意义的丰富性。一千个读者心中有一千个林黛玉,但被陈晓旭扮演了的林黛玉就只有一个了。

大众参与下的民谣时代复兴?

数字传媒是一种大众传媒,大众传媒的核心理念就是受众中心主义,也就是说,你的一切信息传播(当然也包括诗歌传达)的主导方不是传播者自己,而是你必须迎合的接受者。同时,数字传媒又是"即时交互性"的传媒,它的信息流不是单向的,而是双向互动的,这也决定了传播者必须根据接受者的反馈对自己的传播行为以及传播内容进行控制。这种传播情境更接近于再现媒介时代的诗歌传播活动,也就是说,它更接近于原生态的诗歌创作。

数字媒介的即时交互性也必然带来诗歌传播的相应特点。近年来兴起的手机诗歌中,绝大部分是民谣体的,其内容主要是节日祝福、政治讽刺和男欢女爱。有人专门比较过手机诗歌和《诗经》的创作特点,指出它们在主题、题材、表现手法甚至语言形式上都有着惊人的相似。有人甚至预言手机诗歌是未来汉语短诗发展的方向。

一些数字媒介的物理特性,使得民谣体在诗歌生态中独具竞争力。尤其是手机短信诗歌,由于每条短信的字数容量规定(一般140个字节),不但要求着诗歌的短小化,而且更适合汉语诗歌的创作。对于拼音文字,每个单词所用的字节数是不确定的,而唯独汉字——由于每个汉字只占两个字节的数目是固定不变的——是可控的。因此,齐言体的文言诗和民谣完全可以在预设的任何有限字数中完成自己的思想情感表达。上个世纪末在日本的家庭妇女中也掀起了一股汉字热,原因就是日本妇女发现汉字特别适合手机短信和手机文学的创作。

其实不仅仅是民谣,很多古老的文学样式也在数字媒介中复活。从典雅的古典格律诗词创作到各种对联、顺口溜、歇后语格言等的流传,无不体现着大众文化的俏皮和反讽。如果说,网络多媒体技术是对汉语美的一次"祛魅",手机短信诗歌的勃兴无疑是对汉语美的一次"复魅"。数字媒介的确对传统诗歌有所颠覆,但无疑也给诗歌本身带来了机遇。

不可否认,我们熟悉的诗歌生态已经被完全改观,但被改变的仅仅是因为再现媒介造成的精英话语秩序。诗歌只不过改变了栖居的形式。换言之,它只是扩大了生存的空间:从远古口耳相传的口头吟唱,到之后的口头吟唱与书面流传并存,再到今天的口头吟唱、书面流传、网络传播、手机短信共在。我们依然有理由相信,一切传媒技术都会过时,而诗歌却是永恒的!

原载《学习与探索》2008年第6期,此处有删节

52. 网络诗歌抒情语言的特色

李星辉

网络诗歌是指在网络创作并通过网络发表的,可以获得广泛迅速阅读与交流的网络原创诗歌作品。2001年以后,网络诗歌上创如雨后春笋一般大量涌现,给中国新诗界带来了许多新的气象。到目前为止,网络诗歌网站已有500多家。以"我看看中文网"为例,其诗歌创作园地发表的现代诗歌作品已经超过了1900页,总计超过15000首。网络诗歌的繁荣,首先表现在众多诗歌网站的兴起。例如李元胜《界限》,莱耳、桑克等《诗生活》,韩东、乌青、何小竹、杨黎《橡皮》,刘春《扬子鳄》,凡斯《原创性写作》,森子《阵地》,晓音《女子诗报》,梦亦菲《零点》,灵石《灵石岛》,康城《甜卡车》,野川《三台文学网》,范培《终点》,吕叶《锋刃》,小鱼儿《诗

歌报》等。其次是众多诗歌流派和网络诗人的诞生。比较著名的流派有：决堤派诗歌、梦幻现实主义、乙乙联盟、七月诗会、七风诗社、行意流诗歌、实验诗歌、通灵诗歌、生活流诗歌、第三代、民间写作、下半身、民民写作、垃圾派、先锋派、第三条道路、知识分子、非非主义、灵性诗歌、无限制、荒诞主义、丑石、新江西诗派、回归写作、中国智性诗写作、红色写作等等。比较著名的诗人有：阿固、匪君子、艾若、冰马、冰雪莲子、重庆梦乔、陈忠村、沉香木、朵朵、老枪、潇湘妃子、紫衣侠、阿嚏、利子、燕南飞、冰黛儿等网络诗人。另外最重要的是网络诗歌作品的大量涌现，其中较突出的诗歌集子有：《中国网络诗典》《中国新诗选》《诗歌的可能性》《扣响黎明的花语》《蚂蚁，蚂蚁》《房子里静坐的人》《练习曲》《叮咚湖畔的女子》《你的一生我只借用一晚》《齐鲁诗韵》《花梦如水》《英儿，今晚带你到湖上去》《纸那边的声音》《梅影诗选》等等。①

诗歌是用语言来抒情的，用语言来抒情就是对情感的诉说。诗歌抒情的言说方式一般来说有两种：一种是直接抒情，一种是间接抒情。网络诗歌的抒情语言跟传统诗歌语言一样，有着相同的抒情特征和言说方式，但也有自己的一些特点。

个人化抒情

网络的自由性和包容性赋予了人们平等的话语权，最大限度地给了人们话语自由。任何个体，只要自己愿意，都可以在这个自由、平等、开放的平台上抒发自己的情感，享受网络所带来的灵魂自由舒展的快感。一方面，现代人日益受到现实竞争的挤压，他们厌恶、逃避、抛弃任何可能受到的约束和精神牵制，不断地追求个人价值和个性化，充满着表达的欲望。另一方面，网络的出现打破了传统诗歌媒质编辑和传播的单一结构以及垄断性地位，诗歌作者更不必因为稿费问题而去迎合编辑的口味。他们基本上不受外界的强意志力作用，从里到外自由地抒发性灵，最极限地凸现了"文学的骨气"。至于诗歌的教化功能和社会责任感，则越来越被背弃，诗歌在私人关怀、心灵探幽之路上越走越深入，不断进步。

网络诗歌是这个自由的空间，给了现代社会的人们尽情倾吐和宣泄个人情感的机会，抖掉历史的、社会的沉重包袱，随心所欲地创造个人的情感世

---

① 红袖添香网站：http://www.hongxiu.com.

五、特征把握

界,哪怕是自言自语,哪怕是俗不可耐,都不要紧,图的就是那种背着匿名的身份,戴上美丽的面具,尽情狂欢的痛快。

超文本抒情

网络诗歌的超文本抒情的特点主要有两种表现形式:网络诗人运用特定、独有的网络符号语言(聊天室语言等)来创作新诗,这类网络诗歌个性鲜明,语言生动活泼,容易引起网络诗人的共鸣。其形式自由、充满网络游戏风格,轻松、洒脱。尚有待研究、挖掘。若是从不上网从不网络聊天的人看此类中某些诗会有点像是在看天书。此外,网络诗人运用"超文本"链接集合了图、文、声、像等多种形式来创作的狭义网络诗歌是网络诗歌中虽为数不多却颇具特色的部分。港台及大陆的一些诗人已经开始在试验。网络上将文字、图形、动画、声音整合于一炉,形成所谓的多媒体诗,在表现的形态上,可以分为两类:一类是单纯的动画,作者利用套装的动画软件,将文字或图画编写成动画。另一类多媒体诗则是利用更高阶的动画写作软件,混入声音,并可以利用类似电影剪接的技巧,来安排诗作的内容。这种接近影视媒体的诗歌创作文本,也被称作"网络诗歌MTV"。例如:须文蔚的《凌迟——退还的情书》巧妙地利用颜色、文字的动态排列强化诗作的内容,令人耳目一新。一个方框中不断跳动的不同颜色、大小不一、字体变换的文字,蹦跳着作者的诗句。

口语化抒情

随着网络这一传播媒体的大众化、世俗化,写诗再也不是遥不可及的神圣的事情。任何人都可以随心所欲地点击进入一个诗歌网站,留下自己即兴创作的"诗句",然后悄然退去。这打破了传统意义上的诗人的概念,一夜之间,中国大地上冒出了数不清的"诗人"。他们在网络提供的数字化空间里,发表自己的诗歌文字,并能随时与网上的诗友们交流切磋。在这种临屏书写和在线创作的状态下,煞费苦心的构思不再存在,传统诗歌文本所惯用的深奥或玄妙的语言被网络诗人所排斥,他们更多的是注重自己即兴书写与宣泄的快感。口语自然、生动、灵活的特点迎合了网络诗人的在线创作心态,一时间口语诗作在各大诗歌网站遍地开花。口语化抒情起源于网络文学大众化、世俗化的特点,获得了文学话语权的网络诗人们,把自己对日常生活的感受和体验传达出来,最贴切的方式当然是用他们最熟悉的口语形式来抒情。口语体抒情完全没有了传统诗歌的深奥、难懂、拗口、跳跃,取而代之的是平实、明白、顺口、连贯。

叙事式抒情

网络诗歌抒情方式表现出叙事性的特点。网络诗歌往往依据事件、场景和遭遇本身的过程来设置诗歌行文和结构,结构都非常自由、随意,以叙事的方式说话,只不过是分行排列。

网络诗歌通过叙事来抒情的倾向特别明显,具有叙事意味的网络诗歌的目的不是在讲述事件本身,而是注重事件过程生发出来的意义,或讲述方式的变化为诗歌带来的新变。比如诗人篱笆的《钱怎么也会过时》:"一九五二年/人民政府贴出告示/说人民币就要发行/有旧钞票/赶快去兑换/我爷爷在上海学生意/连忙回到乡下/可我的曾祖母/却怎么也不相信/她说钱怎么会过时呢/还怀疑我爷爷不安心/后来好几箱的钱啊/都糊了屋顶/我曾祖母整天仰着头/直到一九九八年中风死去。"诗人在作品中似乎不太追求主观的抒情,而只是在讲故事,追求叙事的效果。网络诗歌的叙事化抒情的倾向,让它具备了可读性。这一点与网络文学创作的动机有关,吸引网民的注意力,符合网民的阅读口味,反映大众的审美追求。浅显明白的叙事的方式比跳跃、激荡、难懂的直接抒情更适合网络诗歌当下写作的特点,更迎合网络诗歌的接受对象的意愿。

原载《云梦学刊》2011 年第 1 期,此处有删节

53. 网络的崛起与文学的溃散

席云舒

如果说 21 世纪已经对人们的生活产生了什么重要影响的话,那么,其中最为显著的,应该说莫过于互联网的崛起了。即便是在上个世纪末,互联网对于中国的普通家庭而言,仍然是可望而不可及的,然而就在这世纪交替的一两年时间里,中国的网民已迅速攀升到千万之众,互联网已经像电话、有线电视一样通进了无数普通的家庭,也连接上了许多作家、学者的案头。

五、特征把握

随着互联网和网络文学的崛起，我们传统的文学理念正在发生溃散。

作家王朔在谈论对网络文学和网络作者的看法时曾说："网络文学代表着文学的未来，一种真正的文学，即每个人都可以自由创作任意发表的文字活动。这任意发表无比重要，是文学本来、原初时的天真模样。""过去我们作家是一代取代一代，江山代有才人出，起码到我这一代，走的路是同一条路，只是各自走法不用，姿态不同，还是有章可循的，还是没脱了一小撮经过特殊训练，反复挑选过的人被特别授权发言。这之后一切将变，再也不会有人有权利挑别人了，不管他叫编辑叫评论家还是叫出版商。我们面对的不是更年轻的作家，而是全体有书写能力的人民。什么叫人民战争的汪洋大海？这就是了。"(《这之后一切将变》)

王朔的这段话较为准确地概括了网络文学的两个重要特点：一是发表作品的自由；二是创作主体成员的改变。"全体有书写能力的人民"取代专业特点很强的"作家"，使作为文学生产之根基的生产者发生了改变。如果"溃散"一词能够表明崩溃、蔓延、扩散等含义的话，那么，在网络文学当中，"文学的溃散"首先便是文学生产者的"溃散"，便是创作主体成员的"溃散"。

正是由于这种文学生产者成员的"溃散"，使我们传统理念中文学的目的和意义也被网络文学所架空。在我们传统的文学理念当中，文学的意义总是在"审美意义"和"功利意义"之间徘徊，尽管在传统的中西方文论中也都曾有过"宣泄""自娱"之说，但传统文学之主导意义仍在于"审美意义"和"功利意义"。但网络文学恰恰相反，绝大部分网络写手创作其作品的直接目的就是为了宣泄和自娱，或者至多是集体娱乐，在网络文学当中，文学的"审美意义"和"功利意义"都是次要的，更别说什么宏大主题了。从这个角度看，许多网络文学作品不能得到传统作家的承认也是十分正常的。

由于网络文学创作的目的和意义的改变，使创作主体在主观上改变了对文学内容和形式的看法。网络文学内容的特点，不仅表现在网络世界的虚拟生活对文学题材的丰富，而且，它更表现在对文学作品深度的淡化。出于宣泄和自娱的创作目的，网络文学作品中以表现个人经验的内容居多，传统文学中那种表现时代、社会精神的思想题材被抛弃了，文学的深度溃散了，网络文学呈现出非常鲜明的广度化倾向。同样出于宣泄和自娱的创作目的，有些网络作者，不太注重作品的艺术性甚至整体性，这使网络文学在形式上呈现出了十分强烈的拼盘化色彩。

网络文学作品通常分布在各种专业性的文学网站、综合网站的文学网页和大量的 BBS 上。BBS 改变的不仅是网络文学作品的发表方式、内容与形式,也改变了网络文学评论的内容与形式。网络文学的评论,几乎与评论家无关,我们传统的文学评论家所赖以说话的那些话语体系,在网络文学面前,都无一例外地失灵了,一切主义、一切深度,对于网络文学都已失去了意义。BBS 上严肃的文学批评较少,而充斥其中的却是大量的跟帖和回帖。把这些跟帖或回帖称作评论其实较为牵强,因为这些帖子也大多出自网络作者之手,其类型大致也只有这样三种,一种是谈感想,一种是捧,还有一种是骂。从总体上看,这些评论大多呈现出一种无深度性的特征。不仅 BBS 上的评论如此,就连某些网站专门为批评而设置的作品讨论区中的评论也是如此。

网络文学创作主体成员的溃散,网络文学的目的与意义、内容与形式的溃散以及网络文学评论的溃散,这大致能够描述出网络对于文学的冲击和网络文学的现状,而造成这一现状的便是网络所带来的自由,今天,这种自由由于缺乏应有的节制而显得有些失范,它一方面为有才华的文学作者提供了更多的机会,为文学创作提供了更为广阔的空间,另一方面也使网络文学产生了大量的泡沫作品,这也正是网络文学经常为一些传统作家、批评家所诟病的原因。然而就文学发展的历史规律来看,一切文学门类都是经由最初的大众创作、民间创作走向文人创作,从而走向成熟的,虽然网络文学目前尚处在大众写作的阶段,但随着时间的演进,传统作家会进一步融入网络,网络也会产生它自己的作家,在新的规范产生之后,网络文学必将进一步走向成熟。

原载《中国文化报》2000 年 9 月 9 日,此处有删节

54. 网络文学的七种武器

咆 哮

不管"文学就是文学"的观点如何主流,"网络文学"这个概念的确在被越来越频繁地使用。这中间当然有书商挂羊头卖狗肉似的推波助"滥",但无法否认的一个事实就是:网上风行着那么一些与传统的美学规定相异的文字操作方式,大致可分为七种,不妨称之为"网络文学的七种武器"。

五、特征把握

武器一：短句。网络的阅读习惯更近于"扫描"，少有人能耐心品味结构繁复的句子。而短句的爆发力强，表达直接，便于浏览而非咀嚼，所以在网上很受欢迎，反过来又刺激了此种文体的写作。这方面可以散步的鱼的"云淡风淡的日子"系列（http://all.163.com/culture/net/fishl/index.htm）为代表，大量的短句，极富冲击力的语词，片段式的叙述，令人"过"目难忘。

武器二：互动。从最初各大BBS的"故事接龙"到后来的"小说接龙"再到如今的"互动小说"，网络的交互特色越来越渗透到网络文学的操作中。其中以网易文化频道（http://culture.163.com）举办的互动小说"童话边缘"活动最具实验性———读者与写作者的互动，文字与文字的冲撞，使整个本文的写作犹如在"迷雾中穿行"，充满未知和诱惑。

武器三：戏仿。即将大众耳熟能详的随笔、小说、歌词等翻新为新的时尚或时事内容，或将之纳入新的语境，制造一种喜剧性的反讽效果。比如有好事者将《游击队之歌》改成《MM游击队之歌（网络版）》："我们都是大美女，每一次点击消灭一颗痴心；我们都是狐狸精，哪管它网恋真不真……"戏仿不是网络文学独有的东西，但由于它正好契合了网络的游戏精神，因而能够大行其道。

武器四：拼贴。作为后现代主义的一个美学特征，拼贴在绘画、音乐、行为艺术等领域已初见端倪，但在文学文本中却鲜见。凑巧的是，"copy&paste"恰恰是网站内容的一个基本组织方式，这一点被众多的网络文学文本所吸取。白开水的"东邪西毒之上海宝贝版"（http://culture.163.com/edit/001030/001030_42700.html）就巧妙地把两个文本拼贴在一起，用"东邪西毒"的叙述方式来重述"上海宝贝"，两套话语相互借用，相互拆解，组合出一种扑朔迷离的反讽效果。

武器五：RPG（角色扮演）。把所谓的"游戏文学"划到"网络文学"旗下也许会有争议，但RPG游戏的虚拟性、互动性的确与网络具有文化学上的相似性。应帆的"戏说泥巴"（http://www6.163.com/literature/item/0,2276,3387,00.html）或许能算作"泥巴文学"的一个经典，显示了由RPG游戏衍生出一种新型的文学操作方式的可能：在某个规定的语境和话语框架中，人物的身份已经被事先设定，人物的成长却依赖于作者的叙述，但这部戏不是由你一个人来完成，你只是许多角色中的一个，许多记录者中的一个。

武器六：超文本。1999年，美国小说家摩斯洛坡在新作《雷根图书馆》（ReaganLibrary）中，尝试了随机跳转技术在文学中的运用。在跳转时，由计算机随机从多个被链接的页面中选定一个跳转,这样,便形成一个多向路的叙事。读者在每一次阅读中随机的跳转都会形成不同的文本对象,从而产生不同的文本意义。只要读者有兴趣和耐力多篇反复阅读,每一次阅读都会有新的发现和理解。

　　武器七:乱弹。说到底,所谓"网络文学"最重要的还不是形式,而是网络思维对文字的影响,是那种天马行空的想象。网易文化频道的"乱弹"(http://culture.163.com/page4.html)就是写作向网络思维的一种靠近,以极其开放和自由的姿态与缪思相遇。里面的文字也许比较粗糙,但已显出鲜活的生命力,成为网上一道亮丽的风景。

原载《北京日报》2001 年 4 月 22 日

六、写手剖析

55. 签约写手：暧昧的身形与尴尬的身份

曾繁亭

网络写手的新淘金神话

"互联网提供了一种可能：我东西搁这儿，大家先看，看着还行，要下载，您就付我这下载的钱，一页一毛，就咱俩之间，一对一，不许中间的人抽成……"随着网络文学人气的迅速飙升，王朔早年对互联网时代文学传播机制勾勒描画的这一远景，很快就变成了现实。2003年，起点中文网率先开始推行网上付费阅读的运作模式；而网络签约写手，则随着这一机制的启动应时而生。

2005年起，起点中文网开始面向站内签约"白金作者"，为自己的"顶级"签约写手树立个人品牌，并大幅提高其稿酬收入。"白金写手"们得到了相对强势的支持和宣传后，已经有近半数转化成了全职网络写手。"我们签约的1700位作家中，年薪过百万的有20多位。我们实行月薪制，作者可以得到作品收益的70%。"盛大文学总裁吴文辉在接受采访时如是说。盛大文学包括起点中文网、晋江原创网和红袖添香二家网站，乃国内网络文学产业的龙头老大。在起点中文网成功走出商业化模式的第一步后，幻剑书盟、天鹰文学、翠微居等主流文学网站以及新浪、网易、腾讯等各大门户网站的读书频道也纷纷群起效仿。数以万计的网络写手与文学网站签约，坐在家里网上码字便可年资百万,成就了近年文坛为之侧目的又一网络文学神话。

"体力劳动者"还是"脑力劳动者"?

商业模式被引入文学网站的运行,使得那些签约网络写手们成了不停敲击键盘的"疯狂机器"。一部人气较旺的网络小说,其作者每天的更新量达到 3000 字到 2 万字。目前最火爆的网络签约"白金写手"唐家三少前不久在个人主页上称:入行以来,从未"断更"(暂停更新)。正是这种从不间辍的劳作,才有了其洋洋上千万言的丰硕成果:从 2004 年 2 月开始在网上写小说,先是 80 万字的《光之子》,然后是 150 万字的《狂神》、160 万字的《善良的死神》、180 万字的《惟我独仙》、160 万字的《空速星痕》,还有目前正火的 200 多万字的《冰火魔厨》……"签约写手"这种模式,造就了一批年产量上百万字乃至数百万字的"网络舒马赫",——他们中有人不无自嘲地自称是的士司机一般的"体力劳动者"。

读者花 3 分钱阅读 1000 字文章,作者和网站"一二分成"或"二一分成",这是当下网络文学业内基本的盈利分割模式。除此之外,不少文学网站还围绕着"更新字数"创设了一系列奖金激励模式。例如,某网站最近颁行"全勤奖"方案,规定该网站签约作家一个月内每天完成 5000 字合格更新,月奖金 500 元;一个月内每天完成 1 万字合格更新,月奖金 1000 元。

不管身形如何暧昧模糊,作为一种属于通俗文学范畴的快速文化消费品的生产者,签约网络写手们既是"脑力劳动者",又是"体力劳动者"。就生存—写作状态而言,确切地说——签约写手乃是一种在特殊商业运行机制下劳动强度特别庞大的新型文化工作者。

文学艺术家还是文字匠人?

作为新兴网络产业的从业者,致力于文学写作的签约写手们的身份界定的确有些令人进退两难。他们究竟是文学家还是技术工人?

签约"白金作者"的唐家三少在接受竞报记者采访时说得很清楚:"我的作品想要表达的意义很简单。就是希望给读者们在紧张的工作、学习之余有个放松身心的机会。……当然,前提是在快乐中感受,所以,我从不写悲剧。"网络文学是什么?冷静下来细细思量,当不难辨认——网络文学是一种由传播技术革命所带来的新兴文化产业,是互联网时代的一种文化休闲或娱乐方式。基于此,网络签约写手的身份确认就成了一个没有多少实质意义的"伪问题";"网络写手"这个称谓本身,已经对其属性做出了最好的说明。是的,你完全可以将他们视为"技术工人",——只不过现代语言哲学提示我们:比起建筑工人手中的"砖头",他们经由键盘码弄的"文字"包含着一般人难以想象的力量和神奇——虽然他们仅仅是以自己的方式召唤并使用这份"力量"和"神奇"。

本性自由还是本性娱乐?

著名网络写手李寻欢早年曾称,网络文学的根本属性是自由,这种自由对网上的写作者来说,"不仅是写作的自由,而且是自由的写作"。这一论断如果仅仅用来指称前签约写手时代的中国网络文学,应该说还是基本能够成立的。

1997年圣诞节,美籍华人朱威廉编制了一个名为榕树下的个人网页,在上面书写自己的心情文字,并发布其他文学爱好者的文学作品;后来大名鼎鼎的第一代网络作家几乎都曾在这儿留下过他们最早的网络足迹。"当时没有人把网络写作当成一个事儿,都觉得是业余时间玩的东西。"(李寻欢语)显然,文学与网络最早的相遇,是由网民对文学的内在兴趣一手造就的,与外在的生财求名几乎全然无关。

1998年,蔡智恒《第一次亲密接触》的成功惊醒了他们。宁财神、李寻欢、安妮宝贝、慕容雪村……一个个闪光的名字因此从网络上迅疾升起,宣告着一个新的写作时代的正式降临。

但2002年,三个事件的出现却标志着新生的中国网络文学发生了急剧的转型。其一是慕容雪村的言情小说《成都,今夜请将我遗忘》从网上到网下的持续火爆,宣示了网络文学对文坛的第一波冲击渐入高潮;其二是玄幻小说《我是大法师》横空出世,一时间风头无两,宣示了与网络游戏渊源关系密切的玄幻小说取代与传统文学渊源关联甚大的言情小说成为网络文学新的主流类型,生猛的中国网络文学也由此在创作范式上进入了它的第二阶段;最后则是因资金困扰渐失原有影响力的华语网络原创文学基地榕树下网站被转手卖给贝塔斯曼。如果说"榕树"枯萎,宣示了网络文学第一阶段那种理想主义纯情精神的衰微;那么是时"榕树"的倒下,则明确昭告了以其为代表的文学网站非商业化时代的终结。李寻欢坦言:榕树下"死在没有转型,没有找到可以持续赢利的经营模式"。

在随之到来的网络签约写手的时代,网络文学的自由本性还在吗?签约写手们还享有李寻欢先前所说的那种"写作的自由"并因而进行着"自由的写作"吗?

质言之,在签约网络写手这里,网络文学的本性已从应然的"自由"转化为实然的"娱乐"。旨归娱乐的功能属性将网络文学变成一种游戏——缺乏精神深度和厚重的轻飘的游戏,这也正是网络产业中网络文学和网络游戏能够携手并进的最深根由。

应该再次强调的是,在现代工业社会和市场体制下,网络文学的轻飘却并非没有价值。有意义的厚重存在是一种价值,匮乏意义的轻飘存在也是一份价值。有意义和无意义是相对并存的;我们永远在追求着意义,那是因为我们生来就置身在一个没有意义的世界。萨特称:世界是荒诞的,生命本是一份虚无;但虚无的生命依然值得一过,荒诞的世界依然值得留恋,它们因此都是有价值的。当用户需要并且愿意付费购买这份轻飘时,这份轻飘便获得了它的价值——是市场的价值和娱乐的价值,而非人文的价值和艺术的价值。

"上帝的归上帝,凯撒的归凯撒。"惟时光之神,会厘清所有争议;俟尘埃落定,"暧昧"与"尴尬"之谓自然澄明。

原载《学习与探索》2010年第2期,此处有删节

56. 网络70后:中国类型文学探索者

马　季

在世纪交错的那几年时间里,网络在人们生活中发挥的巨大作用尚未显现出来,通过网络传播的文学作品却如报春鸟一般,迫不及待地告诉大众:新的文学力量正在和网络一起成长。从台湾痞子蔡的《第一次亲密接触》到大陆安妮宝贝的《告别薇安》,李寻欢的《边缘游戏》,宁财神的《假装纯情》,邢育森的《活得像个人样》,瞎子的《佛裂》,胡彬的《网恋》,稻壳的《流氓的歌舞》,以及flying-max的《灰锡时代》等,一股由70后作家掀起的都市文学旋风从网络腾空而起,迅速席卷中国文坛。他们习惯称自己为"写手",把网络写作叫作"码字"。他们的文字没有50后、60后父兄一辈作家那么凝练、精致,却多了一份率性与坦然,字里行间透露的信息则表明

六、写手剖析

他们试图从使命意识回到对生活本身的感受与领悟。可以发现,尽管代际之间的承袭性并未断裂,但文学作品产生的动力原点却出现了移位,与上一代作家相比,由于文化背景和传播方式发生了深刻变化,网络70后作家的记忆方式和经验方式不再以"纵"的形态回望从前,而是以"横"的形态直抵当下。个体生存经验成为他们的第一感知,身体成为写作的出发点,换言之,写作的个人化倾向明显增强,历史感和社会意识减弱。

强烈的自我表现欲望与时代大变革形成的混响效果,通过互联网的传播,引发了新的文学浪潮,其势头之迅猛,丝毫不逊于文坛彼时正在热议的"美女作家"与"身体写作"。然而,都市青年的生存状态与情感方式作为网络70后作家的主流话语,只是一个短暂的时期,他们自己迅速越过了这一壁垒,向新的领域发起冲击。及至今何在的《悟空传》、慕容雪村的《成都,今夜请将我遗忘》、江南的《此间的少年》出现,网络70后作家在文学上达到的高度,已经与纸媒70后作家难分伯仲,未来的文学史家或将从中得出自己的答案。

为人低调的今何在是我最喜爱的70后作家之一,尽管作品数量不多,却不得不提。由典籍而来却直指当下,人文关怀随着时代发展改变了话语方式,《悟空传》无疑是网络文学早期的经典之作,它的蝴蝶效应至今仍未平息。不知什么缘故,这部在70后一代人中产生强烈影响的作品,上一代人却关注甚少,或许他们不习惯今何在对经典颠覆的态度,但如果认真阅读,你就会发现,作者所做的努力是在建构而非毁坏;所谓颠覆,只不过是建构之前的预备和热身。

慕容雪村视野开阔,对时代和人性的认识,绝不在同代作家之下。他以全然决绝的态度看待所有的一切,生活、爱情、人生,虽然偏激,但他依然坚信自己的判断。他甚至相信,所有感情都是被利益驱动的,包括道德。在作品中,他把人生所有的东西放在利益的刀刃上滚过,这在决绝中显得过于悲哀,但你又不得不承认,他对生活的理解和发现具备了一个作家的独特性。因此,慕容雪村获得的广泛认同,在网络70后作家中是罕见的,他几乎打通了网络与纸媒的界限,成为跨界认同度极高的少数作家之一。

江南的写作似乎更复杂一些,他在北京大学毕业之后留学美国攻读分析化学博士,其间创作了以金庸多部小说人物为基础的同人小说《此间的少年》,以及幻想小说《九州·缥缈录》架空世界系列。《此间的少年》迄今共出版了5个版本,超百万册销量,并于2010年由北大学生自导自演,改编为公益电影,在全国各大高校上映。江南虽以《此间的少年》一举成名,其

213

主要成就却在幻想文学方面。2011年和2012年，江南先后作为中国青年作家代表出访埃及和英国，做《幻想与世界》及《我和我的世界》专题报告。我个人以为，类似江南这样人生经历的作家，可能是未来中国作家的一种类型。他们具有理工科学历背景和海外生存经验，对文学的理解与认识突破了固有的条条框框，创新成为他们的天然优势。

早先活跃于网络的70后作家已陆续退出网络"江湖"，在少数坚守阵地的作家中，猫腻是目前最被看好的一位。他是极少数既能获取大量拥趸，却又保持一定精品意识的网络作家。和同代作家相比，猫腻在网络成名较晚，直到2007年30岁时，他的《朱雀记》才在新浪原创文学大赛玄幻类中获得金奖，随后，他的小说《庆余年》在起点中文网引起重要反响。此前他曾用马甲北洋鼠写过《映秀十年事》，汶川地震后有读者感叹"映秀十年事，生者庆余年"，可见其作品在读者心目中的地位。为猫腻赢得声誉的主要是《间客》和《将夜》两部长篇小说。《间客》是一本个人英雄主义式的幻想类武侠小说，文字朴素、凝重，气韵深远，而《将夜》却清新幽默，追求一种禅意的表达。猫腻的小说故事构架宏大，但能有效把控主体脉络，全文的整体感在网络作家中独树一帜。猫腻还有效规避了网络作家大量重复自我的写作惯性，在形成独特创作风格的同时，敢于大胆求新、求变。猫腻作品所达到的深度和厚度在起点中文网鹤立鸡群，得到公认，有资深读者甚至感叹：曾经沧海难为水，除却巫山不是云。目前，猫腻是文学评论家眼中最具发展潜质的网络作家，专论其作品的理论评论文章已达十多篇。

可以说，网络70后作家开创了网络类型小说的新天地，几乎每个门类都有他们活跃的身影。在今天仍然广泛流行的玄幻小说，正是起步于网络70后作家，罗森的《风姿物语》，老猪的《紫川》，萧鼎的《诛仙》都是其中的扛鼎之作。云天空、树下野狐的东方奇幻小说《邪神传说》和《搜神记》，徐公子胜治、忘语的仙侠小说《神游》和《凡人修仙传》，传承中华文脉、借鉴西方文化，创造了独特的网络文学类型。架空历史小说和穿越小说，也属网络70后作家首创，酒徒的《家园》，曹升的《流血的仕途》，灰熊猫的《窃明》，月关的《回到明朝当王爷》和骁骑校的《铁器时代》，都在历史叙事方面崭露了独特的创造力。在另类题材方面，网络70后作家同样获得了空前的成就，如刘猛的军事小说《最后一颗子弹留给我》，蘑菇的世情小说《凤凰面具》，范含的IT业小说《电子生涯》等作品，充分展示了新一代作家在文学领域的探索姿态。

网络70后女性写作亦有异峰，早期的安妮宝贝、水晶珠链、南琛等已离开网络,在她们之后如随波逐流、海宴的架空历史小说《随波逐流之一代军师》和《琅玡榜》,晴川的成长小说《韦帅望的江湖》,崔曼莉、携爱再漂流的职场小说《浮沉》《办公室风声》,菊开那夜的都市情感小说《空城》,王雁、鬼古女的悬疑小说《大悬疑》和《碎脸》,沧月的武侠奇幻小说《镜》,海飘雪、宁芯的穿越小说《木槿花西月锦绣》和《琴倾天下》,天下尘埃的古代言情小说《浣紫袂》《苍灵渡》等作品陆续在网络上各放异彩,展现了70后女作家的独特风貌。

然而,我们发现,关于网络70后作家的文学批评和理论研究苍白到了令人羞愧的程度,就连70后批评家们也几乎不过问自己同时代的网络写作者,这是一种让人匪夷所思的现象。这种缺席,不是写作者的悲哀,却是写作伦理的缺失。或许,网络70后作家从未有过得到嘉奖的期许,他们努力做到表达"自己",并且努力得到读者的认同,他们悄悄的、勤奋的码字,不事张扬。他们不同于50后、60后父兄一辈,也不同于80后一代,前者站在文坛炫目的中心舞台,后者敢于挑战前辈、我行我素。在类型文学相对贫瘠的环境中,他们就像剪刀手爱德华一样,在不为人知的角落默默修剪他的植物、冰雪和爱情……

原载《作家通讯》2013年第6期

57. 网络文学的作者(写手)类型分析

许苗苗

在网络文学中,其作者——网络写手,是一个极其关键的因素,甚至有人宣称"没有我们写手,网络将会死亡"[①]。虽然这样的论点有些骇人听闻,但起码对于以"文学"为主要经营对象的网站来说,决非夸大其词。网络写手的重要地位由此可见一斑。

网络写手与作家分别是网络文学与传统文学的创作中坚,在各自的领域里具有代表性。目前的网络写手和传统作家还不能相提并论。传统作家认为网络写手是还未踏入文学殿堂的文学小青年,是听到个别新概念就跟着瞎起

---

① 《没有我们写手,网络将会死亡》,千龙新闻网 http://www.21dnn.com。

哄的发烧友。而一些文学类网站似乎也在助长这种认为网络写手是行外人的倾向。1999年，"网易"和"榕树下"分别举办"网络原创文学大奖赛"时，不约而同地聘请了传统作家当评委。"网易"请的是王蒙、刘心武、从维熙、莫言，"榕树下"则是贾平凹、王安忆、王朔、余华和陈村等。既然是评委，自然应该将他们在传统文学中树立起来的评价标准和原则应用于网络文学，传统作家因此更加有理由傲视网络文学。对此，有些网友提出异议，认为那些传统的作家们一定欣赏不来网络作品。"网易"请的传统作家班子里的评委，有许多人是因"侵权案"与网站打过官司的。他们怎么能理解网络写作互动、共享的精神呢？"榕树下"稍好一些，请了一些网络写手，如李寻欢、安妮宝贝、邢育森等进入评委会，还采用了网友发信更新复选名单的制度，让网民认可的作品得到应有的地位。

从网络写手的真实身份、入网目的、创作状态来看，大致可分为：参与型、文人型、表演型三种。

参与型写手

此类型以痞子蔡、宁财神、邢育森、李寻欢、今何在等为代表。

他们不以写作为业，有自己的专门研究领域，有的还是本专业的行内高手，写作于他们只是玩票性质的活动，是枯燥研究过程中的调剂。在网络上创作只是为了消遣或参与网络交流。痞子蔡曾说："我以前看小说最讨厌看沉重的故事，因为对于我们每天都要接触沉重的专业科目的研究生来说，看书只是希望得到很好的调剂，来放松心情。"[①] 他的想法代表了许多离不开繁杂的电脑世界，又希望从中找到快乐的人们的心情。他们大多是文科以外的专业，工作中接触网络较多，甚至许多人际交流都不再面对面，而是网连网。网络成了他们生活中的一个不可或缺的部分，他们在虚拟的网络空间生存、聊天、打闹，自然也会产生情感交流。他们用自创的文字作品描绘这种渴望。从这一点来说，他们其实比纯文科生更加浪漫。纯文科生对文学作品的研究、分析，已经足够让他们意识到文学与生活的距离，将自我同作品分开。而非文科的网络写手希望这种虚幻的飘渺的故事情节在现实中也能够出现。由于有一技之长，他们不必利用作品来维持生计，写作成了纯粹的心灵表白，因此，他们的作品更具有无功利性。由于缺乏对更深层次人生的思

[①] 王俊杰：《痞子蔡专访："痞子蔡"还是蛮像我》，《北京青年报》2000－10－11。

索，他们的作品题材较为狭窄，大都是谈论爱情，如《无数次的亲密接触》《迷失在网路与现实之间的爱情》《活得像一个人样》等，或基于热点话题的搞笑作品，如《大话西游之网络版》《悟空传》等。

文人型写手

文人型写手是指以传统文学作品手法创作，以传统审美标准为规范的作者。他们会在网上创作，但以纸质媒体为首选发表阵地。在他们心目中，网络是文字的载体和传播形式，与报纸、杂志等同。他们的作品一般篇幅较长，语言平实，风格凝重，与其他网络作品短小、幽默、活泼的风格截然不同。这类作品大多出现于网络杂志，或其他一些需经编辑审阅方可刊登的网站。因此，连网络言论最大的特点——"言论自由"，在他们这里都不存在。但这种不自由，也正是水平的标志。文人型写手致力于文学创作，力求使作品有一定的内在意义，耐读且有内涵。他们年龄较前一类大，有文字功底，大都在传统媒体上发表过一些作品，受过专门的写作训练或以创作为业。他们尊敬作家的名号，并努力将自己纳入传统创作的轨道。他们的创作更加认真，对所作的文字负责，极少肆意妄为之言。这类写手以龙吟、宁肯、网评人吴过、元辰、陈村、何从、心有些乱、张虎生等人为代表。

思想性与可读性的关系值得所有关注文学的人深思。为什么传统文学读者越来越少？为什么网络文学如此吸引人？仅仅是载体的问题吗？仅仅是新鲜的缘故吗？即使是在网络上，这些文人型作者的受欢迎程度也还远远不及第一类参与型写手。"轻舞飞扬"的名气远远超过"马格"；想一睹"宁财神"真容的人也远远多于对"宁肯"。后者的名气是传统的文学权威们赋予的，不是产生于〈网〉民间的。把高超的文学功力与网络文学的民间性、自由化相结合，才能产生真正出色的、受到大众喜爱的作品。

表演型写手

表演型网络写手不论在什么媒体创作，他们最注重文字的表达方式对自己形象的影响。他们作品的热点更多的是作者而非文章本身，不论网上还是网下，他们都是引人注目的群体。他们有强烈的表演欲，也善于利用各种媒体增加自己表演的影响。但是，这种表演不一定是为了某个特定的群体，有时是为了名气，有时是为了情调，有时只是为了自己。表演型网络写手以安妮宝贝、SIEG、尚爱兰等为代表。

文人型写手年龄普遍较大,且从事职业与文学有密闭关系;参与型和表演型写手多为七八十年代生人,多为网络从业人员。

原载《海南师范学院学报》2003 年第 1 期,此处有删节

58. 论网络文学的创作群体

周志雄

网络文学作者群体的划分

中国网络文学的作者根据出场的年代和总体上的创作特色,可以简单地划分为这样的几批:第一批网络文学作者成名于海外网络之中,大致时间是在 1995 年前后,他们包括方舟子、少君、图雅、滴多、马兰、样子、曾晓文等人。这一代作者大多有文学才华,大多是学理工科出身的,曾经作为文学青年喜好文学。理工科专业给了他们严谨的思维训练,他们的文字简练、生动,有知识底蕴也有文学情趣。文字以短篇杂感、诗歌、散文居多,小说作品大多篇幅不长。主要的文学阵地是《华夏文摘》和《新语丝》。在方舟子的努力下,《新语丝》一直办到现在,在国内外华语圈内产生了很大的影响。

第二批网络文学作者成名于 1999 年前后,主要包括蔡智恒和内地的"五匹黑马"和"四大杀手"等。"五匹黑马"是指李寻欢、俞白眉、安妮宝贝、邢育森、宁财神五人。李寻欢、宁财神、邢育森三人也被人称为是网络文学"三驾马车"。"四大杀手"是指王小山(黑心杀手)、猛小蛇(灰心杀手)、王佩(红心杀手)、李寻欢(花心杀手)四人。这一代网络文学作者的作品以杂文、小段子居多,虚构类长篇作品相对较少。他们的才华主要体现在以一种幽默的文风写嬉笑怒骂的短文,他们出没于各大文学论坛,最集中的舞台是"榕树下"。2000 年前后,安妮宝贝、李寻欢、宁财神、黑可可等被"榕树下"收编,网络文学的第一次高潮时期,"榕树下"那时被称作是全球最大的中文文学网站。

第三批作者成名于 2002 年前后,主要包括宁肯、慕容雪村、雷立刚等,

六、写手剖析

这些作者现都是专业作者。宁肯在网上走红之前已写作多年,是"新散文"的代表作家之一,现已成为北京市作协的签约作者。慕容雪村曾是一个文学青年,在成名前已有多年的写作,成名后辞去了原来的公职,成为专业作者。雷立刚在《天涯》《作家》等主流文学刊物上发表了很多的作品,他已加入了四川作协,是四川巴金文学院的签约作者。这些作者的出现代表了网络文学的一个层面,即他们本身有较好的文学修养,网络不过是他们成名的一个途径而已,也是他们提升了网络文学的层次。

第四批作者大多成名于2004年前后,部分作者成名的时间稍早。他们包括江南、今何在、孙睿、蔡骏、萧鼎、沧月、明晓溪、天下霸唱、当年明月、何员外、玄雨等,这一批作者大多是在网上"写着玩"成名,成名时大多数是在校的大学生,所写的故事并没有深刻的人生体验,而是以虚构、幻想为主,他们大多模仿借鉴了某些通俗文学作家的套路,以写类型小说出名。如江南、今何在、萧鼎、玄雨的玄幻小说,何员外、孙睿的青春小说,明晓溪的青春言情小说,沧月的武侠玄幻小说,天下霸唱的盗墓小说,当年明月的白话历史小说等,正是这一批作者掀起了中国网络文学的通俗化热潮。如今有影响的文学网站大多设有青春、言情、武侠、玄幻、校园、都市、历史、军事等文学版块。

总体上看,网络文学的作者大多是理工科出身的:《新语丝》领头人方舟子是生物学博士,少君大学本科学的是物理专业,后陆续获得经济学硕士、博士学位,痞子蔡是学水利的博士,邢育森是学通讯的工科博士,安妮宝贝、宁财神最初是学金融的,李寻欢是学经济的,慕容雪村、雷立刚、当年明月是学法律的,江南是学化学专业的,孙睿是学工科的,沧月是建筑设计专业硕士,萧鼎大学学的是工商企业管理专业,明晓溪是国际贸易专业硕士,何员外本科学的专业是电厂热能工程。理工科出身的人从事文学写作,大多是出自心底对文学的热爱,他们没有受过正规的文学训练,但这也使他们思维上很少带有正统文学的写作框框。

网络文学作者成名的因素

网络是网络文学诞生的母体,正是借助网络平台强大的传播能力,那些选择在网络上发表作品的作者才会被读者所熟知。网络上发表作品门槛低,网络文学真正成为人民大众的文学海洋,只要会用电脑、会上网,就可以在网上发表作品。网络让更多的有文学才华的年轻人获得的跟帖是网络文学作者创作下去的动力,在他们创作之初,大多是抱着消遣游戏的态度,而一旦作品在网上发表,引起了读者的追捧,特别能刺激一个人的写作欲望。当一个人的作品在网上有了较高的点击率之后,最后大多通过纸媒实体出版,无数网络起家的作者所获得的金钱和荣誉激励着后来者,而一旦一部作品获得成功,写作者的潜能被激发出来,他们会更认真勤奋地创作,一部一部地推出他们的作品。

一些网络写手一旦成名,就宣布脱离网络直接谋求出版。最典型的例子莫过于安妮宝贝,成名之后,安妮宝贝已多年没有在网络发表自己的作品,并宣布自己的写作和网络没有什么关系。更多作者是"两栖人",如当年明月的《明朝那些事儿》、蔡骏的《天机》、萧鼎的《诛仙》、玄雨的《小兵传奇》、明晓溪的《泡沫之夏》系列小说都是分卷分年推出的。这些作品首部在网上已经有了很高的人气,有了固定的"粉丝",后续之作一边在网上部分刊出,一边出版纸媒实体书。虽然一些网络文学作者脱离了网络发表平台,但他们创作的基本路子并没有改变,安妮宝贝依然是一位写感伤故事的小资作家,蔡骏明确地注册了"心理悬疑小说"商标。

网络文学作者之所以能被读者认可,从根本上应归功于他们的文学潜能。由于网络文学数量惊人,作者的创作素质参差不齐,能从海量的写作者中脱颖而出的大多是个性独特并有一定文学才华的人。在文学的意义上,所有的人生经历和人格类型都是有意义的。蔡智恒从小写作文就写一些怪怪的句子,被老师批评,然而,就是这种求异的怪诞思维,使蔡智恒的小说给读者带来了一种陌生化的幽默效果,获得了读者的认同。明月在5岁的时候开始读史书,从小就有一个愿望,要改变历史书的枯燥乏味,要用生动、幽默的白话来写历史。在写《明朝那些事儿》之前,当年明月已通读了《资治通鉴》《史记》《二十四史》等著作多遍,对历史了如指掌,这才会出现一个27岁的公务员写出基本忠实于历史的小说来。安妮宝贝自幼家庭条件较好,培养了一种忧郁的叛逆性格。她喜欢阅读杜拉斯,喜欢听凭自己的感觉在想象中游走,她的小说以忧伤的感悟、哲理的反思和都市边缘人形象的塑造赢得了众多年轻读者的追捧。慕容雪村曾经也是一个文学青年,成名后的他每年要读上百本书,其知识视野面非常开阔。在《伊甸樱桃》中,作者对世界品牌的介绍,让读者很长见识,而文后的一篇关于人类对自然的掠夺的长文俨然出自一个学者的手中,文章以其翔实的资料和对人类生存处境的关怀深深地震撼着读者。蔡骏在创作心理悬疑小说的时候,大量阅读了阿加沙·克里斯蒂、铃木光司、斯蒂芬·金等人的作品,其阅读、写作的勤奋都是令人

六、写手剖析

敬佩的。方舟子在中学时代是一个热爱文学的青年，中学、大学时代曾参与文学社，写作了大量的诗歌、散文，并发表了一些作品。他海外留学的经历，开阔的科技知识视野，使他的写作有着科技与人文的双重底蕴，杂文尤见灵性。沧月、明晓溪等大学女生的写作，得益于她们从小大量阅读的武侠、言情通俗小说，发挥了她们从小喜欢幻想的个性特点。沧月在中学时代就经常写作一些武侠故事，受到同学们的鼓励。天下霸唱对各种奇闻轶事有过目不忘的能力，爱看央视的《探索·发现》以及各类考古节目，酷爱军事，对枪械尤为熟悉，这些成为他写作盗墓小说"胡编乱造"的基础。是网络让这些有着各种个性的年轻人有了施展文学才华的机会，在主流文坛之外，他们的创作确立了另一种文学话语方式，丰富了当代文学的创作。

网络文学的作者大多不是中文专业出身，但他们从小就有文学的天赋，文学让他们的人生变得不平凡，有很多的人因为文学改变了自己的人生方向。方舟子是生物学的博士，因为自己业余时间办网站取得了成功，博士毕业后没有选择做科研，放弃了在大学任教职，选择了自由写作和办网站。李寻欢原来在一家网络公司工作，因为文学，从文学编辑转化为一个成功的出版商人。安妮宝贝是学金融的，放弃了在银行的职位，成为网站的编辑，最后成为职业作家。慕容雪村是学法律的，最后成为职业作家。网络作者转化成编剧的有宁财神、俞白眉、今何在、何员外等。还有些业余写作者，他们的人生因为文学而精彩，当年明月是公务员，蔡智恒、雷立刚、明晓溪是大学教师，天下霸唱是自主创业人员，六道是幼儿园老师。还有一些人，他们自身有较高的文学素养或是写作多年的作家，因为借助网络传播的东风，他们取得了更大的成功。

网络文学作者为当代通俗文学的繁荣奉献了自己的力量。网络小说作者大多没有经过正规的文学教育，但他们对通俗文学有着天然的认同和自己的理解。蔡智恒最喜欢的作家是金庸，读过的古典小说只有《三国演义》。萧鼎的《诛仙》受还珠楼主《蜀山剑侠传》的影响，在人物情感表现上比后者更加丰富、饱满。明晓溪被称为是言情小天后，其作品受到韩剧和琼瑶小说的影响非常明显。有人将《鬼吹灯》与小说《哈利·波特》相提并论，不论这种提法是否合适，它说明了近年来当代网络小说有了与西方通俗小说一争高下的势头。玄幻、盗墓、青春校园、武侠、言情、历史等通俗文学题材在网络媒体的催发之下非常繁荣，借助出版商的包装、宣传以及影视媒体的推波助澜，网络通俗小说已成为当代消费文学的一道风景。一面是网络通俗小说多部登上畅销书排行榜，另一面却是文学圈对此的冷漠，很少有批评家介入网络文学作品的评论,偶有涉及也是对网络小说的批评,如有人批评当代网络玄幻小说"装神弄鬼",有人认为当代文学生产进入麦当劳化与网络化时代。这些批评也许不无道理,但这种大而化之的批评没有看到网络小说的价值,毕竟文学的想象力和娱乐功能是不容忽视的。在很多当代"严肃"作家的作品中,也积极吸收了通俗小说的写法,如麦家的《解密》、张洁的《知在》、王安忆的《我爱比尔》等。

结语

前文已论及,在网上发表文学作品获得声名不是偶然的,作者是有一定文学才华的,但每个人的才情、机遇、人生选择是不同的。一些走红的作家后来的作品大多没有他们成名的作品有名。这一方面是时代的选择,另一方面也是个人创造力的局限性所致。如果说早期的网络文学的作者基本是非功利写作的话,那么后来的网络文学作者很多是直接奔着点击率去的,一些作者将小说越写越长,其所受的利益驱动是非常明显的。起点中文网 2003 年开始推行网络签约作家和付费阅读的方式,到 2006 年底网站每天的阅读点击率过亿,付费阅读每年带来的收入达到 3000 万元,公司在 3 年内就达到了传统出版行业 30 年的努力结果。网站签约作家收入颇丰,在起点签约的 1700 位作家中,年薪过百万的有 20 多位。起点实行月薪制,作者可以得到作品收益的 70%。[①] 以前写一部长篇小说讲究生活的积累和中短篇的写作训练,而现在很多网络作者是直接从长篇开始,往往想象有余而内涵、技巧不足。网络给文学带来了自由的天空的时候,也让文学陷入了商业化的陷阱之中。通俗文学也是需要创造的,众多的网络文学作者,他们在数着字数算稿酬的时候,在他们的作品还在写作之中就已进入出版规划的时候,还能不能保持平静的心态,努力学习,不断地更新自我,让创作有所创新和突破,让他们的作品能像张恨水、金庸、阿加莎·克里斯蒂、斯蒂芬·金等人的作品那样成为通俗文学的经典,这是他们面临的挑战。

原载《北方论丛》2009 年第 5 期,此处有删节

[①]《网络签约作家年薪可过百万》,《南京日报》2006 年 11 月 26 日。

59. 网络传奇：蔡智恒小说论

杨新敏

蔡智恒，网名痞子蔡，台湾人。1969年11月13日生，成大水利系博士。1998年3月发表网络文学作品《第一次亲密接触》，引起轰动。随后，网络写手们的续作或拟作不断，这既使网络文学引发人们的注意，又使之形成某种模式。蔡的作品对网络文学的影响巨大。迄今为止，蔡已发表作品近30篇。其中，有一部分是诗或小散文，但以小说为主。我认为小说中《第一次亲密接触》《香水》《4：5》《洛神红茶》《阿妹》《雨衣》《爱尔兰咖啡》等篇较好，因而下文主要就这几篇展开讨论。

后现代传奇

蔡智恒的小说是一种网络浪漫传奇。蔡的笔下的女性处处与众不同，一般来说，总是聪明绝顶，时出解颐之言。例如《4：5》中的辛蒂蕊拉，她首先在穿着上就与众不同：青天白日满地红。她神出鬼没、行为怪异，让人感觉像一个蒲松龄笔下的狐媚。她与"我"同乘一趟车，"我"到了站，她没有下车，但"我"在站外等人时，要抽烟没火，她却幽灵一般出现在"我"面前并"啪"地为"我"打着了火。如此浪漫的相识，若在真实生活中不把人吓个半死才怪呢，尤其是此时已是夜里10点多。哪一个人间女孩儿敢在这时与一个并不了解的男人搭讪（而且是颇有点轻佻地搭讪）？出了事怎么办？《第一次亲密接触》中的女主角也是千呼万唤始出来，一出场就让人感到气质非凡，短暂的接触之后，她便逃离开去。至于《雨衣》中的雨子就更奇了，长相上最大的特点就是一口虎牙。她汉语说得很好，无论是中国历史还是日本历史，无不精通。"我"一不小心搞出了一场跨国恋情。只有《阿妹》中的妹妹例外，她长得不出众，智商偏偏也不高，始终搞不清一只鸡是两条腿还是四条腿。为什么这样写，因为妹妹不是欲望对象！

蔡的作品与牛郎织女或《西厢记》之类的作品的不同之处在于，后者的男主人公都是些呆子，不开窍的人物，老实巴交或憨态可掬的人物。牛郎只知道种地，啥也不懂，《西厢》中的张生虽然是个读书人，但处处呆傻可笑，受尽捉弄，出尽洋相。但蔡的笔下，男主角饱读诗书，且聪明绝顶，幽默机智。其原因在于，古代那些读者都是想吃天鹅肉的癞蛤蟆，他们生活在地上，但想着天上。现代的读者，尤其是网上的读者则大部分是知识分子，是城市平民或学校的学生。他们所想的并不是天上的东西，而是擦肩而过的人，是自己心目中那一个"有着丁香花般"的气质，"打着油纸伞"的姑娘。只有蔡笔下的这种男主角才能获得他们的认同。在这种认同之下，他们跟着"我"进行浪漫远足。"我"的经历，在现实中是不可能发生的，但越是这样，便越让读者过瘾。

知识性幽默

蔡智恒有他独有的幽默方式。

1. 数理推理的严谨与幽默。现今从事网络文学创作的人，有相当一部分都是理工科出身。这个现象可能与电脑本身的技术特性有关。由于电脑是一种高科技，文科出身的人要适应网络文学写作需要一个过程，而这个困难对于理工科出身的人来说根本不是问题。网络文学作为一种自娱娱人的创作方式，正好是理工科工作者的一种休息方式。这一批理工背景的网络写手，一方面难免把他们的专业修养用到专业以外去，从而构成一种幽默，另一方面，他们的创作对象往往就是他们自己，这种创作者与创作对象的一致性，使他们要么对自己不加嘲讽反而加以美化（蔡文中的男主角都是聪明绝顶、长于脑筋急转弯的人），要么是极尽自嘲之能事，但这种自嘲却又让读者觉得他们一点儿也不呆，相反，倒是伶俐得让人害怕。蔡是学理工的，这些特点在他身上表现的特别明显。

2. 逞才使气的幽默。爱卖弄知识，大概是莘莘学子们的一大特点。也许是因为蔡智恒是学理工的，就更爱显示自己的文史修养。本来理工科出身的人来捣弄文学，就是要与学文史的较劲儿。文史作为一种业余爱好，方才更显得出于兴趣。他们不愿意让学文史的所瞧不起，因而逞才使气，极尽卖弄之能事。不过，这种卖弄也着实让人佩服。在《雨衣》中，蔡智恒安排几个人与学历史出身的朋友信杰玩麻将，最后信杰和"我"赢了钱：

> 赢了钱的信杰，志得意满地高谈阔论，并模仿刘邦击股而歌："大风起兮云飞扬，威加海内兮归故乡，安得猛士兮守四方。"
> 信杰如果是刘邦，那我就是项羽了，因为原本赢最多钱的是我。我联想到项羽被围困在垓下时，穷途末路的悲惨。……

亏他想得出,在他笔下,似乎每个人都是学富五车,才高八斗,读了这一段,直让人以为"不学'史'无以言"了。

如果仅仅是卖弄学问,难免遭人诟病,蔡智恒的文学表现力也让人惊叹。比如他设喻的水平。一个人的文学水平如何,衡量的一个重要的标志,就是看他运用比喻的能力。鲁迅先生说,第一个把姑娘比喻为花的是天才。以此来看,蔡智恒无疑是个天才,他的作品中有大量极为新鲜生动而又确切的比喻。这些比喻往往信手拈来,令人解颐。比如对一个人的笑声,他可以就作品的文学情境来设喻,说"她的笑声,就像涂了番茄酱的薯条,清脆中带点酸甜";对那些没有意义的论题,则比喻为"就像去讨论太监比较容易生男或生女的问题一样"。

总之,蔡智恒基于知识和才气的幽默,使小说读来轻松自然又充满情趣。毕竟这是一种更像幽默的幽默,伟大导师不是说了吗,幽默显示了一种智力上的优越!

"一点正经没有"与生活哲学的发现

网络文学生存于一个高度自由的空间中,在这个空间中,作者没有意识形态的顾虑,也没有功利的追求,因而既不必为某种严肃的使命去写,也不必为了钞票去写,剩下的就是一种理由:为写而写,为了内心的驱遣而写。因而,网络文学没有任何面具,不必假装正经,甚至相反,许多不胫而走的作品恰恰是以一种极不正经的面孔出现,蔡智恒的小说就是这样。

以他的成名作《第一次亲密接触》为例。在这篇小说中,我们刚刚接触文本时,感觉蔡智恒是一个台湾的王朔。文本正如作者的笔名一样,流露出某种痞子味道。

但是,如果蔡智恒的小说仅止于此的话,是不会从网络的汪洋中浮出的,因为在网络上这种东西随处可见。蔡文引起轰动的原因恰恰在于小说所蕴涵的某种深度。这种深度不是像鲁迅那种深刻的国民性批判,也不是琼瑶那种对封建意识的控诉。在蔡文玩世不恭的背后,潜藏着的是洞明世事的睿智与对人生况味的真切感悟。且不说蔡智恒的小说的悲剧形态中体现的人生的无常感,表现于其作品中的最为独特的方面,恰是对网络的虚拟与真实和人生的虚拟与真实之间的复杂隐喻关系的一种体认。

不仅是那些网上隽语极富生活哲学意味,作者的叙事安排也给人以生活哲学的启迪。"阿泰"从名字上看会让人误以为他很稳重,但实际上却是个

"人从花下过,片叶不沾身"的情场老手,一个不仅在网上虚拟化,而且在生活中也虚拟化,用虚假的感情来欺骗女孩子的芳心的人;男主角昵称"痞子"却实际上坚守着心中美好的理想,女主角昵称"轻舞飞扬"但究竟是裙子飞扬还是头发飞扬,只有深入了解,才能搞得清楚。"美眉"可能实际上是"恐龙","青蛙"却原来是"白马王子"。真真假假、虚实实实,谁能参透?与其把蔡智恒的小说看作是简单的网络爱情故事,不如看作是网络时代虚拟与真实之间复杂关系的一种隐喻更能说明其价值。

原载《世界华文文学论坛》2001年第4期,此处有删节

60. 安妮宝贝与宁财神

——网络文学的阴阳两极

陆山花

言情与言欲——不同主题的选择

安妮宝贝的小说就全部是爱情小说,包括异性之恋如《告别薇安》《暖暖》《七年》《无处告别》,同性之恋如《彼岸花》《七月和安生》《八月未央》《下坠》等。当然,安妮宝贝的爱情小说不是同志小说,因为所讲述的并不是纯粹的同性之恋,而是将同性爱放置在异性之恋的发展中,以异性之恋的脆弱,对比出同性之恋的樊帖恒久。在这些爱情故事里,同性之恋无关欲,只关情,但又远比友情来得复杂、深厚。异性之恋,则需要通过身体的相互融入,才能感觉到安稳实在。正因为如此,异性之恋中的女性往往会因身体上的依恋和精神上的空虚而陷入绝境,"他们的身体痴缠太久,所以灵魂越走越远"[①]。自杀或堕胎成为小说中常见情节。显然,安妮宝贝对异性之恋的可靠性十分怀疑,反而是同性之恋更易达成精神上的相融相依,更可靠更安心。虽然如此,小说人物对异性爱情的需要又是生活的常态。

如果说,安妮宝贝的小说总是反复地言"情",叙说着情节、人物、经

[①] 《安妮宝贝作品集》,南海出版公司2004年版。

过、结局相似的"情",那么宁财神的小说则都是在言"欲",欲逞一己之才的"欲"。宁财神的小说可以分为三类,第一类是言情小说,多是以讲述通过网络聊天而生发的爱情故事为题材的小说。如果说宁财神的小说最显著的特点是调侃,那么这种特点在第一类小说中表现得最充分。这类小说的主角——一般都是男性——对人、对己、对事,对话、思考、描述,无不在言辞和态度上加以调侃。加上对北京方言的熟练运用,塑造出的"京痞"形象,对小说中的年轻女孩既魅惑又危险。这在思维的敏捷、用词的丰富和比喻的新奇上,充分显示了他的聪明机智。小说女主角,往往就是因为这个原因堕入爱河。虽然这爱情往往因为男主角太聪明而不可掌控,不足以托付终身而结束,但其喜剧性大大冲淡了悲剧色彩,使这悲情成为都市男女的爱情历练故事。第二类是武侠小说。除了后来的室内情景喜剧《武林外传》外,宁财神的武侠小说很少,网上可见的只有一个中篇《祝福你,阿贵》。这部小说里虽然有爱情、武侠、戏仿,但却是一部斗智小说。第三类是鬼故事。这类小说缺乏足够的惊悚效果,显得温和而生活化,更多表现的是对电脑世界的想象。虽然现在玄幻小说和网游小说已成为网络文学的两大类,但在不久以前的宁财神那个时代,这种小说类型还是显得很另类、很新鲜。总的来说,他的逞"才"之"欲"是显而易见的。宁财神的小说中无处不在的调侃,充分展示了他的聪明机智,并且最终以《武林外传》的成功达到巅峰。

独语与讲述——不同的叙事手法

对物质的精细描摹,对人物精神状态的精准形容,是安妮宝贝的小说特点之一。安妮宝贝在她的《清醒记》里说:"要始终保持敬畏之心,对阳光,对美,对痛楚。仿佛我们的活,也只是一棵春天中洁白花树的简单生涯。不管是竭力盛放,还是静默颓败,都如此甘愿和珍重。"[1] 所以,安妮宝贝的小说着重表现的是对这个世界、对他人的感受,是人物的精神世界。这些人物要么是孤儿,无父无母,要么是不受父母关爱者,亦无兄弟姐妹,不受血缘关系的恩泽,亦不承担对他人的责任与义务;是城市流浪者,没有固定的工作和住处,他们在这个社会中生活,对于这个社会他们只是个过客。他们是城市中的边缘人,孤独游离,在自己的世界里却是整个世界的核心,只为自己存在,并只为自己生活。在安妮宝贝的小说里,不管叫"安""薇安"

---

[1] 安妮宝贝:《清醒记》,http://ee.seu.edu.cn/student/class/160033/nq01.htm。

还是"安蓝""安生",都是那个神经质的,喜欢抽红双喜或555牌香烟,喜欢穿白棉布裙子、绕着细带子的麻编凉鞋的女孩。或者叫"乔"或"林",则是那个苍白秀美、善良温和、神经质的男子。不管是"她"还是"他",都是整个世界的核心,对衣、食、住、行以及情、欲挑剔而享受。通过痛苦——包括身体上的和精神上的,敏感地体会"生",并以"死"为参照。安妮宝贝的小说强调的是情感而不是情节,她通过小说中的人物,来描述对外界认真而强烈的感受,将人生的琐细认知,扩大成生命中的华美绚丽。这种人生,痛苦似乎总比快乐多。安妮宝贝就在这种以小说主角为世界核心的描述中,完成对世界和他人的想象。这是一个人的孤单世界,是诉说着个体感悟的独语世界。

宁财神的小说则不然,他的小说重视人物的对话和对情节的讲述。因此,宁财神的小说往往是男主角在网络聊天室口吐莲花,吸引女孩子的注意,然后两人在现实中见面。一见之下先惊艳于女孩子的美貌可爱,再叙述女孩子对男主角的聪明和痞子气既惊异又畏惧。惊异的是这样一个聪明洒脱与众不同的男孩子,如此吸引人,畏惧的是:"我真的真的很想留在这里,很想每天和你一起倾听鸽哨,一起彻夜泡网,一起在阳光灿烂的日子去广场上放风筝,可是你实在不能给我那种安全感啊。"① 男主角就这样通过网络认识一个又一个美丽可爱的女孩,经历短暂的爱情,可是那爱情又往往如风般吹过,于是"我"怀着痛苦郁闷的心情,也许再进行下一场网恋。他的视角是向外的,用时尚的话语讲述着他对关注对象——美好女孩——的观察。宁财神的小说也多用第一人称,但他着重于完成事件的讲述,除了对话外,其他方面都是粗枝大叶。不像安妮宝贝,总是细细地看、细细地听、细细地体会、细细地形容。

细腻感伤与粗豪搞笑——不同的美学风格

反复形容着爱情的安妮宝贝,对爱情的态度却悲观失望。她说:"我们爱一个人,也许是爱着自己在爱情里面的样子。和爱情的本来面目,和那个男人是谁,似乎一点关系也没有。""为什么在爱的时候,心里也是孤独的。"虽然如此,爱情对于女人,如安妮宝贝,却像鱼之于水一样不可或缺。"在爱情的问题上,我们无法说清痛苦有多大,孤独有多深。爱情的出路,或许

---

① 宁财神:《缘分的天空》,http://www.oklink.net/wlwz/wywj/ncs/yuanfen.htm。

就是彼此相爱?!"① 女人来到这世上，似乎就是为了恋爱，然后离开。她的《七年》题记说："爱过，伤害过，然后可以离别和遗忘。"② 她的小说人物，总是将青春肆无忌惮地挥霍于对爱情的追逐和对爱情的失望，他们灵魂深处的孤独、叛逆、绝望与混乱，被细腻而生动地一再呈现，赢得年轻一代网民的深深共鸣。安妮宝贝通过对恋爱中人心态的描写，展示的是人性的脆弱和孤独，浓浓的感伤甚至绝望，可能因一个新生命的诞生而改观，但这仍然无法隐藏对生的无可奈何的绝望。

如果说，安妮宝贝的作品细腻、婉约、感伤、任性，女性化十足且阴性至极。那么，宁财神的作品则粗放、恶搞、愉快，而阳刚十足。宁财神的小说叙事节奏比较快，这使得他小说篇幅都不长，特别是他的鬼故事，那只是一个个小故事而已。或许是来不及低回婉转地品味，即使小说主角恋爱失败，也不会悲悲切切怀怨缠绵，那些鬼故事也难有令人惊怖的气氛。再加上他的幽默调侃，在细节上的恶搞，形成宁财神小说总体上粗豪搞笑的风格。

安妮宝贝的小说人物之间，感情的沟通与交流，主要是通过观察与体悟实现，因此从整体上说，安妮宝贝的小说是静的。而宁财神小说中的人物大多是话唠，不论场合不论对象，只管耍贫嘴，在亦假亦真的调侃中，发现众多声音中能见真心的一点东西。在口语化词汇、句式中，在夸张、套话中，言说的欲望得到极大满足。宁财神的小说是喧嚣热闹的。这或许是受痞子蔡和王朔共同影响的结果。

疏离与融入——不同的人生观

从《告别薇安》开始，安妮宝贝的多数小说就以离别为主题，小说人物总是在自闭和叛逆中离去。安生、安、薇安、安蓝们，在物质过剩的都市里，她们享受着名牌服饰、昂贵的香水、咖啡、美酒，然而"她把这个城市称之为石头森林。而她是一株开着苍白花朵的植物，无法找到潮湿的泥土"，她们挣扎于精神的荒芜，像流浪在灰色的城市里、喧闹的人丛中的幽灵，疏离于这世界。她们对他人没有安全感，对生活没有信心，需要爱情如同需要空气，却又不停地逃离。她说："我总是听见有一种声音在叫我，好像是从很远的对岸传过来。它叫我过去。""我是注定不属于这个世界的。这个世界

---

① 王宁主：《蝴蝶的碎片》，天津人民出版社2003年版。
② 《安妮宝贝作品集》，南海出版公司2004年版。

不符合我的梦想。我对它没有任何留恋。"① "我们是没有未来的人。不断地寻找,不断地离开。"在"混乱逼仄"的城市里,最终以放弃生命的方式离弃这世界。安妮宝贝通过这些小说人物反复传达这样的意图:人与人之间的距离是多么遥远,这个世界对个人而言是多么陌生。那种悲怆的绝望,令安妮宝贝的小说充满奇异的魅力。

  宁财神则往往用流行歌词、流行小说表达着他对大众生活的认同。他会在《缘分的天空》里用李玟的歌词表情达意,用王朔小说《不见不散》写作同名小说,戏仿《第一次亲密接触》的情节与言情模式,戏仿《大话西游》的感情表白,套用政治话语、市井俚语等。这些都与安妮宝贝的个性化语言、诗意的抒情大为不同。宁财神的小说人物也在情场上摸滚翻爬,经历孤独的痛苦,但不会因此而生出离世之心,基本顺应人情世故。宁财神在他30岁生日的时候曾说:"男人该有的东西,我全有了。感谢上天,赐我媳妇,还有一份我热爱的工作,还有乱七八糟一大堆东西,其中包括我的超级豪宅。"他说:"一天写一集《武林外传》,让诗人挨饿去吧。"② 从中可以看到他对生活的满足与认同。

  安妮宝贝和宁财神,作为网络文学第一代知名写手,在各自的道路上继续前行。他们那一代人所开拓的中文网络文学,继续由新生代写手发扬光大,形成当下繁荣丰富的网络文学新局面。然而,他们所代表的两性差异,在类型化和商业化充斥的当下仍具代表性。

原载《广西民族师范学院学报》2011 年第 1 期,此处有删节

61. 网络写手生存状况调查

——因为竞争激烈付出大量劳动也很难熬出头

张宁宁

  前段时间,起点中文网签约写手"十年雪落"猝死,两天后才被发现,他的家里还有妹妹靠他供养。不仅如此,南派三叔今年初因精神状况宣布封

---

① 《安妮宝贝作品集》,南海出版公司 2004 年版。
② 吴虹飞:《宁财神.恶搞武林》,《南方人物周刊》2006 年。

笔。去年，网络写手青鋆和风天啸相继去世，网络写手的生存现状也进入大众视野。文化评论家李大超称，文学网站吸引读者连续大量阅读的商业模式，迫使写手必须每日更新沦为码字的机器。这使得网络写手成为"高危职业"。

为探寻中国网络写手生存状态的真相，记者用两周时间发出问卷访问了五十多名各个收入阶层的网络写手，所有参与调查的人都认为盗版猖獗以致权利得不到保障。近一半人不满意现在的写作状态，认为压力很大。甚至很多人说出"下辈子再也不做写手了"！"入行需谨慎"！

引发关注，盛大文学全面提高网络写手福利

起点中文网写手"十年雪落"去世后，记者获悉，起点中文网联系湖南人民出版社已确认出版《武布天下》，初定在未来一月内上市第一本书，并承诺在作者版税基础上，每销售一本书再向作者家属捐赠一元。

盛大文学CEO侯小强和起点中文网的管理层已经慰问了家属，昨日，记者从盛大文学了解到，他们会承担十年雪落妹妹读完本科的学费开销（一学年一万）。昨日，起点中文网一名不愿透露姓名的工作人员透露，"另外要注意的一点，是作者死因只能排除他杀，其他不详，因为十年雪落的母亲没有舍得做解剖检查就直接火化了"。

盛大文学CEO侯小强表示将成立专项抚恤，因为这名写手的去世，他们也开始催促人事部和编辑部尽快细化起点中文网旗下写手们的医疗救助及商业保险项目。盛大文学还宣布将斥资亿元全面升级起点中文网写手福利，其中重要的一条就是，"启动医疗保障计划，投入千万作者医疗基金"。

行业现状，网络写手门槛低人数多

最近发布的《2012～2013中国数字出版产业年度报告》称，电子书的收入达到31亿元，是上一年的4倍多。如此庞大的受众群体和产业规模，依靠的是众多网络写手来提供内容，仅"盛大文学"旗下网络写手就达160万人之多，没能签约的写手更是"不计其数"。规模较小一些的文学网站签约写手也有十余万之多。据一家旗下拥有多家文学网站的网络公司统计，目前我国文学原创网站约100家。

如何才能成为签约的写手，你可以先到网站注册、申请，如果作品成绩好的话就可以申请签约，不过刚开始时是没钱赚的。如果你点击推荐够多的话，或者你文章有潜力的话，在签约后网站会根据合同给钱，有的是订阅的提成1%，有的则是按千字30到200元不等。

记者采访到一位不知名的网络写手，他高中时期开始接触网络写作，2010年正式签约纵横网，随后一年不到写了将近300万字。目前他月收入在2000以下，在起点发书，两个月写了20万字，然后申请签约，一直没有出头，成绩也很差，后来才开始慢慢转变。他说，其实大量写手都像他一样，付出艰辛也不一定熬出头，专职压力会更大。

当然有的写手有名气后，被出版商看重，出版费额外给，千字20到200元不等。比较著名、收入高的，例如唐家三少、天蚕土豆、流浪的蛤蟆，也是几百万的网络写手们努力的目标。

业内讨论，有人提出强制休息

近日，记者看到网络写手"几字微言"在网上呼吁行业更改休假制度。"就算再怎么苦、累的活儿，也会有换班休息。但网络小说发展有十年了，盘子越大，竞争却越发惨烈，已然需要透支生命来拼搏。我虽无名却愿倡议各大网站出台强制休假制度，为旗下作者生命负责。"

网络写手"林海听涛"并不是非常认可休假制度，他说网络文学行业是他见过最为自由的职业了。"你想写就写，不想写就不写，也没人逼你，你可以坐在电脑前一个小时写三千字，两个小时就把一天工作做完。也可以坐在电脑前一天只写一千字，其他时间全在玩游戏。自己不会安排时间，自己玩心重不专注怪谁？"写手"震古烁今"也认为休假制度没用，强制休假那天如果不上传章节，先不说读者会不会骂，他完全可以继续囤稿，然后第二天爆发更新，写作只能靠自律。

纵横中文网编辑沙虫十分认同自由职业靠自律的观点，"写手是自由职业，不是坐班的，所谓的休息制度本身就不存在"。

名笔发声，曾因不更新被骂得狗血淋头

昨日，记者采访了因著《甄嬛传》而出名的网络作家流潋紫。她是一名兼职的网络作家，曾经爆出因写《甄嬛传》流产的新闻。她告诉记者自己也属于亚健康的状态。

"在作息方面还算规律，就是睡眠时间不足。"流潋紫说，她每天工作和写作需要10多个小时以上。她把写作作为业余爱好，没有给自己太大的写

六、写手剖析

作压力,"我应该属于亚健康,长期的案头工作让我有比较严重的颈椎病,难受了会在家给自己拔火罐"。她还向记者讲述了自己最难熬的大学毕业那段时间,"我一边要完成毕业答辩,一边还要忙着找工作,但网上的更新稍有延迟就被不知情的网友骂得狗血淋头"。

谈到当下这些网络写手的生存状况。流潋紫称:"他们中的绝大部分人都处于透支生命进行写作却收入较低的状态,他们的写作压力很大,生活品质不高。"

以《悟空传》成名的今何在说,当下这些网络写手和很多行业一样,最成功的顶层占据大量的收入,而大部分做成基石的写手需要付出很多但回报很少。很多写手每天码字但都没有人看,或者稿费只有千字几十。

谈到网络写手的压力,他说自己也和南派三叔聊过:"人生最珍贵的其实是时间,你花时间去挣钱,之后又要花多少钱去买回时间呢?他非常认同,然后他就消失了……什么精神问题全是拖稿的借口,借口!"

写手支招,人生不妨多给自己几个选择

今何在给网络写手支招即是调整心态:"只能说以这么多的人口,这么激烈的竞争,成功真的是不容易,有时即使拼命努力,也不一定就能实现梦想。还是需要调整好心态,要认清现实,不要把名与利当成衡量幸福的唯一标准。"今何在说,现在网络写作竞争很激烈,已经不是十几年前全国能数出来的网络作者就那么几个的年代了,想靠写作成功真的越来越难,"很可能你付出了很多,但还是得不到关注。所以要进这一行,先要做好思想准备,上班固然累,但写作会更累。所以人生不妨多给自己几个选择,其实只有自己有写作欲望时写出的东西才会是好看的作品"。

流潋紫认为网络写作容易被盗版,"网络是我最初的文章发表平台,但现在我的写作模式已经偏向较为传统的模式。著作权牢牢掌握在我手中,但现实中,许多网络写手的作品是被买断的,一旦文章上传便等同于出让了全部著作权,这很不公平"。

"最近听说了不少网络写手因为写作压力过大、过于疲劳而不幸去世的事情,确实挺为他们感到惋惜的,也感觉到了网络写手被人们称为'高危行业'并非没有道理。"流潋紫说,从整个行业来说,大部分网络写手的收益仍然过低,以至于他们不得不用透支生命的方式以更多的字数来换取足够的收入。如果当前国内的版权环境能更好一些,如果整个网络小说的写作模式

从求"量"向求"质"转变，更多的网络写作者不是仅仅为写作而写作，为字数而写作也能过上体面的生活。

网络写手吐槽：下辈子再也不做写手

历时两周多，记者向众多网络写手发出了上百封调查问卷，收到了几十封回复。截至昨日发稿，起点共有19名写手回复答卷，纵横网贴吧共有33名写手回复了问卷。经过问卷调查，大量网络写手属于久坐族。1个月难以出门一次，1年只拜访过一两次朋友，每天从早上9时到夜晚10时，都在不停码字，这或许是大多数网络写手的写照。

1. 你作息时间有规律吗？统计结果：24%表示毫无规律

2. 你每天写作压力大吗？统计结果：47%表示压力大

3. 你的健康状况如何？是否经常锻炼？统计结果：65%表示亚健康，22%经常运动

4. 你的饮食有规律吗？统计结果：90%表示规律

5. 经常去医院吗？买医保了吗？统计结果：10%经常去医院，97%有医保

6. 你是宅男宅女吗？1周出门几次？1年拜访过几个朋友？统计结果：17%表示很宅（其中玄辰雨：两年基本不出门，一个朋友都没联系过）

7. 作为作者，你的权益是否得到保障？统计结果：93%觉得盗版猖獗

8. 你满意现在的生活吗？统计结果：50%不满意

9. 可以透露你的月收入吗？统计结果：从零收入到万元以上每个阶段都有，贫富差距大

10. 你认为当下网络作家们的生存状况如何？统计结果：金字塔，塔尖威风，塔底残酷

11. 如果你还有工作希望吐槽的，请在这条留言

答案：

  下辈子再也不做写手了；

  入行需谨慎；

  再坚持两年，不行果断就弃了，好好做其他的工作；

  有时候真想把笔记本关掉，然后去做一个读者。

原载《西安晚报》2013年7月17日

七、作品解读

62. 话语方式转变中的网络写作
——兼评网络小说十年十部佳作

马 季

经历 10 多年发展的网络文学,作品海量,仅长篇小说一项就有数百亿字节,而且类型众多,我也只能大致根据时间的顺延和创作手法的变换,遴选其中 10 部具有明显网络写作特征的佳作进行述评,网络写作的话语转变由此可见一斑。

《悟空传》

(戏说、无厘头类,今何在著,光明日报出版社 2002 年 8 月首版)

《悟空传》是早期网络文学最重要的作品,篇幅短小,语言精练,在艺术上达到了较高的水准。并非无意义的搞笑,其主要意图是借助孙悟空等人物思想情感的变化,揭示我们今天所处之物欲社会的现状。因为,唯有这样的"特殊"人物,才有可能对现实世界形成突破,而自身不被击垮。应该说,香港电影《大话西游》的创作理念对《悟空传》产生了直接影响,没有前者,后者的问世是难以想象的。正如《大话西游》虽脱胎于《西游记》却不走寻常路一样,脱胎于《大话西游》的《悟空传》同样创造了自己独特的话语方式。这一话语方式与网络世界的自由、开放意识相结合,产生了巨大的能量。同样的故事核心,可以创造不同的文学世界,这是《悟空传》额外的收获。

《此间的少年》

（情感类，江南著，西北大学出版社2002年9月首版）

一座古老而充满阳光的校园，里面正上演着年轻的侠义故事，这就是江南笔下的汴京大学。故事虽然以宋代嘉佑年为时间背景，透过师生们各异的生活，我们看见的却是1990年代中国社会的基本风貌。理想的失落，物欲的攀升，身处历史大变革之中的莘莘学子，精神世界和肉身在逐渐分离。在这个意义上，借用金庸小说人物关系，号称射雕英雄大学生活版的《此间的少年》，无疑是一部现实主义作品，一部从有梦的青春到无梦的现实的心灵成长小说。《此间的少年》里有一个强烈的气场，在一个看似和平、宁静的世界，一个只有笑、没有泪的安乐窝里，真正的哀愁是他们正在失去的本该属于他们的少年的莽撞。青春年代本是侠的世界，或者说侠本是青春年少的标志。但这一切只能"象征性"在演绎中存在。

《此间的少年》的故事始于开学，结束在毕业。校园是此间，社会则是彼间了。此间有着令人难忘的爱情、友情，有着不大不小的争执、无奈和醋意，也有率性、耍酷与较真，以及憧憬与失落，奋斗与彷徨……这一切是那么的真实、自然，那么的贴近我们的感觉器官，令我们内心隐隐作痛，但它转眼间竟然成为了虚空。对青春的回忆和怀念，一定是伤感的，这是所有成长小说的共同主题，但江南摒弃煽情笔法，以机智幽默书写伤感情绪，是其出类拔萃、胜人一筹的地方。要说《此间的少年》的缺陷，那就是过于温和而失去了批判精神，或者说对现实的怀疑态度没有找到落脚点。这使我自然而然想到了塞林格的《麦田里的守望者》，此间少年似乎缺少了一点"守望意识"。

《英雄志》

（武侠类，孙晓著，京华出版社2003年5月首版）

《英雄志》是10部佳作中唯一的台湾网络小说，以350万字的超大容量在网络上连载多年，其艺术质量远远高于声名卓著的《第一次亲密接触》。网络上曾经流行这样一句话：金庸封笔古龙逝，江湖唯有英雄志。虽是溢美之词，却也足见其影响之大。《英雄志》的主要贡献在于，当人们认为武侠小说已经走入绝境无法前行时，它横空出世，挽狂澜于即倒，为这一小说样式的未来开辟了新路。在继承金庸、古龙武侠精神的同时，《英雄志》一举打破以往武侠小说"成人童话"的套路，让人物身上多了一份烟火气息、俗世情怀，给人生之路平添了一份崎岖坎坷，体现出现实主义深度和人文关怀精神。作者对武侠小说内容与形式的突破，显而易见，并且取得成效。当然，《英雄志》也存在很严重的缺陷。这部作品格局宏大，但由于作者驾驭能力有限，几乎失去了对结构的把握，大规模的铺垫情节，难避拖沓之嫌。在语言上，也露出了粗糙简陋的痕迹。在叙事方式上并未超越前人，与金庸的精于设计相差甚远，与古龙的剑走偏锋无法抗衡。另外，这部小说基本上是按照传统写作方式进行创作的，具有现代意识，但网络特征并不鲜明。

《最后一颗子弹留给我》

（军事类，刘猛著，中国社会出版社2004年8月首版）

在将《最后一颗子弹留给我》归入军事类小说的同时，我充分理解和尊重作者本人的意见，并且我自己也认为，它不仅仅只是一部军事小说，而是以军事为题材的多主题、多向度的小说。小说以主人公小庄的从军经历和退伍后的生活为主线展开的描写，两个时空交替的出现，使军旅生活成为表达作者思想情感的一个载体。小说以众多的配角人物为副线，塑造了一大群军事干部，包括大军区副司令、特种兵大队长、中队长、野战军的团长、连排班长等等。但是，刘猛回避了走传统军事小说的路子，他并不是在搞什么突破，而是完全改弦易辙，在另一个叙事空间里，寻找军旅生活状态下的人的思想情感脉络，其中包含了作家个人对战争、国防、军事改革的独特认知。这部作品在网络上被海外读者誉为"中国第一部真正具有国际意义的军旅小说"。

《诛仙》

（玄幻武侠类，萧鼎著，朝华出版社2005年6月首版）

《诛仙》是网络玄幻武侠小说代表作品，在网络类型小说中具有开创性。《诛仙》讲述少年张小凡历尽艰辛战胜魔道的曲折经历——正道与魔道的道德对立、强烈的悬疑色彩和魔法氛围、千奇百怪的武功、似是而非的传统文化，夹杂着动人心弦的爱情故事，使它具备了一个网络文本成功的要素。《诛仙》很好的继承并开发了传统文化资源，以老子《道德经》"天地不仁，以万物为刍狗"的思想贯穿全文，同时糅合西方魔幻表现手法。从思想内容到表现形式，既有传承也有创新，深得读者喜爱，因此获得"新民间文学"美誉。《诛仙》的传播过程是网络时代文学向娱乐作品转换的范本。这个过程是从严肃到通俗、从文学性到娱乐性的改变，此现象比传统文学作品的影视改编更具时代意义与商业价值。由此可证，网络已经具备了完善的从产生到传播再到娱乐化改编的文化传播流程。

《随波逐流之一代军师》

（架空历史类，随波逐流著，人民文学出版社2006年4月首版）

《随波逐流之一代军师》虚构了一段历史，准确的讲是由几段历史糅合而成。同样，作者笔下的王朝也是一个子虚乌有的朝代，但是我们似乎又很熟悉小说中的历史场景……不能不说作者成功的"架空"了历史，虽然在网上受到热捧，但小说表达的核心问题却一直无人谈及——作者对独立价值观的思考。我以为，这正是这部小说达到较高审美层次的关键。《随波逐流之一代军师》与其他描写历史战争的小说很不一样，它侧重于对人物内心的开掘，而忽略了对血淋淋战争场面的描述，这是和作者追求的淡雅文风相一致的，但也少了些许历史的深厚感。必须提及的是，这部小说的叙事结构比较特殊，主人公江哲既是叙述者，也是被叙述者。小说是在江哲看着南楚遗臣刘奎的《南朝楚史》，同时通过自己的回忆展开故事的。在《南朝楚史》中他是被叙述者，而在回忆中，他是叙述者。两个文本的交叉，造成了人称等一些细节上的阅读困难，但同时也丰富了叙述空间，不失为一次对文本表现形式的积极探索。

《明朝那些事儿》

（历史类，当年明月著，中国友谊出版公司2006年9月首版）

从这部小说的名字我们就能感受到这个时代的文化气息：以轻松、随意和闲适的姿态，努力消解对历史沉重阅读的畏惧。这样的写作路径暗合了网络时代的文化心理诉求。这是从外部来分析《明朝那些事儿》的阅读环境，一旦进入内部，小说的成长空间当然有其自身的节律。从中国历史看，明朝的确是个深藏机锋的话语场，给叙事者提供了一展身手的舞台，而说到市场，这几年恰逢国学热处于井喷期，《明朝那些事儿》作为网络化历史叙事的代表作品，可谓占得了天时地利人和。简单的说，《明朝那些事儿》是一本以自己的观点讲述历史，并借用历史事件折射现实问题的故事集成。它的主线完全忠实于《明史》，从核心人物到重要事件，都是有影有形的，和所谓的戏说、大话又不一样。当年明月所以能够走红网络，原因在于他使用了现代读者能够接受的叙事方式，把那些已经既定的历史人物形象"激活"，也就是说，这部作品的创新性不是运用架空、重塑等表现手法，而是实现了叙述方式的转换——把重的历史变为轻的故事，把严肃的考据变为生动的讲述——体现出网络平台新的读写关系。其实通俗历史写作早就流行于港台，柏杨先生所做的努力开一代叙事之先河，但时代的发展不可能裹足不前，《明朝那些事儿》便是这条河流的某种延续。

《鬼吹灯》

（恐怖、悬疑类，天下霸唱著，安徽文艺出版社 2006 年 9 月首版）

自从以《鬼吹灯》为代表的盗墓小说兴起，一股搀杂东方神秘色彩的现代探险故事开始在网络蔓延。有心的读者或许不难发现，这些小说夹杂着多元文化的元素，其情节、笔法、故事背景和精神诉求，既有中国古代传奇小说的痕迹，也有好莱坞惊悚大片和游戏的影子，它会让人联想起志怪小说、僵尸鬼故事、恐怖片、灵异小说、游戏《魔兽世界》、电影《深渊》《异形》和《古墓丽影》等等。读者并不排斥大杂烩，问题是你是否能吸引他。在这个嘈杂的世界中，涓涓细流早已被遗忘，人们膨胀的眼球充满了血丝，死死盯着离奇古怪的幻想世界。无疑，《鬼吹灯》的网络暴红暗合了这一心理需求。当然，这也没有什么不好，读者的选择自有他的道理。《鬼吹灯》的故事由一本主人公家中传下来的秘书残卷为引，纵横天下千里寻龙，历尽艰难险阻，那些龙形虎藏、迷窟生烟、天坑深潭诡异无比，昆仑山大冰川下的九层妖楼，中蒙边境野人沟中的关东军秘密要塞，消失在塔克拉玛干黑沙漠中的精绝古城，神山无底洞中的尸香魔芋花，云南丛林中的虫谷妖棺，西藏喀喇昆仑山中的古格王朝无头洞，陕西的龙岭迷窟……处处陷阱，危机四伏，步步惊心，环环紧扣，蹦极式的极限挑战比比皆是。《鬼吹灯》前后两部共 8 册，故事的发展出现了前后脱节现象，成了探险集式的故事汇本，可见作者在构思尚未成熟时即匆忙动笔，在把握全局上还有待改进。

《杜拉拉升职记》

（职场类，李可著，陕西师范大学出版社 2007 年 9 月首版）

杜拉拉，"职业的一代"，草根出身，外企白领，做着一份不高不低的人事行政经理的工作，拿着一份不高不低的薪水，经历着职场的跌宕起伏。这是七十年代生人的标本式特点，也是第一代跨国外企人的生存境况。《杜拉拉升职记》有两条主线，一条讲的是她从一家小民营企业到著名外企的奋斗过程，一条讲的是她和公司大客户部总监王伟的恋爱过程，与描写职场生存的老辣直接相对称的是，作者在情感描写上也相当细腻而富有情趣，将这场属于办公室恋爱范畴内的爱情故事写得一波三折。《杜拉拉升职记》的成功绝不是一个偶然，它切合了职场女性的心理特点，可以算是为职场女性量身定做的成功学，和以往写给男人看的职场小说有很大的区别。1990年代的职场小说，多数是商战题材，以企业老总争斗为主线，不仅心狠手辣，而且挟带官场之威，俨如厚黑学博弈。跨国外企并不讲这一套，逻辑系统发生转换，现代职场女性开始唱主角，她们显然对厚黑学兴趣不大，也不希望自己给人留下这样的印象。

《盘龙》

（幻想类，我吃西红柿著，太白文艺出版社2010年1月首版）

《盘龙》一书作者我吃西红柿原名朱洪志，1986年出生，在苏州大学读书期间开始网络小说创作。2008年，《盘龙》以丰富的想象力和尚显稚嫩的文笔创造了网络文学的点击神话，总点击量已经超过一亿。《盘龙》是一个励志故事，主要讲述龙血战士后代林雷·巴鲁克的成长历程。从一个平凡的人类，到成为玉兰位面最好的恩斯特魔法学院的学生，超越学校的天才少年迪克西，修炼成为圣域强者，最后突破成为神级强者。整个过程中，"魔武双修型"的林雷从没有一刻停止过修炼，当然他有4个神分身和本尊，加起来等于是5个人，所有在分身修炼的同时，其他分身和本尊可以不受影响的做其他事情。从下位神一直修炼到中位神，最后终于成为上位神，最后灵魂变异、炼化4枚主神格，成为突破宇宙限制、跳跃到鸿蒙空间的第一人，中间发生了特别多的故事——有初恋的失败、有父母之仇、有德林爷爷的帮助、有雕刻的神奇、有好兄弟的友情、有恶魔城堡的任务、有紫金山脉的阻困、有四神兽家族的重担、有位面战争的历险、有贝鲁特爷爷的嘱托——最后终于全家团圆、兄弟团聚，林雷修炼成为鸿蒙空间的掌控者。

综观以上10部网络小说，它们有一个共同的特点，就是创新精神。应了一句俗话：不走寻常路。话说回来，不是传统作家没有这样的意识，而是从根本上说，我们所处的时代发生了巨变，真正的断裂已经产生，一部分人被淘汰出局,是极其正常的现象,一点也不奇怪。而勇于挑战,敢于尝试,在强大传统面前另起一行的网络写作,对中国文学在新世纪的发展所发挥的作用,将随着时间的推移逐渐显现出来。然而,创新何其难,需要智慧与勇气,尽管如此,有时候还会半途而废……艰难中的攀行,又怎能不犯错误呢?我因此有了另一个观点,对于网络小说创作,一定要持宽容的态度,鼓励创新,允许犯错,同时,传统写作也要不断提升创新精神。需要强调的是,商业化导致了大量文本复制——网络创作的跟风现象非常严重。因此,对极少部分原创性作品,应该给予更多的关注和保护。

原载《文艺争鸣》2010年第19期,此处有删节

63. "遗忘":叙事话语和价值态度

——评慕容雪村的网络小说《成都,今夜请将我遗忘》

姜 飞

这部小说2002年度所"收获"的点击数竟在几十万到百万次之间。显然,慕容雪村肯定是2002年中文网站上最引人注目的网络写手。于是,这个网名为慕容雪村的人被《新周刊》等多家媒体评为"2002年度网络风云人物",而《成都,今夜请将我遗忘》亦被"新浪"等网站评为2002年度之"最佳网络小说",小说版权甚至卖到了海外。

小说写了"一个普通的城市居民"陈重,"在物欲横流的城市中一点点沉沦","他沉醉于放纵的生活,蝇营狗苟,斤斤计较,与上司和同事勾心斗角……与最好的朋友时远时近,甚至勾引对方的未婚妻;他爱自己的妻子,却不知道珍惜",到了最后,"一切美好的东西都被戳穿了,陈重在灰色的天空下开始质疑人生"。这是作者慕容雪村对小说的概括。但是当我们按照作者的提示进入小说的时候,我们其实很难发现什么真正的问题——故事本身及其轻巧流畅的叙述很容易使读者与主人公陈重一道止步于"质疑人生",而不能回过头来"质疑"这部小说。小说的确具有风行一时的所有要素:在流畅而富于机趣的文字间,有欲望的真切萌动和展现,以及展现的场面和"技术",有肉体沉迷和动人的颓废、感伤,有对"万劫不复"的青春、理想与大学时光"深情无限"的追怀,有"浪漫而怀旧"的诗意和歌声,有成都

的粗口和噱头,有商界的精彩缠斗,有人际的阴谋、背叛和复仇……许多挂在网上的大学生和"白领"们被小说凝住了目光,他们也使小说风靡2002年,他们迷醉于小说的情调和所谓的"质疑"。然而,真正的问题被遮蔽了。

真正的问题在于"遗忘"。在小说中,"遗忘"是一种叙述方式,一种老练的话语策略;而如果我们放宽眼界进一步思索,"谁被遗忘"则更是一个深刻的关乎价值态度的大问题,这个问题尖锐而真实地存在于这个时代的写作和生活之中。

作为话语策略的"遗忘"。对于《成都,今夜请将我遗忘》而言,仅仅用一种传统方式去分析人物形象显然不够,重要的是作者的叙事——尤其是叙事的元素和视角,这里显示了人物的"形象",更体现了作者的目的性和潜藏于文字与人物形象背后的意识形态。

在这部小说的叙述中,有两组元素相互交错,共同推进小说的故事流程:1、堕落与放纵;2、"质疑"与"反思"。这两组元素构成小说的叙事主体。每一次从"堕落与放纵"到"质疑与反思"的叙述都组成小说的一个叙事单元,这样的叙事单元在小说中共有11个,而小说在每两个叙事单元之间都隐藏着一个叙事策略:"遗忘"。"遗忘"是小说主人公陈重的行为逻辑,也是小说得以展开的话语方式。

2002年的《成都,今夜请将我遗忘》告诉我们:第一,大体言之,网络文学也是一种市场化的文学。为了畅销,纸上的文学堕落同样也存在于网上。点击率就意味着市场。慕容雪村评论《重庆孤男寡女》时,标题叫"失忆年代,虚假悲欢"①,这也可以说是自评。在"失忆"(或遗忘)的年代,网络文本制造出来的"悲欢"确实虚假,真实的只是对点击率和市场的绝对关心。几年前有痞子蔡浅俗而"纯情"的《第一次亲密接触》,今日有慕容雪村放纵的《成都,今夜请将我遗忘》。他们在网络上、书市上和现实中引人瞩目的成功必然会产生有力的示范作用使跟进者为了点击率而奔波于"网"。谁都看得出来,人们心中曾经有过的网络文学"非中心化(decentralization)"迷梦今天已经破产了。今天的中文网络文学正在不断制造新的写作明星,他们就是取得市场成功的痞子蔡、安妮宝贝和慕容雪村等人,在理论上讲,他们的写作本来属于"非中心化"的网络写作,而他们却戏剧性地成为新的中心。这里,"中心"不但是指他们作为中文网络文学兴起几年

---

① 慕容雪村:《失忆年代虚假悲欢——评〈重庆孤男寡女〉》www.tianyaclub.com 之"舞文弄墨",2003年1月10日。

来涌现出的网络文学名人的中心地位,而且也指的是他们所坚持的写作本身、他们的写作方向和模式——实际上他们的写作已经成为风尚,这是更为深刻的"中心化"。

第二,网络文学大体上也不是许多人所认为的没有门槛、真正自由的文学。凡是执著于点击率者,都会倾向于"无限"地靠近那个吸引眼球的"中心"(即时尚的模式和市场的"好望角""'性'大陆"),都不自由。而抬升点击率的因素更是像电脑屏幕一样锁定了大量写作者的眼睛,也使他们敲击键盘的双手如负镣铐,毫无自由可言。慕容雪村举起写着"纵欲"二字的双手向市场投降了,市场回赠他以名利。他失去的是自由,获得的是"成功"。可见,包括慕容雪村在内,网络写手们受到了消费主义时代强大市场的强力牵制,自由的价值并未在中文网站的文学写作中像人们曾经预期的那样真正体现出来。

第三,正如《成都,今夜请将我遗忘》所显示的一样,今日的网络写作不关心他人,不关心他人的苦难,这里没有工人、农民和一切底层人民的声音,没有坚硬的、艰辛的生活真实,只有"小资"们、"下半身"们的无聊抒情、消费表述和纵欲狂欢,在某种意义上,这正是当今某方面社会生活的缩影。面对底层和他人,这些网络写手最大的关注也不过是冷漠地隔岸观火。在我们这个时代,网络写作从一开始就已经在反对所谓"宏大叙事"的宣称之下沦为极端狭隘的文字堆积。这里的"狭隘"不但指今日网络写作所面对的人生和世界的狭隘,而且也指价值层面的道德狭隘——狭隘到拒绝关注他人,在消费主义的时代消费一切(包括物质和他人的尊严),而让自己彻底解脱社会责任,失去良知良能。

原载《文艺理论与批评》2003 年第 2 期,此处有删节

64. 英雄的悲剧、戏仿的经典

——网络小说《悟空传》的深度解读

林华瑜

长篇小说《悟空传》,它是由作者今何在(真名曾雨)最先在新浪网发表,很快赢得广大网民读者的青睐。2000 年圣诞夜,今何在获得榕树下原

创文学大奖赛的最佳人气大奖，2001年初光明日报出版社出版该书，立即引起图书市场的轰动。不久前中国电影集团公司与作者今何在正式签约，重金购买了《悟空传》的影视及动画的全部改编权，中影公司决定投资数千万元人民币，用三至四年时间将《悟空传》搬上银幕，将陆续推出动画电影、动画电视剧及真人电影三个版本。自《西游记》问世以来，续本或改写本不计其数，迄今为止，比较起来有如此蓬勃生命力的西游文本实不多见，更何况《悟空传》最初的文本生长、漂浮于网络文学的汪洋大海里，在那里一部作品的出生往往即意味着死亡。在无数网络写手弄潮儿中间，作者今何在也只不过是一个24岁的毛头小伙。是什么原因使得《悟空传》赢得如此令人咋舌的热烈喝彩？作品本身的思想深度与艺术含量究竟如何？作为网络文学它的存在表征了什么样的文化意义？对于拥有如此社会阅读影响的文本，有的批评仅仅以一句"文化快餐"概而论之，笔者在阅读作品后觉得这样的论断似乎有失公允，也过于简单。事实上，比起此前流行于网络空间的蔡智恒小说《第一次亲密接触》，《悟空传》无论在思想的深度、广度还是艺术的试验探索上都呈现出更高的追求，即使拿它与"正规"文学圈子里许多所谓的"纯文学"比较，《悟空传》仍然有其不可替代的艺术魅力。我个人认为它一定程度上是网络文学在经历一段时间的酝酿、发展后的自然结晶，因此有必要对其作深度的探析。

作为宿命的英雄的悲剧

掩卷之后，我的第一感觉是《悟空传》叙事结构交叉往复，叙事时间不断穿梭于过去（前因）与现在（后果）之间，叙事空间在天界人界与灵界跳跃不居，小说主题相当繁杂，很难用一句话或几个关键词作出恰当的内容概括。这里既浓笔书写英雄对命运的不屈反抗，也不时流露英雄的油滑与庸俗，既有天蓬和月女神、小白龙与唐僧的纯真爱情，也有对沙僧的愚昧和奴卑性格的嘲弄鞭挞，而且还浸透着一种关于命运、关于宗教的哲性思考。小说在一些地方没有脱掉《大话西游》的痕迹，一些人物甚至某些"俏皮"的语言也是直接转换过来的。但很显然的是，在格局与气势上《悟空传》显得更为磅礴，两者不可同日而语。思索之余，我觉得作品最能打动人心的既不是浪漫的爱情絮语，也不是"我要这天，再遮不住我眼；要这地，再埋不了我心……"这样的豪情与壮举，甚至恰恰相反，而是弥漫在作品里那种浓郁的、成为英雄宿命的悲剧感。

七、作品解读

从书名上看,孙悟空是小说的主要人物,但如果我们以英雄悲剧作为解读的出发点,则可以看到作品里的其他人物,包括猪八戒、唐僧、沙僧,甚至作为最高意志的如来,都莫不是一个悲剧性的人物。猪八戒历尽艰辛、苦苦守候的爱情既令人感动不已,也叫人扼腕心痛。唐僧虽然与天扬论法歪打正着,取得胜利,但始终参不透"既带我来,又不指我路"的生存之谜,就连死在悟空棒下也不明白,枉费小龙女一片深情。沙僧在神仙当中是受侮辱和损害的卑贱者,而当孙悟空与众神对峙时,他又为虎作伥,实为奸邪之徒,他的身上凝聚着难以觉醒的庸众性格,当他颤抖着把费了五百年才修复的琉璃盏捧到王母面前时,"王母接过盏,看了看:'我要这东西还有什么用呢?'她一松手,那盏坠下,重新摔成粉末"。其人其情着实令人可悲可叹。弟子金蝉子与佛祖如来打赌,最终的结果是如来自甘服输,因为孙悟空"宁愿死,也不肯输",最终赢的是始终反抗的那个悟空。也就是说,天地间还有东西能跳出如来的手掌心,这不仅是徒弟对师父的胜利,也是反抗意志的胜利,不过是以失败(选择死)的方式取得的。如此一来,不仅消解了最高意志代表者的权威,亮出他的无力,也使一切意义的生成,包括反抗,包括悲剧本身的意义能量都在这个环形中若有若无。何谓胜利?何谓意义?何谓跳出与跳不出?一切既是意义不断生成的泉眼,又是无法破解的谜团,所有这些人物共同营构的悲剧形成了一个巨大的宿命轮回,让人感叹唏嘘。

戏仿与文本的颠覆力量

作品主要是通过戏仿化来实现文本的颠覆力量,在颠覆经典的过程中实现作者的创作意图,取得最终的艺术效果。《悟空传》就是一部对《西游记》和《大话西游》的戏仿之作,人物和故事框架以这两者为底线,但行文中更透出与这两个文本的"戏仿"对话。不过,对《大话西游》的戏仿主要是话语形式层面上的,而对作为中国文学经典的《西游记》则是深层的。《悟空传》的主要人物是《西游记》唐僧师徒人物形象的新改写,"仿"在这里是最基本的也是必要的,众多的"前因"似乎是对《西游记》的叙事作出某些补充,也是在为新文本建立意义的过程,行文中似乎并不见《西游记》的踪影,但作为经典的《西游记》文本始终是叙述过程一个隐身在场者。最后两章里,另一个六耳猕猴重蹈孙悟空的旧事,既是从前的孙悟空的"复活",实际上也不妨看作是另一种象征——传统经典文本在当代传媒——网络上的复活、延伸与新发展。

除了"仿"以外,《悟空传》更表现了对经典文本"戏"的精神。一是表现在人物形象上,比如将唐僧性格置于圣与俗的两极境地,使读者在对唐僧作价值判断上更加迷惑、复杂,猪八戒不再是《西游记》里"调戏"嫦娥的"呆子",而是光彩照人的绝世恋人,沙僧默默无语的忠厚形象在新的文本里转为愚庸奸邪的小人。而对于孙悟空,他的形象更是跳跃动荡,甚至不时突出他的"市井混混"模样以至猥琐化特征,他不承认自己打死了唐僧,有抵赖撒泼之嫌,无事生非,胡搅蛮缠,一任自我意志行事,在道德上既不完满,行动上也谈不上光明磊落,和《西游记》的"孙大圣"简直有天壤之别。不过,新的孙悟空显得更有人情味,这也是戏仿的效果吧。二是叙事的狂欢化,狂欢与"戏"的精神极为一致,是戏仿的一种高级境界。通过戏仿,《悟空传》与经典文本《西游记》构成了颠覆的关系,前者的艺术力量通过后者得到辐射放大,阅读起来也更觉轻松,相信许多人会在阅读过程中捧腹大笑,就在这笑声里,经典的权威已经悄然坍塌。

悟空情结与一代人的文化理想

如果从更深的意义解读《悟空传》,我们还可以看出,无论是英雄无可解脱的宿命悲剧,还是作为一种艺术策略的戏仿,都暗含有《悟空传》的作者及钟爱它的读者这一代人文化精神上的象征意味。"我要这天,再遮不住我眼;要这地,再埋不了我心;要这众生,都明白我意;要那诸佛都烟消云散!"这短短几句话能如此深得众多年青网友的钟爱青睐,也可以看出大部分读者从文本中所拾取的,主要还是那种带有理想色彩的浪漫情怀。

西游英雄的宿命悲剧和 70 年代人的心路历程在一定意义上确实形成了同构,即如作者今何在所说:"其实写作就是借题发挥","每个人的理想,一出生的理想,在无奈的生活中被压在五行山底了"。和后于他们出生的 80 年代人相比较,由于后者一直置身于这个业已成形的现实语境,他们的理想化情结并不如 70 年代人强烈。在 80 年代人那里生存和游戏可以做到二位一体,在 70 年代人那里却存在无法消弭的内心分裂,所以即使 70 年代人选择游戏,但在心里仍有一抹挥洒不去的纯情,就如同《悟空传》选择了戏仿,颠覆的只是经典文本而不是文本的悲剧内质,同样,这一代人即使反叛也只是一种姿态,传统和理想的重负不是说卸下就可轻松卸下的。确切地说,这样的戏仿中更包含着一种无奈,有不满,有愤怒,有自嘲,也有独自神伤。

七、作品解读

作为世纪初的一个文化样本,《悟空传》的文本和它的作者、读者以及网络评论者一起,共同表达了一个饶有意味的命题。本文的解读也许有过度阐释之嫌,但我想,最后的命题提出也许并不过度。

原载《名作欣赏》2002年第4期,此处有删节

八、文体类说

65. 网络类型小说：机缘与困局

欧阳友权

网络文坛的别样风景

打开时下的文学网站，作品数量最多、更新最快、关注度最高的大都是类型化的长篇小说，类型化写作已成网络文学的主流。除了女性、武侠、玄幻等专门的类型化网站外，一些门户网站的"读书"栏目和综合型文学网站的"文学""原创""文化"等版块，也多选择类型化作品支撑文学主页以吸引眼球。在起点中文网、17K小说网、言情小说吧、红袖添香、潇湘书院、晋江文学城、幻剑书盟网等知名网站上，类型化小说都被设置在最醒目的位置。网站主页上的那些月票PK榜、热评作品榜、会员点击榜、书友推荐榜、书友收藏榜、总字数榜、签约作者新书榜、网友评价指数排行榜、VIP更新榜、连载小说点击榜、红粉点击榜等等，几乎无一例外，上榜对象均为类型化的长篇小说。

网络类型小说种类多样并不断演变翻新，常见的类型如：玄幻、奇幻，武侠、仙侠、科幻、灵异、修真、穿越、历史、架空、盗墓、悬疑、惊悚、恐怖、侦探、探险、都市、言情、游戏、竞技、青春、校园、职场、官场、军事、太空、权谋、宫斗、女性、美男、同人、耽美、新红颜、轻小说、百合、女尊，还有YY小说、黑道小说等等，不一而足。玄幻武侠小说《诛仙》，盗墓类长篇小说《鬼吹灯》《盗墓笔记》，探险小说《藏地密码》等一批类型化长篇，从网上火到网下，成为出版市场的宠儿。《明朝那些事儿》《步步惊心》《吞噬星空》等热度不减，点击量持续攀升。

网络类型小说兴盛的原因

相对于传统的类型小说，今天网络类型小说的兴盛有其更为特殊的原因。

新媒体文化市场选择是网络类型小说的现实机遇。互联网及其网络文学的兴起是市场经济下技术传媒商业模式运营的结果。在我国，自上个世纪90年代网络文学诞生以来，这一新型文学的起落和种种变化，都与传媒技术市场和网络文学的商业模式建构有关。我们知道，网络上的类型化写作适于网民分众的点击期待，满足特定小说读者群的趣味之好和个性之需，吸引作品受众付费阅读。如爱好武侠的网民可以去读《九鼎记》《少林八绝》，而喜爱悬疑题材则选择读《玉面狼君》《月玲珑》，偏爱现实题材的挑选《橙红年代》《哥儿几个，走着》等类型小说来读，而喜欢穿越的可以去读《回到明朝当王爷》《新宋》，喜欢搞笑式穿越的还可以去读《史上第一混乱》等。趣味无可争辩，人禀七情，爱憎难同，一种类型总能适应和满足一个特定的网络分众市场和小众群体，这个"分众"和"小众"的聚集便成为阅读市场覆盖的"大众"，他们是网络文学受众资源市场化配置的结果，也是网络类型化写作与分众阅读相互选择、彼此适应的需要，此其一。其二，类型化写作适合特定网络写手的知识专长和创作个性。文学创作是作者个性的艺术性表达，相对于传统创作，网络写手更注重个性化的自由书写，更尊重自己的个性特长和性情抒发。另外，我们说网络类型小说是市场选择的必然结果，还在于类型化小说有利于网站的市场营销和分类管理。类型化长篇小说的"连环"阅读乃至"饥饿式营销"强化了读者对作品的期待，从而形成"类型依赖"，让目标市场的受众转化为自己的"粉丝"拥趸。

"读者中心"的写作动机是网络类型小说兴盛的另一个重要原因。类型化写作坚守的是以读者为中心的"供给－满足"式写作，读者需要什么就写什么，粉丝爱读什么就怎么写，由此形成了网络类型小说的"眼球聚焦"和热门阅读的"人气堆"现象。"读者中心论"的最终目的是追求点击率和阅读量，而点击、阅读、收藏的目的仍然是商业利益，为文化资本培育产业链，以实现网络文学的"全媒体运营"，达成"点击为王"的"长尾效应"。

还有，传媒主因形成网络分众化的技术催生，也是网络类型小说兴盛的客观诱因。互联网作为当今发展最快的"第四媒体"，它既是大众媒体，同时也是分众和小众媒体，每个上网冲浪的人总是选择自己所需要的信息浏览，正所谓"茫茫网海，我只取一瓢饮"。因而网民群体形成的是一个个分众化的"细分市场"。特别是在文学阅读中，由于读者的生活阅历、兴趣爱好、价值立场和情感需求不尽相同，对作品题材、艺术风格乃至语言表达等都会形成不同的偏好，产生文学选择上的"物以类聚，人以群分"现象，特定的读者人群总是选择自己喜爱的作品类型做选择性阅读。互联网"蛛网覆盖、触角延伸"的技术特点，把网络作品传递到世界的每一角落，文学网民只需支付低廉的成本即可获得海量的作品，类型小说正是适应读者细分的需要而与市场、与受众相互催生的。数字化传媒的技术模式和传播力量，构成了网络类型小说最重要的"图—底"背景，互联网为类型小说的读写互动提供了最佳机缘，也成就了网络类型小说生长的丰沛资源。

网络类型小说能走多远

在我看来，时下的网络类型化长篇小说具有三个突出特点：一是以浩瀚的文学存量和不断刷新的点击率覆盖大小文学网站，创造了一个时期汉语网络文学的巨大关注，形成大体量的类型小说繁盛格局；第二，类型化写作借助网络虚拟技术和网络文化的自由精神，开辟了多样而充满睿智的想象空间，创生出类型文学的丰富形态，以此形成以个人为中心的非主流文化趣味，为网络文学功能的娱乐化提供了适销对路的大众消费品；第三，借力互联网迅速普及的传媒大势，文学网站、网络写手、阅读受众的相互催生形成大众文化市场的利益共同体，用文化资本增值的商业模式确证了网络类型小说的历史在场性和文学新锐性。

与此同时，网络类型化长篇小说还存在三个明显的"短板"：一是商业利益的驱动，以及资本最大化对文学品质的遮蔽和文学责任的回避，形成了类型小说数量与质量的落差，艺术提升空间很大却推进迟缓，网络类型小说未能超越如金庸、古龙、梁羽生等传统类型小说的创作水平，创作者也未能充分展现艺术创新的执著追求；二是签约写手的功利心态和期待"招安"的焦虑感，造成"阅读拜物教"式的点击率崇拜，一些写作者谄媚趣味欣赏，选择娱乐至上，造成类型写作的低端迎合多于高端引领；三是众多类型小说表现出"注水写作"越拉越长的倾向，日进万字的高产、动辄数百万字的篇幅，还有系列长篇的连锁性惊人容量，印证的未必都是文学创造力的旺盛，倒可能只是在证明写手耐力、体力的强健和对于商业性成功的渴望与执著。

类型小说要紧随网络的承载和传播力让自己走得更远，需要迈过几道门槛。

首先，需要校正和修补写作模式化的"重复短板"，为类型小说拓展更为开阔的创新路径。时下的一些网络类型小说，彼此雷同、自我重复的现象时有所见，同一类型作品的故事情节、人物塑造、叙事节奏、语言风格，乃至遣词造句习惯等都大同小异。情节千篇一律，故事雷同撞车，人物跟风模仿，文笔互相抄袭，表现手法单调重复，有的甚至语句不通、错别字连篇，已经成为一些类型化小说不得不克服的创作短板。

其次是要消解想象力"枯竭焦虑"。类型化写作限制了文学创作的多样性，也给作者和读者的想象力设定了某种限制，导致了文学创作的单调和僵化。由于一些作者的"类型化想象"缺少现实根据和生活积累，也欠缺文化底蕴的深厚积淀，结果难免会让自己捉襟见肘而使写作"就地打转"或"迷宫乱窜"。一些描写现实题材的类型小说，由于写手生活阅历、知识视野的限制，其情节、细节常常有悖常理，虚假以凑，让面壁虚构的想象漏洞百出。

网络类型小说创作要解决模式化窠臼和想象力贫乏的关键，需从创作资源上实现"架天线""接地气"和"打深井"。其中，"架天线"是要注重吸纳传统文学资源，从中外历史上成功的类型小说创作中汲取滋养，而"接地气"和"打深井"则是倡导文学创作体察现实、深入生活，让笔下的角色多一些人间烟火、人性的温暖和人文的承担。从根本上说，无论是类型化写作还是其他创作，但凡是文学行为，都需要与我们的人民、与我们的时代、与我们脚下的土地建立起一种情感的体察、价值的赋予和艺术审美的关联，让类型文学写作成为一种真正的文学生产和意义干预，而不仅仅为时尚阅读提供一份类型化时尚读物。为此，网络类型小说创作除了紧密跟踪阅读市场变化外，尤其需要不断强化关注社会的人文立场，增加艺术创新的审美元素，让这种类型小说的兴盛不仅添加类型的品类和作品的数量，还能成为中国文学发展史的一个历史节点。

原载《学习与探索》2013年第2期，此处有删节

66. 网络超长篇：商业化催生的注水写作

聂庆璞

网络上的小说现在都很长，动辄五六百万字，这些超长的网络文学作品，许多人称其为"文学注水肉"。它通常指那些篇幅很长，枝节蔓延，头绪繁多，语言拖沓啰嗦，实质内容不丰富的网络文学作品。网络注水写作已成为网络小说的常态，它几乎受到所有文学人士的诟病，成为当下网络文学的一个热点话题。有人甚至认为，由于网络文学的过分注水，将导致网络文学的崩溃。

一

小说的短中长并没有一个严格的划分标准，如果仅从字数来分的话，一般3万字以下的称短篇小说，3—10万字的为中篇小说，10万字以上的为长篇小说。至于超长篇小说，以前因为数量很少，鲜有人关注。有人将100万字以上的定义为超长篇。中外名著中超过100万字的超长篇小说并不多，比较有名的如托尔斯泰的《战争与和平》，雨果的《悲惨世界》，普鲁斯特的《追忆逝水年华》，曹雪芹的《红楼梦》，兰陵笑笑生的《金瓶梅》等。中国古典小说中最长的是《榴花梦》，483万字，是《红楼梦》的4倍，为清道光年间福州女作家李桂玉所撰。20世纪随着报纸连载小说的出现，超长篇小说开始多起来。像金庸等的武侠小说，动辄就是上百万字，超长篇小说也就不算稀奇玩意儿。但是这些小说与现在的网络小说相比，还是小巫见大巫。

现在我们能看到的网络超长篇小说，最长的，如第一小说网淡然的《宇宙与生命》，高达2730多万字。起点文学网目前超过1000万字并且还在继续更新的小说有4部，它们是雷云风暴的《从零开始》，现在是1380多万字，元宝的《异能古董商》1160多万字，陈风笑的《官仙》1150多万字，黄金战士的《重生之妖孽人生》1100多万字。另外还有四部超过900万字，接近1000万字，800万—900万字之间的也有8部，超过500万字的有80部，超过200万字的多达1049部，字数在100—200万字之间的达1100部，意即超过100万字以上的小说多达2149部。这还是起点一家的情况。

笔者另外还做了简单的统计，纵横中文网超过100万字的小说目前约有1200部，起点女生网超过100万字的小说约为540部，红袖添香超过100万字的小说达400余部，言情小说（吧）超过100万字的小说在150部左右。这些网站的随便一家超过100万字的小说都比几千年来我国超过100万字的小说多，可见超长篇之盛。

从写手个人的写作来看，2012年4月，盛大文学为唐家三少申请吉尼斯世界纪录，当时他就已经100个月"不断更"。同年11月30日唐家三少自己写的一篇感谢读者的文章中透露，按照word计数，他用近9年的时间，写了13部作品，2690万字，出版了简体中文版图书124本，繁体中文版图书436本。他已连续9年平均每天写8000多字。这种产量在传统作家中是不可想象的，绝大多数传统作家，甚至高产的大作家一辈子都没有写这么多字（托尔斯泰是有名的高产大作家，他一辈子大约写了3000万字，仅与唐家三少九年时间相当）。这样高产的背后只能是"注水"。一位多年阅读网络小说的网友说，即便是唐家三少、我吃西红柿、骷髅精灵这样的号称大神级网络写手，其作品往往也是水得无法卒读。

二

那么网络作者们为什么这么牛，为什么将作品写这么长呢？导致网络小说注水的主要原因：一是要点击量，二是要上排行榜，再就是读者要求。其实点击量与排行榜是一个事情的两个阶段。点击量是因，排行榜是果。点击量大就会上排行榜，能上排行榜说明点击量大。至于读者的要求，也是排行榜培养出的更大的果：某些读者的阅读口味、阅读情感、阅读风格已经被这些作品固化；不能接受新的作品、新的风格、甚至新的作品人物；只喜欢追着某一风格甚至某一作者的作品阅读。

而这三个东西都是现今网络文学商业化运作模式的需要。在网络文学的产业链中，最首端也是收入最大的一块就是VIP的阅读付费。当然要想让VIP为你的作品付费，首先你的作品要有风格，要有吸引人之处，但这是另一个问题。作为网站经营者和作者，一旦某一VIP开始为某一作品付费，他们要做的就是竭尽所能，榨干他所能付费的最大值，为自己获得最大收益。这还只是问题的一个方面。

问题的另一个方面，网站为了增加自己的活跃度，增加流量，会要求作者每天更新自己的作品，以吸引读者特别是 VIP 读者的点击。网站为使自己的要求得以确切执行，推出各种排行榜，鼓励作者之间竞争。而对于作者而言，你的作品如果不能上排行榜，不能置于网站的首页，作品的点击量就会每况愈下，愿意付费阅读的 VIP 很难增长，收入也就不可能逐步增加，自己的名气更难增大，忠实的粉丝更是寥寥。而从现今网络文学的情况来看，忠实粉丝是作者的巨大财富：他们往往会理所当然的成为作者新作品的第一批付费 VIP；他们会到处宣传作者的作品，扩大作者和作品的影响力；他们会直接打赏作品，给作者和网站不菲的经济收入；他们有时还会在生活中给作者一些意想不到的帮助。所以，粉丝不是别的，是被粉者的一切买单者。

要实现上面这些，作品长是最简单最容易的途径。一是长才可能受关注，如果一篇小说很快就连载完，读者还没回过神来就没有了，在这个文化消费时代，谁还会记得？在网络的汪洋大海中，谁还会去捞你这一棵草？所以，只有长，只有持续很长时间，才能吸引读者目光，才能培养出自己的粉丝，才能使自己成名。二是写长以后，读者的阅读习惯已成，他会追着作者写，作者想不写都不行。许多读者一旦喜欢上某部小说，喜爱上作品中的人物，就想让这小说永远延续下去，自己喜爱的人物永远活下去。因为网络小说是互动连载小说，读者不断要求作者，甚至以打赏或不打赏等经济手段相要挟，作者碍于人情面子或经济利益，不得不屈从读者的意愿，只好继续写下去，但实在没有多少内容可写，只好以水货充数。三是只有长才有可能获取最大利益。作品长，VIP 付费就多，直接的经济收益就多；作品长，就可能培养出更多的粉丝，为长远的收益打下基础；作品长，时间拉得长，粉丝多，直接打赏的机会大大增加，意想不到的收益成倍增长。所以，长，才是制胜的王道，是当今网络文学商业化模式的必然取径，舍此，无它途。

当然，网络写作的注水除了以上的商业原因外，还有一些自身的内在因素。

一是网络小说的类型化写作，导致它很容易水。网络写作多为类型写作，像玄幻、魔幻、穿越、游戏、情色、官场等等，基本形成了固定的套路与模式。许多的写手只将一些人的名字、场景或关键的道具略作更换，就按照套路写下去，轻车熟路，一泻千里。

二是网络小说的跟风写作，不得不水。网络跟风写作非常严重，哪一类型或哪一种小说走红，立即有许多跟风的写手，蜂拥而上。穿越小说吃香，立即一堆写穿越的；盗墓小说走红，大家一起写盗墓；情色小说受大家喜爱，立马整个页面都是情色小说。跟风写手，跟的只是风，并没有开创者的知识和经历，甚至对所写内容非常陌生，一点都不了解。所以，写作中只好按照别人的路子写下去，一水到底。

三是许多网络小说本身事先没有很好的艺术构思，随手敲键，信马由缰，想到哪写到哪。山东师范大学教授张丽军称，网络小说的"水"，就是有一些小说缺乏整体性的艺术构思，语言叙事和情节的发展平淡乏味，使得整部小说不知作者要表达的意图何在；语言词汇贫乏，艺术提炼不够，缺少细节的雕琢，缺少细致的心理刻画，缺少典型人物形象的塑造；从思想意蕴来看，网络小说匮乏意义与精神维度的建构，呈现思想平庸化、故事情节平面化、叙述动力匮乏等重大缺陷。

另外，从写作技术上来说，注水也有一定的套路，许多网友读者还对其进行了一定的总结。如"指点江山，激扬文字"法，碰到什么事情都大发一番感慨，教育一下读者。"诗词歌赋，曲尽风流"法，动不动就大量引用古人诗词歌赋，以填充自己的文字。"插科打诨，调节气氛"法，设置一些插科打诨的人物，专门在情节紧张的时候捣乱，使情节逆转，以调节作品气氛，拉长小说情节。这种写法，基本模仿金庸《笑傲江湖》中的桃谷六仙，但一般达不到同样的效果。还有"抖陀螺"法，基本句式不动，每句增加一两字，像陀螺一样滚动增加，这样写个十几行，字数不多，篇幅却是惊人。这种方法常用于对话，在武侠、修真等小说中很常见。

原载《学习与探索》2013年第2期，此处有删节

67. 博客文学的结构体式与创生形态

欧阳友权　罗鹏程

从文学文体的结构体式上解读博客文学，首先让我们感受到的是它自主写作的多文体性。博客是博主自发的随性写作，体裁涉及诗歌、小说、散文、纪实性杂感等，呈现出多文体并存与交织的特点。博客文学的多文体性和博客本身的表征方式和表现内容有着内在的关联。博客主要是个人生活记录及情感的表达，它的写作是主动的、自由的、随意的。博客作者们根据自己的认识来表征客观世界，他们的创作不再是为了发表、为了稿费，或为了

其他的种种，而只为展示自我和抒发心情，因而无需考虑传统文体的种种规范，大多是根据自己的兴趣或者擅长来选择自己所熟悉的文体，这是博客文学多文体性的一个重要因素。另外，博客文学的多文体性也与媒介载体有很大关系。博客所使用的数字媒介载体是一个"无穷大"的虚拟空间，其自主写作是即兴创作、实时发表，选择什么文体全凭自己的嗜好和习惯。博客空间是一个没有"围栏"的开放性舞台，也是承载多文体的文学百花园，我们从这里感受到的是文体的开放和结构体式的多样。

正是基于这样的写作背景，博客书写创新了文学的另一结构体式——互动书写的接龙体。博客为我们创造的互动空间，虚拟地实现了人与人的互动与交流，博主不仅可以在这个空间中自由的创作，同时也可以跟所有到访博客的网友实现互动。这种以跟帖、点评、续写为表现形态的文本是博客写作的间性文本，构成了博客文学的一部分，其创生的文体便是接龙体。我们知道，传统的创作过程是对自我的内视和省察，是单向度的自我表达，其交流的实现是在作品完成并经读者欣赏和评析之后。相比之下，博客写作是一种为了寻找对话与共鸣的倾诉，博主在写作时就已经把屏前幕后的所有"潜在读者"当成了诉说对象，网络新媒体平台的技术性支持使互动写作变得方便而快捷，多数的博客空间都设有评论和留言的功能，提供作者和读者的双向话语模块，而博主也期待更多的网友对自己博文的评论和留言。于是，在网络技术的支持下，博客中的文本通常都是开放的、可以随时编辑的文本，读者在阅读博客时可以随时对文本进行评论，并能得到作者和其他阅读者的回应。网友间的博客交流可能三言两语，即兴点评，或接龙赓续，在表述上也可能文白夹杂、土洋结合、古今并用，写作不拘一格。徐静蕾在"老徐的博客"中把这种状况称之为"闭门流水"是很形象的。

博客文学在结构体式上还有一个鲜明的特征是图文并陈的多媒体性，这一文体也成为博客最具魅力的要素之一。博客写作与其他网络写作一样，在技术原理上是"比特"的"数码叙事"，而博客不同于一般网络写作的地方在于它可以更为方便地实现表意方式上的多媒体并用，达到图文并陈、声画合一、随缘演化的奇效，即博主不仅用文字书写，还可以采用声音、图片、图像、动画、视频等与文字的多媒体组合。随着互联网技术的不断升级，各大门户网站如新浪、搜狐、博客中国、网易等都在博客页面设置了很多新鲜有趣的多媒体方式，如"相册""图片""视频""动画""音乐""表情""收藏""博友"等。现在随便进入一个博客链接，都可以在背景音乐的衬托下，看到能显示出博客多媒体的表现方式。对于博客文学来说，博主在自己的博

八、文体类说

客中别出心裁地运用个性化多媒体组合，巧妙地把读者从传统阅读的有限感知和间接体验中解放出来，让读者在访问博客时增加视、听等感官的新鲜体验，能给读者的"期待视野"留下广阔的空间和更为丰富的审美感受。

博客文学的创生形态是这种文学之成为"文学"的新型存在方式，在实际生成过程中，博客文学的存在方式呈现为一系列观念上的悖论。

这首先表现为文本纪实与文学虚构的内容表征悖论。博客文学是网络文学的一种，但它比之文学网站等其他网络公共空间的文学作品更具纪实性品格。博客本身就是电子世界的生活日志，它的由来就是真实记录博主生活的心情和特定心情折射的生活。如果把网络比作一个舞台，博主就是一个自由的舞者，他（她）用这种方式把自己真实的一面不加掩饰地展示在自我书写的镜像世界里。这个自由的空间让作者暂时摆脱现实生活的种种束缚，让自己的心境浸润在宽松、自主、个性的环境氛围之中。博客写作就是一种轻松而惬意的"真人秀"，无需施加任何艺术的想象和语言表达的精雕细刻。从这个意义上说，"博客里有没有文学？""博客文学是不是文学？"类似质疑的声音绝非空穴来风。我们知道，文学的艺术审美要素包含了现实乃至纪实的成分，博客文学写作不时以"纪实"对抗"虚构"，抑或在虚构中掺杂纪实的元素、在纪实里渗入想象的成分，让纪实文学和生活纪实成为文学与准文学、文学与非文学认同模糊、真假莫辨的注脚，这正是博客文学在资质认定和文学归属上难以解开的纽结。

写作私密性与艺术公共性是博客文学构成自身存在的又一个观念悖论形态，它构成了博客文学功能性存在方式。我们知道，Blog（博客）是Weblog的简称，由web（网络）和log（航海日志）组合而成，本义即网络日志，就是在网络上记录自己的日常生活和心情感受，具有明显的私密性质。博客文学的写作也是这样，作者把生活记录转变为文学创作并没有改变博客"个人写作""私人空间"的私密性特征。于是，博客就成了个人的"电子门厅"，许多博主不仅把自己的得意之作拿到这里来"晒"，还把过去"压箱底"的旧作拿到这里"显摆"，甚至把自己从小到大的"成长照"设置成各种播放模式摆放到博客相册中，并在一张张照片旁边配上几句或幽默、或调侃、或浪漫的小诗……不过这个虚拟空间的"私密"属性只是理论上的，在技术上它却留有一个敞开的"豁口"——几乎所有的博主都有交流和分享的愿望，不仅博主姓名和博客地址无一例外会进入万维网（www）供人搜索查询，开博者还会把自己"开博"的喜讯告知亲朋好友，诚邀众人到他的电子客厅"小坐"。这时候，文学博客的私密写作便进入艺术公共性视

257

域，成为私人空间的公共作品，或公共平台的私人"小厨"，众网友都能在这里品尝到博主的"文学小吃"，文学博客就是在这样的创生形态中以悖论的方式形成自己的存在方式的。由于开博的"零门槛"和"零成本"，在这个话语权公平分配的平台上，每个博客空间都可以是文学聚集中心，大家在这里阅读、叫好、灌水或嬉戏，既是作者，又可以是受众，越来越多的人喜欢在这个公共平台上写下个性十足的文字，个人的私密性日志已经完全失去了往日的隐蔽性，却又在艺术的公共性上实现了自己的价值。

个性表达与文学规则之间的潜在矛盾也是文学博客创生自身存在方式的观念悖论。博客的草根性生产模式追求自然书写和个性表达，它摈弃传统的文学观念，让价值主体由社会本位向个人本位转化。博客文学的写作过程就像在构建一个立体的电子模型，可以随意舒展思绪，任意编排组合，句子可以文白夹杂，字体可以随意变换，让书写成为一个拥有无限多的方程排列组合的超媒体书写。由于自由不羁和个性十足，博客文学孕育出了属于自己的语言风格，妙趣横生、率性直陈是它的普遍特色；同时，使用大量自造词汇、心情符号，并对传统语言结构与技巧进行大胆的翻新改造，也成为了博客传达个性体验的常见方式。只要博主愿意，所有所见所想所闻所感都可以写出来放进自己的博客，供所有的访客阅读。用评论家李敬泽的话说：博客绕开文学的 CEO——传播学中的"守门人"，文学传播开始了从大教堂式到集市模式的根本转变。不过，当博客写作在实施自由表达、个性张扬的同时，也容易忽略文学创作之与传统文学规范之间的应有限定，让人文性的价值行为演变成无厘头的技术游戏，把文学之为文学的基本规范，如思想的蕴含、意义的赋予、审美的功能，以及形象的塑造、文字的锤炼、结构的巧置等统统抛到了脑后，结果便出现自我书写代替了价值呈现、自由表达遮蔽了文学规范、技术的含量超越了艺术的资质等"非文学化"或"准文学化"的现象。博客创作正确的价值选择需要的则是在个性表达和文学规则的张力之间寻求一种有效的平衡。

原载《社会科学战线》2010 年第 8 期，此处有删节

68. 博客的兴起与文学创作方式的转型

欧阳文风

我们知道，博客是基于网络的一种传播平台，但博客又不是一般意义上的网络，和早期网络传播相比较，它已经具有了自己独有的一些特点。第一，操作更加简易便捷。博客号称是一种"零进入壁垒"的网上个人出版方式，所谓"零进入壁垒"主要是指它满足了"四零"条件，即零编辑、零技术、零成本、零形式，也就是说，博客在使用上几乎不需要任何技能，不需要注册域名，不需要租用服务器空间，不需要许多软件工具，不需要网页制作知识，其"傻瓜化"的文本数字平台，操作起来非常简单方便。第二，个人性与公共性的统一。博客网站是以个人为单位的，博客写手拥有完全属于自己的天地，可以自由自在地创作和发表文学作品、思想见解等，用各种方式和手段充分地表达自己。但博客又不是个人日记，日记具有私密性，主要为自己而写，一般是不予公开的；而博客则是挂在网络上，从理论上讲，对任何网民都是开放的，而且博客从本质上也希望有人来浏览点击，其公开性、开放性是非常鲜明的。第三，互动性。博客的公共性决定了它的互动性。博客一般都设置了评论和留言功能，因此，读者可以凭自己的兴趣去任意浏览别人的博客并且发表评论，而且一般都会得到作者和其他读者的回应。在博客里，读者和作者的这种交流互动是最直接、最平等的，不需要任何中介环节，也没有任何地位等级之分，不管是谁在博客里都可以充分表达自己的观点。第四，游戏娱乐性。游戏娱乐是人的天性，尽管也有不少人把写作和阅读博客看作一件很严肃的事，但大多数人还是抱着一种游戏娱乐的心态进行博客写作和阅读。目前，博客写作是没有任何稿酬的，博客写手之所以主动自愿地把自己的真实经历和思想感悟发布出来，不断地更新自己的博客，并非经济利益的驱动，而是因为其中含有一种宣泄的快乐、交流的快感、自我的认同和对文化民主的享受。也正因为如此，一般的博客都特别强调可读性，强调突出兴趣点，强调语言的活泼灵动，强调思想的新颖性和原创性，强调综合运用文字、图片、音乐、FLASH、视频等多媒体手段来装饰自己的博客空间，尽可能让读者也能够在这种游戏中获得一次语言和思想的狂欢。

博客的这些特点，使得博客作为网络时代的一种最新的媒介样式，在早期网络文学的基础上，继续对文学创作方式带来了一系列新变。

首先，最大限度地拓展了文学创作方式的普适性和自由度。网络的出现，从根本上打破了创作身份的藩篱，谁都可以上网写作和让写作上网，也拆卸了发表作品的门槛，谁都有权利在网上发表自己的作品。但严格地说，早期网络创作的普适性和自由度也是有限的：一，网络成了一个新的通道壁垒，网络写作要经过烦琐的注册登记，普通人上网大都是随意浏览，并没有参与到网络写作中去；二，在网络上发表作品还要受制于网络管理员，要迎合于他的旨趣和要求。只有博客这一创作方式才真正实现了文学回归大众和自由创作的梦想——如前所述，博客彻底地拆解了原有的话语壁垒和通道壁垒，是一种完全傻瓜化的文本数字平台，只要稍具网络知识，谁都可以拥有这样一块完全属于自己的空间。在这块空间里，只要你愿意，你就可以任意地表达自己，谁都管不了你；而且，由于博客具有娱乐的本质，真正意义上的博客写作并不以追求太多的点击率为目的，只是一种自我倾诉抑或自我呢喃，因此，博客能够最大程度地让所有的人无拘无束地释放自己，展现心灵的自由，回归真实的自我。

其次，进一步提升了交互式文学创作的程度和频度。应该说，交互性是网络写作的一个基本特点。在网络写作中，读者已经不再是隐含的读者，而是与作者共同构成了一个创作的互动体系，直接进入到文本的写作与修改中。但必须指出的是，与早期网络创作相比，博客创作中作者与读者的互动交流程度和频度更是空前的，因为博客设置了评论和留言功能，博客写作实际上是随写随评，随评随改，呈现出一种鲜明的智慧共享、集思广益式的"集体创作"的特色。博客创作的这一特点，在相当大程度上导致了读者对写作产生了某种干预性，一方面，使得博客作者已经不复是某一个固定的主体，而是一种主体间性，所谓主体间性就是个性间的共在，孤立的个体主体变为主体间的共在、对话、交往和"视界融合"，变为交互主体性；另一方面，也在博客写作中形成了一种有趣的现象：有的作家为了保持写作心态的相对纯净，关闭了评论功能；有的则在评论浪潮中惴惴不安，四处解释；而有的则是乐在其中，与读者形成了一种良性互动。由于博客的写作者与评论者分处于明暗两个空间，评论者可以无所顾忌，甚至任意谩骂，这就无形中促使写作者必须时时认真考虑每一个字的社会影响。这样，貌似个人化写作的博客，其实已经预先"内置"了一个十分复杂的大众的情绪和理念。博客创作就像是在众人面前做专场，精彩与否，固然与写手自身的功力和素质有

八、文体类说

关,而观众捧场与否,互动做得怎么样,更是这个专场能否成功的一个决定性因素。

此外,博客创作方式最大的特色还在于从技术层面上解决了作者对作品可以随意进行修改的千年难题。早期网络为文学提供了较为随意的发表自由和空间,但是文章发表了,除了网编,作者也无法再对原稿进行修改(可以另发修改稿)。而博客则似乎要先进得多,博客既可以随意发表,更重要的是还可以随意修改。在博客里写作不像传统文学创作那样仔细推敲、字斟句酌,"吟安一个字,拈断数根须",往往是面对电脑荧屏即兴创作,一气呵成,具有很大的随意性,因此事后经常要对先前的文章进行补订,如果发现有什么不妥或者不雅,马上就可以进行订正,只要在编辑器里一修改,原始的文章便再也不复存在。从这种意义上说,博客作品发表以后,并不标志它已经完成了创作的全过程,而相反,这还仅仅是文本生成的开始,还需要在作者自己的自我完善和网友读者的参与互动中不断地进行推敲打磨。这就好比一个刚刚出生的新生儿一样,出生仅仅是生命的开始,以后成长的路还很长很长。

博客给文学创作方式带来的这些新变,对整个文学发展来说,其意义是重大而深远的。

从创作主体而言,进一步颠覆了传统文学创作的职业性和功利性,推动文学彻底地回归自由本性,文学话语权向底层和民间纵深迈进。在数以千万计的博客写手中,绝大部分都是文学创作的业余爱好者,都仅仅是把博客写作当作工作之余宣泄情绪、记录生活、交流感情的一种手段和途径。因为目前博客写作是没有稿酬的,一般的博客写手也不指望它能带来经济利益(当然,明星博客是能带来经济利益的)。博客的这种对文学创作职业性的否定和功利性的消解,无疑是在早期网络文学的基础上,进一步推动文学回归自由本性。

从文学交流而言,进一步拉近抑或模糊了文学写作者与欣赏者的距离或界限,营造了一种创作与欣赏交流互动的文学新境界。如前所述,在博客创作中,作者与读者交流互动的程度和频度都是空前的,而且不需要任何中介,是最直接、最平等的,创作主体和阅读主体都几乎模糊了彼此的界限,共同构成了一种主体间性。现在,许多传统作家在走下所谓的神坛后,又在博客世界里发现了一个崭新的天地,他们不但拥有了巨大的读者群体,而且还能够毫无遮拦地与读者相互尊重、相互平等地探讨文学,能够随时倾听到读者对自己作品的反应和评论,这其中既有肯定的评价,更有平时听不到的尖锐的批评，作家们与广大读者一起开放互动、其乐融融。

从文本形式而言，博客革命性地改变了文学的存在形态，使得文学文本成为了一种开放的变动不居的"活性文本"。这主要体现在三个层面：其一，博客文本是一个互动的文本；其二，博客文本是一个可以随时修改的文本；其三，博客文本是一种超链接文本——博客文本中存在着大量的超链接，一个文本可以不断地向网络中的其他文本跳转，它绝不如传统版面那样，是一个死的物理的有限的空间。博客文本的活性流动性，使得真正的博客作品只能存活在网络上。

原载《福建论坛》2010年第9期，此处有删节

69. 名人博客的精神特质及其影响

聂 茂

名人博客的产生背景

博客盛行之下，各界公众名人也难抵其风潮，许多专业人士、文化名流、工商业经营者、娱乐明星相继在网上创建属于自己的精神家园。此类名人博客不仅访问量节节攀升，而且从"网上"博到了"网下"，名人博客书争相出版，引起了大众的强烈关注。名人为什么会集体"触博"？名人博客中到底写了些什么？

1. 门户网站主体策划

面对博客人数增加和经济、社会效应日益凸显的强劲发展势头，网络投资商不会熟视无睹，想尽方法要分吃这块能带来巨大商业收益的"蛋糕"。2005年9月8日，门户网站新浪（www.sina.com）面向亿万网民推出博客产品 Blog Beta 2.0，成为国内首家推出博客频道的门户网站，并于2005年9月26日发起了"首届中国博客大赛"（9月23日公开大赛消息），几乎同时，搜狐（www.sohu.com）也宣布推出"首届全球中文博客大赛"，两大网站，角逐在博客大赛这个创意上，博客资源争夺战日趋激烈，而博客资源的多寡、优劣往往决定着一家博客服务商的生存死亡，如何在竞争中突围，

占据博客领域制高点,是众博客服务商致力思索的问题。在寻求取胜法宝过程中,新浪网打出了"名人博客"制胜一招。

2005年9月底起,余华、余秋雨、冯骥才、刘震云、张海迪等国内知名作家,徐静蕾、李亚鹏、李湘、袁立、洪晃等娱乐界明星,以及桑兰、李小双等体育界明星,吴晓莉、杨澜、柴静、董路、李承鹏等著名媒体记者纷纷入住新浪博客,开放式和网友交流,出其不意地引爆了博客普及第二波热潮。

"名人秀博客、凡人赛博客",使2005年9月底、10月初才正式开博的新浪网站,在短短两个月内,吸引了超过3000名社会公众人物,共计多于100万的网民在此安家落户,每天发帖量达到10万余篇,赢取了巨大的浏览量。

2. 博客自身魅力吸引

博客兴起之前,E-mail(电子邮件)、即时通讯工具(QQ、MSN等)和BBS等其他网络交流方式,满足了人们跨越时空交流的愿望,甚至可以隐匿身份在网络空间内自由言说,思想的火花常在这里如烟花般闪现,然而,E-mail通常围绕问题展开,是点对点式的告知/反馈传播模式;QQ等即时通讯工具是个人或小团体之间的对话;BBS是网民们的随意发言,言论是即兴散落的,是撒落在互联网上的点点碎片,而个人主页由于技术难度大使许多人望而却步,我们在广袤无垠的网络空间中,难以找到一方天地来精心培育属于自己的思想家园,但博客的出现就像是一扇敲开的大门,将原先的壁垒一扫而光,引领人们进入交流的新天地。

人们可以利用博客记录生活中的感悟,也可以一边在互联网上驰骋,一边积累自己的知识、发表自己的观点,并通过文字建立自己的朋友圈。"文字书写"的表达方式使自己多了理性的思考与完整的表述,观点不再是一闪而过,而成了后人或他人观点的起点,不断接受他人持续而严格的审查,并在这样的审查中被纠正或是深化。可以说,在自己的网络空间里,每个人就是主编,负责一切,人的主动性和能动性得到了极大的发挥。总的说来,人类对于交流或传播的渴望是永恒的,而博客无疑是人对交流渴望的又一满足,是人性化的进一步伸张。

名人博客的发展现状

1. 新浪名人博客点击率节节攀升

社会公众人物自2005年10月份开始在新浪网站大规模开通个人博客,

点击率一路高升,以徐静蕾的"老徐的博客"为例,在短短 60 天时间内,点击率近 400 万,并在开博后的第 112 天,刷新中国互联网的历史纪录——用最短的时间(112 天)创造了最高的点击量 1000 万,截止到 5 月 7 日,点击率逼近 3000 万大关(见图 2)。

表 1 新浪博客总流量排行榜

序号	博客名	博主	职业	开博日期	点击数	文章数	点击/文章	留言页数
1	老徐的博客	徐静蕾	演员导演	2005—10—25	29633103	194	152748	1048
2	韩寒	韩寒	少年作家	2005—10—28	7123916	171	1001401	1391
3	小四的游乐场	郭敬明	少年作家	2005—10—14	14272976	82	174061	957
4	洪晃找乐	洪晃	著名媒体人	2006—02—14	13951403	59	236464	108
5	潘石屹	潘石屹	地产商人	2005—10—11	11106922	318	34927	95
6	李老大的博客江湖	李冰冰	青年演员	2005—11—10	11022970	87	126701	239
7	嘎立立的BLOG	袁立	青年演员	2005—11—18	9303967	110	84582	112
8	董路的BLOG	董路	资深足球记者	2005—10—20	7427662	421	17643	129
9	Acosta——极地阳光	Acosta	网络平民	2006—03—07	6877546	65	105808	106
10	只因有李	李承鹏	足球记者	2005—09—22	6130288	276	22211	140
11	何洁的BLOG	何洁	歌手	2005—12—26	5792122	23	251831	259
12	小范〈刚刚开始〉	范冰冰	影视演员	2005—11—02	5020758	97	51760	189
13	我就叫苗圃	苗圃	影视演员	2005—11—03	4797708	143	33550	104
14	张靓颖的BLOG	张靓颖	歌手	2005—10—06	4675397	32	146106	510
15	李宇春的BLOG	李宇春	歌手	2005—12—23	4323556	21	205884	1015
16	伊能静—静静的海洋	伊能静	影视演员	2005—12—11	4276458	115	37187	203
17	勃客郑渊洁	郑渊洁	作家	2005—11—16	3723055	682	5459	85
18	东博书院—孔庆东的博客	孔庆东	学者	2005—12—08	3520293	117	30088	82
19	杨澜的BLOG	杨澜	著名媒体人	2005—12—12	3050940	95	32115	100
20	叶一茜的QQ糖基地	叶一茜	歌手	2005—12—26	2566287	48	53464	121

数据来源:新浪博客. 新浪博客推出流量榜、人气榜和 500 强榜. http://www.sina.com.cn, 2006.05.11

由表 1 可以看出,新浪博客总流量排行榜所列前 20 位的博客中,有 19 名社会公众人物,占总数的 95%,每一篇文章后都有成千上万的点击率,有些帖子的网友留言多达上百页。

2. 名人博客书争相出版

名人出书早已司空见惯，但随着网络名人博客的风靡，名人博客书也新鲜出炉，争相摆上了各大书店的书架，在出版界刮起了不小的旋风，其中代表作有影视演员徐静蕾所著《老徐的博客》，地产商人潘石屹所著《潘石屹的博客》和童话作家郑渊洁所著《勃客郑渊洁》。

名人从网上"博"到网下，当然想借博客高访问量的"东风"，与读者分享思想与情感的同时，赚取经济利益。然而名人的博客书销售并没有像他们的博客访问量一样节节攀升。其中，《潘石屹的博客》市场反响不错，在北京王府井新华书店和中关村图书大厦，此书上市13天销售总数超过1000册，冲入京城畅销书排行榜前五名，在三本"名人博客书"中处于领跑地位，而《老徐的博客》《勃客郑渊洁》则反应平平。

博客写作自然有其独特魅力，然而，博客上的文字变成纸质印刷体，脱离了网络这个鲜活的生存环境，在内容表达上会大打折扣，显得有些死板、生硬。此外，大部分博客阅读者习惯在网上第一时间追踪自己喜爱的名人博客进行阅读和留言交流，买书就显得没有必要，上述种种原因使名人博客书并没有人们预想中的那样引起强烈反响。

名人博客的内容特色

名人博客主要以个人性交流为主，连续更新、较为完整记录个人生活的网络日志，包括个人对自己生活和工作的记录、生命体验的表达、阅读感悟的书写、旅游见闻的记录、电影观看的印象、音乐作品的鉴赏等等，按内容主要分为以下几种：

1. **工作日程型：宣传倾向强**

许多演艺界人士通常在个人博客上张贴工作日程和演出通告，把博客作为免费宣传的工具，同时配以图片和照片，娱人娱己。如"超女探花"张靓颖于2005年11月11日在博客上写道："今天晚上非常高兴参加了北京奥运吉祥物的揭晓晚会"，并附上现场照片。演员范冰冰刚建立博客时，恰逢要推出自己的首张个人专辑，利用博客进行宣传造势，不仅每天都标明专辑首发的倒计时，更不时曝光一下专辑 MV 和平面宣传的照片以及制作过程中的花絮。

2. **档案文集型：思辨专业性强**

一部分作家、学者，媒体的主编、主笔等，通常会在博客上张贴自己的书或文章。如作家余华在博客中公开自己 10 年沉寂中写的散文以及发表小说《活着》的英、日、韩等外文版本；刘守卫在博客中张贴自己所作的体育漫画；《足球报》知名足球记者李承鹏在博客上创作关于足球评论的帖子，都表现出专业性强、思想深刻等特点。

3. 日志随笔型：内容丰富、私密性强

在众多名人开的博客中，此类以评论文章、电影和时事，记述心情、感想为主要内容的博客，人气旺盛。如徐静蕾在博客中写了作为一个北京女人的生活轨迹：儿时被逼练书法以致能临摹《兰亭序》，读唐诗，逛石景山公园，考大学，上班，拍的哥养的蛐蛐儿，拍自己做的蔬菜沙拉，有一个望女成凤的父亲等等。凤凰卫视名主播吴小莉的博客多为心情随笔或是简短的日记，例如从女儿身上感悟生命、周末一天的行程和心情，又或是一些压箱底没发表的杂志约稿，再有就是一些访谈花絮，都赢取了很高的点击率。

结语

名人博客热潮从 2005 年 10 月份兴起到现在，短短 8 个月的时间，一直是舆论关注的焦点，有人追捧、赞赏，有人质疑、批判。追捧赞赏者以高的点击率把徐静蕾博客推向了世界第一博的宝座，质疑批判者面对名人博客产生的问题是穷追猛打，将其否定得一无是处：内容敷衍了事，宣传标榜自身过多，真诚度不够，背离了博客自由平等的草根精神，矫情、粉饰、浮躁、肤浅、无事生非、作秀等等。

名人博客的存在与发展离不开博客这个技术平台，必然"打上"博客鲜明的特色印记。名人博客同样满足了名人释放压力、自我完善、与人沟通的愿望，并在名人和公众之间架起了直接沟通的桥梁，有责任心的名人，即便是出于公共形象考虑的名人都不会敷衍博客这个交流渠道，在成为优秀博客过程中完成着自身内心的升华，因为博客倡导无偿共享资源精神，是对人类越来越功利、越来越狭隘、越来越封闭的趋势的挑战。

也许再过一段时间，新鲜过后，名人博客热潮终将慢慢退却，也可能会有技术上更加进步的新媒介出现，但这并不意味着"博客"会昙花一现，"名人博客"从此销声匿迹。就目前的发展态势而言，"博客"构建的生态环境中，那些真诚的名人博客会保持旺盛的生命力，和草根博客互相影响，共同发展，一起推动着博客这种网络交流新方式普及主流化。

原载《中南大学学报》2008 年第 1 期，此处有删节

70. 博客文学现象批判

张清民

博客文学：文学因素有几分？

博客写手并不认为自己的写作是离谱的瞎掰，她们很认真地向人们说：她们是在从事文学创作。她们有自己的"文学"观念。第一个在博客网站猎取鼎鼎大名的木子美在接受记者采访时说：我希望人们能把我的作品当作文学作品来读。木子美尽管也是大学中文系科班出身，创作跟着感觉走，理论功底毕竟修行还不到家；竹影女士乃文艺美学硕士，受到三年的理论专业素质训练，在观念表述上显然比木子女士技高一筹，她在接受《北京青年》周刊记者的采访时慷慨陈辞了她的文学观：

"我的创作主要在个人体验基础上，对女性情感、欲望毫不掩饰地观照和反思，毫不掩饰本身其实就是对禁忌的反叛和突破。"

不管怎么说，博客作家还是有自己从事博客文学实践的一大套理由的。不过，文学博客们的文学观与其文学实践尚有一段不小的距离。

既然博客写手要求人们把其作品"当作文学作品来读"，我们就不妨从文学的角度透视一下作品的性质，看看这些博客作品的"文学性"有几多成分。

何谓文学？按照别林斯基的说法，文学是民族精神的体现，是一个民族精神活动和发展的轨迹的书面记录。从木子美和竹影青瞳的博客文学来看，她们显然跨进了"脱裤子比赛"（评论家朱大可语）的文字接力赛行列，面对她们"赤裸裸地性描写"文字，我们就是放弃价值判断，不说它"黄""不黄"，我们可以反问（博客作家也可以扪心自问）：如果脱衣文字舞也叫文学的话，那么，脱衣服也就是中华民族的精神。如此推理，不要说符不符合中国几千年的文化史实，就是当今的国人们又有几多能够认同这一观念？

博客作家自称其写作理念旨在倡导人们回归身体，竹影女士面对记者坦言：

"值得说明的是，我的回归身体不是倡导女权，更不是对传统男性价值的回归或献媚。也是为了避免陷入这两种不同的价值观，我倡导身体的觉醒，首先是让身体回归物体，也就是把身体当作自在的物体来对待。这自在的物体正如自然界的植物和动物，有大自然赋予的美丽色泽和构形。我提出的问题是：为什么大家能够以纯净的心观赏自然界的其他物体，却不能以纯净的心来观赏我们自己的身体？"

这话说雅一点，就叫"回归自然"。从世界范围内来看，自卢梭以来，回归自然的呼声数百年一直没有间断。但"回归自然"或"回到自然"中去，只是人类反对虚伪和矫饰的一种情感理想，决非要现代人回到自然的蒙昧状态。就生理的层面来讲，人的身体确属自然的一部分，在这种意义上说人就是动物谁也不会反对，恩格斯早就说过：人类来源于动物界这一事实注定人类无法彻底摆脱动物性。在这一点上，竹影女士所谓要唤起人们的身体理念，实在也没有说出什么新鲜的东西来。但人在本质上毕竟是社会动物，建立在文明基础上的人性毕竟不同于兽性。人一降生到这个世界，其个体性就具有了社会性意义，人们对初生的婴儿就开始在穿衣打扮等生活细节上加以性别上的分别，道理也正在这儿。

看起来，博客作家的文学观念实在不过是受后现代精神影响的一代嬉皮士精神的"文学"表述，离真正的文学还实在差了点儿。

博客写作：哪儿出了毛病？

我们的文学博客还有着强烈的自恋情结。木子美和竹影青瞳辈的自我感觉超乎常人的良好，她们很在意自己的存在，尤其是自己身体的存在。例如，竹影女士曾对其博客大作《灵魂熄灭，身体开始表情——将博客裸体到底》的写作意图作了一个特殊的说明：谨以此文作为我的自恋的终结。

竹影青瞳在自己的天涯 blog 宣言中说："我的热血那么容易就澎湃，于我而言，写作是出于被迫，因为我非写不可，不需要原因，而我对我自己身体的自拍，只是因为我有冲动要这么做。我的鲜血直往头上涌，我想看见自己美丽的样子，然后让人也看见。我在担心我会不会有一天彻底疯狂，自恋至死。"

博客作家迷恋自己的身体倒情有可原，因为自恋情结人人都有，博客作家在这一点上表现得尤为激烈罢了。只是，这种自恋不应该迷失在"性而

八、文体类说

上"的心理死结上。

从文学博客们的自述来看,她们都是有心要"既做才女,又做美女"的。然而,漫说竹影女士,就是最初掀起网上千重浪的木子美,好像与"美"的距离也不算太近(读者最好自己去网上搜索一下两位女士的写真照片,以避免先入之见)。至于"才"呢,如果真有的话,恐怕如锥处囊中,捂也捂不住,其锋芒早已毕露了。在这两个条件先天不足的情况下,要想引人注目受人青睐,那就非得采用非常手段不可。

博客作家急于出名也许还有另外一种隐性动机,那就是她们希图通过猎取名声以捞取相应的文化资本。她们深深懂得文化资本的社会炼金术,有了文化资本也就有了相应的社会资本,有了相应的社会资本,就可顺利捞取相应的货币资本。竹影女士在她的个人网站中编排的"竹影青瞳大事记"中自述:"出名以后的动作:离开学校,有偿出售个人照片,有偿提供采访,有偿出版。"据此,我想我的推测并没有冤枉我们的博客作家。

文学博客们之所以玩世不恭,这与她们人生意义感的丧失和虚无主义的迷惘心态有直接的关联。竹影青瞳的《生存的虚无性》,可谓文学博客的人生宣言。该文撷取海德格尔的哲学思想,杂以佛教、叔本华哲学的一些思想成分,把人生状态概括为"无根""无意义"和"空虚"。灵魂既死,身体自然取而代之,开始"表情"。对人生如此参悟和定位,要让博客作家不"轻浮于世"实在是很难的事。在这种末世心态的支配下,文学博客"做做爱情",在私生活上纵情狂欢,谁又能说不是明智的选择呢?因此,文学博客们做出"除了死亡,就剩疯狂"的选择,原也是势之所至、理有固然。

在美国,博客在总统选举等国计民生的大事中发挥着重要作用,但在中国,博客网站却成为一些写手进行身体写作的便利工具,以至于人们一提到博客,就想到木子美,想起竹影青瞳,使得中国的博客与裸露、情色、隐私、窥视与被窥视等东西紧紧联系在一起。鲁迅先生当年感叹说,什么东西一到中国,那情味就得变调。从博客文学现象来看,国民性改造问题仍然没有完结。

原载《文艺争鸣》2004年第6期,此处有删节

71. 微博客：网络传播的"软文学"

欧阳友权 吴英文

微博客的"软文学"质素

首先是亚文学审美——"自媒体"创造、多终端交互地表征现实。

微博客不是为文学而生，却能为文学提供理想的生产和传播平台，尽管这里的"文学"或许只能算是"准审美"的"软文学"——由于字数的限制它被当作"文学零食"，而容量的约束使它只能以文学化的机智实现"小、快、灵"的个性表达。博客太冗长，更新不方便；IM（即时通讯）聊天工具太死板，不自由；厌倦了 SNS（社交网站），想体验更贴身更及时的微博客。于是就有了微博客的一句话分享、手机拍照直接上传、用 QQ/MSN、手机短信实现信息跟踪这种"自媒体"（We Media）创作、多终端交互的更便捷方式，让普通大众拥有"任何时间、任何地点、任何信息"的话语发布与分享权。数字终端的多元化，特别是 3G 商用、"苹果"等多功能手机的市场拓展，使大众化文学写作完成了从"以机换笔"到"拇指革命"的跨越，网络创作从电脑屏幕的"无纸写作"走进了手机屏幕的"运指如飞"时代。在个人化写作、多终端传输的背后，信息发布不再按照传统互联网"人—机"的模式进行，而按照"人—人"的对话模式；信息交流也不再像手机短信或 QQ 聊天等媒体"一对一"的模式，而是"一对多"传递，从而形成一个更为交互化、社会化的叙事场域。这种实时性和交互性优势，不仅进一步扩张了人们的交流空间，而且融合了网络博客与手机短信等自媒体的优势，增加了更多的互动与在线（及时）功能。无遮蔽的表达、便捷的传播使微博客更适于抒发性灵而成为文学创作的自媒体平台，是文学表征现实、直面生存的最直接的载体。

高度个人性——无遮蔽塑造自我镜像，裸露心性，是微博客作为"软文学"另一特征。

作为低门槛"零度空间"的微博客，凸显了个人的主体性地位。博主在这块"自留地"即兴写作，任意挥洒，可以获得高度的自我体验，在对象化镜像世界中认识和表征自我。类似一种公开的私人日记，微博客既有博客的虚拟公开性，也有日记的个人私密性，博主的身份可以是隐藏（匿名）的，也可以是真实的。虚拟空间的公开化与私人化看似矛盾，实际上却给了博主在写作中个人主体身份建构的极大自由。

由于是"私人空间"，作为自我的"把关人"，写什么？怎么写？完全是博主个人的事。在展现个人的生活经历或心路历程时，可以不用考虑别人的看法和感受，文字表达无所顾忌、随心所欲，真个是"我手写我心"。无论是赞美世界多美好，还是哀叹生存真艰难，都可以直抒胸臆，一吐为快，写出来作为自己人生留下的印迹。微博客表达的即时和简短，一方面符合人的思维跳跃式的运动规律，让人把握住瞬间的情绪变化和意识流动，使写作更接近原初意识；另一方面，文本的连贯性（按时间顺序排列）和整体性（私人信息库）呈现了写作个体的成长历程。这两方面都为写作者进行原初、本真的自我塑造提供了可能。写作的屏幕好比给自己面前放了一面镜子，镜像中的自我既是实体的投影，又是虚拟的呈现。镜子前如何表演并不重要，重要的是表演的真实性，即文本呈现的是否尊重生活和对心灵现实的自我体认。

多媒分享性——感性直观，图像与文字并陈，是微博客作为"软文学"的媒介优势。

终端多元、多媒体并用，为微博客文学提供了丰富的表现手段和审美旨趣。网络技术的多媒体主要包括两种情况：一是试听感官媒体，呈现的主要是文字、图像、声音等直觉符号系统；一是众多媒体组合传送视听味触甚至性觉的立体的、全方位感知信号系统，使人有一种置身真实环境中的感觉。借助多媒体功能，微博客文学的文本呈现出多样化的形式，既有传统的单媒体（文字）文本，也有由文字、图像、声音、视频等混合的多媒体文本。如follow5微博网友水果硬糖的博文："灵性的猫咪，等待月牙的召唤……"文本同时配发了一张图片：在空旷明朗的夜空中，一只小猫独自站在高高的电视信号接收杆顶上，凝视一弯月牙，充满灵性的文字与图片共同组成了诗意的文本。类似将文字、图像、声音、动画、视频等信息有机地结合在一起的微博比比皆是，它们使文本图文并茂，色彩缤纷，音响逼真，动作传神，带来了时空交错、动静相配的多维立体效果，实现了媒体间表意的交互、转换和融合，有效补充了文字信息的表现力，赢得更为丰富的视觉审美功效。文字和图像的博弈加速了文学的蜕变和涅槃，不断更新自己的思维方式、表现方法和审美向度，同时也使文学在图文共存、多媒互融中不断扩容和越界，趋向于综合艺术。

微博写作的文学智慧

微博客写作的可能是"心情留言板"或"生活流水账",也可能是精致的小品或曲尽其妙的灵思,寓于其间的文学智慧和生命感悟最具审美的价值。

一是修辞革命:让"灌水"变成"炼油"。微博客文学之"微"主要体现在文本篇幅上,140字的容量限定,如果用于常规创作(诗歌除外),顶多够写个开头。博主如何在有限的字数里以最精当的内容浓缩精华,做到字字珠玑,言简意丰,就需得在修辞上下一番功夫,注意熔意炼辞,让文字凝练简约,做到如刘勰所说的"情周而不繁,辞运而不滥"。在语言运用上,微博客文本要求作者用尽可能少的笔墨,把尽可能多的内容充分地展现出来,表达上追求文意精练,文字压缩,甚至省去标点,变换符号等,语言更具节奏感和凝炼性。

在情节内容上,微博客写作往往略过细节描写而运用具有冲击力的短句,修辞也更为巧妙,想象、比喻、夸张等手法多数被隐藏在朴素自然的表述当中,让文本富于内在张力。当然,文字简约并非必然故事简单,微博客仍然能用百字之幅表现曲折的故事或出人意料的结局。文本短小让微博写作从"灌水"变成"炼油",促使创作者更新表达方式和写作理念,在遣词造句、修辞炼意、谋篇布局上下功夫,使写作成为一种高超的浓缩性语言艺术。这种"煮水炼油"的审美范式显然迥异于以"长"为能的其他网络文学,也与传统文学中短小精悍的作品有着很大的差别,它是经由多终端技术、快餐式阅读、感官式审美"量身定制"而形成的新的"春秋笔法"。

二是一句话文本:"袖珍"创意的网络"俳句"。微博客文学的一个突出特征是"一句话文本",有人将这种写作形象地比喻为"织围脖"——虽短小却光鲜醒目,不求其长但求实用。这样的袖珍式创意对博主的文字表现力是一种挑战,最能体现出"软文学"的"硬功夫",在限制中有了创造的可能。微博文本要实现独立创意并具备意向蕴含和审美表现力,要么诗意灵动、想象别致,要么寓意深邃、言辞隽永,要么视角独特、话语幽默,只有这样才能使其成为心情分享的艺术"零食"或个性表达的创意"俳句",达成言有尽而意无穷之功效。篇幅的短小让微博创作只能选择一个瞬间、片断或场景来表现某种感受、体验的瞬间定格,很少表现情感的流动过程和事件的曲折经历。这一点很像日本的俳句。俳句是日本古典诗歌中字数最少的短诗,相当于我国格律诗里的绝句和长短句里的小令。每首俳句只有十七个字,这种诗体的特点,是用最节俭的字句,表达丰富的内容。

三是思想"围脖":意义巧置的"思维体操"。微博客的精短式写作最需要思想理念的炼意,从而形成价值理性的焦点透视和意义点击,在类似"思维体操"的历练中用机智的修辞手段巧置意义设定,很像是议论性杂文,往往一语中的,直陈要害,让人醍醐灌顶,茅塞顿开;或思理为妙、语出惊人,或哲理深邃,深谙个中三昧。"围脖"是网民对微博客的一个昵称,听起来很形象,也很温暖。有人认为,和传统博客相比,"围脖"更有人情味,更具亲切感。微博客的私人化"低门槛"写作使许多原本不被关注的人和事,以及他们在现实中没有机会表达的思想观点,现在可以自由地抒写并发布出来为人知晓,成为人们用来抵抗世界淹没自己的最好方式,让自我找到精神上的平衡和慰藉。这一生命体验的抒写过程,也是作者自身人格、思想形成和主体塑造的过程,是主体本身不断自我完善的过程,让许多表现个人生存的片断得以组合成血肉丰满、灵魂跃动的人生图景。

毋庸讳言,微博客文本碎片化和写作私人化的技术设定,突出了个人"娱乐至死"的诉求而淡化了"文以载道"的承担,但从这里汇聚起来的零碎思想和事件,仍能在一定程度上折射出个人与时代的精神状况,映照出社会现实的真实面貌。一句话的内容,或批判现实,或感悟生活,或描摹见闻,或轻松搞笑,它们都真诚率意地闪现着文学精神的辉光而成为人间悲喜心灵史而留存下来。在这个文学日渐式微的年代,微博客就像是技术援手递来的一条"围脖",有了它,会让我们的精神世界在新媒体文学的复苏中重新变得温暖起来,并由此孕发出网络文学新的生命活力。

原载《文艺理论研究》2010年第4期,此处有删节

72. 微博文学的定义、发展、类型及特征

李 存

网络的便利又产生了网络文学;手机的普遍使用形成短信文学;随着网博客的出现又衍生出博客文学。如今,网络微博的产生和发展,给文学注入

新鲜的血液，微博文学作为一种新文体开始出现。笔者对微博文学的涵义做以下概括：它是借助微型博客为传播媒介，以传递信息、表达情感、交流思想为目的，以140个字符以内为文本样式，具有俳句体的凝炼传神、即时化的个性表达、集聚式的实时互动特质的一种新文体。

微博文学的孕育期（2007年至2009年8月）；

微博文学的成长期（2009年8月至今）。

根据微博体裁风格的不同，将目前的微博文学分为五大类，即新闻体微博、小说体微博、散文诗体微博、剧本体微博、评论体微博。

博客文学的特征：微博文学自诞生以来就以其自身鲜明的特点，吸引了广大网友的眼球并乐在其中。它以俳句体的凝炼传神、即时化的个性表达、集聚式的实时互动特征而成为文学样式中一个独特的类别。

微博火热的原因是什么？中国青年报社会调查中心调查显示，73.9%的人首选"表述简单，符合年轻人习惯"；73.6%的人认为"方便随时记录"；接下来的选项还包括：实现了即时交流（56.4%）；信息广泛，各取所需（47.2%）；内容原创性高（44.1%）；想关注谁就关注谁（31.1%）等。可见微博与当代公众心理的默契。①

微博文学与时代的默契表现为：

迎合现代社会信息焦虑的需求

通讯、互联网等科学技术的发展，使得人们可获得的信息量呈几何级数增长，每天人们习惯性地接打电话、收发短信、浏览网页、在线沟通……

但是随着这种习惯的根深蒂固，一种心理——"信息焦虑"也因此产生。在短时间内人们渴望迅速了解自己身边及整个世界正在发生的事情，得到一种信息满足。而一旦每天正常获取信息渠道发生不畅，他们就会感到极不适应，会为自己可能错过重要的信息而担心、忧虑。微博的短小精悍、易于传播、便于创作正好满足现代人对信息的即时获取，迎合了当代人信息焦虑的需求。Twitter官方在2009年就说过：它要成为这个地球的脉搏。也就是当所有人都在上面发表自己当下所关注的东西的时候，Twitter上面流淌的就是最能透彻鸟瞰这个世界当下动态的地方了。连岳对于自己上微博始祖

---

① 王聪聪：《69%受访者已关注微博：表述简单符合年轻人习惯》，《中国青年报》2009年12月8日。

twitter 是这样解释的:"twitter 改变了许多事情,我用它一年多来它让我觉得安心,有所寄托。在这片云里,声音不会消失,无法删除清零。各种公民事件在上面直播,这是以往无法想象的。"① 的确,篇幅短小、语言简洁的微博,是非常适合当代人的快餐式阅读。微博文学的精短性决定了它与传媒之间可以零距离交互,资讯共享更便捷、快速,一句话就可以是一个态度、一种观点。特别是面对一些突发事件的时候,微博因为讯息的快速性和互动性,使人们在有限的时间内发出和接收海量的信息成为可能。

满足多元化价值取向的个性表达

在传统博客的写作中,博主习惯于长篇大论,或思想深邃,或叙事丰富有趣,这在无形中设置了博客的门槛,那些有简短语句灵感的人只能徘徊在博客之外。相反,微博页面上的文本本身是不成系统的,是碎片化的所思所想,但又是个人最真实的表达,是灵感的瞬时捕捉。这就更容易满足人们多元化价值取向的个性表达。对为什么会有书写微博的冲动,连岳用"在浴室唱歌"来说明,"人在放松自由的时空里,你会想到娱乐自己,你有创作与表达的热情。浴室歌声无法发行,偶然听到的人也许耳朵要受罪,可是那个在水雾中温暖松弛的家伙,他无法控制自己啊"②。当前中国微博使用者多集中在"80、90后"的年龄段,他们是个性张扬的一代,有多元的价值观、人生观,他们愿意晒出自己的故事、自己的心情、自己的感悟。他们关注人气,希望获得大众的认可和崇拜,他们相信某一天,自己的某句哲思感悟成为了引领这个时代精神的符号。同时,个性化的表达也带来了个性化的关注,人们在他人的微博中发现自己感兴趣的东西,在其中不断发现、找到被关注微博的细节,从而极大的满足了个人的好奇心。从一定层面上,微博放大了个体的虚荣心和好奇心,为个性化表达提供了一个宽广的舞台。种种迹象表明,微博客发展迅猛的今天,年轻的微博作者、读者有望通过这种在网络文化领域里用"小荷才露尖尖角"的方式逐步引领网络主流文化。

提供即时全面的思想交流平台

在许多网友看来,获得交流和认同感,哪怕是引起异议和辩论,都是他

---

① 吴越:《微博小说:不要"灌水"要"蒸馏"》,《文汇报》2010年5月28日。
② 许涯男等:《微博大火超媒体的胜利》,精品网,2010年4月23日。http://ent.sg.com.cn/ent/mrkh/538816_2.sht—ml.

们爱上微博的重要原因。因为在这里,人人都可以是记者、作家、明星——作为新闻阵地,它第一时间和第一现场的发布,上演着草根与精英的博弈;作为文字集散地,它的表述时刻面对着纠正和更正的声音,毫无意外的将文字讨论引向思维的深处;作为朋友圈,它更便捷迅速的信息分享功能,使乐同乐、悲同悲。著名诗人赵丽华的话道出了这种思想碰撞的独特价值,"平时你要是说出这句话很少有人听,但是你在微博上感觉到有很多人在听,你说这个东西的同时也看到别人在说什么。有益的东西,你可以吸收一些。你有同感的东西,你可以转帖过来让更多人知道、更多人看到。微博互动性非常强,传播非常迅速。"[1] 在这里信息可以通过快捷的技术手段迅速的流传,如同剥茧抽丝一样,模糊的、不确定的信息会在这个平台被填充、完善为清晰的、确定的内容,所有的有利的、不利的内容都会通过微博的参与全景式的展示出来,而数量庞大的微博讨论者对某一事物的观点交锋最终必然导致对该事物体系化、理性化的解读。这种思想的碰撞无异产生了一种奇特的文学现象,即文学由个体创作的状况被打破,由群体参与的创作思路逐步产生,并引导作者不断改变初衷,乃至形成了最终脱离于作者初始想法之外的作品,而这又不是在强制或无奈的情形下产生的,只有微博才有这般自然的功能,这种在思想交流碰撞下形成独特的文学样式极大的丰富了文学的表达技巧,使其日益显现出不同于传统小说的独特优势。

原载《贵州社会科学》2010 年第 10 期,此处有删节

73. 手机短信的文学身份与文体审美

欧阳友权

"第五媒体"的文学机缘

手机被视为继报纸、广播、电视、互联网之后出现的"第五媒体",其功能主要是基于互联网技术的通讯服务。作为便捷而相对低廉的信息接收终

---

[1] 俞薇:《围脖的诱惑与尴尬》,《半岛都市报》2010 年 6 月 25 日。

八、文体类说

端,手机在我国普及速度要快于互联网。1992年世界上第一条短信息在英国第二代无线网络上通过电脑向手机发送成功,但手机文学的大范围兴起是在日本。2000年1月,日本教师Yoshi用手机连载的方式发表他的小说《深爱》,受到众多人的热捧,随之出现的《恋空》《明天的彩虹》等手机小说,在日本引起阅读、下载和出版销售热潮,短短几年,以实体书形式出版并畅销的手机小说就有30多部,发行量达1000多万册。

1999年我国开始有了短信业务,2001年点对点短信月租费取消后,短信数量猛增,短信笑话大行其道。2002年后,在高额回报的诱惑下,网络上诞生了一批短信写手,并涌现出许多增值服务提供商(简称SP)。2003年,我国第一部短信小说《短信情缘》面世。同年10月,戴鹏飞出版了全国第一本个人原创短信集《你还不信》,赢得众多读者关注。2004年广东作家千夫长推出了国内首部手机连载短信小说《城外》,这部60篇、每篇70字、总计4200字的小说被一家通讯公司以18万元购得连载版权,后又被台湾一家公司以更高的价钱买断了该小说在台湾的版权,创下每字百元的商业奇迹,引发了海内外媒体的广泛关注和文坛的激烈论争。同年6月,由《天涯》杂志社、中国移动等单位合作举办了"全国首届短信文学大赛",邀请铁凝、韩少功、苏童、格非等文学名家担任评委,引人关注,于是有媒体把2004年称之为"中国手机文学元年"。2005年,中国移动开始打造"e拇指"文学艺术网,以建立创作、阅读、传播手机文学的无线网络平台,陆续开发了"手机文联""拇指日志""拇指书屋"等与手机文学相关的无线网络增值系列产品,并举办年度手机文学艺术创作大赛,手机文学已经俨然成为一种现象。次年6月,盛大文学等单位联合主办了首届"3G手机原创小说大展",征集优秀手机小说创意,让手机短信文学在文坛备受瞩目。

手机文学的三重身份

一类是通过手机终端阅读的电子化文学读物,这时候的手机承载的是手持阅读器功能,类似于时下市场热卖的电子书或电纸书。这类"手机文学"只是意味着"在手机上阅读文学",其作品并非专为手机阅读创作,而是传统文学的电子化后再通过网络传给手机用户的。手机上网后可以订阅和下载众多电子期刊、图书和文档,还可以通过搜索、注释和超链接等方式获取更丰富的信息,增强阅读体验,手机用户面对的是由强大的网络平台支持的文学(如中外文学名著)资源库、数据库,与互联网上的"文学读屏"并无二致，只不过是从电脑的"尺幅之屏"变成手机的"寸幅之屏"。

另一类是专为手机用户创作的手机文学，主要是原创的手机小说，其欣赏方式包括手机短信版（SMS）、手机上网版（WAP）和手机接听的语音版（IVR）等。这种针对文学需求用户有意为之的手机文学，更贴近"文学"本性和手机特性，体现了手机文学创作的自觉意识。2004年千夫长的手机短信连载小说《城外》在商业上的成功，一度引发了这类小说的创作热潮，有的增值服务提供商开始吸纳写手专门创作可供连载的短信小说，甚至还有人将传统文学名著压缩成为手机段子来吸引手机用户，以扩大手机文学阅读市场。一些手机文学创作者跃跃欲试，纷纷效仿《城外》模式，信心满满地投入手机连载小说写作，迅速产生出一批手机短信小说，如《谁让你爱上洋葱》《大宝小贝》《超级手机》，手机短信恐怖小说《一七七七二三五零》等等。

还有一类是指夹杂在手机短信中的属于文学的部分，人们通常将它们称之为"文学段子"。这类手机短信文学最为普及，用户参与度最高，也最能代表手机短信文学的特点，因为它让文学回到了"日常生活的故乡"。这种文学段子贴近人们日常生活，即兴而写，随时可读，是"文学"与"手机"的天作之合，是最具活力的手机文学形态。

短信写作的文体创意

炼字凝意，以短致长，是短信文体创意的技术规制。在手机屏幕上创作短信是一种高难度的写作，被誉为在"邮票上跳舞"。手机文本惜字如金，如果说网络写作可以"灌水"，短信写作就只能"炼油"了。如此说来，讲究炼字功夫以求凝炼表达，实现言简意赅、言约意丰或言有尽而意无穷之艺术功效，是手机短信写作的基本功，也是"段子文学"创意中技术规制的必然产物。短信写作就需要在方寸之间凝炼意绪，用浓缩的文字反映复杂生活的点点滴滴，既简洁又耐人寻味。

草根情怀，平视审美，是短信文体创意的主体立场。手机短信被视为"老百姓的天空"，短信文学的普及凸显了大众文化诉求，它以贴近普通人的思想情感与喜怒哀乐为旨归，是最具平民化的文学形式。把神圣化为笑谈，将崇高降格为游戏，用喜剧冲淡悲愤，以笑料对抗沉重，以平民姿态、平常心态写平庸事态，任何人只要你有想象力和创造力都有权利创作，其作品的内容也总是能传达普通人的生存状态和生活感受。平视草根，众神狂欢，揶指下的短信文学常常站在普通人的立场表达平凡人的心声，句式简短通俗，语气平易近人，极富生活气息。

快意书写、即兴表达，是短信文体创意的个性呈现。现代社会生活节奏加快，人们的空闲时间减少且相对分散，闲暇的阅读从长时间的连续阅读转向短时间的间断性阅读。手机平台的出现成功将互联网络即时通讯的功能转移至短信传播，移动博客的出现又让手机对网站的短信业务变成了自由书写的"自我媒体"，更好地适应了人们即兴创作、随时阅读的需要。短信写手的快意书写和即兴表达，正是为满足这种需要而实现的个性化创意。同时，手机的无线通讯与便于携带突破了互联网在地域、时间、终端设备等多方面的限制，使短信内容的创作、发送更迅速，接收更方便。短信的"病毒式传播"不仅是平面的，还是立体的、空间的、动态的、瞬息万变的，它能够让快意书写实现分众传播，又能让个性创意达成定向传播，弹指间，创作者的思想与情感即可传递到读者那里，只需按动手指便可第一时间得到应和与共鸣。

自由灵动，随机顺变，是短信文体创意的智慧表征。手机传播打破了传统大众传播主体的机构性、权威性，进而呈现出了传受主体的多元交互性及其在新的传播模式中权利的分解与集中的特征。这一特征给手机短信的文体创意提供了自由灵动、展现智慧的机缘，让短信文学闪耀着大众的智慧，体现出灵动的艺术气息，在生动的语言中显示出创意灵感。由于手机用户的广泛性和使用的贴身性，创作短信能够兴之所至，顺势而为，不用他人把关，无需编辑审核，尽可以我手表我心，自由地挥洒才情，不论是庄重严肃的书面语言，还是简单易懂的口语表达，或阳春白雪式的诗歌散文，或下里巴人式的谐语笑话，乃至各种表情符号，都可以信手拈来，为我所用。

工于修辞，巧于表达，是短信文体创意的语言诉求。短信文学写作要在有限的持屏空间传情达意，需要讲究修辞，锤炼文字，既要注意选词造句的大众化、生活化，以展示普通人最本色的生活感受，又要显得鲜活水灵，新颖别致，避免僵化教条、无病呻吟或装模作样。这时候，注重各种修辞手法和表达技巧就是必不可少的了。常用修辞技巧还有排比、双关、反语、谐音、调侃、回环等。我们看到，那些精妙的手机短信如"老鼠娶蝙蝠""蚂蚁绊大象""馒头打方便"等，常常成为生活的"调味剂"，是人际间快乐交往的"掌中宝"。

手机文本的审美方式

　　手机文本的审美首先是一种私密会心的互动沟通。作为一种通讯终端，手机媒体以其方便、快捷、低廉的优势成为人们普遍选择的交流工具，其私密性的沟通方式便于人与人之间进行点对点的互动交流，以"零距离"交往表达内心情感。它那"既远也近"的交流成为人们说心里话、表内心情的最佳渠道。与其他信息媒介相比，借助书信表达太慢，借助电话又稍纵即逝，借助电子邮件会受到服务终端的限制，于是，短信便成为人们联络情感的重要媒介，其"见字不见人"却又"文如其人"的表情达意的方式，正符和中国人温婉含蓄的个性特点，适合内敛传递情愫的需要。

　　短信文本审美还需要切入余味曲包的语体感悟。如前所述，手机短信的微缩性文本使其中的文学体式具有简约凝炼的语体风格，手机屏显的有限篇幅"逼迫"人们细读文本，感悟精妙，体察简约之中的深意，回味有限背后的无限。创作者尽量压缩文字、省去标点符号，略过本该铺陈的人物和情景描写，而大量运用富有冲击力的短句，力求创构一个"有意味的形式"，于浓缩的文本中透射出内在的弹力和张力。短信的接收者也应该心领神会，由表及里，入乎其内，充分理解作者在精短之语里预设的弦外之音，透过言意之表感悟其味外之旨和韵外之致。

　　另外，审美地品读手机段子还需要有静观默察、轻松愉悦的欣赏心境。短信文学缘自实用信息的相互交流，其艺术的功效是从工具思维转换为艺术审美的价值理性的过程中实现的，在文体风格上始终保留了自由交往的随性与放松。拇指揿动屏键，传送精妙短章，阅读者少不了要秉持一份平心静气、轻松愉悦的心情，以便于掌心之上品味文字的风趣睿智，在方寸之间感受"拇指文化"的后现代魅力。短信息一方面通过自己的人生体悟向亲朋好友吐露心扉，一方面希望用幽默的小段子为对方洗去尘世的压力而带去轻松与快乐。创作者往往用凝炼精警的语言挖掘生活智慧，如同格言警句一般为读者或消愁解闷调侃世道人生，或陶冶性情点化玄机妙理，让人愉悦会心抑或忍俊不禁。我们看到，许多文学性短信通过对汉语的"魔方式"拼贴彰显了高超的民间智慧，其中运用很多隐喻、双关语、藏头诗、回形诗等写作方式，表现了现代反讽的精神、狂欢的气质和灵光乍现的幽默感，这正是短信审美的大众特色和诱人之处。

　　　　　　　　　　原载《江海学刊》2011 年第 4 期，此处有删节

74. 手机文学现象：午后茶点与后文学景观

于文秀

手机文学与其说它是一种文学现象，不如说它更是一种文化现象。它以拇指可及性、便携移动性和高度参与性成为具有文化意义的现代人生存方式，是无论种族、阶级、性别的现代人的午后茶点与掌上精神玩伴，在媒介与文学互动和文学界限内爆的时代，手机文学现象已成为信息时代和消费文化语境下的自在自足的后文学景观。

新媒介文学现象与身份定性

手机文学研究最大的问题是其身份的确认问题，它是否可以称得上文学？其诗性品质何在？从目前现有的对手机文学的观点和看法来看，有持完全排斥的态度，这种观点坚守文学的边界，认为手机文学乃文学的他者，断然不是文学，其天生的娱乐性胎记和潜在的商业性目的，使它难以达到文学的升华和涅槃。

不可否认，按经典的标准衡量，手机文学的文学特质的确弱，但弱不等于无，我们可以说它是不成熟的文学，但无法说它是绝对的"非文学"。其实，讨论手机文学是否是文学是一时间难以解决的问题，不妨暂且悬搁。对它进行定性分析也许更明智可行。

手机文学显然难以与纯文学的高雅品位与精神追求相比，但正是不同人群存在这种文化趣味和偏好的重叠性和弥散性，才有手机文学的跨界生存，才有短信文学的兴盛和雅俗共赏，作为新媒介文学现象的手机文学，犹如午后茶点，成为不同阶层和不同文化层次的现代人的精神玩伴和"电子零食"。笔者非常认同作家韩少功的说法，即手机文学是文学的零食，不能混同和替代文学大餐，大餐和零食之于人有不同的意义和功能，只有零食难以高质量生存，若无零食，则少了情趣的调节。

正如手机文学现象处于存在的初级阶段，基本可定性为准文学类型，同样，手机文学作为新媒介文学现象，自有其存在的后文学特征。新的电子和数字媒介的介入，不断挑战文学的底线，导致文学界限的内爆。随着新媒介文学的技术元素融入，纯文学的形态和性质也被不断置换和刷新，代之以后文学性的登场。这主要表现在技术的介入促使文本范式发生转换，即书页文字被图文并茂、音画并行的流动界面所代替。强化了文学对技术的依赖。此外手机文学的后文学性还体现在它的与传统纯文学超越性、审美性的不同，愉悦的政治学诉求是第一本质，具有日常性、娱乐性、宣泄性、互动性、亲民性等后现代文化的美学特征。

混搭特征与文化政治学分析

手机文化有明显的二元化特征，但在笔者看来，用矛盾或悖论来指认手机传播和手机文学的这些异质性特征，似乎存在遗漏，而且有简单化、绝对化之嫌。实际上手机文化与文学具有异质性、多元化特征，如正面的、负面的、中性的特征，如娱乐的、功利的、游戏的、商业的、现实的、时效性、政治的、庸俗的、世俗的、日常的、严肃的、幽默的、智慧的、民间的、大众的、快捷的、互动的、流行的、匿名的、狂欢的，等等，这些特征常常并不是截然对立，往往是混杂一处，杂糅式和睦相处，融为一体甚至相互转化。所以笔者宁愿借用流行的服饰学词汇"混搭"一词来描述手机文学的多元特质并存的状况。正如法兰克福学派理论家阿多诺所说，技术的不断发展的结果往往带来含混性，也促成了理性与文化的含混性。

手机文学的混搭文化特征和愉悦的政治学诉求，使其具有复杂的文化政治学特征，本文拟从两个方面展开分析。一是分析手机文学现象与现实社会和主流媒介复杂的话语互动关系。二是从性别政治视角对手机文学现象进行女性主义批评。

手机文学现象突出的社会文化政治特征，即在于它以民间话语方式和路径，挑战、颠覆、解构现实的主流媒介的权力话语传播，对主流的、官方的和大媒体的报道和事件，以自己独有的灵活、巧妙、快捷的特点，进行回应，有批评、对立，有配合、补充和延伸，但无意与主流媒体争话语强势。在中国乃至世界近年发生的较大事件中，手机短信几乎都在第一时间，以自己的方式进行参与和回应。从文学的角度看，无疑起到纯文学中杂文的作用，但它与杂文的精神诉求不同，手机文学无意于充当剑拔弩张的"投枪"和"匕首"，更主要的是奉持娱乐和开心的后现代游戏精神。

与主流媒体方式不同，手机文学段子往往并不集中一件事进行具体描述和议论，而是将类似或相关的事件串联一处进行集结式表述，不经意间带出

八、文体类说

意图和主旨，常常收到鲁迅杂文所擅用的"顺便偶刺之"手法之艺术效果。

很多论者注意到政治与性的结合和拼贴，成为短信的主要文化特征和眼球卖点，也是手机文学生产的商业策略之一，的确如此。与此同时，如果对短信文学进行文化政治学分析，不难发现，短信段子的叙述人的性别取向和立场，大多是男性中心主义的，所持的两性关系立场大多是陈旧甚至是腐朽的，女性观也是较为落后和缺乏现代性的。手机文学的女性形象大多是物化的供男性欣赏的欲望客体，充斥着对女性形象的贬损，低俗的色情的东西更是屡见不鲜。这种现象几乎有目共睹，人们往往过多享用了短信段子的愉悦性功用，常常忽视性别贬损和两性关系的低俗表述。

弱文学性与强修辞性

手机文学因其空间和界面篇幅的限制，文学书写所应具有的情境的、心理的等展开性描写叙事只能舍弃，并因此导致其文学性削弱的客观宿命，故在各种媒介文学样式中，被视为文学性最不强的，它最多只能算文学的"卡拉OK""拇指的狂欢"，它的娱乐性、实用性大大超过文学性诉求。但人们又难以否认手机文学世界却有最强修辞性，各种修辞现象和修辞用法最丰富、最密集。这种强修辞性在某种程度上可以说是手机文学文本生产的技术生命线，没有修辞手法的集中运用，手机文学可能无法凸显它的独特与精彩。换句话说，正是在修辞性特征的托举提振下，手机文学才彰显出它在生活世界与文学空间中的魅力，成为现代人难以舍弃的甚至有依赖性的存在方式之一。手机文学将被纯文学冷落和边缘化的修辞艺术重新发扬光大。

修辞作为话语与文本的建构方式，是手机文学最重要的叙述策略，它将语音修辞、语义修辞、语法修辞、语形修辞、语篇修辞等修辞艺术无所不用其极。手机文学对修辞的运用仿佛人之呼吸，二者互为本体，言必有之，堪称生命。前现代的、现代的、后现代的各种艺术中修辞学元素，几乎尽被手机文学以自己的愉悦政治学方式运用得淋漓尽致。正统的、为人熟知的修辞技巧如比喻、拟人、排比、夸张、对比、衬托、复沓、顶针、叠字、双关等类型自不必说，现代和后现代艺术史中的蒙太奇、意识流、巧嵌、歪批、拼贴、戏仿、反串、恶搞等亦悉数登场，还有当下难以命名的反常规语言新用法、修辞创新类型用法，古今中外大融会，极尽修辞之能事，极大地彰显了手机文学修辞智慧。

原载《文艺报》2009年4月25日，此处有删节

75. 手机文学：现代技术与文学表意的合谋

禹建湘

手机文学在手机传播技术和当前文化语境的双重作用下，有着短平快、速笑性、段子化、同感性、虚拟性、交互性、娱乐性、大众化等特性，这些特性伴随着现代人在消费手机文学时，深刻地侵入到现代人的生活空间，从而构成了一种带有后现代气息的文化现象。但作为现代技术与文学表意的狂欢合谋，手机文学除了这些常见的特性外，我们还必须进一步理解它深层次的内涵，以便能更好地理解手机文学何以高度参与到现代人的生活中来，影响并改变文学的格局。

现代技术与后现代语境的文学零食性

由于传播技术的制约，手机文学相对于传统文学或网络文学来说，最显著的特点在于它的精短，而这一特点，正符合后现代语境下文学对于"宏大叙事"的放弃这一趋势，手机文学解构宏大叙事最直接的表征就是抛弃庄重写法而采取戏谑手法。如：

人生四大悲：久旱逢甘雨，一滴；他乡遇故知，债主；洞房花烛夜，隔壁；金榜提名时，做梦。

虽然工作是枯燥的，赚钱是辛苦的，但理想却是远大的。等咱有了钱，喝豆浆，吃油条。想蘸白糖蘸白糖，想蘸红糖蘸红糖。豆浆买两碗，喝一碗，倒一碗！

由此，我们可以认识到，对于手机文学来说，其文学审美、悠闲、空想等一切就只能是一种表象，真正的追求在于获得一种快感。作者得到创作快感，读者得到阅读快感。手机文学是一屏一屏往下阅读的，一屏能容纳的字数就是手机文学的基本节奏，而要吸引读者，手机文学就得和好莱坞大片每隔十几分钟就要有一个兴奋点一样，每一段零碎时间里就要有一个兴奋点，现在的手机文学之所以能拉长到几万甚至几十万字，让读者一两年时间里都沉浸在手机文学的连载中不能自拔，就是追求一种阅读快感。手机屏幕小，翻页字数少，这就要求手机文学的节奏要快，文字要简化，这种碎片化的创作风格就是现代手术与消费时代契合的产物,以一种后现代的"文学零食"形态出现的手机文学,正在手机这个小小屏幕上体现着特有的价值,预示着一个新的叙事方式的到来。

泛意识形态的混搭性

可以说,手机文学本身的形式选择,就具有意识形态性,意识形态贯穿在作家选取形式的整个过程中。而在手机文学的意识形态中,泛政治文化的拼贴是其典型的范式之一。手机文学以民间狂欢话语的方式,来挑战、颠覆、解构主流文化话语权力。体现了巴赫金所说的"狂欢化",狂欢化就是通过对特权阶级的戏闹,进而批评、颠覆主流文化机制,制造一个混乱、颠倒、错位的世界。手机文学以自己快捷、诙谐、巧妙的言说方式对当前热点政治文化事件进行回应、批评、戏谑,在这过程中,有配合、补充、延伸,也有相当的反抗和挣扎。手机文学几乎对所有大的政治文化事件都会在第一时间内进行回应与参与,在很大程度上相当于短小精悍的杂文,如果说,杂文是"投枪"和"匕首",那么手机文学就是午后零食,它舍弃了横眉冷对,而奉持一种后现代精神的娱乐性。正是这种戏仿的娱乐性,手机文学能给人们带来快乐,大众乐于接受并传播这种文学形式。

这就造成手机文学泛意识形态"混搭"的效果,在手机文学中,泾渭分明的好坏、正反、善恶等等的二元对立消失了,呈现出意识形态的多元化、异质性特征。手机文学的泛意识形态性,一方面张扬了草根平民的话语权力,另一方面,在商业利益和追求下载率的追求下,一部分手机文学丧失了艺术和精神的追求,滑落到精神的荒原,甚至堕入到色情与暴力的深潭中。科学技术带来了文学艺术的革新,但负面的东西也以更快的速度在传播,手机文学对文化政治的影响,正在不经意间传播蔓延,从这个意义上来说,关注手机文学的政治文化的正面建构显得极为迫切。

强修辞的症候阅读性

手机文学必须有独特的语言范式,用强修辞在小小的屏幕上清晰地凸显出与众不同的内容,就是手机文学的语言范式。手机文学的"内容为王",其实质就是"语言为王""修辞为王"。要在一个屏幕上迅速吸引读者,手机文学就必须用最密集的节奏、最简短的语句进行叙事,在舍弃传统的情境描写、心理刻画、缓慢叙事的情形下,还要彰显出自己的独特与精彩,手机文学必然要借助于语言特有的修辞技巧,让修辞成为书写的主体。这些修辞既包括比喻、拟人、排比、夸张、对比、衬托、复沓、顶针、叠字、双关、蒙太奇、意识流、巧嵌等常见的文学修辞类型,还包括歪批、拼贴、戏仿、反串、恶搞等具有后现代精神的修辞方法。在手机文学中,我们常常会看到一些模仿之作,但这不是简单地抄袭,而是在模仿的同时,加上一些反常规的构思,达到"拇指狂欢"的效果。

随着科学技术的进一步发展,手机以更小的单位分期连载文学作品。当手机文学由最初的精短美文和诗歌,向小说、散文蔓延时,文学的大众化倾向会进一步加剧,现代技术与文学表意的合谋,完成了文学走向大众的狂欢途径,为文学的进一步大众化提供了可能性。

原载《江海学刊》2011 年第 4 期,此处有删节

76. 手机短信文学的特征与价值

钟虎妹

作为手机上特有的文学现象,短信文学呈现出了一些新的审美特点,这使它与传统文学和计算机网络文学彻底区分开来。

1. **灵动的情思和幽默的睿智**。由于手机屏幕和短信字数的限制,也由于短信发送的轻便,短信文学几乎没有大题材,而是以现代都市生活的时尚琐事为表现对象,擅长在细小杂碎中巧妙自如地折射出人生社会的意义,因此灵动的情思和幽默的睿智是短信文学在内容上的主要审美特点。许多作品看似都漫不经心、信手点染,实则却在一闪而过或嬉笑怒骂中道出了某些深刻的意蕴和隽永的情思,《城外》《竖笛》《巴黎的墓地》《扛梯子的人》(后三篇为首届短信文学大赛获奖作品)、《结婚就是开公司》《快乐之门》《肉麻情话》(以上为黄金书屋文学网站短信文学作品)等就都很有代表性。

2. **段子化的凝练表达**。短信文学以短信息为基本结构单位,70 字每条的局限逼迫人们用尽可能少的笔墨把尽可能多的情景充分地展现出来,段子化的凝练表达就成了短信文学的基本创作原则。这种段子化格式追求精练、精练、再精练,它们尽量压缩文字和省去标点符号,略过大段的人物和情景描写,同时大量运用富有冲击力的短句,语言不仅更具节奏感和凝炼性,修

辞也更为巧妙，整个文本往往便于浓缩中透射出内在的弹性和张力。

3. **无障碍的生产和传播**。凭借先进技术尤其是彩信技术的发明和推广，手机以小小躯体覆盖了整个互联网，同时又保持了自身的优势，它轻巧多姿而又无所不能，因此短信文学的生产和传播具有最大的可能性。短信条款发送的方式除了让人能随时随地的即兴创作，还能让人随时随地的接收，它讲究通过快速瞄上一眼而博得会心一笑或有所领悟，短信文学的审美风味因此更别具一格，短信使文学变成了无障碍的生产和传播。

手机短信文学究竟是不是新的文学品种呢？如同网络文学一样，短信文学要想获得新文学的合法地位最终仍须回归到对其深层价值面的考察。

必须承认，短信文学对现存整个文学谱系再次进行了解构和重建。文学发展的历程中，任何一种新文学的出现都会使原有的文学形态和表现手段面临剧烈的冲击并发生根本性的变革。由于这种新的创作模式和阅读模式有极大的社会需求，在将文学从纸质传媒及有线网络置换成无线网络时，其"拇指飞扬"和"短信发送"的格式化表述就不仅限于产生了独具一格的短信文学新品种，更对"文学是什么""文学写什么""文学怎么写""文学干什么"等一系列文学元命题提出了新一轮挑战。

原载《文艺争鸣》2005年第4期，此处有删节

77. 短信文学的勃兴与文艺学之应对

欧阳文风

短信文学勃兴对传统文学的冲击

时至今日，虽然对短信文学质疑的声音仍然一直存在，但种种迹象都表明，短信文学正在迅速地走向兴盛，成为当下文学研究不得不关注的一种新型文学样式，与已经取得合法地位的网络文学相呼应与补充，共同推动着传统文学和文学观念去完成一次更加彻底的转型。

首先，短信文学进一步消解甚至摧毁了传统文学惯例。在文学存在方式上，短信文学也不再是仅仅以语言作为作品的存在方式，而是综合运用了文

字、图像、声音、动画等多种媒介符号。短信文学的类型也远非传统的"四分法"（诗歌、小说、散文、戏剧）所能概括，它特有的传播形式和有限的容量（一条短信最多只有70个字符），使得它不可能很鲜明地表现它的文体特征，因此，它的类型划分甚至比网络文学都更加模糊。在文学创作方面，短信文学一改传统的以纸笔为工具或网络文学依赖于电脑网络的缺陷，只要有手机，就可以随时随地地进行短信文学创作，只要有网络信号，就可随时随地地进行短信文学的传播交流，交流时既可以点对点交流，也可以随意发送，发送出去的作品，接受者还可以进行编辑转发，不断编辑转发的过程就是一个无止境的短信文学再创作的过程。在叙述方式上，短信文学亦超越了传统文学线性叙事的局限，人们完全可以根据需要对短信文学作品配备图象、音乐或实拍照片、现场录音，使之图文并茂、声情俱佳。在价值取向上，短信文学亦不再像传统文学那样追求宏大叙事和价值担当，因为它的匿名性、随意性、时效性、娱乐性、民间性和互动性，它甚至比网络文学更加注重于个体的自娱自乐，更加注重于自我情绪的宣泄，也更加注重于对日常生活的叙写，等等。短信文学对文学一系列命题和惯例提出了新一轮挑战。

其次，短信文学进一步张扬了文学的自由本性。手机的普及性和便捷性，使得短信文学在创作、发表、阅读到评论诸方面甚至比网络文学都更加开放自由，在短信文学这里，文学创作几乎完全成了一种可由普通民众率性而为、任意涂鸦甚至"胡说八道"的自由行为。最关键的是，在当今舆论还不是很自由的境况下，创作主体身份的隐藏和漂移，也进一步为文学回归自由本性提供了宽松的语境和必要的条件，使得创作者没有任何的心理负担，可以尽情地在手机短信这块自由消遣的媒介平台上进行自己的诗意狂欢。

再次，短信文学使文学话语权进一步向民间回归。与网络文学相比，短信文学则更进一步地使文学向民间迁徙。在短信文学那里，既有的文学主体进一步被悬置和消解，创作者由原来所谓的"人类灵魂工程师"和"精神导师"，变成了芸芸众生中的一名凡夫俗子，这种身份的乏化和交互化，使得知识阶层原有的特殊地位被消解，知识分子不再拥有独特的话语权力，文学话语权进一步向普通大众转移。短信文学在网络文学的基础上，进一步为普通人提供了自由便利地创作和发表文学作品的广阔平台，使普通文学爱好者们获得了尽情狂欢的辽阔天空，不可逆转地推动着文学话语权向民间回归。

文艺学的调整与应对

1. 调整文学观念，建立一种"大文学"观。网络文学的横空出世似乎已经提醒我们，在如今这种电子媒介时代，既有的文学观念已经不能涵盖所有的文学类型和文学现象，文学越界和扩容成为一种必然趋势。短信文学的出现，又进一步冲击和改塑着人们关于"文学""艺术"的传统观念。现在，我们不得不承认的事实是，文学审美已经不能再拘囿于传统的纯文学或雅文学的理念，而是日益与日常物质生活的各个方面紧紧地维系在一起，艺术气息和文学性已经普遍化地依附于日常生活实践之中，我们甚至可以说，文学艺术和现实生活几乎被"混为一谈"。在文学进一步泛化的大背景下，摒弃传统的文学惯例，建立一种"大文学"观，已经成为文学发展和文艺学研究的一种内在的必然要求。我们应该为短信文学营造一个开放、宽容的社会文化审美氛围，让文学能在新的技术时代与时俱进。

2. 立足文学发展实际，开展对短信文学的理论研究。短信文学的发展已经成为了一种不可逆转的事实，文艺学就必须起而应对，肯定其存在的合理性，批判其缺点与不足，既从理论上来引导短信文学的良性发展，更为文艺学和美学寻找新的理论生长点。那么，如何对短信文学进行学理性探讨呢？笔者以为，第一，在目前关于短信文学的定义还是人言言殊的时候，我们有必要对其外延和内涵作出确切的理论规约。第二，有必要在与传统文学、网络文学进行比较研究的基础上，对短信文学固有的特征进行归纳、提炼，这可以说是对短信文学合理性的一种论证。第三，考察短信文学，不能只孤立地从传播媒介的进化这一端着手，而应该联系当下整个社会文化的全球化、大众化、平面化、信息化的特点，全方位地来审视短信文学的产生和发展，并在此基础上，对短信文学乃至整个文学的未来走势作出预测。第四，应该看到新兴手机媒体对文学来说亦是一柄双刃剑，它既给文学带来了许多新的特点，提供了许多新的发展空间，但同时也带来了许多负面影响。我们只有全方位地开展对短信文学的理论研究，为短信文学提供一种规范和导向，才能引导新兴的短信文学健康成长。

3. 进一步加强对社会底层的关注，倡导文学的民间性和人文关怀。短信文学载体的大众化，创作者的民间化，受众的平民化，使得社会弱势群体因此获得了更多的文学表达和接受的机会，也使得真正属于民众和底层的声音被传递出来。面对文学出现的这种新变，文艺学就应该觉察到：关注底层，回归民间，已经成为文学发展的一种必然趋势。因此，我们应该积极地利用手机短信这种新兴媒体的优越性，既极力倡导文学关注社会底层，为社会底层鼓与呼，又要鼓励底层民众进行"民间写作"，让文学从形式到内容都真正回归民间，进一步推动文学的民间性和平民化，为当今社会提供必要的人文关怀。这既是对短信文学的一种美学引导,更是为整个文学的发展寻求一条出路。

原载《河北学刊》2007 年第 2 期,此处有删节

78. 短信文学的文化意义

马相武

短信文学算不算文学,是不是新品种、新流派?在我看来,它的最大意义是让文学在手机时代或信息时代,走进了千百万受众即参与者甚至写作者的心里。文学一直在通过各种办法和手段适应社会和文化的发展,适应文学传播媒介、流通渠道和阅读方式的变化,从网络文学到手机文学即短信文学,都可以证明这一点。文学需要降低自己的门槛。文学能够降低自己的门槛,让千百万大众在成为文学读者的同时成为作者。

短信文学在大众文化的引导和建设上能够发挥独特而有效的作用,其社会文化意义怎么估计也不过分。色情、低级趣味和庸俗无聊的需求,是一部分不健康短信段子流行的主要原因。推广和倡导短信文学,能够抵制这样的流行色。短信文学对手机族有很大的吸引力和亲和力,它以人为本,让手机族获得文学的参与资格和发表权力,而且随时可以体验到健康的、亲切的而又便捷的、私有的公共文化感。如果能够借助技术升级,将短信文学或手机文学的佳作转换成为可以随时按条目下载的信息,或者是可以从网上下载的内容,从而扩展短信文学的使用价值。这无论是从文化的还是产业的意义上来讲都是有益的。

新技术新载体带来了短信文学的传播方式和阅读习惯的改变,也改变了文学的文体形式,比如篇幅精短、句式急促、排列形态特别,还有节奏快、符号化、日常化和生活经验的细致摹拟体验等等,当然还有以娱乐为主的欣赏趣味。这些都不能不对文学特别是微型文学或超短文学的艺术手法和形式元素,产生一定的微妙影响。文学当然需要篇幅,但也确实有许多极短的文学作品成为传世之作。即使从文学本身发展的意义上,短信文学也有可发展性和原创性。

短信文学应更进一步提倡文体的更新和开拓。小说、诗歌、散文、剧本

等体裁和其他文体,都可以是短信文学角逐的赛场。对各种体裁字数的具体规定要以是否最有利于"新颖别致""机智有趣"而定。应该鼓励原创的、想象超群的,充满先锋性、流行性、娱乐性和互动性的作品脱颖而出。应该利用和张扬短信文学的幽默特点,既寓教于乐,又有助于增强国民的幽默气质。诸如情趣、理趣、讽喻、交流、交友、文才、发表、表达、抒情、议论、想象和夸张等元素和功能,都是短信文学的生命力和原动力之所在。

短信文学是短信文化中的一种,短信文学的参与者,属于大众文化中相对的小众圈子。我国一年的短信数量为三千亿条,将来会上升还是下降,现在还难以预测。随着中国的社会和经济发展,人们收入水平提高,甚至手机单向收费的普遍化,短信是否会相应减少,短信文学作为一个文化现象会否受到市场指标变化的影响,我们不敢妄加判断。但是,文学文体一直就是一个发展变化的范畴。文学的通俗性、流行性、口头性和民间性,历来是文学发展中的基本属性。文学借助新技术和新载体,进入大众社会,并通过倡导健康的短信文学来扬弃通俗文学或民间文学的庸俗性,就能够进一步确认文学本身又进入了一个新的发展时代。

原载《光明日报》2005年2月4日,此处有删节

79. 试论网络超文本文学的阅读理解

王 祺

超文本文学阅读理解

追随链接理解文本单位和文本间性。超文本阅读涉及文本的节点与链接两方面,也就是文本单位和文本间性。超文本阅读,链接突出了文本间性,引导读者的视野在文本之间随需要迁移。任何文本都可以被链接到数量近乎无限的其他在线文本,阅读这些链接文本只需要移动鼠标、点击导航图。

跳跃性是超文本文学阅读的本质特征。传统阅读以连贯性为特点,超文本阅读是以跳跃性为特征。超文本阅读自身设置决定其重视读者自由联想的作用,相对充分地发挥了读者的能动性。读者依据阅读需要,沿着导航器移

动鼠标,从一个节点文本跳跃到另一个节点文本进行浏览,从一个网站跳到另一个网站,在文本间穿行,一切都在瞬间转换,搜寻阅读主题,这种阅读方式与读者的联想思维一致。

读者阅读阐释观念的变革。与传统阅读相比,读者阅读阐释观念的变革主要表现在两方面:一是阐释观的变革。阅读的结果就是阐释,超文本的阅读带来了阐释观念的变革。超文本阅读的关键是超链接,阅读的结果——阐释是由链接生成。二是作者—读者角色的转变。超文本阅读打破了写作与阅读的界限,读者由受控制而到积极参与,不再被动地接受阅读,而是积极参与创作。读者可以通过作者预先设置的多向选择,决定故事情节的发展与走向,实现了创作者和读者的互动。

超文本文学阅读的个性化。超阅读从根本上否定终极解释的存在,因为超文本是一种开放的作品,鼓励充分发展读者的阅读潜能,不同读者对同一超文本作出不同解释顺理成章;超文本以平等作为自己的特色,不同解释之间的关系,不存在压制与服从。由于超文本的结构开放,非线性链接,读者有了更加自由的选择,实现阅读的个性化。

超文本的解构阅读打破了阅读与写作的界限。人们在阅读时同时参与文本写作,读者获得无限自由,从而实现了真正意义的解构阅读。超文本读者已经成为作者和读者融于一身的"读写者"。超文本叙述的碎片化、片断性打破了传统文本的单向性和直线性,带给读者一种全新的体验,凸现出作者和读者的互动性和参与性。

超文本文学阅读技能

超文本文学的去中心化的特征,使它无法为读者提供共同的阅读思维模式,任何对超文本阅读模式化的努力都将使超文本阅读走向死胡同。但这并不是说超文本阅读无章可循,无技能可学。下面介绍一些超文本阅读必备的技能,这是进行超文本阅读必不可少的。

掌握计算机屏幕阅读技能。首先要掌握基本的计算机操作技术,能熟练使用计算机硬件、操作系统和超文本软件,这是超文本阅读的技术前提。其次要掌握屏幕阅读技能,读者要从纸本阅读习惯中走出来,养成屏幕阅读习惯,才能实现超文本阅读。

掌握超文本阅读理解的技能。首先,学会使用电子辞典、上下文猜读等方法理解生字、新词。其次,培养视觉素养。在超媒体中,除了文本以外,还包括图表、图像、动画、视频等视觉语言,这就要求读者学会视觉思维,能理解言语信息和非言语信息的关系。再次,理解复杂的语境,根据不同的阅读目的对链接进行选择,进行分层次阅读,逐步深入超文本的主题。

充分利用纸质文本的阅读经验和阅读方法。纸质文本和超文本阅读有相同之处,借助纸质文本的阅读经验和阅读方法是必然的。如阅读自己感兴趣的内容、搜寻阅读重点、挖掘背景知识、自我提问以及猜读、复读、精读、跳读、略读等都是可取的。

培养元认知阅读策略。所谓元认知是指对认知的认知,成为反思认知,解悟认知。元认知阅读就是对阅读的阅读,就是读者对自身阅读的评价与监控,包括对阅读策略的制定与创设,阅读心理的调整与优化。

理解阅读文化差异。网络超文本是没有国界的,超文本都带有本民族、本地区的文化痕迹。在阅读网络超文本时,要特别注意阅读作者的介绍、背景资料、有关参考文献,充分理解文化背景差异,尽量消除文化隔阂对阅读产生的影响。

理解超文本的碎片与整一。随着社会经济多元化、政治多元化,传统价值取向受到置疑。超文本适应了人们的价值追求,它以碎片化的结构模式消解传统的意识形态化的统一,在虚拟的空间屏蔽掉一切物质社会的属性,用虚拟的真实消解传统意识形态化的真实,创造着更符合人性的超真实。文本的节点虽然呈现为碎片,但它们又通过一个个链接相互联系,组成超文本系统。超文本的链接体现出互文性,任何文本意义在和其他文本的关系中得到确认。超文本的碎片化与其整一的结构是结合在一起的。碎片化是超文本的基础,是解构传统话语霸权的力量之所在。而整一则是超文本系统的目标和结果,通过链接的整一,通过动态对话和及时更新,包含诸多碎片的超文本形成了"有意义的结构"。有些超文本允许读者的交互与参与,读写融为一体。

超文本文学阅读在相当程度上被认为是一种体现了后现代主义阅读理念的阅读方式,因为超文本的精神资源相当一部分来自后现代主义;超文本的研发成功又为验证后现代主义的阅读理念提供了场所;后现代主义以超文本作为反对传统阅读的有力武器,并在超文本阅读实践中进一步丰富、提升自己。

原载《黑龙江社会科学》2008 年第 5 期,此处有删节

80. 网上聊天：一种特殊的写作现象

刘自匪

网上聊天是伴随着现代计算机信息技术的发展和互联网络系统的建立而出现的一种全新的人际交流方式和手段，是现代传媒环境下衍生的一种特殊的社会传播现象。对于这种迅速流行、蔚成时尚的新生事物，人们通常把它视为一种虚拟的言语交流行为，当作一种口头表达活动来看待。但是，当对它进行严格的科学界定的时候，我认为，网上聊天是一种写作行为、写作现象。其理由如下：

第一，网上聊天并不用有声的言语进行直接的对话，而是通过文字媒介和"书面语言"的方式进行间接的交流，具体地说就是"说话者"必须把要说的话用文字写出来，"听话者"也只是把用文字写成的话读出来。这一过程表面上是以"聊天"的名义进行的，并且在事实上也的确获得了某种等同于"聊天"的效果的感觉，但就其实质而言，显然还是一个写作和阅读的过程，它与传统的写作并没有本质的区别。

第二，在网上聊天的过程中，当聊天的具体"话语"被转换成文字语言形式的时候，一种相对独立于说话者（"写者"）和听话者（"读者"）的特定的文本——写作意义上的文本便诞生了。从性质上讲，这种文本和作为写作成果的一般文本也没有本质的区别，而它的可保持、可复制、可共享的特点恰恰是通常的聊天话语所不具备、也无法具备的。

第三，在网上聊天这种间接的交流过程中，文本及其他传播手段在充当媒质的同时，也必然构成一种屏障，就是说，它们一方面把交流者连接沟通在一起，另一方面又把他们分隔开来。这种分隔的直接的结果或者说效果，就是在聊天者即对话者之间，造成一种无法逾越的距离感。这种距离既是物理的距离，更是一种心理的距离。参与网上聊天的交流者，他们的身份和相互关系更像是被分隔在文本两边的写作者和读者，只不过在这里，每个人的身份和角色都是双重的，他们既是说话者又是听话者，既是写作者又是读者。

综上所述，网上聊天不是一种直接的、有声的言语对话活动，而是一种无声的、间接的文字交流方式，是一种特殊的写作现象。

八、文体类说

那么作为一种独特的、全新的写作样式，它与传统写作活动的区别究竟在哪里？它的特殊性具体体现在哪些方面呢？

第一，网上聊天写作是以现代计算机和国际互联网络为基本技术支持的，这个全新的技术平台使网上聊天获得了截然不同于传统写作活动的特征和意义：一方面，它以个人计算机为直接的书写手段，取代了传统的纸笔工具，实现了人类写作方式和工具的又一次具有历史意义的革命；另一方面，它又是一种最能够体现网络化风格的在线状态下的联机写作，就是说，它可以直接在网络上进行即时即兴的写作，并直接发送写作的内容，读取相应的反馈信息，从而根本上改变了传统写作活动的传播、发布途径和方式，体现了人类传统写作活动在"时代"的最新的变化，是最先锋的网络写作样式。

第二，网上聊天具有一种复杂和不确定的文本形态。在聊天过程中，由于写与读的活动一般是交替进行的，因此就某一特定的聊天者而言，他写出来的文字通常都是断续的、零散的，甚至是缺乏相互联系的。从文字的篇幅来看，则是长短不一的。从文本的内容上看，它有三个最显著的特点，即话题域题材的多样性、主题的模糊性和结构的随意性。

第三，写作活动作为一种社会活动、社会现象，它的最终实现是由写作者和读者共同参与完成的，这一点同样适用于网上聊天写作；但另一方面，网上聊天的写作者、读者及其相互关系又显然具有截然不同于传统写作行为的性质。首先，参与网上聊天的对话双方，他们既是写作者，又是读者，他们具有一种可以不断交叉转换的双重身份，这种双重身份把作者和读者摆到了真正平等和对等的对话地位，并从根本上改变了他们之间传统的不平衡关系。其次，网上聊天的参与者一般都不使用真实的姓名、不公开自己的真实身份，他们以一个虚构的名字和身份来参与这个特殊的网络"游戏"，好像参加一场奇妙的化妆舞会，这同传统写作活动当中的笔名现象倒是有一定的相似之处，但无疑较笔名具有更大的虚假性和隐蔽性，或者说，具有更鲜明的虚拟色彩，真实与虚幻在这里构成一种强烈的反差和绝妙的统一。

第四，网上聊天对传统写作的最本质的挑战和最大的背叛还是在语言表达方面，因此这也构成了它的最鲜明的个性和特色。网上聊天不仅为写作引进了一种口语化的聊天式书面语言，更重要的是，它擅自创造了一些夹杂着英文和汉字的特殊的语言符号，构成了一个虽不完整但却具有了一定独立性的语言符号系统。

综上所述，网上聊天一方面在本质上仍然具有一般写作现象的基本属性和意义，与写作存在无法割裂的血缘联系；另一方面网上聊天又并非写作母体自身内在孕育的结果,而是由写作的外部环境催生、并在外部环境中发育成熟的,因此它与传统写作活动在诸多方面又形成鲜明的差异和背离,具有相对独立的品格和地位。网上聊天写作现象的出现,代表了传统写作活动在新技术革命时代的某种必然的发展趋势,必将对传统写作活动产生日益深刻与深远的影响。

原载《写作》2002年第17期,此处有删节

九、局限质疑

81. 网络文学：技术乎？艺术乎？

欧阳友权

在人类及其艺术一道走进数字化生存的时代，人类的审美历程是否具有传统意义上的不断"进步性"，网络上的文艺作品是保持了人类的审美设定还是降低了艺术的审美品位，乃至评价文艺作品的标准是看其"艺术"的人文性审美内涵还是使用"技术"工具来比量，都不再是不证自明的问题，而是需要重新考辨和认识的。

网络文学是网络时代的文学，也是网上的文学。在它的身上，技术的因素比历史上任何一种文学都要多，因而不仅容易出现如评论者所讥讽的"只见网络没有文学"的现象，而且还容易在文学观念上叛逃应有的审美设定，宽容乃至助长技术主义和工具理性，以技术审美化替代艺术审美性，导致文学的"非艺术化"和"非审美性"。

一是以游戏冲动替代审美动机。最早从事网络文学写作的人多不是搞文学的，甚至不是搞"文"的，而是学理工出身，属于文学边缘人群或业余文学钟情族。如痞子蔡是学水利的，邢育森是学通讯的，安妮宝贝、宁财神最初是学金融的，李寻欢也是学理工出身，恩雅原来是个画家，黑可可曾在外企工作，"新语丝"的领头人方舟子是生物学博士……他们大多都是率先"触网"者，上网摆弄文学完全是休闲时的"无心插柳"，更多地是游戏冲动，而非审美动机。游戏是人类发挥自己的创造力的重要形式，它使人们得以超越在现实生活中的种种局限，让个性向世界敞开，让人性朝自由飞放。

然而，仅凭"拖动鼠标与网络共舞"的游戏冲动创造艺术，难免会放弃创作时的责任和道义，松懈审美意志和艺术执著，甚或背弃"文须有益于天下"的宗旨；如果以游戏冲动替代审美动机，还可能使艺术活动失去庄重和崇高，乃至抛弃价值和意义，最终使创作始于游戏而止于游戏，网络的"撒欢场"上将再也难觅"文学"的踪影。时下的许多网上作品被讥之为"灌水""痰盂""贴大字报""心情留言板"等，恐怕就与这些写手以技术游戏替代审美动机有关。一些网络作者"成名之迅速与流芳之短暂"成正比，大抵可以从这里找到原因。

二是以技术智慧替代艺术规律。网络是一门技术，网络文学与传统文学的区别首先是由技术载体的分野引起的。"以机换笔""软载体飘移""无纸传播""蛛网覆盖""触角延伸""虚拟现实""交互式欣赏"等等，都是基于计算机网络技术的崭新名词。但网络技术不等于艺术，技术优势不等于文学强势。作家张抗抗就曾质疑：网络会改变文学的载体和传播方式，会改变读者阅读的习惯，会改变作者的视野、心态、思维方式和表现方式，但它能否改变文学本身？文学源于精神而不是源于技术，技术只是艺术借助的工具，它应该受驭于艺术，为创作者遵循艺术规律插上创造的翅膀，而不是以技术优势替代艺术规律。网络技术能使人类实现"数字化生存"，但人类的生存决不仅仅是靠"数字化"就能包打天下的；同样，网络技术能为文学艺术插上科学的翅膀，但它飞翔的目的地应该是艺术的圣殿而不是技术的作坊。

三是工具理性替代价值理性。工具理性是一种以工具崇拜和技术主义为生存目标的价值观，而价值理性是以人的意义、人生的追求、目的、理想、信念、道德，以及人性的终极关怀为皈依的人文精神。工具理性着眼于"器"的因素和"物"的目的，价值理性瞩目于"人"的因素和"道"的宗旨，它们是两种相互对立的价值观及其认知方式。网络工具理性是一种见物不见人、重器不重道、重手段不辨目的、重技治效应不重科学精神的实用主义技术观。它通过主客分立的二元论，导致技术至上，使技术成为一种异己的、破坏性的力量横陈在人类面前，窒息着人的生存价值和意义。

看来，我们从人文的视野中考辨网络和网络文学的时候，需要坚守的仍然是人文本位和审美立场，反对以技术主义替代人文动机和审美规律，更不能以工具理性替代价值理性、以技术的艺术化替代艺术的审美性。正确的立场是："放弃机械论的二分法，提倡有人文精神的科学精神，同时有科学精神的人文精神；或者有人文关怀的科学技术，有科学精神的人文科学，这两者相结合,发展充满人文关怀的科学技术,同时发展有科学精神的人类道德。"①

原载《中华读书报》2003年2月19日

82. 数字化的哲学局限与美学悖论

欧阳友权

数字技术的哲学局限

首先是数字标准化对事物个性意义体认的限制。数字化"比特"对信息的编码与解码、检测与传输是静态的、标准化的,它可能乃至必然抹煞事物背后的内在差异性,消弭视域内所有知识、技能、规则、标准、程度的个性特征。对本原性事物作技术化削足适履,有利于对象的量化处理和规范传输,甚至带来创造性转换和功能的提升,但同时也是对事物潜蕴意义的漠视和背离。例如,网络交友的方便快捷,让有情人"e网情深",然而却难以获得对于对象个性和人品的真正体认,虚拟的网恋甚至可能使真正的有情人失去幸福。网上写作恣情快意、发表自由,让无名者体验到"我也可以当作家"的快感,但降低"作家"的门槛、消除发表作品的限制后,创作成了电子符号的标准化生产,"作家"的速成与速朽、作品的速生与速亡却是互联网本身所无法逆料也无以评判的。

其次是数字平面化对事物复杂性认知的限制。数字化信息处理是在失去时间深度的虚拟平面空间和思维外化的平面网络体中完成的,比特所模拟或虚拟的景象及其所简化的真理性,无论如何无法充分表征或完全替代本原事物,原初物本体的丰富性、自然性征的复杂性和动态的生长性与变异性,一定是超越比特仿真和数字模拟的。特别是诸如物理属性、真理认知、生命现象、心理活动、情感体验、神情变化等非表象因素,更是难以用数字化进行简单比量和仿拟的。即使是人类的基因图谱也只能是对生命的技术抽象和模

---

① 王大珩、于光远主编:《论科学精神》,中央编译出版社2001年版,第294页。

型简化,真正的生命形态远比基因图谱复杂而多变;克隆的生命与自然生育之间不仅存在血缘人伦的矛盾,还存在生命孕育的自然性和生命过程社会性的双重落差。数字化生成机制在虚拟中实施循环逻辑,将对象的复杂个性转化为程序设定的类象信息,原初事物的复杂意义和多样特征被规范化和标准化过滤得井井有条,不仅事物复杂性问题被简单化处理和技术性遗忘,程序本身的意义、价值与合理性也将被忽视。在这个过程中,数字化带来的是三重平面化:一是载体仿拟的平面化,二是思维的平面化,三是超文本的平面化。

再者是数字的知识化对意志自由的限制。按照康德的观点,思想为知性提供"意义",理解则为感性提供"知识",而互联网的接入和运用主要是基于"知识"——技术知识,而不是"意义",是出于求知知识,而不是求知意志;不仅不是意志对意义探寻,还可能导致人们对于意义求知的束缚,遮蔽知识背后意义的光彩和对价值的意志追求。计算机及其网络知识对意义体认主体来说是外在的、非中心化的、非价值主体的,它与意义之间还隔着一条数字化鸿沟,人的求知意志需要迈过这条鸿沟并且把"鸿沟"变作"桥梁"才能真正求知其意义或求知其真正的意义。

数字艺术的美学悖论

一是数字虚拟与艺术真实。在传统的艺术美学中,"真实性"是一个艺术价值论、审美意义论的范畴。无论是写实文学的生活真实、浪漫文学的情感真实、象征文学的心理真实,还是荒诞作品的本质真实,都需要一个实存的现实物(人)作为参照系,以便为艺术品确定一个能被主体的知、情、意所认同的评判尺度。然而对数字艺术、特别是网络作品的"真实性"评判却失去了这个主客分立的逻辑前提——数字化网络创作是基于"赛博空间"缔造的"虚拟真实",它既非客体,也非主体;既是艺术真实的对象,又是艺术真实的本体——网络艺术在表现这一虚拟时,需要借助这一虚拟,又是在创造虚拟本身。

二是文学在线与文学性消散。数字化互联网首先是作为一种新的载体出现在文学面前的。尽管文学走进网络或者网络接纳文学是数字化时代的必然选择,但文学"在线"在很大程度上并不是为了文学,而常常是源于游戏、休闲、表达、交流、"孤独的狂欢"等等。此时,文学性(literariness)不仅可能被遗忘或遮蔽,还将被"祛魅"(disenchantment)和消散。在这里,

九、局限质疑

"文学"是在线的,甚至是簇拥登场、火爆抢滩的,而"文学性"却是飘散的,逃逸的,无以言说的。在线的文学空间里稀释了"文学性"的踪影,不再追求艺术的超越性和深度性,只有在消费主义意识形态和传媒权力语境的双重夹击下,网民操作的单向涉入与游戏化的符号快感。

三是个体中心与主体边缘。数字化网络是分权的,非中心化的,它的蛛网覆盖与触角延伸,从总体上解构了传统"金字塔"式权力话语模式,而让每一个体都享受在线平权并自成中心,同时又使每一中心成为他者的边缘。个体中心犹如恒河之沙,主体边缘则如玉石之阶,即所谓"人人皆中心,处处是边缘"。在哲学主体性上,网络活动的主体只能是"间性主体"或主体的边缘化。一方面,网民的所有上网活动都需要其他网民的交互与认同,是一对一或一对多的"闪客"聚会;另一方面,网络文本往往是合作的、接龙的、他者介入和共享链接的,其主体性也必将是间性的、边缘的。个体中心与主体边缘的悖论,数字艺术的宿命,也是网络创作活动的审美常态。

四是精神出场与身体缺席。数字网络上艺术游子的"英雄聚会"是一种心灵相约的精神临场,而非身体的肉身躬行。作为一种精神现象的文学艺术表达,数字化网络中精神出场而身体缺席的特殊意义在于:它要以临场的精神来铭写缺席的身体,或者说用精神出场的方式实现身体欲望。网络是一个宣泄欲望的自由空间,加入其中的精神表演多半是身体叙事。木子美的《遗情书》、竹影青瞳的"美体书写"等,不仅用文字写作"身体",还配有个人肖像和生活图片来展示身体。那些在互联网上火爆一时的小说如《第一次亲密接触》《风中玫瑰》《毕业那天我们一起失恋》《天堂向左,深圳往右》等等,无不是以在场的精神演绎着缺席的身体,让肉身化叙事成为灵魂漫游与精神自赎的无底棋盘,从而使得"身体的大地行走"成为这些作品的文化命名。

原载《北京大学学报》2005年第3期,此处有删节

83. 中国文学已经进入装神弄鬼时代？

——由"玄幻小说"引发的一点联想

陶东风

1. 虽然没有考证过"玄幻文学"一词的最先出处，但目前各家媒体谈论的"玄幻文学"是特指最近几年来先在网络上流行、后来被纸媒体认可的一种新文学类型。目前它的主要阵地还是网络，已经形成相当可观的规模。许多比较著名的玄幻文学作品的点击率动辄上千万。不要说几乎所有文学类网站都有"玄幻文学"（有时也叫"奇幻文学""魔幻文学"）专栏，而且专门的玄幻奇幻文学网站也有不少，至于玄幻奇幻魔幻类作品则更是多到无法计数。网络世界成了魔幻世界。

在谈到玄幻奇幻魔幻类作品的流行原因时，人们常常诉诸抽象的人类心理或人性欲望。比如：玄幻文学展示了丰富想象力，满足了人类追求自由、渴望自由的天性；玄幻文学的游戏性和人类本性中的反规范、反秩序的冲动是一致的等等。上述对于玄幻文学文本特征和流行原因的解释可以适用于所有时代的幻想—魔幻类文学，因而也就让人觉得没有具体的、针对当下中国现实的特殊阐释力。

2. 许多人注意到了玄幻文学与中国传统武侠小说（包括金庸小说）之间的渊源关系。但我必须指出一个简单的事实：以《诛仙》为代表的拟武侠类玄幻文学（有人称为"新武侠小说"）不同于传统武侠小说的最大特点是它专擅装神弄鬼，其所谓"幻想世界"是建立在各种胡乱杜撰的魔法、妖术和歪门邪道之上的，比如魔杖、魔戒、魔法、魔力、魔咒，还有各种各样千奇百怪、匪夷所思的怪兽、幻兽。这些玩意儿可谓变幻无穷，魔力无边。《诛仙》中的每个高手（无论正道魔道）都有自己的法宝，其中特别有名的当然就是主人公张小凡的那个烧火棍（上面镶有神奇的"噬血珠"）。在玄幻文学中，所谓武林高手之间的交手其实根本不是各家武功的较量，而是各家宝贝的比试。相比之下，中国传统武侠小说（也可包括金庸小说）的主流遵守的是中国儒家文化传统，不轻言"怪、力、乱、神"。即使在《西游记》这部被认为玄幻文学鼻祖之一的文本中，那些热衷于歪门邪道、通过魔法装神弄鬼的，几乎全部都是反面角色——"妖怪"，他们的本事也因此被贬称为"妖术"(而不是"正道")。其背后透露的信息是:在传统武侠小说世界中,价值世界还是稳定的,邪不压正,所以歪门邪道最终是成不了大器的。甚至可以说,没有真本事的人才热衷于装神弄鬼。这就涉及一个关乎玄幻文学命运的更加根本的问题:玄幻文学的价值世界是混乱的、颠倒的,《诛仙》等玄幻文学中则完全走向为装神弄鬼而装神弄鬼,小说人物无论正反无一不热衷魔法妖道,作者更以此来掩盖自己除装神弄鬼之外其他方面艺术才华的严重贫乏。可以说,装神弄鬼作为一种掩盖艺术才华之枯竭的雕虫小技,只有在想象力畸形发展或受到严重误导的情况下才会大量出现。我这个结论不仅得自《诛仙》等玄幻文学,也得自其他的艺术领域。比如电影领域中的《神话》《英雄》《无极》(包括郭敬明依据电影而创作的同名小说)等等,同样都是装神弄鬼之作。

比较一下即可以发现,历史上的科幻玄幻魔幻类的文学,如果想要成为文学艺术殿堂的瑰宝,就不能只是在魔法妖术或高科技技术上做文章,而且必须具有深切的人文关怀。以科幻为例,科幻文学或科幻电影中的优异者或者表现了当今世界的生态危机问题,或者体现出科技主义时代人的生存困境,体现出深刻的现代性反思精神。其中最不济者至少有一个传统的、模式化的、简单的道德主题,这至少表明其价值根基是稳定的,它们的道德底线还没有崩溃。其实许多伟大作品的主题思想恰恰是非常简单的,是一些常识性的东西,比如人们之间需要理解和宽恕;我们应该懂得感恩而不是鼓励仇恨等等。这些好像是卑之无甚高论的常识,但是却也是人类得以存活的根基。

3. 正当我为到底应该如何解释玄幻文学中的这种装神弄鬼和价值迷乱冥思苦想时,读到了黄孝阳先生的《漫谈中国玄幻》一文。黄先生别具慧眼地指出:庄子是中国玄幻的开山祖师:"其文之形,浩浩荡荡,汪洋恣肆;其文之法,以寓言说事,借具体的形象来阐述抽象,求神遗骸,瑰丽灿烂,穷极想象力的可能。庄子逍遥游于物外,无为、无功、无名,追求绝对的遨游永恒的自由精神。"在佩服黄先生的大胆洞见的同时,笔者也有一点小小的异议:窃以为所谓"自由精神"仅仅是庄子精神世界的一面,另一面我以为是犬儒主义,而且比自由精神来得更加根本。犬儒主义和玄学常常都是出现在人类社会的黑暗时期,庄子曾经感叹他那个时代个体的性命朝不保夕;玄学盛行的魏晋时期是战国历史上著名的黑暗时代。也就是说,人类幻想极度发达的时期,常常恰恰是现实非常黑暗的时期,或者说现实界的无奈和想象界的高蹈常常是相互强化的。

装神弄鬼是以犬儒主义和虚无主义为内核的一种想象力的畸形发挥，是人类的创造能量在现实中不可能得到实现、同时也没有正确的价值观引导的情况下的一种疯疯癫癫状态。这种想象力的最大特点就是非道德化，无价值性，不问是非，不管善恶。只求绚烂，只求痛快。在一个现实溃烂、未来渺茫的时代，在人们因为长期失望而干脆不抱希望的时代，在一个因为价值世界长期颠倒以至于人们干脆不知道什么是正确的价值、彻底丧失了价值缺失的痛苦的时代，犬儒主义就会以一种装神弄鬼的方式表现出来。

让我们严肃地思考一下吧：我们已经进入了这样的时代么？

原载《当代文坛》2006 年第 5 期，此处有删节

84. 网络文学，离茅盾文学奖有多远？

欧阳友权

第八届茅盾文学奖落下帷幕，网络小说整体出局一时成为热门话题。本届茅盾文学奖首度吸纳网络文学作品参与评选，由新浪网、起点中文网、中文在线网提交了 7 部网络小说参评，结果不出许多人（特别是许多网友）的预料，参评的网络小说无一斩获，除 3 部小说（《从呼吸到呻吟》《遍地狼烟》《青果》）在第一轮投票中冲进前 81 名（它们分别排名第 63 位、75 位和 81 位）外，其余均名落孙山，仅仅是在 176 部参评作品名录上露了一下脸儿而已。

两千年与二十年的"比拼"

让网络文学与传统文学在茅盾文学奖中同台竞技，从目前的情形看是难有胜算的，其中途"夭折"是意料之中的事。究其原因在于，从评奖性质上看，茅奖（包括鲁奖）说到底还是属于"专家奖"的范围，其评选的机制和遴选标准都是基于文学传统和社会期待而设置的，是纯文学的"精英奖"。如茅奖的评选要求作品拥有思想性与艺术性的完美统一，注重思想的深刻内涵，要有切入社稷民生的历史担当和人性温暖，以及艺术审美方面的精致与创新等，这些显然不是网络文学的强项。我们知道，"自娱以娱人"的网络

九、局限质疑

写作,其长处不在这里,不在于精致和深刻,而在市场、在大众、在草根的认同和广泛参与。从《诗经》算起,我国传统的精英文学已经走了两千多年,而汉语网络文学的成长期满打满算还不到 20 年,两种文学的创作方式、功能模式、发展水平和品相质地都存在较大差异,现在却要求用同一个评价标准去衡量,网络文学显然是处于弱势。茅盾文学奖就是文学界阳春白雪式的专家奖或精英奖,吸纳网络小说参与这种评奖是必要的、应该的,作为数字传媒时代最具大众趣味的网络文学落选于这样的专家奖或精英文学奖也属正常,没什么好抱怨的,不属于常识以外的意外。

传统文学和网络文学"抱团取暖"

需要关注的也许是网络小说参评茅奖背后的意义。这种意义主要有二:一是对于优化当今文学生态的意义,二是对网络文学本身发展的意义。

先说前者。茅盾文学奖对网络文学敞开大门,意味着传统文学或主流文学对网络新媒体文学的身份认可和资质接纳,有助于改变网络文学与传统文学彼此观望、不相往来的格局,实现两种文学相互交流,加深了解,切磋砥砺,融合互补,促进网络写手学习传统文学,了解传统作家,也引导传统作家和评论家走近网络文学,了解网络写作,从而改善和优化媒介融合语境中的文学生态,让两种文学在有些低靡的文学市场上"抱团取暖",共创繁荣。通过茅奖、鲁奖这种社会关注度很高的比对平台,让传统文学意识到,文学有关人的心灵,从来可以由不同的道口进入,网络霸权不好,媒介歧视也不对,应该对网络写作投以理性的目光,给予必要的关注、关爱、引导和激励;对于网络文学而言,也可以在这个机会均等的评审中检视水平,看出差距,意识到作品未能入围,不在于它是否出自网络或有网络的特征,而是少了一些文学的品质。这样,传统文学与网络文学就可以从昔日的观望、对视走上了解、交流、融通和互渗互补之路,这对于整个中国文坛来说,都是一件值得称道的事。

网络文学要练好"内功"

再从网络文学本身来看,参评茅奖,也是网络文学认识自身,提振信心的机会。相对于传统写作,网络作家更善于用市场的敏感捕捉读者心理,挖掘阅读快感,其旺盛的创作激情,天马行空的想象力,狂欢化叙事方式,渎圣思维下的英雄崇拜,神话式的宇宙观构建,还有语言的趣味化、抓人的故事结构与情节的速度感等,让网络文学成为一支声势日隆、成长性极强的文学新军。

与之同时也不能不看到,今天的网络文学虽然在"量"上已经占据文坛的大半壁江山,但在"质"上还无法与传统文学抗衡。网络文学要成为人类文学史上的一个有价值承载的历史节点,在拥有数量的同时还拥有质量,或者在赢得受众的同时赢得尊重,进而从点击率、注意力走向影响力和文学创新力,还需要消除自身的一些局限。譬如,文学性的匮乏、承担感的缺失和对市场的过度迎合,就是网络文学创作需要克服的最大"短板"。网络上发表作品"门坎"很低但作者艺术素养良莠不齐,匿名化的自由写作使得网络写手一身轻松却又过于轻松,以至于让许多人放弃了文学应该有的艺术承担、人文承担和社会承担,出现作品意义构建上的价值缺席和承担虚位。原创文学数量庞大但作品的总体质量不高,作品低俗和写作"灌水"严重困扰着网络文学的健康发展,使得有"网络"而无"文学",或则"过剩的文学"与"稀缺的文学性"形成鲜明反差。如果能解决好这些问题,网络文学所赢得的就不仅是文学的身份或某一个奖项,还有文学的意义和对这一文学的尊重。

原载《光明日报》2011 年 5 月 13 日,此处有删节

85. 网络时代文学身份的危机

陈定家

网络时代,文学正在经历着一场生死攸关的考验。

虽然我们无法同意"文学之死"的说法,但是,当代文学所出现的严重身份危机确实有目共睹。所谓"文学之死",不过是文学危机的一种极端说法。在所谓的后信息时代,文学的生存状况必将发生多方面的变化,文学身份危机日趋严重。除了被学术界反复讨论的网络时代文学生产与消费的全球化、市场化、大众化、快餐化、边缘化等以外,还有以下几个方面的变化值得我们注意,它们也都是造成文学身份危机的重要原因。

从无限"广播"走向定位"窄播",传统文学的宣传教育功能日趋萎缩。

由于网络具有强大的沟通各种媒介的能力,它将各种媒介的优越性融会

九、局限质疑

一体，使大众传媒触角几乎伸向了人们想象所及的所有地方。但另一方面，某些针对特定读者群的书籍（如某些学术专著）、杂志（如《诗刊》）、音像制品（如某些CD、VCD、DVD专题节目）的销售，还有日益发达的形形色色的有线电讯行业（包括专业电台、电视台、网站等），已越来越倾向于针对某些特定的人群提供特定的服务。西方媒介理论专家仿造"广播"（broadcasting）一词，拼凑了一个古怪的词语——"窄播"（narrowcasting），来描述后信息时代信息传播日趋个性化的情势。

面对网络这个巨大的信息海洋，个性化阅读又如何成为现实呢？"去粗取精、去伪存真"的搜索引擎为有效阅读提供了可能性。事实上，文化传播从"广播"到"窄播"的转变，最基本的信息化要求就是要保证一定程度的精准性。值得注意的是，从"广播"到"窄播"并不是信息传播面的缩小，相反，它使有效信息传播效率得到了全方位的提升。

由"批量生产"到"量身打造"，阅读者不再有面对面交流的需要，"群居相切磋"的优良传统几近消失。

网络写作和阅读与传统文本的制作和消费存在着本质差异。例如，过去的诗人在有人向他索要诗集时，如果他乐意奉送，通常会爽快地赠送一本给读者，但最后一本诗集是送给读者还是留给自己作纪念，这可能是让多数诗人难以抉择的问题。网络出版使这一类问题得到了比较完满的解决。网络上的诗集，是永远奉送不完的"审美馈赠"。比特（bit）化的"以无逾有"，究竟会给传统文本读写带来什么冲击，现在得出任何结论似乎还为时过早。但可以肯定的是，这已经也必将引发人类文明的大跃迁。

从传统阅读的"沉吟冥想"到电子阅读的"身临其境"，声像阅读已成不可逆转的大趋势。

网络时代的文学，常常借助图像与音乐，把看和听的潜力更加充分地开掘出来。媒介作为人的延伸，能循序渐进地提高一个人的阅读能力。从这种视角审视阅读现象，网络化文学生产与消费就更明显地表现出新的时代特征。如果说传统文学阅读从"沉吟冥想"到"身临其境"完全依靠想象，后信息时代的阅读则可以借助声光效应充分开发视听潜能，把想象中的艺术之境转化为生动逼真的"声画"与"音诗"。它甚至使一个文盲也可以在一定程度上领略莎士比亚的神奇和《红楼梦》的绝妙，至少，消费者无需经过文字符号的意义转化，多媒体阅读可以轻巧地制造出"身临其境"的氛围，可以绘声绘色地向人阐释出文本之外的无穷意味。图像化正在悄然改变人们的阅读习惯，有人为文学影视化欢呼雀跃，有人为经典文学唱挽歌，但文学消费方式的"声像化转向",已然形成不可阻挡之势。

原载《中国社会科学院报》2008年11月18日,此处有删节

86. 影视"恋上"网络文学,这桩"姻缘"靠谱吗?

王国平

陈凯歌正在紧锣密鼓地拍摄《搜索》,此前张艺谋的纯爱电影《山楂树之恋》,以近900万元成本拿走3.5亿元票房的《失恋33天》,还有《裸婚时代》《步步惊心》《和空姐一起的日子》《美人心计》《倾世皇妃》《千山暮雪》《梦里花落知多少》《我的美女老板》《泡沫之夏》……这些影视作品有个共同点——脱胎于网络文学。如今,网络文学与影视产业正处在"蜜月期",而如何维持好相互之间的"姻缘"是个值得关注的话题。

它们"情投意合"

"一些广为流传的网络文学作品被改编成电视剧和电影,在今天以互联网为平台的新媒体不断发展的媒介生态环境里是顺理成章的事。"北京师范大学艺术与传媒学院教授路春艳说。在她看来,网络文学创作为影视的再度加工提供了丰富的选择性,国内互联网使用者多为年轻人,广受欢迎的网络作品拥有大量的年轻群体,而他们也是影视产业的核心目标受众群体。

"影视产业和网络文学都重视大众性和娱乐性,把受众放在第一位,这种消费性文化标志正是它们'联姻'的基础。"中国作家网副主编、网络文学研究学者马季表达了同样的看法。

北京大学艺术学院教授李道新则认为,影视产业和网络文学都是反馈时尚与生产话题的产业,这是两者走到一起的内在动因。

中南大学文学院教授欧阳友权表示,影视产业与网络文学"联姻",不仅是相互需要,也是相互依存,甚至是相互"寻租"。他认为,影视创作的基础是适合于视听媒介的好故事,网络文学的"海量存储"为其提供了资源库和故事库。而且网络小说一般出自业余作者之手,网上写作带有轻松休闲

九、局限质疑

的特点，注重读者的感受，关注市场反应，比较尊重和适应公众的阅读趣味。"所以说，两者结盟可谓'情投意合'！"欧阳友权说。

这桩"姻缘"意义几何

"影视产业与网络文学的关联不断紧密，将在一定程度上改变已有的影视生产与消费方式，甚至从根本上改变传统的影视生态。"李道新这样看待这桩"姻缘"可能带来的影响。

欧阳友权说，加强影视与网络文学的关联，是网络文化与影视文化、新媒体文学与大众艺术相互取长补短、彼此借力发力的产物，其主导面是互助式双赢。他特别提及，网络写手借助具有市场影响力的影视平台扩大影响，让作品获得二度增值的机会，赢得正宗艺术的"名份"，实现"网上火"与"影视热"的双重效应，成功实现产业链的延伸。

"可见，两者的'联姻'带来的是资源共享和市场双赢。'好东西让大家分享'，'有钱大家赚'，这对满足公共文化需求，推进艺术繁荣、文化发展，都是件好事。"欧阳友权说。

路春艳则认为，影视产业有自身的行业逻辑与发展思路，有影响力的网络文学作品势必会吸引影视产业的目光，这是个双向选择的过程。不排除有些网络文学在创作时就遵循影视剧本的模式，也不排除某些影视公司会邀请网络写手参与剧本写作，这都是互动的过程。

如何"相处"是个考验

正如歌曲唱道："相爱总是简单，相处太难"，网络文学与影视产业之间还需要理顺自身存在的问题。

马季表示，影视产业对网络文学抛出"橄榄枝"，说明它获得了新的成长机遇，但这才是个开始，网络文学的路还很长，还会遇到更大的挑战。他谈及当前的网络文学创作存在"短板"：过于注重现象描述，缺少思考；注重想象力和感官刺激，缺少厚重感。

"影视产业的票房和收视率不能等同于网络文学的点击量，两者不同的生产与消费方式，会将那些不符合影视改编的网络文学排斥在外；然而，专为影视改编而创作的网络文学，也会丧失网络文学自身的许多魅力。"李道新表达了自己的担忧。

欧阳友权认为，说到底影视改编的选择标准主要是市场的，而不是艺术的，或主要不是艺术的，影视作品的艺术资质主要还是取决于编导的二度创造。去网上选择剧本资源，其实是专业影视剧本创作缺失或供不应求不得已而为之。他说，网络作品总体质量不高是共识，有点击率、上排行榜，只能说对上了网友的胃口，并不一定就是艺术成功的明证。网络作品"热"得快，"冷"得也快，速成与速朽是并存的，所以改编为影视作品的成功并非都是网络之誉，而是二度创作之功；并且，一时的热播、热映，只表明了市场反应良好，而不是对作品艺术生命和审美价值的终极确证。

路春艳着重谈到了此前热闹非凡的《失恋33天》。她认为这部电影之所以能赢得垂青，改编自有影响力的网络小说只是其中的一个因素，更重要的原因在于它与在城市中奋斗的年轻人这个群体实现了银幕上的对话，使得这个群体以及与这个群体相关的人群产生了共鸣。

"接地气、真诚地讲述这个复杂时代各个群体的故事，这是今天中国电影观众渴望的，也是中国电影能赢得观众的必然之路。"路春艳认为，网络文学和影视产业共同从这个方向努力，才有可能实现"白头偕老""比翼齐飞"。

原载《光明日报》2011年12月28日

87. 坚决遏制对网络文学作品的侵权

张抗抗

随着互联网在我国的普及性使用和发展，网络逐渐成为文学创作的一个重要平台。但与此同时，针对网络原创文学作品的侵权事件，却呈现出愈演愈烈的态势，给整个文学版权市场造成了极大的破坏。

由于盗版可带来的巨大的利益，网络文学盗版已经形成了一条完整的灰色产业链：首先，专业盗版网站通过技术手段，或干脆直接雇用人力打字的方式，获取成熟的文学网站每日更新的正版内容，原创作品上传更新后5－10分钟即可被疯狂盗播。然后盗版网站以"搜索引擎"为推广途径，大肆赚取网络流量；再以"广告联盟"为盈利途径，赚取巨额广告收入，而搜索引擎、广告联盟则与盗版网站按照一定比例共享"收益"。在上述完整的产业链中，"搜索引擎"扮演了幕后推手这一关键角色，它在幕后推动盗版并通过"广告联盟"为盗版网站源源不断地输入"利润"。

在处理相关版权纠纷的制度保障上,《信息网络传播权保护条例》和相关司法解释,已经为网络环境中的版权保护提供了法律框架;2011年1月,由最高人民法院、最高人民检察院和公安部联合发布的《关于办理侵犯知识产权刑事案件适用法律若干问题的意见》更加明确和细化了网络侵权的界定及处罚标准。但由于法律法规立法用语的概括性和抽象性,加之网络侵权行为的复杂性,导致同一网络侵权行为在司法界和学术界均存在不同理解,分歧较大。因此,结合网络版权保护的运营实践及相关法律法规的立法精神,就现存的几个较大争议的问题提出以下几点建议,力求对于网络侵权问题有趋向明朗统一的解决方案。

信息网络传播权的权属认定

在目前司法实践中,对于信息网络传播权的明知与应知的认定往往成为司法实践中最为尴尬的认定。如何有效界定权利人已经明示其权利归属,以及如何有效判断网络信息服务商明知著作权归属是该问题的核心。

建议如下:单靠一个地区或者一个区域的版权行政机关推进网站明示工作显得势单力薄,且缺乏普遍性。建议由国家版权局牵头,建立全国范围的版权资源公示网站,或者全国各个地区信息联网的版权公示网站,通过这些网站,为权利人公示声明著作权归属,提供统一且规范的窗口;同时,要求网络信息服务提供商实时依据公示清单及分类,及时删除涉嫌侵权盗版的内容。通过上述措施,可对于权利人的"明示"、网络信息服务提供商的"明知",进行相对客观的界定。

"避风港原则"的适用及补充

对于网络服务提供者,从目前的法律法规和司法解释来看,为了保护和促进新兴网络产业的健康发展,主要采取的还是过错原则和"避风港原则"(即免责条款),明确其在何种情况下应当承担侵权责任。但就实际操作而言,如何正确理解并使用"避风港原则",正确认定网络服务提供者的间接侵权,仍缺乏明确的界定标准,导致现行的"避风港原则"过分保护了提供第三方服务的网络提供者,反而成为第二方网络服务提供者的保护伞。

1. 建议明确"立即删除"的时间界定

针对目前广泛适用的"通知删除"中对于"立即"的时间界定,在司法实践中,法院通常按照惯例认定"立即"的期限为接到通知后 48 小时内,如果超过这个期限还未履行删除义务,则理论上不再适用"避风港"条款免责。但是在现有的法律条文中,对于这个时限未做合理明确的规定,导致网络服务提供商往往怠于履行自己的删除义务,反复拖延处理时间。

2. 建议以技术措施限制侵权作品的再度上传

依据"避风港原则"中"通知"的规定,网络服务提供者为服务对象提供搜索或者链接服务,在接到权利人的通知书后,根据条例规定断开与侵权的作品、表演、录音录像制品的链接的,不承担赔偿责任。在网络服务提供者收到通知书后并删除该侵权作品后,如果在同一网站上再次出现同一侵权作品,该网络服务者是否还可以适用"避风港原则",司法中尚无明确规定。建议出台相关司法解释,当权利人明确通知并出示相关的权利证明文件后,同一侵权作品再次由原网络服务提供者提供时,直接认定该网络服务提供者承担直接侵权责任,"避风港原则"不应再成为其抗辩的理由。为避免同一作品删除后再次上传的问题,应规定网络服务提供者采取相应技术措施:如进行关键词过滤,侵权作品一旦被删除,无法再次上传相同内容的文件。

3. 建议对"避风港原则"进行补充

一般来说,认为"红旗原则"是作为"避风港原则"的一项相互补充、相互例证的原则。但在目前的司法实践中,由于对于"红旗原则"没有任何完整且明确的界定,导致该原则往往处于徒有其名的尴尬境地。

建议参考境外保护知识产权过程中使用的"三振出局策略"作为针对"避风港原则"的有效补充。"避风港原则"是针对网络服务提供商而言的原则,而"三振出局策略"针对的则是使用网络服务提供商平台的用户。该策略的规定尺度可松可紧。

可效仿"大禹治水"的策略——以"疏而非堵"的思路,修订并完善"三振出局策略"。如:当用户在某个网络服务提供商的平台上上传了侵权盗版作品,或者某个搜索引擎收录的网站链接涉嫌提供了侵权盗版作品,通过第一次警告、第二次临时封停或者屏蔽、第三次则由网络服务提供商永久关闭该上传盗版内容的账号在该平台的所有权限、搜索引擎将该网站列为黑名单永不收录等形式,疏堵结合。这样,不仅对网络服务提供者,同时针对更为广泛的互联网用户进行规范和管理,逐步建立全民的版权意识,有效深化国家的知识产权战略。

九、局限质疑

网络作品侵权的赔偿标准

在司法实践中,目前只有传统著作权侵权的赔偿标准,如果网络作品侵权案件参照传统著作权侵权的赔偿标准,则存在赔偿标准过低的问题。由于网络作品传播的特殊性,按照传统著作权的赔偿标准,其所获赔偿金额过低,不足以抵消维权成本,相反会降低网络侵权的成本,客观上助长了网络侵权案件的多发。因此,建议在司法实践中,明确规定网络作品侵权的赔偿标准。同时,该标准的制定不应过于定式,因为作品网络传播有其传播范围、知名度和浏览次数的差别,所以该标准应能体现不同案件、不同因素影响下的损失差别。

源头控制应当成为遏制网站侵权的根本手段

在巨大利益驱使下,盗版网站数量激增,网络盗版已渐呈产业链条之势泛滥。在盗版网站数量众多,原创作品被任意侵权,技术防范网络侵权手段有限,且司法维权后发性和维权成本高昂的条件下,源头控制应当成为遏制网站侵权的根本手段之一。在源头控制上,应突出加强行政管理手段,使行政执法机关的执行力,在网站设立和运营环节得以发挥。应进一步完善现行网站注册备案的管理制度,对办理备案的网站加强行政管理和信息核查,确保备案网站信息的真实性和网站备案率;提供网络备案信息的公开查询,提高备案情况的透明度,从根本上使侵权人无处藏身,方便权利人维权举证。针对未备案的网站加大打击、关停力度,对于侵权网站,应简化举报流程,确保查处的及时性并加大处罚力度。同时应将打击网络侵权盗版专项行动制度化、常规化,彻底整治网络侵权之风,为我国的数字化信息安全建立有效的保障体系。

新浪读书 2011 年 2 月 27 日,此处有删节

十、产业辨识

88. 产业背景下的文学网站景观

禹建湘

在线阅读网站井喷增长

网络原创文学如果从 1995 年知名 BBS "水木清华"的原创武侠版块算起,发展到现在已十多个年头,文学网站越来越受到传统媒体和企业的关注,网络文学的实体化运作以前所未有的力度来进行,文学网站的产业化趋势已成燎原之势。

1. 在线阅读文学网站。这是文学网站最主要的形式,也是最早产业化的文学网站。根据网站推出的主要内容,在线阅读文学网站一般分为"原创文学在线阅读网站"和"文化文学在线阅读网站"两大类。

2. 电子书下载文学网站。这类网站比较少,多以当红网络小说的下载为主要功能,其版权从原创文学网站购买,网站盈利的主要方式是收取下载费用。这类网站多按书目类别来划分,一般分为网络原创、经典文学、报刊杂志等类别。网站整理出来的小说十分全面、细致,读者下载十分方便,因此浏览点击量也比较高。网站提供多种格式的小说下载方式,包括 TXT 格式、JAR 格式、UMD 格式、CHM 格式等,并支持多种下载介质,可供手机、MP3、MP4、PSP、NDS 等多种电子设备阅读。现在比较著名的电子书下载文学网站有飞库网、虹桥书吧、搜娱电子书、我爱电子书、金沙电子

十、产业辨识

书论坛等。

在网络文学产业化发展潮流中,文学网站呈井喷之势,但在众多的文学网站出现之际,一些文学网站因运作困难而退出人们的视线,即使像榕树下这样的网络文学网站先驱也不能幸免,一度面临关闭困境,直到盛大文学收购才起死回生。这说明文学产业一方面激发了文学网站的挤入,但同时,文学网站在目前还存在很大的风险。

文学网站的风险主要表现在几个方面。第一,出于成本考虑或网站本身影响力的原因,原创作品缺乏,书籍内容不丰富。尤其是那些以转载为主的网站,各站转载内容大同小异,很难吸引网民,盈利很难。第二,一些资金不够雄厚的文学网站,在强势资本的介入下,很难自保,要么破产,要么被收购,如黄金屋被收购就是典型的例子。第三,盗版对文学网站来说是致命的打击,如明扬这个文学网站就因饱受盗版的困扰,元气大伤。第四,一些文学网站,在实体出版方面出师不利,从而削弱了盈利能力,如翠微、天鹰、幻剑、龙空等大批文学网站在实体出版方面都不顺,网站发展受到影响。第五,文学网站经营理念不清晰而导致失利,这既涉及到产业化的方式,也涉及到网站在文学和商业之间如何定位的问题,如榕树下、幻剑书盟的衰落就是在文学与商业之间摇摆不定而导致运作失当。从以上可以看出,尽管当前文学网站因趋利原因而井喷涌现,但隐忧已现。

网站栏目设置吸引眼球

1. 依据体裁设置栏目。这是早期诸多文学网站栏目设置的重要依据,因为从体裁入手既能方便网站的日常管理,也方便读者能根据传统的文学分类进行快速选择。如最早的榕树下网站就直接设置为小说、散文、诗歌三大版块,然后分别进行细分。红袖添香网站则设有"小说频道"和"文学频道"两大类,其中"文学频道"又分为小说、诗歌、散文、歌词、剧本等体裁。

2. 依据主题设置栏目。目前,依据网络文学的主题进行栏目设置几乎是每个网站的必选项。因为在整个网络文学中,小说占据了绝大部分比例,这样,对小说再进行细分从而设置醒目的栏目就显得非常重要。而这种栏目的设置,主要是根据小说的独特模式而创立新的类别,并且在网络文学的发展过程中,逐步形成了一些约定俗成的类别。其中玄幻、奇幻、都市、言情、武侠、历史、科幻、耽美、同人等几乎是每个文学网站的必选栏目。

315

3. 依据特色设置栏目。各文学网站都有自己的特色栏目，而特色栏目的设置能为读者提供差异化的选择。比如起点中文网设有原创版、女性版、图书版、手机版；小说阅读网设有女生版和男生版；新浪读书除了正常的网页版外，还设有手机版和博客版。还有一些文学网站利用网络特有的技术进行栏目设置，如榕树下的"有声文学馆"，是一个超文本栏目，推出的是带朗读的文学作品，起点中文网则有"漫画推荐"。

文学网站的栏目设置有如下一些特点：1. 题材交叉。当小说被过于细分后，题材交叉就不可避免，栏目设置就具有多元交叉的特性。2. 风格混搭。这主要是为了让喜欢某一种主题的读者，通过混搭栏目的设置，也能顺便浏览到另外的主题，以培育更广泛的阅读兴趣。3. 新颖凸显。为了突出网络文学特有的一些主题，一些网站栏目设置极富新颖性。4. 传统保留。比如起点中文网的"武侠·仙侠"中的传统武侠，"都市·言情"中的浪漫言情，"历史·军事"中的历史传记等，深得爱好传统文学的读者喜欢。5. 数量均衡。为了培养忠实的读者群，一般来说，任何一个栏目，都会设置相对数量的子栏目，以便于读者进行多种选择，所以，文学网站栏目设置的数量是相对均衡的。

要成功地设置好栏目，有几个方面要注意：第一，栏目名称要准确而稳定。第二，数据库要统一合理链接。第三，榜单要有梯度的指导性。在时间上，榜单要天榜、月榜、周榜、总榜等，要拉开梯度范围，并且更新速度要快。在空间上，要形成复合性强的榜单，一是参与主体要广泛，形成读者、读者群、写手、写手群、编辑、编辑群的集合体。二是参与方式要多样性，要有专题、评论、收藏、点击量等各种方式，形成推荐品牌。三是要有创造性，比如可以按不同主题类别统计出各自的点击量，从而更有针对性的进行作品推荐。

产业化诉求全线出击

近年来，以刊载网络文学为主要经营方向的门户网站方兴未艾，并在商业价值的驱使下，网站培养出一大批出色的网络写手，推出大批炙手可热的网络作品，网站也由此获利。

在网络文学产业模式上，盛大文学采用的是全版权运营的商业模式，所谓全版权运营，是指一个产品的所有版权，包括网上的电子版权，线下的出版权，手机上的电子版权，影视和游戏改编权，以及一系列衍生产品的版权

十、产业辨识

等,以版权为核心,在版权的所有渠道上扩张、销售,包括阅读收费、无线阅读、影视改编、游戏改编、线下出版等多个领域的版权开发。

全版权运营主要有版权生产和版权销售两大块。版权生产就是依靠起点中文网、晋江原创网、红袖添香等旗下的文学网站,生产原创小说和书评,推出千字2到3分钱的收费阅读服务,使之成为网站主要收入来源。版权销售主要包括几个方面:1)网络销售,主要是网络文学的收费阅读,如前半部免费,后半部收费。2)出版销售。3)手机出版,如盛大文学旗下的盛大文学无线公司与卓望技术联合,举办了首届"3G手机原创小说大展"。4)网络游戏销售,盛大文学将拥有版权的作品卖给游戏公司。5)动漫产品销售,盛大文学将拥有版权的作品卖给动漫公司。6)影视剧销售,盛大文学将拥有版权的作品卖给影视和音乐公司。7)海外销售,盛大文学计划在更多国家和地区建立分公司和分站,拓展海外的阅读市场,并且通过合资、合作或投资的形式,在全球范围内寻找顶尖级的合作伙伴,共同进行版权的产业化合作。

除专注于网络文学产业以外,盛大文学也积极向多媒介跨越发展,积极拓展无线业务,成立盛大文学无线公司,通过其无线阅读运营平台及与电信运营商、手机厂商的战略合作,向手持终端网民提供无线阅读服务。通过与"聚石文华"和"华文天下"两家图书出版公司以及"聚星天华"图书策划公司的长期战略合作,充分挖掘其拥有的中国原创文学版权资源。此外,还有与网络文学相关的大批影视、动漫、游戏等相关文化产业的发展,盛大试图成为全球最大的华语原创文学基地、版权运营基地。

在充分挖掘自身盈利潜能的基础上,盛大文学还把目光投向了传统作家,以期提高网络文学的含金量,从而获得更多读者认同。2008年侯小强从盛大空降到起点中文网出任CEO,就迅速采取行动,吸引传统文学作家加盟起点中文网。如30省作协主席擂台赛,郭敬明加盟起点,韩寒与网络作家PK,一系列噱头让人看得眼花缭乱。其实质就是,网络文学光靠网络写手难以支撑整个文学产业,必须从传统文学领域里寻找新的产业资源和发展动力。2009年3月,盛大文学启动"首届全球华语写作原创大展",投入1000万元用以鼓励作家写作,还将投入8000万元搭建立体的作品包装和版权营销平台。这不仅是一项优秀作家和新媒体时代文学作品的集结和展示,更是以文学为核心,整合影视、版权、无线等多方资源,形成一个完整的产业链条。

不可忽视的是,在网络文学产业浪潮不可阻挡之际,我们要警觉,文学网站的道路不可能是一帆风顺的,网络文学产业不只有蛋糕,还有荆棘。一方面是网络文学产业的规律还有待于进一步探讨,其盈利模式还有待于进一步挖掘,在文学与商业的天平上要找到一个最佳的平衡点。另一方面,知识产权保护的欠缺对文学网站始终构成巨大威胁。由此可知,文学网站要在未来成为文学的圣殿,还有很多事情要做。

原载《中南大学学报》年第2期,此处有删节

89. 网络文学之商业机制辨识

曾繁亭

技术逻辑与"商业化"

网络文学首先是传媒技术进步的产物。从一开始,网络技术的产业化逐利本能便内在地设定了网络文学的商业化前景。资本介入之后,因其商业链条的构建和商业价值的彰显,网络写作获得了更大范围的公众认同,生产力旋即海量般喷涌而出。商业模式被引入文学网站的运行,使得那些网络写手们成了不停敲击键盘的"疯狂机器";"业余涂鸦"摇身一变成为"公共写作",诸多"游戏文字"的奇才与文学的关系也就从"游戏"变成了"职业"。数以万计的网络写手与文学网站签约,坐在家里网上码字便可年资百万,成就了近年文坛为之侧目的网络文学神话。印刷媒介是一种最容易控制的媒介,也是一种最容易权力化、权威化、等级化的媒介。而今日之"数字化"网络终于打破了印刷媒介的垄断,让被淹没了太久的民间声音可以藉此重新奏响。

但毋庸置疑,没有中国社会市场化改革的大背景,即使"数字化"网络技术发展到天上去,即使这种技术所赋予人的"写作自由"让写作如同"反掌"般容易,也不会有网络文学今天之壮观景象。在商业机制迅速向文学领域渗透的现实语境中,技术的产业化逻辑决定着网络文学必将率先奔向市场;这使得市场化改革的现实语境历史性地成了本土网络文学的催生婆。不管是写手的"勤奋"状态还是带来这种状态的网站制度的创设,这一切无不

基于一条朴素的市场逻辑——用户对网络文学作品阅读的需求。当这套商业运营机制及其所决定的签约写手的写作状态随着网络文学的发展而被不断深化之后，如同日本的动漫产业，主流网络文学作品命定地成了一种属于通俗文学范畴的快速文化消费品。

消费逻辑与"时尚化"

在消费主义兴起的时代，应时而生了一个巨大的新的文化/文学受众群体，他们只喜欢看有趣消闲的文字，只喜欢把所有的思想和理论都变成一道可以用不着牙齿就能下咽的甜食，只喜欢在熟悉的问题里以熟悉的语言讨论问题，只喜欢合乎自己趣味的文本类型。而大众媒体既是这个文化/文学受众群体的召唤者和塑形者，又策应这个新群体的趣味需求向传统的文化/文学生产机制施压，迫使后者从传统的意义传输模式向商品消费模式转化。通过产业化的符号操作引领，打造一种时尚的消费文化，刺激和调动起网络文学消费的需求，培养着网络文学受众的消费态度。

时尚化的网络文学生产与消费的机制，对作家主体的个性创造显然构成了直接的威胁。事实上，网络文学的商业机制或网络文学的"产业化"，正是以文本"时尚化"吞噬写作主体的"个性化"作为代价的。然而，逐利的大众文化生产机制是以大众消费者的心理机制为依据打制出来的。在这样的文化情景下，网络写作主体的"个性化"，也就通过"时尚化"的转换变成了"商业化"的代名词。而且，此种"时尚个性"中只有体现为差异性的"时尚"，而没有体现着人的主体性的"个性"；经由"时尚"，文学事实上成了一个不断被消费的符号，一个不断被改写的虚空。就这样，"时尚化"成了插在文学阵地的一面伪文学旗帜，在混乱中不断蚕食——摇撼着文学的真正本质，结果是——消费者的需要和喜好成为网络写手写作的唯一标准和动力，"重感性""求刺激""伤风化"的文本大行其道。质言之，消费逻辑在很大程度上取代了既往艺术表现的崇高地位，文学之高贵的艺术品质也就在网络写作中被消解殆尽。

消费市场与"纯文学"

回眸人类文学史，人们一眼便可看到：作家秉有"自由性、精神性、超越性和非功利的审美性"之"纯文学"创作诉求，既非天生如此，亦非亘古不变。事实上，以"自由性、精神性、超越性和非功利的审美性"为创作诉求的"纯文学"作家，其出现本身就是以文学消费市场的形成作为前提的。正是文学消费市场的出现，作家们才得以结束了既往那种受人资助保护的生存状态及其必然衍生出来的文化依附，并最终为"自由性、精神性、超越性和非功利的审美性"之艺术追求打开了通道。

新的产业化印刷技术把纯粹的市场逻辑带入文学生产，把文学活动过程完全纳入商业运作轨道，这实际上造成了精英文学与大众文学的分离：一方面使得走"群众路线"的大众文学或通俗文学在机械印刷的助推下迅速崛起，另一方面也为那些更关注精神品质和艺术品质的"纯文学"作家提供了充分的作品流通渠道，从而有效地瓦解了多少年来一直使文学患有软骨病的资助保护体系。多元化需求的文学消费市场的存在，既产出文学逐利者，也催生"纯文学"。自由交易、自由竞争的市场，的确以金钱的流通维系着其自身的运转，但自由市场机制从来就比专制权力机制更青睐"自由"，前者比后者为自由思想和自由艺术显然提供了更大的生存空间。因此，没有任何理由将文学消费市场视为吞噬文学的洪水猛兽，更不应该将文学发展过程中出现的所有问题都一股脑儿归诸文学消费市场。

应该承认："数字化"网络技术与文学本质并没有矛盾，真正的自由市场与文学的本质也没有矛盾。因此，应该意识到：在当下的社会－文化语境中，建立并维护文学生态的平衡，实乃刻不容缓的明智之举。这意味着，在适度调整传统文学理论指涉效能、鼓励网络写作发展的同时，也应客观、审慎地对待网络与文学的关系，确保文学不被新传媒技术的炫奇和副作用遮蔽其自身的独立判断和价值立场，从而坚定地葆有来自人类文明的神圣灵性、人文情怀和伟大格调。毕竟，网络写作是否能够产生一批能够表现网络时代文化语境的优秀作品，关键是能否有更多人从"网络写手"转变为真正秉有自由精神和人文情怀的艺术家。

原载《学习与探索》2013年第2期，此处有删节

90. 网络文学产业化的新趋势及其后果

白　寅

我国网络文学的发展历程如果是以2003年10月起点中文网正式启动

十、产业辨识

VIP会员制为界,大抵可划分为两大阶段。在前一阶段,网络文学是草根狂欢的天堂,是无功利的自由叙写,它典型地遵循着"情感逻辑",虽然杂乱、幼稚乃至粗鄙,但却是一代人内心情感的真实再现,这个阶段的网络文学是"表达"的文学;而在后一阶段,网络文学却逐渐变成商人逐利的场所,是满足各种欲望的工具,它典型地遵循着"市场逻辑",尽管有一些声誉鹊起的作品,但其实是前一阶段的曲终奏雅,而更多的作品已不是作者对伤怀的自慰,而是为了满足他人阅读快感的拼接,这个阶段的网络文学是"制造"的文学。

就目前而言,网络文学的产业化运作大体可分为"内吸式"与"外推式"两大类。所谓"内吸式",是指商家(主要是文学网站)直接将网络文学作品作为承载物,以此吸引社会资金的介入。其主要方式有三种,一是实行VIP付费阅读制,直接把作品内容分割出售;二是以网络文学作品的点击率为依据,吸引广告客户;三是通过包装网络文学作品,吸引风险投资资金参与网站的品牌建设。这三种方式看上去吸引资金的途径不同,但其核心都是建立在作品本身的点击率上。

要提高一个作品的点击率,要求作品本身必须具备三个基本要素:一是作品的定位一定要迎合最大受众面的需求;二是作品必须是连载式的,以制造情节的间断点维系读者的忠诚度;三是尽量扩充作品的内容和文字,使一个作品的注意力效应达到最大化。很显然,这三个要素都是工业制品的特征,而与艺术品的个性表达和自由叙写特征是不相称的。由此可见,"内吸式"的产业化运作模式,势必导致网络文学作者为追求商业效益而放弃艺术个性的表达,忽略艺术作品的完美,使文学创作戴上功利主义的镣铐跳舞。

那么,"外推式"的产业化运作模式又如何呢?这里所谓的"外推式",是指商家将网络文学作品推出文学网站之外,进入特定的产业链中。就目前来看,主要有三种途径:一是进入出版产业链,二是进入影视产业链,三是进入电子游戏产业链。除了第一种途径,后面两种途径都深刻地改变着网络文学的创作生态。不过,上述对"外推式"产业化运作模式给予网络文学创作的影响的探讨仅仅涉及了网络文学产业化后果的很小的一个方面。更为深刻的结果是,网络文学产业化势必造成网络文学资源的垄断,从而在根本上改变网络文学的自由属性。

我们前面已经说过,网络文学"外推式"的产业化运作模式实际上是要将网络文学推入当代文化产业的主流产业链中去。与任何产业一样,文化产业的上游资源特别引起寡头们的垄断欲望。这种资源的垄断会对网络文学本身带来怎样的影响呢？一方面，对版权的收购和营销极大地诱发了网络写手的创作欲望，扩大了文学创作队伍，提高了网络文学的商业价值和产业地位；同时，它也折断了文学自由的翅膀，并用商业价值取代了文学的审美价值。

实际上，网络文学寡头们总是按照一定的点击率来确定一个作品的版税的。而作者为了获取较高的版税，首先考虑的是读者群的最大化。然而，不同人群阅读需求的最大公约数其实就是感官的愉悦与刺激。为了寻求这个最大公约数，网络写手只能放弃个人对客观世界独特的审美感受，而迎合最具普适性的低级趣味。同时，向下游产业链延伸的巨大利益驱动也使创作目的带着极大的功利性，作者不可避免地按照网络文学寡头的商业定位和包装规格进行创作构思，从而抽掉作者自身的思想，而掺入他人的欲望。这样的文学，已经失去了"饥者歌其食，劳者歌其事"的自在状态，而成为非个人化的，供大众消费的"制造物"。

网络文学产业化的进程是不可阻挡的，因此，网络文学主流向世俗的归附也不可避免。当然，纯粹的网络文学叙写依然存在，也许它退隐在默默无闻的博客里，也许它自适于同人网站的挥洒中。横流的物欲从来没有淹没文学的超然物外，自由的理想是永恒的。

原载《学习与探索》2010 年第 2 期，此处有删节

91. 网络文学的付费阅读现象

傅其林

近年来，在产业化的复杂链条上逐步完善的网络文学付费阅读机制作为网络文学发展的新聚焦显得格外瞩目，网络写手和传统作家自觉不自觉地被卷入这个日益升温的文学消费的市场机制之中，如何从学理上理解和评价这种复杂现象已不容回避。

从根本上说，网络文学的付费阅读是中国网络文学产业化进一步推进和完善的必然。中国网络文学的产业化进程虽然仅有十余年，但是它伴随中国市场体制的突飞猛进旋即走向成熟。付费阅读也从 2002 年开始在短短几年中波及起点中文网、天下书盟、幻剑书盟、天鹰、17K 小说等重要原创文

十、产业辨识

学网站,这些网站虽仍然把文学作品的一部分免费提供给读者阅读,但是只有付费之后才能继续阅读或者得到某些完整的文学作品。文学网站从如何注册付费、如何充值、如何折扣等不同层面形成了法定有序的便捷路径,读者通过网上银行、手机、固定电话等方式支付一定数额的费用就成为文学网站的 VIP 成员,自由地畅游网络文学世界。这无疑是网络文学纸本化的出版产业模式和广告赢利模式的延伸,是对网络文学影视化模式的突破,是网络文学自身的赢利模式的开发。从这个意义上说,这是网络文学最基本的市场机制的构建。付费阅读不是网络文学借其他产业模式将自己产业化,而是网络文学自身产业化的呈现,是网络文学自身开掘出来的一条血路。

网络文学的付费阅读机制的形成具有革命性的意义,可以卓有成效地推动中国原创网络文学的良性机制的打造,为良莠不齐的汉语网络文学建立合理性规则,营造富有活力的网络文学生态,为网络文学的健康发展创造潜在的契机。

第一,付费阅读能够促进网络文学价值的规范性建构。网络文学是纯粹私人情感的宣泄,是以我手写我心的绝对自由,还是一种新型的公共性和意义的分享,一种新的交往领域,这可以通过付费阅读加以检视。以往在价值评价上过多地凸显前者的意义,而付费阅读中介机制把作者和读者的共同纽带的联袂放在了核心地位,也就是说文学的意义应该是作者和读者的共同的规范性诉求,而不是单方面的孤芳自赏和私人欲望之发泄,这对网络文学的发展无疑是极为必要的,有可能催生新型的意义生产机制和共享领域。这是对现代性的人文价值的重构,把网络文学重新融入现代性的规范性框架之中。随着互联网各种制度的逐步规范,网络文学制度也因之得以萌生,开始走向成熟。

第二,付费阅读有望推动网络文学原创,提升网络文学的质量。汉语网络文学一直作为重要的文学现象或者大众文化现象被学界关注,特别从其价值之优劣方面得到深入讨论,而事实上优秀的网络文学作品仍然是相当缺乏的。汉语网络写作在突破媒介限制和旧有制度约束的条件下显得无限自由,成为每个人皆能为之的随意抒写,这在带来抒写震惊之同时必然导致网络文学的庸俗泛滥。这一方面是因为网络写手层次不一,另一方面是因为没有一个合理的机制来保证网络写作的质量。而付费阅读通过利益之链条与作者建立契约,只有优秀的网络文学作品才值得付费,愿意被读者增值阅读。因此,付费阅读带来的利益以及随之而来的网络写手的职业化与市场化使写手得以全身心地倾注于网络文学抒写,既使作者自由地展示自己的文学才华和网络文学创意，也使之必须发挥极致，向读者提供最优秀的文学作品。2008年7月成立的盛大中文网整合晋江原创、起点、红袖添香三个网站，实行付费阅读，作品前半部分免费，后半部分按千字2~3分钱收费，写手与网站五五分成。结果，盛大中文网2009年的收入比上年翻了好几番，2008年的销售额近亿元。在盛大中文网上，目前年收入过百万元的作者超过10名，收入10万元以上的作者超过100名。① 作者的自由和独立以及职业化成为推动网络文学创作的重要因素，如果作者创作不出优秀作品，就不可能获得付费阅读的机遇，即使偶然获得也不能形成良好而稳定的赢利模式，而优秀的作品通过付费阅读形成持续的价值链，市场赢利反过来促进网络文学质量的提升，可以从纷繁复杂的网络文学中淘出优秀作品，形成经典网络文学的价值标准。付费阅读既是作家职业化形成的重要条件之一，也是对网络文学作家的知识产权的肯定和保护，这对网络文学的健康发展和网络优质写作的激励无疑是有裨益的。

第三，网络文学的付费阅读也给读者带来了新的意义。由于付费阅读，读者形成了区别性意识和主体性观念。付费阅读和免费阅读的根本区别在于，前者通过货币建立了读者的主体性地位，认可了读者的价值分享和评价的权利。通过建立市场交换双方的主体性，交流和对话就可能在更高的层次上、更多元化的精神需求上展开，而不是像免费阅读那样读者潜在地充当被授予、被给予的角色，内含臣属的被动性，作者也在这种免费阅读中处于主体抒写身份难以确认的状态之中，这就是为何大多数网络写手隐含自己的真实姓名而代之以临时符号的主要缘由。此外，付费阅读由于经费的保障可以为读者营造温馨的阅读环境和气氛，尤其可能避开各种广告的干扰带来文学审美经验的中断以及阅读兴致的泯灭。因此，网络文学的付费阅读机制能够促进网络文学写作和阅读的良性互动，是汉语网络文学发展走向成熟道路之上的必然趋势，它意味着读者对网络文学的认可度的提升，标志着网络文学已经融入到整个文化产业结构之制度性框架中。

但是，付费阅读存在着悖论。付费阅读对汉语网络文学发展的积极意义不容厚非，不过付费阅读本身也蕴涵着天使的幸福和灾难两副面孔，具有付费和阅读的二重性，面临功利性和非功利性的悖论。

首先，权威可信的网络文学价值评价机制仍然缺失。虽然网络文学通过付费阅读可以自发形成评价机制，优秀的作品阅读的人数多，获得的收益也

---

① 《网络阅读三分钱看一千字，超级写手赚了上百万》，《都市快报》2010年1月2日。

多，评价机制通过收益建立了起来。在全球化的今天，市场决定商品价值乃至调控人文价值逐步成为可能，一分钱一分货，不仅就普通商品而言而且就网络文学而言均有效。但是这种评价机制仍然有其限度，不能形成优秀的网络文学作品的权威标准。网络文学的文学价值标准不能仅仅依赖于点击数量的累计，还要取决于阅读的文学共识，甚至取决于网络文学自身的独特性，乃至取决于少数人的慧眼。何况，由于网络文学付费阅读成为网络文学产业化的重要环节，文学网络运营商为获得更多利益必然利用各种手段进行炒作提升人气，甚至利用网络技术手段进行虚假统计，诱使读者付费阅读，这不仅不会促进汉语网络文学的发展，反而导致网络文学的灾难。

其次，付费阅读带来的商业功利性影响了网络文学的深度阅读。文学阅读是人类对语言的审美经验的品鉴，古代的诗词赏鉴、现代文学杂志和书籍的私人化阅读，均使读者处于沉醉状态，通过阅读建立起文学的价值意义。现代文学阅读尽管面临文学性和市场货币的悖论，但在阅读实践中文学性的独立仍然是可能的，文学作品在市场上进行交易，读者一旦购买作品后就脱离市场，轻易地忘却功利性而进入文学世界。但是，网络文学的付费阅读直接处于交易状态，文学阅读总是被商业性的功利所纠缠，纯粹的文学审美经验也就难以寻觅，文学阅读缺乏深度，文学阅读更多的是被动的消费而不是意义的寻觅和人生价值的体悟。有人认为："网络文学不是让我们用静态的方式去慢慢地琢磨。你完全可以一目十行地去读。网络文学是欣赏思维，欣赏这种想象力是怎么样迸发的。"[①] 倘若如此，付费阅读就更强化了泛化阅读、消遣阅读，文学阅读也就沦为文化快餐。

再次，就现状而言，网络文学的付费阅读仍然面临诸多困境，网络文学处于运营商支配下的作者写作和读者阅读，作者和读者没有到达与运营商平等共享的高度。由于对运营商的依附，作者沦为不断生产文字的工人，为利益再生产文字，为填补读者大众的欲望而疯狂抒写，所抒写的多是模式化的玄幻文学、情欲文学，叙事手段和语言表达几乎脱离不了传统通俗文学的窠臼。网络上堆积的是数量众多、每部字数动辄上百万的长篇小说，利益的增加几乎完全凭借文字数量的扩充。扪心自问，有多少人读完了这些长篇小说，有多少人能够读完这些文字，有多少人愿意读完这些作品？付费阅读凭借欲望的刺激和难以确信的点击率赢得读者的付费，不付费读者的阅读就被迫中止，而付费之后发现只是躯壳一个，欲望不但没有满足反而萌生新的欲

---

① 《付费阅读下的网络小说创作备受质疑》，《解放日报》2009 年 7 月 7 日。

望，欲望的辩证法在网络文学的付费阅读中昭然可见。这是当下汉语网络文学付费阅读的心理机制，但这种机制不可能推动网络文学的繁荣，反而使网络文学更加大众化、欲望化、机械化，成为消费文化的重要部分，而难以进入纯文学的视阈，如此看来"十年网络写作越写越水"之说不是没有道理的。更可悲的是，不仅某些运营商费尽心机挖掘利益之源，一些网络写手亦精心挑逗读者，如何刺激读者、如何利用读者、如何抓住读者、如何迎合读者似乎熟稔于心，完全以他律之眼光定位文学写作，几乎失去文学创作的自律品格和尊严。这种以利益链形成的运营商和作者的联盟对读者造成了极大的伤害，这也是对文学的伤害，是文学的堕落。汉语网络文学刚起步就走向了产业化的道路，没有诞生多少优秀作品就开始推行付费阅读，深化炒作与商业策划，违背了文学艺术的根本价值，有可能丧失文学和技术的嫁接而催生的文学实验的新机遇，过早地使网络文学陷入文学和商业纠缠的危险旋涡。

　　网络文学的付费阅读是汉语网络文学发展的必然趋势，但是这并不必然推动网络文学精品的涌现。读者的需求是多样的，既需要大众作品，也渴求实验性的精品。网络文学发展需要精英作品作为主导，网络文学的付费阅读也需要网络精品作为支柱，而不应仅仅依赖纯粹欲望性的模式化写作，否则网络文学的付费阅读难以得到读者的普遍认可，必然以失败告终。因此，人们应该正确地评价网络文学的付费阅读现象，以有效的运营机制和规范性的网络文学评价体系，切实建立付费阅读的市场公信力，避免付费阅读的消极影响，挖掘其蕴藏的无限生机，推动网络文学产业化进程，形成良好的网络文学生态，以促进汉语网络文学的大发展、大繁荣。

原载《学习与探索》2010年第2期，此处有删节

92. 网络文学发展的赢利模式及增长空间

——以盛大文学为例

闫伟华

网络出版浪潮下的盛大文学

1. 网络文学催生数字文学市场

文学网站最初是作为文艺青年抒发文学理想之地，之后开始慢慢走入市场，寻求可行的商业模式，文学走上了市场之路。学界对这一现象的关注多集中在网络文学与传统文学的关系，在写作手法、理念、语言等对传统文学的颠覆和改变上，由于网络文学内容多集中在言情、玄幻等小说题材上，招致很多学者的批评。但是，随着传统作家不断进入文学网站进行创作，是写手还是作家之争开始慢慢变淡。同时市场越来越成熟，消费群体的稳步增加，都使得资本市场看到了网络文学市场的商机。

2. 盛大网络成为市场领头羊

2003年起点中文网开始在线阅读收费，正是这一新模式让资本看到了网络文学新的市场空间。2004年10月8日，盛大网络全资收购起点中文网，之后盛大文学又注资红袖添香和晋江原创两家文学网站，但收购之路并未停止，2009年榕树下也被纳入盛大文学旗下。盛大文学有限公司成立于2008年，是盛大网络发展有限公司的全资子公司。目前，盛大文学旗下拥有起点中文网、潇湘书院、言情小说吧、晋江原创、红袖添香、榕树下和小说阅读网7家国内原创文学网站，盛大文学2009年官方数据显示，旗下的起点中文、晋江原创和红袖添香3家网站已经占据中文网络文学目标市场近90%的份额。尤其是起点中文得到盛大注资后，凭借盛大的营销网络平台和其首创的付费阅读制度迅速发展成为国内文学网站的主流网络。

盛大文学的赢利模式及发展空间

1. 清晰的赢利模式是网络文学的发展基础

在众多原创文学网站中，盛大注资起点中文，与起点首创的收费阅读模式有很大关系,同时盛大的介入和推动,为这套模式顺利运转并走向成熟提供了有力保障,强大的资本挽救了苦苦挣扎的文学网站。文学网站在起点中文创建了付费阅读模式后渐渐发展出一套稳定的运营模式。付费阅读目前是盛大文学旗下各文学网站的主要赢利渠道,但是过于单一的赢利模式也存在很大的风险,需要盛大不断的注资来解决进一步发展的资金需求。由于收取的阅读费用相当一部分付给了作者,虽然各个网站与作者的分成比例不同,但是为了吸引高质量的作者,各网站都建立起了一套完备与富有吸引力的稿酬薪金制度。由此,单一的收费制度是否足以支撑文学网站进一步发展,市场需要开拓更多的赢利空间。

2. 盛大文学现有赢利模式分析

盛大文学旗下的各个文学网站基本是效仿起点中文的经营模式,赢利模式主要以付费阅读为主,兼具广告、延伸产品开发等方式。以起点中文网为例,其赢利渠道主要集中在以下几方面:(1)付费阅读,目前网站主要的收入来源。(2)广告,作为渠道和平台不断开拓广告资源扩大收入,但多为传统硬广告,植入性的相关性广告还很少。(3)电子商务链接,可归入广告当中,通过链接电子商务网站获取收入。(4)WAP、KJAVA等无线产品开发,起点中文官方2009年3月数据显示日均PV(网站人均浏览次数)量为1500万,日均活跃用户14万,目前这块收入不是很大,但是,在未来3G手机移动互联背景下有值得期待的市场空间。(5)线下出版、影视改编、动漫改编等领域,并寻求众多周边媒体衍生产品的合作开发。(6)小说游戏脚本开发为盛大网络带来的收入,这也是盛大注资起点的另一原因,好的游戏很大程度上要依靠源头文学作品品质的高低,通过集团内的运作可以极大地降低相关交易成本,并且能保证源源不断的上游脚本素材支持。

3. 产业链整合基础上的利益分享

数字文学出版的产业链条目前存在以下几种形式:(1)创作者——出版社——技术提供商——阅读者;(2)创作者——技术平台——阅读者;(3)出版社——创作者——技术平台——读者;(4)技术商——创作者——平台——读者。① 第一种一般是数字技术商完成传统作品数字化的过程,第二种表现为各大论坛、网站等的文学版块,第三种是由传统出版社开展的数字出版,最后一种是起点中文为代表的原创文学网站。整合产业链各个环节成

---

① 王燕梅、邓媛媛、曹晓宽等:《出版发行产业链研究》,中国经济出版社2009年版,第152—154页。

十、产业辨识

为必须,从传统内容提供商到技术提供商抑或加上平台提供商到下游的设备提供商需要协调一致,共同打造一个利益共享的产业链。当然这需要一个过程,需要标准的制定、分工的明确和利润分享机制的确定,同时更需要数字出版商与传统出版商在不断博弈与合作中共同成长。

4. **完善经营模式引领大众出版**

网络文学应该在市场谋求更大的发展,市场上一些成功的畅销书就出自线上成功作品,转为线下出版后也获得极大成功,当文学成为一种快餐式消费体验后,释放出的市场非常大。当然前提是要生产出更多更好的内容,包括对作者群的培育,不仅局限在传统作家群。起点中文网 2007 年的"千万亿行动"作者培养计划,聘请知名作家对网站作者进行文学培训就收到了良好的现实效果。网络文学市场面临着这样的机遇,受众消费能力不断增强,微观上行业层面大众出版提供给传统和数字出版商的机会相差无几,所以笔者认为,网络文学的市场空间还很大,应该不断完善经营模式,形成线上线下的出版互动,引领大众出版。

盛大文学进一步的发展空间

1. **衍生产品开发增值发展空间,积聚的巨量注意力资源亟待二次开发**

从盛大文学希望未来作为版权运营平台的理想可以看出,旗下各个文学网站营收的未来重心不是全部依赖于内容收费,更是希望以内容为依托开发相关衍生产品获得更大的增值空间。线下出版、影视版权运营、促销活动、网络游戏、数据库营销和平台合作等都有进一步开发的增值空间。衍生产品的开发已经成为盛大文学未来发展的出路之一。

2. **手机小说——下一座金矿的撬动者?**

在 3G 手机全面触发移动终端之前,无论传统媒体还是网络媒体都已经开始圈地,手机报纸、手机电视和手机小说等使手机早已超越了简单的通讯服务功能。对数字出版而言以手机为代表的移动互联是否是这个行业下一座金矿呢?目前起点中文首页上除了女性版和图书版外也开发了手机版,这块市场的力量不可小觑。此外由于影视和音乐等衍生产品的开发,一个巨大的潜在市场正在形成。除了为手机量身制作手机小说外,现有数字产品的移动接收也是正在开发的市场。

3. **社区文化成为受众黏性的吸铁石**

2009 年网络生态中最为重要的现象便是以 SNS 网站为代表的社交网站

大发展，人人网、开心网等吸引了大量网民的热情参与。这种网络社区的形成与现实社会中社区的区别不仅仅在于消失了的时空限制，建立在社会关系基础上的网络社区扩大与丰富了人与人之间的关系。起点中文等文学网站是依靠内容吸引大量读者，除了要开发这些读者的注意力资源获取更高的收入外，如何维持这些注意力长期而有效的聚集也是更值得关注的问题。好的作者写出好的作品最为重要，除此以外建立有效社区文化增加受众黏性可能是发展路径之一，笔者认为社区文化的贡献在此也许更多是在于增加受众黏性，培养读者对文学网站的忠诚度。

原载《中国出版》2010年第24期，此处有删节

十一、发展动势

93. 网络文学行进中的四大动势

欧阳友权

如果从 1997 年底创办第一个本土网络原创文学网站"榕树下"算起，汉语网络文学在我国的发展已超过十年。时至今日，网络文学在快速裂变与发展中日渐形成的四大动势尤其值得我们予以关注。

多种文本形态和传播形式并行互补、多元共生

多种文本形态和传播形式并行互补、多元共生是网络文学生产、传播、消费的新态势和大势所趋。广义的网络文学大致有三种形态：一种情况是传统文学的网络化，第二种情况是新型的网络原创文学，第三种情况是利用电脑多媒体技术和 internet 交互作用创作的超文本，以及借助特定电脑软件自动生成的"机器之作"。这三类数字化形态的文学从网络文学产生之初就呈共生互补之势。这体现了网络文学的包容性、广延性和与其他文学形式的兼容性，也为网络文学赢得了亲和力，给网络文学的发展奠定了资源基础。

新生的网络文学已显露出跨媒体传播的鲜明特点，网上文学与网下的传统期刊、出版机构已开始形成连锁互动之势，这固然与商业利润的追求、资本运作的渗入有关，但也充分体现了网络文学发展的开放性特点。事实证明，网络传播的出现并没有导致所谓的"出版大崩溃"，相反，纸质文学与数字化的网络文学不但相安无事，相互兼容，而且优势互补，互相促进，二者得以携手共进，联袂双赢。

在技术性与艺术性两极之间寻求平衡

网络文学的发展是一个动态不居的不断进行自我调整的过程，它在其发展过程中总是摇摆于技术性与艺术性两极间并逐渐在二者间寻求某种平衡。早期的网络文学更多地是传统文学的网络版，往往是对传统纸质文学资源进行简单"阵地转换"，此时的互联网更多地是作为外在的载体和媒介而存在的，网络文学的自身特性还比较模糊。随着网络文学的发展，网络写作的自身特色得到突出，技术性得到强化，技术与艺术的融合成为网络写手的自觉追求。网络原创文学堪称是网络文学的主体和中坚，在目前的网络文学世界中数量最大，而最能体现网络文学的艺术特色和技术优势的，就是利用多媒体和WEB交互作用创作超媒体、超文本的链接式作品，它能使图、声、文有机化合，作者与读者实时动态交互，技术性与艺术性实现对立统一。

文化资本的商业运作介入网络文学

在网络文学诞生初期，网络上的文学活动均是无功利的，人们常用"超功利"来描述网络写作行为。但是，消费社会的商业化观念和市场化行为的无孔不入很快便侵入到网络文学创作领域，文化资本的利润最大化本性不会放过网络文学这块"蛋糕"，网络文学的"净土"上不久便被沾染上了"铜臭气"，它们浸染了网络文学的"纯洁性"，但在一定程度上也拉动了网络文学的快速发展。文化资本逻辑对网络文学的商业介入有两种表现形态：一是网络写手的有偿写作和功利化追求，二是网络运营与传统出版合谋，在读者市场争夺图书市场份额，这对网络文学繁荣发展又不无积极意义。

网络文学理论研究趋于自觉和理性

随着文学在网络上乐此不疲的持续行走，人们对网络文学的感受和理解日趋理性，对它的分析评论和理论研究也开始走向深入。大约从2000年前后开始，有关网络文学的研究和评论就开始了从简单的意气化、印象化的评判，逐渐向冷静客观的学理化分析转变，从对网络文学的概念的探讨逐步深入到对其理论内涵与外延的辨析，从网络文学的写作方式和语体特征的分析逐渐深入到对网络文学的本质、功能、发展趋势和根本性质的钻研，从对网络文学作品的分析逐渐深入到对网络文化的根因和实质的思考。网络文学逐渐引起了学院派的重视，对它的研究逐渐进驻学院空间，一批专家学者把理论思维的聚焦转向网络文学领域。在这个过程中，网络文学研究的学术活动也频繁举行。这些学术会议与活动，对网络文学的舆论营造、理论研究和学理形态构建，起到了积极的推进作用，在一定程度上为我国的网络文学的健康发展提供了舆论支持、观念引导和理论支撑。

原载《贵州社会科学》2008 年第 10 期，此处有删节

94. 网络文学：前行路上的三道坎

欧阳友权

网络平台猎猎作响的文学旗帜在挑战传统与更新观念的同时，其开疆破土、筚路蓝缕的征途也面临一些需要跨越的沟壑，或者说，它需要调适自己前行的路标，以便用业绩和品质历史地证明自己。

"文学"膨胀与"文学性"匮乏的落差

互联网开放的文学生产机制所形成的庞大的文学生产群体和日益膨胀的作品数量，让网络文学足以确认自身的文学在场性和文化新锐性。与时下传统文学影响力的低靡之势相比，网络文学可谓"风景这边独好"。不过网络文学的快速发展带给文学更多的是数量的急剧膨胀而不是文学品质的改善和提升，"灌水"之作甚多及其"文学性"的匮乏，已成为人们对网络文学信心不足乃至垢病不断的根本原因，有人将其称之为"乱贴大字报""马路边木板上的信手涂鸦"等决不是空穴来风。网络与文学的联姻是数字媒体时代的必然选择，但文学的数字化生存并不就是艺术的胜利。网民的"艺术在线"一旦不是为了艺术的目标，纵使将文学纳入新媒介的丛林，它生长出来也未必是艺术审美的果实。以网络文学为代表的数字媒介作品数量庞大，但总体上看其艺术质量还达不到应有的社会期待却是不争的事实。发表作品"门坎"的降低和作者艺术素养的良莠不齐，使得有"网络"而无"文学"，或则"过剩的文学"与"稀缺的文学性"形成的鲜明反差，正是小荷初露的网络文学在前行中需要迈过的第一道坎。

写作自由与承担虚位的矛盾

网络技术创造了虚拟的赛博空间，虚拟的空间又为创作主体的虚化提供了技术环境。网络文学的作者多不是传统意义上的专业作家，而是一"网"情深的"三无"（无身份、无性别、无年龄）网民。他们揭去了生活中的道德面纱，消除了现实关系约定的社会角色，尽可以用真实的自我张扬个性，以袒露心性，释放情怀。匿名主体的自由写作与网络写作的承担虚位同时并存，使得网络创作一身轻松却又过于轻松，以至于让许多人放弃了文学应该有的艺术承担、人文承担和社会承担，出现作品意义构建上的价值缺席和承担虚位。

网络写手谋求一种纯粹的精神宣泄，此时的网络文学生产，全凭自律而没有了他律，写手无须为人民代言、为社会立心，也毋庸给予艺术的进步以积极进取的承诺，甚至不再秉持艺术传统的赓续和艺术规范的服膺。结果，文艺生产中应有的价值赋予、意义深度、审美创新和社会效果等艺术期待，均失去了合理的逻辑前提。于是，文艺的精神品格和价值承担、人类的道德律令和心智原则，终于让位于个体欲望的无限表达，在线写作的修辞美学让位于意义剥蚀的感觉狂欢，失去约束的主体在虚拟的自由里失去的是现实的艺术自由，得到解放的个体最终得到的只能是消费意识形态的文化表达。作品"在场"与作者的"不在场"及其所引发的写作自由与承担虚位的矛盾，导致许多网络作品创作者淡化或者放弃了所应当担负的尊重历史、代言立心和艺术独创、张扬审美的责任。

"艺术正向"与"市场焦虑"的困惑

当文化资本的市场逻辑与文学创作的价值理性出现落差的时候，究竟是把握"艺术正向"还是屈就"市场铁律"就成了一个让人焦虑的难题。事实上，网络文学的发展过程就是一个艺术与商业资本接轨与磨合的过程，是跨国文化资本携带文学行囊追寻文化产业资本保值增值的过程。目前，社会文化资本对网络文学的商业介入有两种常见形态：一是签约写手有偿写作和网站藏品的付费阅读，二是网络运营与传统出版合谋，让网络文学"出网"后衍生下游产业链。有人提出了这样的问题："当高高在上的文学突然与不被承认的网络情意绵绵，许多人便大叫看不懂了——网络在搞什么？文学又想怎么搞？"其实，这正是网络文学"艺术正向"与"市场焦虑"在观念上的必然反映,也是解答网络文学产业化困惑的一个注脚。

原载《南方文坛》2009 年第 3 期,此处有删节

95. 网络文学:从草根庶出到主流认可

欧阳友权

网络文学,这个从山野民间和技术丛林走出来的"野路子"文学,经过了无人问津的草创和备受指责的抗争后,如今似乎有了"咸鱼翻身"的迹象。尽管对它的存在和价值仍有怀疑的态度和批评的声音,但这个"草根庶出"的边缘文学族群开始被主流文学接纳和认可却成为一个引人关注的现实,强势的文学传统终于从"招安"的门缝里给网络文学递上了一束示好的"橄榄枝",一部分网络写手也开始走上皈依之路。这已有一些引人瞩目的征兆:

其一,"网络文学十年盘点"是主流文坛对网络文学的第一次正视。尽管对"盘点"的结果存在一些争议,但这次大规模的"盘点"已远远超出"清理家底、检阅阵容业绩"的含义,它是十年来网络文学与主流文学最直接和最有深度的一次对话,也是代表文学传统的主流媒体对网络文学的第一次正视和关注。正如"盘点"活动的终审评委、文学评论家白烨所说,这次评选活动,从初审到复审均采用传统文学视角和尺度,意义不在于评了谁、漏了谁,而在于主流文学和网络文学的相互接近和了解。

其二,有网络写手华丽转身,被吸纳为作家协会会员。中国作协副主席陈建功十分宽容地建议:作协应改进吸收会员的办法,注意到网络作家的存在,如果实际水平够,就可以考虑吸收为会员。

还有,代表主流文学的主流声音开始给予网络文学以积极客观的正面评价。2007 年 10 月,由中国作协主持评审的政府最高奖鲁迅文学奖,授予了网络文学理论专著《数字化语境中的文艺学》,可以看作是主流意识和传统文学对网络文学理论研究的首次高调褒奖。2008 年来,已有众多文艺界高层领导和一批知名作家、理论评论家对网络文学表态了以肯定或褒扬。网络文学不仅正为传统文学所接纳,也开始被文学主流意识所重视、所期待。

从被正视到被重视的网络文学,除了日渐被接纳、被认可外,其与传统

文学的相互渗透和彼此交流，可能对网络文学的健康发展，乃至对建设繁荣的当代文坛更为重要。不断走进现实的网络文学和不断走进网络的传统文学，终于从观望、对视走上了解、交流、融通和互渗互补之路，这对于整个中国文坛来说，都是一件值得称道的事。

网络文学从"草根庶出"身份进入主流文学的视野，不仅得益于宽松的社会文化氛围和这一文学本身的形态载体特色和技术传播优势，更在于网络文学的发展规模和影响力使人们不得不认真掂量它的文化份量并对之高看一眼。

网络文学出现"主流化"趋势，不过这一文学要真正融入主流或成为文学的主流还有一段漫长的路要走。山野草根的底色和技术丛林的"野性"气质使网络文学就像痞子蔡所形容的在山间"不穿鞋奔跑"的孩子，自由自在却非训练有素。我们说它开始被传统接纳、被主流认可，只是相对于过去而言，网络文学与传统文学之间有了对话、交流、互动的征兆，如人们形容的二者间出现了"最大公约数"。网络文学要成为文学史上的一个有价值承载的历史节点，在拥有数量的同时还拥有质量，或者在赢得价值的同时赢得尊重，进而从点击率、注意力走向影响力和文学创新力，还需要跨越前行路上的道道障碍。解决好其中存在的问题，网络文学才能摆脱"庶出"与"嫡生"的困扰，真正被主流认可或成为主流文学重要的一翼，并在时下低靡的文学市场上与传统文学"抱团取暖"，共唱新声。

原载《学习与探索》2010年第2期，此处有删节

96. 数字媒介与中国文学的转型

欧阳友权

在不到 20 年的时间里，当代中国文学即遭遇了两次大的变革，一是始于 20 世纪 80 年代末的"边缘化"退缩态势，二是在世纪之交出现的"数字化"媒介的冲击。第一次变动让文学失去了轰动效应，而第二次则使文学开始步入存在方式与表意体制的技术转型。究其原因，如果说前者是源于经济体制转轨的社会掣肘，那么后者则是信息科技的革故鼎新对文学渗透与博弈的必然结果。时至今日，第一次变动形成的文学震荡庶几归于平静，而数字

十一、发展动势

媒介下的文学转型才刚刚拉开序幕。问题的重要性在于，数字媒介对当今中国文学的影响已远远超出媒介和技术层面，而关涉到文学的生存与走向，因而特别引人瞩目。

媒介革命已经成为催动新世纪中国文学转型的技术引擎，但这一语境中的文学能否真正延伸成为一个文学发展的历史节点，推进转型中的文学健康前行呢？在由传播媒介引发的文学新生与守成的博弈过程中，中国文学还有没有创新力？基于此，我们必须确立新世纪文学发展和建构的理念，以确保在不可抗拒的技术力量面前，还有足够的自信悉心地呵护文学，使它既能坚守又有发展。此时，我们需要找到能顺应时代媒介变革、又能福佑中国文学前行的建设性维度。

转变观念，调整对文学的理解方式，建构数字媒介语境下的文学观，是创新文学的前提。数字媒介决定的不仅是我们的生存，还有文学艺术的生存，当"数字化生存"成为人类不可逆转的生存方式时，文学的数字化存在就将成为文学史的现实存在。这时候，最需要做的就是高扬通变的旗帜，重塑与之相适应的文学观念。今天，数字媒介的技术力量，已经使文学的存在方式，功能方式，文学的创作、传播、欣赏方式，文学的使用媒介和操作工具，以及文学的价值取向和社会影响力等，都发生或正在发生着诸多新变，因而传统文学的观念形态也必须在思维方式、概念范畴、理论观点、思想体系和学理模式等总体构架上，由观念转变推动理论创新，由理论创新达成理论创新体系。只有这样，我们才能把数字媒介对于文学传统的挑战变成文学在涅槃中再生的契机，在迎接挑战中建设数字媒介语境中的新文学。

在这个过程中，文学仍然需要践履人类赋予其精神原点的价值承诺，让新媒介成为建构新世纪文学的有效资源，这是我们需要坚守的又一立场。数千年延续下来的文学传统及其精神原点永远是本位和本体的，它们是文学发展的根，文学观念的源，需要亘久的绵延和持续的坚守，即使文学要变也要将之视为改变的依据，任何新媒介文学都需要将它作为发展的前提，并以不断创新的业绩给传统的文学精神以生命的滋养，而不是让数字媒介淹没伟大的文学传统，用工具理性覆盖文学的本性，用新媒介的技术力量吞噬文学的审美。质言之，文学是一种人文精神性的价值存在，它浸润的始终是创作者的审美情怀，释放的是审美化的诗性魅力，营造的是人性化的心灵家园。新媒介文学永远需要从传统的精英文学中汲取营养，坚守人文审美的价值承诺，并用新媒介的锋芒去拓展文学的新空间与新价值。

面对新变的媒介载体和不变的文学本性，还要确立一个调控、引导与主体自律的约束机制。互联网这个虚拟、自由、兼容而共享的空间,极易出现滥用自由、膨胀个性、无节制张扬欲望的现象,从而导致意志薄弱者放弃伦理责任和道德约束,也容易使他们视网络空间为"电子烟尘"的集散地,甚至是藏污纳垢的"无沿痰盂"。因而,实施对数字媒介的必要控制,倡导网络空间的主体自律,其所涉及的不仅仅是个人的操守品格,还关涉到这种文化空间的净化与健康,乃至社会的精神文明、文化建设、社会和谐与可持续发展等一系列问题。

健全"他律"与"自律"并存的约束机制,是庇佑新媒介文学健康前行的必要手段。在此,"他律"指的是国家调控的法律法规约束,当然也包括研发必要的技术软件监控网络不良信息,设置文学主体行为的"数字边界",倡导或引导高品位的文学艺术创作;而"自律"则是培育主体在数字媒介下的信息伦理观念,倡导"慎独"精神,以自我约束坚守文学的人文本位。需要确立这样的信念:与传统文学一样,数字媒介文学仍然是人的精神现象学和人类的精神家园学,仍需打造灵魂的健康,培植坚挺的精神;仍要在技术与艺术的融合中添加人性化的伦理装备,重视信息科技之于文学底色的价值赋予,仍应借助新媒介做好自己的"道德文章"。如果说科技以人为本,文学以人为限,那么数字媒介时代的文学就要在科技与人文之间架设一道艺术的桥梁,它只能为技术的人性化加载伦理的亮色,而不是用数字技术的锋刃斩断自己的道德底线和艺术良知。

与此相关的是,数字媒介语境中的新文学构建还不能不解决另一重要问题:即文学的技术化或曰文学对数字技术的依赖。说到底,文学是源于人的精神而不是源于技术,技术只是文学借助的工具,它应该受驭于文学的艺术目的,为创作者遵循艺术规律插上创造的翅膀,而不是以技术优势替代艺术规律。毫无疑问,文学艺术的发展离不开技术的进步,但艺术的价值命意又是超越技术的。计算机网络技术无论多么神奇,它仍然只是技术而不是艺术。技术可以具有"艺术性",而艺术则不能"技术化",因为技术作为艺术的道具,它永远代替不了艺术的创造。

由此可见,技术的进步会给未来的文学艺术生产增设更多的技术含量,但新世纪的中国文学转型最需要的并不在技术媒介的升级换代,而在于借助新技术、新媒介提升作品的艺术水准与审美价值。在传媒技术愈来愈艺术化的创作语境中,文学有时还需要摆脱对技术的依赖,与技术霸权的"赢家通吃"相抗争,让新世纪的中国文学遵循艺术的规律而不是按照技术的设定来完成自身的转型,推进自身的进步。只有这样,我们才有可能用数字化传媒重铸文学历史,在文学新变中创造文学的健康与繁荣。

原载《中国社会科学》2007年第1期,此处节选自该文第四部分

97. 新媒体与中国文艺学的转向

欧阳友权

应该承认,无论是作为一个学科的知识生产、学理建构,还是作为一种理论的观念表征和方向选择,今天的文艺研究都处在新媒体语境延伸的"理论半径"上,由此引发的中国文艺学理论转向及其内涵转型已经开启了自己的历史性征程。文艺学研究者要化解由数字化媒体引发的理论变革带来的学科焦虑,还是要回到新媒体语境中寻找问题的症结,疏导理论转向的路径。从"原子帝国"到"比特之境",是网络时代所发生的许多重大变革中最根本的变化。在"后理论"建构的新格局中,基于这个变化了的传媒语境和文化生态,新媒体时代的文艺学转向突出表现为原有"文学场"的转换,并以消解和启蒙的双重影响开启我们这个时代新的文学场的理论转向。

具体而言,这种理论转向主要表现在以下几个方面。

(一)文学存在场的转换调整了文艺学研究对象的语境规则。进入21世纪以来,随着网络文学写作的海量"喷涌",文学存在场的位置空间和权力关系均急遽变化,文学正面对文学语境规则的重新洗牌——文学从"物理存在"转向"虚拟空间"、作品从"物质性存在"转向"数字化生存"后,带来的不只是媒介和载体的改变,还有时代文学场延伸出的新的解读对象,以及由新的解读对象规制的新的对象性语境关系。从"场域"理论看,网络消除主客分立的"临界书写",让文学的创作方式和传承载体发生了改变,形成了电脑网络与印刷文本的媒介易位,其所带来的是文学存在场的转换,即改变了文艺学研究所依凭的客观与主观、对象与主体、文本与创作等二元哲学分野,消弭了由于这种分野所指称的对象权力关系,并通过改写传统文学场中的这一核心语境规则,从根本上改变了文艺学研究对象的逻辑着力点。

(二)文学生产场的转换改变了文艺学研究的理论秩序。新媒体文学生产是在数字媒介场域实施和完成的,形成了基于技术手段的文学生产方式。因为使用媒介的差异、发布载体的不同,特别是创作者文学态度和写作心境

的迥然有别，新媒体的文学生产不仅在位置空间上发生了平台置换，创作者的身份选择和目标指向也发生了转变。于是，文学生产场的依存关系在此时出现了颠覆性重建，使新媒体创作方式与传统的文字表意有了很大的区别。例如：网上写作需要"以机换笔"，用键盘、鼠标和菜单确认打造"指头上的文学乾坤"和"空中的文字幽灵"；网络写作可以运用多媒体和超文本技术手段创造只能"活"在虚拟空间的文学艺术作品，它们解除了文学对"语言"这一媒介的依赖，创造了距"文学"更远、离"综合艺术"更近的作品形态；还有，网络写作虽沿袭传统的语言形态和表达方式，但大量"网语"或"火星文"的不断涌现，让许多习得汉语使用习惯的人对汉语网络作品感到了陌生。不仅如此，更有计算机程序设计的自动写作方式对"作家"身份发出挑战，让文学生产场变成机器作文、程序写诗的"试验场"。于是，文学生产场中关系要素的变化和理论秩序的调整，便构成了新媒体文艺学转向的一个重要维度。

（三）文学知识场的转换修正了文艺理论研究的学术语法。这里所说的知识场包括两个层面的内容：一是由多元知识系统组成的文学艺术"知识谱系"，二是知识图景的"理论构型"。前者是术语概念层面的知识，后者则属于学理结构层面的范畴。在新媒体语境中，这两类知识构成的文学知识场均出现大范围更新。建立在知识谱系基础上的"知识图景"是文学知识场形而上的理论构型，或者说是基于知识谱系的理论样态和思想全景，即特定知识场所赖以形成的学术话语的关联体，它能为文艺学研究的知识生产提供观念范畴、价值标准和学理基础。这次理论转向不仅更新了文艺知识场的理论词汇，还改写了文艺学研究的学术语法，形成了当代文艺学研究的学术疆域和代际特色，从而启发我们在新的知识场中寻找新的基点和角度，以便重新建构新的知识体系。

原载《文学评论》2013年第4期，此处节选自该文第二部分

98. 网络文学：未来文学的主流形态

聂庆璞

网络文学将成为未来文学的主流形态，这绝不是耸人听闻，而是不久就

十一、发展动势

可见到的事实。网络是我们未来获取信息和进行交流的主要工具,文学也将借用这一载体生存、传播。

互联网一出现就迅速成了第四大众媒体。随着网络技术的发展,网络公司经营的改善,网络的普及,它很快就会成为第一大众媒体、主要媒体,电视、广播甚至电讯都将被网络吞并,而归于合一。因此,网络是我们未来主要获取信息和进行交流的工具。

艺术乌托邦性质的丧失并不是说人类不要艺术,而只是说艺术的某些作用发生了变化。其实,如果我们历时考察,就会发现艺术是一个不断被解构的概念。布洛克认为艺术是人们对艺术的观念,意即艺术本身并不具有内在的本质特征,他依赖人们怎样看待艺术,把什么当作艺术。杜尚的《泉》,史密斯逊的《螺旋形防波堤》现在我们把它们当艺术,但古代的人绝不会把它们当艺术。因而,后现代理论家们所说的艺术的终结或德里达在《明信片》中所说的电传制度终结文学、哲学等都是说的传统文学艺术的终结,确切地说,应该是传统文学艺术观念的终结,更确切地说应该是文学艺术观念的转变。意即传统的文学艺术及观念在后现代主义时期特别是电传制度时代行将正寝,后现代特别是网络时代应该有自己的文学艺术形式和观念。当下来说,它以大众文化、网络文学及其他未定方式存在。

文学是语言的艺术,语言是人类思维的工具,只要人类还有思维,就需要语言,有语言存在,文学就有它的栖息之地。海德格尔说:"语言是存在的家园。"卡西尔认为语言是人类存在的一种方式——符号存在。这种存在是构成人类本真存在的条件之一,没有语言存在的人类将退回动物界。语言的本质是说,而诗(文学、艺术)是最纯真的说,是人类返回精神家园的引路明灯。此外,文学是语言的推进器之一,缺少这一推进器的语言是干瘪的、僵死的,像冬天枯死的花卉。因此,文学(语言艺术)永远也不可能驱离于人类,她是人类存在的花朵。但文学并不是一成不变的,文学观念与艺术观念一样是一个不断被解构的概念,它随社会的发展变化而改变自己的内涵和形态:书写出现以前是口头文学;书写出现以后是书面文学、印刷文学;大众媒体出现以后,就有了电影文学、电视文学、广播文学、报刊文学。网络媒体的出现,理所当然的会出现网络文学。

由于整个社会的后现代主义化,艺术将走向全面泛化、零散化、平面化、生活化,所有传统的过去占据主流的独自言说的(严肃)艺术(甚至包括大众艺术中的电影、电视,随着网络技术的发展,我们能像制造网络文学一样制造网络电影、电视),都将寿终正寝,慢慢退出历史舞台,新的适应网络传播的具备后现代主义文化特征的艺术形式将走上自己的舞台，演出自己的节目，扮演主流的角色。文学亦不可能例外。网络文学依附网络而产生、成长，先天就具备后现代主义艺术的基本特征，因此，它发展成为未来文学的主流形态也就理所当然。

原载《社会科学战线》2002 年第 4 期，此处有删节

99. 网络巨头大搞泛娱乐战略，文学何为？

鲁大智

在互联网科技日新月异的今天，文学的形态以及它对于每个人的意义和价值都变得不同以往，整个产业都在产生深刻的变革。网络文学的发展经历十多年的历程，其创作本身和运作模式都在发生着走向成熟的蜕变，那么，传统文学何为？

腾讯公司 9 月 10 日在北京召开文学战略发布会，副总裁程武表示，腾讯文学将举全平台之力，来创新文学生产方式，探索新的文学展现形态，从而打造全新的文化体验。此前的 8 月 23 日，盛大文学与欧美两大著名制片人在京宣布，建立深度战略合作伙伴关系。双方各自推出顶级作家或影视制作人以助声威，他们的战略将对产业格局发生怎样的影响？

盛大外结欧美

盛大文学首席执行官侯小强表示，将启动小说选秀项目，为此次达成战略合作的两位制作人提供适合影视改编的文学作品，并共同出资拍成电影发行于国内及海外市场。两位制作人将出任合作项目的客座总编，并担任部分剧作家导师，共同选择一部适合世界的小说拍摄。

按照战略合作协议，盛大文学首期提供了 20 部优秀网络小说，包括天蚕土豆《大主宰》、番茄《星辰变》、风凌天下《傲视九重天》、唐家三少《斗罗大陆》、蝴蝶蓝《全职高手》、辰东《遮天》等。盛大网络总裁、盛大文学董事长邱文友称："盛大文学一直是电影事业的观察者、参与者和推动者，盛大文学在整个电影业中，更愿意扮演推动者的角色，为中国电影提供

十一、发展动势

更多创意以及文本。"

腾讯搞"全文学"

腾讯文学系统发布了涵盖创世中文网、云起书院、畅销图书以及QQ阅读、QQ阅读中心等子品牌和产品渠道的全新业务体系和"全文学"发展战略,并与人民文学出版社、作家出版社等众多知名出版社、发行商签约合作,还与华谊兄弟等影视公司和机构达成战略合作,成立"优质剧本影视扶持联盟"(溯源联合基金池),致力推动文学作品泛娱乐开发。

同时,腾讯文学还成立了由莫言、阿来、苏童和刘震云组成的"腾讯文学大师顾问团",并与四位大师达成数字版权引进等多项合作。其中,莫言授权的作品包括《酒国》《蛙》《檀香刑》《生死疲劳》以及获诺奖后首部新书《盛典:诺奖之行》等,因此,腾讯文学也成为莫言本人亲自授权发行其作品电子版权的网络平台。此外,阿来授权的作品为《尘埃飞扬》《格萨尔王》等,苏童授权的作品为《我的帝王生涯》《米》和《城北地带》,刘震云授权的作品为《手机》和《故乡》系列三部曲。

为了抓住移动互联网和文学产业发展新机遇,腾讯文学将以"全文学"战略推进整体业务布局,真正去关注作者和用户的需求,关注产业链上下游伙伴的互补优势,打造涵盖文学创作、阅读以及泛娱乐开发的一体化平台,最终形成覆盖全内容、全用户、全平台和全产业链的新体系和新生态。

在内容方面,腾讯文学将兼顾传统文学和网络文学,为用户提供全面、优质的阅读内容。一方面,立足数字出版平台"畅销图书",和百家出版社达成战略合作,引进丰富的传统文学作品;另一方面,全力发展网络原创文学,推出男性原创文学网站创世中文网、女性原创文学网站云起书院,致力培育优秀的原创作者,挖掘优质的原创作品,打造全新的原创生态。

此外,腾讯文学联手腾讯视频、华谊兄弟、新丽传媒以及华人文化产业投资基金(CMC)共同成立"优质剧本影视扶持联盟"(溯源联合基金池),致力于优质小说及剧本的影视改编。溯源联合基金池将专注于腾讯文学优质IP影视改编的项目投资、制作及运营。"溯源"意为追根溯源,文学创作是整个影视全产业链打通后的根源所在,所以五方联合基金池也是在追溯创意的源头。

盛大一手抓娱乐,一手抓主流

今年5月,盛大文学宣布斥资亿元全面升级旗下起点中文网作者福利。

343

在原有福利计划的基础上，针对不同网络原创作者的不同生存现状，对基本收入保障、医疗保障、奖励制度、收益分成等方面都做了提升。此次福利计划调整将惠及起点中文网各类作者群体，例如，启动了医疗保障计划，投入千万元作者医疗基金。目前已经为二百余名作者缴纳了医疗保险，同时逐步扩大资助患病作者的范围，让更多人受益，为作者安心创作解决后顾之忧。同时规定电子订阅收入100％返还作者。2013年7月，盛大文学推行新开放战略，其中一项举措为，重塑起点中文网作者收益模式，连载订阅销售收入将通过"分成＋奖励"的形式，100％返还作者。

在主流化推进方面，盛大文学功不可没。盛大一直注重网络人才队伍的建设，推动促进网络作家与主流文学界接轨，以期共同繁荣。中国作家协会公布的2013年发展会员名单，盛大文学七位网络作家入选，包括起点中文网杨振东（笔名"辰东"，代表作《神墓》）、王小磊（笔名"骷髅精灵"，代表作《圣堂》）、林俊敏（笔名"阿菩"，代表作《唐骑》）、红袖添香宋丽暄（笔名"携爱再漂流"，代表作《同城热恋》）等人。自唐家三少成为首个中国作协全国委员会的网络作家后，跳舞等越来越多的知名网络作家也入选作协，这意味着网络作家不再是传统观念里的文学"野路子"，而是正越来越得到主流文学界的认可。这种认可正是盛大文学长期以来努力的方向，盛大文学此前已经做了一系列的主流化的工作——开办作家培训班，使传统的作家认识网络文学；把原创的作家带到作协，使之学习了解传统文学。

莫言为腾讯文学背书

莫言说，看不见的网络背后，一大群人在实实在在干活，网络无论如何虚幻，网络下的人都要吃饭。网络无论怎么美好，网络下的痛苦恐怕还是靠网络下来解决。网络与现实有密切联系，也不能互相代替，最终要靠网下活着。互联网企业的进入，不是"搅局"，而应该是网络文学产业生态的发展和升级的有力推手。

作为腾讯文学的重要组成部分，创世中文网已经做好迎接泛娱乐战略的准备，将充分发挥旗下强势编辑团队，强化创世的原创优势，为腾讯泛娱乐战略提供丰富的原创版权资源。创世中文网发布全新的作者升级体系，并提出"十万年薪普及化"的愿景，以孵化更多有潜力的网络作者。

与此同时，腾讯文学全新推出的女性原创文学网站云起书院也在发布会上全新亮相。目前，云起书院已拥有作品总数超过11万部，每日更新作品

5000余部，日更新字数累计超过2000万字；年收入百万元以上女性作者五人，年收入十万元以上作者一百余人。为了保证作者创作的积极性，云起书院承诺版权衍生收入百分之百归作者，并给予作品成功出版、改编影视、漫画或其他版权衍生的作者高额奖励。

目前云起书院已与业内200余家主流的出版公司、50余家主流的影视公司达成合作意向。

原载《中华读书报》2013年9月18日

100. 网络文学：中国当代文学第二次起航

马 季

1998年，国内主要媒体首次出现"网络文学"字样，因此，学界习惯将这一年作为中国网络文学起始年。正在中国文学求新求变、面临抉择的阵痛时刻，网络文学呱呱坠地，这个偶然的巧合或许正是历史的必然。

独特性——成长极为迅速，为当代文学创造新的阐述空间

不难发现，在媒体革命的推动下，网络文学自发展之初就实现了跨文化写作和越界传播，而文化大融合正是上世纪80年代以来世界文学的主流方向。

内容创新、形式创新始终是文学发展的原动力，网络文学的爆炸式发展同样不能回避这个基本原理。

创作主体的民间性。网络文学的民间性包含两个部分，其一是创作者的非体制化；其二是艺术审美的娱乐化。我国原有专业文学创作人员均系国家编制内人员，业余创作者绝大部分也都有自己的职业。而网络文学作者却属于"自由职业者"范畴，他们的出现恰逢我国体制变革时期，传统出版机构正由事业性质向企业性质过渡，民间文化创意产业蓬勃兴起。网络文学作者尝试自由写作的生存方式与国家文化发展战略不谋而合。

艺术审美娱乐化是网络文学的另一个重要特征，但娱乐化与低俗化有着明显的区分，将娱乐化与思想性相对立，过分强调作品的教化功能，就失去了与网络文学对话的前提。因此，是否具有"寓教于乐""乐中得益"的功能，是衡量网络文学作品优劣的重要标志。

创作过程的交互性。传统文学一旦创作完成，文本的结构也就固定下来。在网上，第一文本的诞生并不意味着它的定格，他人完全可以不受第一文本的限制，进行加工和再创作。在这个过程中，也就没有了单纯的"作者"和"读者"。与网络文学的这种交互性特征相比较，传统文学再怎么具有开放性，也远不能及。

最新亮点——微博文学、女性写作和手机阅读

微博文学。微博进入中文上网主流人群视野之后，由于其易于复制和传播，并具有明显的时代性，微博文学随之应运而生。而在此之前，手机阅读已经相当普及，这无疑为微博文学的迅猛发展奠定了坚实的基础。尽管短小，微博文学仍然属于网络文学创作的范畴，可以运用文学审美标准来衡量微博文学的优劣，分析它的创作特点。从受众方面看，由于都市人群日常生活的忙乱、芜杂，碎片化阅读逐渐成为主流阅读形态。从传播方面看，微博文学利用互联网和手机强大的转发、分享、推荐等功能获得推广，虽然暂时没有找到盈利模式，但并不影响它的信息传播价值。从创作主体方面看，在140字这个指定的框架里写作，对小说的整体性和逻辑性都有极高的要求，其最显著的特征是贴近真实生活、反映社会现实、体现时代精神。

网络女性写作。网络女性写作作为新兴的文学尝试，近年来异军突起。这个开放的时代给女性提供了更开阔的心灵世界，产生了更多的表达需求。网络文学发展初期，女性写作题材单一，除了言情，就是穿越。2005年开始，网络女性写作悄悄发生了变化，其特点是在"言情"的基调中，出现了表现形式多元化的趋势，如随波逐流的架空历史小说《随波逐流之一代军师》、步非烟的新武侠小说《华音流韶》系列、知秋的网游小说《历史的尘埃》、王小柔的随笔集《把日子过成段子》、李可、崔曼莉的职场小说《杜拉拉升职记》《浮沉》，以及晴川的传奇小说《韦帅望的江湖》系列等，在网络上产生了重要影响，丰富了女性网络写作的类型。当下网络女性写作最大特点，是表现出中国女性的主体意识，也就是中国女性对世界的看法，并通过作品把女性的想象力、创造力、激情以及对于生命的观照尽情展现出来。

手机阅读。手机阅读是中国移动通过多样化的阅读形式向用户提供各类电子书内容，以在线和下载为主要阅读方式的自有增值业务。2000年12月

中国移动正式推出了移动互联网业务品牌——"移动梦网 Monternet"就此开始了手机阅读的旅程。目前中国移动、中国电信、中国联通三大运营商均设立了手机阅读业务基地,来负责各自无线阅读业务的运营和推广。其中中国移动的手机阅读基地无论在用户数、收入、内容上均独占鳌头。

面临几个问题——主体性问题、文学想象与现实生活的关系问题和精神资源缺失现象

网络文学的主体性。这个问题直接关系到网络文学生存和发展的合理性,是网络文学理论研究的核心问题之一。在我看来,网络写作由于自身的特性,在客观上改变了以往"你写我读"的书写方式,形成了读写之间认知交流、思想交流、情感交流、生活方式、话语方式以及人生经验交流的平民化书写方式。在此基础上,网络文学的平民化互动模式产生巨大能量,所表现出的集体力量远远超出了个体力量。这就使得创作主体受到了有史以来最严峻的挑战,这也是网络写作往往难以体现作家个人思想的重要原因之一。一方面读者诉求与市场推动等对创作形成了强大"干预",另一方面过度追求创作速度和娱乐功能,也使作家的主体性受到了制约。这也是网络文学为何至今仍然无法获得理论独立性的主要原因。

文学想象与现实生活的关系。理论上讲,文学始终是社会生活的一部分,不管你写的是什么样的文学,都不会也不可能完全脱离社会生活。但大量网络小说过度演绎臆想,所谓"不问苍生问鬼神"也是事实。文学想象力本身是一个十分复杂的研究课题,而网络创作的低门槛的确为许多作品的失范提供了温床,网络文学"垃圾化"也就成为争议不休的话题。创作实践证明,没有丰厚的生活和艺术积累,想象力就无法为创造性的精神劳动提供支撑,而建立在一定审美标准上的想象力,是作家文学素养和精神深度的集中体现。总之,想象力不是信马由缰、自说自话,它是构筑在牢固的现实大地上的思想腾飞,它是与读者的心灵对话。

网络作家存在精神资源缺失现象。大部分网络作家仅仅凭借自己的天资写作,这或许能获取一时的成功,但难以取得长远的进步。文学需要文化含量的支撑,这是基本共识。除此而外,作家必须具备对大众的同情心、对社会的责任感、对人类历史发展的人文关怀;需要崇尚理性,崇尚价值,崇尚启蒙战斗的精神等等,要在自己的内心建立一个"乌托邦"。这些精神资源需要长期积累,由于部分作者仓促上阵,缺少足够的思想准备和艺术准备,

导致网络创作存在大量哗众取宠、迎合读者的现象。

网络文学崛起在某种程度上代表了中国社会整体向前发展的趋势。如果说当代文学在20世纪70年代末实现了第一次起航,那么20世纪90年代末则实现了第二次起航,毫无疑问,这将是一次"国际航行",会走得更远。当然,作为21世纪中国文学的探险者,网络文学才刚刚起步,遇到险阻,陷入困境,都在情理之中,但它绝不会停止脚步,最终能否建立新的创作和阅读模式,目前尚未可知,也可能要经历更长时间的摸索。

原载《人民日报》2011年4月19日,此处有删节

后　记

本书收录的 100 篇网络文学批评文章，是从我国网络文学文献资料库（包括中国学术期刊网、万方数据资源系统和维普中文数据库）中遴选出来的。据初步统计，自上个世纪 90 年代后期网络文学在我国兴起以来，文学理论批评界学人发表的与网络文学相关的研究论文超过 4000 篇。要从这众多的文章中挑选出百篇结集，难度不小。主要困难有二：一是遴选不易，查阅收集数千篇论文，从中精选 100 篇，不仅需要时间和精力，还需要眼光。二是篇幅受限，作为丛书中的一部，字数应大体相当，这套丛书约定，每本不超过 35 万字，而此次遴选出的这百篇文章总字数已超过 75 万字。

于是，书稿整理完毕，心中却留下两个挥之不去的遗憾：先是篇目遴选时的遗珠之憾，后有篇幅压缩中的"断指"之痛。前者采取的是以"舍"求"得"的方式，正所谓任凭弱水三千，我只取一瓢饮——基于本书设定的基础学理、盘点现场、价值评说、批评建构、特征把握、写手剖析、作品解读、文体类说、局限质疑、产业辨识、发展动势等主题要求，不是"沙里淘金"，而是"珠海选宝"，不求文质兼美，但求为我所用。而处理后者更是别无招术，只能狠下心一次次使用"剪切"键，为求字数达标，许多文章不得不一压再压、缩而又缩，以致为自己的"残酷"愧疚不已，深感对不起这些文章的作者和原发刊物编辑。

特别需要说明的是，本书所录文章，因种种原因有少数未能及时联系到作者本人以征得同意，谨此向他们致歉，并向所有收录了文章的作者表达诚挚的谢意！

网络文学已经蔚为大观,网络文学批评还是"小荷初露",希望这部"管斑之窥"的小书能够为我国网络文学的理论批评建设给力并提供一点学术正能量。

是为记。

欧阳友权
2013年国庆于岳麓山下三秋书屋